MIRA VALENTIN

Das Geheimnis der Talente

1-3

bitter sweet

Das Geheimnis der Talente, Teil 1 – 3

Die Talente-Reihe besteht aus neun Teilen, die einzeln als E-Books erhältlich sind, sowie aus drei Büchern, die jeweils drei der Teile zusammenfassen.

BitterSweets,
Romantik von bittersweet.
Sehnsucht schreibt Geschichte.

bittersweet
Ein Imprint der CARLSEN Verlag GmbH
Februar 2016

Lektorat: Pia Cailleau, Christin Ullmann
Streuvignetten: Maria Hecher
Redaktion: Hannah Tannert
Umschlagbild: shutterstock.com / © LeksusTuss
Umschlaggestaltung: formlabor
Schrift: Alegreya, gestaltet von Juan Pablo del Peral
Satz und Umsetzung: readbox publishing, Dortmund
Druck und Bindung: BoD, Hamburg
ISBN 978-3-551-30053-9
Printed in Germany
www.bittersweet.de

Alle Bücher im Internet: www.carlsen.de

Für meine Mutter

Prolog

Wenn man wählen kann zwischen tröstlicher Unwissenheit und beängstigendem Wissen, dann sollte man sich für das Wissen entscheiden. Ich habe immer gespürt, dass mein Leben auf einen Punkt zusteuert, an dem ich diese Entscheidung treffen muss. Da war seit jeher diese seltsame Ungereimtheit zwischen mir und der Welt. Diese Ahnung, dass hier viel mehr läuft, als in der Zeitung steht. Nun weiß ich, was es ist. Ich bereue meine Entscheidung nicht. Auch wenn das Wissen eine Bürde ist. Genau wie die Verantwortung. Beides trage ich wie meine Waffen: schweigend und mit Stolz. Bis zu dem Tag, an dem es zu Ende geht. So oder so. Einen anderen Weg gibt es nicht.

Das Schicksal trifft dich niemals aus Versehen

Der Tag, an dem sie mich finden, ist ein Freitag. Es ist Spätsommer, doch heute strahlt die Sonne vom Himmel, als hätte sie eine Wette gegen den Herbst zu verlieren. Ich habe acht unendlich lange Schulstunden hinter mir und spiele mit dem Gedanken, das Basketballtraining in der düsteren Halle sausen zu lassen. Alle anderen Mädchen liegen wahrscheinlich längst in ihren Bikinis auf der Präsentierwiese im Freibad und lassen sich ein letztes Mal die Bäuche bräunen. Sie reden über Haarfarben, attraktive Lehrer, angesagte Filme und wahrscheinlich über mich. Ich beneide sie nur um die Sonne. Alles andere, was Mädchen in meinem Alter gemeinhin mögen, stößt mich ab. Am meisten verabscheue ich das aufgesetzte Flirten mit den Jungs, das die anderen so perfekt beherrschen. Aber vielleicht stimmt auch, was Jana über mich sagt, nämlich, dass ich keinen Sinn für Lifestyle habe. Und für Style schon gar nicht. Ich trage fast jeden Tag bequeme Bluejeans, binde mir die langen dunklen Haare zum Pferdeschwanz und halte mich konsequent von Einrichtungen fern, die dauerhafte Haarentfernung und Wimpernverlängerungen anbieten. Nie möchte ich so enden wie Jana, die durch einen Dschungel aus Synthetikwimpern blinzelt und das Ganze auch noch mit Floskeln wie »garantiert schöne Augenblicke!« untermauert.

Noch zwei Jahre am Gymnasium und ich bin sie los: die zickigen Mädchen und die oberflächlichen Jungs. Womit ich mein Leben stattdessen füllen werde, weiß ich allerdings nicht. Basketball wird keine realistische Lösung sein. Zumindest nicht nach dem heutigen Tag, wenn der einzige Talentsucher, der jemals eine hessische Kleinstadt betreten hat, zurück nach Frankfurt fährt, ohne sich meinen Namen gemerkt zu haben.

Vielleicht ist es besser, mich dieser albtraumhaften Eliteauswahl überhaupt nicht zu stellen. Noch habe ich die Gelegenheit zu verschwinden. Überall in der Sonne wird es besser sein als in der muffigen Turnhalle. Selbst im Freibad.

In dem Moment höre ich Paul, meinen Trainer, aus dem Eingangsbereich der Halle brüllen. »Melek!«, bellt er. »Schwing auf der Stelle deinen Hintern hier rein!«

Damit ist meine Bedenkzeit vorüber. Wenn Paul mich erst einmal gesehen hat, gibt es kein Zurück mehr. Er ist ein unbarmherziger Schinder und ein fieser, sexistischer Mistkerl. Mein einziger Trost ist, dass ich ganze zwei Zentimeter größer bin als er: 1,82 Meter. Und ich bin erst sechzehn. Wenn ich mich nur genug anstrenge, kann ich ihm vielleicht eines Tages auf den Kopf spucken.

Die Mädchen-Umkleide ist schon leergefegt, als ich meine Sporttasche mit Schwung auf die erste freie Bank werfe. Ich bin die Einzige, die an diesem Tag nicht vor lauter Aufregung eine halbe Stunde früher gekommen ist. Alle anderen laufen sich längst warm oder werfen ihre ersten Körbe. Selbst in diesem Team aus acht unkomplizierten, sportlichen Mädchen schaffe ich es eine Außenseiterin zu sein. Man sollte glauben, hier würde es mir leichter fallen, etwas mehr aus mir herauszugehen. Immerhin gibt es in der kompletten Mannschaft nicht einen einzigen künstlichen Fingernagel. Es schaut mich auch niemand schief an. Und trotzdem schaffe ich es nicht ein Teil des großen Ganzen zu werden. Ich bin wie eine Glasmurmel, die jemand in einen Kuchenteig geworfen hat – immer voll dabei und doch deutlich als Fremdkörper zu erkennen. Deshalb spiele ich auch in der Center-Position. Ich habe keine Probleme damit, meine Gegner körperlich abzudrängen. Und ich treffe fast aus jeder Distanz. Als Center mache ich mein eigenes Ding und werde am Ende noch dafür belohnt und von meinen Mitspielerinnen hochgejubelt. Sie und ich. Ich und sie. Das ist unser Team.

»Melek, verdammt!«

»Ich komme!«

Als ich die Turnhalle betrete, spüre ich sofort die angespannte Stimmung. Sie liegt in der Luft wie eine miefige Dunstglocke. Alle hoffen, dass der heutige Tag ihr Leben verändern wird, so unrealistisch der Gedanke auch sein mag. Sogar Paul verbreitet diese schrecklich kindische Unruhe. »Langsamer ging's wohl nicht? Wärm dich auf«, brummt er in meine Richtung.

Ich habe keine Ahnung, wie viele Frauen in Deutschland hauptberuflich Basketball spielen. Aber viele können es nicht sein. Und diejenigen, die es doch tun, leben wahrscheinlich in langweiligen Reihenhäusern, fahren Mittelklassewagen und jobben nebenher im Sportgeschäft. Vielleicht ist das der Traum von Amelie und Emma, unseren beiden Guards. Ich aber will mehr vom Leben. Oder weniger. Aber auf keinen Fall ein kleinbürgerliches Spießerleben wie meine Eltern. Während ich meine Runden entlang der Halle laufe, stelle ich mir vor, wie Amelie und Emma die Vorgärten ihrer Häuschen mit Primeln bepflanzen und abends vor dem Fernseher Yoga-Übungen machen. Wahrscheinlich ist das ihr großer Traum, aber mir nimmt diese Vorstellung nur die Luft. Vielleicht wählt der Scout die beiden heute aus. Sie hätten es verdient. Ich habe keine von ihnen je ein Foul spielen sehen und mit mir, dem chronisch maulfaulen Center, haben sie immer viel zu viel Verständnis. Soll der Scout sie doch glücklich machen und ihnen den Weg zu dem Mittelklasse-Leben ebnen, von dem sie insgeheim träumen.

»Na, was denkst du?«, fragt Amelie mich, die plötzlich neben mir joggt. »Werden wir heute berühmt oder nicht?«

Sie weiß genau, dass ich von selbst kein Gespräch anfange. Deshalb tut sie mir den Gefallen und läuft ein zweites Mal ihre Runden.

»Ich habe gerade daran gedacht, dass es dich treffen sollte«, sage ich. »Dich und Emma. Ihr hättet es am meisten verdient.«

»Sei nicht albern«, sagt sie, leicht beschämt. »Die ganze Mannschaft hätte es verdient. Aber es ist wahrscheinlich ziemlich ausgeschlossen, oder? Ich meine, selbst wenn jemand genug Talent hätte ... wie soll das gehen? Wir müssten hundert Kilometer umziehen, um für die *Rhein-Main Baskets* zu spielen. Meine Eltern würden das niemals erlauben.«

»Stimmt«, sage ich. »So etwas tun Eltern nur für ihre Söhne. Und für Fußball.«

Amelie lacht. Wir joggen noch fünf Runden weiter, ohne ein Wort zu reden.

***

Den Talentscout renne ich dann um ein Haar über den Haufen. Ohne Vorwarnung kommt er plötzlich aus der Jungen-Umkleide, anstatt durch den offiziellen Eingang. Amelie sieht ihn ebenso wenig kommen wie ich und bietet mir keine Möglichkeit, nach innen auszuweichen. Ich pralle mit meiner linken Schulter gegen seine rechte und gerate durch die unerwartet harte Gegenwehr selber ins Straucheln. Reflexartig versteift sich der Körper des Scouts, sein rechter Arm saust hoch und blockt mich ab wie ein angreifendes Tier. Erst einen Sekundenbruchteil später ändert sich seine Reaktion grundlegend. Der Blick seiner stechend blauen Augen wird sanfter, sein Arm greift nach meinem rudernden Ellbogen und zieht mich hoch.

»Hoppla«, sagt er. »Entschuldige.«

Ich bin viel zu perplex, um etwas Schlaues zu erwidern.

»Kein ... Problem«, nuschle ich und entziehe ihm meinen Arm. »Ich ... lauf dann mal weiter.«

Aus dem Augenwinkel sehe ich, wie der Scout mir noch eine ganze Weile hinterhersieht, bevor er sich Paul zuwendet, der mit großen Schritten auf ihn zuläuft und sich wahrscheinlich für seine tollpatschige Spielerin entschuldigen will. Mein Kopf ist von dem Zusammenstoß noch leicht benommen. Der Scout sieht aus, als wäre er einem Plakat für Zigarettenwerbung entsprungen. Er ist sehr groß und schlank, vielleicht Anfang zwanzig, hat halblanges rötlichbraunes Haar, einen Dreitagebart und dichte Augenbrauen, die über der Nase in eine besorgt wirkende Falte münden. Nach der Härte meines Aufpralls zu urteilen geht er ins Fitnessstudio.

»Hast du dir wehgetan?« fragt Amelie besorgt.

»Nein, überhaupt nicht.«

»Ein seltsamer Typ«, sagt sie, mehr zu sich selbst. »Mir wird kalt bei seinem Anblick.«

Ich antworte nichts darauf, wundere mich aber einmal mehr darüber, wie unterschiedlich meine Schulfreundinnen und ich die Welt wahrnehmen.

Auch ich finde den Scout irgendwie unheimlich, doch auf mich hat das eine ganz andere Wirkung: Ich will plötzlich alles daransetzen, ihn zu beeindrucken. Und ich glaube, das kann ich auch.

Paul lässt uns das übliche Training durchlaufen. Wir absolvieren unsere Dribblingübungen einigermaßen zufriedenstellend, spielen uns Pässe zu und machen ein paar Freiwürfe. Wer den Ball nicht in den Korb trifft, muss einen Sprint bis zum Ende der Halle und wieder zurück hinlegen. Amelie und Emma werfen je zwei Mal daneben. Ihre Stärke ist die Abwehr, nicht der Angriff. Ich treffe immer. Für mich ist es ganz leicht. Warum das so ist, weiß ich nicht. Mein Vater behauptet, meine Mutter hätte in der Schwangerschaft Zielwasser getrunken. Einer seiner vielen dummen Sprüche, aber bisher die einzige Erklärung für meine Treffsicherheit. Scheinbar fällt es auch dem Talentscout auf. Er redet eine ganze Weile mit Paul, ohne mich aus den Augen zu lassen. Dann winkt er mich zu sich.

Meine Knie sind ein bisschen wackelig, als ich zu ihm hinübergehe.

»Hallo noch mal«, sagt er grinsend und streckt mir die Hand entgegen. »Ich bin Jakob Seifert von den *Rhein-Main Baskets*. Wie heißt du?«

»Melek Weber.«

»Melek?« Seine besorgten Augenbrauen tanzen für einen Moment amüsiert nach oben. »Das heißt ›Engel‹, nicht wahr?«

Ich nicke, obwohl ich nicht weiß, was ihn daran so erheitert.

»Bist du Türkin?«

»Meine Mutter.«

Seine Augen sind so eisblau, dass ich ihren Blick am liebsten abschütteln würde. Aber gleichzeitig bin ich vollkommen fasziniert davon. Er verschränkt die Arme vor der Brust und taxiert mich wie eine Ware auf dem Jahrmarkt. Mir fällt auf, dass er mindestens zehn Zentimeter größer ist als ich. Das muss erst mal jemand schaffen.

»Und du triffst immer?«, fragt er ohne eine Spur von Zweifel in der Stimme.

»Ich glaube, ja«, sage ich.

»Nur mit Bällen oder auch mit anderen Wurfgeräten?«

Ich zucke die Schultern. So genau weiß ich das nämlich selber nicht.

»Mit den meisten Bällen funktioniert es. Alles andere müsste man wohl testen. Speerwerfen und Bogenschießen hab ich noch nicht probiert.«

Das sollte witzig sein, aber Jakob verzieht nicht einmal die Mundwinkel.

»Für welche Entfernung gilt das?«, will er stattdessen wissen.

Ich komme mir allmählich dumm vor, denn ich kann all seine Fragen nicht beantworten. Diese Begabung mit der Wurfgenauigkeit habe ich immer als Tatsache angesehen und nie hinterfragt. Es war auch völlig egal, solange ich beim Basketball die Körbe getroffen habe.

Jakob greift in seine Jackentasche und zieht einen kleinen, mit Reis gefüllten Lederball hervor. Hat er den zufällig dabei?

»Hier«, sagt er und drückt ihn mir in die Hand. Dann zeigt er an die Decke der Turnhalle, genau auf die hochgezogenen Turn-Ringe in der Mitte.

»Wirf durch den rechten Ring!«

Ich höre, wie Paul neben mir scharf die Luft einzieht. Er hält es für unmöglich, so genau zu treffen. Und dann auch noch in dieser Höhe. Außerdem hat Jakob nicht gesagt, ich solle auf den Ring werfen, sondern durch ihn hindurch. Keine klassische Aufgabe für jemanden, dessen Talent man gerade erst kennenlernt.

»Du willst es ja gleich richtig wissen«, murmele ich und fange mir dafür einen hoch verärgerten Blick von Paul ein.

Ich weiß, dass ich den Ring treffen kann. Aber mir ist auch bewusst, dass die Höhe mich an meine Grenzen bringt. Es ist keine Frage des Zielens, sondern eine Frage der Kraft. Jakob beobachtet mich ganz genau, wie ich aushole und werfe. Was dabei in meinem Gehirn passiert, ist eine Sache von Millisekunden. Während ich mich auf das Ziel konzentriere, werde ich eins mit ihm. Der Ring und die Flugbahn des Balls verbinden sich wie durch ein unsichtbares Band mit meiner Wurfhand. Wenn ich loslasse, habe ich das Gefühl, als würde ich den Ball ganz sachte direkt ins Ziel hineinlegen.

Das Geschoss zischt durch die Luft und trifft mitten durch den rechten Ring.

»Wow, Wahnsinn!«, brüllt Paul und schlägt mir seine Pranke auf die Schulter. Ich fühle eine kribbelnde Genugtuung in meiner Brust.

Jakob starrt mich immer noch an. Er hat nicht einmal den Weg des Balls beobachtet. Er wusste, dass ich treffen würde. Worum es ihm stattdessen ging, ist mir nicht ganz klar. Vielleicht hat er nur gehofft, in meiner Miene einen Hinweis darauf zu finden, wie mein Talent funktioniert.

»Schön«, sagt er und drückt mir wieder den Basketball in die Hand. »Und jetzt, Engelchen, zeig mir noch einen Dunking.«

Erst als das Schweigen zwischen uns störend wird, begreife ich, was er da gesagt hat. »Engelchen«! Jedem anderen würde ich jetzt einen Vortrag über Sexismus halten, aber dieser seltsame Typ mit dem stechenden Blick ... der darf das irgendwie. Nur warum empfinde ich so? Ich bin derart irritiert von mir selbst, dass ich die Sache mit dem Dunking fast vergesse. Seiner ungläubigen Miene nach zu urteilen, geht es Paul ganz anders.

»Einen Dunking?«, fragt er dümmlich. »Sie kann keinen Dunking. Genauso wenig wie jede andere Spielerin von euch, oder? Wie viele Frauen gibt es überhaupt, die das geschafft haben? Drei oder vier? Und die waren alle über zwei Meter groß.«

Ich bin also einfach zu klein. Das höre ich zum ersten Mal in meinem Leben und es klingt selbst in dieser Situation ziemlich ulkig. Noch seltsamer ist allerdings die Aufforderung des Scouts. Er muss doch wissen, dass ich nie und nimmer bis an den Korbrand springen kann.

»Es gibt Männer, die dunken mit einem Meter fünfundsiebzig«, sagt Jakob. »Das liegt nicht unbedingt am Geschlecht, sondern am Ehrgeiz und am Arbeitswillen. Du musst noch an deiner Sprungkraft arbeiten. Ich schicke dich ins Fitnessstudio, Melek. Tu was für deine Muskulatur und dann sehen wir weiter.«

Wieder fasst er in seine Jackentasche und diesmal zieht er die Visitenkarte des einzigen Fitnessstudios in Biedenkopf heraus. Darauf steht in einer geschwungenen Handschrift der Name »Albert Klingelhöfer« und ein Termin: »Samstag, zehn Uhr.«

»Das ist morgen«, sage ich unsinnigerweise.

»Wirst du da sein?«, fragt er und ich bilde mir ein, so etwas wie eine Bitte in seinen Eisaugen zu sehen, was natürlich unmöglich ist. Trotzdem klammere ich mich an die pure Vorstellung davon. Ich sage Ja.

***

Nachdem er verschwunden ist, belagern mich die anderen Mädchen wie eine Horde wilder Affen. An Training ist nicht mehr zu denken.

»Was war das denn?«, kreischt Emma mit ihrer Sopran-Stimme. »Wie hast du nur diesen Ring getroffen?«

»Gehst du jetzt zu den *Baskets*?«, fragt Amelie fast ein bisschen wehmütig.

»Hat er erwähnt, ob er 'ne Freundin hat?«, will Katja grinsend wissen.

Alle kichern aufgeregt, bis Paul ein Machtwort spricht.

»Es wurde noch nichts Konkretes vereinbart«, sagt er förmlich. »Offiziell soll Melek erst mal ihre Sprungkraft trainieren.« Dann fügt er etwas leiser in meine Richtung hinzu: »Aber wahrscheinlich hat er bloß keinen Bock auf eine mürrische Spielerin, die seine Fragen nicht beantworten kann und ihn einfach mit Du anredet.«

Ich zucke mit den Achseln. Die Einladung von dem Profi-Verein ist mir nach wie vor fast egal, aber es würde arrogant klingen, das laut auszusprechen. Was mich reizt, ist das Geheimnisvolle und Herausfordernde an dieser Begegnung. Ich hätte hundert Fragen stellen müssen, bevor ich dem Termin im Fitnessstudio zugestimmt habe. *Was erwartet mich da? Und wie geht es dann weiter? Wer bezahlt das alles? Und wann sehen wir uns wieder?*

Ich habe keine gestellt, weil nichts davon von Bedeutung ist. Und weil ich glaube, alle Antworten garantiert zum rechten Zeitpunkt zu bekommen, was auch immer mich zu dieser Annahme verleitet. Aber das kann ich meinen Teamkolleginnen natürlich nicht sagen.

In der Umkleide lasse ich mir heute länger Zeit als üblich. Ich verschwinde unter der Dusche, bevor die anderen mich mit ihren Fragen bombardieren können, und bleibe so lange darunter stehen, bis auch die Letzte die Kabine verlassen hat. Als ich meine Sachen packe, hoffe ich inständig, dass mich keines der Mädchen vor der Turnhalle abpasst. Ich habe Glück: Die anderen steigen gerade in den Bus, den ich eigentlich auch erwischen wollte. Also werde ich wohl eine Stunde auf den nächsten warten.

Erst als sich jemand einen Meter neben mir räuspert, bemerke ich, dass ich nicht allein bin. Da steht Erik, lässig an einen Baum gelehnt, die Hände in den Hosentaschen.

»Hallo Melek«, sagt er. »Wie war's?«

Erik Sommer ist seit mindestens zwei Jahren mein wandelnder Schatten. Die gesamte Schule zerreißt sich das Maul darüber, aber ihm scheint das nichts auszumachen. Er folgt mir in den Pausen, setzt sich bei Theaterfahrten im Bus neben mich und macht sogar blau, wenn ich eine Freistunde habe. Ich habe keine Ahnung, warum er das tut, denn er hat niemals versucht, mich zu küssen oder erkennbar mit mir zu flirten. Deshalb habe ich auch keinen Grund, ihn zur Rede zu stellen oder wegzuschicken. Wir könnten so etwas sein wie beste Freunde, wenn ich nicht so genau wüsste, dass wir etwas anderes, viel Komplizierteres sind.

Erik ist eigentlich kein übler Typ. Er ist etwa so groß wie ich, aber sehr viel breitschultriger und gedrungener. Er hat eine nette Art, sich die blonden Strähnen aus dem Gesicht zu schnippen, und kann einem immer das richtige Hustenmittel empfehlen, weil sein Vater Apotheker ist. Aber grundsätzlich wäre es mir lieber, wenn er sich nicht ständig an mich dranhängen würde. Das hat er nicht mal nötig. Im Gegensatz zu mir ist er ziemlich beliebt. Keine meiner Klassenkameradinnen würde ihn von der Bettkante schubsen. Warum er ausgerechnet *meine* Nähe sucht, ist mir ein Rätsel.

»Erik«, sage ich. »Was machst du denn hier? Gibt's im Freibad keine Karten mehr?«

Anstatt darüber hinwegzusehen, dass ich seine Frage nicht beantwortet habe, stellt er sie einfach noch mal.

»Lenk nicht vom Thema ab, sondern erzähl schon, wie es war.«

Ich gebe es auf ihn abwimmeln zu wollen, weil ich weiß, dass es ohnehin nicht funktioniert.

»Ich muss eine Stunde auf den nächsten Bus warten. Lass uns ein Eis essen gehen, dann erzähl ich's dir.«

Den ganzen Weg zum Marktplatz klebt Erik ziemlich exakt im Abstand von einem halben Meter an mir. Das ist weit genug weg, um keine Abfuhr zu kassieren, aber nahe genug dran, um möglichen entgegenkommenden Mitschülern zu suggerieren, dass wir nicht auf der Suche nach Gesellschaft sind. Er macht das ziemlich geschickt, finde ich.

In den zwei Jahren, die er bereits hinter mir herläuft, hat Erik mich recht gut kennengelernt. Er weiß, dass ich die Prolo-Eisdiele der In-Eisdiele vorziehe. Ich sitze lieber neben den Hartz-IV-Empfängern als neben Jana und ihrer frisch manikürten Clique. Er steuert also gleich das richtige Haus an und rückt mir sogar den Stuhl an meinem Lieblingstisch zurecht. Ich seufze innerlich, denn ich hätte gern einen Bruder oder einen guten Freund, der solche Sachen macht. Aber bei Erik bin ich mir nie ganz sicher, was das wirklich zwischen uns ist.

Wir bestellen jeder einen Spaghettieis-Becher. Ich, weil ich einfallslos bin, und Erik, weil er so tut, als wäre er mir ähnlich. Dann kann er nicht mehr länger warten.

»Nun schieß schon los!«, sagt er.

»Also gut. Du weißt, dass heute ein Talentsucher bei uns war?«

Er nickt.

»Er hat mich zu sich gerufen und wollte sehen, ob ich mit einem Jonglierball durch die Ringe an der Decke der Turnhalle schießen kann.«

Erik zieht die Augenbrauen hoch.

»Und? Kannst du?«

»Sieht ganz so aus.« Ich kann nicht verhindern, dass etwas Stolz in meiner Stimme mitschwingt. »Allerdings schaffe ich keinen Dunking. Ich habe es nicht einmal probiert. Und deshalb hat er mich auch nicht gleich verpflichtet, sondern will, dass ich stattdessen erst mal ins Fitnessstudio gehe.«

Etwas ungläubig runzelt Erik die Stirn. »Solltest du so was können? Einen Dunking, meine ich?«, fragt er.

»Das ist es ja gerade. Es gibt praktisch keine Frauen, die einen Dunk zustande bringen. Meiner Meinung nach nicht einmal in der Bundesliga. Ich war nach meinem Wurf durch den Ring eigentlich davon überzeugt, dass ich ihn ziemlich beeindruckt hätte. Aber dann hat er mit dieser Dunking-Sache alles zunichte gemacht.«

Als ich das ausspreche, merke ich wieder einmal, dass die Sache tatsächlich ganz schön seltsam ist. Erik geht es genauso.

»Das ist Irrsinn«, sagt er.

»Na ja, aber er hat mir eine Visitenkarte gegeben.«

Ich fummele in der Sporttasche zwischen meinen Beinen auf dem Boden herum und kann es nicht verhindern, dabei mit meinem Knie das von Erik zu berühren. Er sitzt schon wieder im 50-Zentimeter-Abstand. Zum Glück finde ich die Karte ziemlich schnell.

»Hier!« Ich halte sie ihm hin. »Morgen, zehn Uhr im *Easyfit*.«

»Albert Klingelhöfer«, sinniert Erik und legt die Stirn in Falten. »Ach ja, ein Typ mittleren Alters, der zwei Mal in der Woche die *Talentschmiede* macht. Das ist ein geschlossener Kurs. Ich hab nie verstanden, wer da mitmachen darf.«

Erst jetzt fällt mir wieder ein, dass Erik regelmäßig in dieses Fitnessstudio geht. Irgendwo müssen die breiten Schultern ja herkommen. Ich neige dazu, detailliertere Informationen über ihn zu vergessen. Das spricht nicht gerade für mich, aber ich will mich nicht zwanghaft für jemanden interessieren, nur weil er sich mir aufdrängt.

»Nun, ich jedenfalls bin fortan wohl eingeladen. Weißt du etwas über die Leute in diesem Kurs?« frage ich.

Er schüttelt den Kopf.

»Nein, keine Ahnung. Sie sehen alle ein bisschen seltsam aus und sind körperlich ziemlich fit. Aber ich habe noch nie ein Wort mit einem von denen gesprochen. Sie sind irgendwie gruselig.«

In dem Moment wird unser Spaghettieis gebracht. Ich vergesse die Frage, die mir eben noch auf der Zunge lag, und fange an es mechanisch in mich hinein zu löffeln. Dabei grüble ich über Jakob Seifert und seine mysteriöse Einladung. Nicht einmal Paul hat irgendeinen Verdacht geschöpft, dass an der Sache etwas faul sein könnte. Bestimmt täusche ich mich einfach, weil ich in diese Begegnung viel zu viel hineininterpretiere. Erik neben mir habe ich schon fast vergessen, als er plötzlich mit dem Eislöffel in meine Richtung wedelt und herausplatzt: »Vielleicht war das gar kein Talentscout!«

»Was denn sonst?«, sage ich. »Ein Vertreter vom Fitnessstudio? Das wäre aber eine Menge Aufwand für ein Probetraining.«

Ich will es nicht zugeben, aber ein wenig beleidigt mich diese Theorie. Sie würde ja auch bedeuten, dass sich kein Profi-Verein für mich interessiert, sondern nur ein Betrüger, der mir einen Jahresvertrag aufschwatzen will. Egal, ob ich im Basketball meine Zukunft sehe oder nicht, ein bisschen stolz hat mich das Ganze ja schon gemacht.

»Nein, das glaube ich auch gar nicht«, sagt Erik aufgeregt. »Du müsstest die Typen in dieser Talentschmiede mal sehen. Ehrlich, Melek, die sind total schräg. Das wirkt auf mich eher wie irgendein abgefahrener Club.«

»Was für ein Club denn?«

»Ich weiß nicht.« Er überlegt kurz und schiebt sich eine Ladung Spaghettieis in den Mund. »Ein bisschen wie Rocker. Vielleicht auch Pfadfinder oder Drogensüchtige. Freikirchler könnten es auch sein.«

Ich muss lachen. Beim besten Willen kann ich mir keine Menschen vorstellen, die eine Kombination aus diesen vier Themenbereichen verkörpern. In meiner Phantasie turnen plötzlich lauter bleiche, schwergewichtige Gestalten mit Augenrändern, Bärten und Khakihosen durch den Trainingsraum, dealen mit Marihuana und bekreuzigen sich nach jeder Übung. Vor Lachen verschlucke ich mich und muss husten. Erik klopft mir ungeduldig auf den Rücken. Ihm ist anzusehen, dass er ernst genommen werden will.

»Und was in aller Welt sollten diese Hardcore-Jesus-Freaks von mir wollen?«, frage ich zwischen den Hustenanfällen so interessiert wie möglich.

»Du wirst wohl etwas können, was sie interessiert. Zielen womöglich.«

Irgendwie ist mir mit einem Mal nicht mehr zum Lachen zumute. Ich denke an Jakob und den Moment, als ich das Speerwerfen und Bogenschießen erwähnt habe. Er hat nicht einmal mit der Wimper gezuckt. Ganz so, als sei genau dieser Test tatsächlich noch geplant.

»Du meinst also, irgendein durchgeknallter Club will mich ... rekrutieren?«

Erik schaut mich ernst an.

»Entweder das, oder ... oder es war wirklich ein Talentsucher von den *Baskets*.«

Wir löffeln eine Weile schweigend unsere Eisbecher leer. Dann kramt er in seiner Hosentasche, fischt sein Handy heraus und tippt eine Weile darauf herum. Ich sehe ihm schweigend zu und bin gespannt. Auch wenn ich mich nur schwer dafür erwärmen kann, mehr über Erik Sommer zu erfahren, so habe ich doch mittlerweile oft genug erlebt, dass er ein Mensch ist, der in jeder Situation gute Ideen hat. Egal, ob er nun eine Ausrede für eine zusätzliche Freistunde braucht oder sich ohne Stadtplan in einer fremden Umgebung zurechtfinden muss. Irgendeinen Ausweg findet er immer. Schließlich notiert er sich eine Nummer, murmelt: »Wir werden es gleich wissen«, und wählt. Es klingelt ein paarmal, dann geht jemand ran. Den Namen kann ich nicht verstehen.

»Guten Tag, hier spricht Erik Sommer.« Wie hübsch er das macht. Meine Mutter wäre begeistert von ihm. »Ich habe eine Frage: Beschäftigen die *Rhein-Main Baskets* eigentlich Talentsucher?« Kurze Pause. »Ist es möglich, dass ein Scout namens Jakob Seifert heute Nachmittag das Basketballtraining einer Regionalmannschaft in Biedenkopf besucht hat, um dort junge Frauen zu casten?«

Danach sagt er nur noch ein paarmal »Aha« und »Okay« und »Vielen Dank«.

Als er auflegt, kann ich es kaum erwarten die Neuigkeit zu erfahren. Erik holt triumphierend Luft und zieht eine Augenbraue in die Höhe. Ihm ist anzusehen, dass er gerade ziemlich stolz auf sich ist.

»Es gibt keinen Talentscout mit dem Namen Jakob Seifert«, platzt er heraus. »Und wenn es ihn gäbe, würde er nicht in Biedenkopf nach Talenten suchen, sondern ein Auswahlturnier mit Sichtung veranstalten.«

Als ich nicht gleich reagiere, unterschreitet Erik seine Individualdistanz zu mir und kommt mit seinem Gesicht gefährlich nahe an meine Nase heran.

»Es war alles eine große Lüge!«, flüstert er.

Ich bin sprachlos. Ist es wirklich möglich, dass ich von einer Horde gruseliger Typen verfolgt werde? Ich bin doch nur eine unbedeutende Schülerin, die ziemlich gut mit Bällen umgehen kann. Wie um alles in der Welt sind sie auf mich aufmerksam geworden? Und noch wichtiger: Was wollen sie von mir?

Ein nicht unerheblicher Teil von mir kämpft plötzlich gegen den Drang an, zur Toilette zu laufen und mich zu übergeben. Doch mitten in meinen beschleunigten Herzschlag hinein spüre ich die Botschaft eines ganz anderen Teils. Plötzlich geistert das Wort »Schicksal« durch meinen Kopf.

Mit leisem Klirren fällt mir der Eislöffel aus der Hand und landet auf dem Boden. Erik bückt sich, um ihn aufzuheben. Dabei befindet sich sein Kopf zwischen meinem Bein und der Tischkante, aber ich registriere es kaum.

»Melek«, raunt er mir zu, als er wieder auftaucht. »Sag irgendwas!«

Wie unter Drogeneinfluss nehme ich ihm den Löffel aus der Hand und lege ihn zurück auf den Tisch. Es dauert ewig, bis ich es schaffe, ihm in die Augen zu schauen.

»Das ist seltsam«, sage ich. »Wirklich seltsam.«

Auf einmal sieht Erik ziemlich wütend aus.

»Seltsam? Ich würde sagen, das ist kriminell! Du solltest zur Polizei gehen und ein Phantombild anfertigen lassen!«

Ich wundere mich selber über meine innere Ruhe. Meine Antwort klingt klarer, als ich mich tatsächlich fühle: »Nein, das ... das wird schon alles seine Gründe haben. Ich werde ihn morgen einfach danach fragen.«

Jetzt ist es um Eriks Selbstbeherrschung geschehen.

»Du willst immer noch da hingehen?« ruft er entgeistert aus.

Die Leute an den Tischen neben uns wenden alle die Köpfe in unsere Richtung. Das Aufsehen ist mir peinlich. Ich will hier raus.

»Lass uns zahlen!«, sage ich.

Von den Dingen, die ich an Erik mag, ist das Beste wahrscheinlich seine Fähigkeit, den Mund zu halten, wenn die Umstände es erfordern. Er sagt tatsächlich kein Wort mehr, bis der Kellner uns die Rechnung gebracht hat. Ich schiebe das Geld für meinen Eisbecher schneller über den Tisch als er, damit er gar nicht in Versuchung kommt für uns beide zu bezahlen. Aber heute scheint ihn das überhaupt nicht zu interessieren.

Als wir das Lokal verlassen haben, packt er mich sofort am Ärmel meiner Jacke und hält mich davon ab, schnurstracks zur Bushaltestelle zu laufen.

»Sag mir bitte, dass du diesen Termin sausen lässt!«, fordert er in drängendem Tonfall.

Ich schlage seine Hand etwas fester beiseite, als ich es beabsichtigt hatte.

»Was geht dich das eigentlich an?«, zische ich. »Du führst ein Telefonat mit irgendeiner Sekretärin oder vielleicht einem Praktikanten in Frankfurt und willst, dass ich deshalb eine Chance sausen lasse, die vielleicht mein Leben verändert? Mann, Erik, ich treffe mich nicht nachts allein im Wald mit ihm, sondern bin mitten am Tag an einen öffentlichen Ort eingeladen worden. Was soll da schon passieren?«

Meine Reaktion war heftig genug, um jeden vernünftigen Jungen abzuschrecken. Aber Erik bleibt hartnäckig. Zumindest verzichtet er darauf, mich noch einmal anzufassen.

»Er ist aber kein Basketball-Scout«, stellt er noch einmal klar.

»Das ist deine Theorie«, sage ich genervt. »Und morgen werden wir wissen, was es damit auf sich hat. Solltest du in der Zwischenzeit mit dem Gedanken spielen, selber zur Polizei zu gehen, dann finde dich damit ab, dass die letzten zwei Jahre die beiden einzigen in deinem Leben waren, in denen ich mit dir geredet habe!«

Das hat gesessen. Ich kann zuschauen, wie sämtliches Blut aus Eriks Gesicht weicht. Er macht eine ungelenke Armbewegung und schüttelt dann nur fassungslos den Kopf. Aus dem Augenwinkel sehe ich, dass mein Bus schon an der Kreuzung hinter der Ampel auftaucht.

»Na gut, Melek, mach, was du willst«, sagt er schließlich. »Es ist dein Leben.«

Als ich mich umdrehe und zur Bushaltestelle renne, höre ich ihn noch rufen: »Wir sehen uns dann morgen im Studio!«

Es bleibt keine Zeit mehr, ihm das auszureden. Ich schreie trotzdem über die Straße in seine Richtung: »Ich brauche keinen Aufpasser!«

»Aber ich brauch mein Training wie jeden Samstag!«, schreit er zurück.

Dabei grinst er schon wieder. Ich steige in den Bus, ohne ihn noch eines Blickes zu würdigen.

Was am Gefüge der Welt nicht stimmt

Meine Eltern sind nicht sonderlich begeistert von der Einladung ins Fitnessstudio. Und das, obwohl sie nicht einmal wissen, unter welch mysteriösen Umständen sie ausgesprochen wurde. Es ist einfach so, dass sie sich etwas anderes für mich gewünscht hätten. Das gilt zumindest für meine Mutter. Ich kann mich noch genau erinnern, wie akribisch sie immer meine Wachstumsschübe auf einer hölzernen Messlatte in Giraffenform notierte. Ich musste mich an die Giraffe stellen, bekam ein Buch auf den Kopf gelegt und meine Mutter machte einen Strich auf der Skala. Dabei hatte sie seit meinem fünften Lebensjahr einen auffällig angespannten Gesichtsausdruck. Je klarer ihr wurde, dass ich schneller wuchs als andere Mädchen, desto verkniffener wurde ihre Mimik. Wäre ihr eine Lösung eingefallen, wie man mein Wachstum bremsen konnte, sie hätte es hundertprozentig getan, selbst wenn sie dafür zu unlauteren Mitteln hätte greifen müssen.

Stattdessen musste sie hilflos mit ansehen, wie ihre Tochter in die Höhe schoss und dabei nicht einmal versuchte, mit den vielen schönen türkischen Mädchen aus unserer Familie und ihrem Drang zur äußeren Selbstvervollkommnung mitzuhalten. Tief in ihrem Inneren ist meine Mutter nämlich selber eine von denen. Eine, die ihre orientalische Schönheit zu jeder Tages- und Nachtzeit perfekt in Szene setzt und darin ihre Erfüllung findet. Auch wenn sie nach außen hin die erfolgreiche Geschäftsfrau mimt, bei der die Frisur nur ganz zufällig immer perfekt sitzt. Sie arbeitet im Verkauf einer etablierten Lampenfabrik. Allein im letzten Jahr war ihr angeblich ein Umsatz von drei Millionen Euro zu verdanken. Trotz dieser bemerkenswerten Karriere schlüpft sie immer noch täglich in die Rolle der anständigen Ehefrau, die abends ein warmes, wenn auch fades, Essen auf den Tisch bringt und niemals ungeschminkt nach draußen geht. Meine Mutter ist sowieso generell die Vorzeige-Türkin für sämtliche Vertreter beiderlei Staatsbürgerschaften und sie hätte garantiert kein Problem damit, ihre Tochter auf eine Elite-Uni (um zu beweisen, wie klug wir Türkinnen sind) oder in das Casting einer Modelshow zu schicken (um zu beweisen, wie schön wir Türkinnen sind). Aber eine Zukunft als Basketballspielerin wünscht sie sich nicht für mich.

Mir ist das alles ziemlich egal. Ich habe mich noch nie damit befasst, ob ich nun Türkin oder Deutsche bin. Würde ich darüber nachdenken, so käme doch nichts Hilfreiches dabei heraus. Außer vielleicht, dass Menschen wie ich immer irgendwie zwischen den Stühlen sitzen.

Meinem Vater sind jegliche Gedanken über meine tiefere Bestimmung als halbtürkisches Mädchen völlig fremd. In der Beziehung ist er wie ich. Er taucht bei fast jedem Spiel von mir auf und spielt selber gar nicht mal schlecht als Guard. Von ihm habe ich auch meine Größe geerbt: Er ist knapp zwei Meter lang. Aber leider ist er trotzdem so spießig wie die Nacht. Bis heute ist ihm, glaube ich, nicht klar, dass ich ein Mädchen bin. Aber für den unwahrscheinlichen Fall, dass ich einen Jungen mit nach Hause bringen und ihn als meinen Freund vorstellen würde, hätte ich ein bisschen Angst, dass mein Vater seinen Waffenschrank öffnen und den Bewerber in den Wald hinausjagen würde. Als Revierförster von Dautphetal-Ost hat er immerhin genug Schrotflinten und Pistolen hinter Schloss und Riegel in seinem Schlafzimmer verstaut. Nicht weniger konservativ ist er beim Thema Lebensplanung. Wenn es nach ihm ginge, würde ich eine Ausbildung beim örtlichen Versicherungsvertreter machen oder mich auf besagter Elite-Uni einschreiben. Nur über weibliche Basketballprofis denkt er genauso wie ich: Das ist ein schönes Hobby, aber kein Zukunftsplan für Mädchen, die Reihenhäuser so attraktiv finden wie Eiterpickel.

Wir wohnen ein Stück abseits des Örtchens Buchenau auf einer Anhöhe Richtung Wald im Forsthaus. Von meinem Zimmer aus blicke ich direkt in die Stromschnellen der Lahn, die diesen Namen nur bei Hochwasser verdienen. Es ist ein wunderschönes Fleckchen Erde, auch wenn man sich mit Waschbären abfinden muss, die nachts die Mülltonnen ausräumen, und allerlei Getier, das schlimmstenfalls sogar durch die Schlafzimmer rennt. Ich bin damit groß geworden und kann auch bei deutlichem Mäusebefall im Raum schlafen wie ein Stein. Meine Mutter hingegen kreischt bereits wie eine Furie, wenn ihr im Bett eine Spinne übers Gesicht huscht. Aber aufgeben will sie das schicke Fachwerkhäuschen am Wald dann doch nicht. Dafür ist es tagsüber einfach zu vorzeigbar.

Wie also erwartet löst meine Nachricht vom Basketball-Talentscout keine besonders überschwänglichen Gefühle bei meinen Eltern aus. Aber zumindest haben sie den Anstand, mir ihren Willen nicht aufzuzwängen. Das ist wahrscheinlich der einzige völlig unspießige Charakterzug an den beiden und ich rechne es ihnen hoch an. Ich zwinge sie im Gegenzug auch nicht, Begeisterung zu heucheln. Das Gute an all dem ist, dass weder mein Vater noch meine Mutter auf die Idee kommen, Nachfragen zu stellen und Telefonate zu führen wie Erik.

»Kläre aber bitte mit denen ab, dass sie das Fitnessstudio bezahlen müssen. Es wäre ziemlich unseriös, wenn uns dadurch Unkosten entstünden«, sagt meine Mutter. Ich verspreche, mich darum zu kümmern. Aber die Wahrheit ist: Ich würde lieber Zeitungen austragen oder in der Hartz-IV-Eisdiele servieren, als Jakob Seifert so eine Frage zu stellen. Wenn ich auch keine Ahnung habe, worum es bei dieser ganzen Sache geht, so ist mir doch klar: Um Geld geht es nicht.

***

Am nächsten Morgen packe ich gleich nach dem Frühstück meine Sporttasche und nehme den Neun-Uhr-Zug nach Biedenkopf. Zehn Minuten später bin ich am Bahnhof und schlendere Richtung Industriegebiet. Das *Easyfit* liegt zwischen einem Baumarkt und mehreren undefinierbaren Produktionshallen versteckt. Es ist ein Fußmarsch von einer Viertelstunde bis dorthin. Ich lasse mir Zeit, denn ich will auf keinen Fall zu früh kommen. Sollen sie ruhig denken, ich kneife. Wenn ich schon selber derartig im Ungewissen gelassen werde, schlage ich wenigstens mit gleicher Münze zurück. Außerdem habe ich keine Lust, Erik über den Weg zu laufen, der garantiert schon zwischen Hantelbänken und Kursraum lauert, um mich abzufangen.

Sosehr ich auch trödle, bin ich trotzdem bereits zwanzig Minuten später am Baumarkt. Ich sehe auf die Uhr und entscheide, noch mal zurück zur Bäckerei zu gehen, um mir eine Apfelschorle zu kaufen und mich damit in den Schatten zu setzen. Schon am Eingang zum Laden muss ich erkennen, dass das keine besonders gute Idee war: Jana und ihre Freundin Olga thronen dort an einem Tisch in der Sonne, jede mit einem Fruchtcocktail in der Hand.

Ich hasse Jana.

Erstens, weil sie jede Gelegenheit nutzt, um mir klarzumachen, dass ich keine einzige Fähigkeit mitbringe, um es je in ihren It-Girl-Club zu schaffen. Und zweitens, weil Jana genau so ist, wie meine Mutter mich gern hätte: wunderschön, superweiblich – und total affektiert. In der Grundschule waren wir noch befreundet. Aber dann, in der sechsten Klasse, begriff sie wohl, dass man seinen Freundeskreis ausmisten muss, um es zur obersten Schultussi zu bringen. Ich weiß noch genau, wie sie mich zum ersten Mal einen »langweiligen Freak« nannte und unsere Verabredung für den Nachmittag absagte. Ich bin viel zu stolz, um mir solche Kränkungen anmerken zu lassen. Aber die Tatsache, dass ich eine von denen war, die auf ihrer Abschussliste standen, lässt mich bis heute nicht los.

»Na«, begrüßt mich Jana. »Weißt du nicht mehr, wo du hinwillst? Du läufst ziemlich planlos durch die Gegend.«

Wenn ich einen Wunsch frei hätte, würde ich mir wünschen, mit einer Portion Schlagfertigkeit gesegnet zu sein. Wann auch immer mir ein dummer Spruch begegnet, habe ich niemals eine flotte Antwort parat. Stattdessen bin ich einfach unfreundlich, was mein Gegenüber meistens genauso mundtot macht. Aber ich selber renne hinterher mindestens eine Stunde lang mit einem fiesen, brennenden Knödel im Hals herum und ärgere mich über mich selbst und über die Menschheit an sich.

»Ich bin mit meinem Talentscout verabredet«, sage ich schlicht. »Bin zu früh dran.«

Jana und Olga tauschen amüsierte Blicke. Sie glauben mir nicht, was mir eigentlich herzlich egal sein müsste. Die Tatsache, dass es das nicht ist, lässt bereits die ersten Anzeichen meines Adrenalin-Knödels entstehen. Ich versuche, ihn hinunterzuschlucken. Keine Chance.

»Ach, du willst ins *Easyfit*«, schlussfolgert Jana und nippt an ihrem Cocktail. »Keine schlechte Idee. Du hast irgendwie zugenommen, oder?«

Es gibt Momente, da würde ich ihr am liebsten ins Gesicht springen. Was für ein gutes Gefühl müsste es sein, ihr die Faust auf die Nase zu donnern. Na ja, für den Fall, dass ich heute wirklich von einer Horde muskelbepackter Jesusfreaks rekrutiert werde, ist es gar nicht so ausgeschlossen, dass ich lerne, wie man das macht. Stattdessen kommt mir ein selten schlagfertiger Spruch über die Lippen.

»Ja, stimmt«, sage ich. »Und ich muss etwas dagegen tun, bevor ich so fett werde wie du.«

Ich pfeife auf die Apfelschorle, drehe mich um und marschiere wieder Richtung Studio. In meinem Rücken spüre ich die hasserfüllten Blicke von Jana. Olga hingegen höre ich leise kichern. Ich grinse gut gelaunt vor mich hin. Der Knödel in meinem Hals ist verschwunden. Jana auf ganzer Linie besiegt – was schrecken mich da noch die furchterregenden Typen aus dem Fitnesscenter!

Es ist Viertel vor zehn, als ich das Studio betrete. Hastig lasse ich meinen Blick umherschweifen, finde aber weder Erik noch Jakob auf Anhieb. Mal davon abgesehen, dass ich nicht einmal weiß, ob der Scout überhaupt hier sein wird. Reines Wunschdenken.

»Kann ich dir helfen?« fragt mich ein langhaariges Mädchen in hippen hellgrünen Sportklamotten vom Tresen aus.

»Ja, ich soll mich um zehn bei Albert Klingelhöfer melden.«

Das Mädchen strafft sofort die Schultern und setzt ein gewinnendes Lächeln auf.

»Dann musst du Melek Weber sein«, sagt sie und streckt mir die Hand hin. »Ich bin Sabine. Komm mit, dann zeige ich dir schon mal alles.«

Ich folge ihr durch das Fitnessstudio, bekomme Umkleiden, Duschen und Toiletten gezeigt, erfahre, wo ich mir Getränke zapfen und Eiweißshakes ziehen kann. Dabei plappert Sabine unaufhörlich und ich komme mir vor, als hätte ich im Lotto gewonnen. Ich bin mir nicht ganz sicher, ob alle Neulinge hier so sagenhaft protegiert werden. Es fühlt sich jedenfalls ziemlich gut an. Während Sabine mir die Funktion des Laufbands erklärt, sehe ich durch die große Fensterfront vier Leute über den Parkplatz kommen. Es sind drei Jungs und ein Mädchen, alle nur wenig älter als ich. Sie bewegen sich wie Katzen. Alle vier tragen ziemlich abgerissene Outdoorklamotten, Sonnenbrillen und lederne Fingerhandschuhe. Ihre Füße stecken in schweren Lederstiefeln. Das Mädchen trägt dazu eine kurze, ausgefranste Jeans mit einem schwarzen Nietengürtel, die Jungs schwarze, halblange Hosen. Sie sehen alle ziemlich ernst aus und reden kein Wort.

Als sie das Studio betreten und ihre Sonnenbrillen abnehmen, erkenne ich, was Erik meinte, als er das Wort *Drogensüchtige* ins Spiel brachte: Die lilafarbenen Ränder, die sich um die Augen der vier ranken, verleihen ihnen das Aussehen von Untoten, die soeben aus ihrer Gruft gekrochen sind. Nur die braungebrannten Gesichter passen nicht dazu. Sie sehen aus wie Leute, die viel Zeit mit Zelten an der frischen Luft verbringen. Und ganz sicher sind sie auf jedem Campingplatz die coolsten Typen weit und breit.

»Ach«, sagt Sabine, die meinem Blick gefolgt ist. »Da kommen schon deine Trainingspartner.«

Einer nach dem anderen lassen sie am Drehkreuz ihre Transponder einlesen und verschwinden in den Umkleidekabinen. Das Mädchen hat einen kurzen Emo-Haarschnitt, der sie noch düsterer wirken lässt. Sie streift mich im Vorübergehen kurz mit ihrem Blick, bevor sie in der Damenkabine verschwindet. Der Ausdruck in ihren Augen ist unergründlich. Man könnte Gereiztheit oder Desinteresse hineininterpretieren. Entgegenkommend ist er jedenfalls nicht. Prima, die ideale Trainingspartnerin für mich. Bis wir einander mit Namen kennen, werden zwei Jahre vergehen! Mir dreht sich der Magen um. Welcher Teufel hat mich geritten, als ich es versäumt habe Nachfragen zu stellen, und in diesem Termin eine willkommene Herausforderung gesehen habe?

Um nicht mit dem unheimlichen Mädchen in der Umkleide aufeinanderzutreffen, interessiere ich mich nun doch für das Laufband und stelle noch ein paar sinnlose Fragen, die Sabine eifrig beantwortet.

»Na dann«, sagt sie mit einem Blick auf die Uhr. »Mach dich mal fertig, der Kurs geht gleich los. Und melde dich, wenn du irgendwas brauchst.«

Ich zapfe mir noch umständlich ein Mineralgetränk, bevor ich meine Tasche schultere und in die Umkleide marschiere. Noch in der Tür kommt mir das Emo-Mädchen entgegen. In Sportklamotten sieht sie etwas weniger unheimlich aus.

»Hallo«, sagt sie und stürmt an mir vorbei.

Es ist fünf nach zehn, als ich den Fuß über die Schwelle des Kursraums setze. Die anderen haben sich bereits mit diversen Hanteln, Gewichten und Steppern bewaffnet. Außerdem sind plötzlich noch vier weitere Leute da – ebenfalls drei Jungs und ein Mädchen. Ich habe sie nicht kommen sehen. Wahrscheinlich waren sie schon länger im Studio und haben sich aufgewärmt. Im Hintergrund läuft House-Musik und ein untersetzter Mann um die fünfzig fummelt auf der Bühne an einer Reihe Gewichten herum.

»Zu spät, Melek!«, sagt er, ohne aufzusehen. »Das macht zehn Sit-ups pro Minute.«

Dann springt er erstaunlich agil auf und kommt mir grinsend entgegen.

»Aber erst beim nächsten Mal. Für heute drücke ich noch mal ein Auge zu!«

Er streckt mir die Hand hin.

»Albert«, sagt er und quetscht mir die Knöchel zu Brei. Ich beiße die Zähne aufeinander.

»Melek.«

Er deutet auf die anderen Jugendlichen und sagt schnell ihre Namen: »Lennart, Rafail, Tina und Henry«. Das waren die Gestalten vom Anfang. »Finn, Nils, Nadja und Kadim. Du wirst sie schon noch kennenlernen. Lass dich nicht von ihrer rauen Schale beeindrucken. Darunter sitzt in den meisten Fällen ein weicher Kern.«

Er gibt mir einen Aerobic-Stepper, eine Langhantel-Stange mit drei Gewicht-Paaren und zwei kleinere Hanteln.

»Mach's dir da drüben neben Rafail bequem. Ach ja, und: Willkommen in der Talentschmiede!«

Damit lässt er mich stehen und springt wieder mit einem raubtierhaften Satz auf die Bühne. Ich baue meine Trainings-Utensilien an der zugewiesenen Stelle auf und schiele vorsichtig hinüber zu Rafail. Was ich sehe, ist insgesamt ziemlich beunruhigend. Muskelberge türmen sich auf seinen massigen Schultern wie Hefeklöße. Beide Oberarme sind tätowiert. Ich erkenne Jesus und irgendeinen Erzengel. Hätte ich nur auf Erik gehört!

Es grenzt fast an Telepathie, dass genau in diesem Moment die Tür des Kursraums aufgeht und Erik plötzlich dasteht. Mit seinem blonden Wuschelkopf und dem gesunden Teint sieht er inmitten meines Zombie-Kurses aus wie ein rettender Engel. »Hallo!«, sagt er selbstbewusster, als ich das von ihm gewohnt bin. »Was muss ich tun, um hier mitmachen zu können?«

Tina lässt ein genervtes Stöhnen hören.

»Zieh Leine, das hier ist nichts für dich«, blafft sie ihn an.

Albert gibt ihr ein Zeichen, ruhig zu sein.

»Das ist ein geschlossener Kurs, junger Mann«, sagt er zu Erik gewandt. »Leider nur geladene Gäste. Wenn du uns jetzt bitte anfangen lassen würdest.«

Erik schaut prüfend zu mir herüber. Er erkennt auch auf die Entfernung, wie aufgewühlt ich bin.

»Na schön, willst du vielleicht lieber draußen mit mir trainieren, Melek?« fragt er.

Ich schüttele den Kopf. Noch stärker als meine Unsicherheit ist der Drang, mich hier zu beweisen.

»Ich bleib jedenfalls in der Nähe«, sagt er. Das sollte wahrscheinlich eher eine Beruhigung für mich sein, aber für die anderen klingt es wie eine Drohung.

»Arschloch!«, zischt das eben als »Tina« vorgestellte Emo-Mädchen, aber so leise, dass Erik es durch die Musik hindurch nicht hören kann.

Er wirft mir einen letzten besorgten Blick zu und verschwindet wieder im Fitnessraum. Aber er geht nicht zu den Geräten, sondern bleibt hinter der Tür stehen und schaut uns zu.

»Sehr besorgt, dein Freund«, sagt Rafail im Plauderton. Seine Stimme klingt wärmer und jünger als ich gedacht hätte.

»Das ist nicht mein Freund«, murmele ich. »Nur jemand, den ich kenne.«

»Oh!«. Rafail grinst bis über beide Ohren. »Das ist gut. Sehr gut für dich.«

Der Kurs ist eine Katastrophe. Nach zwanzig Minuten bin ich völlig am Ende. Es ist eine Sache, ein 80-minütiges Basketballspiel mit all seinen Pausen durchzuhalten. Aber eine ganz andere, mit einer schweren Langhantel im Genick Kniebeugen und Ausfallschritte zu machen. Kaum, dass ich die Stange aus meinem Nacken entfernen darf, lässt Albert uns Liegestütze machen. Dabei brüllt er drei Mal einen Countdown von zehn herunter. Beim dritten Mal versagen meine Armmuskeln und ich krache wie ein nasser Sack auf die Matte. Tina wirft mir einen selbstgefälligen Blick zu und stemmt sich munter weiter. Ich bin mit Abstand die Schlechteste in der Gruppe. Außerdem bin ich mittlerweile überzeugt davon, dass Jakob Recht hatte: Meine Muskeln haben das Training bitter nötig. Wenn ich je den Ehrgeiz haben sollte, einen Dunking zu probieren, dann würde ich wirklich nicht um diese Schinderei herumkommen.

Ich gehe noch weitere vierzig Minuten durch die Hölle, ohne einen einzigen Klagelaut von mir zu geben. Diese Genugtuung will ich Tina nicht geben. Als Albert endlich die Musik abstellt und uns auffordert, unsere Hanteln aufzuräumen, gibt es keine Stelle an meinem Körper mehr, die nicht schmerzt.

»Gut gemacht«, sagt Albert grinsend, als ich meine Gewichte an die Bühne bringe. »Du hast mehr Kraft, als ich dachte. In ein paar Monaten schlägst du deinen Freund im Armdrücken!«

»Er ist nicht ihr Freund«, bemerkt Rafail, der sich gerade um ein riesiges 20-Kilo-Gewicht erleichtert. »Nur jemand, den sie kennt.«

»Na, dann ist ja gut«, sagt Albert und klingt ehrlich erleichtert. Ich runzele die Stirn, bin aber zu müde und kaputt, um mehr darüber nachzudenken. Ich will nur noch duschen und so schnell wie möglich in den nächsten Zug steigen. Im Moment interessiert mich nicht einmal, wie die ganze Sache weitergehen soll.

Da wird plötzlich die Tür aufgerissen und Jakob betritt den Raum. Er sieht ganz anders aus als gestern beim Basketball: die rotbraunen Haare sind eher nachlässig gestylt, der Dreitagebart ist ab. Er trägt ein ausgewaschenes schwarzes T-Shirt, eine Armeehose, dieselben Fingerhandschuhe wie die anderen und eine Halskette aus Holzperlen. Nur seine eisblauen Augen haben sich nicht verändert. Darunter erkenne ich auch bei ihm den Ansatz der Augenränder, die hier wohl zur Standardausstattung gehören. Warum ist mir das gestern nicht aufgefallen? Wahrscheinlich sieht man immer nur das, was man sehen will. Insgesamt wirkt er mehrere Jahre jünger. Jetzt bin ich mir nicht einmal mehr sicher, ob er überhaupt schon zwanzig ist. In diesem Moment ist mir auch klar, dass Jakob nie und nimmer ein Talentscout der *Baskets* ist. Und er weiß, dass ich es weiß. Sonst hätte er sein seriöses Styling von gestern nicht aufgegeben.

»Hallo, Engelchen«, sagt er lächelnd und wirft mir ein Handtuch zu. »Ich finde es großartig, dass du gekommen bist.«

»Ich ... hab ein paar Fragen an dich!«

»Ich weiß. Und ich werde sie alle beantworten, nachdem du dich geduscht und umgezogen hast. Wir treffen uns draußen vor dem Eingang.«

***

Es ist nicht gerade einfach Erik abzuschütteln. Vorhin im Kurs war ich ihm fast dankbar dafür, dass er an der Tür Wache geschoben hat. Aber nun sieht die Sache plötzlich wieder ganz anders aus. Jakob ist gekommen und ich werde endlich erfahren, welches Geheimnis er und die anderen hüten. Allein dafür hat es sich gelohnt, die Tortur mit den Langhanteln auf mich zu nehmen. Ich kann immer noch fühlen, wo die Stange in meinem Genick auflag, und habe leichte Schürfwunden an den Ellbogen von meinem Schwächeanfall bei den Liegestützen.

Als ich ihm sage, dass ich noch einen »Termin« mit Jakob habe, zieht Erik ein Gesicht wie ein beleidigtes Kind. Er verengt die Augen zu schmalen Schlitzen und starrt feindselig nach draußen, wo Jakob mit Tina und einem anderen Jungen steht – ich glaube, er hieß Henry. Sie tragen alle wieder ihre abgerissenen Extremsportlerklamotten und verstecken ihre Augen hinter den verspiegelten Sonnenbrillen. Ansonsten fällt mir nichts Beunruhigendes auf. Sie stehen einfach nur da und reden. Keine Bierflaschen, keine Zigaretten. Drogen sind wohl nicht im Spiel.

»Du willst es richtig wissen, ja?«, sagt Erik. »Na dann geh doch und lass dich vergewaltigen. Ich kann ja zumindest die Täter beschreiben, wenn du es überlebst.«

»Erik, steigere dich bitte nicht so rein …«

»Das tu ich nicht, Melek!«, unterbricht er mich. »Ich würde im Gegenteil sogar behaupten, dass ich mich vorbildlich zurückhalte. Denn was du hier bringst, ist lebensmüde. Und ich verstehe rein gar nicht, warum du es tust! Obwohl …«

Wieder gleitet sein Blick zu Jakob hinüber.

Das reicht mir jetzt. Erik übertreibt maßlos. Ich schüttle nur den Kopf und schultere meine Sporttasche. Dann überwinde ich mich doch noch, ihm zum Abschied auf die Schulter zu klopfen. Ich will zumindest deutlich machen, dass ich seine Sorge zu schätzen weiß.

»Mach's gut, Erik. Wir sehen uns dann am Montag in der Schule.«

Als ich das Fitnessstudio verlasse, ist auch der letzte Rest an Vorbehalten verschwunden. Ich könnte platzen vor Spannung und Abenteuerlust. Es ist ein bisschen wie Weihnachten. Nicht einmal Tinas abweisender Gesichtsausdruck kann mir die Freude auf die Bescherung trüben. Einen Moment lang senke ich die Augen und atme tief durch, bevor ich Jakobs Blick begegne. »Wohin?«

Er lächelt, doch die Falte zwischen seinen Augenbrauen gibt mir einen Hinweis darauf, dass ich eigentlich in ein ernstes Gespräch hineingeplatzt bin.

»Lass uns ein Stück zusammen laufen«, sagt er, dann nickt er Henry und Tina zu. »Bis morgen dann!«

Nach der Plackerei im Fitnessstudio hatte ich gehofft, wenigstens dieses Gespräch in einem netten Café im Sitzen führen zu dürfen. Nur dahocken, die schmerzenden Muskeln schonen und dabei zuhören, wie ein gut aussehender Junge mir seine Geheimnisse offenbart. Wenn ich richtig Glück gehabt hätte, wäre uns dabei sogar Jana über den Weg gelaufen. Bei der Vorstellung, wie sie

Jakob angesehen hätte, wird mir ganz warm ums Herz. Leider werde ich in den Genuss nicht kommen. Jakob schlägt den Weg über die Zuggleise zur Hauptstraße ein. Ich folge ihm entlang der Straße und bleibe dabei immer auf Schrittlänge hinter ihm, um die Autofahrer nicht zusätzlich zu verärgern, die haarscharf an uns vorbeirasen. Ich frage mich, wo er hinwill. Als ich es dann ahne, wird mir doch ein wenig flau im Magen. Tatsächlich biegt er keine hundert Meter weiter nach links in einen Feldweg ein und steuert auf den Wald zu. Ich könnte stehen bleiben, ihm sagen, dass er mich gerade ziemlich erschreckt, dass ich umdrehen und ganz dekadent ein Eis essen gehen will. Aber da ist wieder diese zweite Stimme in mir, die mir zuflüstert, dass ich keine Angst zu haben brauche. Dass schon alles seine Richtigkeit hat. Ich neige dazu dieser Stimme zu glauben. Vielleicht nur deshalb, weil es mir an angenehmen Alternativen fehlt. Als er merkt, dass ich immer noch hinter ihm gehe, bleibt Jakob stehen und wartet, bis ich zu ihm aufgeschlossen habe.

»Wie hast du's herausgefunden?«, fragt er. Ich stelle keine sinnlose Nachfrage. Ich weiß genau, was er meint.

»Das war nicht ich, das war Erik. Er hat bei den *Rhein-Main Baskets* angerufen und nach dir gefragt.«

Jakob nickt, nicht im Geringsten überrascht.

»Woher weißt du, dass ich's rausgefunden hab?«, frage ich.

»Das wusste ich auch nicht von selbst. Sylvia wusste es.«

Ich bin verwirrt. »Wer ist Sylvia?«

Er schweigt einige Sekunden lang, wie um sich zu sammeln.

»Okay, Melek. Du musst mir versprechen, dass du mich bis zum Ende ausreden lässt, ja? Das alles ist schwierig genug für mich in Worte zu fassen und ich will vermeiden, dass du nach zwei Minuten kehrtmachst, mich für verrückt erklärst und uns verloren gehst. Wirst du mir das also versprechen?«

Deshalb also der Spaziergang in den Wald. Er wollte eine Situation schaffen, in der ich nicht einfach aufstehen und gehen kann. Soll mir recht sein. So feige bin ich nicht. Ich nicke und hebe die Hand zum Pfadfindergruß. Er guckt etwas irritiert. Pfadfinder ist er also schon mal nicht. »Ich schwöre«, übersetze ich.

Jakob holt noch einmal tief Luft. Dann beginnt er zu erzählen:

»Nach außen hin ist Sylvia ein einfaches dreizehnjähriges Mädchen. Tatsächlich ist sie aber ein Orakel. Sie kann manche Dinge vorhersehen und die Nähe anderer Menschen spüren. In den meisten Fällen liegt sie mit ihren Prophezeiungen richtig. Zum Beispiel hat sie mir gesagt, dass ich zum Basketballtraining gehen soll. Ich würde dort mit einem Engel zusammenstoßen. Erst wusste ich nicht, was sie damit meinte, aber dann liefst du mir gleich im ersten Moment in die Arme und ich erfuhr, dass du Melek heißt.«

Er macht eine kurze Pause und sieht mich prüfend an. Sein Körper ist angespannt. Er sieht aus, als wäre er darauf gefasst, dass ich flüchten würde und er mich wieder einfangen müsste. Ich schweige, wie ich es versprochen habe, und versuche dabei meinen Gesichtsausdruck unter Kontrolle zu halten.

»Das ist Sylvias Talent«, redet Jakob weiter. »Jeder von uns hat ein Talent. Manche sind unglaublich stark, andere besonders schnell. Wieder andere können Tiere beherrschen, über Telepathie kommunizieren, durch ihren Geist Gegenstände bewegen – oder jedes Ziel der Welt treffen, wenn ihnen dabei nicht die Kraft ausgeht. Henry ist übrigens auch ein Volltreffer, wie du.«

Nun breche ich mein Schweigegebot doch, weil ich lachen muss. Jakob sieht mich irritiert an. Er versteht nicht, dass der Ausdruck mich erheitert, und erwartet scheinbar immer noch, dass ich ihm durchbrenne.

»Du sammelst also Talente«, stelle ich fest.

Er nickt. »Könnte man so sagen.«

»Was ist dein Talent?«

»Taktik und Führung. Ich führe euch an.«

Ich muss schlucken. Etwas in der Art habe ich geahnt. Es aus seinem Mund zu hören hat allerdings noch ein ganz anderes Gewicht.

»Euch? Uns … also auch mich!«, stammle ich. »Und gegen wen soll ich kämpfen?«

Mittlerweile sind wir am Waldrand angekommen. Mir fällt auf, dass Jakob exakt im gleichen Abstand wie Erik neben mir läuft. Und es passiert noch etwas anderes: Wenn er sich in eine Richtung bewegt, folge ich ihm ganz automatisch nach. Geht er langsamer, so verkürze auch ich meinen Schritt.

Wie eine Marionette, die durch unsichtbare Fäden an ihn gebunden ist. Kann es sein, dass ich seinen Führungsanspruch widerspruchslos bereits in dem Moment akzeptiert habe, als er ihn erhoben hat? Oder ist das sein Talent? Fühlt es sich so auch für die anderen an? Jakob lässt die einladende Bank am Wegesrand links liegen und marschiert weiter in den Wald hinein.

»Gegen das Böse wahrscheinlich«, sagt er. »Wir wissen nicht, wer sie wirklich sind. Manche glauben, sie seien Außerirdische. Andere sagen, es sei der Satan mit seinen Dämonen. Wir in Biedenkopf nennen sie *Dschinn*. Das dürftest du von deiner Mutter kennen. Unser zweites Orakel ist auch Türke.«

»Kadim«, sage ich.

»Genau. Er liest aus dem Kaffeesatz. Wenn er von den Dämonen spricht, benutzt er immer den Namen ›Dschinn‹, und wir fanden diese Bezeichnung gut. Sie klingt nicht so beängstigend.«

»Ja«, murmele ich. »Klingt lustig: gegen Dschinn kämpfen! ... Was tun sie?«

Ich merke, dass ich nun auf den heikelsten Punkt der Geschichte zusteuere. Meine Beine versagen langsam ihren Dienst. Aber nun will ich mich gar nicht mehr hinsetzen. Es fühlt sich sicherer an in Bewegung zu bleiben. Der kühle Biedenkopfer Wald schluckt uns.

»Sie saugen uns die Gefühle aus dem Leib. Wen sie einmal erwischt haben, der hat keine Chance mehr. Die Opfer werden völlig willenlos. Wenn die Dschinn mit ihnen fertig sind, ist nichts mehr übrig: keine Liebe, kein Mitleid, kein Hass. Die Menschen sind einfach gefühlskalt. Es gibt schlimmere und weniger schlimme Ausprägungen. Die meisten Leute sind danach durchaus noch in der Lage, ihr Leben weiterzuleben. Doch sie verlieren jedes Gefühl von Moral, Humor und Mitgefühl. Andere sind so schlimm betroffen, dass sie zum Beispiel ihre Mutterinstinkte verlieren und ihre eigenen Kinder verhungern lassen. Sie morden und vergewaltigen, zünden Atombomben und versklaven ganze Völker. Schlag einfach eine beliebige Zeitung auf und du kannst ihre Geschichten lesen.«

Die Wucht dieser Aussage haut mich regelrecht um. Ich habe immer gewusst, dass irgendetwas am Gefüge der Welt nicht stimmt. Jakobs Worte passen nahtlos in das Bild, das ich von all dem habe.

»Was tun wir dagegen?« flüstere ich.

»Wir spüren die Dschinn auf und töten sie.«

Eigentlich müsste ich spätestens jetzt mein rationales Denken einschalten und so schnell davonlaufen, wie ich nur kann. Stattdessen knicken meine überanstrengten Beine unter mir weg und ich sinke mitten auf dem Waldweg in die Knie.

Jakob beugt sich zu mir herunter und legt mir besänftigend seine warme Hand auf die Schulter. »Das ist in Ordnung. Ruh dich eine Weile aus«, sagt er ruhig. »Ich bin gleich wieder da.«

Er hat keine Angst mehr, dass ich ihm davonlaufe. Weil meine Beine mich ohnehin nicht mehr tragen würden, ist die logische Erklärung. Weil sein Talent bereits Wirkung auf mich hat, verrät mir meine irrationale zweite Stimme. Ohne eine weitere Erklärung verschwindet er fast geräuschlos im Wald. Ich setze mich hin und schlage die Hände vors Gesicht. In meinem Kopf gähnt eine seltsame Leere. All die Gedanken, die eigentlich durch mein Gehirn brausen müssten, bleiben aus. So sitze ich minutenlang da. Ich sehe die spitzen beigefarbenen Schottersteine auf dem Weg vor mir, den verblühten Waldmeisterteppich zu meiner Rechten und das Eichhörnchen auf dem Baum über mir, das mich neugierig anstarrt. Nichts von alldem erreicht mein flatterndes Herz. Ich stelle mir vor, es sei ein Spätsommer wie jeder andere. Ich wäre mit meinem Vater im Wald und würde darauf warten, dass er die Gespräche mit den Holzfällern und Waldbesitzern endlich leid ist, um mit mir zusammen irgendwo unsere Picknickdecke auszurollen und Mutters Schafkäseröllchen aufzuessen. Während ich daran denke, kann ich den würzigen Duft des Gebäcks riechen und merke erst dadurch, wie hungrig ich eigentlich bin. Es muss mittlerweile Mittag sein und ich habe außer einer Schale Müsli noch nichts gegessen.

Wieder fällt mir das Eichhörnchen auf, das seinen Beobachtungsposten auf dem Baum beibehalten hat. Es sitzt bewegungslos zwischen den satten Blättern der Buche in einer Astgabel und starrt mich unverwandt an. Etwas an dem Tier stimmt nicht, aber es dauert eine Weile, bis ich darauf komme, was es ist: Es hat grüne Augen. Ein seltsamer Anblick, der mich unwillkürlich schaudern lässt. Die Augen sehen fast menschlich aus. Unheimlich. Ich will, dass das Ding verschwindet.

Nichts leichter als das, beschließe ich und raffe mich auf. Es kostet mehr Überwindung als Kraft, meine Beine wieder in Gang zu bringen und mich ganz hochzuhieven. Von der Böschung, über die Jakob verschwunden ist, greife ich mir einen handlichen Sandstein und lege auf die Stelle an, wo das Eichhörnchen gerade eben noch saß. Es ist verschwunden. Auch okay. Hauptsache, ich werde nicht mehr beobachtet und kann ungestört den Gedanken nachhängen, die nicht kommen wollen.

Ich will mich eben wieder hinsetzen, da sehe ich das Tier erneut. Nun steht es mitten auf dem Waldweg, keine zehn Meter von mir entfernt. Seine Vorderpfoten liegen locker auf dem schneeweißen Bauch, die kräftigen Hinterbeine halten es in seiner geschmeidigen Aufrichtung. Falls es möglich ist, dass Eichhörnchen lässig wirken können, so tut es dieses gerade. Seine grünen Augen blitzen. Ich umfasse meinen Wurfstein fester.

»Das wird nicht reichen«, sagt Jakob plötzlich neben mir. Er hält eine Trinkflasche in der einen Hand, einen Faltbecher mit tiefschwarzen Brombeeren in der anderen. »Bleib ruhig stehen. Beweg dich nicht.«

Es fällt mir nicht schwer, diese Anweisung zu befolgen. Mein Körper ist wie gelähmt.

Langsam stellt Jakob seine Geschenke auf den Boden. Dann zieht er seinen linken Handschuh ab und reckt dem Tier die Handinnenfläche entgegen. Seine Rechte zückt blitzschnell ein funkelndes silbernes Jagdmesser.

»Verschwinde!«, sagt er. »Das geht dich nichts an!«

Im ersten Moment denke ich, er meint mich. Dann registriere ich, dass er mit dem Eichhörnchen spricht. Das Tierchen stellt sich noch mehr auf die Hinterpfoten, als ob es sich größer machen wollte. Es stößt einen unangenehmen Pfiff aus, verharrt einen Moment, als wäre es unentschlossen, dann rennt es zurück in den Wald, den buschigen Schwanz flach am Boden.

»Kannst du laufen?« fragt Jakob.

»Ich denke schon.«

»Dann nichts wie weg hier!«

Er packt seine Trinkflasche, schüttet die schönen Brombeeren ins Unterholz und rennt los, zurück zur Stadt. Meine gefühllosen Beine halten besser mit ihm Schritt, als ich gedacht hätte. Während wir laufen, dreht Jakob sich fortwährend um. Er gibt acht, dass ich nicht zurückfalle, und scannt mit seinem Blick gleichzeitig den Wald hinter uns. Seine Beine bewegen sich so mühelos wie bei einem Reh. Dagegen renne ich eher polternd und ungrazil, wie ein Trampeltier. Nach etwa einem Kilometer geht mir die Puste aus. Jakob merkt es und wird langsamer.

»Locker auslaufen«, sagt er. »Wir sind allein.«

Bin ich gerade wirklich vor einem Eichhörnchen davongerannt?

»Was war das?«, keuche ich. Mein Atem geht stoßweise.

»Ein Dschinn«, sagt er, nicht ansatzweise außer Atem. »Ein Spion. Er war nicht auf Kämpfen aus. Aber offensichtlich wissen sie von dir. Das Eichhörnchen sollte herausfinden, ob die Information korrekt ist.«

O mein Gott! Noch gestern war ich eine ganz normale Sechzehnjährige, deren Gedanken sich um Schularbeiten und Basketball drehten. Heute schicken schon Dämone Spione nach mir aus. Ich kann die Gefahr dieser Situation überhaupt nicht einschätzen und komme mir vor wie ein leckgeschlagenes Fischerboot, das von einem Orkan übers Meer getrieben wird. Wo soll das alles eigentlich hinführen? Und warum wehre ich mich nicht dagegen?

»Ich bewundere dich dafür, wie du es aufnimmst«, sagt Jakob. Gedanken lesen kann er jedenfalls nicht. »Du stellst das alles überhaupt nicht in Frage, oder?«

»Nein«, sage ich. Das nicht.

»Warum nicht?«

»Keine Ahnung. Vielleicht einfach deshalb, weil es so logisch ist. Ich habe mich oft gefragt, was in Menschen vorgeht, die andere so grausam verletzen. Ob sie das Leid ihrer Opfer nicht nachvollziehen können. Manche Dinge kann man einfach nicht tun, wenn man noch ein Herz hat.«

Endlich zeigt Jakob Mitleid und setzt sich auf die Bank, an der wir vorhin vorbeigelaufen sind. Ich lasse mich mit einem tiefen Seufzer neben ihn plumpsen. Meine Ansprüche an das Leben sind ziemlich gesunken. Nun bin ich schon froh, wenn ich einfach nur sitzen darf.

»Na ja, ein Herz haben sie durchaus noch. Das Ganze ist eher eine Frage der Amygdala.«

»Der Amy … was?«

»Der Amygdala. Eine bestimmte Gehirnregion, die für unsere Gefühle zuständig ist. Die Dschinn deaktivieren sie. Wir haben da ziemlich gute Forschungsergebnisse …«

Er fasst sich mit der Hand an die Stirn, um sich zu sammeln. Ich beneide ihn nicht um die Aufgabe, mir diese ganze Sache strukturiert beizubringen. Es stürzen einfach zu viele Dinge gleichzeitig auf uns ein. Dennoch beruhigt mich dieser kurze Anflug von Hilflosigkeit. Alles andere wäre zu unrealistisch gewesen, zu glatt.

»Fang mit dem Eichhörnchen an«, helfe ich ihm. »Erzähl mir, was da passiert ist. Tarnen sie sich als Tiere?«

Er nickt dankbar.

»Als Tiere, als Menschen, ganz wie es ihnen gerade passt. Menschen können sie allerdings besser imitieren, woraus wir schließen, dass ihre Spezies der unseren nähersteht. Als Tiere kann man sie oft erkennen, wenn man aufmerksam hinsieht. Meist stimmt irgendeine Kleinigkeit an der Gestalt nicht.«

»Die Augen!« werfe ich ein. »Es hatte diese unheimlichen grünen Augen.«

»Genau.«

»Hätte ich es mit dem Stein nicht töten können?«

Er stößt einen abschätzigen Laut aus.

»Nein. Nicht einmal verletzen. Zumindest noch nicht. Wer weiß, was Albert noch aus dir rausholt. Es ist möglich, sie zu töten. Sie sind nicht unverwundbar, aber viel härter und stärker als das Tier oder der Mensch, dessen Gestalt sie annehmen. Wir töten sie mit Spezialwaffen.«

Jetzt, da er seinen linken Handschuh nicht mehr trägt, kann ich erkennen, dass er ein Zeichen auf der Handinnenfläche hat. Ich erinnere mich daran, wie er damit den Dschinn in Schach gehalten hat. Ohne nachzudenken, greife ich nach seiner Hand und biege die Finger auseinander. Ich erkenne eine

Tätowierung in Form eines Auges. Innerhalb der Iris befindet sich ein Pentagramm, dessen Mittelpunkt die Pupille darstellt. Jakobs Züge verhärten sich. Er entzieht mir seine Hand.

»Nicht!«, sagt er. »Wir fassen uns nicht so an.«

Das schockiert mich. Ich fühle mich seltsam gedemütigt und weiß nicht einmal, warum. Gerade eben noch war ich bereit gewesen, mich diesem Fremden und seiner Truppe von Freaks anzuschließen, um gegen eine Horde übermächtiger Feinde zu kämpfen, die es auf mein Gehirn abgesehen haben. Und nun tritt er mich verbal mit Füßen, nur weil ich seine Hand berührt habe? Jakob spürt mein Befremden. Wahrscheinlich muss er das auch. Wer will schon eine funktionierende Armee zusammenhalten, wenn er die Gefühle seiner Soldaten nicht kontrollieren kann?

»Das liegt an der Art der Übertragung«, erklärt er gefasst. »Es fängt genau so an. Dann küssen sie dich. Dabei saugen sie die Gefühle heraus.«

Er macht eine kurze Pause und sieht mir direkt in die Augen. Die Falte auf seiner Stirn wird zu einer Furche. Für einen kurzen Moment erhasche ich einen Blick in seine Seele und sehe abgrundtiefes Leid.

»Lass dich nie von jemandem auf den Mund küssen«, sagt er. »Es könnte dich deinen Kopf kosten.«

Wie Jakob den Krieg als Spiel tarnt

Im Nachhinein erschließen sich viele Momente dieses verwirrenden Tages ganz von selbst. Sie passen plötzlich ineinander wie Puzzleteile. Die Erleichterung in Alberts Stimme, als Rafail ihm sagte, Erik wäre nicht mein Freund. Auf einmal ergibt sie einen Sinn. Es ist einer von vielen Tributen, die das Dasein als Talent erfordert, vielleicht sogar der Schlimmste von allen: Solange wir kämpfen, wird es keinem von uns möglich sein, einem anderen Menschen wirklich nahe zu kommen. Denn ein geliebter Mensch würde uns verwundbar machen. Es wäre eine Einladung an jeden Dschinn, sich den Weg in unser Innerstes zu erschleichen, indem er dessen Gestalt annimmt und uns durch einen Kuss unschädlich macht.

Die Zugfahrt nach Hause rauscht an mir vorbei wie ein Tagtraum. Ich nehme das Leben um mich herum nur durch eine dichte Nebelbank wahr. Mein Körper und mein Geist laufen über ein inneres Notstromaggregat. Genau genommen bin ich noch kein Talent. Jakob war so fair mir ein Ultimatum zu stellen. Morgen Nachmittag wird er mich zu einem Übungstreffen abholen. Dann soll ich ihm meine Entscheidung mitteilen. Vierundzwanzig Stunden Bedenkzeit. Ich bin nicht besonders gut in so etwas. Rational gesehen ist es höchste Zeit, der Sache ein Ende zu bereiten. Doch was es auch immer ist, das sich in meinem Herzen so leidenschaftlich für die Armee der Talente einsetzt – meine zweite Stimme oder mein Hang zum Unberechenbaren –, es ist übermächtig. Da ist sie nun endlich, die Antwort auf all meine Fragen, die Aufgabe, die das Leben für mich bereithält. Wie kann ich da ernsthaft mit dem Gedanken spielen, mich wieder in meine wohlige Unwissenheit zurückzuziehen?

Stattdessen will ich was tun? Ein Leben in Einsamkeit fristen und auf den Tag warten, an dem ein Kuss mich vollends gefühlskalt macht? Meinen Körper in eine Kriegsmaschine verwandeln und keine Nacht mehr ruhig schlafen? Selbst die Mäuse in meinem Zimmer werden fortan eine besondere Art von Albtraum hervorrufen. In jeder könnte ein Dschinn stecken.

Es gibt wohl einige Krieger, die den Spuk überlebt haben. Eines Tages, wenn die Zeit gekommen ist, verschwinden unsere Fähigkeiten und machen den jeweiligen Soldaten untauglich für die Armee, erklärte Jakob mir. Stärke hält am längsten vor. Schnelligkeit kann man sich mit gutem Training ebenfalls bis ins Erwachsenenalter bewahren. Aber es gibt kaum ein Talent über 25 Jahre, das weiterhin mit Fähigkeiten wie Telepathie, Telekinese oder Tierkommunikation gesegnet ist. Und auch keine Volltreffer. Wer nach dem Verschwinden seines Talents noch am Leben ist, der hat die Chance, eine Familie zu gründen und sich zumindest der Illusion eines normalen Alltags hinzugeben. Dabei plagt ihn seine Vergangenheit aber weiterhin wie ein Phantomschmerz. Jeder Soldat, der das Erwachsenenalter erlebt, ist in gewisser Weise kriegsversehrt. Er muss immer damit rechnen, dass der Kampf weitergeht. Dass die eigenen Kinder rekrutiert oder geküsst werden. Dass er sein Wissen nicht mehr ertragen kann.

Ich neige im Moment dazu, all das zu verdrängen. Meine zweite Stimme sagt mir, dass ich geboren wurde, um diesen Kampf zu kämpfen. Und dass meine Rolle darin kein Nebenschauplatz werden wird. Ich glaube kaum, dass sich das bis morgen ändert.

Als der Zug in Buchenau hält, versuche ich, mich zumindest mental wieder in Ordnung zu bringen und ins normale Leben zurückzufinden. Körperlich wird es nicht funktionieren, denn ich bin am Ende meiner Kräfte. Das liefert mir einen Grund, um für den Rest des Tages in meinem Zimmer zu verschwinden.

Meiner Mutter erzähle ich, dass all meine Muskeln schmerzen – dafür muss ich nicht einmal lügen – und ich mich ausruhen will. Ich vergesse nicht, ihr vorzuschwärmen, wie toll mein Vormittag war und wie nett alle Menschen zu mir gewesen sind. Jakob hat mir geraten, die Geschichte vom Talentscout beizubehalten. Sie ist das perfekte Alibi, um ins Fitnessstudio zu verschwinden. Eine von vielen Lügen, die ich meinem Umfeld künftig auftischen muss. Wenn ich mich für den schweren Weg entscheide. Wenn!

»Und, wer bezahlt den Spaß nun?«, will meine Mutter noch wissen.

»Wir nicht«, brumme ich genervt. »Das übernimmt alles der Verein.«

Selbst das stimmt. Nur dass es sich bei dem Verein nicht um eine Basketball-Mannschaft handelt. Und dass er in einer völlig anderen Liga spielt. Die Armee wird von Veteranen finanziert, die mittlerweile im Hintergrund agieren. Sie bezahlen unsere Fitnessverträge, beliefern uns mit Waffen und Schutzkleidung, stellen uns Ausrüstung, technisches Equipment und wissenschaftliche Informationen zur Verfügung. Und wenn nötig, flicken sie uns wieder zusammen, ohne dass es in einer Krankenhausakte auftaucht. So hat Jakob es mir erzählt.

»Wieso kämpfen die Erwachsenen nicht einfach weiterhin an unserer Seite?«, wollte ich auf dem Weg zum Bahnhof wissen. »Auch ohne ihre Fähigkeiten wäre die Truppe dadurch größer und wir könnten von ihrer Erfahrung profitieren. Wieso müssen wir ganz allein antreten?«

Er schüttelte nur vehement den Kopf.

»Weil irgendwann auch für sie mal Schluss sein muss. Viele haben Familien«, erklärte er. »Und weil es für die meisten schwierig wäre, unter meinem Kommando zu kämpfen. Glaub mir, ich hätte kein Problem damit, Befehle an Vierzigjährige auszuteilen. Aber sie hätten Probleme, sie von mir anzunehmen. Und das ist sogar verständlich.«

»Wie alt bist du?«, fragte ich neugierig.

»Einundzwanzig.«

»Und wie lange bist du schon dabei?«

»Seit vier Jahren.«

Dann wurde seine Miene wieder dunkel und ich verkniff mir weitere Fragen.

Den Verhaltenskodex der Talente verstehe ich noch nicht: Kein Anfassen außer im Übungskampf. Keine persönlichen Fragen stellen. Keine Schwäche zeigen. Es wäre interessant zu wissen, wie Tinas Gesicht aussieht, wenn sie sich vor Lachen kringelt. Oder Jakobs, wenn er verliebt ist. Aber ich bin sicher, dass ich beides nie sehen werde. Die Welt der Talente scheint ziemlich düster zu sein. Ein Grund mehr, warum sie mich anzieht. Düsternis fasziniert mich. Schon immer.

Noch so ein Thema, das meine Mutter wahnsinnig macht. Deshalb zeigt sie Besuchern auch nie mein Zimmer. Es besteht nur aus ein paar schwarzen Möbeln und einem grauschwarzen Teppich. Außer einem mittelalterlich anmutenden Kronleuchter gibt es keinerlei Schnickschnack. An den Wänden hängen weder Starposter noch sinnlose Dekosachen. Nur über meinem Bett thront ein großes Fantasybild von einer leicht bekleideten Frau, Stirn an Stirn mit einem riesigen grauen Wolf. Dann steht noch je eine Mäusefalle unter jeder Dachschräge. Das war's. Untürkischer geht es nicht mehr. Meine Mutter macht bei jeder Hausführung einen Bogen um mein Zimmer und behauptet, es sei nicht aufgeräumt, was überhaupt nicht stimmt. Es gibt viel zu wenige Sachen, die ich hätte durcheinanderbringen können. Sie will einfach nicht, dass jemand sieht, was für ein düsteres, langweiliges Ding sie da aufgezogen hat. Als ob das nicht allgemein bekannt wäre.

Nachdenklich lege ich mich auf mein Bett und starre an die leere Wand gegenüber. Viele Dinge sind mir immer noch unklar. Ich kann mir nicht vorstellen, wie der Krieg gegen die Dschinn vonstattengeht. Kämpfen wir Mann gegen Mann? Oder Frau gegen Eichhörnchen? Gibt es verabredete Schlachten oder laufen wir uns zufällig über den Weg? Schon wieder habe ich den Großteil meiner Fragen nicht gestellt, weil ich fest daran glaube, dass ich schon zur rechten Zeit die rechten Antworten bekommen werde. Dennoch wäre es mir jetzt lieber, wenn ich mehr Details hätte, über die ich grübeln kann. Nicht, dass es etwas an meiner Entscheidung geändert hätte. Meine Entscheidung. Offensichtlich habe ich sie tatsächlich bereits gefällt.

Ich höre meine Mutter die Treppe heraufkommen. Ein großer Vorteil alter Fachwerkhäuser sind die knarzenden Dielen und Stufen überall. Wenn man im oberen Stockwerk wohnt und ganz aufmerksam ist, weiß man immer, wer sich gerade wo im Haus befindet und wohin er geht. Durch jahrelange Übung kann ich den polternden Schritt meines Vaters ganz genau von den tippelnden Tritten meiner Mutter unterscheiden. Jetzt klopft sie an meine Tür, steckt den Kopf ins Zimmer und hält mir das Telefon hin.

»Für dich!«, flötet sie.

Den Ton kenne ich. Er bedeutet, dass ein männliches Wesen in der Leitung ist und nach mir gefragt hat. Das langersehnte Wunder, das mich endlich weiblicher machen würde. Schnell greife ich nach dem Telefon und winke sie nach draußen. Falls es Jakob ist, will ich nicht, dass sie auch nur ein Wort von dem Gespräch mitkriegt. Sie schließt die Tür, aber ich höre ihre Schritte auf der Treppe nicht.

»Moment bitte«, sage ich ins Telefon und öffne die Tür wieder. Meine Mutter steht direkt davor und tut so, als würde sie ihren Schnürsenkel binden.

»Mama, das geht doch nicht! Hör auf, mich zu belauschen!«, zische ich.

»Schon gut«, sagt sie und macht eine abwehrende Geste. »Tut mir leid.«

Ich warte so lange, bis sie die komplette Treppe hinter sich gebracht hat und wieder unten im Wohnzimmer verschwunden ist. Dann schließe ich die Tür und greife nach dem Telefon.

»Ja?«, sage ich, leise und erwartungsvoll.

»Melek? Hier ist Erik.«

Erik. Ich habe völlig vergessen Jakob zu fragen, welche Lügengeschichte ich ihm erzählen soll. Die Variante mit dem Talentscout wird er mir garantiert nicht mehr abkaufen.

»Hallo, Erik.«

»Du lebst also noch?«, stellt er unsinnigerweise fest.

»Ja.«

»Hat er ... hat er dir irgendwas getan?«

»Nein.«

Erik schweigt, in der Erwartung, dass ich ihn aufkläre. Als das nicht passiert, bohrt er weiter.

»Nun sag schon, was die ganze Sache sollte!«

Mein Hirn arbeitet auf Hochtouren. Aber mir fällt einfach nichts Gescheites ein, womit ich ihm die Situation erklären könnte. Deshalb greife ich etwas stumpfsinnig seine eigene Idee auf und hoffe, dass er sie schluckt.

»Sie sind wirklich so eine Art Pfadfinder.«

»Pfadfinder?« wiederholt Erik irritiert. »Was denn für Pfadfinder?«

»Na ja, sie treffen sich im Wald und üben dort alle möglichen Sachen. Überlebenstraining und so. Das Ganze ist ein bisschen geheim, ich darf genau genommen nichts verraten.«

Das andere Ende der Leitung ist tot. Ich höre Erik nicht einmal mehr atmen.

»Bist du noch dran?«, frage ich.

Er räuspert sich.

»Ehrlich, Melek, das ist der größte Blödsinn, den man mir je vorgelogen hat. Für wie dumm hältst du mich eigentlich?«

Verdammt. Es widerstrebt mir Erik zu verletzen. Das hat er nicht verdient, denn er hat sich nie anders als korrekt mir gegenüber verhalten. Mehr als das. Aber die Wahrheit kommt nicht in Frage. Ich befinde mich in einer ziemlichen Zwickmühle.

»Tut mir leid«, sage ich. »Wirklich. Ich kann einfach nicht darüber reden.«

Auch das versteht er völlig falsch.

»Wirst du erpresst? Wenn ja, kann ich für dich zur Polizei gehen. Du kannst mir vertrauen, das weißt du!«

Was bin ich nur für eine miese Geschichtenerzählerin! Eine miese Freundin und Diplomatin obendrein. Anstatt die Situation zu retten, habe ich sie noch schlimmer gemacht.

»Erik, bitte!«, flehe ich. »Lass das mit der Polizei! Du übertreibst völlig. Vertrau du doch einfach auf mich!«

Er antwortet nicht gleich. Vor meinem inneren Auge kann ich sehen, wie er mit dem Telefon auf und ab geht und dabei fassungslos den Kopf schüttelt.

»Nein«, sagt er schließlich. »Ich glaube, ich kann dir nicht mehr vertrauen. Du rennst gerade in irgendwas Kriminelles hinein. Ich muss wissen, was das ist.«

Verdammt, verdammt, verdammt!

Ich atme geräuschvoll aus und versuche, mich zu fassen.

»Okay«, sage ich. »Morgen treffe ich mich wieder mit ihnen. Ich werde sie fragen, ob ich dir die Wahrheit sagen kann. Versprich mir, bis dahin nichts zu unternehmen. Mir droht keine Gefahr!«

»Gibst du mir darauf dein Pfadfinder-Ehrenwort?«, fragt er ironisch.

»Ja.«

Ich wünschte, ich könnte mehr für ihn tun.

»Nun gut. Ruf mich morgen Abend an, okay?« Seine Stimme klingt niedergeschlagen.

»Das mach ich.«

Schweigen.

»Sei mir nicht böse, Erik!«

Dann sagt er etwas, womit ich nicht gerechnet habe. Es kommt zu plötzlich für mich und ich bin nicht spontan genug, um es zu verarbeiten. Er sagt: »Du weißt genau, dass das unmöglich ist. Ich kann dir niemals böse sein. Ich bin dir völlig ergeben.«

Ich antworte das Dümmste, was man darauf sagen kann: »Ich weiß.«

Bevor wir auflegen, ist Erik ziemlich wortkarg.

***

Noch nie in meinem Leben haben vierundzwanzig Stunden so lange gedauert. Und noch nie hatte ich solche Probleme, so eine Zeitspanne zu überbrücken. Normalerweise kann ich mich mit einem guten Buch stundenlang in fremde Welten verkriechen. Oder meine Anlage aufdrehen und mich ganz der Musik hingeben. Ich bin im Grunde recht zufrieden mit meiner Außenseiterrolle, wenn ich nicht dabei gestört werde, mich auf mich selbst zu konzentrieren. Aber diese vierundzwanzig Stunden wollen einfach kein Ende nehmen. Alles, was sie mit sich bringen, geht quälend langsam an mir vorbei: das Abendessen mit meinen Eltern, der Science-Fiction-Film im Fernsehen, das Frühstück, das Mittagessen, das Herumlungern in meinem Zimmer.

Als es endlich auf fünfzehn Uhr zugeht, schlendere ich zu meinen Eltern in die Küche und gebe mich so gelangweilt wie möglich.

»Ich geh noch mal weg«, sage ich beiläufig. »Mich mit ein paar Leuten treffen.«

Mein Vater sieht über seine Brille hinweg von seiner Forstmaschinen-Zeitschrift auf und runzelt die Stirn.

»Ja? Wen triffst du denn?« fragt er seltsam bohrend. Er ahnt gar nicht, wie gut sein Draht zu meinen wahren Gefühlen ist.

»Was soll das Verhör, Papa? Ich will einfach noch mit ein paar Leuten abhängen. Ist so schönes Wetter heute.«

»Aha, wer geht denn alles mit?«

Unerwartet kommt mir meine Mutter zu Hilfe.

»Lass sie doch, Horst!«, säuselt sie. »Deine Tochter wird langsam erwachsen. Es wird Zeit, dass du lernst, sie loszulassen!«

Normalerweise hasse ich solche Gespräche. Meine Eltern und ihr ewig erwachsenes Erziehungsgerede. Gib deinen Kindern Flügel, wenn sie älter werden! Ich kenne das zur Genüge und es widert mich an. Aber heute könnte mir nichts Besseres passieren. Entweder hat meine Mutter ein schlechtes Gewissen wegen der Lauscherei gestern oder sie ist einfach sehr davon überzeugt, dass ich endlich zur Frau werde und mir einen Freund angeln will. Mir soll es gleich sein. Mein Vater gibt sein Verhör jedenfalls sofort auf und widmet sich wieder seiner Zeitschrift. Wie gut für mich, dass er dieses uneingeschränkte Vertrauen in die Meinung meiner Mutter hat. Hoffentlich geht das so weiter.

Ich nehme den nächsten Zug Richtung Biedenkopf. In Eckelshausen steige ich aus und halte nach Jakob Ausschau. Ich sehe ihn sofort. Er lehnt an einem alten Land Rover, diesmal ganz in Schwarz gekleidet und wieder mit einem Hauch von Verwilderung in seinem Ausdruck. Als er registriert, dass ich ihn gesehen habe, steigt er wortlos ins Auto und wartet, dass ich die Beifahrertür öffne und mich neben ihn setze.

»Du bist da«, stellt er einfach nur fest. »Gut.«

Ich sage gar nichts.

»Wenn ich diesen Wagen starte, gehörst du zu uns. Bist du sicher, dass du das willst?«

Ich nicke.

Er lässt noch ein paar Sekunden verstreichen, ohne mich anzusehen. Dann dreht er den Schlüssel im Schloss und fährt auf die Straße. Mit jedem Meter lasse ich mein altes Leben hinter mir. Ich bin mir keineswegs sicher, was das neue bringt. Ich weiß nur eines: In diesem Moment hat mein Dienst in der Armee der Talente begonnen. Ein törichtes Grinsen breitet sich auf meinem Gesicht aus.

Der Land Rover nimmt den ersten Weg in Richtung Wald, schlängelt sich über Serpentinen und durch Schlaglöcher bergan, bis er schließlich auf einer gut ausgebauten Schotterpiste landet. Wir fahren zu einer abgelegenen Schutzhütte auf halber Höhe des Berges. Ich weiß das, weil ich schon einmal hier war, zur Hochzeit meiner langweiligen Cousine Sabrina. In meiner Erinnerung ist die Schutzhütte immer noch in einen Berg von Tüll verpackt und mit tausenden von Kerzen beklebt.

»Wundere dich nicht, wenn du die anderen siehst«, bricht Jakob plötzlich das Schweigen. »Wir müssen harmlos aussehen, falls zufällig ein Spaziergänger dort oben vorbeikommt. Darum geben wir uns als Live-Rollenspieler aus. Einen Krieg als Spiel zu tarnen ist immer die beste Möglichkeit, um kein Aufsehen zu erregen.«

»Was sind Live-Rollenspieler?«, frage ich verdutzt.

Er wirft mir einen geringschätzigen Blick zu, setzt aber gleichzeitig ein winziges Lächeln auf.

»Du wirst schon sehen.«

Und das tue ich dann auch, als wir um die letzte Kurve vor der Schutzhütte biegen. Ein knappes Dutzend Gestalten wuselt geschäftig auf dem freien Platz vor der Hütte herum. Wer genau dabei ist, kann ich nicht erkennen. Fast alle tragen lange, schwere Armeemäntel, bunt zusammengewürfelte Rüstungsteile und schräge Accessoires. Ein Mädchen, es könnte sich um Nadja handeln, hat eine schiffsförmige Feldmütze auf dem Kopf, die wie bei einer Stewardess keck auf ihrem Seitenscheitel festgeklammert ist. Daneben wirkt der prall gefüllte Waffengürtel an ihrer Hüfte wie ein bizarrer Widerspruch. Obwohl das gesamte Schaubild völlig weltfremd ist, sieht es nicht nach Karneval aus, sondern nach der morbiden Mode einer fremden Endzeit-Zivilisation. Jedenfalls alles andere als harmlos.

»Auch wenn du's dir nicht vorstellen kannst: Es gibt jede Menge Typen auf der Welt, die genau so ihre Freizeit verbringen«, sagt Jakob, als er aus dem

Auto steigt. »Wir hängen uns nur an einen Trend dran. Wobei uns das nicht übel Spaß macht.«

Er steigt aus, angelt sich seinen eigenen Armeemantel von der Rücksitzbank und schlüpft geschmeidig hinein. Dann setzt er sich eine Offiziersmütze auf den Kopf und rückt sie sorgfältig zurecht. Ohne weiter auf mich zu achten, marschiert er an der Schützhütte vorbei auf den Vorplatz zu. Er weiß ohnehin, dass ich ihm wie ein Schatten folge. Von einem Tisch neben der Veranda nimmt er im Vorbeigehen ein Gewehr, einen Bogen und einen Köcher mit, ohne dabei seinen Schritt zu verkürzen. Dann positioniert er sich in der Mitte des Platzes und schreit: »Sammeln!«

Wie er da bewegungslos in seinem Mantel steht, die Unterarme auf das abgesetzte Gewehr gestützt, Köcher und Bogen über der Schulter, hat er etwas vollkommen Unwirkliches an sich. Sein Talent ist überwältigend. Ich kann mir niemanden vorstellen, der den Mut hätte, einen seiner Befehle zu verweigern. Die anderen kommen angerannt und starren ihn genauso hingebungsvoll an wie ich.

Jetzt, da ich sie aus der Nähe sehe, erkenne ich auch die meisten Gesichter wieder. Das Mädchen mit dem Stewardessen-Hut ist tatsächlich Nadja. Neben ihr steht Rafail, die Muskelberge unter einem Tarnanzug versteckt, eine Fliegerbrille auf der Stirn. Noch eins weiter Henry in leichter Lederrüstung und mit einem schwarzen Turban auf dem Kopf. Ich kann mich gar nicht sattsehen an all den schrägen Verkleidungen. Ein mir unbekannter älterer Junge mit langen, zotteligen Haaren trägt ein echtes Kettenhemd und darüber eine halbe Ritterrüstung. Die auffälligste Gestalt aber ist Tina. Sie hat ein Barett auf dem Kopf, das ihr markantes Gesicht und die kurzen Emo-Haare wirklich gut zur Geltung bringt. Ihr Armeemantel hat silberfarbene Zierquasten an den Schultern, die bei jeder Bewegung wie Lametta rascheln. Darunter trägt sie einen sehr weiblich zurechtgeschmiedeten Brustpanzer, ein graues Hemd und eine enganliegende graue Hose. In der einen Hand hält sie eine Pistole, die andere liegt am Griff ihres Degens.

»Hallo, Talente«, sagt Jakob formlos. »Das ist Melek Weber. Sie unterstützt uns ab heute als zweiter Volltreffer. Damit sind wir wieder komplett.«

Ein paar von den anderen grinsen mich an, die meisten Gesichter aber bleiben völlig regungslos. Nur eines strahlt von einem Ohr bis zum anderen. Es ist das Gesicht eines Mädchens, das ich noch nie gesehen habe, doch ich weiß sofort, wer es ist: Sylvia. Winzig klein und dunkelhaarig steht sie zwischen all den hochtrainierten, älteren Jugendlichen. Sie wirkt völlig deplatziert, wie eine Puppe, die jemand in einen Löwenkäfig geworfen hat. Auch sie ist verkleidet, doch ihre Rüstung besteht nur aus dem schwarzen Ganzkörper-Schutzanzug, der auch unter den anderen Uniformen hervorblitzt, und einem ausgefransten, kurzen Jeansrock mit Eisenschuppen. Sie hebt die Hand und winkt mir. Auf der Innenfläche sehe ich das Bannzeichen gegen die Dschinn. Dann winkt sie mit der anderen Hand und zeigt mir deren Innenseite: eine weitere Tätowierung, die entfernt wie ein Mercedesstern aussieht, in dessen drei Elemente seltsame Runen integriert sind.

»Lasst uns sehen, was sie so draufhat«, sagt Jakob und dreht sich herausfordernd zu mir um. Ich erstarre vor Schreck. Will er mich vorführen?

»Jep!«, ruft Rafail und trommelt mit einem riesigen Breitschwert gegen einen noch riesigeren Schild. »Gebt ihr einen Bogen!«

Jakob drückt mir seinen Bogen samt Köcher in die Hand und schiebt mich vorwärts zum Rand der Wiese. Dort, in etwa hundert Metern Entfernung, steht eine schwarz-weiße Zielscheibe. Die anderen folgen uns in einigem Abstand. An einer unsichtbaren Begrenzungslinie bleiben wir stehen.

»Versuch es!«, sagt Jakob.

Mir krampft sich vor Aufregung der Magen zusammen. Ich habe noch nie mit einem Bogen geschossen.

»Ich weiß nicht, wie ...«, bringe ich hervor.

»Es ist ganz einfach. Henry?«

Aus dem Pulk von Schaulustigen drängt sich Henry nach vorne und positioniert sich breitbeinig neben mir. Seine Augen funkeln. Ich habe wohl seinen Ehrgeiz geweckt. Er grinst mich an, legt einen Pfeil in seinen Bogen, spannt die Sehne und schießt innerhalb einer Sekunde. Der Pfeil rast über die Lichtung und trifft direkt ins Schwarze.

»Ganz einfach, siehst du«, wiederholt Jakob. »Und jetzt du.«

Ich atme einmal tief durch, versuche mich zu erinnern, wie Henry die Waffe gehalten hat, und lege selbst einen Pfeil ein. Er schwankt bedenklich über den Bogen, bevor er endlich in der Führung landet. Es kostet viel Kraft, die Sehne zu spannen, doch als sie einmal gespannt ist, fühlt es sich leichter an. Ich lege an, schließe mein linkes Auge und stelle mir vor, der Pfeil wäre ein Ball, der in den Korb muss. Dann lasse ich los.

Im gleichen Moment fühle ich einen stechenden Schmerz in meinem linken Arm. Ich stoße einen unterdrückten Schrei aus und lasse den Bogen fallen. Noch bevor ich meinen Arm untersuchen kann, hat Henry ihn gepackt und dreht ihn so, dass er die Bescherung sehen kann.

»Oh«, sagt er, ein wenig mitleidig. »Sehnenkuss. Das ist fies.«

Über die Innenseite meines Oberarms zieht sich ein zehn Zentimeter langer, knallroter Bluterguss, wo die Sehne mich gestreift hat.

»An deiner Technik müssen wir noch feilen«, beschließt Jakob. Dann deutet er lächelnd auf die Zielscheibe. »An deiner Treffsicherheit nicht.«

Ich kneife die Augen zusammen und schaue in Richtung Waldrand. Mein Pfeil sitzt direkt neben dem von Henry, genau in der Mitte der Scheibe. Trotz des pochenden Schmerzes in meinem Arm bin ich unendlich erleichtert. In meinem Rücken fühle ich auch die Anspannung der anderen Talente weichen. Ganz klar: Ein Soldat, der sein Handwerk versteht, ist ein guter Kamerad. Je besser ich treffe, desto höher die Chance, dass ich einem von ihnen im Kampf eine Hilfe sein werde.

Henry ist noch nicht ganz fertig mit mir.

»Das ist natürlich verbesserungswürdig«, sagt er, legt erneut an und schießt blitzschnell seinen zweiten Pfeil ab. Er splittert meinen Pfeil mittig entzwei und bohrt sich in dasselbe Loch.

»Prima«, sage ich und reibe meinen verletzten Arm. »Du hast gewonnen.«

In dem Moment taucht neben mir eine Hand auf und streckt mir einen ledernen Armschützer entgegen. Ich drehe mich um und sehe das Gesicht, das zu der Hand gehört. Es ist Sylvia. Sie lächelt verschmitzt und flüstert: »Gib's ihm!«

Dann drückt sie mir das Lederteil in die Hand und zieht sich wieder zurück.

»Pah!«, macht Henry, der ihren Kommentar gehört hat. »Hat da mal wieder jemand in seinen Visionen was verwechselt? Was für eine Trefferquote hattest du in letzter Zeit, kleines Orakel? Hat jemand ihre Fehlalarme gezählt?«, fragt er in die Runde.

Die anderen lachen, aber Sylvia verschränkt nur bockig die Arme und schiebt die Unterlippe vor. Dabei wirkt sie noch kindlicher, als sie ohnehin ist. Schon allein um ihretwillen muss ich es versuchen. Ich schlüpfe in den Armschutz, hebe meinen Bogen auf und lege noch einmal an. Diesmal gleitet der Pfeil sofort in die Führung. Die anderen beobachten mich gespannt. Außer dem sachten Rauschen des Waldes ist kein Ton mehr zu hören. Ich überwinde den Widerstand der Sehne, ziele einen Augenblick und schieße den Pfeil ab. Er kracht durch Henrys Pfeil hindurch und bohrt sich wieder in das erste Loch. Triumphierend lasse ich den Bogen sinken und schenke meinem Gegner ein gewinnendes Lächeln. Aus dem Augenwinkel kann ich sehen, dass auch Jakob lächelt. Ob aus Erleichterung oder Genugtuung, kann ich nicht sagen.

Henry spaltet noch drei weitere Pfeile von mir und ich drei von ihm. Dann entscheidet Jakob, dass es genug ist.

»Ihr habt gerade in kürzester Zeit zehn Silberpfeile im Wert von mehreren hundert Euro zerstört. Ihr steigt besser auf Kugeln um!«, sagt er. Dann überlässt er mir sein Gewehr und marschiert mit dem Bogen zurück zur Schutzhütte. Die anderen Talente zerstreuen sich ebenfalls und finden sich zu zweit oder zu dritt an den verschiedenen Übungsstationen ein. Nur Henry bleibt, um mich in das Gewehr einzuweisen. Und Sylvia, um ihn verächtlich anzustarren. Langsam beginnt mir die Sache Spaß zu machen.

Im Laufe des Nachmittags probieren wir verschiedene Waffen aus. Auch mit dem Gewehr treffe ich nach dem zweiten Versuch nahezu perfekt. Das Gleiche gilt für Pistolen und Wurfmesser. Ich bin überrascht, dass die Schusswaffen kaum hörbare Geräusche verursachen. Sie sind allesamt mit Schalldämpfern ausgestattet.

Nur mit dem Speer bin ich weniger erfolgreich. Er ist einfach zu schwer. Damit treffe ich nur auf 30 Meter Entfernung, während Henry 80 Meter schafft. So trägt er am Ende doch noch eine Art Sieg davon und zieht mit stolz geschwellter Brust von dannen.

»Angeber!«, blafft Sylvia hinter ihm her. »So ist das mit meinen Prognosen. Hatte ich nun Recht oder nicht? Hast du's ihm gegeben oder hat er am Ende gewonnen? Alles eine Frage der Auslegung. Du wolltest nicht mit mir tauschen, glaub mir.«

Ein paar Minuten später sitzen wir zusammen auf einem Baumstamm im Schatten und beobachten die anderen beim Kämpfen. Sylvia zieht einen Schokoriegel aus ihrer Tasche und gibt mir großzügig die Hälfte ab, bevor sie ihren Teil mit drei Bissen verschlingt.

»Kämpfst du nicht mit ihnen?«, frage ich sie.

»Nein«, antwortet sie mit vollen Backen. »Ich bin nur zum Aufpassen da. Ich konzentriere mich auf die nähere Umgebung und achte darauf, dass keine Dschinn und keine Wanderer auftauchen. Für alles andere bin ich noch zu jung.«

»Und was passiert, wenn jemand kommt?«, frage ich neugierig.

Sylvias Augenbrauen tanzen verschmitzt nach oben.

»Willst du's sehen? Auf einen Fehlalarm mehr oder weniger kommt's eigentlich nicht an.«

»Bloß nicht!«, sage ich entsetzt. Auf keinen Fall will ich an meinem ersten Tag für Ärger sorgen. »Erzähl's mir einfach.«

»Na gut«. Sie wirkt enttäuscht. »Bei Wanderern pfeife ich zwei Mal kurz auf meinen Fingern. Dann räumen sie alle echten Waffen in die Fallgrube da hinten und kämpfen mit LARP-Waffen weiter.«

»Mit was für Dingern?«

»Waffen für Rollenspieler. Stumpfe Schwerter aus Latex, Plastikgewehre und weiterer Kram.«

Das ist also die Art, wie Jakob den Krieg als Spiel tarnt. Eine einfache, aber sicher wirkungsvolle Taktik.

»Und bei Dschinn?«, frage ich weiter.

»Bei Dschinn pfeife ich zwei Mal lang. Dann gehen alle in Gefechtsposition. Das kommt aber normalerweise nicht vor. Die Dschinn greifen nur an, wenn wir sie in die Enge treiben. Sie konzentrieren sich lieber auf wehrlose Menschen.«

Das ist interessant. Endlich bekomme ich Details erzählt. Und es ist viel einfacher, Sylvia auszufragen, als Jakob. Bei ihr habe ich nicht ständig das Gefühl, gegen irgendeinen unbekannten Ehrenkodex zu verstoßen.

»Was hast du da auf deiner rechten Hand?«, frage ich sie und deute auf ihr seltsames zweites Tattoo. Dabei halte ich mich vorsichtshalber damit zurück, sie anzufassen.

»Das ist mein KGS-Sensor«, sagt sie feierlich und streckt mir die Handfläche entgegen. »Er hilft mir dabei, mich auf einen bestimmten Teil einer Person zu konzentrieren. Eigentlich müsste ich das auch ohne den Sensor können ... Aber wie gesagt: Ich bin noch jung.«

»KGS?«

»Ja, Körper, Geist oder Seele. Pass auf!«

Jakobs Grundsätze scheinen für Sylvia tatsächlich nicht zu gelten, denn sie greift nach meiner Hand und legt zwei meiner Finger auf den unteren rechten Abschnitt des Sensors. Ihre Augenlider flackern kurz. Dann lächelt sie.

»Dein Körper ist völlig in Ordnung. Du hast keine schlimmen Krankheiten in dir. Aber morgen wirst du schrecklichen Muskelkater bekommen.«

»Morgen?«, frage ich ungläubig. »Vom Schießen?«

»Nein, vom Fitnesstraining bei Albert.«

»Aber das war doch schon gestern und ich spüre gar nichts mehr.«

Sie seufzt herzergreifend.

»Nicht einmal du glaubst mir.«

Dann packt sie wieder meine beiden Finger und legt sie in den Abschnitt unten links.

»Verwirrt, mutig, stolz, unsicher, intelligent, wild, leichtsinnig und voller Abenteuerlust: dein Geist«, verkündet sie.

Diesmal antworte ich nichts. Sylvia schmunzelt, weil sie weiß, dass sie mich genau getroffen hat. Andächtig schiebt sie meine Finger in den Abschnitt für die Seele, ganz oben. Es ist eindrucksvoll, sie bei der Arbeit zu beobachten. Noch nie in meinem Leben habe ich mir aus der Hand lesen lassen. Geschweige denn aus den Fingern. Ich hielt das immer für esoterischen Unfug. Aber es besteht kein Zweifel, dass Sylvia übernatürliche Fähigkeiten hat. Wahrscheinlich ist ihr Talent nicht weniger ungewöhnlich als mein eigenes.

Wieder flackern ihre Augenlider. Dann huscht ein Schatten über ihr Gesicht. Ihre schmalen Finger packen meine fester und drücken sie verstärkt auf den Sensor. Als sie die Augen öffnet, sieht sie plötzlich ernst aus. Das verunsichert mich.

»Was hast du gesehen?«, frage ich etwas beklommen.

Sie schüttelt den Kopf.

»Ich weiß nicht. Es war unklar. Unentschieden. Deine Seele hat ihren Weg noch nicht gefunden. Aber eines ist sicher: Du ziehst nicht nur die helle Seite an, sondern auch die dunkle. Das ist dein Schicksal. Und Jakob sollte es vielleicht wissen, bevor er dich zeichnet.«

Ein Schreck fährt mir durch die Glieder. Mir ist durchaus bewusst, dass ich dunkle Seiten an mir habe. Dieselbe Düsternis eben, die auch die anderen Talente ausstrahlen. Aber bei mir sieht Sylvia scheinbar etwas, das sie bei den anderen nicht gesehen hat. Eine unentschiedene Seele – das klingt furchtbar, schizophren! Und ich kann gar nicht nachvollziehen, was sie meint. Ich fühle mich selbst überhaupt nicht so. Vielleicht begeht sie gerade wieder einen ihrer kleinen Fehler, sage ich mir. Hoffentlich. Dennoch scheint mir meine Furcht vor ihren Worten ins Gesicht geschrieben zu sein, denn Sylvia tätschelt plötzlich meine Hand wie eine fürsorgliche Gouvernante.

»Nicht so schlimm, Melek«, sagt sie. »Keiner von uns ist einfach nur gut. Und im Gegensatz zu Jakobs Seele ist deine das blühende Leben.«

»Jakobs Seele?«, frage ich, immer noch verunsichert. »Was ist damit?«

»Das liegt an Marie.« Plötzlich flüstert sie. »Hast du von Marie gehört?«

Ich schüttele den Kopf und rutsche ein Stück näher an sie heran. Sylvia schaut sich hastig nach allen Seiten um, obwohl es keinen Sinn macht, weil sie mögliche Zuhörer doch ohnehin fühlen könnte.

»Marie und er waren zusammen. Jeder wusste, wie gefährlich das war. Aber damals war Jakob noch ... anders. Er hat geglaubt, es würde nicht passieren. Sie würden es schon irgendwie schaffen, sich gegenseitig zu beschützen. Marie konnte über Telepathie kommunizieren. Als der Dschinn sie küsste, war Jakob mehrere hundert Meter weit weg. Der letzte Gedanke, den sie ihm sandte, war: ›Wenn du mich liebst, dann töte mich!‹«

Vor Grauen stellen sich mir alle Nackenhaare auf.

»Hat er es getan?«, flüstere ich.

»Nein, er konnte es nicht. Marie kam in die Psychiatrie, wie alle anderen, denen das passiert. Wir haben dort Veteranen sitzen, die den Versehrten sinnvolle Diagnosen unterjubeln und sehen, was sie für ihr weiteres Leben tun können. Aber Marie war eine von denen, die ohne Gefühle einfach nicht leben konnte. Sie sprang noch in derselben Nacht vom Dach. Und Jakobs Seele starb mit ihr.«

Die Geschichte trifft mich aus mehreren Gründen tief. Zum einen, weil sie so unglaublich trostlos ist. Selbst wenn es dabei nicht um Jakob gegangen wäre, könnte ich mich als fühlender Mensch nicht der Traurigkeit entziehen, die sich in mein Herz bohrt. Zum anderen wird mir erst in diesem Moment wirklich klar, worauf ich mich da eingelassen habe. Mir war auch vorher schon bewusst, dass es im Kampf gegen die Dschinn die Möglichkeit gab, zu sterben. Doch zum ersten Mal bekomme ich einen Eindruck davon, wie mein Dienst in der Armee sich anfühlen könnte. Wie wenig heroisch und abenteuerlich er sein wird. Wie sehr das ganze Grinsen und Feixen auf diesem Übungsplatz mit Galgenhumor zu tun hat.

Und dann ist da noch etwas anderes, das ich nicht so recht in Worte fassen kann. Ich spüre noch einen weiteren Stich im Herzen, der ebenfalls mit Jakob zu tun hat. Es fühlt sich an wie eine sterbende Hoffnung. Ein kleines, piepsiges Lachen reißt mich aus meinen Gedanken.

»Was war das?«, frage ich.

Sylvia schaut sich nach allen Seiten um und zuckt die Schultern.

»Ich habe nichts gehört.«

»Doch, da hat jemand gelacht!«

Mit dem Blick durchsuche ich das Unterholz des Waldes hinter uns, kann aber nichts erkennen. Da kichert es wieder, direkt über mir, so zart wie ein helles Glöckchen und dennoch merkwürdig niederträchtig. Als ich nach oben schaue, blicke ich in ein wohl bekanntes Paar grüner Augen. Das Eichhörnchen sitzt da mit offenem Maul, als würde es grinsen. Nur für einen Sekundenbruchteil starrt es mich an, dann verschwindet es blitzschnell in der Baumkrone.

»Ein Dschinn!«, schreie ich und reiße Sylvia von dem Baumstamm herunter.

»Was?« Sie sieht verwirrt aus, wehrt sich aber nicht gegen meine plötzliche körperliche Attacke. Ohne Widerstand, aber merklich verwirrt, lässt sie sich von mir wegzerren. Ich renne panisch zurück zur Schutzhütte, die Hand fest um Sylvias Arm gekrallt. Welche Reaktion ich damit bei den anderen auslöse, war mir nicht klar. Jeder, der soeben noch in der Sonne gesessen oder mit einem Partner die Klinge gekreuzt hat, fährt zu uns herum, als hätte ich eine Bombe gezündet. Innerhalb eines Augenblicks sind alle gefechtsbereit. Zehn gut ausgebildete Soldaten entsichern ihre Waffen, rennen uns entgegen und bilden dabei in vollem Lauf eine V-Formation. An der Spitze Jakob, ein Gewehr im Anschlag, den Blick hektisch nach allen Seiten schweifend. Als wir ihnen näher kommen, tut sich zwischen ihm und Tina eine Lücke auf. Sylvia und ich rennen hindurch und verbergen uns im Schutz der vielen breiten Rücken. Im gleichen Moment wird die Formation langsamer und bleibt stehen.

»Wo?«, fragt Jakob, ohne sich umzudrehen.

»Auf dem Baum, unter dem wir saßen«, sagt Sylvia. »Melek ist sich sicher, dass es ein Dschinn war.« Ihrer Stimme ist anzumerken, dass sie nicht ganz überzeugt ist.

»Hast du ihn gespürt?«, fragt Jakob.

»Nein.«

»Kadim?«

Die Antwort kommt direkt von etwas weiter rechts außen: »Nein.«

Ich sehe, wie Jakobs Schultern sich etwas entspannen. Dennoch lässt er das Gewehr nicht sinken.

»Melek?« fragt er.

»Es war das Eichhörnchen mit den grünen Augen«, versichere ich aufgewühlt. »Ich bin ganz sicher.«

Die anderen Talente tauschen kaum merkliche Blicke miteinander. Sie glauben mir nicht. Tinas Kehle entfährt ein wütendes Brummen. Henry lässt gar seinen Bogen sinken, was ihm ein scharfes Zischen von Jakob einbringt. Er spannt die Sehne wieder, seine Mundwinkel sind verkniffen.

»Feuerschutz-Stellung rechts!«, kommandiert Jakob. Henry rennt zur Seite und geht zwischen der Schutzhütte und der Formation in Stellung.

Jakob greift in seinen Waffengürtel, zieht eine Pistole hervor und reicht sie mir nach hinten.

»Feuerschutz-Stellung links«, befiehlt er. »Gleiche Position wie Henry. Gib uns Deckung. Wenn der Dschinn uns angreift, erschieß ihn.«

Mit zitternden Fingern nehme ich die Pistole und haste nach links. Ich orientiere mich an Henrys Standort auf der anderen Seite, entsichere die Waffe und ziele auf den Baum.

»Tina, Kadim, Mike«, sagt Jakob. Alle drei nehmen neben ihm Aufstellung. Mike ist der Junge mit Ritterrüstung und Zottelhaaren. Sein Talent kenne ich nicht. Von Tina weiß ich mittlerweile, dass sie schnell ist. Eine »Wettläuferin« nennt Jakob sie. Ihre Reaktionen sind raubtiergleich. Kadim soll in seiner Funktion als Orakel mit. Zu viert marschieren sie in einer exakten Reihe auf den Baum zu, die Waffen erhoben, sämtliche Muskeln gespannt.

Ich versuche ruhig zu atmen. Alle meine Sinne sind hellwach. Sollte es zum Kampf kommen, könnte das Leben der vier von meinen Schießkünsten abhängen. Ich habe genau einmal mit der Pistole geübt. Was, wenn ich daneben schieße?

Als sie den Baum erreichen, trennen sie sich. Jakob und Mike gehen rechts herum, Tina und Kadim links. Je einer richtet seine Waffe auf den Waldrand, der andere auf den Baum. Von dem Dschinn kommt keine Reaktion. Falls er noch da ist, hat er sich weit oben in der Krone versteckt. Wahrscheinlicher ist, dass er über alle Berge ist.

Erst als meine Lunge protestiert, merke ich, dass ich die ganze Zeit den Atem angehalten habe, nur um im Notfall eine ruhige Hand zu haben.

»Baum gesichert«, sagt plötzlich der Junge neben mir, ganz außen in der Formation. Es dauert ein paar Sekunden, bis mir sein Name einfällt: Finn. Er muss telepathische Fähigkeiten haben. So ist es möglich, zwischen dem Stoßtrupp und der Formation zu kommunizieren, ohne Geräusche zu verursachen oder seine Pläne zu verraten. Mir fällt auf, dass unsere Defensive ohne mich eine entscheidende Lücke hätte. Ohne einen zweiten Volltreffer wäre die linke Flanke des Stoßtrupps ungesichert. Ein anderes Talent, das vielleicht hervorragend, aber nicht hundertprozentig zielen kann, würde im Falle eines Angriffs eine zusätzliche Gefahr darstellen. Auf hundert Meter Entfernung war es gut möglich, anstelle des Eichhörnchens den Soldaten zu treffen, dem es im Nacken saß. Was hat Jakob vorhin bei meiner Vorstellung gesagt? Dass die Truppe nun wieder komplett ist? Das bedeutet, der letzte Volltreffer ist mittlerweile tot oder gefühlskalt. Ich will gar nicht wissen, wie hoch der Verschleiß an Leuten mit meinem Talent ist. Trotzdem nehme ich mir vor, Henry bei Gelegenheit zu fragen, wie lange er schon durchhält.

Der Stoßtrupp bewegt sich jetzt weiter von uns weg. Im Abstand von je zwei Metern arbeiten sich Jakob, Tina, Kadim und Mike ein Stück in den Wald hinein und sichern auch die angrenzenden Bäume. Ich werde unruhig, als ich ihre Köpfe im Dickicht verschwinden sehe.

»Keine Tiere in der Nähe«, sagt Finn. Das beruhigt die Formation seltsamerweise überhaupt nicht. Ich verstehe nicht sofort, warum. Bis mir einfällt, dass das grünäugige Eichhörnchen ja gar kein normales Tier ist. Mikes Talent muss Tierkommunikation sein, deshalb hat Jakob ihn mitgenommen. Hätte er ein echtes Eichhörnchen aufgespürt, so wäre es wahrscheinlicher gewesen, dass ich mich einfach getäuscht habe. So aber schwebt weiterhin ein Gefühl der Unsicherheit über uns.

Es dauert noch zwei zermürbende Minuten, bis die vier vom Stoßtrupp wieder zwischen den Bäumen auftauchen. Ihre Körperhaltung ist jetzt eher entspannt, aber immer noch militärisch aufmerksam.

Finn bestätigt meinen Eindruck: »Kein Dschinn gefunden. Blinder Alarm.«

Niemand bewegt sich selbst oder seine Waffe, bis Jakob mit den drei anderen wieder bei uns ist. Er lässt sein Gewehr sinken und sagt: »Okay. Rührt euch!« Mir läuft es eiskalt den Rücken hinunter. Ich bin mir nicht sicher, was jetzt auf mich zukommt. Aber als Jakob mich zu sich winkt, ist keine Spur eines Vorwurfs in seinem Blick zu erkennen. Er bedeutet auch Kadim und Sylvia, ihm zu folgen. Den anderen trägt er auf, vor der Hütte Stellung zu beziehen und die Augen offen zu halten.

Hintereinander gehen wir in den Hauptraum der Schutzhütte und Kadim schließt die Tür. Es ist dunkel, aber wunderbar kühl hier drin. Das letzte Mal, als ich auf diesen Holzdielen stand, trug ich ein unangenehm enges Seidenkleid und hatte eine Rose im Haar stecken. Es war derselbe Ort und etwa dieselbe Jahreszeit. Doch das scheint Lichtjahre her zu sein.

»Wir müssen herausfinden, was da gerade eben passiert ist«, eröffnet Jakob das Gespräch in meine Richtung. »Bist du dir sicher, dass es dasselbe Eichhörnchen war?«

Ich nicke nachdrücklich mit dem Kopf. »Ganz sicher. Es war da!«

»Warum haben es dann weder Sylvia noch Kadim gespürt?«

Darauf weiß niemand eine Antwort.

»Was ... was genau spürt ihr?«, will ich wissen.

»Na, die Anwesenheit eines Dschinn!«, sagt Kadim etwas barsch. Für einen Türken hat er ziemlich helle Haare. Er ist nicht besonders groß und im Vergleich zu den anderen weniger stark muskelbepackt. Was ihn allerdings besonders macht, sind seine fülligen Lippen, die seinem ansonsten eher durchschnittlichen Gesicht einen sinnlichen Glanz verleihen. Es grenzt an Verschwendung, dass er damit vielleicht nie jemanden küssen wird.

»Das stimmt nicht ganz«, sagt Sylvia. »Zumindest bei mir nicht. Ich spüre die Gefahr, die von einem Lebewesen ausgeht.«

»Was bei Dschinn ja auch der Fall ist«, brummt Kadim.

»Aber für den Fall, dass der Dschinn nur spionieren wollte und niemals vorhatte, uns anzugreifen ...« Kadim schneidet mir den Satz ab, bevor ich ihn zu Ende sprechen kann.

»... hätten wir ihn trotzdem gespürt, weil auch ein Spion gefährlich ist.«

Jakob setzt sich auf einen schweren Eichentisch mitten im Raum und brummt etwas Unverständliches. Dabei fixiert er mich die ganze Zeit, bis es mir unangenehm wird.

»Es gibt zwei Möglichkeiten«, sagt er schließlich. »Entweder Melek hat sich getäuscht oder die Dschinn haben einen Weg gefunden, unsere Orakel an der Nase herumzuführen. Und wenn das der Fall sein sollte, sind wir geliefert. Wir müssen auf der Stelle herausfinden, ob ihr sie noch aufspüren könnt. Heute Abend gehen wir in die Clubs und suchen sie. Das ist einfacher als im Wald.«

»Aber heute ist Sonntag. Da ist nicht viel los«, wirft Kadim ein.

»Egal. Wir müssen es versuchen.«

Mein verständnisloser Blick macht den anderen klar, dass ich immer noch nicht weiß, wie sie eigentlich arbeiten. Jakob nimmt sich die Zeit, mir die Dinge zu erklären, auch wenn ihm anzumerken ist, dass seine Gedanken ganz woanders sind. So oft wie möglich schlagen die Talente sich in Diskotheken und Clubs die Nächte um die Ohren, denn dort finden die Dschinn die meisten Opfer. Dort sind die Menschen gewillt sich küssen zu lassen. Und es ist verhältnismäßig leicht es zu verhindern. Denn genau wie die Talente sind auch die Dschinn darauf bedacht kein allzu großes Aufsehen zu erregen. Die Auseinandersetzungen in der Öffentlichkeit verlaufen meist wie einfache Konflikte unter konkurrierenden Gleichgeschlechtlichen. Hat ein männlicher Dschinn sich auf ein Opfer fixiert, so mischt sich ein ebenfalls männliches Talent in das Spiel ein. Handelt es sich um einen weiblichen Dschinn, eine Dschinniya, so greifen Tina oder Nadja ein. Sylvia hat noch Schonfrist, weil sie so jung ist. Aber ich bin über kurz oder lang ebenfalls für den Einsatz als »Liebestöter« geplant, wie die Talente es nennen. Beim besten Willen kann ich mir nicht vorstellen, dass ich dabei hilfreich sein könnte. Meine Flirtkenntnisse beschränken sich auf zwei oder drei tölpelhafte Versuche, die nicht das gewünschte Ergebnis gebracht haben. Wie soll ich jemals gegen einen weiblichen Dschinn ankommen?

»Wenn wir die Möglichkeit haben, sie noch am selben Abend unbeobachtet zu stellen, tun wir das. Aber in den meisten Fällen kommt es nicht zum

Kampf, weil die Dschinn vorher aufgeben und verschwinden.«, erklärt Jakob. »Sie kämpfen nicht gern, wenn die Vorteile nicht klar auf ihrer Seite liegen.«

Die wirklich schlimmen Kämpfe finden deshalb im Wald statt, denn dorthin ziehen sich die Dschinn tagsüber zurück. Hier sind sie ganz in ihrem Element. Sie mögen es dunkel und feucht, finden jede Menge Höhlen und Erdlöcher, in denen sie sich verkriechen können. In der Gestalt von Tieren können sie unbemerkt umherstreifen und Ausschau nach neuen Opfern halten. Ihre echte Gestalt hat noch nie jemand gesehen. Nun weiß ich auch, woher die Augenringe kommen. Es liegt einfach am chronischen Schlafmangel der Talente.

»Da ist noch eine Sache«, sagt Sylvia, nachdem Jakob die meisten meiner Wissenslücken bereinigt hat. »Es betrifft Meleks Seele.«

O nein! Das Thema hatte ich fast schon wieder vergessen.

»Sie hat auf jeden Fall einen reinen Geist, aber ich habe gesehen, dass ihre Seele die dunkle Seite anzieht. Ich weiß nicht, was das bedeutet.«

Für einen kurzen Moment sehe ich Entsetzen in Jakobs blauen Augen, doch er hat sich schnell wieder im Griff.

»Kannst du noch mehr darüber sagen?«, fragt er.

»Nur, dass es schicksalhaft ist. Es muss so sein.«

Damit will sie ihm wahrscheinlich sagen, dass er es akzeptieren soll, was immer es auch für uns alle bedeutet. Eine schwierige Situation für Jakob: Sein fehlbares Nachwuchs-Orakel macht erst uns allen Angst und setzt dann noch obendrauf, dass man die Dinge ohnehin nicht ändern dürfe. Ob er das so einfach hinnimmt? Das Schicksal unserer Truppe, vielleicht das Leben Tausender Menschen, in den Händen einer Dreizehnjährigen! Ich wollte nicht in seiner Haut stecken. Auch wenn ich trotz allem hoffe, dass er mich behält. Ich wüsste nicht, wie ich nach den letzten beiden Tagen je wieder in mein normales Leben zurückfinden sollte.

»Kadim«, sagt er schließlich. »Bitte sieh nach, ob du etwas erkennen kannst.«

Was nun folgt, habe ich schon einige Male bei der Verwandtschaft meiner Mutter gesehen. Meine Oma war Spezialistin in diesen Dingen, doch ihre

Prognosen hatten grundsätzlich nur mit dem Wetter und mit zahlreichen Liebesaffären zu tun. Immer wenn die Frauen meiner türkischen Familie eine gewisse Laune überkam, saßen sie an unserem Tisch in der Küche zusammen, tranken Mokka und lasen anschließend ihre Zukunft aus dem Satz. Mir wurde dabei regelmäßig ein glückliches Leben mit vielen Kindern und einem hübschen Ehemann prophezeit. Gutes Wetter inklusive. Die Zeichen, die sie dabei angeblich in den Rückständen in der Tasse erkannten, waren natürlich völlig aus der Luft gegriffen. Ich habe noch nie etwas anderes gesehen als braune Klümpchen mit hellen Schlieren.

Kadim hat tatsächlich eine richtige türkische Kaffeetasse nebst Untersetzer dabei. Beides steckt, in mehrere Schichten Vlies gewickelt, in seiner Brusttasche. Er nimmt eine winzige Thermoskanne von seinem Gürtel, schüttelt sie zweimal und gießt den Inhalt in die Tasse. Dann hält er sie mir hin.

»Du weißt, wie?«

Ich nicke.

Wenn es um den Genuss gehen würde, müsste ich nun warten, bis sich der Kaffee am Boden der Tasse ganz gesetzt hat. Aber um Genuss geht es schon lange nicht mehr. Dennoch lasse ich eine Minute verstreichen, damit wenigstens ein Teil des Pulvers übrigbleibt. Irgendetwas muss er ja noch haben, woraus er lesen kann. Ich senke meinen Blick und betrachte die hübsche verschnörkelte Tasse. Aus dem Augenwinkel kann ich sehen, dass die anderen mich ernst anstarren. Keiner von ihnen sagt ein Wort.

Als ich glaube, dass der größte Teil des Kaffeepulvers sich gesetzt hat, trinke ich den Rest mitsamt der lauwarmen Flüssigkeit ab, lege die Untertasse obenauf und gebe Kadim das Konstrukt zurück. Vorsichtig nimmt er es entgegen, dreht es auf den Kopf und wartet ebenfalls eine Weile. Dann deckt er die Tasse auf und stellt den Untersetzer beiseite. Ziemlich lange dreht er die Tasse in seinen Händen hin und her und betrachtet den Inhalt von allen Seiten. Schließlich hält er sie Jakob hin.

»Das Zeichen für Yin und Yang«, sagt er und deutet auf eine Stelle im Satz, die ich nicht sehen kann. »Gut und Böse. Genau wie Sylvia gesagt hat. Aber es kann auch eine Verbindung zwischen entgegengesetzten Kräften sein. Ich würde das nicht unbedingt nur negativ sehen. Daraus könnte sich Großes entwickeln.«

Mir fällt ein Stein vom Herzen. In diesem Moment bin ich Kadim richtig dankbar. Allerdings nur für einen Augenblick. Denn dann spricht er weiter.

»Ganz unten in der Tasse ist ein Kreuz. Sie wird uns harte Prüfungen bringen. Und es wird schlimme Unglückstage geben«, sagt Kadim, ohne mich auch nur einen Augenblick dabei anzusehen. »Und hier: diese Pflanze. Sie steht für Schicksal und Herzensangelegenheiten. Kannst du sie erkennen?«

Jakobs Gesicht ist vollkommen regungslos. Er betrachtet die Tasse noch eine Weile schweigend, dann schiebt er sie zu Kadim zurück. Seine Antwort ist an mich gerichtet:

»Senecio Jakobaea«, sagt er. »Jakobskreuzkraut.«

Seine Augen bohren sich in meine. Ich bekomme eine Gänsehaut. Dann schickt er mich hinaus und ich zögere keine Sekunde, zu verschwinden. Hastig ziehe ich die Tür hinter mir zu und trete hinaus ins Freie. Die tief stehende Sonne strahlt in mein Gesicht und treibt mir die Tränen in die Augen. Ich reiße mich zusammen. Auf keinen Fall will ich jetzt losheulen. Heulsusen stehen im Beliebtheitsgrad der Armee wahrscheinlich auf derselben Stufe mit Leuten, die falschen Alarm schlagen. Direkt vor dem Eingang der Schutzhütte stehen die beiden Muskelprotze, Rafail und Lennart, mit ihren Schwertern und Schilden, und halten Wache. In einiger Entfernung haben sich auch die anderen Talente positioniert. Nur drei oder vier räumen bereits die ersten Übungsstationen weg. Sicher ist, dass alle mich mehr oder weniger beobachten. Das ist das Letzte, was ich jetzt will. Deshalb gehe ich um die Hütte herum und schlage mich ein Stück weit in den Wald hinein, auf der Suche nach einem abgeschiedenen Plätzchen, wo ich in Ruhe meinen düsteren Gedanken nachhängen kann. Das schreckliche Eichhörnchen fällt mir wieder ein und ich ziehe mich vorsichtshalber wieder etwas zurück in Richtung Hütte. Je näher ich der Truppe bleibe, desto besser. Aufgelöst kauere ich mich an die Außenwand des Häuschens und beiße auf meinen Fingernägeln herum. Das ist das beste Mittel, um Tränen jeder Art zurückzuhalten.

Ich bin nicht gekommen, um zu lauschen. Aber als ich sie drinnen leise sprechen höre, halte ich den Atem an und höre zu. Ich möchte wissen, was sie mit mir vorhaben. Auch dann, wenn sie es mir nicht sagen wollen. Im Grunde ist das mein Recht.

»Das ist mir klar, Sylvia«, sagt Kadim gerade. »Aber du musst auch die andere Seite sehen. Wir wissen nicht, was da auf uns zukommt. Sie ist unberechenbar.«

Jemand scharrt mit dem Stiefel auf dem Boden wie ein aufgeregtes Tier.

»Aber es ist Schicksal, Kadim. Du hast es selber gesagt!« Sylvias helle Mädchenstimme.

»Schicksal ist immer das, was passiert, wenn wir stillstehen. Das Schicksal kann verändert werden.«

Nun mischt sich Jakob in das Gespräch ein.

»Klar ist allerdings, dass wir einen zweiten Volltreffer brauchen«, sagt er.

»Aber was wir noch dringender brauchen, ist ein funktionierender Anführer«, entgegnet Kadim erregt.

Darauf folgt ein längeres Schweigen. Ich würde zu gern die Gesichter der drei sehen, den Blick, mit dem Jakob Kadim gerade zu verstehen gibt, dass er seine Befugnisse überschritten hat. Aber als er antwortet, klingt seine Stimme nicht aggressiv.

»Wenn du denkst, mir könnte das ein zweites Mal passieren, irrst du dich. Ich bin durchaus in der Lage, meine Gefühle und mein Handeln zu kontrollieren«, sagt er.

»Und Melek hat keine bösen Absichten. Ich konnte es in ihrem Geist ganz deutlich sehen«, mischt sich Sylvia wieder ein. »Was auch immer sie uns bringt, wird Schicksal sein. Und es wird kommen, wie es kommen muss. Auch ohne Stillstand. Wir wissen nicht einmal, ob wir es überhaupt noch stoppen können.«

»Doch, das können wir!«, sagt Kadim, wohl an Jakob gewandt. »Sie ist noch nicht gezeichnet. Noch hast du die Gelegenheit. Schick sie weg!«

Darauf sagt Jakob nichts mehr. Ich kann hören, wie ein Stuhl zur Seite gerückt wird und jemand aufsteht. Wahrscheinlich ist die Entscheidung gefallen, doch niemand spricht sie aus. Vor Aufregung reiße ich mir einen Fingernagel ein und schmecke Blut auf meiner Zunge. In der Hütte sind Schritte zu hören. Wahrscheinlich werden sie gleich hinausgehen und nach mir suchen. Hastig springe ich auf. Ich will auf keinen Fall, dass sie merken, dass ich gelauscht habe. Auf direktem Weg zwänge ich mich durch Dornen und alten Schrott hinten an der Hütte entlang zurück bis zur Veranda. Dort warte ich, bis die Tür aufgeht und meine Richter auftauchen, um mir ihren Urteilsspruch zu verkünden. Es dauert länger, als ich gedacht habe. Wahrscheinlich reden sie doch noch weiter. Aber jetzt gibt es keine Gelegenheit mehr für mich, zuzuhören.

Jakob tritt als erster aus der Tür und ruft sofort meinen Namen. Wie eine Verbrecherin schäle ich mich aus meiner inneren Starre und gehe um die Veranda herum auf ihn zu. Dabei nehme ich mir vor, jede Entscheidung wortlos zu akzeptieren. Ich sehe das wie Sylvia: Das Schicksal kann nicht verändert werden.

»Wir haben uns entschieden, Melek«, sagt Jakob unverwandt. »Ich möchte, dass du uns weiterhin unterstützt. Du wirst für die Armee sehr wertvoll sein. Morgen Nachmittag bekommst du dein Bannzeichen.«

Dabei lächelt er entgegen meiner Erwartung kein bisschen, aber allein der Sog seines Talents reicht aus, um einen Hauch von Glück in diesen Augenblick zu zaubern.

Eine ganz neue Bedeutung für das Wort »aschblond«

Es ist schon Abend, als Jakob uns mit seinem Land Rover zurück zum Bahnhof fährt. Diesmal sitze ich nicht auf dem Beifahrersitz, sondern hinten, eingezwängt zwischen Lennart und Sylvia. Tina hat es sich vorne bequem gemacht. Ihr Arm hängt lässig aus dem geöffneten Fenster. Im Seitenspiegel sehe ich ihr Gesicht, doch ihre Augen sind von der verspiegelten Sonnenbrille verdeckt. Ich kann mir nicht vorstellen, dass es jemals einen Grund geben würde, weswegen wir uns näherkommen sollten.

Jetzt, wo die schlimmste Anspannung nachgelassen hat, spüre ich wieder ganz deutlich das Pochen in meinem linken Arm. Den verflixten Sehnenkuss werde ich irgendwie erklären müssen, denn es ist ausgeschlossen, dass meine Eltern ihn nicht innerhalb der nächsten Tage zu Gesicht bekommen. Da ich selber weiß, wie schwer mir spontane Ausreden über die Lippen kommen, nutze ich die schweigende Fahrt durch den Wald, um mir geeignete Notlügen auszudenken. Wie ich allerdings eine Tätowierung auf meiner Hand erklären soll, steht auf einem ganz anderen Blatt. Darüber werde ich morgen nachdenken, wenn es so weit ist.

Ich bin die Einzige, die am Bahnhof aussteigt. Alle anderen fahren weiter bis nach Biedenkopf.

»Ich muss dich noch was fragen«, sage ich zu Jakob, bevor ich die Tür zumache. Er kommt mit nach draußen, verschränkt aber die Arme vor der Brust, als er neben mir steht. Scheinbar hat er sich vorgenommen, mich vollkommen aus seiner toten Seele auszusperren. Als ob ich da noch etwas kaputtmachen könnte! Ich beschließe, einfach darüber hinwegzusehen. Was könnte ich sonst schon tun?

»Erinnerst du dich an Erik?«, frage ich.

»Der Junge, der bei den *Baskets* angerufen hat«, stellt er kühl fest.

»Ja. Er hat etwas gemerkt. Gestern Abend hat er mir jede Menge Fragen gestellt. Ich kenne Erik. Er wird nicht aufgeben. Notfalls verfolgt er mich so lange, bis er es herausfindet. Was soll ich tun?«

Ich frage nicht: »Kann ich ihm die Wahrheit sagen?«, wie ich es Erik versprochen habe. Das Band, das mich an Jakob bindet, ist einfach stärker. Trotz allem, was heute vorgefallen ist, bin ich weiterhin bereit, für ihn und seine Armee meinen einzigen Freund zu opfern. Was bin ich nur für ein abgebrühter Befehlsempfänger!

»Was wird er tun, wenn du ihm nichts verrätst?«, will Jakob wissen.

»Er sagt, er wird zur Polizei gehen und die ganze Geschichte erzählen. Er glaubt, wir tun etwas Kriminelles – und macht sich Sorgen um mich.«

Jakob denkt nur kurz darüber nach. Diese Entscheidung ist scheinbar eine von denen, die ihn weniger belasten.

»Nun gut«, sagt er. »Morgen Nachmittag bekommst du dein Zeichen. Sag deinem Erik, er kann anschließend zu mir kommen und er wird erfahren, was er erfahren muss. Um drei Uhr an der Schutzhütte. Wenn er vorher kommt, kann er es vergessen. Heute Abend im Club bist du mit von der Partie. Sei spätestens um zehn in der Havanna-Bar.«

Ich nicke nur schwach. Dann steigt er in den Wagen und braust mit den anderen davon. Als ich die Rücklichter des Land Rovers hinter einer Kurve verschwinden sehe, kann ich ein erleichtertes Seufzen nicht ganz zurückhalten. Ich war noch nie gut darin mich mit anderen Menschen zu verbünden. Schon gar nicht, wenn ich das Gefühl habe, dass sie mich eigentlich ablehnen. Entsprechend seltsam ist es, dass ich mit keiner Faser meines Herzens daran denke zu desertieren. Der Hauptgrund dafür ist nicht Jakobs Charisma, sondern meine tiefe Überzeugung, richtig zu handeln. Anscheinend warte ich unbewusst schon so lange auf diese Aufgabe, dass ich bereit bin die Nebenwirkungen auf mich zu nehmen, die sie zwangsläufig mit sich bringt. Das sagt zumindest der eine Teil von mir. Der andere ist gerade durchaus froh, dass mir eine Atempause von drei Stunden bleibt, ehe ich wieder in die Welt der Talente eintauche.

Als ich mit dem Sieben-Uhr-Zug in Buchenau eintreffe, bin ich nicht darauf vorbereitet Erik zu sehen. Er sitzt in einer Motorradhose auf der Bank unter der Bahnhofsuhr und schaut aus, als wäre er seit Stunden darauf festgewachsen. Sein Moped, eine kleine Geländemaschine, steht ein paar Meter weiter in der immer noch prallen Sonne. Einen Moment lang überlege ich mich hinter dem Abteil zu verstecken und bis zum nächsten Bahnhof weiterzufahren, um ihm zu entkommen. Aber die Aussicht auf einen fünf Kilometer langen Fußmarsch zurück schreckt mich noch mehr ab als die unvermeidliche Konfrontation.

Er springt auf, als er mich sieht, und kommt mir eilig entgegen. Irgendetwas an meinem Anblick scheint ihn zu irritieren, denn er runzelt besorgt die Stirn. Kurz vor mir bleibt er stehen, seufzt leise und breitet die Arme aus. Zu meiner eigenen Überraschung lasse ich mich hineinfallen. Zum ersten Mal an diesem Tag fühle ich mich sicher. Ein paar Sekunden stehen wir so da, dann winde ich mich aus seinem Griff.

»Du siehst schrecklich aus«, stellt er fest. Sein Blick fällt auf den Bluterguss, der durch meine kurzen Ärmel unübersehbar ist. »Wie ist das passiert?«

»Ich bin auf einem Baumstamm im Wald ausgerutscht und hingefallen«, lüge ich, doch Erik schüttelt nur den Kopf.

»Nein«, sagt er. »Du hast keine Kratzspuren. Das war etwas anderes.«

Mir ist zwar durchaus klar, dass ich keine geschickte Lügnerin bin, aber Eriks Talent, mich zu durchschauen, ist manchmal fast gruselig. Er braucht dafür nicht einmal einen KGS-Sensor.

»Wie sieht's denn nun aus mit der Wahrheit?«, fragt er. »Du wolltest mir heute Abend Bescheid geben. Und ich würde sagen, heute Abend ist genau jetzt.«

»Morgen«, murmele ich. »Sie wollen es dir morgen sagen.« Und damit er nicht gleich ausrastet, füge ich noch schnell Zeit und Ort hinzu: »Um drei Uhr an der Schutzhütte in Eckelshausen.«

»Aha«, macht Erik. »Morgen.«

Er scheint zu überlegen, ob er sich darüber aufregen soll oder nicht. Dann entscheidet er sich dagegen.

»Das ist ja wenigstens mal eine Aussage. Und wenn man bedenkt, wie viel Übung ich im Warten habe, kommt es auf einen Tag mehr oder weniger auch nicht mehr an.«

Er tut gerade so, als hätte ich ihn eine Woche lang hingehalten und nicht einen Tag. Mir liegt schon ein entsprechender Kommentar auf der Zunge, als mir einfällt, dass er vielleicht gar nicht die letzten Tage meint, sondern die letzten Jahre. Warten auf mich. Darin hat er wirklich Übung. Gut, dass ich nichts gesagt habe. Ich möchte über so etwas nicht mit ihm reden.

Erik begleitet mich den kurzen Weg vom Bahnhof zum Forsthaus. Sein Moped schiebt er locker mit einer Hand neben sich her, der Helm baumelt am Lenker.

»Gibt es denn irgendetwas, was du mir über deinen Tag erzählen kannst?«, will er wissen. »Zum Beispiel die Wahrheit über deinen Bluterguss?«

Eigentlich bin ich nicht in der Stimmung für anstrengende Gespräche. Ich sehne mich nach meinem weichen Kopfkissen und meinem kühlen Zimmer. Wenn ich heute Nacht erneut mit den Talenten losziehen soll, gibt es nichts, was ich so dringend brauche wie eine Mütze Schlaf. Aber wahrscheinlich kann es nicht schaden, Erik vom Bogenschießen zu erzählen. Er wird ohnehin bald mehr darüber erfahren. Und das restliche Waffenarsenal lasse ich einfach weg.

»Das ist ein Sehnenkuss«, sage ich. »Vom Bogenschießen.«

»Bogenschießen«, wiederholt er leicht ungläubig. Dann fasst er nach meinem Arm und besieht sich den roten Striemen noch einmal. »Schon besser.«

»Das war nicht gelogen«, sage ich. »Diesmal stimmt es wirklich.«

Er macht nicht den Versuch, mehr darüber zu erfahren, aber ich kann sehen, wie es hinter seiner Stirn arbeitet.

»Darf ich dir einen Tipp geben für die elterliche Lüge?«, fragt er. Ich sehe ihn erstaunt an. »Bleib so nahe wie möglich bei der Wahrheit. Das ist glaubhafter als deine harmlosen Ausreden.«

»Ich werd's mir merken.«

»Wann triffst du dich wieder mit denen?«

Die Antwort ist heraus, bevor mein Verstand sich eingeschaltet hat.

»Heute Nacht.«

Erik bleibt stehen und starrt mich mit offenem Mund an.

»Heute Nacht? Hast du vor, jetzt nur noch mit den Freaks rumzuhängen? Dir ist aber schon klar, dass du noch ein eigenes Leben hast, oder? Ich meine, was ist mit der Schule? Und mit Basketball?«

Und mit ihm. Das ist es doch, was er wirklich denkt. Eine plötzliche Wut glimmt in mir auf. Ich habe kein eigenes Leben mehr. Mein Leben steht jetzt im Dienst einer übergeordneten Sache. Da ist ganz und gar kein Platz für einen Jungen, dessen einziges Bestreben es seit zwei Jahren ist, hinter mir herzulaufen wie ein herrenloser Hund. In der Zukunft, die auf mich wartet, wird er einzig und allein einen Ballast darstellen. Genau wie meine Eltern. Meine Lehrer. Und meine Basketballmannschaft. Diese Erkenntnis ist so niederschmetternd, dass meine Wut von alleine verglüht. Zurück bleibt nur ein schaler Geschmack auf meiner Zunge.

Ich würdige ihn keiner Antwort. Besser, er lernt schnell, dass er nicht mehr auf mich zu warten braucht. Besser für ihn und für mich.

»Na gut«, sagt Erik, als er begreift, dass ich seine Frage ignoriere. »Wie wäre es dann damit: Ich verklickere deinen Eltern, dass wir beide heute Nacht noch ausgehen wollen. Ich fahre dich dorthin. Und dann halte ich mich so lange im Hintergrund, bis du fertig bist. Ich werde nicht herumquengeln und mich nicht einmischen. Du hast mein Wort.«

Das ist das Schlimme an Erik. Man wird ihn nicht los.

»Hast du eigentlich keine anderen Freunde?«, frage ich böse.

»Doch«, sagt er. »Ich bin nicht wie du. Wenn ich mich für jemanden entscheide, dann aus vollem Herzen.«

Das hat gesessen.

Mittlerweile sind wir vor unserer Hofeinfahrt angekommen. Eigentlich müsste er nun sein Moped abstellen, denn die Auffahrt geht steil bergan. Es ist anstrengend genug, ohne zusätzliches Gewicht hinaufzulaufen. Aber Erik schiebt die Maschine klaglos, wenn auch schweigend, weiter. Er ist wirklich kräftiger, als ich dachte. Dabei wird er nächsten Monat erst siebzehn. Ich beschließe seinen Vorschlag anzunehmen. Sei es nur aus Bequemlichkeit, um die anstrengende Diskussion mit meinen Eltern nicht selber führen zu müssen. Und um einen Chauffeur zu haben, der nicht Horst heißt und mich den ganzen Weg bis Marburg über die Gefahren von Drogen im Colaglas aufklärt.

»Okay«, sage ich. »Dann versuch dein Glück.«

Meine Mutter hat uns schon vom Fenster aus gesehen. Sie schwebt anmutig die Verandatreppe herab, fast so, als wolle sie ein positives Bild bei Erik hinterlassen. Endlich ein aussichtsreicher Kandidat, um die peinliche Tochter unter die Haube zu bringen! Meine Mutter lebt eindeutig in einer verkehrten Welt. Erst als sie den Sehnenkuss sieht, werden ihre Schritte langsamer und nun runzelt sie doch die Stirn.

»Was hast du gemacht?«, jammert sie in ihrem besorgtesten Tonfall. »Wie siehst du nur aus, Melek?« Ihr Blick schweift unsicher hinüber zu Erik.

»Nicht so schlimm, Mama«, sage ich. »Ich war im Wald bei einem Live-Rollenspiel. Da hab ich versucht, mit einem Bogen zu schießen. Aber die Sehne hat meinen Arm verletzt.«

Eriks Tipp war fantastisch. Meine Mutter glaubt mir.

»Bei einem Live-Rollenspiel? Was soll das denn sein?«, fragt sie schon etwas beruhigter. Ich gebe mich betont ausgeglichen und freundlich.

»Das ist ganz witzig«, sage ich. »Man verkleidet sich irgendwie und spielt eine ausgedachte Geschichte nach. Dabei kommt es manchmal auch zu Kämpfen … nicht mit echten Waffen natürlich. Ein paar Leute vom Fitnessstudio machen das regelmäßig und haben mich eingeladen. Es war lustig!«

»Aha«, sagt meine Mutter, etwas verunsichert. Dann schaut sie wieder Erik an.

»Und du … Sie waren auch dabei?«

Erik setzt sein charmantestes Lächeln auf. Er hat meine Mutter gleich bei der ersten Begegnung durchschaut. Jetzt wickelt er sie um den Finger.

»Du ist schon okay, Frau Weber«, stellt er klar. »Ich bin Erik. Und nein, ich war nicht dabei. Melek hat das Rollenspiel mir vorgezogen, obwohl ich sie lieber auf ein Eis eingeladen hätte. Wir haben uns gerade eben am Bahnhof getroffen.«

Wie geschickt er das macht! Stellt sich gleichzeitig als den guten Jungen und als verschmähtes Opfer dar. Es gibt praktisch nichts, was meine Mutter mehr für ihn einnehmen könnte. Ich sehe es an ihrem Blick. Erik nutzt seinen Vorteil sofort schamlos aus.

»Würden Sie es erlauben, dass ich Melek heute Abend noch ins Kino einlade?«, fragt er. »Ich weiß, es ist Sonntag und morgen ist Schule. Aber vielleicht drücken Sie mal ein Auge zu?«

Das hätte er sich sparen können. Meiner Mutter ist die Schule völlig egal. Sie weiß genau, dass ich eine unkomplizierte Schülerin bin, die meistens gute Noten nach Hause bringt. Das Thema bereitet ihr die wenigsten Sorgen. Viel wichtiger ist ihr, dass überhaupt jemand Interesse daran hegt, mich ins Kino zu entführen. Sonntag hin oder her. Würde nicht genau in dem Moment mein Vater auf der Veranda auftauchen, so hätte er seine Zusage in der Tasche gehabt. Der aber sieht das Moped und hat sofort Bilder von abgerissenen Körperteilen und verkohlten Autowracks im Kopf.

»Hab ich da gerade was von Kino gehört?«, fragt er. In seiner Stimme schwingt etwas Bedrohliches mit. Ich hoffe wirklich, dass alle seine Waffenschränke gut zugesperrt sind. Erik lässt sich davon nicht abschrecken. Er fährt seine Tour einfach weiter wie bisher.

»Guten Tag, Herr Weber«, sagt er höflich. »Ich bin Erik Sommer. Gerade eben habe ich schon Ihre Frau gefragt …«

Mein Vater lässt sich von dem Gesülze nicht beeindrucken.

»Wie willst du sie da hinbringen?«, unterbricht er ihn. »Mit dem Ding da?«

»Das hatte ich vor, ja.«

»Das kommt gar nicht in Frage!«, donnert mein Vater. »Weißt du, wie viele Unfälle es mit Motorrädern gibt?«

Was für eine bescheuerte Frage. Ich schäme mich gerade für alle beteiligten Personen. Für meinen spießigen Vater, meine kupplerische Mutter und den verlogenen Jungen, der sich schimpft, mein bester Freund zu sein. Die ganze Vorstellung ist widerlich. Wäre ich doch nur heimlich aus dem Fenster gestiegen und hätte mir ein Taxi nach Marburg genommen. Das wäre weit weniger anstrengend geworden. Aber Erik scheint irgendeinen Zaubertrank getrunken zu haben, der ihn nur noch das Richtige sagen lässt. Zumindest für die Ohren meiner Eltern.

»Ich verstehe Ihre Bedenken«, sagt er. »Dann fahren Sie uns doch.«

O nein! Gerade in diesem Moment kann ich mir nichts Grausameres vorstellen, als von meinem Vater zu einem Rendezvous mit Erik kutschiert zu werden. Aber genau darauf läuft es hinaus. Da es meinem Vater nun an Argumenten fehlt, kann er nicht mehr anders, als klein beizugeben. Er wirft einen hilfesuchenden Blick zu meiner Mutter, erntet aber nur honigsüße Zustimmung.

»Na schön«, sagt er. »Um welche Uhrzeit?«

»Halb zehn?«, sage ich, gerade noch rechtzeitig, um Erik nicht in Verlegenheit zu bringen. Er weiß ja gar nicht, wann ich da sein muss.

»So spät?« echauffiert sich mein Vater.

»Mann, Papa, der Film fängt um 21.45 Uhr an. Jetzt mach mal halblang!«

Er lässt ein zustimmendes Brummen hören.

»Schön!« Erik grinst über das ganze Gesicht. »Dann bin ich pünktlich um halb zehn wieder hier. Vielen Dank!«

Damit setzt er sich den Helm auf den Kopf und schnallt ihn fest. Er schlüpft auch vorbildlich in seine Motorradjacke, lässt das Moped an und winkt mir zum Abschied. Dann rollt er leise den Berg hinunter und fährt mit überaus anständiger Drehzahl Richtung Biedenkopf. Erst als meine Eltern wieder im Haus sind, kann ich hören, wie jemand unten auf der Bundesstraße seine Maschine bis zum Anschlag aufdreht. »Pah«, denke ich, »mehr als achtzig schaffst du ohnehin nicht!«

***

Obwohl ich mich redlich bemühe, finde ich keinen echten Schlaf. Stattdessen wälze ich mich zwei Stunden lang in meinem Bett hin und her und grüble über Sachen, die ich eigentlich vorübergehend verdrängen wollte. Zwischendrin schlafe ich doch kurz ein und träume beängstigende Dinge von lachenden Eichhörnchen und unbekannten Mädchen, die sich vom Dach der Jugendpsychiatrie stürzen. Um acht stehe ich kurz auf, werfe meinen Computer an und gehe ins Internet, um mir anzusehen, wie Jakobskreuzkraut aussieht. Ich bin ziemlich enttäuscht von der unscheinbaren gelben Blüte mit ihren vielen dünnen Blättern. Wie diese Pflanze im Kaffeesatz ausgesehen haben mag, kann ich mir beim besten Willen nicht vorstellen. Aber es muss überzeugend gewesen sein, sonst hätten Kadim und Jakob nicht den gleichen Gedanken gehabt.

Ich gehe wieder ins Bett und ziehe mir die Decke über den Kopf. So ganz schlau bin ich aus dem Orakel nicht geworden. Wollte Kadim Jakob damit sagen, dass er sich um Himmels willen nicht in mich verlieben sollte, weil das ihrer aller Untergang bedeuten würde? Oder was sonst sollte die Verbindung aus Jakob, dem Schicksal und den Herzensangelegenheiten? Ich glaube nicht, dass man sich darüber Gedanken machen müsste. Vom ersten Moment unserer Begegnung an hat Jakob mich nie anders angesehen als ein Talentsucher, der eine aussichtsreiche Soldatin entdeckt hat. Jedes Lächeln, das er mir schenkte, war lediglich freundschaftlich und anerkennend. Es wird schwierig für mich werden künftig auf das Lächeln zu verzichten, aber das werde ich wohl müssen. Dass Jakob sich distanzieren würde, hat er vorhin am Bahnhof deutlich gezeigt. Auch wenn ich es gewohnt bin Abstand zu anderen Menschen zu halten – Jakobs Nähe war beruhigend gewesen, denn sie gab mir Sicherheit.

Ich döse wieder hinüber in einen wirren Traum. Diesmal renne ich gehetzt durch den dunklen Wald und fühle meine Verfolger überall, obwohl ich nicht die Hand vor Augen sehen kann. Im vollen Lauf pralle ich gegen einen Baum und falle rückwärts, wie ein Käfer mit dem Rücken zur Erde. Mein Kopf schmerzt und meine Sinne sind wie benebelt. Ein glöckchenhaftes Lachen ertönt, bevor sich eine dunkle Gestalt über mich beugt und mir ihre warme Hand unter den Nacken schiebt. Die Silhouette eines fremden und doch sehr vertrauten Gesichts schiebt sich über mich, sein Mund nähert sich meinem. Ein ungewöhnlich starker Sog packt meinen Körper.

Da wache ich schweißgebadet auf. Ein Blick auf meinen Wecker sagt mir, dass es ohnehin an der Zeit ist, aufzustehen. Es ist neun Uhr und wenn ich auch nur ansatzweise nett aussehen will heute Abend, dann sollte ich mich nun schleunigst duschen und nach annehmbaren Klamotten in meinem Kleiderschrank wühlen. Ich entscheide mich dafür, weder besonders aufreizend, noch zu brav auszusehen. Diese gnadenlose Kompromissbereitschaft in meinem Sinn für Äußerlichkeiten lässt mich am Ende meist fad und halbherzig wirken. Aber heute gelingt es einigermaßen gut. Ich wähle eine eng anliegende Jeans und ein knappes schwarzes Spaghettiträger-Top. Sozusagen das kleine Schwarze für Bar-Besuche. Ein Blick auf meine Ballerinas lässt mich noch einmal grübeln. Aber hohe Schuhe kann nun wirklich niemand von mir erwarten. Es besteht kein Grund, dass ich beim Tanzen an die Decke stoße.

Als ich im Hof das Knattern von Eriks Moped höre, schnappe ich mir noch ein Bolero-Jäckchen und poltere über die knarzende Holztreppe nach unten.

»Viel Spaß!«, wünscht mir meine Mutter aus dem Wohnzimmer. »Und Melek ...«

Genervt drehe ich mich noch einmal zu ihr um. Sie steht im Türrahmen zum Flur, einen leicht sentimentalen Ausdruck in ihren rehbraunen Augen.

»Sei nett, okay?«

Ich runzle die Stirn und lasse nur ein aufsässiges Brummen hören.

Eine knappe Minute zu spät komme ich auf den Hof. Mein Vater hat Erik bereits vereinnahmt und ihn in eines dieser peinlichen Gespräche verwickelt. Er redet fortwährend von Drogendealern und lüsternen Kriminellen, die darauf aus sind, unbedarfte Jugendliche zu überfallen. Erik strubbelt sich die blonden Haare zurecht und hört mit einem möglichst belämmerten Gesichtsausdruck zu. Manchmal wüsste ich gern, was hinter seiner Stirn vorgeht, während er dem Rest der Welt weismacht, ein Anstandswauwau zu sein.

Dieser ganze einseitige Monolog meines Vaters wirkt, als wäre es das erste Mal, dass jemand mich ins Kino einlädt. Und das ist es ja auch. Schade, dass Erik es nun weiß.

Die Fahrt nach Marburg ist nicht weniger anstrengend. Meine beiden Begleiter dominieren das Gespräch die ganze fünfzehnminütige Fahrt hindurch und es dreht sich nur um all die versteckten Gefahren dieser Welt. Dabei haben weder mein Vater noch Erik den Hauch einer Ahnung von der realen Bedrohung, der ich mich heute Abend stellen will. Wenn sie davon wüssten, würden sie jedem Drogendealer herzlich ins Gesicht lächeln.

Als wir endlich der Enge des Wagens entkommen, kann nicht einmal Erik es sich verkneifen, erleichtert auszuatmen.

»O Mann«, sagt er. »Dein Vater ist echt 'ne Nummer!«

Ich grinse ihn vielsagend an.

»Du wolltest es so.«

Wir gehen durch das Kino hindurch und auf dessen Rückseite wieder hinaus.

»Wohin?«, fragt Erik.

»Havanna-Bar«, sage ich.

Wir haben Glück, denn die Bar liegt nur zehn Minuten Fußmarsch vom Kino entfernt in der Oberstadt. Sie ist ein klassisches Sonntagabend-Ziel für Leute, denen es nach einem ausgedehnten Party-Wochenende immer noch nicht reicht. Wir nehmen den Aufzug zur Oberstadt und tauchen in das Nachtleben der Studentenstadt ein. Alles an Marburg ist irgendwie altehrwürdig, mysteriös und kleinstädtisch: die schmalen Gassen, das Kopfsteinpflaster, die verwinkelten Fachwerkhäuser und kleinen Kirchen aus Sandstein. Jetzt im Sommer hat es etwas Italienisches, im Winter eher einen Hauch von Depression.

Die Havanna-Bar liegt in einer engen Seitengasse über dem Marktplatz. Als wir den Eingang erreichen, packe ich Erik am Ärmel und erinnere ihn an unsere Abmachung: »Du hältst dich im Hintergrund. Kein Rumquengeln und kein Einmischen, ja?«

Er hebt die Hand zum Schwur.

»Großes Pfadfinder-Ehrenwort!«

»Lauf noch 'ne Runde um den Block, okay?«, verlange ich. »Ich will nicht, dass sie uns zusammen hereinkommen sehen.«

Er schluckt auch das. Aber als er sich zum Gehen wendet, kann er sich nicht verkneifen zu sagen: »Sie werden mich ohnehin erkennen. Denk daran, nahe bei der Wahrheit zu bleiben.« Und weg ist er. Ich atme noch einmal tief durch und betrete die Bar.

Die anderen Talente sind schon da. Wortkarg wie immer sitzen sie in einer unauffälligen Loge am hinteren Ende des Lokals. Jakob hat neben Nils, Tina, Nadja und Lennart auch die beiden Orakel mitgebracht. Sie sehen alle ziemlich gut aus, obwohl solche aufgestylten Tanten wie meine Lieblingsschulkameradin Jana wahrscheinlich sagen würden, dass es ihrem Styling an Einfallsreichtum fehlt. Die vorherrschende Farbe ist Schwarz. Ich passe also wenigstens zur Hälfte ins Bild. Lennart zeigt durch sein Tanktop genug von seinen braungebrannten Muskelmassen, um sämtliche Männer im Raum neidisch zu machen und wahrscheinlich den Großteil der Frauen zu beeindrucken. Nils präsentiert sich als sein Gegenspieler. Er ist groß und schlank, bewegt sich wie ein Märchenprinz und hat einen sensiblen, intelligenten Zug um den Mund. Bei Nadja und Tina ist der optische Eindruck genauso verteilt: Tina verkörpert die jungenhafte, spröde Schönheit, Nadja ist mit ihren langen blonden Haaren der Inbegriff der Weiblichkeit. Die Auswahl der Talente scheint nicht zufällig zu sein. Jakob hat darauf geachtet, dass für jeden Geschmack etwas dabei ist.

Ich kann kaum fassen, was sie mit Sylvia gemacht haben! Ihr kindlicher Körper steckt in einem viel zu aufreizenden Kleid, ihre Haare sind hochgesteckt, der Mund blassrosa geschminkt. Auf ihrem rechten großen Zeh baumelt ein ausgezogener Absatzschuh, den linken hat sie noch an. Ich nicke den anderen zu und zwänge mich so unauffällig wie möglich neben Sylvia.

»Hallo, Melek!«, begrüßt sie mich eine Spur zu überschwänglich. Dann flüstert sie mir ins Ohr: »Wo ist Erik?«

»Er geht noch spazieren«, flüstere ich, von der Frage nur halb überrascht, zurück. Ein Orakel ist halt ein Orakel. »Wissen die anderen von ihm?«

»Noch nicht!«, wispert sie und zieht vielsagend eine Augenbraue hoch. »Ich sag's ihnen auch nicht!«

Dafür bin ich ihr dankbar.

»Wie siehst du denn aus?« frage ich sie, jetzt in normalem Tonfall.

Sylvia seufzt und fummelt sich ihren rechten Schuh zurecht.

»Jedenfalls nicht wie dreizehn.« Sie grinst vielsagend.

»Wer hat dich so hergerichtet?«

»Meine Mutter. Sie weiß Bescheid.«

Ihre Mutter! Ich glaube, wenn ich Sylvias Mutter wäre, dann würde ich einen Teufel tun, sie noch ein einziges Mal in Jakobs Nähe zu lassen. Wie abgeklärt muss man eigentlich sein, um seine pubertierende Tochter Sonntagnacht mit einer Horde Soldaten ins Nachtleben zu schicken, und dann auch noch in diesem Outfit! Aber vielleicht ist Sylvias Mutter ja eine spielsüchtige Trinkerin, die die Seele ihrer Tochter für ein paar Silberstücke verkauft hat.

So sitzen wir schweigend da und beobachten das Leben um uns herum. Langsam füllt sich die Bar. Eine angenehm geschäftige Geräuschkulisse beherrscht den Raum, einige Leute wippen im Takt der Rockmusik mit ihren Cocktails auf und ab, aber bisher traut sich niemand zu tanzen. Für uns gibt es keine Cocktails, nur Mineralwasser und Softdrinks. Ein betrunkenes Talent ist nämlich schnell ein totes Talent. Als ich an meiner Cola nippe, begegnet mein Blick zufällig dem von Jakob. Er schaut mich ernst an, mit der üblichen Falte zwischen den Augenbrauen. An seiner Miene ist keine Gefühlsregung abzulesen und dennoch kommt es mir vor, als hätte ich ihn bei irgendeinem schlechten Gedanken ertappt. Ich senke sofort die Lider und widme mich erneut meinem Glas. Als ich mich traue, wieder in seine Richtung zu sehen, ist er mit etwas anderem beschäftigt. Er stupst Tina an, die zwei Plätze neben ihm sitzt, deutet in den Raum und fragt sie etwas. Tina folgt seinem Wink mit ihrem Blick, dann dreht sie sich wütend zu mir um.

»Du hast deinen Freund mitgebracht!«, zischt sie. »Wer hat dir das erlaubt?«

Nun sehe ich Erik auch. Er steht am anderen Ende der Bar, hat ein Glas Wasser in der Hand und ist scheinbar auf die Tanzfläche konzentriert. Er steht im Profil zu uns und ist zur Hälfte von anderen Körpern verdeckt. Man muss die Anwesenden schon sehr genau anschauen, um eine Verbindung zwischen ihm und dem Jungen aus dem Fitnessstudio herzustellen. Aber genau so etwas scheint Jakob ziemlich gut zu können.

Die anderen sehen mich ungeduldig an, in Erwartung einer Antwort.

»Er hat mich gefahren«, sage ich, halb wahrheitsgemäß, wie ich es gelernt habe. »Er steht nur da und wartet, bis ich fertig bin!«

»Und was hofft er, in der Zwischenzeit zu sehen?«, fragt Jakob.

»Nichts. Ehrlich. Er weiß nichts«, schwöre ich.

»Das stimmt«, sagt Sylvia. »Lasst es doch einfach gut sein.«

Ich sehe, wie Jakobs Augen aufblitzen. Aber er lehnt sich wieder zurück und tut so, als wäre nichts gewesen. Dabei mahlen seine Kieferknochen verärgert aufeinander.

Wir sitzen eine Stunde lang so da und beobachten die Menschen, vor allem diejenigen, die sich küssen. Doch weder Kadim noch Sylvia spüren eine Gefahr. Die ganze Zeit über frage ich mich, warum uns eigentlich niemand anspricht. Keine kleinen Flirtversuche von der Seite, kein Fragen nach Feuer, nicht einmal die Bedienung scheint besonders erpicht darauf zu sein, uns etwas zu trinken zu bringen. Bis mir klar wird, wie dunkel und abschreckend wir aussehen müssen. Niemand, der noch ganz richtig im Kopf ist, würde je auf die Idee kommen, sich mit solchen Freaks einzulassen. Nicht einmal ein Drogendealer. Wenn mein Vater nur sehen könnte, in welch guter Gesellschaft ich mich bewege!

Dann kommt plötzlich Leben in die Gruppe.

»Gefahr!«, sagt Sylvia. Gleichzeitig versteift sich auch Kadims Körper.

»Ein Mann und eine Frau«, sagt er. »Am Eingang. Die zwei Blonden.«

Jakob atmet hörbar auf.

»Gut«, sagt er. »Wie gut, dass ihr sie noch spürt!«

Ich kann seine Erleichterung nicht ganz teilen. Mein inneres Alarmsystem hat gerade meine ersten Dschinn in Menschengestalt registriert und reagiert alles andere als gelassen auf sie. Ich kann spüren, wie mein Körper sich zur Flucht bereit macht. Meine Muskeln sind zum Zerreißen gespannt. Mein Herz klopft so laut, dass ich Angst habe, die anderen könnten es hören. Die Dschinn nehme ich mit Tunnelblick wahr. Zuerst fällt mir der hochgewachsene blonde Mann auf, dessen unbewegtes Gesicht nach allen Seiten Ausschau hält. Seine Nase ist schmal und kerzengerade, seine Schultern breit und gestrafft. Er trägt schlichte Designerklamotten und einen winzigen Ohrring im linken Ohr. Seine Attraktivität wird höchstens durch das Übermaß an Perfektion an seiner Gestalt geschmälert. Als ich dann die Frau sehe, durchfährt es mich wie ein Blitz. Sie ist in ein schlichtes silbernes Kleid gehüllt. Ihre langen Haare sind so hell wie Platin und schimmern im Licht der Diskokugel, als würden sie tausend Funken sprühen. Noch glänzender aber sind ihre Augen. Sie sehen hungrig und gefährlich aus.

»Alles nur Show«, flüstert Sylvia mir zu. »Reine Verkleidung, mehr nicht!«

Mir krampft sich vor Furcht der Magen zusammen.

»Nadja und Nils«, sagt Jakob leise. »Gebt euer Bestes.«

Die beiden Liebestöter stehen ohne Nachfragen auf und drängen sich unauffällig in Richtung der Dschinn durch die mittlerweile stark angewachsene Menschenmenge.

Jakob gibt weiter Befehle: »Lennart und Kadim, ihr positioniert euch draußen. Vielleicht könnt ihr sie abfangen. Nehmt den Hinterausgang.«

Dann wendet er sich an mich: »Melek, du bist für Sylvia zuständig. Falls etwas Unvorhergesehenes passiert, renn mit ihr weg.« Das ist eine Aufgabe, der ich mich gewachsen fühle, auch wenn meine Hände zittern.

»Tina, wir beide improvisieren.« Sie nickt lautlos, ohne den Blick von den zwei Lichtwesen zu wenden.

Was dann passiert, geht viel zu schnell. Ich hatte angenommen, die Dschinn würden ein menschenähnliches Spiel spielen. Doch die Frau mit dem hungrigen Blick dreht sich nur einmal auf dem Absatz ihrer Pumps um und fixiert das nächste männliche Wesen, das ihr in die Quere kommt. Es ist Erik.

Mit wogenden Hüften schreitet sie auf ihn zu, nimmt ihm das Glas aus der Hand und stellt es auf den Tresen der Bar. Ich kann ihr Gesicht nicht sehen, doch ich sehe das von Erik. Es ist verwundert und ein bisschen erfreut. An der Reaktion der anderen kann ich erkennen, dass auch sie nicht mit einem solchen Überfall gerechnet haben. Nadja ist gerade mal auf halbem Weg zu den beiden und wird von einer dichten Menschentraube auf der Tanzfläche blockiert. Als sie merkt, was passiert, rempelt sie einige Leute an und zwängt sich hindurch, aber ich weiß, dass sie es nicht rechtzeitig schaffen wird. Jakob ist aufgesprungen und versucht die Lage zu überblicken, doch auch er wird Erik nicht retten können.

Aber ich kann es. Mit einem Satz bin ich am Nachbartisch, greife mir den vollen Aschenbecher und schieße ihn wie eine Diskusscheibe quer durch den Raum an den Kopf der Blonden. Es ist ein Wunder, dass niemand die Flugbahn meines Geschosses kreuzt. Genau in dem Moment, als sie ihre Arme in Eriks Nacken legt, prallt der Aschenbecher mit voller Wucht gegen ihren Hinterkopf und besudelt die glänzenden blonden Haare. Nicht ein Tropfen Blut quillt hervor.

Dafür lässt die Dschinniya Erik los und dreht sich mit hasserfülltem Blick zu mir um. Grasgrüne Augen fixieren mich. Ihre Hand greift in ihre Lockenpracht, um die Asche herauszuschütteln. Mit viel zu schnellen Schritten kommt sie auf mich zu.

Die Menschenmenge, der mein Angriff nicht entgangen ist, macht ihr Platz. Einige sehen mich entsetzt, andere belustigt an. Sämtliche Gespräche in der näheren Umgebung verstummen. Die meisten hoffen auf eine unterhaltsame Frauen-Schlägerei. Keiner weiß, dass es um Leben und Tod geht.

»Du wagst es!«, faucht sie mich an. Ihre Stimme ist eisig. Noch drei Meter trennen uns. Ich balle die Hände zu Fäusten. Eine andere Waffe habe ich nicht. Da schiebt Jakob sich vor mich und hält ihr das Bannzeichen vors Gesicht. Seine andere Hand steckt in seiner Hosentasche, wo er das kleine silberne Messer aufbewahrt. Sie bleibt stehen, weicht sogar ein Stück zurück, aber ihre Wut verhindert, dass sie aufgibt.

»Schlampe!«, knurrt sie. »Mit dir bin ich noch nicht fertig!«

Plötzlich steht ihr Begleiter neben ihr und fasst sie am Arm.

»Achte die Regeln«, sagt er nur.

Sie schüttelt ihn brüsk ab, scheint sich aber zu besinnen. Stolz reckt sie ihr Kinn in die Luft und schenkt mir noch einen arroganten Blick.

»Ich kann nicht verstehen, was er an dir findet«, sagt sie kühl. Dann dreht sie sich um, hakt sich bei dem anderen Dschinn ein und gemeinsam verschwinden sie zur Ausgangstür. Wieder öffnet die Menge ihnen einen Weg.

»Sylvia?«, fragt Jakob.

»Sie sind weg.«

»Lennart und Kadim?«

»Haben sie nicht erwischt.«

Nun packt er mich am Arm, genau wie es der Dschinn bei seiner wütenden Freundin gemacht hat.

»Wir müssen zusehen, dass das hier einen Sinn ergibt«, flüstert er mir ins Ohr, während er mich in Eriks Richtung schleift. »Die Leute brauchen eine Erklärung. Geh zu ihm, mach ihm eine Szene und dann fahrt nach Hause!«

Er liefert mich etwas grob am Tresen ab und gibt mir einen Stoß in den Rücken. Ich fühle jede Menge Blicke auf uns gerichtet. Erik starrt mich aus riesigen Augen an, unfähig, ein Wort zu sagen.

»Wie konntest du mir das antun?«, plärre ich los. Da werden seine Augen noch größer, falls das überhaupt möglich ist. »Du hättest dich von dieser aufgetakelten Kuh küssen lassen!«

Erik wedelt mit den Händen vor seiner Brust herum.

»Sie hat mich völlig überrumpelt!«, stammelt er.

»Tu doch nicht so, als wäre es das erste Mal!«, kreische ich. Ich spiele die Rolle der hysterischen Freundin ziemlich überzeugend. Warum ich auf einmal so gut lügen kann, ist mir schleierhaft.

»Nimm sie in den Arm«, murmelt Jakob.

Erik zögert kurz. Dann spielt er das Spiel mit und drückt mich halbherzig an seine Brust. Als Jakob sich vorbeugt, um ihm etwas zuzuflüstern, sind sie plötzlich beide so nahe, dass sich ihr Geruch vermischt. Mir wird schwindelig.

»Stell ihr keine Fragen. Fass sie nicht mehr an!«, höre ich Jakobs Stimme. »Bis morgen, um drei an der Schutzhütte. Vergiss es nicht.«

Ich fühle mich wie durch einen Fleischwolf gedreht, als Erik mich aus der Bar schleift. Den ganzen Weg durch die Oberstadt sagt er kein Wort und hält dabei meine Hand. Ich habe Angst, sie loszulassen, weil ich befürchte, sonst einen Schwächeanfall zu bekommen. Und doch weiß ich, dass das alles falsch ist. Es ist schon falsch gewesen, ihn mitzunehmen, und es wird falsch sein, ihn morgen einzuweihen. Was zum Geier sollte er auch mit diesem Wissen anfangen?

Dann fällt mir plötzlich ein, was die blonde Dschinniya gesagt hat: »Ich kann nicht verstehen, was er an dir findet!« Damit konnte nur Erik gemeint sein! Sie hatte gezielt versucht, ihn zu küssen, aus welchem Grund auch immer. Sie wusste, dass die Talente in der Nähe waren. Deshalb war alles so schnell gegangen. Durch meine Unbesonnenheit habe ich Erik in eine Sache hineingezogen, der er nicht gewachsen ist. Ich habe nur an meinen eigenen Vorteil gedacht und dabei die Dämonen auf ihn gehetzt, anstatt ihn klar aus der Sache rauszuhalten! Seit meiner ersten Begegnung mit Jakob habe ich mich nicht mehr so verloren gefühlt.

Nach einer gefühlten Ewigkeit stehen wir schließlich wieder vor dem Kino, in dem gerade unser Alibifilm läuft. Wir sind eine halbe Stunde zu früh dran. Der Film ist erst kurz nach Mitternacht zu Ende. Deshalb setzen wir uns ins Foyer des Kinos und Erik holt eine Tüte Popcorn. Als er zurückkommt, bin ich darauf gefasst, dass er Fragen stellt. Stattdessen greift er sich die Programmvorschau, blättert darin herum und redet über alternde Actionstars, die noch einen letzten Film drehen, bevor das Zeitliche sie segnet. Was auch immer es ist, das ihn davon abhält, die Ereignisse in der Bar zu erwähnen, es hilft mir ungemein. Nach einer Weile bin ich erholt genug, um mich auf sein seichtes Gerede einzulassen. Doch die unverständliche Handlung der Dschinniya geht mir nicht aus dem Kopf.

Mein Vater steht schon im Halteverbot vor dem Kino, als wir mit einem Schwung Fantasy-Fans das Gebäude verlassen. Erik geht einen halben Meter neben mir, so wie es sein sollte, so wie es immer ist. Wir steigen in den Wagen und ich verbringe den Heimweg damit, den Geschichten zu lauschen, die er über den Film zum Besten gibt, den wir angeblich gesehen haben. Ich kann nicht fassen, woher er nach diesem Abend solche Smalltalk-Ideen nimmt. Das ist auch eine Art von Talent. Nur wird Jakob es nicht brauchen können. Eigentlich schade. Das hätte eine Lösung sein können.

Als wir vor unserem Haus ankommen, steigt mein Vater aus und lässt uns tatsächlich allein, damit wir uns verabschieden können. Das hat ihm bestimmt meine Mutter eingeschärft.

Erik geht direkt zu seinem Moped.

»Na schön«, sagt er. »Wir sehen uns dann ja morgen.«

»Ja, erst mal in der Schule.«

»Und dann am Nachmittag.«

»Dann am Nachmittag.«

Er setzt seinen Helm auf und lässt die Maschine an.

»Mach's gut, Melek!«

»Bis dann, Erik. Pass auf dich auf.«

Einen Moment lang schaut er mich noch an, dann fährt er die Auffahrt hinunter und verschwindet zwischen den Häusern am Ortsrand.

Mädchen verwechseln alles, denn sie haben kein Soldaten-Gen

Als ich am nächsten Morgen aufwache, habe ich Muskelkater. Es ist so schlimm, dass ich mich kaum aus dem Bett hieven kann. Meine Bauchmuskeln protestieren bei jeder Bewegung, meine Oberschenkel bei jedem Schritt. Ich weiß gar nicht, wie ich die Treppe hinunterkommen soll. Wenn ich darüber nachdenke, wird mir klar, dass es schon gestern Abend angefangen hat, aber ich zu aufgeregt gewesen war, um es wirklich wahrzunehmen. Sylvia hatte also Recht. In diesem Fall und wahrscheinlich auch in allen anderen Dingen.

Ich stelle das durchdringende Bimmeln meines Weckers ab und wanke hinüber zu meinem Schrank, um mich anzuziehen. Dabei fällt mein Blick in den Spiegel. Ich habe eine Andeutung von Augenrändern. Nicht so blutunterlaufen wie die anderen, aber doch deutlich wahrnehmbar. Na prima!

Als ich das Fenster öffne, um mein verschlafenes Gesicht in die kühle Morgenluft zu halten, fällt mir eine Handvoll Nüsse auf, die auf dem Sims liegen. Ich muss sofort an das gruselige Eichhörnchen denken und wische sie schnell beiseite. Wie sie da hingekommen sind, will ich gar nicht wissen, denn es gibt weit und breit keinen Nussbaum im angrenzenden Wald. Wahrscheinlich hat sie wirklich ein Tier dort gebunkert. Wir haben Siebenschläfer im Dach unseres Hauses. Die könnten es gewesen sein.

Beim Frühstück sitzt meine Mutter neben mir wie auf Kohlen. Sie trägt ein schickes Büro-Outfit und hat die Haare im Nacken zu einem seriösen Dutt zusammengebunden.

»Wie war's denn gestern?«, will sie wissen.

Ich versuche mich daran zu erinnern, was Erik über den Film erzählt hat.

»Es ging um einen Jungen, der sich in das hässlichste Mädchen auf der Highschool verliebt hat. Aber als sie sich dann endlich geschminkt und aufgedonnert hat, sah sie gar nicht mehr so schlecht aus und plötzlich wollten alle mit ihr zusammen sein«, erzähle ich.

»Nicht der Film!«, beschwert sich meine Mutter. »Wie war's mit Erik?«

»Na ja, er saß neben mir und hat den Film auch gesehen«, sage ich. Ein wenig genieße ich es, sie an der Nase herumzuführen. Ich finde, sie hat es verdient.

»Melek, sei nicht so blöd«, sagt sie in freundschaftlichem Tonfall. »Ist er in dich verliebt?«

»Weiß nicht. Ich glaube nicht«, brumme ich.

»Und du?«, fragt sie.

»Ich bin in niemanden verliebt. Wobei ... Justin Bieber finde ich ganz gut.«

Das war vielleicht etwas zu dick aufgetragen. Nun ist meine Mutter beleidigt.

»Ich wollte ein ganz normales Gespräch mit dir führen. Aber scheinbar geht das nicht. Ich weiß nicht, von wem du diese abweisende Art geerbt hast. Von mir jedenfalls nicht!«, echauffiert sie sich.

Ich starre in meinen Müslibecher und kann einfach nicht anders, als zu antworten:

»Na, dann bleibt ja nur noch einer.« Zum Glück ist mein Vater schon im Wald und kann uns nicht hören.

Bevor meine Mutter wortlos im Flur verschwindet, rufe ich ihr noch hinterher:

»Ich komme heute nach der Schule nicht heim. Ich will noch mal ins Fitnessstudio!«

Sie brummt etwas Unverständliches und poltert dann aus dem Haus. Eigentlich tut es mir leid, dass ich sie immer wieder so auflaufen lasse. Warum ich das mache, kann ich gar nicht richtig sagen. Vielleicht nur, weil es so gut bei ihr funktioniert. Ich nehme mir vor, mich künftig von einer besseren Seite zu zeigen. Die Zukunft wird ohnehin noch schlimm genug für meine Mutter werden.

***

In der Schule kann ich dem Stoff nicht besonders gut folgen. Meine Gedanken schwirren in alle Richtungen. Ich denke an das wutentbrannte Gesicht der Dschinniya, an Eriks Schweigen im Foyer des Kinos, an den Nachmittag, der mich heute erwartet. Sogar über den Tod denke ich nach. Darüber, ob es wohl besser ist von einer Kugel, einem Pfeil oder einem Schwert getroffen zu werden. Und ob der Tod einem Leben ohne Gefühle vorzuziehen ist. Insgesamt sind die Gedanken bedrückend genug, um ein schmerzhaftes Band um meine Brust zu legen. Es fühlt sich so real an, dass ich Probleme habe, Luft zu holen. In Bio werde ich mehrmals ermahnt, mich auf den Stoff zu konzentrieren, und meine Englischlehrerin stellt mir dreimal eine Nachfrage zum Unterricht, auf die ich keine Antwort weiß. Emma, die in meine Klasse geht, will mir mit einem unauffälligen Kopfschütteln helfen und bekommt dafür eine Strafarbeit aufgebrummt. Jana kichert gut gelaunt, ihr Finger schnellt allenthalben in die Luft, um jedem zu beweisen, dass sie voll bei der Sache ist.

In der Pause muss ich Fragen zum Fitnesstraining beantworten. Dank meines Muskelkaters ist mir das Thema wieder einigermaßen nah und ich erzähle Amelie und Emma in aller Einzelheit, wie furchtbar und kraftraubend der Kurs war. Dass ich Jakob wiedergetroffen habe, erwähne ich mit keiner Silbe. Während der ganzen Pause halte ich Ausschau nach Erik, doch er ist nirgendwo zu sehen. Ich bekomme ein bisschen Panik, weil immerhin die Möglichkeit besteht, dass die Dschinn ihn gestern Nacht noch einmal gesucht und aufgespürt haben. Doch dann sehe ich ihn nach dem zweiten Gong in seiner Klasse verschwinden. Gefühlskalt kann er noch nicht sein, denn er lacht gerade laut über den Witz eines anderen Schülers. Also hat er es einfach vorgezogen, heute nicht hinter mir herzulaufen. Gut so. Vielleicht rettet diese Entscheidung sein Leben.

Nach der sechsten Stunde mache ich meine Hausaufgaben alleine in der Eisdiele und bringe meinen Schulrucksack zurück zur Schule, wo ich ihn unter meinen Garderobenplatz stopfe. Unnötigen Ballast kann ich nicht brauchen. Dann nehme ich den Zug nach Eckelshausen und treffe Jakob, wie üblich an seinen Land Rover gelehnt. Ich steige schweigend in den Wagen, wie am Tag zuvor.

»Wie lange wart ihr gestern noch da?«, frage ich ihn auf der Fahrt zur Schutzhütte.

»Bis drei«, sagt er. Man kann es an seinen Augenringen sehen. »Aber sie kamen nicht zurück.«

Ich muss unbedingt wissen, welche Gedanken er sich zu dem Angriff auf Erik gemacht hat.

»Denkst du, sie hat sich absichtlich auf Erik gestürzt?«, platze ich heraus.

Jakob nickt.

»Ich glaube, sie wollte dich durch ihn treffen. Wahrscheinlich haben sie euch zusammen gesehen und suchen nach einer Möglichkeit, dich zu schwächen, bevor du richtig einsatzbereit bist.«

Was wiederum bedeutet, dass die Dschinn glauben, Erik sei mehr für mich als ein zugelaufenes Haustier. Und genau das scheint Jakob auch zu denken, denn im Gegensatz zu gestern spiegelt sich heute wieder ein Ansatz des gewohnten Lächelns in seinem Gesicht. Ich weiß nicht, ob mir das gefällt.

»Dein Wurf mit dem Aschenbecher war übrigens ziemlich genial. In meiner ganzen Laufbahn hat noch nie jemand einen Dschinn mit einem Diskus abgeschossen«, schmunzelt er.

Bei der Erinnerung muss ich grinsen.

»Und Sylvia ... war auch bis zum Schluss dabei?«

»Hm«, macht er, »sie kann das schon aushalten. Sie ist nicht so zerbrechlich, wie du denkst.«

Wieder fällt mir Sylvias Mutter ein. Ob sie in solchen Nächten wohl zitternd in der Küche sitzt und um das Leben ihrer Tochter bangt? Oder wacht sie nicht einmal davon auf, wenn sich um halb vier Uhr morgens der Schlüssel im Schloss dreht?

»Was erzählt sie ihren Lehrern ... und dem Jugendamt ... warum sie so ... seltsam ist?«

Die Frage will mir nicht so recht glücken, aber Jakob versteht mich trotzdem.

»Bei Sylvia ist es ganz einfach. Sie hat eine ADHS-Diagnose. Damit kann sie alles erklären: Unaufmerksamkeit im Unterricht, vergessene Hausaufgaben, Schlaflosigkeit, den Umgang mit älteren Jugendlichen, das Fehlen von Freunden. Sogar die Tätowierungen.«

Mit einem Mal wird mir klar, wie grauenvoll Sylvias Leben sein muss. Wie einsam, verlogen und beängstigend. Wie ausgeschlossen muss sie sich in ihrem echten Leben fühlen, in der Schule, wo sie niemand ernst nimmt und keiner einen Grund sieht, ihr bei einer Abfrage einzusagen. Dafür, dass sie erst dreizehn ist, lastet viel zu viel Druck und Verantwortung auf ihr.

»Und was sagen die anderen? Was soll *ich* sagen?«, will ich wissen.

Zum ersten Mal seit Stunden schaut Jakob mir offen in die Augen. Es fühlt sich viel besser an als die verschränkten Arme von gestern. Selbst wenn es nur mit der irrigen Annahme zu tun hat, dass ich in Erik verliebt bin und deshalb keine Gefahr für seine tote Seele und das Wohl der Armee darstelle.

»Denk dir was aus«, empfiehlt er. »Da ist jede Menge Raum für Kreativität. Tina hat ein Drogenproblem, Lennart und Rafail sind Mitglieder eines Rockerclubs, Nils und Henry haben das Borderline-Syndrom und Nadja ist nach der Scheidung ihrer Eltern plötzlich in Depressionen verfallen. Kadim ist natürlich schizophren und Finn schafft es überzeugend, einfach nur gelangweilt und desinteressiert zu spielen. Tja, und Mike ... der braucht kein Alibi. Der muss einfach nur er selber sein.« Er schaltet vor der letzten Anhöhe in den zweiten Gang und biegt auf den Weg zur Schutzhütte ein. Heute sehe ich keine anderen Talente. Falls sie schon da sind, werden sie wohl drinnen beschäftigt sein.

»Was ist denn mit Mike?«, will ich wissen. Von allen Talenten ist er derjenige, den ich am wenigsten einschätzen kann, weil ich so gut wie nichts über ihn weiß.

»Mike hält sich für den Erzengel Michael«, sagt Jakob im Plauderton. »Er kann dir einen überaus anschaulichen Vortrag darüber halten, wie man einen Drachen tötet. Aber seine ständigen Bibelzitate sind auf Dauer schwer auszuhalten. Wir können alle schon die komplette Offenbarung auswendig.«

»Oh, wow!«

Das Einzige, worüber ich mich in diesem Moment wundere, ist die Tatsache, dass mich scheinbar nichts mehr überrascht. Der Erzengel Michael also.

Wenigstens ein echter Verrückter in diesem Haufen von Schauspielern. Jakob parkt am selben Platz wie gestern neben der Hütte. Als er aussteigt, nimmt er ein kleines Köfferchen vom Rücksitz mit.

»Wo sind die anderen?«, frage ich.

»Sie kommen später. Das ist so üblich«, sagt er. »Wenn ich dich zeichne, will ich keine Zuschauer. Es ist so etwas wie ... ein mystischer Augenblick.«

Ein leichter Schauder läuft meine Wirbelsäule entlang. Ich könnte nicht sagen, ob er sich gut oder schlecht anfühlt. Ich hatte der Tätowierung keine solche Bedeutung zugemessen. Aber Jakob wirkt tatsächlich feierlich. Wir gehen nicht in die Schutzhütte, sondern setzen uns an einen Tisch auf der Veranda. Die Zweige der Bäume werfen diffuse Schatten darauf. Jakob rückt die Stühle so zurecht, dass er genug Licht hat, legt seinen Koffer auf den Tisch und öffnet ihn. Die Tattoo-Maschine sieht ein wenig aus wie ein kleiner Akkuschrauber. Daneben liegen drei kleine Einmal-Farbtöpfchen mit schwarzer Tinte, eine Flasche mit Desinfektionslösung und Latexhandschuhe. Mir wird ein bisschen schummrig.

Jakobs eisblaue Augen beobachten mich neugierig.

»Bereit?« sagt er.

Ich atme einmal tief aus und strecke ihm meine linke Hand entgegen.

»Ja.«

Bedächtig zieht er sich einen Handschuh über, desinfiziert meine Handinnenfläche und wischt mit einem sterilen Tuch darüber. Dann nimmt er einen Stift und fängt an, mit ruhigen Fingern das Auge mit dem Pentagramm zu zeichnen. Ich habe den Eindruck, dass er sich Mühe gibt. Dafür bin ich ihm dankbar, denn ein hässlich dahingeschmiertes Bild hätte sicher die gleiche Wirkung. Es wird schnell klar, dass Jakob Übung im Entwerfen dieses Motivs hat. Seine Linien sind exakt geschwungen, die Form als Ganzes bekommt eine ebenmäßige Kontur. Ich frage mich, wie viele Talente er schon gezeichnet hat und wie viele davon noch am Leben sind.

»Gut so?«, fragt er schließlich und lässt mich sein Werk betrachten. Ich halte mir meine Hand vors Gesicht und mustere das Bild. Es sieht fremd aus. Aber auch schön. Ich hatte nicht gedacht, dass ich ein persönliches Zeichen von

Jakob bekommen würde. In meiner Vorstellung hatte er mir nur eine Vorlage auf die Hand kopiert. Aber das hier kann ich viel besser annehmen.

»Ja«, sage ich. »Es gefällt mir.«

»Dann mal los.«

Er nimmt die Tattoo-Maschine in die Hand, schaltet sie ein und taucht die Nadel in die Farbe. Ein hochfrequentes Surren ertönt, ähnlich wie der Bohrer eines Zahnarztes. Mit den Fingern der linken Hand dehnt er die Haut meiner Handinnenfläche, mit der anderen setzt er die Nadel an. Ich zucke zusammen. Der fiese, prickelnde Schmerz, der mir bis in die Schulter hochfährt, schreit förmlich danach, die Hand wieder wegzuziehen. Ich muss all meine innere Kraft aufbringen, um es nicht zu tun. Die erste Grundlinie des Auges nimmt Form an.

»Autsch!«, lasse ich verlauten.

»Ich weiß«, sagt Jakob, ohne von seiner Arbeit aufzusehen. »Atme weiter gleichmäßig durch. Nach zehn Minuten hat dein Gehirn sich an den Schmerz gewöhnt. Dann lässt er nach.«

Ich versuche seinen Rat zu befolgen und atme geräuschvoll ein und aus. Jakob lässt sich nicht aus der Ruhe bringen. Konzentriert zieht er die Nadel an der vorgezeichneten Linie entlang. Als er kurz innehält, um neue Farbe aufzunehmen, fleht mein ganzer Körper nach Erlösung. Doch schon im nächsten Augenblick geht es weiter. Ich kann spüren, wie sich auf meiner Stirn die ersten Schweißperlen bilden. Die Linie des unteren Augenlids entsteht. Um mich von den zermürbenden Schmerzen abzulenken, konzentriere ich mich auf Jakobs warme Hände, die endlich einen Grund gefunden haben, mich anzufassen.

»Was ist dein Alibi?«, frage ich zwischen zusammengebissenen Zähnen.

Er antwortet ebenso versunken wie vorher.

»Ich habe eine kriminelle Vergangenheit. Mein Bewährungshelfer vermittelt mir immer wieder Jobs, doch sie sind nie von langer Dauer, weil ich meine Auflagen nicht erfülle. Zurzeit bin ich Lagerarbeiter in einer Fabrik. Aber in ein paar Wochen werde ich wahrscheinlich wieder gefeuert.«

Es klingt so zynisch, dass ist fast lachen muss. Ich verkneife es mir, weil ich verhindern will, dass meine Hand wackelt und die Linie verrutscht. Und eigentlich gibt es daran auch gar nichts zu lachen. Was für ein phänomenal zerstörter Lebenslauf! Wenn seine Fähigkeiten ihn eines Tages verlassen, wird Jakob niemals mehr einen anständigen Job bekommen. Hoffentlich gibt es so eine Art Rentenversicherung für Talente.

Nun hat er eine Stelle zwischen Daumen und Zeigefinger erwischt, die besonders empfindlich ist.

»Dein Bewährungshelfer scheint ein ziemlich ausdauernder Mensch zu sein«, keuche ich.

»Einer der Besten, die es gibt«, sagt Jakob. »Ein Veteran, der viele Jahre lang bei der Polizei gearbeitet hat. Die Polizei ist geradezu durchseucht mit ehemaligen Talenten. Es ist einfach der ideale Job für uns, wenn wir aus der Armee ausscheiden.«

Hoffentlich gilt das später auch für ihn selbst. Er zeichnet jetzt die kreisrunde Iris mit den ersten Linien des Pentagramms. Um die fertigen Striche herum bildet sich eine aufbrausende rote Linie. Mein Körper wehrt sich bereits gegen die Tortur.

»Solange du noch in der Schule bist, ist es einfacher«, redet er weiter. »Danach wird es schwierig einen Platz in der Welt zu finden, der dich nicht zum Außenseiter macht. Was wir tun, passt eben nicht in einen normalen Arbeitsalltag.«

»Ich weiß immer noch nicht, welches Alibi ich mir zulegen soll«, sage ich.

»Na ja, wir haben zurzeit keine Alkoholiker«, sinniert Jakob. Für einen Moment huscht eine Spur von Trauer über sein Gesicht. »Lukas hat das von sich behauptet. Dein Vorgänger.«

Auf diesen Punkt wollte ich schon längst zu sprechen kommen.

»Was ist mit ihm passiert?«, frage ich gepresst.

»Er ist gefallen«, antwortet er mit ausdrucksloser Miene. »Die Dschinn griffen ihn von allen Seiten an. Er hatte nicht genug Hände, um sie alle gleichzeitig zu erschießen.«

In mir nagt die Vermutung, dass unsere Feinde es im Besonderen auf die Volltreffer abgesehen haben. Das ist naheliegend, denn wahrscheinlich stellen wir für sie die größte Gefahr dar. Aber im Moment will ich gar nicht mehr darüber wissen. Es würde ja doch nichts ändern. Erst einmal muss ich mit der Folter klarkommen, die Jakob mir unbeirrt zufügt.

Ich probiere aus, die Augen zu schließen, doch das verstärkt die Schmerzen nur. Besser, ich benutze wieder seine Hände. Zum ersten Mal betrachte ich sie genauer. Seine Linke, die meine Haut berührt, ist unter einer Schicht Latex versteckt. Aber die Rechte, die die Maschine führt, liefert mir genug Spielraum, um mich davonzuträumen. Er hat lange Finger und eine breite Handfläche. Die Haut ist trocken und etwas rissig, als achte er nicht auf ihren Zustand. Seine Fingernägel sind kurz und sauber. Er führt sein Arbeitsgerät routiniert und mit sicheren Bewegungen. Ein Gefühl der völligen Ergebenheit überkommt mich. Selbst der Schmerz lässt durch ihren Eindruck nach. Wenn auch nur kurz. In dem Moment hält er wieder inne und taucht die Nadel in das Farbtöpfchen. Er streift mich kurz mit seinem Blick.

»Pass auf, dass du es nicht verwechselst«, sagt er. »Es ist mein Talent, das auf dich wirkt, nichts weiter. Sprich mit den anderen. Sie haben alle so gefühlt in diesem Moment.«

Ich muss schlucken. Darauf fällt mir keine Erwiderung ein. Ich nicke nur leicht. Mittlerweile müssen zehn Minuten vergangen sein, denn die stechende Qual verebbt tatsächlich langsam. Stattdessen fühlt sich der Tanz des Geräts auf meiner Haut nun an wie der eines Epiliergeräts. Die Grundlinien des Bannzeichens sind fertig. Jakob wechselt die Nadel und erklärt: »Ich arbeite jetzt noch Schatten ein. Das macht die Form plastischer und schöner.«

Mir soll es recht sein. Denn nun sind die Schmerzen wirklich erträglich. Was Hormone nicht alles bewirken können. Eine Ladung Endorphine für Melek und schon wird die Folter zum Spaziergang!

Doch als er endlich fertig ist, fühlt sich meine Hand an, als hätte sie jemand unter einer Nähmaschine festgebunden und damit eine komplette Patchworkdecke genäht. Die Tätowierung brennt wie Feuer und alle Linien haben rote, wunde Ränder. Jakob legt die Tattoo-Maschine weg und sterilisiert sorgfältig alle Teile. Dann desinfiziert er noch einmal meine geschundene Hand und besieht sich sein Werk.

»Gut«, sagt er schlicht. »Das wird dir mehr als einmal eine Hilfe sein. Und jetzt steh auf.«

Ich gehorche und warte aufmerksam, was passiert. Jakob erhebt sich ebenfalls von seinem Stuhl, kommt um den Tisch herum auf mich zu und umfasst mit beiden Händen mein Gesicht. Dann beugt er sich zu mir herab und küsst mich auf die Stirn. Ein Schauder durchfährt mich.

»Willkommen in der Armee«, sagt er.

Das Lächeln ist wieder verschwunden.

***

In der Fallgrube hinter der Hütte liegen jede Menge Waffen mit versilberten Pfeilen, Kugeln und Klingen. Das ist die effektivste Art, Dschinn zu töten. Daneben gibt es noch die Möglichkeit, sie zu enthaupten. Aber das ist eine Aufgabe für den Nahkampf, dem ich mich unter normalen Umständen nicht stellen muss. Unter normalen Umständen bedeutet: solange die echten Nahkämpfer – Lennart, Rafail, Tina, Jakob und Mike – noch am Leben sind. Alberts Fitnesstraining soll mich aber auch auf diesen Fall vorbereiten.

Nun darf ich mir neben einem passenden Bogen auch ein Gewehr, zwei Pistolen und so viele Messer, wie ich tragen kann, aussuchen. Es gibt sogar eine angestaubte Kiste mit Klamotten in dem kleinen unterirdischen Bunker. Darin finde ich einen taillierten grauen Armeemantel mit Messingknöpfen, einen passenden Waffengürtel und ein Pistolenhalfter. Der Mantel wird bei der momentanen Witterung ziemlich heiß sein. Aber falls ich im Winter noch am Leben bin, wird er mir gute Dienste leisten. Eine Kopfbedeckung spare ich mir. Als ich alles anziehe, meinen Pferdeschwanz zurechtzurre und das Kriegswerkzeug platziere, sehe ich aus wie Lara Croft. Zumindest vermute ich das, denn es gibt keinen Spiegel hier unten und ich kann nur gebückt stehen. Was ich jetzt noch brauche, sind schwarze Lederstiefel, wie die anderen sie haben. Aber die werden für mich maßangefertigt. Geld spielt ja scheinbar keine große Rolle.

Falls Jakob von meinem Outfit beeindruckt ist, ist ihm das nicht anzusehen. Er erklärt mir die Munition für sämtliche Schusswaffen, schenkt mir noch einen zusätzlichen Patronengurt und gibt mir eine Einweisung in die Reinigung und Wartung. Es sieht ganz danach aus, als würde ich den Rest meines Lebens mit dem Auseinanderbauen und Zusammensetzen von Waffen verbringen.

Als die anderen mit den Geländewagen von Mike und Rafail auftauchen, bin ich angenehm überrascht. Sie sind alle viel weniger miesepetrig als die letzten Male. Rafail schlägt mir sofort seine Pranke auf die Schultern und zeigt sein albernes Grinsen.

»Hey, Lara«, grölt er. »Heute schon ein Grab geplündert?«

Ich hatte also Recht gehabt mit der Vermutung bezüglich meines Aussehens. Das passt mir ganz gut. So komme ich mir wenigstens stark vor.

Mike ist von meiner optischen Veränderung scheinbar besonders gebannt. Er bleibt im Abstand von einem Meter vor mir stehen und beobachtet mich kritisch von oben bis unten. Schließlich nickt er und sagt in ernstem Tonfall: »Und es ward ihr gegeben, sich anzutun mit reiner und schöner Leinwand. Lasset uns freuen und fröhlich sein!«

Zum Glück tänzelt genau in dem Moment Sylvia an mir vorbei und lenkt mich ab. Ein schwer zu kontrollierendes Kichern sitzt in meiner Kehle und ich will Mike nicht bloßstellen. Nun ist mir klar, weshalb die anderen Talente ihn nicht für voll nehmen. Falls er tatsächlich öfter solche entrückten Kommentare von sich gibt, ist das kein Wunder!

Sylvia begrüßt mich gewohnt überschwänglich, bestaunt meine Tätowierung und rennt dann so voller Energie hinter Kadim her, als hätte sie mehr als drei Stunden geschlafen. Auch Nadja fragt mich, ob sie mein Zeichen sehen darf. Als ich es ihr zeige, seufzt sie. Ihr Blick bekommt etwas Melancholisches, aber dann lächelt sie mir zu.

»Lass uns darauf anstoßen. Wir haben nicht viel Gelegenheit zum Feiern!«, sagt sie freundschaftlich.

Rafail öffnet den Kofferraum seines Wagens und drückt jedem, der seinen Weg kreuzt, etwas aus dem Inhalt in die Hand: kistenweise Softdrinks, Chips und Knabberkram. Sogar einen großen Wärmebehälter hat er dabei. Ich tippe auf Würstchen.

»Nadja, mach mal!«, sagt er mit einem Wink auf das Ding und marschiert selber mit je einer Kiste Mineralwasser in jeder Hand zur Schutzhütte. Unterwegs stemmt er die Kisten mit seinem kolossalen Trizeps wie Hanteln auf und ab.

Bis zu diesem Moment habe ich nicht darüber nachgedacht, was für ein Talent Nadja eigentlich hat. Ich habe überhaupt wenig über das stille blonde Mädchen nachgedacht, vielleicht weil Tinas Großspurigkeit ihre Geschlechtsgenossin so in den Schatten stellt. Nun werde ich Zeuge, wie Nadja den Wärmebehälter fixiert und durch die Kraft ihrer Gedanken aus dem Kofferraum hebt. Er landet sanft direkt vor meinen Füßen.

»Lass uns rübergehen«, sagt sie. »Aber ich darf den Blick nicht von dem Ding abwenden. Sonst landen die Würstchen im Dreck.«

Gemeinsam gehen wir über die Wiese zur Hütte. Der Bottich schwebt zwei Meter vor uns her, ohne dass auch nur ein Tropfen Wasser überschwappt.

»Das ist faszinierend!«, sage ich. Das erste wirklich auffällige Talent. Nadja könnte sich damit eine goldene Nase als Fernseh-Magierin verdienen. Stattdessen versorgt sie uns mit Würstchen und lässt sich von Tina unterbuttern.

Sie lacht, ohne den Behälter aus den Augen zu lassen.

»Nur am Anfang. In ein paar Wochen fällt es dir gar nicht mehr auf«, sagt sie.

Tatsächlich veranstalten die anderen so eine Art Willkommensparty für mich. Es fehlt zwar an Konfetti und Luftschlangen, aber dafür sind jede Menge gut gelaunter Gäste vorhanden. Von Tina einmal abgesehen, deren Gesichtsmuskeln wahrscheinlich von Natur aus nicht zum Lachen taugen. Ihre Stimmung wird noch schlimmer, als Sylvia plötzlich Jakob fixiert, mit großen Schritten auf ihn zugeht und seine Hand auf ihren KGS-Sensor drückt. Dann stellt sie sich auf die Zehenspitzen und flüstert ihm etwas ins Ohr. Jakob muss sich trotzdem ein Stück herabbeugen, um sie zu verstehen. Als er sich von ihr löst, liegt seine Stirn in Falten.

»Nein«, höre ich Sylvia sagen. »Das ist großartig, Jakob! Freu dich einfach darüber!«

Es gibt einen kurzen Blickaustausch zwischen Jakob, Kadim und Tina. Dann geht er in die Schutzhütte und Tina funkelt bösartig in meine Richtung.

Ich weiß nicht, was sie jetzt schon wieder hat. Ich bin mir keiner Schuld bewusst.

»Warum hasst Tina mich so?«, frage ich Nadja, die neben mir sitzt. Ich habe das Gefühl, dass ich ihr vertrauen kann.

»Weil sie das gleiche Problem hat wie du«, antwortet Nadja. Das klingt nicht gut. Sie lässt erst eine Flasche Cola über den Tisch in ihre Hand wandern, bevor sie weiterspricht. Wahrscheinlich wählt sie dabei ihre Worte mit Bedacht.

»Ich weiß selber, wie das ist«, sagt sie schließlich. »Mir hat er das Zeichen ja auch gemacht. Du sitzt nur da und starrst ihn an, wie er dir sein Bild in die Hand sticht, und dabei merkst du genau, dass er dich in Besitz nimmt. Das ist für uns Mädchen viel schwieriger einzuordnen als für die Jungs. Die haben wahrscheinlich so eine Art Soldaten-Gen, das dieses Gefühl auf der Stelle verarbeiten kann. Jedenfalls hat noch keiner von ihnen danach behauptet, in Jakob verliebt zu sein.«

»Und Tina ... behauptet das?«

Sie sieht mich argwöhnisch an, als sei sie sich nicht ganz im Klaren über meinen Intelligenzquotienten.

»Tina, du. Sogar ich hab es gedacht.«

»Okay«, sage ich, weil mir nichts Besseres einfällt. Um meine Hände zu beschäftigen, schenke ich mir ebenfalls von der Cola ein und trinke einen Schluck. Nadja hat ihre Lauerstellung nicht aufgegeben.

»Finde dich damit ab, dass du ein kleiner Teil eines großen Rudels bist«, sagt sie. »Und Jakob ist das Leittier. So und nicht anders funktioniert sein Talent.«

Genau das ist es wahrscheinlich. Er kann uns ja schlecht mit körperlichen Disziplinierungsmaßnahmen ausbilden. Strafarbeiten und Wochenenddienste kommen auch nicht in Frage. Stattdessen dominiert er uns auf der Psycho-Ebene. Die einfachste und wirkungsvollste Methode, um eine funktionierende Truppe anzuführen. Aber genau genommen auch ein bisschen abartig. Gleichzeitig ist damit klar, dass er sich nie im Leben auf eine von uns einlassen wird. Das wäre nicht nur ein Tabubruch, sondern Missbrauch auf der ganzen Linie.

Was ich wirklich fühle, kann ich im Grunde auch gar nicht beurteilen. Ich war noch nie verliebt. Und erst recht noch nie an ein Leittier gebunden. Eigentlich möchte ich weder das eine noch das andere sein. Beides klingt zu sehr nach Selbstzerstörung.

Nadja erzählt mir, dass es unter den Talenten eine klare Rangordnung gibt. Sollte Jakob im Kampf fallen, so geht die Führung direkt an Tina über. Fällt auch sie, so übernimmt Rafail. Dann Henry, Lennart, Nils, Finn, Kadim, Nadja, Sylvia und schließlich Mike. Mike ist das Schlusslicht, weil Jakob das Schicksal seiner Truppe nicht in die Hände eines Verrückten legen will. Unter der Führung von Mike bestünde wahrscheinlich die Gefahr, dass die Soldaten die Apokalypse nachspielen, anstatt taktisch klug zu agieren. Ich selber stehe im Moment wahrscheinlich ganz hinten, noch hinter Mike. Aber Nadja vermutet, dass ich bald in ihre Richtung aufrücken werde. Etwas beunruhigend finde ich die Tatsache, dass Tina Jakobs Stellvertreterin ist. Ein gewisses Führungstalent hat sie ganz sicher. Aber ich will mir gar nicht vorstellen, wie es wäre, ihre Befehle ausführen zu müssen. Dass sich meine Ergebenheit Jakob gegenüber auf Tina verlagern würde, ist ausgeschlossen. Oder nicht? Was, wenn sie im Fall der Fälle plötzlich dieselbe psychische Macht über mich hätte? Es schüttelt mich von oben bis unten, wenn ich nur daran denke.

Die Party ist im Grunde keine richtige Party. Wir sitzen nur am Tisch und schütten unsere Softdrinks in uns hinein. Zu den Würstchen gibt es weder Ketchup noch Brötchen, aber das scheint niemanden zu stören. Ein paar von den Jungs feixen miteinander und necken Sylvia, die mit ihrer kindlichen Art auf jede kleine Provokation einsteigt. Nadja macht sich einen Spaß daraus, Gläser und Flaschen immer in genau dem Moment zu bewegen, wenn jemand nach ihnen greift. Insgesamt ist die Stimmung einigermaßen gelöst. Tina sitzt die ganze Zeit auf der Veranda der Hütte. Als Jakob wieder herauskommt und sich relativ ungezwungen unter uns mischt, bleibt sie an seiner Seite wie seine Leibwächterin.

Es ist genau zwei Minuten vor drei, als Sylvia zweimal kurz auf ihren Fingern pfeift und sagt: »Erik kommt.« Kurz darauf höre ich das Knattern seines Mopeds ein Stück weiter unten im Wald. Die anderen Talente unterbrechen alle ihr Gespräch und sehen Jakob in Erwartung eines Befehls an. Doch er nickt ihnen nur zu und gibt ihnen mit einem Wink zu verstehen, dass sie weitermachen sollen. Da nehmen sie ihre Gespräche einfach wieder auf und widmen sich erneut ihrer kleinen Party. Wie untertänig sie doch alle sind. »Jakobsjünger«, nennt Mike sie. Das passt.

Erik parkt sein Moped neben den drei Geländewagen, entledigt sich seiner Motorradkluft und kommt zu uns herüber. Sein Schritt ist etwas zaghaft, doch ich glaube, nur ich kann das erkennen. Andersherum erkennt Erik natürlich sofort die Veränderung, die mit mir passiert ist. Sein Blick huscht über mein Lara-Croft-Outfit und ich sehe ein kleines, spöttisches Lächeln auf seinem Gesicht. Er geht nicht davon aus, dass die Waffen echt sind. Meine Hand mit dem Bannzeichen habe ich zur Faust geschlossen. Ich will verhindern, dass er es gleich sieht. Jakob bedeutet Sylvia und mir, ihm zu folgen. Wir fangen Erik auf halber Strecke ab und Jakob ergreift das Wort.

»Hallo, Erik«, sagt er. »Lass uns da rüber gehen.«

Er weist auf den Baumstamm, auf dem ich mit Sylvia saß, als ich das Eichhörnchen gesehen habe. Ich bin froh, dass die anderen unser Gespräch nicht hören werden.

Erik und Jakob nehmen auf dem Baum Platz, Sylvia und ich vor ihnen im Gras. Meine beiden Waffengürtel verhindern, dass ich bequem sitzen kann. Ich will sie ablegen, aber Jakob sagt: »Nein! Lass sie an!« Erik quittiert den Befehl mit einem sauertöpfischen Stirnrunzeln. Es gefällt ihm nicht, dass Jakob mich herumkommandiert.

»Was soll diese ganze Show?«, brummt er.

»Das will ich dir gerade erklären. Hör zu«, sagt Jakob. Ich wundere mich etwas darüber, dass Erik daraufhin einfach den Mund schließt und brav auf seine längst überfällige Erklärung wartet. Ich hatte mit mehr Gegenwehr von seiner Seite aus gerechnet.

»Wir sind keine Live-Rollenspieler«, sagt Jakob. »Die Waffen, die Melek trägt, sind echt. Genau wie alle anderen.«

Eriks Augen werden groß, doch er sagt nichts dazu. Er fällt Jakob keine einziges Mal ins Wort, als der ihm von unserem Kampf gegen die Dschinn erzählt. Ich hatte nicht erwartet, dass Jakob so ehrlich sein würde, aber wahrscheinlich bleibt ihm gar nichts anderes übrig. Die halbe Geschichte wäre noch unglaubwürdiger als die ganze. Nur was soll Erik jetzt mit all dem anfangen? Als er mit seiner Ausführung fertig ist, sagt Jakob etwas, das seine Offenheit erklärt. Er sagt:

»Du hast jetzt die Wahl, Erik. Entweder behältst du dieses Wissen für dich und unterstützt Melek im Alltag, wo du nur kannst. Oder du reichst Sylvia deine Hand und lässt die komplette Geschichte aus deinen Gedanken löschen. Dann wirst du später heimfahren und dich an nichts weiter erinnern als an eine Gruppe durchgeknallter Rollenspieler im Wald. Denk gut darüber nach, wie du dich entscheidest. Eine dritte Wahl gibt es nicht. Und falls du mit dem Gedanken spielst, das Geheimnis unserer Armee zu verraten, dann sei dir sicher, dass wir es herausfinden werden.«

Erst der letzte Satz bringt plötzlich Leben in Erik.

»Die Drohung hättest du dir sparen können«, sagt er. »Ich werde euch nicht verraten. Ich werde *sie* nicht verraten.« Er zeigt auf mich. »Aber es gibt noch eine dritte und eine vierte Möglichkeit.«

»Die wären?«

»Die dritte: Nimm mich auch auf. Rekrutiere mich!«

Ich zucke zusammen. Es besteht kein Zweifel daran, dass Erik Jakobs Erklärung verstanden hat. Er ist klug genug, um zu wissen, dass er mit diesem Vorschlag sein Leben aufs Spiel setzt. Und trotzdem will er ein Teil der Truppe werden.

»Das geht nicht«, sagt Jakob. »Du hast kein Talent. Keines unserer Orakel hat dich gesehen.«

Eriks Miene ist verschlossen. Er schluckt ein paarmal. Dann sagt er: »Nun gut. Dann die vierte Möglichkeit. Gib Melek wieder frei. Wir hüten euer Geheimnis, du hast mein Wort.«

Da fasst Jakob nach meiner geschlossenen Faust, öffnet sie und hält sie Erik vor die Nase.

»Siehst du das?«, sagt er. »Das ist ein Bannzeichen gegen die Dschinn. Wer das hat, ist nicht nur Teil der Armee, sondern für den gibt es kein Zurück mehr. Die Dschinn verabscheuen jeden, der es trägt. Ohne den Schutz, den wir Melek bieten, wäre sie so etwas wie Freiwild für sie.«

Erik springt mit einem Satz auf, packt meine Hand und fährt mit seinem Daumen über die Tätowierung. Ich sehe Schmerz in seinen Augen aufflackern. Er weiß genau, dass er mich verloren hat. Dass er mich Stück für Stück immer mehr verlieren wird. Es tut mir wahnsinnig leid, ihn so zu sehen.

In diesem Moment fühle ich zum ersten Mal so etwas wie Hass auf Jakob. Dass er mir diese Information nicht vorher gegeben hat, ist zweitrangig, denn mir ist klar, dass der Weg mit der Armee der einzige für mich ist. Dass er Erik gezielt auf drei Uhr bestellt hat, weil er dann keine Möglichkeit mehr hat, mich zurückzufordern, macht mich so wütend, wie ein Rudeltier nur sein kann. Er hat geahnt, dass es so kommen würde. Die ganze Sache war geplant.

In diesem Moment verwandelt sich Eriks Schmerz in Wut.»Du Untier!«, schleudert er Jakob entgegen. »Für dich zählt nur das große Ganze! Wie es Melek dabei geht, interessiert dich nicht. Um deine Ziele zu erreichen, ist dir jedes Mittel recht. So ist es doch, oder nicht?«

Jakob starrt ihn kalt aus seinen blauen Augen an. Dann nickt er.

»So ist es. Und so muss es sein, zum Wohle der Menschheit. Und nun sag mir, wie du dich entschieden hast.«

Erik schaut ein paarmal verzweifelt zwischen mir und Jakob hin und her. Dann versucht er ein letztes Mal, den Kampf zu gewinnen. Er hält Sylvia seine Hand hin und verlangt: »Sieh genau nach, ob du ein Talent findest. Aber wage nicht, irgendetwas zu löschen!«

Sylvia steht nicht auf, sondern zieht ihn zu sich herunter. Im Schneidersitz rutscht sie an ihn heran und streichelt eine Weile seine Hand, bevor sie seine Finger auf ihren KGS-Sensor drückt. Nacheinander probiert sie alle drei Bereiche durch. Ihre Augenlider flackern wie immer. Aber ihr Gesichtsausdruck ist verwirrt. Als sie seine Hand wieder loslässt, wirkt sie durcheinander.

»Nichts«, murmelt sie. »Ich sehe nichts.«

»Das wussten wir ja bereits«, sagt Jakob. Ihm ist anzumerken, dass er dem Gespräch nun ein Ende bereiten will.

»Nein«, sagt Sylvia. »Es ist anders. Ich sehe wirklich nichts. Keinerlei Info über Körper, Geist oder Seele. Er ist ein weißes Tuch für mich.«

Das hat Jakob nicht erwartet. Er runzelt die Brauen und schüttelt verwirrt den Kopf.

»Was bedeutet das?«, fragt er Sylvia. Doch die zuckt nur mit den Schultern.

»Keine Ahnung. Ich hatte das noch nie. Wir sollten Mahdi fragen.«

Ich habe keine Ahnung, wer Mahdi ist. Aber die Erwähnung seines Namens scheint Jakob zu beruhigen. Er nickt geistesabwesend. Dann strafft er die Schultern und fixiert wieder Erik.

»Deine Entscheidung!«

Erik kneift die Augen zusammen. Dann springt er auf und tritt gefährlich nahe an Jakob heran. Er muss zu ihm hochsehen, genau wie ich.

»Du hast gewonnen«, sagt er leise. »Aber so leicht wirst du mich nicht los. Ich werde immer in der Nähe sein und auf sie aufpassen. Bis zum Schluss.«

Wahrscheinlich hat er gar keine Ahnung, wie schnell das Ende kommen könnte. Ich bin ihm dankbar für seine Freundschaft. Wenn ich jemals daran gezweifelt habe, ob Erik einen Platz in meinem Leben verdient, dann ist mir spätestens jetzt klar, dass es nie einen Grund dafür gab. Aber gleichzeitig ärgert mich diese Aufpasser-Masche auch. Hält er mich für ein wehrloses Opfer? Wer von uns beiden trifft denn auf 100 Meter Entfernung ein bewegliches Ziel? Als ob Erik mich davor bewahren könnte, in die Fänge eines Dschinn zu geraten!

»Gut«, sagt Jakob, obwohl er wahrscheinlich eine andere Entscheidung vorgezogen hätte. »Dann pass auf, dass niemand sie küsst. Du selbst eingeschlossen.«

»Abgemacht«, sagt Erik. »Gilt das auch für dich?«

»Wenn ich versuchen sollte sie zu küssen, dann darfst du mir ein Schwert in den Rücken stechen«, sagt Jakob.

Ich habe mich noch nie so verkauft und verraten gefühlt wie in diesem Moment. Plötzlich bin ich blind vor Tränen. Ich kann nicht verhindern, dass sie wie Sturzbäche aus meinen Augen schießen. So schnell ich kann, rappele ich mich hoch und renne in den Wald. Jakob ruft mich nicht zurück. Vielleicht ist er nicht ganz sicher, ob ich ihm in diesem Moment Gehorsam erweisen würde. Wahrscheinlicher ist allerdings, dass er mir einen Augenblick der Einsamkeit gönnt. Warum ich es nicht schaffe, ihn aus tiefstem Herzen zu hassen, ist mir vollkommen unverständlich.

Die ersten hundert Meter schlage ich mich einfach durch das Dickicht. Jetzt ist es gut, dass ich den schweren Armeemantel trage, denn er schützt mich zumindest halbwegs vor den Dornen der Brombeersträucher, die von allen Seiten nach mir greifen. Ich achte nicht darauf, wohin ich renne. Ich will einfach nur weg. Weg von den beiden Jungen, die einen Pakt darüber geschlossen haben, mich niemals zu küssen, von den Talenten, die mir nicht trauen, von dem ganzen Schlamassel, für den ich vielleicht sterben soll.

Nach einer Weile lichtet sich das Unterholz und ich lande auf einem schmalen Wanderweg. Erst jetzt spüre ich, dass meine nackten Waden doch schmerzhaft unter den Brombeeren gelitten haben. Einige dünne Fäden Blut rinnen daran herab. Ich achte nicht darauf und gehe einfach auf dem Weg weiter. Wohin er führt, ist mir erst einmal egal. Ich weiß schon jetzt, dass ich nachher wieder umdrehen werde. Aber im Moment will ich allein sein mit meinen düsteren Gedanken und den Tränen, die langsam aufhören mich blind zu machen.

Als ich schließlich an eine Wegbiegung komme, die eindeutig hinunter nach Eckelshausen führt, beschließe ich den Kampf aufzugeben. Es hat ja doch keinen Sinn. Irgendwann muss ich zurück und mich Jakobs Blick stellen. Und dem von Erik, falls er noch da ist. Ich wische mir noch einmal mit dem Ärmel übers Gesicht, atme durch und gehe in die andere Richtung. Doch schon nach wenigen Schritten bleibe ich wie angewurzelt stehen. Keine drei Meter vor mir steht das Eichhörnchen und versperrt mir den Weg.

Die erste Nuss ist noch etwas Besonderes

Mein Körper fällt augenblicklich in Alarmzustand. Ich mache einen Satz nach hinten und wappne mich für einen Angriff. Erst dann fällt mir ein, dass ich ein komplettes Waffenarsenal um meine Hüfte trage. Mit pochendem Herzen reiße ich eine Pistole heraus, entsichere sie und lege auf das Eichhörnchen an. Doch irgendetwas hält mich davon ab, abzudrücken. Über Kimme und Korn fixiere ich das Tier. Es sitzt immer noch aufrecht mitten auf dem Pfad, hält eine Haselnuss fest und hat den Kopf schief gelegt. Seine grünen Augen sehen mit einem Mal eher fragend aus als beängstigend. Ein paar Sekunden lang starren wir uns an. Dann macht das Eichhörnchen eine Bewegung mit den Vorderpfoten, die alles verändert: Es reckt mir seine Nuss entgegen.

Ich halte die Luft an. Obwohl ich die Geste verstanden habe, traue ich mich nicht die Waffe sinken zu lassen. Da legt es die Nuss vorsichtig auf einen dicken Stein auf dem Weg und hoppelt ein paar Meter rückwärts, wo es wieder stehen bleibt und mich beobachtet.

Langsam, immer noch mit der Pistole in der Hand, gehe ich zu der Nuss und hebe sie auf. Ich betrachte sie von allen Seiten, untersuche sie auf Anzeichen einer Falle, aber ich finde keine. Es ist eine ganz normale Haselnuss.

»Für mich?«, frage ich das Eichhörnchen.

Ich bin nicht überrascht, als es daraufhin nickt.

»Danke.«

Das Tier stößt ein leises Fiepsen aus, was wohl eine Erwiderung sein soll. Dann reibt es mit den Pfoten über seinen weißen Bauch. Sein buschiger Schwanz hat dieselbe Farbe wie die Nuss. Er schlängelt sich grazil den gebogenen Rücken entlang. Wenn man die grünen Augen bereits zum dritten Mal sieht, wirken sie nicht mehr so bedrohlich wie am Anfang.

»Ich soll sie essen?«

Wieder das Nicken. Falls die Dschinn mich mit einer giftigen Nuss töten wollen, haben sie sich eine kluge Taktik ausgedacht. Allerdings würde es im Moment mehr Sinn machen, mir zu dritt oder zu viert aufzulauern und mich niederzumetzeln wie meinen Vorgänger Lukas. Sylvia und Kadim würden die Gefahr zwar spüren, aber es ist unwahrscheinlich, dass die Truppe rechtzeitig hier wäre, um mir zu helfen. Wobei, eigentlich müsste Sylvia auch die Bedrohung durch eine vergiftete Nuss spüren. Ich lausche sowohl in mich hinein als auch in Richtung der Schutzhütte. Keine Anzeichen von hektischen Bewegungen hier und dort.

Also lasse ich die Waffe sinken und benutze den Kolben, um die Nuss auf dem Stein zu zertrümmern. Dabei lasse ich das Eichhörnchen nicht aus den Augen. Es sitzt immer noch bewegungslos auf dem Weg. Als ich mir die harte Frucht in den Mund stecke, sieht es irgendwie selbstzufrieden aus. Sein kleines Maul öffnet sich zu dem grotesken Lachen, das ich bereits bei unserer zweiten Begegnung gesehen habe.

»Gut«, sage ich und hoffe, dass es mir nicht gleich den Magen umdreht.

Das Eichhörnchen bleibt noch eine Weile sitzen und betrachtet mich. Dann huscht es auf einmal ins Dickicht und ist verschwunden.

Verwirrt setze ich meinen Weg zurück zur Schutzhütte fort. Alle paar Meter halte ich nach dem Tierchen Ausschau, horche auf unbekannte Geräusche im Wald und rechne mit einem Angriff aus dem Hinterhalt oder plötzlich auftretenden Bauchschmerzen. Aber nichts geschieht. Als der Pfad abbiegt und das Unterholz mit den Brombeersträuchern beginnt, fällt mir etwas Seltsames auf: Am Wegesrand steht ein Konstrukt aus Baumrinden, das entfernt an eine Vase erinnert. Darin steckt eine Handvoll Blumen mit bauschigen weißen Blüten und gefiederten Blättern. Als Kind habe ich die Pflanze bestimmt tausendmal gepflückt, aber ich weiß ihren Namen nicht mehr. Verwirrt nehme ich sie mit und stapfe etwas vorsichtiger durch die Brombeeren als beim Hinweg.

Ich bin ziemlich froh, dass weder Jakob noch Erik beim Baumstamm auf mich warten. Aber Sylvia sitzt noch da und ist damit beschäftigt, einem Gänseblümchen die weißen Blätter auszurupfen. Gerade als ich hinter ihr auftauche, pustet sie das letzte Blatt von ihrem Zeigefinger.

»Willst du wissen, was herausgekommen ist?«, fragt sie mich, ohne sich umzudrehen.

Ich setze mich neben sie und blinzele hinüber zur Hütte. Die Talente sind alle noch mit der Party beschäftigt, die ursprünglich mir gelten sollte. Tina und Nils, die beiden Wettläufer, liefern sich gerade einen verwirrend schnellen Schaukampf im Kickboxen. Eriks Moped ist weg.

»Herausgekommen?«, frage ich geistesabwesend.

»Ja, hier gerade!«. Sie deutet auf das Gänseblümchen. »Er liebt dich oder er liebt dich nicht?«

Ich schüttele resigniert den Kopf.

»Nein. Weder das Ergebnis noch die Person, der es galt.«

Sylvia sieht entrüstet aus. Sie teilt ihre Ahnungen nur zu gern mit anderen. In solchen Fällen wahrscheinlich besonders gern. Aber ich will nichts mehr davon hören. Jetzt erst lässt sie ihren Blick über mein heruntergekommenes Äußeres streifen, entdeckt die blutigen Striemen an meinen Waden, die schmutzigen Wangen mit den Tränenstreifen und schließlich die weißen Blumen in meiner Hand.

»Oh, prima«, sagt sie. »Du hast gleich deine Apotheke mitgebracht!«

Ich schaue sie verwundert an, doch sie nimmt mir die Pflanzen aus der Hand, reißt die weißen Köpfe ab und drückt sie mir vorsichtig auf die blutenden Stellen.

»Schafgarbe«, murmelt sie dabei. »Da hast du aber Glück gehabt, die wächst eigentlich nicht im Wald.«

Schafgarbe! Wie hatte ich das vergessen können! War es möglich, dass das Eichhörnchen in der Zwischenzeit zur Lichtung oder zum Waldrand gehuscht war, um sie zu pflücken? Es muss so gewesen sein, denn sonst wusste niemand, dass ich mir die Beine zerkratzt habe. Vielleicht sind die letzten Tage aber auch einfach zu viel für mich gewesen und ich drehe langsam durch.

Sylvia lässt sich Zeit mit dem Betupfen meiner Wunden. Danach zieht sie ein nicht mehr ganz sauberes Tuch aus der Hosentasche und wischt mir damit übers Gesicht.

»Na ja«, sagt sie hinterher. »Schmutzig bist du immer noch. Aber man sieht nicht mehr, dass du geweint hast.«

Sicherlich ist Weinen ein ähnlicher Tabubruch wie Küssen und Anfassen. Mir soll es recht sein. Nichts davon braucht mehr zu geschehen. Ich blicke auf meine Waffen, auf die Tätowierung in meiner Hand und meine frisch gesäuberten Wunden. In diesem Moment fasse ich einen Entschluss. Wenn er eine Soldatin will, soll er eine Soldatin bekommen. Ich bedanke mich bei Sylvia für die Hilfe und marschiere hinüber zu Jakob. Im Moment muss ich nicht einmal schauspielern, um dabei ernst und beherrscht auszusehen.

»Engelchen«, sagt Jakob, als er mich bemerkt. »Du bist zurück.« Er sieht mich genauso ernst an wie ich ihn.

»Ja«, sage ich. »Und ich bin wieder auf den Dschinn gestoßen.«

»Das Eichhörnchen?«, fragt er alarmiert. »Wie kann das sein?«

An den Gesichtern der anderen kann ich erkennen, dass keiner die Nähe eines Dschinn bemerkt hat. Und dass sie mir nicht glauben.

»Weißt du was, Melek«, meldet sich plötzlich Tina zu Wort. Sie hat ihren Kampf mit Nils gleich unterbrochen, als sie mich kommen sah. »Deine Eichhörnchen-Geschichten langweilen mich. Denk dir was Besseres aus, um dich wichtig zu machen.«

Sie funkelt mich wütend an. Ich funkele voller Hass zurück. Wenn ich nicht so genau wüsste, dass Tina mich innerhalb von zwei Sekunden besiegen kann, würde ich versuchen, mich mit ihr anzulegen.

»Stopp!«, sagt Jakob. »Hört auf! Was hat das Eichhörnchen getan?«

»Es hat mir eine Nuss geschenkt«, antworte ich.

Von Tina kommt ein herablassendes Kichern.

»Das ist nicht dein Ernst!«, lacht sie los. »Du willst uns hier nicht wirklich weismachen, dass du einem Dschinn begegnet bist, der dir eine Nuss geschenkt hat!«

Auch die anderen stimmen vereinzelt in das Lachen ein.

»So war es aber!«, beharre ich.

Jakob ist der Einzige, der die ganze Zeit über ernst geblieben ist. Doch jetzt schüttelt auch er verständnislos den Kopf.

»Und was hast du getan?«, fragt er.

Mir wird etwas unwohl zumute. Wenn ich jetzt auch noch zugebe, dass ich die Nuss gegessen habe, wird mir erst recht keiner mehr glauben. Noch schlimmer: Ich werde für geisteskrank erklärt wie Mike und stehe für immer an letzter Stelle in der Hackordnung.

»Nichts«, sage ich und senke den Blick zu Boden.

»Du hast nicht geschossen?«, fragt er ungläubig.

»Nein.«

»Warum nicht?«, bohrt Jakob weiter.

»Keine Ahnung«, sage ich. »Ich weiß es nicht.«

Als ich es wage, wieder aufzublicken, sehe ich Befremden in seinen Augen. Doch ich weiß auch, dass er im Gegensatz zu den anderen noch nicht vollends davon überzeugt ist, dass ich lüge. In dem Moment kommt mir ein rettender Gedanke.

»Ich habe schon heute Morgen eine Handvoll Nüsse auf meinem Fenstersims gefunden. Vielleicht war es das auch! Vielleicht kommt es wieder!«, sage ich.

Jakob denkt einen Augenblick nach, dann trifft er eine Entscheidung.

»Wir müssen das überprüfen«, sagt er. »Henry und Mike. Ihr beide teilt euch heute Nacht die Wache vor Meleks Haus. Behaltet das Fenstersims im Auge.«

Von Tina ist ein leichtes Stöhnen zu hören, doch die anderen akzeptieren seine Entscheidung ohne Einwände. Nur Mike murmelt in das allgemeine Schweigen hinein: »Das sagt, der da hat das scharfe, zweischneidige Schwert.«

Niemandem ist nach Lachen zumute.

Der Rest der Party verläuft ziemlich einsilbig. Keiner will mehr so richtig feiern und nicht einmal Nadja oder Sylvia wagen es, mich auf mein Erlebnis im Wald anzusprechen. Ich sitze die ganze Zeit am Tisch vor meiner Cola und schwitze vor mich hin. Doch den Mantel traue ich mich nicht auszuziehen. Ich will verhindern, mir einen Kommentar von Jakob einzufangen. Einmal kommt er noch zu mir, wischt mir die linke Handfläche sauber und desinfiziert sie sorgfältig. Dabei sagt er kein Wort.

Wenig später räumen wir die Waffen und Mäntel weg und fahren nach Hause. Jakob lässt mich am Bahnhof aussteigen, wo Erik schon auf mich wartet. Das Verhalten der beiden verrät mir, dass die Sache abgesprochen ist, auch wenn keiner von ihnen es gut findet. Sie haben sich scheinbar auf einen Kompromiss geeinigt, was das Eigentum an meiner Person betrifft. Am liebsten würde ich den nächsten Zug nach Süden nehmen und mich für immer irgendwo in den Bergen verkriechen. Oder in einem Fjord im Norden. Egal. Hauptsache weg von Jakob und Erik, die mir jegliche Selbstbestimmung absprechen.

Ich schlage die Tür des Land Rovers mit mehr Schwung als nötig zu.

»Morgen nach der Schule, Fitnessstudio«, erinnert Jakob mich durchs Fenster.

Ich nicke nur verkniffen. Mehr kann er nicht erwarten.

Erik hat sein Moped abgeschlossen und den Helm mit einer Kette daran fixiert. Es sieht ganz so aus, als wolle er mit mir in den Zug steigen.

»Hast du vor, bei mir einzuziehen?«, blaffe ich ihn an.

Er scheint sich keiner Schuld bewusst zu sein.

»Ich habe vor auf dich aufzupassen«, sagt er.

»Ich brauche aber keinen Aufpasser. Das habe ich dir schon einmal gesagt«, keife ich. »Und außerdem kannst du nicht Tag und Nacht an meiner Seite sein.«

»Das muss ich auch gar nicht«, sagt Erik, immer noch ruhig. »Sie kommen nicht nachts zu euch. Sie kommen eigentlich überhaupt nicht zu euch. Wusstest du das nicht?«

Es ist eines von vielen Dingen, die ich nicht wusste. Jakob hat mir gerade mal das Nötigste erzählt, bevor er mir den Rückweg in mein Leben versperrt hat. Eine ganz unnötige Vorsichtsmaßnahme, denn ich hätte ohnehin niemals gekniffen. Aber Erik scheint in den Genuss der totalen Aufklärung gekommen zu sein. Das ärgert mich maßlos.

»Für jedes Talent, das sie dezimieren, wächst ein neues nach«, erklärt Erik. »Für die Dschinn macht es keinen Sinn, euch anzugreifen. Es sei denn, sie bekommen eine gute Gelegenheit, dabei gefahrlos Gefühle zu saugen. Aber das ist selten der Fall. Ihr seid immer gefährlich für sie, auch nachts allein zu Hause. Schließlich tragt ihr zumindest das kleine Messer bei euch. Da haben sie es bei anderen Menschen einfach leichter.«

Ich sollte mich eigentlich freuen einen Freund zu haben, der so loyal ist wie Erik, aber es geht mir gegen den Strich, dass er sich als mein Leibwächter aufspielt. Und wie es aussieht, auch noch unbegründet.

»Dann gibt es keinen Grund, weshalb du auf mich aufpassen müsstest«, sage ich.

Er sieht traurig aus. Zum ersten Mal kommt mir der Gedanke, dass er einfach nur nach einer Gelegenheit sucht, weiterhin mit mir zusammen zu sein. Vielleicht geht es ihm gar nicht darum, über mich zu bestimmen. Vielleicht ist diese Aufpasser-Masche einfach das Einzige, was Jungs in seiner Situation einfällt. Noch vorhin im Wald fand ich es sehr mutig von ihm, dass er in die Armee aufgenommen werden wollte. Warum kann ich ihm jetzt nicht einfach sagen, dass es sich gut anfühlt einen Freund wie ihn zu haben? Ich weiß selber nicht genau, warum ich so wütend und verletzt bin.

»Ich kann dir helfen«, sagt Erik. »Mit deinen Eltern, in der Schule und … wenn du jemanden zum Reden brauchst. Jemanden, der dich kennt.«

Ich zögere. Er hat Recht. Es wäre schön einen Verbündeten zu haben. Schön und eigennützig, denn für ihn selbst macht es überhaupt keinen Sinn. Er bekommt dafür weder einen Platz in der Truppe noch eine unbeschwerte Freundschaft und schon gar keine körperliche Nähe von mir. Was für ein schlechtes Geschäft für ihn!

»Und das reicht dir?«, frage ich etwas zaghafter.

Er seufzt und schüttelt den Kopf.

»Das muss mir eben reichen.«

Wir nehmen den nächsten Zug nach Buchenau. Dort angekommen steige ich erst ausgiebig in die Lahn, um den Rest Schmutz und Blut von mir abzuwaschen. Danach sehe ich verblüffend wiederhergestellt aus. Selbst die Schrammen an meinen Beinen sind kaum mehr zu erkennen. Die Schafgarbe hat wahre Wunder gewirkt. Schweigend laufen wir in unserem vertrauten Abstand nebeneinander zum Forsthaus. In meinem Magen grummelt es vor

Aufregung, denn gleich werden meine Eltern das Bannzeichen sehen. Ich kann nicht ewig mit einer geschlossenen Faust durchs Haus laufen. Besser, ich bringe die Sache schnell hinter mich. Wir hatten genug Zeit, die Szene durchzusprechen, die sich gleich abspielen wird. Ich hoffe nur, dass ich sie nicht verpatze.

Als wir die Tür zur Veranda hinaufsteigen, greift Erik nach meiner Hand. Ich schüttele sie nicht ab.

Meine Eltern sitzen beide auf der Hollywoodschaukel und genießen die späten Sonnenstrahlen. Meine Mutter ist in einen Liebesroman vertieft, mein Vater in eine Zeitschrift. Nur unscharf nehme ich wahr, dass er ein T-Shirt trägt mit der peinlichen Aufschrift: »Ich bin in diesem Forst der Oberhorst«. An anderen Tagen könnte ich darüber lachen. Heute fehlt mir der Humor. Im Gegensatz zu Erik.

»Das ist lustig«, sagt er, nachdem er meine Eltern begrüßt hat. »Wer hatte die Idee?«

Mein Vater, der noch vor wenigen Sekunden wie ein Raubtier auf unsere ineinander verschränkten Hände gestarrt hat, ändert plötzlich seinen Gesichtsausdruck. Er freut sich über das Interesse. Wenn es ums eigene Ego geht, sinkt die Spießigkeit scheinbar sogar bei hoffnungslosen Fällen wie meinem Vater. Ich muss mir Eriks Taktik für künftige Konfrontationen merken.

»Das hat mir heute ein Unternehmer geschenkt, mit dem ich mich gestern noch gestritten habe, weil er viel zu viele Bäume abgehackt hat«, erklärt er redselig. »Sollte wohl eine Entschuldigung sein. Und sie ist gelungen.«

Meine Mutter, die sich im Gegensatz zu meinem Vater an unserem Anblick regelrecht weidet, legt ihr Buch beiseite und steigt sofort leutselig in das oberflächliche Gespräch ein. Ein paar Minuten lang geht es gut. Dann fragt sie mich, wie es im Fitnessstudio war. Das ist sozusagen mein Stichwort. Aber ich bekomme keinen Ton heraus. Erik hilft mir.

»Ich glaube, Melek will Ihnen was beichten«, kündigt er an.

Meine Eltern starren mich misstrauisch an, aber nicht misstrauisch genug, um zu ahnen, was sie gleich zu sehen bekommen. Wahrscheinlich denken sie, ich hätte geraucht. Ich sei aus dem Fitnesskurs geschmissen worden. Oder ich hätte eine Sechs in Mathe kassiert.

»Ich hab eine Tätowierung«, sage ich geradeheraus und strecke ihnen die Hand entgegen.

Mein Vater springt auf und reagiert wie erwartet mit ein paar ungläubigen Ausrufen, gefolgt von einem ziemlich unspießigen Fluch. Doch ich achte gar nicht weiter auf ihn. Ich sehe nur das Gesicht meiner Mutter, aus dem jegliche Farbe gewichen ist. Sie sieht so erschrocken aus, dass ich Angst bekomme, sie könnte einen Herzstillstand erleiden. Dann flüstert sie etwas auf Türkisch, das keiner von uns anderen versteht. Es klingt aber so bestürzt, dass sogar mein Vater aufhört zu schimpfen und sich stattdessen zu ihr umwendet.

»Was sagst du, Hatice?«, will er wissen.

»Hamsa«, stammelt sie. »Die Hand der Fatima!«

Ich habe keine Ahnung, wovon sie spricht. Aber ihre Reaktion ist so ungewöhnlich für sie, dass es mich unwillkürlich schaudert. Dann sagt sie etwas, das mir das Blut in den Adern gefrieren lässt:

»Das Zeichen gegen die Dschinn! Warum trägst du es?«

Einen Moment lang bin ich völlig sprachlos. Woher kennt meine Mutter das Geheimnis der Talente? Was weiß sie über das Zeichen? Ist ihr klar, dass ich unter die Soldaten gegangen bin? Ist sie am Ende eine Veteranin und ich habe ihr Talent geerbt? Die Gedanken rasen nur so durch meinen Kopf. Meine Eltern starren mich beide an, mein Vater irritiert, meine Mutter fassungslos. Dann ergreift Erik das Wort.

»Ich glaube nicht, dass Melek weiß, was das ist«, sagt er. »Sie hat es sich bei irgendeinem Typen abgeschaut.«

Das ist in etwa die Erklärung, die wir uns ausgedacht haben. Ich verstehe bloß nicht, warum Erik glaubt, wir könnten damit durchkommen.

»Nicht?«, fragt meine Mutter verwundert. »Das hast du noch nie bei deinen Verwandten gesehen?«

Jetzt, wo sie das sagt, geht mir plötzlich ein Licht auf. Ich habe tatsächlich schon etwas Ähnliches in türkischen Häusern und Autos gesehen. Nur dass es sich dabei nicht um ein bloßes Auge gehandelt hat. Sondern um ein Zeichen, dass sowohl aus dem Auge als auch aus der Hand besteht. Es gilt gemeinhin als Schutz vor dem bösen Blick. Und wahrscheinlich auch als Abwehrmaßnahme gegen Dschinn. Gegen die Dschinn der Moslems wohlgemerkt, die mit unseren Dschinn außer dem Namen nicht viel gemein haben. Muslimische Dschinn sind Fabelwesen, die für allerlei ungewöhnliche Phänomene verantwortlich gemacht werden, aber nicht unbedingt abgrundtief böse sein müssen – und schon gar keine Gefühle saugen. Mir schwirrt der Kopf. So ganz verstehe ich die Situation immer noch nicht.

»Du ... glaubst an Dschinn?«, frage ich meine Mutter.

»Nein, herrje, Melek! Ich glaube nicht an Dschinn! Warum lässt du dir so ein scheußliches Ding in die Hand stechen? Das geht nie wieder raus!«

Nun bin ich gewissermaßen beruhigt. Das Ganze war eine Verwechslung. Und sie geht auf Jakobs Kosten, denn er hätte wissen müssen, dass meine Mutter so reagiert. Eine kleine Vorbereitung meinerseits wäre, auch in diesem Fall, sehr hilfreich gewesen. Warum in aller Welt hatte er mir nicht gesagt, dass das Bannzeichen aus dem Islam geklaut war? Ich versuche mich wieder auf die Szene vor meiner Nase zu konzentrieren und gebe mich betont reumütig.

»Ich fand es einfach toll und da hab ich es machen lassen«, murmele ich. »Tut mir leid.«

Meine Eltern geben noch jede Menge Vorwürfe und Zurechtweisungen von sich. Aber dann scheinen sie sich wieder zu fangen. Ich erhalte Hausarrest bis Freitag. Das wird noch zum Problem werden. Aber ich nehme mir vor, später darüber nachzudenken. Nun muss ich erst einmal erfolgreich auf mein Zimmer verschwinden. Am liebsten zusammen mit Erik, denn ich habe Gesprächsbedarf. Aber das werden sie nicht zulassen. Im Moment verlagert sich die Wut meiner Mutter auch ein kleines bisschen auf ihn.

»Und Sie ... du hast davon gewusst und es nicht verhindert?«, fragt sie anklagend.

Erik macht eine abwehrende Geste mit beiden Händen.

»Im Leben nicht!«, sagt er überzeugend. »Ich komme immer erst ins Spiel, wenn alles schon vorbei ist.«

Und das ist die volle Wahrheit. Nur dass meine Eltern sie ihm diesmal nicht ganz so gutgläubig abkaufen wie letztes Mal. Mein Vater runzelt missmutig die Stirn und meine Mutter sieht aus, als kämpften gerade zwei Seelen in ihrer Brust.

»Das stimmt«, sage ich. »Erik hat mir hinterher den Kopf gewaschen.«

»Wer war es dann?«, will meine Mutter wissen. »Wer hat dich dazu verführt?«

Nun muss ich irgendeinen Namen nennen. Wahrscheinlich ist es ganz egal, was ich sage, denn meine Eltern werden die angeblichen Verführer ohnehin niemals zu Gesicht bekommen.

»Einer von den Rollenspielern«, sage ich. »Er heißt Jakob.«

***

Wenig später sitze ich mit Erik in meinem Zimmer und warte darauf, dass mein Vater seinen ersten Kontrollbesuch macht. Wie ich ihn kenne, wird er nun alle fünf Minuten unter irgendeinem Vorwand ins Zimmer stürmen. Aber nach dem heutigen Tag ist mir das egal. Er wird nichts anderes zu sehen bekommen als zwei Leute, die sich über ein Mensch-ärgere-dich-nicht-Spiel beugen. Unaufmerksam, wie mein Vater in solchen Dingen ist, wird er nicht einmal bemerken, dass sich die Spielfiguren die ganze Zeit über nicht bewegen.

Ich erzähle Erik die ganze Geschichte, vom ersten Gespräch mit Jakob bis zur Begegnung mit dem Eichhörnchen heute im Wald. Es ist sehr beruhigend, dass mir endlich jemand glaubt. Auch wenn er sofort den Moralapostel spielt und mich oberlehrerhaft dafür rügt, dass ich die Nuss gegessen habe. Warum der Dschinn sich so verhält und weshalb die Orakel ihn nicht spüren, kann er sich allerdings auch nicht erklären. Dafür erzählt er mir, dass er nach meinem Verschwinden in den Genuss von Kadims lauwarmem Kaffee gekommen ist. Doch genau wie Sylvia konnte auch das zweite Orakel nichts erkennen. Der Kaffeesatz zeigte nur gestaltlose Schlieren, in deren Form Kadim beim besten Willen nichts hineininterpretieren konnte. Was das bedeutet, weiß niemand. Deshalb hatten die Orakel und Jakob beschlossen, am nächsten Tag Rat bei Mahdi einzuholen. Sylvia hatte ihn Erik gegenüber als »weisen Mann« bezeichnet, aber nicht mehr darüber verraten.

Nach dem zweiten Besuch meines Vaters versuche ich Erik zu beschreiben, wie Jakobs Talent sich für mich anfühlt, auch wenn ich glaube, dass es sich dabei nicht um sein Lieblingsthema handelt. Aber vielleicht hilft es ihm zu verstehen, warum ich mich immer wieder auf die Seite meines Anführers schlagen werde. Ich habe den Eindruck, dass das noch oft geschehen wird.

»Ich weiß«, sagt er zu meiner Verwunderung. »Ich kann das auch spüren. Er ist sehr charismatisch. Der Unterschied zwischen dir und mir ist allerdings, dass ich nicht an ihn gebunden bin. Wenn ich mir das in Erinnerung rufe, kann ich mich ihm widersetzen.«

Erik spürt es also auch. Aus irgendeinem Grund hatte ich angenommen, Jakobs Fähigkeiten würden nur auf die Talente wirken. Nun ist mir auch klar, weshalb er sich nach dem Angriff der Dschinniya so exakt an Jakobs Anweisung gehalten hat, mir keine Fragen zu stellen. Angefasst hat er mich allerdings, denn er hat meine Hand gehalten. Und auch im Wald, während Jakobs Erklärung – solange er ihn nicht provozierte, war Erik deutlich zurückhaltender gewesen, als ich angenommen hatte. Dieser Mischmasch aus Hörigkeit und Emanzipation ist ebenso seltsam wie der undeutbare Kaffeesatz und Sylvias Unfähigkeit, in seine Seele zu schauen. Ich beschließe, das Thema zu wechseln.

»Es ist irgendwie sonderbar, dass das Bannzeichen aus dem Islam übernommen wurde, findest du nicht?« frage ich.

»Das glaube ich gar nicht«, sagt er. »Ich schätze eher, dass der Islam es von den Talenten hat!«

»Du meinst …«

Erik nickt.

»Fatima war bestimmt auch eins.«

Die nächste Stunde verbringen wir vor dem Internet und suchen erfolglos nach Darstellungen von Mohammeds Tochter. Stattdessen finden wir dasselbe Symbol in anderen Religionen: die Hand der Miriam, die Hand der Maria. Sogar der indische Gott Brahma trägt häufig ein drittes Auge auf seiner

Hand. Nur das Pentagramm ist nicht immer integriert. Dafür gibt es genügend anderweitige Hinweise auf die Bannkraft des fünfzackigen Sterns, der im Großen und Ganzen ziemlich gut zu der Hand mit den fünf Fingern passt und für Klugheit, Gerechtigkeit, Stärke, Mäßigkeit und Fleiß steht. Im Mittelalter diente er als Schutz vor nächtlichen Spukgeistern. Wenn alles so stimmt, wie wir uns das zusammenreimen, dann haben Tausende von Talenten seit jeher diese Zeichen getragen und heimlich oder unbewusst ihr Wissen an Religionen und Gemeinschaften auf der ganzen Welt weitergegeben. Ihre Feinde hießen Dämonen, Teufel, Druden oder Dschinn, doch im Grunde sind sie alle ein und dasselbe.

Um kurz vor acht ist mein Vater der Meinung, er müsse eine kaputte Jalousie in meinem Zimmer reparieren. Das kommt einem höflichen Rausschmiss für Erik gleich. Und es macht auch Sinn, denn der vorläufig letzte Zug zurück zu seinem Moped fährt in zehn Minuten. Als wir nach unten gehen, bin ich ganz froh über die Tatsache, dass er wieder meine Hand fasst. Es ist mehr als eine Show für meine Eltern. Für ihn ganz sicher. Für mich ist es vor allem eine Gelegenheit, meine Tätowierung zu vergraben. Als wir uns in der Auffahrt verabschieden, kommt mir plötzlich ein Gedanke.

»Erik ... wer passt eigentlich auf dich auf?«

Er verzieht das Gesicht zu einem bitteren Schmunzeln.

»Ich warte schon den ganzen Tag darauf, dass dir das einfällt«, sagt er.

Das trifft mich tief. Zum wiederholten Mal schäme ich mich in Grund und Boden für meinen Egoismus. Während ich mich darum sorge, ob die Dschinn vielleicht nachts durch mein Fenster einsteigen, ist es in Wahrheit Erik, der die Nächte schutzlos verbringt. Denn er hat kein Bannzeichen auf der Hand und auch nicht das Silbermesser in der Tasche, das Jakob mir neben den anderen Waffen gegeben hat und das ich stets mit mir herumtragen soll. Dabei ist er es doch, auf den es die Dämonen abgesehen haben. Wegen mir. Weil sie denken, ich würde ohne ihn zusammenbrechen? Und wer sagt mir überhaupt, dass ich es nicht täte? Ohne Erik hätte ich niemanden mehr, der wirklich hinter mir steht. Hastig krame ich in meiner Hosentasche und ziehe das Klappmesser hervor.

»Hier«, sage ich und drücke es ihm möglichst unauffällig in die Hand. »Sie werden sich hüten dich anzugreifen, wenn du das hast. Und du bist stark. Das beeindruckt sie.«

Die Sorge in meinem Gesicht scheint ihm zu gefallen, denn er lächelt.

»Brauchst du das nicht selbst?«, fragt er mit einem Blick auf das Messer.

»Nicht heute Nacht. Henry und Mike schieben ja Wache. Und morgen besorge ich mir ein neues.«

Er nickt und steckt das Messer ein.

»Irgendwann müssen wir darüber sprechen, was du tun musst, falls sie mich doch erwischen«, sagt er. In der Ferne hören wir seinen Zug hupen. Er wird in wenigen Minuten da sein.

»Wie meinst du das?«

»Nicht heute!«, sagt Erik. »Ich wünsch dir eine ruhige Nacht! Mach's gut, Melek!«

Er drückt meine Hand zum Abschied und rennt los Richtung Bahnhof. Ich schaue ihm hinterher, bis er in den Zug steigt und wenig später ein gutes Stück unter dem Forsthaus vorbeifährt. Als ich wieder ins Haus gehe, fühle ich mich seltsam allein.

Das Abendessen mit meinen Eltern verläuft ungewohnt schweigsam. Die ganze Zeit über starrt meine Mutter auf meine linke Hand. Ich schließe sie zur Faust und esse nur mit einer Gabel in der rechten. Nicht einmal die Annahme, dass ich nun einen Freund habe, kann den Schock vom Nachmittag wieder gutmachen. Wahrscheinlich hätten wir uns die ganze Schauspielerei sparen können.

Ich lasse den Spielfilm im Wohnzimmer ausfallen und verkrieche mich stattdessen mit einem Buch in meinem Zimmer. Dabei passiert es ständig, dass ich eine Seite lese, ohne wahrzunehmen, was die Worte bedeuten. Als es zu dämmern beginnt, schaue ich immer wieder aus dem Fenster und halte Ausschau nach Henry und Mike. Doch ich kann sie nirgends erkennen. Der Wald liegt genauso schwarz und friedlich da wie immer. Erst um elf, als ich glaube, dass meine Eltern schlafen, traue ich mich das Fenster ganz aufzureißen und mich hinauszulehnen.

»Henry? Mike?«, zische ich hinaus in den Wald. »Seid ihr da?«

Die Antwort kommt aus einem Gestrüpp, nur wenige Meter rechts von unserem Haus.

»Wir sind hier, Melek!«

Ein Bogen taucht hinter den Zweigen auf und winkt einmal hin und her.

»Braucht ihr was?« flüstere ich.

»Nein«, wispert Henry. »Außer vielleicht einen Knebel für Mike!«

Ich muss lachen. Henry zumindest scheint seine Ungezwungenheit mir gegenüber wiedergefunden zu haben.

»Vertragt euch!«, raune ich. »Wenn doch noch etwas ist, wirf Steinchen ans Fenster!«

»Okay, schlaf gut!«

Ich verbringe wieder eine unruhige Nacht mit wirren Träumen. Diesmal verfolgt mich ein riesiger grauer Wolf durch den Wald. So schnell ich auch renne, ich habe keine Chance gegen ihn. Als er mich schließlich durch einen Biss ins Hosenbein zu Fall bringt, wache ich mit klopfendem Herzen auf. Mein Atem geht stoßweiße. So geht es weiter bis zum Morgengrauen. Ich träume auch von der blonden Dschinniya, die Erik küsst, weil mein Aschenbecher-Geschoss sie fast um einen halben Meter verfehlt. Von Erik, der sie im Arm hält und mich mit ausdruckslosen Augen ansieht, bevor sie zusammen im Nebel verschwinden. Als es endlich fünf Uhr ist, habe ich keine Lust mehr auf weitere Alpträume. Ich fühle mich müde und gerädert. Im Jogginganzug schleiche ich hinunter in die Küche und koche eine Kanne Kaffee. Ich schnappe mir auch drei Plastikbecher aus dem Schrank und trage alles hinaus in den Wald.

»Du siehst schlimmer aus als wir!«, begrüßt mich Henry.

»Danke für die Blumen. Morgen, Mike!«

Mike nickt mir freundlich zu und greift sofort nach dem Kaffee. Seine Finger sind etwas klamm. Die beiden haben sich das Innere des Gestrüpps relativ behaglich hergerichtet. Die Zweige sind plattgedrückt, darauf liegen zwei Schlafsäcke, daneben Getränke und Bäckertüten. Alles ist von einer kühlen Schicht Tau überzogen.

»Wie war die Nacht?«, frage ich.

»Interessant«, sagt Mike. »Ihr habt vierzehn Siebenschläfer im Dach, eine wahre Invasion. Sie sind zufrieden mit ihrem Leben. Der einzige Wermutstropfen ist eure Katze, die hin und wieder einen erwischt. Den Waschbären konnte ich davon abhalten, eure Restmülltonne zu plündern, aber ich denke, er wird morgen Nacht wiederkommen. Dann gibt es noch zwei schlecht gelaunte Wildschweine, die gern durch euren Zaun in den Garten gekommen wären, um das Gemüsebeet deiner Mutter zu pflügen. Und jede Menge unkommunikativer Mäuse, die sich nur um ihren eigenen Kram kümmern.«

Ich muss grinsen. Bis zu diesem Zeitpunkt hatte ich von Mike keinen einzigen vernünftigen Satz gehört. Ich war davon ausgegangen, dass er nur spricht, um seine biblischen Visionen zu verkünden. Und nun überrascht er mich mit diesem verblüffend witzigen Monolog. Er grinst und sieht dabei gar nicht verrückt aus.

»Keine Eichhörnchen?«, frage ich.

»Doch, jede Menge natürlich«, antwortet Mike. »Aber sie waren ruhig. Keine Anzeichen von Aufregung. Normalerweise zeigen die echten Tiere eine gewisse Aufregung, wenn ein Dschinn in Tiergestalt in der Nähe ist. War aber nicht der Fall. Dein Fenstersims ist heute gänzlich jungfräulich.«

Ich weiß nicht, ob ich darüber froh sein soll. Jetzt wird mir erst recht niemand mehr meine Geschichte vom grünäugigen Eichhörnchen glauben.

»Ihr haltet mich für eine Lügnerin, hab ich Recht?«, frage ich.

»Ich nicht«, sagt Mike sofort. »Es gibt Dinge zwischen Himmel und Erde, die die anderen einfach noch nicht fassen können. Man muss so alt wie ich sein, um das zu verstehen.«

»Wie alt bist du denn?«, frage ich vorsichtig.

»Um die 6200 Jahre«, sagt er. »Aber die meiste Zeit davon habe ich im Himmel verbracht, da geht jedes Zeitgefühl verloren.«

»Aha«. Ich weiß nicht so recht, was ich darauf sagen soll.

Henry lacht über meine verdatterte Miene. Er nippt am Kaffee und verzieht säuerlich das Gesicht, weil das Gebräu einfach nur stark und schwarz ist. Ich bin nicht besonders gut im Kaffeekochen.

»Ich hingegen halte dich für leicht verwirrt«, gibt Henry zu. »Ich glaube, es ist alles ein bisschen viel für dich. Ein Eichhörnchen hast du vielleicht gesehen, aber ein Dschinn war es ganz sicher nicht. Dass du dich damit wichtigmachen willst, wie Tina sagt, ist natürlich Quatsch. Es wäre ziemlich hirnrissig sich mit Negativschlagzeilen in den Mittelpunkt zu spielen.«

Im Grunde bin ich Henry dankbar, dass er keine Aversion gegen mich hat. Und das, obwohl er mir nicht glaubt und trotzdem eine schlaflose Nacht im Wald verbringen musste. Im Moment kann ich wahrscheinlich nicht mehr erwarten.

»Wir haben übrigens deine Waffen mitgebracht«, verkündet er und schlägt seinen Schlafsack zurück. Darunter befindet sich eine sorgfältig ausgehobene Grube, die mit wasserdichten Planen ausgelegt ist. Darin liegen eine ebenfalls wasserdichte Waffentasche und meine beiden Gürtel, sorgfältig in Plastiktüten verpackt.

»Der Platz ist gut«, erklärt Henry. »Du musst nur noch eine Metallplatte als Deckel besorgen und Laub darüber streuen. Davon gibt's hier ja genug. Aber mach schnell, bevor es regnet. Verrostete Pistolen putzen ist kein Spaß!«

Ich verspreche, mich bald darum zu kümmern. Wenn mein Vater wüsste, dass es ab sofort keine fünfzig Meter neben unserem Haus einen Bunker gibt, der doppelt so viele Waffen enthält wie sein abgesperrter Schrank im Schlafzimmer, würde er wahrscheinlich vor Entsetzen tot umfallen. Besser also, er erfährt es nie!

»Und die soll ich jetzt jedes Mal mitbringen, wenn wir uns treffen?«, frage ich zaghaft.

Henry verschluckt sich fast an seinem Kaffee. Mike lacht los.

»Lass dich nie in der Öffentlichkeit damit erwischen! So viele Talente gibt es bei der ganzen Polizei nicht, wie nötig wären, um dich dann noch rauszuschlagen!«, sagt er und wirft die langen Haare in den Nacken. »Das ist nur für den Fall, dass du nachts zu einem Einsatz gehst. Kommt öfters vor, glaub mir!«

»Und beim Training?«

»Kriegst du neue Waffen.«

Wow. Ich will gar nicht wissen, wie groß das Waffenarsenal insgesamt ist und wo es gelagert wird. Wahrscheinlich gibt es hinter jeder zweiten Schutzhütte in der Gegend irgendeinen versteckten Bunker.

Neben meinen Waffen haben Henry und Mike mir auch einen nagelneuen Schutzanzug in meiner Größe mitgebracht. Eigentlich hatte ich gedacht, die Anzüge würden vor Kugeln und Pfeilen schützen. Doch Henry klärt mich wenig rücksichtsvoll darüber auf, wozu sie wirklich da sind.

»Sie enthalten Silberfasern. Die Dschinn können sie nicht durchdringen«, sagt er. »Das verhindert, dass sie dir einen Arm herausreißen oder ein Bein. Oder dein Herz.« Er macht eine kurze Pause und lässt seine Worte wirken. Dabei sieht er mich genauso herausfordernd an wie bei unserer ersten Begegnung. »Das heißt, wenn du deinen Kopf nicht verlierst, wirst du überleben.«

Das also hat Jakob gemeint, als er mir riet, ich solle mich von niemandem auf den Mund küssen lassen, denn es könnte mich meinen Kopf kosten. Was für eine üble Zweideutigkeit seine Worte doch hatten: entweder mein Gehirn oder auch der Rest drumherum. Je nachdem, wofür die Dschinn sich entscheiden. Und ich habe mir von einem von denen eine Nuss schenken lassen!

»Sie reißen uns die Köpfe ab?«, frage ich mit leicht brüchiger Stimme.

Henry nickt.

»Oder sie brechen einfach dein Genick.«

»Wer ist dem Tier gleich, und wer vermag mit ihm zu streiten?«, sinniert Mike mit leicht entrücktem Gesichtsausdruck.

»Alles ohne Waffen?«

Anstelle einer Antwort legt Henry die Hände rechts und links um meinen Hals. Dabei berührt er nicht ansatzweise meine Haut. Dann macht er eine ruckartige Bewegung zu einer Seite.

»Einfach nur so«, sagt er zur Untermauerung seiner Geste. »Sie sind um so vieles stärker und schneller als wir, dass sie keine Waffen nötig haben.«

Die Dschinn gruseln mich immer mehr.

»Schneller als Tina und Nils?«, frage ich.

»Ein bisschen«, sagt Mike. »Tina glaubt, sie könnte es mit ihnen aufnehmen. Aber das ist ein Trugschluss.«

Ärgerlich fällt Henry ihm ins Wort.

»Ist es nicht. Eines Tages wird sie es können. Kadim hat das gesehen!« Es sieht ganz so aus, als hätte Mike einen wunden Punkt bei ihm angesprochen.

»Kadim sieht vieles, was Sylvia nicht sieht«, kontert Mike gelassen.

»Woran das wohl liegt!«, sagt Henry und verdreht die Augen. Dann beschließen sie wohl beide, dass die Diskussion zu nichts führt, und packen ohne weitere Worte ihre Schlafsäcke zusammen. Bevor sie gehen, drückt Henry mir noch ein neues Silbermesser in die Hand.

»Hier«, sagt er etwas brummig. »Dass du deine Waffen verschenkst, hat Sylvia jedenfalls erkannt. Jakob war nicht gerade begeistert darüber.«

Ich verkneife mir einen Kommentar und lasse das Messer in meiner Hosentasche verschwinden. Auch wenn mir nach diesem Gespräch der Kopf schwirrt, bin ich dankbar dafür, dass es stattgefunden hat. So nach und nach erschließt sich mir die Welt der Talente. Bis ich alles weiß, vergehen wahrscheinlich noch Monate. Aber bis dahin muss ich erst mal meine Grundausbildung überleben.

Ich sammle die Kaffeebecher wieder ein und sehe Henry und Mike hinterher, wie sie durchs Unterholz verschwinden. Wir werden uns ohnehin in wenigen Stunden im Fitnessstudio sehen. Wie ich diese Schinderei heute wegstecken soll, weiß ich noch gar nicht.

In der Küche beseitige ich alle Beweise meiner Kaffee-Kochaktion, spüle die drei Becher sorgfältig aus und stelle sie zurück in den Schrank. Dann gehe ich wieder auf mein Zimmer und döse noch eine Weile auf meinem Bett vor mich hin. Als mein Wecker klingelt, schäle ich mich steif heraus und gehe zum Fenster. Auf dem Sims liegen, sorgfältig zu einer Pyramide gestapelt, jede Menge Nüsse. Daneben ein frischer Strauß Vergissmeinnicht.

Wie es sich anfühlt, in den Augen eines Dschinn zu versinken

Ich rufe hinunter zu Henry und Mike, doch es kommt keine Antwort. Wahrscheinlich sind sie gleich nach unserem Treffen nach Hause gegangen. Bei meinem Dschinn scheint es sich um ein ziemlich schlaues Exemplar zu handeln. Und wie es aussieht, hat er kein Interesse daran, dass die anderen Talente von unserer Bekanntschaft erfahren. Ich bin mir nicht ganz sicher über seine Beweggründe. Aber wahrscheinlich will er unsere Truppe entzweien und glaubt, ich sei naiv genug, um auf seine Masche hereinzufallen. Was hat Erik gestern gesagt? Für die Dschinn macht es keinen Sinn, uns niederzumetzeln, weil für jedes gefallene Talent ein anderes nachwächst. Da liegt es doch viel näher Unfrieden zu stiften und uns dadurch von innen heraus zu schwächen. Aber darauf werde ich nicht hereinfallen. Ich beschließe, den anderen nichts von dem Vorfall zu erzählen. In ein paar Tagen werden sie meine Eichhörnchen-Geschichten vergessen haben. Dann kann nicht einmal Tina mir mehr vorwerfen mich aufzuspielen. Und die Geschenke an meinem Fenster werden von allein verschwinden, wenn der Dschinn merkt, dass ich ihn durchschaut habe.

Mit einem achtlosen Wisch fege ich Nüsse und Blumen hinab in den Wald und schließe das Fenster. Dabei hoffe ich, dass das Eichhörnchen irgendwo sitzt und mich beobachtet. Es soll wissen, dass ich nicht so leicht hereinzulegen bin.

Nach einem wortkargen Frühstück mit meiner Mutter mache ich mich auf den Weg zur Schule. Zuvor bitte ich sie, meinen Hausarrest nicht auf die Zeit im Fitnessstudio auszudehnen. Erst bleibt sie hart. Aber als ich ihr sage, dass sie damit meine Zukunft als Basketballspielerin aufs Spiel setzt, lässt sie sich erweichen. Das muss man meiner Mutter lassen: Obwohl sie sich nicht für meinen Sport erwärmen kann, will sie mir nichts verbauen.

Die Schule kommt heute noch weniger an mich heran als gestern. Das Schlimmste ist, dass Jana gleich in der ersten Stunde mein Tattoo auffällt. In der Pause wackelt sie auf mich und Erik zu. Wir sitzen vor der Caféteria auf dem Boden an die Wand gelehnt und teilen uns einen Schokoshake. Jana bleibt vor uns stehen und schüttelt theatralisch den Kopf.

»Was soll das eigentlich sein auf deiner Hand?«, fragt sie.

»Eine Tätowierung«, antworte ich kühl.

»Echt oder Henna?«

»Echt«, sage ich. »Seh ich etwa aus, als würde ich halbe Sachen machen?«

Sie greift nach meiner Hand und fährt mit ihren Plastikfingernägeln über das Tattoo. Ich kann nicht verstehen, warum alle Menschen es anfassen müssen. Ihre Finger fühlen sich auf meiner Haut kalt und unangenehm an. Ich schüttle sie ab.

»Das ist ziemlich unsexy«, urteilt Jana mit geschürzten Lippen.

»Glaubst du, irgendjemand hier interessiert deine Meinung?«, mischt sich Erik ein. »Geh zurück zu deinen Tratschtanten und belästige andere Leute. Wir sind nicht an deinen Gehässigkeiten interessiert!«

Janas Gesichtsmuskeln schlagen wahre Saltos. Von Wut bis Anerkennung ist alles dabei. Am Ende entscheidet sie sich für einen Ausdruck, der an Belustigung grenzt.

»Oh, Erik der Rächer der Tätowierten! Verteidiger der Freaks! Es sieht ganz so aus, als wärt ihr beiden das neue Traumpaar auf dem Abstellgleis.«

Dann beugt sie sich ein Stück zu uns herunter, so dass Erik direkt in ihren hochgepushten Ausschnitt blicken kann.

»Nur für den Fall, dass du das einmal leid sein solltest: Die wirklich angesagten Leute treffen sich zurzeit jeden Tag im Freibad. Und am Wochenende im *Connecticut*!«

Dann blinzelt sie ein paarmal mit ihrer Wimpernverlängerung und setzt ein überlegenes Lächeln auf.

»Zieh Leine!«, sagt Erik.

Jana grinst noch einmal zu mir herüber und tänzelt dann mit vollem Körpereinsatz davon. Ihr zugegebenermaßen knackiges Hinterteil wedelt dabei aufreizend von links nach rechts. Es liegt nicht nur an der Designerjeans, dass sämtliche männlichen Wesen ihr bewundernde Blicke hinterherwerfen. Bis auf Erik natürlich.

»Ignorier sie einfach«, rät er. »Sie ist es nicht wert, sich aufzuregen.«

In Momenten wie diesen kann ich nicht verstehen, weshalb er mit mir und einem halben Schokoshake in der Ecke sitzt. Erik ist eigentlich ein umgänglicher Typ, der einigermaßen gut aussieht und genügend Möglichkeiten hat, sowohl im Freibad als auch in der Disko dazuzugehören. Im Gegensatz zu mir ist er nicht zum Außenseiter geboren. Er muss ein anderes Geheimnis mit sich herumtragen. Wahrscheinlich leidet er unter Autoaggression oder irgendeiner fiesen psychischen Krankheit.

Nach sechs schrecklichen Stunden voller sinnloser Informationen über Moleküle, lineare Funktionen und Nathan den Weisen treffen wir uns im Hausaufgabenraum wieder und kämpfen uns durch einen Berg von Arbeiten. Am Freitag muss ich eine Bioklausur schreiben. Darum versuche ich erfolglos, mir wenigstens einen Teil des Stoffs schon vorab einzupauken. Es gelingt mir nicht, weil ich ständig mit den Gedanken woanders bin.

»Was weißt du über Parasexualität bei Bakterien?« frage ich Erik und versuche mir dabei das Lachen zu verkneifen.

Er grinst zurück und mimt den Oberlehrer, indem er die Stirn in Falten legt und auf seinem Stift herumkaut.

»Gen-Austausch ohne Meiose und Befruchtung«, sagt er schließlich.

Ich bin erstaunt.

»Du weißt das ja tatsächlich!«

»Hatten wir schon vor ein paar Wochen. Ich kann dir sagen, was in unserer Klausur drangekommen ist. Wahrscheinlich musst du nur die Übertragungswege skizzieren und beschriften. Ist einfach.«

Das beruhigt mich etwas. Ich frage mich, ob ich es jemals schaffen werde das Gymnasium mit Abitur zu verlassen. Wenn ich mich innerhalb der nächsten zwei Jahre nicht umbringen lasse, könnte es vielleicht klappen. Falls Erik mir wirklich hilft. Bisher war Schule für mich kein großes Thema gewesen. Aber da hatte ich auch genügend Zeit und Schlaf gehabt, um mich mit Lernen zu beschäftigen. Wie das künftig aussehen wird, weiß ich nicht. Ich lasse es einfach auf mich zukommen. Aber so ganz habe ich mit meiner Zukunft noch nicht abgeschlossen.

Um zwei Uhr begleitet mich Erik ins Studio, zieht sich aber ohne Widerspruch an die Geräte zurück, während wir anderen uns von Albert schikanieren lassen. Neben Lennart und Sylvia fehlen heute auch Tina und Finn. Als ich Jakob danach frage, informiert er mich ziemlich sachlich darüber, dass alle vier den Wald in der Gegend um Buchenau absuchen. Sylvia hatte eine ihrer unklaren Visionen und vermutet, dass die Dschinn einen Ausfall planen. Aber sie konnte weder den Ort genau lokalisieren noch den Zeitpunkt.

Während des Kurses habe ich Gelegenheit, Jakob zu beobachten. Der riesige Spiegel hinter der Bühne ist wie geschaffen dafür, denn man kann auf die Entfernung nicht erkennen, ob jemand gerade sich selbst oder seinen Nebenmann betrachtet. Mein Lieblingsbild ist Jakob beim Bizepstraining mit den Kurzhanteln. Er steht da wie eine Statue, die Oberarme nah am Körper, während sich nur seine Unterarme mit den dicken Gewichten im Takt der Musik auf und ab bewegen. Ich könnte heulen über die Leichtigkeit, die scheinbar dahinter steckt. Mir selber fällt bei zwei Kilo Belastung beinahe der Arm ab. Henry verzieht mit sechs Kilo ebenfalls schmerzhaft das Gesicht, was ihm ein ärgerliches Murren von Albert einbringt.

»Sohnemann, du hast die besten Gene von allen, aber den wenigsten Biss!«, frotzelt er. »Was soll deine Mutter sagen, wenn ich ihr das erzähle?«

Henry bläst angestrengt Luft aus und stöhnt zwischen den Atemzügen: »Halt's ... Maul!«

Ich hatte nicht gewusst, dass Albert Henrys Vater ist. Er scheint aus einer Talente-Familie zu kommen. Manche haben es über Generationen im Blut. Andere entwickeln ihre Fähigkeiten zufällig, wie ich. Leute wie Henry haben es wesentlich einfacher, finde ich. Sie wachsen bereits mit dem Wissen auf, dass die Welt aus Gut und Böse besteht. Ihnen muss niemand im Alter von sechzehn Jahren erklären, dass alles, woran sie bisher geglaubt haben, ein Trugbild ist.

Nach einer Stunde Quälerei setzt Albert uns auf Spinning-Fahrräder und lässt uns weitere sechzig Minuten leiden. Ich bin so kaputt, dass ich mit dem Gedanken spiele, einfach abzusteigen und davonzulaufen. Zum Glück sind meine Füße fest an die Pedale geschnallt. Meine Oberschenkel protestieren allerdings so sichtbar gegen die Tortur, dass Albert mich die Hälfte der Zeit im Sitzen fahren lässt.

Als es endlich vorbei ist, schleppe ich mich wie ein Krüppel zur Dusche und bleibe lange reglos darunter stehen. Erst als das Wasser abwechselnd kalt und heiß wird, wage ich mich wieder heraus. Im Foyer des Studios wartet Jakob auf mich.

»Keine Nüsse heute Nacht«, stellt er fest. Ihm ist die Erschöpfung überhaupt nicht anzusehen. Nur die chronische Müdigkeit zeichnet sich unter seinen Augen ab. Ich vergesse ständig, dass er nebenbei auch noch Schicht arbeitet. Wann Jakob eigentlich schläft und wie er wohl dabei aussieht, will ich gar nicht wissen.

»Nein«, sage ich, ohne ihn dabei anzusehen.

»Du würdest es mir sagen, wenn es wieder vorkommt?«, fragt er eindringlich.

»Ja.«

»Und du verheimlichst mir nichts, was der Armee schaden könnte?«

»Nein.«

Die schlechten Gefühle, die ich gestern ihm gegenüber gehegt habe, sind wie weggeblasen. Ich kann mich nicht einmal erinnern, wie sie sich angefühlt haben. Das Einzige, was ich noch lokalisieren kann, ist die vertraute Ergebenheit. Ein wenig ärgert mich das. Zumindest eine Sache will ich noch ansprechen, bevor ich mich wieder ganz in seine Fänge begebe.

»Meine Mutter wusste über die Hand der Fatima Bescheid. Du hättest mich vorwarnen müssen!«, sage ich.

»O nein!« Jakob zieht scharf die Luft ein. Dann sieht er mich durchdringend an und schüttelt den Kopf.

»Ja, das hätte ich«, sagt er. »Das hätte ich wirklich. Es gibt keine Ausrede dafür, dass ich es versäumt habe. Ich bin … nicht bei der Sache gewesen. Entschuldige.«

Einen Moment lang fühlt sich die Entschuldigung echt an. Auf Augenhöhe. Dann nimmt er wieder seine höhere Rangstellung ein.

»Konntest du dich erklären?«, fragt er.

»Nein«, sage ich wahrheitsgemäß. »Aber Erik konnte es.«

Er nickt. »Das ist gut.«

Schweigen.

»Kannst du ihn dir vom Leib halten?«

»Das muss ich gar nicht. Er hat verstanden, worauf es ankommt.«

»Gut.«

So ganz scheint er mit meinen Antworten nicht zufrieden zu sein.

»Heute Abend brauche ich dich!«, wechselt er das Thema. »Wir sind in deiner Gegend unterwegs. Du kannst direkt im Wald zu uns stoßen. Wir rechnen jeden Augenblick mit einem Ausfall. Lass Erik zu Hause.«

»Okay.«

»Um zwölf auf dem Hohenfels«, sagt er.

»Ich werde da sein.«

***

Mein Hausarrest hat auch etwas Gutes. Ich verbringe den restlichen Tag damit, in unserem Schuppen und der Garage herumzukramen, angeblich auf der Suche nach meiner Fahrradpumpe, die ich vorher im Altpapier versteckt habe. Tatsächlich benötige ich aber sowohl einen Deckel für meinen Bunker als auch einen Strick, mit dem ich mich heute Nacht unbemerkt aus meinem Fenster abseilen kann. In einem Regal, ganz hinten in der Garage, finde ich schließlich ein altes Lasso, mit dem mein Vater vor vielen Jahren angeblich zum Spaß Kühe gefangen hat. Ich glaube weder die Kühe noch den Spaß, aber irgendeinem Zweck scheint es einmal gedient zu haben, denn es hat schwarze Abschürfungen am hinteren Ende.

Wenig später krame ich in der Werkstatt aus einem Haufen Schrott tatsächlich eine Metallplatte hervor, die wahrscheinlich vor Urzeiten zum

Innenleben eines gusseisernen Ofens gehört hat, denn auf der einen Seite ist der Rest eines abgeschlagenen Reliefs zu sehen. Von der Größe her dürfte sie gerade so passen.

Ich warte, bis meine Mutter beim Kaffee auf der Veranda sitzt. Dann schleiche ich mich mit meiner Beute erst zum Bunker und später auf mein Zimmer. Die Metallplatte passt perfekt auf das Loch. Sie wird keinen Regen durchlassen. Als ich eine Schicht Laub darauf gestreut habe, wie Henry empfohlen hat, ist die Stelle nicht mehr sichtbar. Das Lasso verberge ich zwischen meinen Winterpullis im Schrank. Selbst wenn meine Mutter auf die Idee käme, mein Zimmer zu durchwühlen, würde sie dort wahrscheinlich nicht suchen.

Um vier Uhr kommt Erik, um mir die Langeweile zu vertreiben. Meine Mutter lässt ihn bereitwillig zu mir ins Zimmer und kommt nicht ein einziges Mal hereingeschneit, um uns zu kontrollieren. Scheinbar hat sie alle ihre Vorbehalte von gestern innerhalb von vierundzwanzig Stunden wieder vergessen. Wir könnten sonst was tun und sie würde nicht einschreiten. Das grenzt im Grunde fast schon an Vernachlässigung. Vertrauen kann es ja kaum mehr sein.

»Ich finde, wir sollten die Zeit nutzen, um dich auf dem Laufenden zu halten«, sagt Erik. »Fangen wir mit den parasexuellen Bakterien an.«

Erst pruste ich los, aber dann wird mir klar, dass er es ernst meint.

»Du willst mir Nachhilfe geben?«

Er nickt.

»Noch bist du in der Schule ganz gut im Rennen. Aber das wird sich wahrscheinlich ändern. Ich habe versprochen, dir dabei zu helfen. Mein Ziel ist, dass du irgendwie dein Abi kriegst.«

Er redet wie ein Erwachsener. Er denkt auch so. Sein ganzer anstrengender Plan ist von vorn bis hinten logisch und strukturiert. In solchen Sachen erinnert er mich an meinen Vater.

»Können wir nicht lieber ein bisschen Musik hören oder so?«, versuche ich mich schwach.

»Vergiss es!«

Er greift nach meinem Schulrucksack, fischt meinen Bio-Ordner heraus und fängt an, die letzten Seiten durchzublättern. Sein Gesichtsausdruck ist dabei hoch konzentriert. Ich stöhne.

»Noch so ein Laut und deine Mutter schickt dich zum Frauenarzt!«, murmelt Erik.

Mir schießt das Blut ins Gesicht. Was bildet er sich eigentlich ein? Spielt sich hier als Oberlehrer auf und zwingt mich, Genetik zu pauken. Und dann noch diese widerliche Anspielung! Gibt es eigentlich noch ein winziges Stück meines Lebens, das nicht von anderen bestimmt wird? Ich reiße ihm den Ordner aus der Hand und knalle ihn mit Wucht gegen die Wand. Erik sieht mich leicht verdutzt an. Ich starre wütend zurück.

»Was ist dein Problem?«, fragt er.

»Mein Problem ist, dass du nicht anders bist als Jakob!« Ich versuche, nicht zu schreien, aber der wilde Zorn in meiner Brust macht es fast unmöglich. »Du packst mich einfach in deinen Plan und ziehst ihn durch. Du fragst nicht einmal, was ich davon halte! Das ist genau das, was du Jakob vorgeworfen hast!«

Erik giftet mich aus zusammengekniffenen Augen an. Ich kann ihn also doch wütend machen.

»Und was sollte ich deiner Meinung nach stattdessen tun, Melek?«, fragt er. »Dasitzen und Musik hören? Warten, bis dein Leben über dir zusammenbricht? Ich war nicht derjenige, der das alles verschuldet hat! Du musstest ja unbedingt in diesen verdammten Fitnesskurs gehen!«

»Aha, nun kommt das wieder!«, keife ich. »Ich hab's mir eingebrockt und du opferst dich nun großmütig, um es gemeinsam auszulöffeln. Was erwartest du eigentlich von mir, um das je wieder gutzumachen?«

Der letzte Satz ist heraus, bevor ich es verhindern kann. Im gleichen Moment weiß ich, dass es ungerecht von mir war, so etwas zu sagen. Denn Erik erwartet gar nichts. Im Grunde verhält es sich wirklich so: Er bringt tatsächlich ein Opfer. Ich bin nur unfähig, es anzunehmen.

Er steht auf, greift nach dem Ordner, der auf dem Boden liegt, und verstaut ihn sorgfältig wieder in meinem Rucksack. Als er mich ansieht, ist seine Miene starr.

»Wie du willst«, sagt er und wendet sich zur Tür.

»Erik, ich ... Geh nicht!«, bringe ich hervor.

»Doch«, sagt er. »Ich gehe. Zumindest jetzt, in diesem Moment, muss ich das. Einen Rest von Selbstachtung will ich mir erhalten.«

Meine Unfähigkeit, die richtigen Dinge zum rechten Zeitpunkt zu sagen, schlägt sich wieder voll nieder. Er poltert die Holztreppe hinunter, bevor ich auch nur ein Wort über die Lippen bekomme. Vielleicht ist das auch besser so. Wer weiß, welche Worte ich gewählt hätte. Ich tigere ein paarmal kreuz und quer durch mein Zimmer und kann mich nicht entscheiden, was nun zu tun ist. Als ich den Anlasser seines Mopeds höre, weiß ich, dass es ohnehin zu spät ist.

»Es tut mir leid«, murmle ich. Da ist er, der richtige Satz, wie immer zu spät. Ich kann nur hoffen, dass Erik irgendwie ahnt, dass ich es hatte sagen wollen. Ich setze mich an meinen Schreibtisch und stütze den Kopf auf die Hände. Eigentlich habe ich keinen Grund, so aufgewühlt zu sein. Nachher, wenn er allein zu Hause sitzt, wird er anrufen und wir werden die Sache klären. Zur Sicherheit greife ich nach meinem Handy und schreibe ihm eine SMS: »Ich bin ein Scheusal. Entschuldige bitte!«

Es kommt keine Antwort. Auch später nicht, als er längst daheim sein muss. Dafür kommt meine Mutter und will wissen, weshalb wir gestritten haben. Ich jage sie fast so brutal aus dem Zimmer wie Erik. Das Abendessen lasse ich ausfallen.

Bis elf Uhr liege ich auf meinem Bett, starre an die Wand und warte auf eine SMS oder einen Anruf, aber mein Telefon bleibt stumm. Und mit einem Mal weiß ich, wie mein Alibi aussehen wird. Ich mache es genau wie Mike: Ich werde einfach nur ich selber sein. Ich bin komisch und düster genug, dass jeder mir sämtliche Lügengeschichten abnehmen wird. Wobei auch immer ich erwischt werde – die Leute werden sich nicht darüber wundern. Sie werden sagen: »Wir wussten immer, dass etwas mit ihr nicht stimmt!«

Eine Minute später stehe ich vor meinem Schrank und krame ein rabenschwarzes Lara-Croft-Outfit heraus. Mittlerweile bin ich an einem Punkt angelangt, an dem Farben keinen Platz mehr haben. Unten drunter ziehe ich den Schutzanzug, der meine Organe und Gliedmaßen vor den Dschinn schützen soll. Er passt wie angegossen.

Der Weg über die knarzende Treppe nach unten kommt nicht in Frage. Also befestige ich die Schlaufe des Lassos an meinem Heizkörper und lasse das Ende am Fenster hinab. Zum Glück denke ich daran, mir Fingerhandschuhe anzuziehen, bevor ich mich an dem harten Seil hinablasse. Es kostet mich trotzdem all meine Kraft. Und noch bevor ich unten bin, weiß ich, dass ich es nie im Leben wieder hinaufschaffen werde.

Bis zum Hohenfels sind es etwa fünf Kilometer. Der Weg führt komplett durch den Wald, vorbei am Buchenauer Steinbruch bis zur Carlshütte und dann noch einmal ein Stückchen bergan. Wenn ich die Hälfte des Weges jogge, müsste ich es in einer Stunde locker schaffen. Und das Laufen an der kühlen nächtlichen Luft hat noch einen weiteren Vorteil: Je mehr ich meinen Puls nach oben jage, desto weniger Gedanken verschwende ich dabei an Erik.

Aus meinem persönlichen Bunker nehme ich die Pistolen und Messer sowie die beiden Gürtel und das Pistolenhalfter mit. Das Gewehr und den Bogen lasse ich da, um mich nicht selbst beim Laufen zu behindern. Ich stehe nicht so unbedingt auf den Bogen wie Henry. Der Sehnenkuss hat mich ein wenig unversöhnlich gemacht. Wenn ich eines Tages eine Lieblingswaffe haben sollte, dann wird es wahrscheinlich eher eine Pistole sein.

So lautlos wie möglich schleiche ich mich am Forsthaus vorbei, hinauf auf den Berg. Das Laub raschelt verräterisch unter meinen Turnschuhen, aber wahrscheinlich werden meine Eltern mich für ein Wildschwein halten, falls sie noch nicht tief genug schlafen. Als ich oben an der Buchenauer Schutzhütte ankomme, bin ich schon gewaltig aus der Puste. Ich nehme mir vor, bald herauszufinden, wie man die Steigung auf dem Laufband im Fitnessstudio einstellt.

Im Gebüsch neben mir raschelt eine Maus. Oder dem Lärm nach vielleicht doch eher ein Igel. Die Geräusche des Waldes in der Nacht sind mir vertraut. Als Kind habe ich manchmal in den Ferien meinen Vater zum Jagen begleitet und Stunden in der Dunkelheit auf Hochsitzen verbracht. So lange mir keine Tiere mit schäumendem Maul entgegenkommen, kann mich das nicht schrecken. Bis zur Carlshütte geht es jetzt leicht bergab. Ich beginne, langsam zu joggen. Der Gurt mit den Waffen trägt ziemlich auf. Auch an das Pistolenhalfter stoße ich bei jedem Schritt mit den Ellbogen. Das stört den Fluss meiner Bewegungen. Aber daran werde ich mich gewöhnen müssen. Ich atme gleichmäßig ein und aus, konzentriere mich auf mein Ziel und versuche, meine Gedanken beieinander zu halten.

Der Steinbruch liegt noch etwa dreihundert Meter von mir entfernt, als ich innehalte. Im Sommer kommt es manchmal vor, dass ältere Jugendliche dort bis in die Nacht hinein sitzen, zu viel Bier trinken und es dann nicht mehr nach Hause schaffen. Eigentlich ist es schon zu spät im Jahr für solche Partys. Aber gerade eben war mir, als hätte ich Stimmen gehört. Ich bleibe stehen und lausche. Da höre ich es wieder: Mindestens zwei Leute unterhalten sich. Der Entfernung nach zu urteilen, sitzen sie tatsächlich am Steinbruch. Das ist ein Problem. Um auf den Parallelweg über dem Steinbruch zu gelangen, müsste ich fast bis zur Schutzhütte zurücklaufen. Weiter unten verläuft zwar noch ein Weg, aber dort ist kein Wald mehr, der mich schützt. Es ist ausgeschlossen, dass ich am Rand des Talkessels weitergehe, denn auf der Carlshütte wohnen Menschen. Ein Blick aus dem Fenster und sie würden mich sehen, voll bewaffnet, wie ich bin.

Es bleibt nur eins: Ich muss versuchen, zwischen den beiden Wegen im Unterholz zu gehen, bis ich den Steinbruch hinter mir habe. Die größte Schwierigkeit daran wird sein, mich lautlos zu bewegen. Ich atme noch einmal tief durch, verlasse den Weg und klettere etwa dreißig Meter rechts den Abhang hinab. Dann gehe ich parallel zum Weg weiter.

Allein die kurze Strecke bis zum Steinbruch ist zermürbend lang. Ich komme kaum vorwärts, trete auf knackende Äste und löse einmal sogar eine kleine Geröllawine aus. Mir bleibt nur die Hoffnung, erneut mit einem Wildschwein verwechselt zu werden oder bei den unbekannten Leuten gar genügend Angst auszulösen, dass sie nicht auf die Idee kommen, nachzuschauen. Als ich auf Höhe der Stelle bin, wo ich die Stimmen vermutet habe, höre ich nichts mehr. Falls sie weitergegangen sind, kann ich nur hoffen, dass sie Richtung Buchenau verschwunden sind. Vielleicht haben sie sich aber auch vor Angst zitternd hinter einem der großen Felsblöcke am Steinbruch verschanzt. Ich kämpfe mich noch 100 Meter weiter, bis ich beschließe, mich wieder auf den Weg hoch zu arbeiten. Das ist leichter gesagt als getan, denn mittlerweile ist der Abhang ziemlich steinig. Also klettere ich Stück für Stück zwischen Sandsteinbrocken und Wurzeln empor, bis schließlich der Weg in meinem Gesichtsfeld auftaucht. Ich greife nach einem festsitzenden Stein, um mich endgültig hochzuhieven, als der Stein plötzlich abbricht und ich ein Stück weit auf dem Geröll nach unten rutsche. Mir entfährt ein kleiner Schmerzenslaut, weil ich mir dabei an einer Wurzel das Schienbein anstoße. Mein nächster Versuch ist erfolgreicher. Doch genau in dem Moment, als ich meine Hand nach einem Ast am Wegesrand ausstrecke, packt mich eine andere Hand und zieht mich hoch. Ich bin so überrascht, dass ich sogar vergesse zu schreien.

Vor mir steht ein ziemlich abgerissener Mann mittleren Alters. Er hat fettige Haare, die im Mondlicht leuchten, und eine extrem widerliche Alkoholfahne.

»Na schau mal einer an!«, nuschelt er durch die unvollständige Reihe gelber Zähne in seinem Mund. »Was haben wir denn da?«

Mein Verstand registriert in Sekundenschnelle, dass die Situation in die Hose gehen wird. Diese Begegnung ist eine von der Art, vor der mich mein Vater immer gewarnt hat. Ich kann froh sein, wenn ich lebend dabei herauskomme. Wahrscheinlich habe ich nur eine einzige Chance, und das ist der Überraschungsmoment. Blitzschnell fährt meine freie Hand an meine Seite, um die Pistole zu ziehen. Doch der Betrunkene hat schnellere Reflexe, als ich ihm zugetraut hätte. Er packt auch meinen zweiten Arm und hält ihn fest.

»Ralf!«, brüllt er in Richtung des Steinbruchs. »Hilf mir mal! Ich hab nur zwei Hände!«

Verzweifelt versuche ich, dem Mann mit dem Knie in die Hoden zu treten, aber auch das misslingt. Er windet sich weg und ich treffe nur seinen Oberschenkel. Der Gestank, der von ihm ausgeht, raubt mir beinahe die Sinne.

Schritte nähern sich vom Steinbruch.

»Was ist los?«, schreit der andere Mann.

»Komm her, die Kleine ist bewaffnet!«, antwortet der erste.

Wenn die beiden erst einmal meine Pistolen haben, bin ich völlig hilflos. Da werden mir auch meine Messer nichts mehr bringen. Mir fällt keine andere Lösung mehr ein, als ebenfalls zu schreien. Es ist durchaus möglich, dass die anderen Talente mich oben auf dem Hohenfels hören.

»Jakob!«, brülle ich, so laut ich kann. »Jakob!«

Weil er mir nicht den Mund zuhalten kann, drückt der Betrunkene mein Gesicht in seine Brust und versucht dabei, hinter seinem Rücken meine beiden Arme mit einer Hand zu umfassen, um die rechte freizubekommen. Ich ersticke beinahe im Mief seines feuchtwarmen, verschwitzten Hemds. Trotzdem brülle ich weiter nach Jakob. Doch es hat keinen Sinn. Er ist viel zu weit weg. Er wird niemals rechtzeitig da sein, um mich zu retten. Ich sterbe nicht durch die Hand eines Dschinn, sondern durch zwei betrunkene Penner, denen ich allein im Wald ausgeliefert bin. Und ich hatte keine Gelegenheit mehr, mich mit Erik zu versöhnen.

Genau in dem Moment, als der zweite Mann neben uns auftaucht, höre ich aus dem Dickicht hinter mir ein markerschütterndes Knurren.

»Was war das?«, fragt Ralf.

Auch mein Gegner versteift sich spürbar.

Aus dem Knurren wird ein durchdringendes Grollen. Mehrere Zweige knacken. Ich kann nicht sehen, was hinter mir vorgeht, aber in den Augen der beiden Männer steht auf einmal Todesangst. Derjenige, der mich eben noch so siegessicher gepackt hielt, lässt mich plötzlich los und schleudert mich auf den Boden.

»Lauf!«, schreit er seinem Kumpan zu. »Lauf, so schnell du kannst!«

Beide rennen zum Steinbruch zurück, bevor ich wieder auf die Beine kommen kann. Als ich meinen Kopf zum Dickicht wende, fährt auch mir die Angst wie ein Blitz durch alle Glieder: Dort zwischen den Fichtenzweigen steht ein riesiger grauer Wolf mit wild gesträubten Nackenhaaren. Seine Lefzen sind hochgezogen, um die todbringenden Zähne zu entblößen. Der Blick seiner grasgrünen Augen ist hasserfüllt.

Ich habe mich getäuscht: Es ist doch ein Dschinn, der mich töten wird!

Die beiden Penner haben mich bewusst zu Boden geschubst, damit der Wolf mich zuerst erledigt, was ihnen vielleicht die Zeit verschafft, sich zu retten. Wie in Zeitlupe greift meine Hand zu den Waffen, doch im gleichen Moment setzt der Wolf bereits zum Sprung an. Ich schließe die Augen und wappne mich für den Schmerz, der nun kommen wird, aber nichts geschieht. Stattdessen spüre ich den Luftzug, den das riesige Tier verursacht, als es über mich hinwegspringt und den beiden Männern hinterherhetzt.

Es dauert keine zehn Sekunden, dann höre ich sie beide panisch schreien. Doch die Schreie verstummen nicht. Ich hatte erwartet, dass der Dschinn es schnell macht, um rechtzeitig zurück zu sein und auch mir an die Kehle zu gehen. Aber es sieht eher danach aus, als würde er sich Zeit lassen.

So schnell ich kann, rapple ich mich auf und wanke mit unsicheren Schritten davon. Nach ein paar Metern spüre ich das Blut in meinen Körper zurückkehren. Mit ihm kommt das Adrenalin. »Fort!«, denke ich. »Nur fort!« Der Hohenfels ist die nächste Bergkuppe. Doch ich befinde mich erst auf halber Höhe. Wenn der Dschinn sich entschließt, mich zu verfolgen, werde ich nicht schnell genug oben sein. Einen Moment lang überlege ich, auf einen Baum zu klettern. Doch das macht keinen Sinn. Er kann sich jederzeit in ein Eichhörnchen oder einen Vogel verwandeln. Das bedeutet: Mir bleibt nur der direkte Kampf. Schwer atmend bleibe ich stehen und gönne meinem Körper eine Pause. Der Weg liegt schwarz und verlassen hinter mir. Auf beiden Seiten neben mir erheben sich nur die dunklen Gerippe der Bäume. Irgendwo schreit ein Käuzchen. Es ist beinahe zu still. Mit zitternden Fingern löse ich eine Pistole aus meinem Halfter und stelle mich in Position. Weit unter mir schlägt die Buchenauer Kirchturmuhr halb zwölf. Ich bin viel zu früh dran. Die anderen Talente können meine Schreie nicht gehört haben, sie sind wahrscheinlich noch gar nicht da. So sehr ich meine Ohren auch anstrenge, ich kann nichts hören. Kein Knurren, kein Hecheln, nicht einmal das leiseste Knacken im Unterholz. Dann geht alles plötzlich ganz schnell. Zuerst raschelt eine Maus im Gebüsch neben mir. Ich fahre herum und ziele einen Augenblick lang in die falsche Richtung. Als ich meinen Fehler erkenne, ist es schon zu spät. Aus dem Augenwinkel sehe ich das graue Ungetüm von der Böschung springen. Es landet direkt auf mir, bevor ich den Lauf der Pistole herumreißen kann. Der Schuss geht fast lautlos ins Leere. Ich krache zu Boden, werde unter einem kiloschweren Berg grauer Haare begraben. Die Waffe gleitet aus meiner Hand.

Verzweifelt greife ich nach der Kehle des Wolfs, doch das Tier drückt meine Hände einfach durch eine Kopfbewegung weg. Dann öffnet es sein riesiges Maul, fährt seine lange Zunge heraus und schleckt mir übers Gesicht. Der Schock und die Verwunderung sitzen so tief, dass ich nur stocksteif liegen bleibe. Noch ein paarmal leckt der Wolf mich ab, dann richtet er sich langsam auf und fixiert mich mit seinen grünen Augen. Erst als er das Maul öffnet und grinst, erkenne ich die Ähnlichkeit mit dem Eichhörnchen.

»Du bist das«, murmele ich.

Er hechelt erfreut. Ich hätte es gleich im ersten Moment an den Augen erkennen müssen, aber ich war zu durcheinander gewesen. Ich bin es immer noch.

»Würdest du bitte von mir runtergehen?«, keuche ich.

Eine Weile sieht er unentschlossen aus. Mitten in diesem tierischen Wolfsgesicht kann ich sehen, wie die Gedanken durch seinen Kopf schießen. Er ist unentschlossen. Wahrscheinlich hat er Angst, dass ich zu meinen Messern greife. Aber mir bleibt langsam die Luft weg.

»Ich verspreche dir … dass ich nicht versuche, dich zu töten.« Es klingt japsend.

Der Wolf verlagert langsam sein Gewicht von meiner Brust auf meine Beine. Luft strömt in meine Lungen.

»Danke!«

Meine Hände sind jetzt frei. Ich könnte mein Versprechen brechen und versuchen, ihn zu erledigen. Die grünen Augen beobachten mich forschend.

»Hast du sie umgebracht?«, frage ich. Es wundert mich selbst, dass ich überhaupt einen Gedanken an die beiden Penner verschwende, die mir eben noch Todesangst eingejagt haben. Der Wolf schüttelt langsam den Kopf. Das verstehe ich nicht. Ich habe den Hass in seinen Augen gesehen. Und ich habe die Schreie gehört. Welchen Grund sollte ein Dschinn haben, diese Männer nicht zu töten, wo es doch so einfach für ihn wäre?

»Zeig dich als Mensch, damit wir reden können!«, fordere ich.

Wieder schüttelt er den Kopf. Verdammt! Ich will all die ungeklärten Fragen endlich loswerden. Wer ist er? Warum hat er mich gerettet? Und weshalb verfolgt er mich seit Tagen?

»Nun geh schon runter von mir!«, herrsche ich ihn an.

Er macht ein unglückliches Geräusch, das entfernt an einen getretenen Hund erinnert. Dann steigt er von meinen Beinen herunter und positioniert sich argwöhnisch neben mir. Seine Muskeln sind angespannt. Es sieht aus, als sei er jederzeit zum Sprung bereit. Er traut mir so wenig wie ich ihm. Ich richte mich auf und atme tief durch. Vielleicht zwanzig Minuten und ein Kilometer trennen mich von der Begegnung mit den Talenten. Und ich sitze mitten auf dem Weg, zusammen mit einem Dschinn in Wolfsgestalt, der mir nicht verraten will, warum er mir soeben das Leben gerettet hat.

»Ich muss weiter«, sage ich. »Danke, dass du mir geholfen hast!«

Nun stiehlt sich wieder das seltsame menschliche Lächeln in sein Gesicht. Er richtet sich auf und wedelt mit seinem buschigen Schwanz, dessen Spitze aussieht, als hätte er sie in einen weißen Farbtopf getaucht.

Ich stehe ebenfalls auf und betrachte ihn noch eine Weile ungläubig. Dann setze ich meinen Weg zum Hohenfels fort. Der Wolf gesellt sich an meine Seite und läuft mit mir mit, als sei das die natürlichste Sache der Welt. Schweigend erklimmen wir den Berg bis kurz vor dem Gipfel. Die beiden ehemaligen Raubritter-Burgen, die dort oben vor 900 Jahren standen, sind mittlerweile nur noch als auffallend symmetrische, runde Erdhügel zu erkennen. An einem davon wurden vor etlichen Jahren ein paar erfolglose Ausgrabungen durchgeführt, der andere ist komplett mit Bäumen bewachsen. Nur ein Schild deutet darauf hin, dass sich darunter die jüngere der beiden Burgen befindet. Die einzigen Besucher, die sich hin und wieder auf den Hohenfels verirren, sind die Spaziergänger aus Buchenau und Allendorf. Denn eigentlich gibt es hier rein gar nichts zu sehen.

Kurz bevor wir die Burghügel erreichen, bleibt mein tierischer Begleiter stehen. Ich kann mich nicht dazu durchringen einfach weiterzulaufen. Also bleibe ich auch stehen und wende mich zu ihm um.

»Auf Wiedersehen, Dschinn!«, sage ich.

Er kommt zu mir und kratzt mit seiner Pfote an meinem Hosenbein.

»Was willst du denn?«, frage ich.

Dabei beuge ich mich ein Stück zu weit hinunter. Der Wolf schnappt nach dem Ärmel meines Shirts und zieht mich zu sich herab. Ich sinke in die Knie. Einen Augenblick lang rast mein Herz so schnell, dass ich Angst habe, es könnte kollabieren. Der Dschinn ist jetzt auf Augenhöhe mit mir. Er kommt noch näher, bis ich seinen moschusartigen Geruch aufnehme. Schließlich ist sein Gesicht dem meinen so nah, dass ich nur noch seine Augen wahrnehme, der ganze Wolf drum herum verschwindet. Er legt seine Stirn an meine und schaut mich dabei unverwandt an. Sein Blick dringt bis in meine Seele. Ich höre ein heiseres Geräusch. Es kommt aus meiner eigenen Kehle. Meine Hände greifen in sein struppiges Fell. Wir müssen genauso aussehen wie der Wolf und die Fantasy-Frau auf dem Bild über meinem Bett. Woher weiß dieser Dschinn so viel über mich? Ich habe den Gedanken kaum zu Ende gedacht, da zieht er sich zurück und entfernt sich langsam. Die ersten Schritte geht er rückwärts, schließlich dreht er sich blitzschnell um und springt ins Unterholz.

Jetzt hüllt die Nacht mich vollends ein. Die dichten Laubkronen über mir versperren den Blick auf die Sterne. Ein leichter Sommerwind bringt sie sachte zum Schaukeln. Ich starre auf den moosigen Boden vor mir. Die Welt fühlt sich an, als würde sie den Atem anhalten. Ich weiß nicht, wie lange ich schon auf den Knien im Wald sitze, als sich plötzlich eine Hand auf meine Schulter legt.

»Melek«, sagt eine vertraute Stimme. »Alles in Ordnung?«

Jakob! Er hat keine Ahnung. Er weiß nicht, dass ich vor einer halben Stunde voller Angst seinen Namen geschrien habe, dass ich gerade eben noch wie eine Liebeskranke in den Augen eines Wolfs versunken bin. Er sieht nur ein verängstigtes Mädchen, das hier oben auf dem Hohenfels im Moos kniet und mit Sicherheit so wirkt, als müsste man sie direkt in die Jugendpsychiatrie befördern. Jetzt beugt er sich zu mir herunter und sucht meinen Blick.

»Kadim hat einen Schuss wahrgenommen«, sagt er sanft. »Warst du das?«

Ich versuche, mich zusammenzunehmen.

»Ja.«

»Auf wen hast du geschossen?«

Ich kann spüren, dass seine Ruhe nur oberflächlich ist. In Wahrheit bebt er vor Anspannung. Der Drang, mich heulend in seine Arme zu werfen, ist übermächtig.

»Zwei betrunkene Penner, die es auf meine Unschuld abgesehen hatten.«

Jakob atmet hörbar aus. Ich bin mir nicht ganz sicher, ob ihn diese Auskunft beruhigt oder erzürnt. Auf jeden Fall bleibt er genauso gefasst wie immer.

»Hast du jemanden erschossen?«, will er wissen.

»Nein.« Jetzt wage ich es, ihm in die Augen zu sehen. Es gibt einen gewissen Zusammenhang zwischen seinen Augen und denen des Dschinn. Beide haben dieselbe Anziehungskraft. Beide bringen mich dazu, Dinge zu tun, die alles andere als heilsam für mich sind. Ich räuspere mich.

»Ich hab daneben gezielt«, sage ich. »Da sind sie davongerannt.«

Innerlich danke ich Erik wieder einmal für seinen Tipp zum erfolgreichen Lügen. Erik, der sich nicht mehr bei mir meldet, weil ich ihn zutiefst gekränkt habe. Es scheint Jahre her zu sein, dass das geschehen ist.

»Ist dir etwas passiert?«, fragt Jakob. Ich glaube, echte Sorge in seiner Stimme zu hören. Seine Hand liegt immer noch auf meiner Schulter und greift für einen Moment fester zu. Das tut schon mal gut. Zumindest holt es mich zurück in die Realität.

»Nein«, sage ich und stehe auf. »Alles okay. Ich bin nur ziemlich mitgenommen.«

Ich bereue, dass ich aufgestanden bin, denn seine Hand verschwindet und die gewohnte Befehlsgewalt tritt in seine Stimme.

»Gut«, sagt er. »Dann geh rüber zu den anderen und halte dich an Henry. Falls wir heute Nacht etwas finden, agiere einfach immer als sein Spiegelbild.«

Erst als ich mich schon zum Gehen wende, packt er mich am Arm und dreht mich noch einmal zu sich um.

»Pass auf dich auf, Engelchen!« flüstert er.

Ich bin mir nicht ganz sicher, was er mir damit sagen will.

Es gibt jede Menge Blut

Eigentlich habe ich damit gerechnet, dass sich nun jeder der Talente für meine Geschichte interessiert. Doch im Grunde bin ich ganz froh, dass es nicht so ist. Das Lügen fällt mir zwar mit jedem Tag leichter, aber ich finde es immer noch anstrengend.

Die anderen haben scheinbar ihre eigenen Probleme. Sylvia ist außer sich. Sie rennt wie ein Wiesel vor der Burgruine auf und ab, presst die Hände an ihren Kopf und stammelt unzusammenhängendes Zeug. Kadim schimpft ständig in ihre Richtung, weil er sich nicht konzentrieren kann. Die anderen stehen mit hängenden Armen um die beiden Orakel herum und sehen ziemlich ratlos aus.

»Melek!« ruft Sylvia aus, als sie mich kommen sieht. »Hast du hier irgendwo einen Dschinn gesehen?«

Ich schüttele möglichst glaubhaft den Kopf.

»Sie sind da!«, brummelt Sylvia. »Ich weiß es. Irgendjemand ist da!«

Die ganze Zeit nimmt sie die Hände nicht von ihrem Kopf. Es wirkt fast, als würde er auseinanderbrechen, sobald sie loslässt.

»Fahr dich endlich runter!«, zetert Kadim. »Ich kann überhaupt nichts mehr spüren außer deinen durchgeknallten Gedanken. Du blockierst uns alle miteinander!«

Er wirkt nicht weniger mitgenommen als Sylvia. Als sie gerade an ihm vorbeitigern will, legt Jakob Sylvia die Hand auf die Schulter und bringt sie damit zum Stehen.

»Beruhig dich!«, sagt er. Es klingt etwas harsch.

Er beugt sich zu ihr herunter und nimmt Sylvias kleine, zitternde Hände in seine. Anfassen scheint also doch erlaubt zu sein, vorausgesetzt, das Gegenüber ist noch in der Pubertät.

»Was ist plötzlich so anders?« will er wissen.

Sylvia schüttelt erregt den Kopf.

»Alles«, sagt sie. »Ich spüre eine große Gefahr, aber sie erschließt sich mir nicht! Ich habe so viele Visionen gleichzeitig, dass ich sie nicht zusammenfassen kann. Alles verliert sich in einem riesigen, schlammigen See voller unzusammenhängender Informationen!«

Jakob blickt in Kadims Richtung.

»Und du?« fragt er.

Kadim zuckt nur die Schultern. Sein Kussmund ist zu einem schmalen Strich verzogen.

»Ich spüre die gleiche Anspannung wie wir alle. Aber ich kann Sylvias Gefühle nicht teilen. Vielleicht liegt es daran, dass sie mich mit ihrem Verhalten völlig wahnsinnig macht! Man kann ja keine Sekunde in sich gehen bei dem Geheul.«

Jakob trifft die einzig sinnvolle Entscheidung.

»Wir gehen los und suchen sie.«

In der gewohnten V-Formation stellen wir uns auf und verteilen uns großflächig im Wald. Jakob selbst geht in der Mitte des Weges, ein Schwert in der einen Hand, eine Pistole in der anderen. Tina und Nils laufen mit ihren Degen rechts und links von ihm im Unterholz. Im Abstand von fünf Metern schließen wir anderen uns an. Nur Sylvia geht geschützt in unserem Windschatten, eine altertümliche Steinschleuder in der Hand. Ihr Gesicht ist wächsern. Man kann ihr ansehen, dass ihre Anspannung nicht im Geringsten verschwunden ist. Henry und ich bilden die äußeren Flanken. Ich schiele immer wieder hinüber zu meinem Spiegelbild und versuche dabei auf seiner Höhe zu bleiben. Er hat seinen Bogen gezückt wie ich meine Pistole. Obwohl sich alle relativ lautlos bewegen, bis auf mich natürlich, verursachen wir gemeinsam doch ein deutlich wahrnehmbares Geräusch. Falls außer meinem Wolf noch andere Dschinn in der Nähe sein sollten, werden sie uns sicher kommen hören.

»Es wird klarer!«, sagt Sylvia plötzlich hinter uns. »Sie sind hier!«

Finn wiederholt ihre Warnung drüben auf der anderen Seite. Wir bleiben stehen.

»Ich fühle es auch«, sagt Kadim. »Es sind drei.«

Meine Muskeln sind angespannt bis zum Zerreißen. Irgendwo in meiner Brust taucht der Wunsch auf, dass ich nicht auf den Wolf schießen muss. Meine Augen durchsuchen die Dunkelheit. Ein paar Sekunden lang passiert gar nichts. Dann schreit Sylvia plötzlich: »Links!«

Im gleichen Moment raschelt es hundert Meter vor mir im Unterholz und eine dunkle Silhouette huscht durch den Wald vor uns. Ich ziele auf ihren Kopf und drücke ab. Doch genau in dem Moment, wo meine Silberkugel ihn erwischen sollte, schlägt der Dschinn einen Haken und weicht ihr aus. Ich habe noch nie ein Lebewesen gesehen, das sich so schnell bewegen kann. Zum ersten Mal seit sechzehn Jahren verfehle ich mein Ziel.

»Rechts!«, schreit Kadim.

Auch Henry schießt einen Pfeil ab, doch er versucht erst gar nicht, dessen Flugbahn im Blick zu behalten. Innerhalb einer einzigen Sekunde schießt er noch weitere zweimal. Ich höre das raschelnde Geräusch eines strauchelnden Körpers im Unterholz, das Knacken von Zweigen, doch danach wieder schnelle Schritte im Laub.

Die gesamte Formation löst sich auf. Wir alle jagen dem verletzten Dschinn hinterher. Innerhalb weniger Meter hängen Tina und Nils uns andere ab. Sie fliegen über das Wurzelwerk des Waldbodens, als gäbe es keine Erdanziehungskraft. Wenn Sylvia jemals widersprochen haben sollte, dass Tina die Dschinn einholen kann, so muss sie sich getäuscht haben. Zwischen ihrer Geschwindigkeit und der der Dämonen kann ich keinen Unterschied erkennen. Selbst Nils, der uns anderen schon um Lichtjahre vorauseilt, ist gegen sie eine lahme Schnecke.

»Passt auf den dritten auf!«, schreit Kadim.

Da sind sie auch schon verschwunden. Innerhalb von Sekunden hat der Wald die Dschinn und unsere Wettläufer geschluckt. Und mit ihnen jedes Geräusch. Wir rennen keuchend durch die Dunkelheit. Nur das schnelle Atmen der anderen dringt an mein Ohr. Die einzige Spur, der wir folgen können, ist die Richtung, die Tina und Nils eingeschlagen haben. Irgendwo schreit ein Käuzchen und ich fahre mitten im Lauf zusammen. Zugleich mit der Furcht steigt die Ahnung in mir hoch, dass dieser Einsatz schiefgehen wird. Denn ich weiß, wer der dritte Dschinn im Bunde ist und wie überraschend er von der Seite angreifen kann.

Da kreischt Sylvia plötzlich wie von Sinnen: »Tina! O Gott, Tina!«

»Tina, sofort zurück!«, brüllt Jakob. »Sag ihr Bescheid, Finn!«

Doch es ist zu spät. Im gleichen Augenblick höre ich einen Schrei. Dann ein durchdringendes Jaulen. Beides lässt mir das Blut in den Adern gefrieren. Es ist vollkommen klar, wer da gerade in einen Kampf verwickelt ist. Falls Tina etwas geschieht, trage ich allein die Schuld dafür. Denn ich habe den Wolf nicht erschossen, als ich die Gelegenheit dazu gehabt hätte.

»Tina!«, schreit Jakob noch lauter. Er rennt mit einem Mal so schnell, dass wir alle hinter ihm zurückbleiben. Da erklingt wieder ein gellender Schrei. Sylvia nimmt einen Schuss wahr, doch wir anderen können ihn wegen des Schalldämpfers nicht hören. Ich bin außer mir. Alle konzentrieren sich nun auf den Punkt in der Dunkelheit, den sie uns zeigt. Niemand scheint mehr an der Verfolgung der ersten beiden Dschinn interessiert zu sein. Es dauert vielleicht eine halbe Minute, bis wir Tina finden, aber sie fühlt sich an wie eine Ewigkeit. Sie liegt mit verzerrtem Gesicht auf dem Rücken im Moos und hält sich ihr linkes Bein. Nils ist über sie gebeugt und presst seine Hände auf eine Wunde an ihrem Oberschenkel, aus der in rhythmischen Abständen Blut spritzt.

»Der Schutzanzug ist zerfetzt«, jammert er uns entgegen.

Jakob sinkt neben ihr auf die Knie.

»Halt durch!«, fleht er. Gleichzeitig reißt er seinen Gürtel aus der Armeehose und bindet Tina damit das Bein ab. Als er ihn festzurrt, lässt der Blutstrom aus der Wunde nach.

»Er hatte Wolfsgestalt!«, stöhnt Tina. »Ich hab ihn erwischt, aber er konnte fliehen. Tut mir leid, Jakob!«

Er legt ihr fast liebevoll einen Finger auf den Mund.

»Schscht!«, sagt er. »Entschuldige dich nicht.«

Eine rasende Eifersucht überkommt mich. Fast wünschte ich, ich läge dort an Tinas Stelle. So ist es also um Jakobs Zuneigung zu uns bestellt: Man muss sich erst ein Bein zerreißen lassen, bevor er in der Lage ist, zärtlich zu werden. Als Mike nun auch noch damit anfängt, Bibelzitate herunterzubeten, kann ich mich fast nicht mehr beherrschen.

»Und das erste Tier war gleich einem Löwen, und das andere Tier war gleich einem Kalbe, das dritte hatte ein Antlitz wie ein Mensch«, höre ich ihn vor sich hin plappern. Meine Beine schlottern und meine Hände ballen sich zu Fäusten. Ich muss mich zusammenreißen, sie nicht alle anzuschreien, dass sie vollkommen irre sind.

Jakob hebt Tina vorsichtig hoch und kontrolliert noch einmal den Sitz des Gürtels.

»Wir bringen sie sofort zu Winnie«, bestimmt er.

»Soll ich ...?«, fragt Rafail.

»Nein«, sagt Jakob bestimmt. »Ich trage sie!«

Schweigend marschieren wir gemeinsam zurück durch den Wald. Der Einzige, der weiterhin vor sich hin predigt, ist Mike. Ich versuche die konfusen Sätze über fallende Engel, kämpfende Frauen und brennende Schwefelseen zu ignorieren, doch es gelingt mir nicht. Was sich davon in meinem Gehirn festsetzt, ist pure Verwirrung und eine nicht benennbare Form von Angst.

Henry und ich bleiben aufmerksam an den Flanken und auch die anderen haben ihre Anspannung nicht ganz aufgegeben. Doch die Dschinn tauchen nicht wieder auf. Auch die Orakel sind ungewohnt schweigsam. Hin und wieder ist von Tina ein unterdrücktes Stöhnen zu hören. Jakob trägt sie auf den Armen wie eine Mutter ihr krankes Baby. Ihr Gesicht ist an seine Brust gepresst, ihr rechter Arm baumelt leblos an seiner Seite. Je weiter wir gehen, desto dunkler färbt sich Jakobs rechtes Hosenbein von ihrem Blut.

»Bleib bei uns!«, höre ich Jakob sagen. Mittlerweile ist auch Mike verstummt. Die Stille ist grausam. Jeder von uns kann mit anhören, wie Jakob gegen den Tod kämpft. »Erzähl mir, was passiert ist!«.

»Henry hat den anderen verletzt«, murmelt Tina. »Ich hatte ihn fast erwischt ... Der Wolf kam plötzlich von der Seite ... Er war so schrecklich schnell.«

Ich weiß genau, wovon sie spricht. Mit dem Unterschied, dass meine Schlagadern noch unversehrt sind. Wenn sie wüssten, dass ich noch vor wenigen Minuten demselben Wolf über sein zottiges Fell gestreichelt habe!

»Er warf mich einfach um. Dabei schrammte ich an einer Felswand entlang, die meinen Anzug zerfetzte. Ich hab ihm den Degen in die Schulter gerammt …« Die Stimme versagt ihr.

»Sprich weiter!«, flüstert Jakob.

»Er hat mich gebissen … es … ging so schnell … dann hab ich geschossen … aber er wich aus.«

Nun bleibt Jakob stehen und legt sie an den Rand des Weges, auf dem wir uns befinden. Er zieht ein Verbandspäckchen und ein Dreieckstuch aus seiner Jackentasche und reißt die Reste von Tinas Hosenbein ab. Dann drückt er das Tuch auf die Wunde, legt sein Handy und sein Klappmesser darauf und zurrt beides mit dem Verband fest.

»Ich brauche mehr Druck!«, sagt er. »Gebt mir, was ihr habt!«

Rafail greift in seine Tasche und zieht eine volle Packung Papiertaschentücher heraus. Finn nimmt sein Messer mitsamt Ledertasche ab und reicht sie Jakob. Der befestigt die Gegenstände übereinander auf der Wunde. Tinas Augenlider flackern.

»Jakob«, sagte sie. »Es ist gut. Ich bin eine Kämpferin … Du kannst nichts dafür.«

Er sagt nichts darauf. Stattdessen streichelt er ihr über die schweißnasse Stirn. Dann hebt er sie wieder hoch und eilt mit seiner Last an den Burgruinen vorbei den Berg hinunter. Wir alle joggen neben den beiden her, ohne ein Wort zu sagen. Etwa auf halber Strecke des Weges wird Tina ohnmächtig. Als Jakobs Wagen in unserem Gesichtsfeld auftaucht, schöpfe ich etwas Hoffnung. Falls wir es innerhalb der nächsten Viertelstunde zu einem Arzt schaffen, gibt es vielleicht eine Chance, dass Tina überlebt.

Rafail öffnet die Hintertür und jagt mich hinein. »Setz dich hin und kümmere dich um sie!«, sagt er. Als ich drinnen bin, schiebt Jakob Tinas regungslosen Körper über die Rücksitzbank. Ihr Kopf landet auf meinem Schoß. Das Bein mit dem blutigen Druckverband kommt auf den Polstern zum Liegen.

Jakob brüllt Anweisungen in Richtung der Truppe, dann reißt er die Vordertür auf und setzt sich ans Lenkrad. Gleichzeitig nimmt Henry auf dem Beifahrersitz Platz. Er greift nach seinem Handy und wählt eine Nummer. Ich bekomme unbewusst mit, wie er jemanden aus dem Bett jagt, während wir in voller Fahrt über die Schlaglöcher des Waldwegs schießen.

»Winnie erwartet uns!«, sagt Henry, als er auflegt. Jakob gibt keine Antwort. Er konzentriert sich auf sein Gaspedal. Ich habe alle Hände voll damit zu tun, Tinas leblosen Körper auf der Rücksitzbank festzuhalten. Im Schein des Lichtkegels sehe ich die Feldwege von Allendorf vorbeihuschen. Zweige schlagen auf die Windschutzscheibe wie dürre Geisterhände. Henry krallt sich am Armaturenbrett fest. Als wir den Ortseingang von Allendorf erreichen, schaltet Jakob den Allradantrieb aus und gibt noch mehr Gas. Wir rasen viel zu schnell um die engen Kurven der schlafenden Ortschaft und biegen ab nach Friedensdorf. Meine Arme umschlingen Tinas Oberkörper wie Schraubzwingen. Ich habe Angst, dass sie von der Bank rutscht und sich der Druckverband löst. Zwischen den Dörfern beschleunigt Jakob auf 150 Stundenkilometer, Friedensdorf nimmt er mit 90. Wir bleiben vor einem dunklen Haus in einer Wohngegend stehen. Die Jungen steigen aus, rennen zur Tür und hämmern dagegen. Jemand öffnet.

Plötzlich spüre ich den Druck von Tinas Hand an meinem Oberarm. Sie hat die Augen aufgeschlagen und sucht meinen Blick. Ihr Körper ist eiskalt. Sie zittert.

»Melek …«, flüstert sie.

Ich bringe mein Ohr ganz nahe an ihren Mund.

»Ja?«

»Du musst auf ihn aufpassen, versprich mir das!«, sagt Tina. Ihre Stimme klingt panisch. »Pass auf, dass er sich keine Vorwürfe macht! Und dass die Dschinn ihn … nicht brechen. Denn darauf sind sie aus.«

Sie liegt im Sterben und macht sich Sorgen um Jakob. Wie unrealistisch Liebe einen Menschen machen kann. Ich muss zugeben, dass die Stärke ihrer Gefühle mich beeindruckt. Wahrscheinlich, weil ich selber niemals zu so etwas fähig wäre.

»Ich verspreche es dir, Tina. Aber es wird nicht nötig sein. Du kannst selbst auf ihn aufpassen, wenn dein Bein erst wieder …«

Die Autotür wird aufgerissen und Henry zerrt mich heraus. Gleichzeitig stützt Jakob Tinas Kopf und zieht sie dann wieder auf seinen Arm. Ein schwaches Stöhnen entfährt ihr bei der ruckartigen Bewegung. Schnell haste ich hinter den beiden her, als sie Tina ins Haus tragen. An der Tür fällt mir ein Schild auf, das mich schaudern lässt.

»Das ist ein Tierarzt!«, entfährt es mir.

»Genau«, brummt Henry. »Und näher als jeder andere Mediziner. Die beste Entscheidung, wenn jede Sekunde zählt.«

Sie tragen Tina vorbei an einer Hundewaage, durch einen Warteraum voller Tierfutter und Prospekte über Entwurmungsmittel bis in den Behandlungsraum, in dessen Mitte ein viel zu kleiner Edelstahl-Operationstisch steht. Zum Glück ist Tina so zierlich. Ich wüsste nicht, wie jemand von meiner Größe oder gar von Jakobs hier draufpassen sollte. Der Tierarzt steht ganz ruhig neben dem Tisch. Er ist schon etwas älter und hat halblanges, ergrautes Haar. Neben dem Tisch hat er Operationsbesteck und Verbandsmaterial zurechtgelegt. Am Infusionsständer hängt eine Blutkonserve, von der ich dringend hoffe, dass der Inhalt menschlichen Ursprungs ist.

»Legt sie hin«, sagt er. »Jakob, du verabreichst ihr das Blut.«

Dann beugt er sich selbst über die Wunde und inspiziert die Stelle kurz, bevor er den Druckverband löst. Ich sehe fassungslos zu, wie Jakob Tina eine Infusionsnadel in die Armvene setzt und sie sauber festklebt. Dann schließt er den Beutel an und dreht ihn auf. Der Tierarzt hat unterdessen die Wunde freigelegt, die sofort wieder zu bluten beginnt. Doch das Blut tritt nicht mehr sprudelnd aus, sondern nur noch in sanft pulsierenden Wogen. Ein Blick auf Tinas Gesicht verrät mir, dass sie wieder bewusstlos ist. Das ist im Moment wahrscheinlich auch besser so. Neben dem Operationsbesteck liegt nämlich ein Sedierungsmittel für Pferde.

»Die Schlagader ist zerfetzt«, sagt der Arzt. »Ich muss sie richten. Der Biss selber ist nicht so schlimm wie er aussieht. Die Muskulatur und das Gewebe sind noch da.«

Damit meint er wohl, dass der Dschinn keine Fleischfetzen aus Tinas Bein gerissen hat. Ist es unnatürlich, wenn ich ihm dafür dankbar bin?

Keiner von uns sagt ein Wort, während der Tierarzt sich eine Lupenbrille auf die Hakennase setzt und damit beginnt, in Tinas blutigem Oberschenkel herumzuwühlen. Er setzt Klammern und Verbindungsröhrchen ein, während Henry neben ihm mit einem Tupfer assistiert.

»Neues Blut!«, sagt er schließlich, mit Blick auf die Infusion. Jakob tauscht die fast leere Konserve gegen eine volle.

»Winnie ... wird sie's schaffen?«, fragt er. Seine Stimme klingt so beherrscht wie immer.

»Ja«, antwortet der Arzt, die Hände immer noch in der Wunde. »Ihr wart rechtzeitig da. Und die erste Hilfe war phänomenal. Gut gemacht, Jakob!«

Ich kann Erleichterung auf Jakobs Gesicht erkennen. Winnie näht die klaffenden Ränder der Wunde zusammen, so gut es geht. Dann erst löst er den Gürtel von Tinas Bein und bringt einen sauberen Verband an.

»Wir werden sehen, wie schön das zusammenwächst«, sagt er. »Zum Model-Contest braucht sie sich damit nicht mehr anzumelden. Aber vielleicht können die Jungs in der Uniklinik noch was tun.«

Er schnallt Tina auf dem Operationstisch fest, spritzt ihr nun doch einen Teil des Pferde-Beruhigungsmittels und führt uns in den Warteraum. Dort drückt er jedem von uns einen Energy-Drink in die Hand und lässt sich seufzend auf einen Stuhl fallen. Jetzt, da er keine Handschuhe mehr trägt, kann ich erkennen, dass sich kaum sichtbare Schatten über seine linke Handinnenfläche ziehen. Er hatte früher das Tattoo der Talente und hat es entfernen lassen. Also habe ich einen der Veteranen vor mir. Was wohl früher seine Aufgabe war? Wahrscheinlich konnte er mit Tieren kommunizieren. Das liegt zumindest nahe bei seinem Beruf.

»Weißt du deine Blutgruppe?«

Es dauert ein paar Sekunden, bis ich registriere, dass Jakob mit mir gesprochen hat.

»Ja. Null positiv«, sage ich schnell.

»Sehr schön!«. Winnie freut sich sichtbar. »08/15-Blut. Davon hab ich einen ganzen Schrank voll!«

Ich kann mich also bedenkenlos abschlachten lassen. Gar kein Problem, denn der Tierarzt aus dem Nachbardorf hat schließlich Unmengen von Blutkonserven für mich!

Mit einem halben Ohr höre ich zu, wie Jakob Winnie die ganze Geschichte erzählt. Henry zieht sich in den Behandlungsraum zurück, um auf Tina aufzupassen und ihr eine weitere Konserve zu geben. Ich sitze steif wie eine Schaufensterpuppe da und kippe mein Getränk hinunter, ohne den Geschmack wahrzunehmen. Dass ich zittere, merke ich erst, als Jakob mich darauf anspricht.

»Melek«, sagt er. »Willst du dich hinlegen?«

Auch Winnie beäugt mich nun fachmännisch von oben bis unten und empfiehlt Schocklage.

»Nein«, sage ich. Mir ist tatsächlich schwindelig, aber ich will nicht das Weichei sein, das sich auf den zerkratzen Boden legen und die Beine auf einen Sack Hundefutter hieven muss. Denn sehr viele andere Möglichkeiten für eine Schocklage wird es hier nicht geben. »Ist schon in Ordnung. Es geht gleich wieder.«

Beide akzeptieren meine Entscheidung ohne Widerspruch. Ich konzentriere mich darauf, nicht vom Stuhl zu fallen, und nuckle weiter an der Dose in meiner Hand. Das Gespräch neben mir nehme ich nur bruchstückhaft wahr. Vor meinem inneren Auge taucht immer wieder die Szene auf, wie der Wolf – mein Wolf – mit Tina kämpft. Obwohl ich im Wald nichts davon gesehen habe, tanzen die Bilder wie ein Horrorfilm durch meinen Kopf. Wie viel Schuld trage ich daran?

Ein Blick auf die Uhr sagt mir schließlich, dass es halb zwei ist. Ich reiße mich zusammen.

»Jakob ...«

Er unterbricht sein Gespräch mit Winnie und wendet sich mir zu.

»Wieder besser?«, fragt er.

Ich nicke.

»Wie geht es nun weiter?«

»Henry und ich bleiben bei Tina, bis sie wieder aufwacht. Uns erwartet niemand vor morgen früh zurück. Aber du ... du musst nach Hause.«

Er steht auf und klopft dem Tierarzt auf die Schulter.

»Ich fahr sie heim. Bis gleich, Winnie.«

Bevor wir gehen, verabschiede ich mich von Henry, der neben Tina am Behandlungstisch sitzt und ihre Hand hält. Sie ist immer noch bewusstlos. In Henrys Gesicht steht ein Ausdruck, der mich überrascht. Er wirkt abweisend, fast als hätte ich mit meinem Hereinplatzen einen innigen Augenblick gestört. Und wie er ihre Hand hält! Es liegt etwas Beschwörendes in dieser Geste. Darüber muss ich nachdenken, wenn mein Gehirn wieder funktioniert.

Die Heimfahrt verläuft schweigend. Jakob hält sich jetzt an die Verkehrsregeln. Ich habe jede Menge Fragen im Kopf. Aber mein Geist ist nicht in der Lage, sie zu formulieren. Erst als wir schon fast am Forsthaus angekommen sind, gestehe ich mein größtes Problem.

»Ich weiß nicht, wie ich wieder auf mein Zimmer kommen soll«, sage ich.

»Wie bist du denn rausgekommen?«, fragt Jakob.

»An einem Strick aus dem Fenster geklettert.«

Er stöhnt. Aber ich sehe auch den Anflug eines amüsierten Grinsens über sein Gesicht huschen. Wahrscheinlich stellt er sich gerade vor, wie ich hilflos auf halber Höhe zum Fenster an dem Strick hin und her baumele.

»Und es gibt keinen Ersatzschlüssel?«

»Doch. Aber die Tür und die Treppenstufen knarzen fürchterlich. Davon werden sie aufwachen.«

»Okay«, entscheidet Jakob. »Ich helfe dir. Aber das Problem musst du irgendwie lösen.«

Er parkt seinen Wagen auf einer Wiese gegenüber dem Bahnhof, wo es unauffälliger ist. Dann hält er mir eine Plastiktüte hin, in die ich alle meine Waffen und Gürtel stopfe. Schon die kurze Strecke über den Fahrradweg zum Forsthaus könnte sich als verräterisch erweisen, falls in einem der angrenzenden Häuser eine schlaflose Seele aus dem Fenster starren und mich in voller Montur im Mondlicht erkennen sollte. Aber auch ohne die Waffen müssen wir ein bedrohliches Bild abgeben, wie wir, groß und schwarz, mit der ominösen Plastiktüte in der Hand mitten in der Nacht zum Forsthaus stiefeln.

Zuerst bringen wir die Waffen zum Bunker und verstauen sie dort sicher. Dann besieht sich Jakob das Lasso, das bestimmt sechs Meter weit von meinem Fenster aus auf den Boden hinab hängt. Er winkt mich zu sich und weist auf seinen Rücken.

»Huckepack«, flüstert er. »Alles andere wird nicht funktionieren.«

»Meinst du wirklich …«

»Sei still, Melek! Ich würde es nicht vorschlagen, wenn ich es nicht könnte!« Er sieht mich ärgerlich an. »Und jetzt steig schon auf!«

Ich komme mir ziemlich dumm vor, wie ich auf seinen Rücken klettere und ihn die ganze Arbeit machen lasse. Die Arme schlinge ich um seinen Hals und versuche ihn dabei möglichst nicht zu würgen. Das wird nicht einfach werden für Jakob. Ich bin eigentlich schlank, aber da ich so groß bin, wiege ich trotzdem fast siebzig Kilo. Die ersten Meter klappt es überraschend gut. Doch etwa auf halber Strecke zum Fenster hält er inne und stellt die Füße auf den zentimeterkleinen Vorsprung eines Fachwerkbalkens.

»Versuch dich etwas nach vorn zu beugen. Ich muss durchatmen«, flüstert er. Dabei greift er mit einer Hand in einen anderen Vorsprung, mit der anderen bleibt er am Seil. Er presst sich so nah wie möglich an die Wand, um die Erdanziehungskraft nicht gänzlich gegen sich zu haben. Sein Atem geht stoßweise. Ich würde gerne irgendetwas tun, um es ihm leichter zu machen.

»Tut mir leid«, murmele ich.

»Schon gut.«

Seit wir uns kennen, bin ich ihm körperlich noch nie so nah gewesen wie jetzt. Mein Kinn liegt auf seiner Schulter, mein Mund ist nur einen Zentimeter von dem kleinen Muttermal an seinem Haaransatz entfernt. Ich kann die Luft riechen, die er ausatmet. Bei jeder Bewegung spüre ich, wie seine Muskeln arbeiten. Jakob hat wahrscheinlich ganz andere Probleme, aber ich kann diese Nähe fast nicht ertragen. Gleichzeitig wünsche ich mir, dass er ewig so stehen bleiben würde.

Als sich sein Atem wieder etwas beruhigt hat, klettert er weiter. Seine Muskeln zittern jetzt bei jedem Griff nach oben. Aber er schafft es. Keine zwei Minuten später greift seine Hand an meinen Fensterrahmen und zieht uns hoch. Schwer atmend bleibt er bäuchlings in der Mitte des Fensters liegen, während ich so geräuschlos wie möglich von seinem Rücken ins Zimmer gleite.

»Danke«, sage ich.

Er schaut mich mit einer Mischung aus Erschöpfung und Belustigung an.

»Bitte.«

Dann entschlüpft mir ein Satz, den ich sofort wieder bereue:

»Willst du ... willst du dich kurz ausruhen?«

Auf der Stelle wird sein Blick verschlossen.

»Das mache ich gerade«, sagt er. »Und nein, ich will nicht in dein Zimmer kommen.«

An seine heftigen Zurückweisungen muss ich mich immer noch gewöhnen. Ich erinnere mich selber daran, dass ich einfach nur eine Soldatin sein wollte. Und Soldatinnen bieten ihren Vorgesetzen keinen Platz auf ihrem Sofa an. Und auch sonst nirgendwo.

»Ist okay«, sage ich so klar wie möglich.

Er macht noch drei oder vier tiefe Atemzüge, dann entscheidet er, dass es genug sein muss.

»Ich geb dir drei Wochen«, sagt er. »Dann kannst du das selber. Sprich mit Albert und besorg dir Hanteln!«

»Mach ich.«

Er nickt noch einmal. Sein Blick geht durch mich hindurch.

»Dann mach's gut, Melek. Ich muss wieder zu Winnie.«

»Bis dann, Jakob. Danke nochmal!«

Ich sehe ihm hinterher, wie er sich zügig an dem Seil hinabgleiten lässt. Was wären wir alle ohne unsere obligatorischen Fingerhandschuhe? Ohne sich noch einmal umzudrehen, verschwindet er geräuschlos im Wald. Ich starre in die Dunkelheit, bis ich den Motor seines Land Rovers brummen höre. Dann schäle ich mich steif aus meinen schwarzen Klamotten, lege mein neues Silbermesser unter das Kopfkissen und verkrieche mich erschöpft unter meine Bettdecke. Das Aufstehen morgen früh wird grausam sein.

Das also war mein erster Kampf gegen die Dschinn. Alles in allem war es eigentlich kein richtiger Kampf, sondern nur eine sinnlose Verfolgungsjagd mit grässlichem Ende. Es kann nicht länger gedauert haben als ein paar Minuten. Ob das immer so ist? Was genau soll die Menschheit davon eigentlich haben?

Bevor ich den Gedanken zu Ende denken kann, fallen mir die Augen zu. Ich sinke in einen traumlosen Schlaf. In dieser Nacht lassen mich sogar die quälenden Visionen von rachsüchtigen Dschinn und umherstreifenden Wölfen in Ruhe.

Wenn Papa nach Hause kommt, ist die Party vorbei

Als ich am nächsten Morgen auf mein Fenstersims blicke, ist es leer. Der Tag fängt also schon mal gut an. Dafür ist mein Handy voller Nachrichten. Die ersten fünf sind von Erik:

»Ja, du bist ein Scheusal. Ich verzeihe dir trotzdem.«

»Hast du darauf nichts zu sagen?«

»Würdest du dich bitte bei mir melden?«

»Bist du heute Nacht unterwegs?«

»Melek, melde dich bei mir, egal wann du zurückkommst!«

Dann gibt es eine von Jakob, abgeschickt um 4.35 Uhr: »Tina geht es besser. Ich muss mit Erik reden. Bring ihn heute um fünfzehn Uhr zu Sylvia, Hainstraße 3.«

Diese letzte SMS verstehe ich nicht. Weshalb muss Jakob mit Erik reden? Ob das etwas mit meinem unmoralischen Angebot von gestern Nacht zu tun hat? Mir schaudert bei dem Gedanken, dass die beiden sich wegen mir streiten. Und noch viel unangenehmer finde ich die Vorstellung, dass sie wieder irgendeinen Pakt über mich schließen könnten. Ich muss versuchen Jakob gegenüber gleichgültiger zu werden.

Zuerst beantworte ich die Nachricht meines Anführers mit einem deutlichen »Mach ich!«. Dann schreibe ich an Erik, obwohl ich ihn ohnehin in einer Stunde in der Schule treffen werde. Ich weiß, dass er sich Sorgen macht, und die muss ich nicht noch verlängern.

»War auf einem Einsatz. Hab deine SMS nicht gesehen. Sorry. Erzähle dir alles später. Danke, dass du nicht mehr böse bist!«

Keine dreißig Sekunden später vibriert das Telefon.

»Ich bin froh, dass du noch am Leben bist. Bis gleich.«

Beim Frühstück erzähle ich meiner Mutter, dass ich schlecht geschlafen habe, um die Balken unter meinen Augen zu erklären. Sie sieht unglücklich über mein Erscheinungsbild aus, sagt aber nichts weiter. Wahrscheinlich vermutet sie, der Streit mit Erik hätte mich um den Schlaf gebracht. Wenn er demnächst wieder hier auftaucht, wird sie ihn ziemlich sicher bemitleiden und mir die volle Schuld zuschreiben. Auch wenn sie gar nicht weiß, worum es bei unserer Auseinandersetzung ging. Erik ist in ihren Augen einfach das Opfer und ich bin die fiese Täterin. Für mein Geheimnis ist das sogar ganz gut, weil es ihm die Möglichkeit gibt, als der Klügere dazustehen und meine Mutter zu beeinflussen. Aber persönlich komme ich nicht gut damit klar, dass sie mich derart abstempelt.

In der ersten Stunde habe ich Bio. Es ist die Stunde vor der Klausur, für die ich noch keinen Deut gelernt habe. Erik fängt mich direkt vor der Schule ab.

»Bist du bereit, heute noch mit mir Genetik zu pauken?«, fragt er.

Ich werde den Teufel tun, ihn noch einmal zu brüskieren. Dafür freue ich mich viel zu sehr über die schnelle Versöhnung.

»Ja«, sage ich.

»Dann gibt es keinen Grund, weshalb du zu Bio gehen solltest. Lass uns abhauen!«

Wir schleichen uns unauffällig durch den Pulk ankommender Schüler über die Wiese hinter der Schule bis hinunter an die Lahn. Dort setzen wir uns auf eine Staumauer und hängen die Füße ins Wasser. Biedenkopf sieht aus keiner Perspektive so schön aus wie aus dieser. Das alte Schloss oben auf dem Berg, die fülligen Weiden zu beiden Seiten der Lahn, das glitzernde Wasser, die urigen Fachwerkhäuser. Das alles erweckt den Anschein, als wäre die Welt mit sich im Reinen. Eines von vielen Trugbildern, auf die wir Menschen so gerne hereinfallen.

»Du siehst schlimm aus«, sagt Erik, als ich meine Sonnenbrille abnehme. »Genau wie die anderen.« Es scheint ihm mehr auszumachen, als er zugeben will.

»Ich weiß«, sage ich. »Aber wenn du hörst, was gestern Nacht passiert ist, wirst du das verstehen.«

»Dann schieß los«, sagt er mit Blick auf das Wasser.

Ich tue es ihm gleich und starre auf die Traumkulisse vor uns, während ich den Horror der letzten Nacht Revue passieren lasse. Nur den Wolf lasse ich weg und erzähle stattdessen die gleiche Geschichte, wie sie auch Jakob kennt. Ich weiß selber gar nicht so genau, warum ich Erik nicht einweihen will. Vielleicht weil das, was zwischen dem Dschinn und mir passiert ist, so unbeschreiblich war. Es fehlt mir gleichermaßen an Worten und am Verständnis dafür. Während ich rede, massiert sich Erik fortwährend mit den Fingern die Stirn. Er sieht dabei fast so aus wie Sylvia oben auf dem Hohenfels. Ich verursache ihm eindeutig Kopfzerbrechen. Manchmal stellt er eine kurze Nachfrage, aber die meiste Zeit sitzt er nur da und hört zu. Erst ganz am Ende, als ich von der Kletterei zu meinem Fenster erzähle, runzelt er die Stirn und sagt:

»Er hat dich wirklich huckepack da hochgeschleppt?«

Ich nicke.

Er sagt eine Weile nichts mehr. Dann greift er nach einem Steinchen neben sich und schleudert es mit Wucht hinaus in den Fluss.

»Es kotzt mich an, dass er mich ausschließt!«, knurrt er. »Du hättest gestern Nacht nicht nur einmal, sondern mehrmals sterben können. Wo soll das hinführen, Melek?«

Er packt meinen Arm und rüttelt daran. Ich versuche nicht, ihn abzuschütteln. Schließlich schaue ich ihm doch in die Augen.

»Er will irgendetwas von dir. Wir sollen heute Nachmittag zu Sylvia kommen«, sage ich.

»Schön!«, meint Erik. »Du hast aber Hausarrest.«

Ich versuche, ein Lächeln zustande zu bringen.

»Du musst dir eben was einfallen lassen.«

Ich wüsste nicht, was. Aber Erik wird eine brauchbare Idee haben. Da bin ich ganz sicher. Er atmet einmal tief aus und gibt sich geschlagen.

***

Die Idee ist so einfach wie wirkungsvoll: Direkt nach der Schule fahren wir nach Buchenau und schlendern händchenhaltend hinauf zum Forsthaus. Meine Mutter ist gerade von der Arbeit zurück und steht in ihren Büroklamotten am Herd. Was sie da gerade umrührt, sieht verflucht nach einer Dose Ravioli aus. Abgesehen von Wurstbroten und Lahmacuns aus dem Dönerladen ist Dosenfutter das Einzige, was es mittags bei uns gibt. Ich nehme meiner Mutter das nicht übel, schließlich arbeitet sie den ganzen Vormittag und an zwei Nachmittagen. Aber Ravioli kann ich wirklich fast nicht mehr sehen, ohne einen Würgreiz zu bekommen.

»Hey, ihr zwei!«, ruft sie erfreut, als sie uns kommen sieht. »Ihr habt euch also wieder vertragen!«

»Es ist schwer, Melek lange böse zu sein«, sagt Erik mit einem Schwiegersohnlächeln im Gesicht. »Ganz egal, ob sie nun Reue zeigt oder nicht, man verzeiht ihr einfach alles.«

Wieder einer dieser Sätze, die wie Granaten bei meiner Mutter einschlagen. Sie funkelt mich kopfschüttelnd an. Die Opfer- und Täterrollen sind längst vergeben. Ich habe es ja geahnt. Sie macht noch eine Dose Ravioli auf und klatscht den Inhalt in den Topf. Dann deckt sie den Tisch auf der Veranda für drei, rührt noch ein paarmal um und bittet uns zu Tisch. Erik isst anstandslos seinen Teller leer, auch wenn er von zu Hause wahrscheinlich etwas anderes gewohnt ist. Seine Mutter ist Hausfrau und deckt sich regelmäßig im Naturkostladen mit Biofleisch und frischen Gemüse ein. Vielleicht schmeckt es ihm ja deshalb sogar. Ich hingegen gebe nach ein paar Löffeln auf.

»Und, was habt ihr heute vor?«, fragt meine Mutter.

»Wir müssen dringend lernen«, sage ich. »Ich schreibe morgen Bio.«

Sie macht ein erstauntes Gesicht.

»Und Erik … hilft dir?«

»Genau.«

Wenn er in diesem Moment um meine Hand anhalten würde, hätte er garantiert den vollen Segen meiner Mutter. Zum Glück hat Erik sich unter Kontrolle. Das Punktesammeln hat also schon mal funktioniert.

Nach dem widerlichen Mittagessen habe ich nun Hunger. Ich schmiere mir ein paar Brote und schäle drei Karotten. Damit verziehen wir uns auf mein Zimmer und fangen mit der Nachhilfe an. Erik redet über Genetik, ich esse. Als er mit seinem Vortrag fertig ist, beginnt er damit, mich abzufragen. Ich kaue extra lange auf meiner letzten Karotte herum, um ihn zu ärgern.

»Die drei Wege, wie Bakterien fremdes Erbgut aufnehmen können, heißen?«, fragt er genervt.

Ich beschließe, ihn zu erlösen.

»Transformation, Konjugation und Transduktion.«

»Schön, Melek«, sagt Erik. Ich bin nicht ganz sicher, ob er ernsthaft den Pädagogen spielt oder mich veräppeln will. Beides ist ihm zuzutrauen. »Dann erklär mir mal zuerst die Transformation!«

Nun muss ich kichern und Erik lacht zum Glück mit. Das erleichtert die Sache ein wenig. Ich bete das erste Stück seines Vortrags herunter, danach die anderen Teile. Zwischendrin versucht er, mich für Bakteriophagen zu interessieren, indem er aus dem Internet zitiert, dass es sich dabei um die häufigsten Lebewesen der Erde handelt – sofern man Viren als Lebewesen bezeichnen kann. Das also macht er abends, während ich im Wald herumrenne und erfolglos auf Dschinn schieße: vor dem Computer sitzen und über Phagen recherchieren.

Als es auf vierzehn Uhr zugeht, tritt Teil zwei unseres Plans in Aktion: Wir gehen runter auf die Veranda und zeichnen dort die Übertragungswege von Transformation, Konjugation und Transduktion auf. Dabei stelle ich mich bewusst blöd an und meine Mutter beobachtet mit riesigen Augen und hängendem Unterkiefer, wie Erik meinem Phagen den Kopf ausradiert und die DNA neu zeichnet. Als wir damit fertig sind, lehnen wir uns zurück und lassen uns die Sonne ins Gesicht scheinen.

»Fertig!«, sage ich laut genug, dass meine Mutter es hören kann. »Wenn ich morgen keine Eins kriege, bist du schuld!«

Ich boxe Erik freundschaftlich in die Seite. Er zieht die Augenbrauen hoch und klopft sich selbstzufrieden auf die Schulter.

»Jetzt hätte ich Lust auf Freibad«, sage ich. »Ab nächste Woche soll es Herbst werden.«

»Das geht aber nicht. Du weißt, warum«, brummt Erik. Er setzt eine unmissverständlich erwachsene Miene auf, um klarzustellen, dass er voll und ganz hinter dem Hausarrest und meinen Eltern steht.

Ich seufze.

»Dann geh du doch, Erik. Es ist schon okay. Ich lese dann eben noch ein Buch.«

»Nein«, sagt er bestimmt. »Ich will nicht ins Freibad.«

»Willst du doch.«

Er bleibt eisern und gießt sich schweigend etwas Wasser in sein Glas.

»Erik, ich will nicht dein Bremsklotz sein. Du hast mir heute schon genug geholfen!«

Mittlerweile finde ich mich als Schauspielerin ziemlich gut. Aber Erik toppt mich auch in dieser Hinsicht. Er streichelt mir über die Wange, schaut mir tief in die Augen und sagt: »Ich will da sein, wo du bist, Melek. Und wenn es dein düsteres Zimmer ist, soll mir das auch recht sein.«

Ich kann seinen Blick nicht halten, denn mir schwant, dass er im Moment überhaupt kein Theater spielt. Aber weiter müssen wir das Spielchen gar nicht treiben, denn das Herz meiner Mutter ist bereits erweicht. Hoheitsvoll tritt sie neben uns, schenkt Erik ihr strahlendstes Lächeln und verkündet: »Dann geht mal, ihr beiden. Den halben Tag Hausarrest hängen wir einfach hinten dran ... wenn's demnächst regnet!«

Unglaublich. Er hat es schon wieder geschafft. Was wäre die Armee der Talente eigentlich ohne Erik? Zumindest die meiste Zeit um einen Volltreffer ärmer. So schnell ich kann, packe ich meine Badesachen zusammen und ziehe ihn hinter mir her zum Bus. Die Züge fahren nur im Stundentakt und ich will rechtzeitig bei Sylvia sein. Erst als wir außer Hörweite sind, klatsche ich erfreut in die Hände und fange an zu kichern.

»Wie du sie um den Finger wickelst!«, gluckse ich. »Ich hätte nie gedacht, dass sie weich werden könnte.«

Erik bleibt vollkommen ernst. Er lässt sogar ein wenig die Schultern hängen.

»Es macht mir keinen Spaß, deine Eltern an der Nase herumzuführen«, sagt er. »Es wäre mir lieber, wenn das alles echt wäre. Und falls jemals etwas schiefgeht, werden sie mich hassen. Auch darauf habe ich keine Lust.«

Es wäre ihm lieber, wenn das alles echt wäre! Das kindische Händchenhalten, die Nachhilfe auf meinem Zimmer, das Ravioli-Essen mit meiner Mutter. Davon träumt Erik also. Ich habe es ja geahnt. Aber für all diese Dinge ist in meinem Leben überhaupt kein Platz. Das war es noch nie. Was auch immer mir die Zukunft bringt, es wird nichts mit kleinbürgerlichem Spießertum zu tun haben. Ich werde niemals mit ihm in einem Reihenhaus wohnen, Teilzeit arbeiten und daneben eine Horde Kinder bei Laune halten. In dem Fall ziehe ich dann doch die Blutkonserven des Tierarztes vor. Aber das kann ich ihm ja schlecht sagen. Stattdessen entscheide ich mich für ein undeutliches Brummen.

Wir steigen in den Bus und fahren mit jeder Menge Freibadbesucher nach Biedenkopf. Fast jeder hat eine Badetasche mit Matten und Handtüchern dabei und alle sind gut gelaunt. Nur Erik und ich sind auf einmal ziemlich schweigsam. Wahrscheinlich hängen wir beide den gleichen Gedanken um unsere widersprüchlichen Zukunftsvorstellungen nach.

Eine Viertelstunde später sind wir da. Wir laufen zur Hainstraße und klingeln um genau fünf Minuten vor drei an Sylvias Haustür. Es ist ein schönes, altes Fachwerkhaus, wenn auch nicht so liebevoll renoviert wie die anderen in dieser Gegend. Ich bin ziemlich gespannt, wie es drinnen aussieht, wie Sylvia ihr Zimmer eingerichtet hat. Und vor allem: wie ihre Mutter tickt – falls wir sie überhaupt zu Gesicht bekommen werden.

Sämtliche Vorstellungen, die ich von all dem hatte, sind falsch. Die Frau, die uns die Tür öffnet, halte ich auf den ersten Blick für Sylvias große Schwester. Erst bei genauerem Hinsehen fallen mir die kleinen Fältchen in ihrem Gesicht auf und die leichten Tränensäcke unter ihren Augen. Das lange schwarze Haar trägt sie offen, was sie ein wenig wie eine Indianerin aussehen lässt. Sie trägt ein buntes Kleid und allerlei Schmuck an den Armen und um den Hals. Ihre Füße sind nackt.

»Melek und Erik«, sagt sie lächelnd und bittet uns mit einer Geste ins Haus. »Kommt rein. Ich bin Sarah.«

Wir folgen ihr verdutzt ins Haus. Ich kann Erik ansehen, dass auch er etwas anderes erwartet hat. Im Flur ist es ziemlich dunkel. Trotzdem kann ich im Vorbeigehen erkennen, dass überall interessanter, aber unbrauchbarer Kram herumsteht und –hängt, wie bei einem Trödler: alte Kaffeemühlen, ein Pferdekummet, Lampenschirme aus buntem Glas und sorgfältig aufgefädelte Steinketten. Als wir die Küche betreten, in der ein massiver Holztisch steht, fällt mir als erstes das halbe Entenskelett auf, das auf einem Regal kunstvoll in die natürliche Höhle eines morschen Buchenstamms integriert wurde. Erst dann sehe ich Sylvia und Jakob. Sylvia kommt mir sofort entgegen und breitet die Arme aus. Sie trägt eine schlabberige Jeans und ein fliederfarbenes Oberteil mit Pailletten auf der Brust.

»Hi Melek!«, sagt sie und umarmt mich. Dann macht sie das Gleiche mit Erik, der sich sichtbar versteift. Sylvia grinst zu ihm hoch. »Ich würde so gern in deine Seele blicken«, sagt sie. »Vielleicht klappt's ja heute!«

Erst als Erik sein Unbehagen deutlich anzusehen ist, gibt sie ihn wieder frei und setzt sich erwartungsvoll neben Jakob an den Tisch. Der hat sich die ganze Zeit nicht von der Stelle gerührt. Er sitzt seitlich auf dem Stuhl, als wolle er gleich wieder gehen. Sein Dreitagebart hat wieder zu sprießen begonnen. Damit sieht er um Jahre älter aus.

Sarah serviert Getränke mit Trinkröhrchen und stellt jede Menge Knabberkram daneben. Ich greife beherzt zu, weil ich immer noch Hunger habe.

»Das ist der Grund, weshalb wir hier sind«, sagt Jakob schließlich. »Sylvia will es noch einmal versuchen. Es ist gut möglich, dass wir die Prozedur in der nächsten Zeit noch öfter wiederholen müssen.«

»Du glaubst also, ich könnte doch ein Talent haben«, meint Erik. Seiner Stimme ist keine Emotion anzumerken. Auch wenn er und Jakob ganz zivilisiert miteinander am Tisch sitzen, geht doch eine Spannung von ihnen aus, als wären sie Raubtiere, die einander umkreisen.

»Das ist möglich«, sagt Jakob. »Wir haben Mahdi gefragt, ein ehemaliges Orakel. Er sagte, wenn jemand für seinesgleichen ein weißes Tuch ist, dann entwickelt sich bei diesem Menschen vielleicht gerade ein Talent. Es kann aber auch sein, dass der Prozess ins Leere läuft. Eine Art Fehlgeburt sozusagen. Aber auch in diesem Fall müssten wir irgendwann etwas erkennen. Du lässt dich von nun an regelmäßig von Sylvia durchchecken!«

Die volle Autorität seiner Stellung schwingt in seinen Worten mit. Und Erik schluckt den Befehl, ohne mit der Wimper zu zucken. Ob aus Ergebenheit oder reiner Zustimmung, weiß ich nicht. Auf jeden Fall begehrt er nicht gegen die Anordnung auf.

»Gut«, sagt er stattdessen. »Wann soll ich wo sein?«

»Montags und donnerstags hier. Samstagabend auf Abruf.«

Erik nickt. »Okay. Fangt an.«

Strahlend rückt Sylvia ihren Stuhl vor ihm zurecht. Ich kann mich immer wieder darüber wundern, wie reif sie wirkt, wenn sie arbeitet. Sie scheint dabei vollkommen über denjenigen zu wachen, den sie ergründen will, und total in ihm aufzugehen. Bei Erik beginnt sie wieder damit, dass sie seine Hand ausgiebig streichelt. Wahrscheinlich tut sie das, damit er sich entspannt. Aber es schwingt noch etwas anderes in der Berührung mit. Liebe ist das falsche Wort. Vielleicht ist es eher so etwas wie Innigkeit. Erik jedenfalls kann sich der Wirkung nicht entziehen. Er wird etwas lockerer und schließt die Augen. Dann drückt sie seine Finger auf ihren Sensor.

Die Prozedur dauert nur wenige Sekunden. Als Sylvia seine Hand vorsichtig wieder freigibt, weiß ich sofort, was sie sagen wird.

»Immer noch nichts.«

Erik sieht etwas enttäuscht aus.

»Damit haben wir gerechnet«, sagt Jakob, wie um ihn zu beruhigen. Er geht schon genauso mit ihm um, wie mit jedem anderen Mitglied der Truppe. Befehle geben, wenn es sein muss, und Ruhe verbreiten, wenn es nötig wird.

Plötzlich überkommt mich ein alarmierender Gedanke.

»Wenn Erik ein Talent bekommt ... heißt das, dass jemand von uns sterben wird?«, frage ich Jakob.

Er versucht gar nicht erst, meine Angst zu beschwichtigen.

»Das ist möglich«, gibt er zu. »Oder ausscheiden. Wir wissen es nicht. Auf jeden Fall sind wir immer nur zwölf. Vielleicht braucht Erik zwei oder drei Jahre, bis er sein Talent entwickelt. Bis dahin könnte Rafail aus dem Spiel sein. Oder ich.« Er macht eine Pause. Dabei fixiert er mich einen Moment zu lange mit seinem Blick, als normal gewesen wäre. »Mahdi hat auch gesagt, dass womöglich eine Gefahr im Raum steht, die wir noch abwenden können. In dem Fall wird's wohl eine Fehlgeburt.«

»Also ist alles drin«, stelle ich fest. »Sehr hilfreiche Orakel haben wir.«

Sylvia wird rot. Aber Jakob schüttelt den Kopf.

»Es *ist* hilfreich. Denn so wissen wir, dass wir auf der Hut sein müssen. Und wir wissen bereits jetzt, wer im schlimmsten Fall der Nachfolger sein wird.«

In Momenten wie diesem wird mir klar, wie ersetzbar und unwichtig jeder Einzelne von uns ist. Reißt mir morgen jemand den Kopf ab, so geht das Spiel übermorgen mit einem neuen Volltreffer weiter. Es könnte wieder jemand sein, der die Begabung ein Leben lang mit sich herumgetragen hat. Oder jemand wie Erik, der urplötzlich den Lauf der Welt in vollem Umfang zu spüren bekommt. Als wir in Bio die Evolution besprochen haben, hätte ich nie gedacht, dass sie auch solche Anpassungsmechanismen entwickelt hat. Es ist ganz schön grausam.

Während ich so dasitze und meinen schwermütigen Gedanken nachhänge, streicht mir plötzlich jemand von hinten übers Haar. Es ist Sarah, die ihren schweigenden Zuhörerposten am Herd aufgegeben hat und nun in meinem Rücken steht. Ihre Hand fühlt sich warm und tröstend an. Sie fährt mir sachte einige Male mit den Fingern von der Stirn über den Hinterkopf, bis ihre Hand schließlich auf meinem Scheitel zu liegen kommt. Ich bin wie gelähmt. Die Berührung ist nicht nur angenehm. Es fühlt sich an, als sauge ihre Handfläche einen Teil von mir aus meinem Gehirn heraus. So ähnlich stelle ich es mir vor, von einem Dschinn geküsst zu werden. Obwohl mich der Impuls überkommt, aufzustehen und wegzurennen, bleibe ich sitzen wie festgefroren. Das Gefühl hält nur wenige Augenblicke an. Dann fühle ich Erleichterung.

Sarah nimmt ihre Hand von meinem Kopf und beugt sich zu mir herunter. Ihre schwarzen Haare gleiten wie ein Sichtschutz zwischen uns und die anderen.

»Besser?«, fragt sie.

»Ja.« Ich fühle mich benommen. »Was hast du getan?«

»Ich habe dich gereinigt. Das sollte viel öfter bei euch gemacht werden. Ihr habt es alle bitter nötig.«

Ich fasse nach ihrer linken Hand und sehe darin die gleichen verschwommenen Linien wie bei Winnie dem Tierarzt.

»Was warst du?« frage ich sie.

Sie lächelt warm. »Ein Orakel, wie Sylvia.«

»Und du ... kannst es immer noch?«

Nun huscht ein wehmütiger Zug über ihr schönes Gesicht.

»Nein. Aber kein Talent verlässt dich ganz und gar. So wie du dein Leben lang zumindest besser treffen wirst als andere, kann ich die Dinge immer noch besser fühlen und beeinflussen als die meisten Menschen. Und schau dir Jakob an. Glaubst du, er wird je in seinem Leben ein unterwürfiger Speichellecker werden? Vorher stürzt er sich in sein Schwert, da kannst du dir sicher sein.«

Bevor ich etwas darauf erwidern kann, dreht sich der Schlüssel im Schloss der Haustür und alle am Tisch versteifen sich spürbar. Selbst Erik fährt zusammen, obwohl er gar nicht wissen kann, wer da kommt.

»Papa ist früher dran«, sagt Sylvia. »Er hatte Probleme mit seinem Bus.«

»Na dann«, sagt Sarah und richtet sich auf, »ist unsere kleine Versammlung in zwei Minuten beendet.«

Wir hören schlurfende Schritte im Flur. An der Garderobe halten sie kurz inne, wahrscheinlich weil Sylvias Vater seine Jacke an einen Haken hängt. Dann kommt er direkt in die Küche. Bei seinem Anblick stockt mir der Atem. Er ist eigentlich ein gut aussehender Mann, vielleicht Anfang vierzig, mit grau melierten Schläfen im dunkelblonden Haar. Auf seiner Nase sitzt eine Designerbrille, die ihm ein verkniffenes Äußeres verleiht. Seine Haltung ist gebückt, seine Schultern hochgezogen. Ich muss sofort an eine Ratte denken.

»Besuch«, lässt er verlauten, während sein Blick durch unsere Reihen streift. »Ich mag das nicht, Sarah, das weißt du doch, oder?«

Seine Worte klingen weder aggressiv noch eingeschnappt. Sie sind eigentlich gar nichts. Es fehlt an der Betonung im Satzverlauf, an einem verärgerten Stirnrunzeln oder irgendeinem anderen Anzeichen von Missmut.

»Tut mir leid, Karl«, sagt Sarah. »Die jungen Herrschaften wollten gerade gehen. Hattest du Ärger unterwegs?«

Er schenkt sich ein Glas Wasser ein und trinkt es in aller Ruhe, bevor er antwortet.

»Der Bus wurde aufgehalten. Irgendwer hat die Polizei gerufen. Aber wenn wir morgen durchkommen, bleibt der Wochenverdienst trotzdem noch ganz ordentlich.«

Auch jetzt: kein Brummeln, kein Fluchen, keine Verwünschungen. Er teilt nur sachliche Informationen mit. Was stimmt nicht mit Sylvias Vater? Als sein Blick mich kurz streift, stellen sich vor Erschütterung all meine Nackenhärchen auf. Seine Augen sind eiskalt. Ich brauche keine Erklärung mehr, welche Art von Mensch ich da vor mir habe. Denn eines ist vollkommen klar: Sylvias Vater wurde von einem Dschinn geküsst. So also sieht ein Mensch ohne Gefühle aus.

Wir verabschieden uns alle gleichzeitig und drängeln uns hintereinander durch den engen Flur. Ich muss aufpassen, dass ich keine Panik entwickle, denn ich will einfach nur noch raus aus diesem Haus. Wie um Himmels willen halten es Sylvia und Sarah unter einem Dach mit diesem Mann aus?

Sylvia hält mich im Türrahmen auf, bevor ich einen Satz die Treppen hinunter machen kann. Dann umarmt sie mich lächelnd und flüstert mir ins Ohr: »Keine Sorge, Melek. Alles ist gut. Ich muss dir ganz viel erzählen. Bis heute Abend!«

Der letzte Satz bewegt mich mehr als die Ankündigung zuvor. Mir wird also keine Atempause vergönnt. Ich werde heute Abend schon wieder losziehen müssen. Wie lange soll ich dieses Tempo durchhalten, bevor ich zusammenklappe?

Jakob zieht Erik und mich von der Tür weg. Wir laufen gemeinsam Richtung Bahnhof. Währenddessen gibt es Anweisungen. Zumindest eine einzige Regung von Mitgefühl schickt er vorneweg:

»Ich hätte dir heute Abend gern freigegeben. Aber es geht nicht. Du musst Tina ersetzen. Kadim hat die Diskothek *Connecticut* erkannt. Da wird heute so eine Art Singlebörse stattfinden. Die Dschinn werden dabei sein. Und du musst sie ablenken.«

O nein! Davor graut mir noch mehr als vor einem Kampf im Wald. Erstens kann ich mich noch genau erinnern, dass Jana zu Erik gesagt hat, sie würde die Wochenenden in dieser Disko verbringen. Da bleibt mir allerdings die schwache Hoffnung, dass heute Donnerstag ist und ihre Mutter sie am Vorabend der Bioarbeit nicht ausgehen lässt. Zweitens bin ich zu hundert Prozent ungeeignet für diesen Job, denn ich habe den Charme einer dreibeinigen Katze. Niemand auf der Welt wird mir auch nur einen Augenaufschlag schenken, wenn auf seiner anderen Seite eine Dschinniya vom Kaliber der Letzten steht. Noch dazu weiß ich überhaupt nicht, wie Flirten funktioniert. Mir fällt weder ein Satz noch eine Bewegung ein, die dabei hilfreich wären.

»O nein!«, sage ich. »Das wird schrecklich werden!«

»Es wird schrecklich für die Betroffenen werden, wenn du es nicht tust«, kontert Jakob. »Du hast doch gerade gesehen, was aus solchen Menschen wird.«

O ja, das habe ich. Und es war so brutal, dass ich wahrscheinlich gar nicht anders kann, als mein Glück zu versuchen. Irgendwie werde ich schon über meinen Schatten springen und mich lächerlich machen. Ob ich aber die gewünschte Wirkung bei einem männlichen Wesen erzielen kann, bezweifle ich.

»Was tut Sylvias Vater?«, will ich wissen. »Von welchem Bus hat er gesprochen?«

Jakob steckt die Hände in die Hosentaschen und schaut starr geradeaus.

»Kaffeefahrten. Karl verkauft achtzigjährigen, schwerkranken Leuten für viel Geld irgendwelche Präparate, die angeblich gegen Demenz und Parkinson helfen sollen. Das Geschäft läuft phantastisch und die Polizei kann nicht viel mehr machen, als ihm hin und wieder ein paar aussichtsreiche Kunden wegzuschnappen. Er ist wirklich gut in seinem Job.«

»Das ist furchtbar«, sagt Erik. »Wann haben die Dschinn ihn erwischt?«

»Vor fast zwanzig Jahren«, antwortet Jakob.

Ich fange an wie eine Erstklässlerin zu rechnen, weil ich es nicht glauben kann.

»Das bedeutet …«

»Genau. Sarah hat ihn geheiratet, nachdem es passiert ist. Und später noch Sylvia bekommen.«

Das haut mich um. Was musste in einer Frau vorgehen, die sich für einen solchen Partner entscheidet? Einen Mann, der ihr niemals auch nur einen Funken von Wärme geben kann. Der keine Liebkosung innig erwidert und nicht in der Lage ist, schwärmerische Pläne oder gemeinsame Freude zu entwickeln.

Jakob verkürzt seinen Schritt um keinen Deut, als er ungefragt zur Erklärung ansetzt. »Jedes Paar, das sich im Kreis der Talente trifft, steht vor der Entscheidung, was zu tun ist, falls einer ausgesaugt wird. Manche entscheiden sich für den Tod. Andere für das Leben. Derjenige, der übrigbleibt, ist am Schlimmsten dran. Denn weder das eine noch das andere kann man als Überlebender tun, ohne sich dabei selbst zu verlieren. Auch deshalb ist es besser, wenn es keine Paare gibt.«

Ich sehe, wie die Furche auf seiner Stirn hervortritt. Natürlich denkt er dabei an seine verstorbene Freundin Marie. Das Mädchen, das ohne Gefühle nicht leben konnte. Was hätte Jakob wohl getan, wenn sie nicht gesprungen wäre? Hätte er gegen ihren eigentlichen Willen versucht, wie Sarah mit Karl zusammenzuleben, während die Liebe immer weniger wird und der vertraute Mensch sich in ein Monster verwandelt? Oder hätte er schließlich doch noch Maries Wunsch entsprochen und sie getötet? Was für eine schreckliche Vorstellung! Ich bin froh, dass das Schicksal ihm wenigstens diesen Gewissenskonflikt erspart hat.

»Ich weiß, dass manche Soldaten einen entsprechenden Pakt heimlich schließen. Selbst dann, wenn sie gar kein Paar sind. Tina und Henry zum Beispiel habe ich im Verdacht. Lasst euch gesagt sein, dass Sterbehilfe gegen unseren Ehrenkodex verstößt.« Dabei sieht er Erik und mich scharf an. »Wenn jemand von uns geküsst wird, ebnen unsere Veteranen ihm den Weg in eine Lebenswelt, in der er sich zurechtfindet. Das sind wir unseren Kämpfern schuldig. Und die Menschheit muss es eben ertragen.«

Das sagt er so leicht. Ich möchte nicht wissen, welche Vorkehrungen er selber getroffen hat, für den Fall, dass es ihn erwischt.

»Was war er?«, frage ich. »Sylvias Vater, meine ich.«

Jakobs Miene bleibt ausdruckslos. Nur ganz kurz schaut er mich an.

»Er war wie ich. Ein Anführer.«

Neben uns taucht der schäbige Bau des Bahnhofs auf. Jakob schaut auf seine Uhr und bleibt stehen. Er gibt uns keine Gelegenheit, über seine letzten Worte erschüttert zu sein. Stattdessen wendet er sich an Erik.

»Und nun zu dir«, sagt er. »Du gehst ab sofort zu Albert in den Fitnesskurs. Bei den Übungstreffen bist du ebenfalls dabei. In den Clubs kannst du dich im Hintergrund halten, um auf Melek aufzupassen. Aber ich werde dich nicht zeichnen, bevor wir Gewissheit über dich haben. Und du trittst in keiner Weise an die Dschinn heran, bevor es so weit ist. Einsätze im Wald sind für dich tabu. Ist das klar?«

Erik nickt. Seine schweigende Zustimmung macht mir klar, was ich bereits geahnt habe: Jakobs Talent hat ihn schon im Griff. Sicher noch nicht ganz. Aber auch die halbe Abhängigkeit reicht aus, um seine Bedingungen zu akzeptieren.

»Dann bis heute Abend«, sagt Jakob und lässt uns stehen.

Als wir in den Zug steigen, fühle ich mich wie erschlagen. Bis zur zweiten Station sagt auch Erik kein Wort. Erst als wir durch Friedensdorf fahren, streckt er mir plötzlich seine Hand hin und sieht mich eindringlich an.

»Schließen wir den illegalen Pakt, bevor es mir noch schwerer fällt, mich ihm zu widersetzen!«, sagt er.

Ich weiß, was er meint: unser letzter Wille, falls wir von einem Dschinn geküsst werden. Davon hat er ja neulich schon angefangen. Ohne zu zögern, ergreife ich seine Hand und erwidere seinen Blick. Wenn es Momente im Leben gibt, an denen man entscheidende Weichen stellt, dann ist dies einer davon. Von nun an werden unsere Schicksale unweigerlich miteinander verknüpft sein.

»Sterben«, flüstere ich.

»Sterben«, wiederholt Erik.

Damit ist alles gesagt. Ich schicke je ein Gebet zu Allah und zu Gott, dass es niemals so weit kommen wird. Aber weder auf den einen, noch auf den anderen war in letzter Zeit so richtig Verlass. Wirklich zählen kann ich im Grunde nur auf Erik.

Wenn zwei Welten aufeinanderprallen, gibt es immer einen Knall

Bevor ich an diesem Abend aus dem Fenster steige, treffe ich ein paar Vorkehrungen. Zum einen schlafe ich drei Stunden lang, denn ich will morgen in der Lage sein, die Klausur zu schreiben. Zum anderen habe ich die Hosentaschen voller Zimmermannsnägel. In meinem Gürtel steckt ein passender Hammer. Im Internet habe ich herausgefunden, wie man sich professionell abseilt. Nun baumele ich vor einem Fachwerkbalken etwa einen Meter unter meinem Fenster und schlage den ersten Nagel ein. Das Geräusch ist leiser, als ich vermutet habe, da der Balken etwas morsch ist. Meine Eltern haben heute Abend vor dem Fernseher Wein getrunken. Vielleicht war die Menge ausreichend, um ihren Schlaf tiefer als gewöhnlich zu machen. Darauf baue ich.

Ich würde gern je zwei Nägel nebeneinander anbringen, um die Trittfläche breiter zu machen und den Nagel zu entlasten. Aber das ist mir heute zu riskant. Ein einziges Mal muss es so funktionieren. Später kann ich meine Aufstiegshilfe immer noch vervollkommnen. Die Nachmittage, an denen meine Mutter im Büro ist, sind dafür prädestiniert. Meter für Meter seile ich mich ab und schlage Nägel ein. Dabei horche ich auf jedes Geräusch im Inneren des Hauses. Aber meine Eltern sind entweder tatsächlich betrunken oder so abgehärtet von den nächtlichen Tierattacken aus dem Wald, dass sie nicht davon aufwachen.

Als ich unten ankomme, tun mir trotz der Handschuhe die Finger weh. Ich betrachte mein Werk und bin ziemlich zufrieden mit mir. Die Nägel sind auf den ersten Blick kaum zu erkennen, da sie sich farblich gut an die Balken anpassen. Sie sind kurz genug, um nicht aufzufallen, und lang genug, um darauf stehen zu können. Wenn ich mich nicht völlig überschätze, werde ich es heute allein wieder nach oben schaffen.

Erik erwartet mich an der Bushaltestelle mit seinem Moped. Er hält mir einen Helm und einen Nierengurt entgegen und sagt: »Geschenk vom Sicherheitsbeauftragten Sommer.«

Ich entlocke mir ein schwaches Grinsen und nehme die Sachen entgegen. Wie gut, dass er immer an alles denkt. Nur dagegen, dass ich mich gleich ohne Schutzanzug mit einem Dschinn streiten muss, ist mein Sicherheitsbeauftragter leider machtlos.

Erik scheint meine Gedanken gelesen zu haben.

»Geh auf keinen Fall aus der Disko raus«, sagt er, während er mir hilft den Nierengurt zu schließen. »Solange ihr unter Menschen seid, werden die Dschinn euch nichts tun. So widerlich sie sind, diese eine Regel scheinen sie zu haben: Bloß nicht auffallen! Also bleib unter allen Umständen drin, hast du gehört?«

»Klar und deutlich«, brumme ich. Es scheint sich irgendwie einzubürgern, dass Erik mir die Kommandos gibt, wenn Jakob nicht in der Nähe ist. Ich versuche es ihm nachzusehen, weil ich weiß, dass sein Verhalten aus Sorge entspringt. Trotzdem kann ich nicht gut damit umgehen.

Bis ins *Connecticut* brauchen wir eine halbe Stunde, denn die Disko liegt noch ein gutes Stück hinter Biedenkopf in Bad Laasphe. Wenn ich nicht die Gelegenheit hätte, mit Erik zu fahren, hätte mich wahrscheinlich jemand mit dem Auto abgeholt. Ich bin ganz froh über die Fahrt mit dem Moped, denn dabei erübrigt sich jedes Gespräch. Anfangs versuche ich noch, Erik nicht zu sehr auf die Pelle zu rücken. Aber nach den ersten Kilometern werde ich entspannter und lasse es zu, dass mein Körper auf dem Rücksitz in Löffelstellung an ihn heranrutscht. Tausend Motoradfahrerinnen tun das täglich. Und ich will nicht schon verkrampft in Bad Laasphe ankommen. Erik fährt ziemlich sicher, worüber ich enorm froh bin. Wenn er auf der Bundesstraße voll aufdreht, dröhnt sein Auspuff, aber er schafft tatsächlich hundertzehn Stundenkilometer. So ganz vorschriftsmäßig kann das nicht sein, aber das geht mich nichts an. Mich würde nur interessieren, wer das Ding frisiert hat, denn sein Vater, der Apotheker, war es garantiert nicht.

Vor der Disko warten bereits die anderen auf uns. Sie stehen seitlich vom Haupteingang und geben sich als Vorglüher aus. Ein paar halten halbvolle Flaschen Wodka in der Hand. Ich bin mir sicher, dass nur Wasser drin ist. Aber auf die Art fällt es nicht weiter auf, dass sie wahrscheinlich schon seit längerer Zeit hier herumlungern. Ich finde ja, um das Bild perfekt zu machen, müssten noch ein paar Joints oder zumindest Zigaretten herumgehen. Aber so weit treibt Jakob es dann doch nicht. »Gesundheit geht vor«, würde er garantiert sagen, wenn ich ihm diesen Vorschlag unterbreiten würde.

Sylvia haben sie vorsorglich in die hinteren Reihen verbannt. Sie sieht trotz ihres Party-Outfits und der dicken Schicht Schminke einfach wie ein Kind aus. Da helfen auch die acht Zentimeter hohen Pumps nichts.

Wir parken das Moped in einer dunklen Ecke am Ende des Parkplatzes und gesellen uns zu ihnen.

»Hi«, sagt Jakob. »Damit wären wir dann vollzählig.«

Ein Blick auf meine Uhr sagt mir, dass wir zehn Minuten zu spät sind. Es ist 22.40 Uhr.

Jakob erklärt seinen Plan: »Die letzten beiden Male haben sich die Dschinn immer in Vögel verwandelt, sobald sie aus dem Club raus waren. Heute werden wir darauf vorbereitet sein. Henry hat seinen Bogen dabei, aber er wird damit um die Ecke verschwinden müssen, damit ihn keiner sieht. Kadim und Rafail bleiben von Anfang an draußen und geben Henry ein Zeichen, sobald ein Dschinn in Tiergestalt fliehen will. Wir anderen ziehen drinnen unseren Job durch. Ich hoffe, wir erwischen sie heute. Erik, der gemeinsame Teil ist hiermit beendet.«

Er drückt Kadim seine Wodkaflasche in die Hand, klopft ihm auf die Schulter und macht sich auf den Weg zum Eingang. Wir anderen laufen hinterdrein. Nur Erik bleibt zurück. Als ich mich umdrehe, winkt er mir zum Abschied, ein verkniffenes Lächeln im Gesicht.

An der Kasse verursachen wir sofort einen Stau.

»Wie alt ist die Kleine da?«, fragt der Türsteher und zeigt auf Sylvia. Das musste ja kommen.

»Sechzehn«, sagt Jakob und streckt ihm den Eintritt für uns alle entgegen.

»Nie und nimmer!«, dröhnt der Türsteher.

Neben mir macht Nadja ein besorgtes Gesicht. »Der ist neu«, flüstert sie mir ins Ohr.

Jakob greift in seine Hosentasche und holt ein weiteres Bündel Geldscheine hervor. Zu unauffällig für die hinter uns Stehenden, aber doch deutlich genug, dass der Türsteher es erkennen kann, zählt er 200 Euro ab. Dann hält er ihm das komplette Geld vor die Nase und sagt noch einmal: »Sechzehn!«.

Der Türsteher nimmt die Scheine mit unbewegtem Gesicht und betrachtet Sylvia noch einmal von oben bis unten.

»Na ja, hast Recht. Wenn man genau hinschaut, sieht man es ihr an. Bloß obenrum fehlt's ihr noch.«

Sylvia läuft puterrot an. Spätestens jetzt sieht sie aus wie dreizehn. Wir gehen zur Garderobe und geben unsere Jacken und Motorradhelme ab. Dann nimmt Nadja mich sofort beiseite und hakt sich bei mir unter.

»Wir beide gehen mal zur Toilette«, flötet sie, so dass die anderen es hören können. Jakob nickt ihr zu. Sie schleppt mich aufs Mädchenklo, platziert mich vor dem Spiegel und stellt vorsichtig ihre kleine Handtasche aufs Waschbecken.

»Was wird das denn?«, frage ich argwöhnisch.

»Umstyling«, grinst Nadja. »Dir fehlt sozusagen der Flirt-Faktor. So wie du aussiehst, bist du eher ein Liebestöter der anderen Art, sorry. Und diese Motorradfrisur geht gar nicht.«

Sie öffnet ihre Tasche und kramt allerlei Schminkutensilien, Kämme und Haarspray hervor. Ich bin so perplex, dass mir nichts einfällt, was ich darauf sagen könnte. Nadja zupft an meinem T-Shirt. »Was hast du da drunter?«, will sie wissen.

»Ein Unterhemd«, gebe ich zu. Das ist mir ein bisschen peinlich. Ich habe nur an die Fahrt mit dem Moped gedacht und wusste schließlich nicht, dass Erik mir einen Nierengurt schenken würde.

»Schwarz?«, fragt Nadja.

»Ja.«

»Gut. Dann zieh das T-Shirt aus!«

Ich entledige mich des Zuviels an Stoff und werfe es aufs Waschbecken. Nadja mustert mich mit einem kritischen Blick.

»Sehr schön!«, sagt sie. »Jetzt zu deiner Frisur. Geh mal in die Hocke, damit ich überhaupt eine Chance habe.«

Ich sitze mit dem Rücken an die Wand gelehnt, während sie meine Haare aufbürstet und im Nacken zu einem dieser gekonnt lässigen Dutts zusammenbindet. Ein Nebel aus Haarspray hüllt mich ein. Danach trägt sie mir Make-up, Puder, apricotfarbenen Lidschatten, Kajal und Wimperntusche auf, bis ich das Gefühl habe, wie ein Papagei auszusehen. Zum Abschluss klebt sie noch fünf Strasssteinchen an den Ausschnitt meines Unterhemds und stopft mein T-Shirt in ihre Tasche. Sie tritt einen Schritt zurück und betrachtet ihr Werk. Erst grinst sie eine ganze Weile. Dann sagt sie:

»Melek, du siehst wirklich toll aus. Guck mal in den Spiegel.«

Ich habe ein bisschen Angst, das zu tun. Wahrscheinlich werde ich mich hinterher noch unattraktiver fühlen als jetzt. Aber als ich mich dann traue, bin ich angenehm überrascht. Nadja hat mich nicht aufgestylt wie ein billiges Flittchen, sondern ihre tausend Schminktöpfchen sehr dezent eingesetzt. Ich sehe jetzt ein bisschen aus wie sie selbst, nur dunkler und größer. So durch die Disco zu laufen, wird merkwürdig für mich sein, aber ich kann damit leben.

»Gut«, sage ich. »Nur ein bisschen ungewohnt.«

Sie fasst meine Hände und dreht mich ein Stück zu sich um.

»Hör zu, Melek«, sagt sie. »Oberste Regel für diesen Einsatz lautet: Was auch immer passiert, nimm es nicht persönlich. Es wird Typen geben, die aus verschiedenen Gründen kein Interesse an dir haben. Trotzdem musst du dranbleiben. Andere werden aufdringlich sein und dir unangenehme Gefühle verursachen. Auch dann musst du weitermachen. Nur wenn die Situation völlig eskaliert, gibst du den Talenten ein Zeichen, dass sie eingreifen sollen.«

Ich versuche zu schlucken, aber meine Kehle ist plötzlich so rau wie Schmirgelpapier.

»Was für ein Zeichen?«, krächze ich.

»Heb einfach deine Hand mit dem Bannzeichen hoch.«

»Okay!«

Nadja schaut mich forschend an. Wahrscheinlich sehe ich gerade alles andere als selbstsicher aus. Dieses ständige Lügen, Verkleiden und Schauspielern geht mir ziemlich an die Nieren. Ich habe wirklich Angst davor, die Toilette zu verlassen. Wahrscheinlich merkt Nadja das, denn sie drückt meine Hände etwas fester.

»Du musst die Dschinn nicht angreifen, nur das Opfer ablenken«, sagt sie. »Und sie werden auch dich nicht angreifen. Wenn sie merken, dass wir sie im Visier haben, geben sie meist relativ schnell auf. Den Rest erledigen unsere Jungs draußen. Hast du alles verstanden?«

Ich nicke.

»Hast du noch Fragen?«

Ich habe hundert Fragen. Gerne auch mehr, wenn das meine Schonfrist verlängert. Aber es hat ja doch keinen Sinn. Genau in dem Moment, als ich den Mund aufmachen will, geht die Tür auf und zwei kichernde Mädchen kommen herein. Sie verschwinden gackernd auf den Toiletten, während Nadja sich aufwändig den Lidstrich nachzieht und ich in meiner Frisur herumpule. Ich kann hören, worüber die beiden von Klotür zu Klotür reden. Es geht um Flirtbriefe und einen Jungen, der besonders peinlich geantwortet hat. Die beiden kringeln sich vor Lachen. Dann öffnen sich fast synchron die Türen und sie tippeln zu uns ans Waschbecken, wo sie ihren Lippenstift erneuern und ihre Ponys nachfrisieren.

Als sie endlich draußen sind, stelle ich schnell meine Frage, bevor die nächsten Mädchen hereinschneien: »Nadja, ich ... ich weiß überhaupt nicht, wie ich das anstellen soll. Was soll ich zu den Leuten sagen?«

Nadja zieht eine Schnute und bläst Luft aus.

»Du hast das noch nie gemacht«, stellt sie fest.

Ich schüttele den Kopf. Ihrem Gesicht ist anzusehen, dass das wirklich ein Problem darstellt. So viel Schminke kann sie mir gar nicht auftragen, wie nötig wäre, um meine fehlende Erfahrung wettzumachen.

»Dann bleibt nur eins«, sagt sie. »Stell dir einfach vor, der Typ, den du retten musst, wäre Jakob. Dann wird's schon irgendwie funktionieren.«

Als wir zusammen nach draußen gehen, mache ich eine Erfahrung, die vollkommen neu für mich ist. Bisher habe ich mich immer völlig ungezwungen unter Menschen bewegt, weil niemand mich je zur Kenntnis genommen hat. Die Jungs sahen durch mich hindurch die schöneren und auffälligeren Mädchen an. Und die Mädchen beachteten mich nicht, weil ich einfach nicht als Rivalin taugte. Heute ist es ganz anders. Ich weiß nicht, ob es an Nadjas Umstyling liegt oder an ihr selbst, die mit langen, grazilen Schritten und schwingendem Hinterteil neben mir her geht. Aus dem Augenwinkel beobachte ich ihre sicheren Bewegungen. Ich werde nie im Leben so laufen können. Trotzdem ernte auch ich jede Menge Blicke. Die der Jungs sind interessiert bis frivol, die der Mädchen besorgt bis verärgert. Meine Zeit als Beobachterin ist definitiv vorbei. Ab heute bin ich ein Teil des großen Spiels.

Jakob und die anderen stehen am Rand der Tanzfläche, von wo aus man einen guten Blick auf den ganzen Raum und die Bar hat. In der Hand halten sie alkoholfreie Cocktails, die zumindest suggerieren, dass sie alle zum Spaß hier wären. Als wir uns zu ihnen gesellen, gibt es einen kurzen Moment, in dem Jakob mich anstarrt. Sein Blick ist seltsam. Es sieht aus, als hätte er ein Déjà-vu. Doch schon eine Sekunde später runzelt er die Stirn und dreht sich weg. Ich komme mir schrecklich vor. Am liebsten würde ich zur Garderobe stürmen, nach meinem Helm verlangen und ihn für den Rest der Nacht auf dem Kopf tragen.

Ein als Frosch verkleideter Kellner mit einem Bauchladen voller Zettel und Stifte will uns Aufkleber mit Flirtnummern andrehen. Die meisten anderen laufen auch tatsächlich mit diesen Nummern an der Kleidung herum. Einige haben sie sich sogar auf die Stirn geklebt. Man wählt sich dann einfach eine besonders süße Nummer aus und schreibt ihr einen Flirtbrief, der an der Bar abgeholt werden kann. Zum Glück entscheidet sich Jakob dagegen, diesen Quatsch mitzumachen. Während ich noch über Sinn und Unsinn von solchen Veranstaltungen grüble, tippt mir plötzlich jemand von hinten auf die Schulter. Ich drehe mich um und blicke direkt in das arrogante Grinsen von Jana. Hinter ihr stehen ihre Freundinnen Olga und Steffi und – noch schlimmer – Emma und Amelie. Der Ausdruck auf meinem Gesicht scheint meinen

Schreck zu verraten, denn Jana fragt sofort: »Hab ich dich gerade bei was ertappt?«

Ich schüttle nur den Kopf und winke vorsichtig in Amelies und Emmas Richtung. Sie sehen beide etwas irritiert aus, versuchen aber zumindest ein kleines Lächeln zustande zu bringen.

»Machst du bei irgendeiner Fernsehshow mit oder so?«, will Jana wissen.

»Nein, warum?«, frage ich dämlich.

Sie setzt ein breites Grinsen auf.

»Da gibt es doch diese Stylingshows, wo sie völlig unansehliche Leute schminken und in coole Klamotten stecken, bis sie am Ende richtig gut aussehen.«

Ich bin viel zu verwirrt von dem Aufeinandertreffen meiner beiden Welten, um wütend zu werden. Stattdessen sage ich gar nichts. Das gibt Jana die Gelegenheit, sich im Kreis der Talente umzuschauen. Aber noch bevor sie einen ihrer bissigen Kommentare abgeben kann, sehe ich die Augen von Amelie und Emma groß werden. Amelie drängt sich sofort zu mir durch.

»Sag mal, Melek, das ist doch der Talentscout, oder?«, fragt sie und deutet mit dem Kinn auf Jakob, der zwei Meter weiter am Tresen der Tanzfläche steht und so tut, als würde er uns nicht beobachten. »Wieso seid ihr ... zusammen hier?«

Ich öffne den Mund zu einer neuen Lüge, aber mir fällt keine ein. Ein totaler Rückfall in alte Gewohnheiten. In meinem Hirn herrscht nur gähnende Leere. Möglichst nahe bei der Wahrheit bleiben, erinnere ich mich. Erzähl ihnen einfach den unspektakulären Teil!

»Wir ... haben uns im Fitnessstudio getroffen ... und Jakob hat mich zu einem Live-Rollenspiel im Wald eingeladen. Seitdem treffen wir uns hin und wieder. Die anderen sind auch Rollenspieler.«

Jana verzieht das Gesicht zu einer ungläubigen Fratze.

»Rollenspieler?« wiederholt sie. »Was denn für Rollenspieler?«

Unverhofft kommt mir Emma zu Hilfe, denn sie scheint bereits von so etwas gehört zu haben.

»Meinst du etwa LARP?«, fragt sie. »So Mittelalter-Zeug mit Kettenhemden und Rüstungen?«

»So ähnlich«, sage ich. »Aber kein Mittelalter, sondern ... Endzeit.«

»Endzeit? Das ist ja gruselig. Rennt ihr da mit Armeeklamotten und Maschinengewehren im Wald rum und spielt Atomkrieg?«

»So in der Art, ja.«

»Ist ja pervers«, urteilt Olga.

Ich bin ziemlich froh, dass zumindest Emma den Brocken geschluckt hat.

»Wieso hast du uns das nicht erzählt?«, fragt Amelie etwas beleidigt.

Nahe bei der Wahrheit bleiben!

»Ich war mir nicht sicher, ob ich in den Club aufgenommen werde. Ich wollte ... vorher keine Pferde scheu machen.«

Jakob hat scheinbar beschlossen, dass es genug ist, denn nun kommt er, um mich zu retten. Er hat Amelie und Emma sofort erkannt. In seiner gewohnt lässigen Art nickt er ihnen zu, während er mir einen Cocktail in die Hand drückt.

»Alles klar?«, fragt er mich. »Sylvia wollte irgendwas von dir.«

Ich bin so froh über die Gelegenheit zur Flucht, dass ich fast vergesse, mich zu verabschieden. In letzter Sekunde fällt es mir ein und ich verschwinde mit einem fahrigen »Na dann ... bis morgen!« zwischen den schützenden Muskelmassen vor mir. Während ich mich zu Sylvia durchdränge, erhasche ich immer wieder einen Blick auf Jakob und meine Schulfreundinnen. Er tauscht ein paar Sätze mit Amelie und Emma, die sich garantiert um Basketball drehen. Dann fragt Jana ihn etwas, woraufhin er auf sein T-Shirt zeigt und charmant abwinkt. Wahrscheinlich wollte sie seine Flirtnummer wissen. Am liebsten würde ich noch einmal umdrehen und ihr das Gesicht zerkratzen.

»Freundinnen von dir?«, fragt Sylvia mich plötzlich von links.

»So in der Art«, antworte ich. »Zwei davon sind Bekannte, drei Feinde.«

»Was für ein erbärmlicher Schnitt«, sagt Sylvia.

Ich nicke. Da hat sie mich wieder einmal genau richtig eingeordnet. Durch die Silhouetten der anderen kann ich erkennen, dass sich nun auch Erik einmischt. Er hat einen Aufkleber auf dem T-Shirt und kaspert eine Weile mit den Mädchen herum, bevor er sie an die Bar entführt. Ich hoffe nur, dass er ihnen die gleiche Geschichte erzählen wird wie ich. Jana kommt nur widerstrebend mit. Ihr ist anzusehen, dass sie Jakob gern weiter bearbeitet hätte. Aber der dreht sich nur um und starrt wieder auf die Tanzfläche. Wahrscheinlich wird sie sich nun stattdessen an Erik ranschmeißen. Ich habe Gewissensbisse, als ich feststelle, dass mich diese Vorstellung weniger beunruhigt.

»Ja, unser Jakob und die Frauenherzen«, säuselt Sylvia neben mir. Ich hatte fast vergessen, dass sie da steht.

»Hör bitte damit auf!«, sage ich.

Sylvia dreht ihre Cola zwischen den lackierten Fingernägeln und zieht vielsagend die Augenbrauen hoch.

»Stimmt, du wolltest ja nichts mehr darüber wissen«, murmelt sie. »Dann interessiert dich sicher auch nicht, was in der Zwischenzeit passiert ist.«

Worauf will sie hinaus? In letzter Zeit ist jede Menge passiert und ich habe keine Lust auf Ratespielchen mit einer Dreizehnjährigen.

»Was denn, Sylvia?«, frage ich trotzdem, weil ich weiß, dass sie ohnehin keine Ruhe geben wird.

Sie stellt ihr Getränk auf den Tresen und zieht mich am Arm zu sich herunter. Dann flüstert sie mir ins Ohr: »Seine Seele ist wieder erwacht!«

Diese Nachricht haut mich dann doch um. Das also war es, was Sylvia am Tag meiner Willkommensparty bei ihm gesehen hat. Ich kann mich noch gut erinnern, dass Jakob selbst darüber nicht besonders erfreut war. Den Grund verstehe ich nicht ganz.

»Es ist passiert, als er dich gezeichnet hat. Du hast das ausgelöst«, sagt Sylvia in mein Ohr. »Und er ist gar nicht glücklich darüber, weil seine Seele rabenschwarz und zutiefst verletzt ist. Sie macht ihm Ärger. Er kam mit dem Todesschlaf vorher besser zurecht.«

Das wird alles immer komplizierter.

»Bist du sicher, dass es mit mir zu tun hat?«, flüstere ich.

»Ja, wieso glaubst du das nicht?«

»Weil er mir gegenüber so unnahbar ist.«

Sylvia stößt einen Laut aus, der mich an meinen Mathelehrer erinnert. Falls es derselbe Laut ist, bedeutet das, dass ich gerade ziemlich schwer von Begriff bin.

»Wie oft soll ich's dir noch erklären?« brummt sie. »Er will das nicht! Sein Geist will es nicht. Er hat Angst! … Im Übrigen hat ihn drei Jahre lang niemand mehr lächeln sehen. Und dafür lächelt er im Moment vergleichsweise oft.«

Das stimmt. Ich sehe das kleine, amüsierte Grinsen im Auto vor mir oder in dem Moment, als er mich an meinem Fenster absetzte, bevor ich die Dummheit beging, ihn hereinzubitten.

»Das Problem ist, dass es für dich nichts ändern wird«, gibt Sylvia zu. »Er wird sich niemals auch nur einen Millimeter in deine Richtung bewegen. Du hast jetzt die Wahl: Entweder lebst du mit dem Kummer oder du wendest dich von ihm ab. Die zweite Möglichkeit ist auf Dauer gesünder für dich.«

Wow. Was für tolle Aussichten. Und das erzählt Sylvia mir mal so nebenbei in der Disko. Als hätte ich nicht schon genug Probleme, über die ich grübeln muss. Ich schiele hinüber zur Bar und treffe Eriks Blick. Er nickt mir beruhigend zu, um klarzustellen, dass er die anderen Mädels im Griff hat. Armer Erik! Ich hoffe, das Talent, das er entwickelt, hat nichts mit Telepathie und Hellseherei zu tun. Es wäre schlimm für ihn, wenn er sich in meine Gedanken einloggen könnte.

»War's das?«, blaffe ich Sylvia an.

»Nein«, sagt sie sofort. »Es ist noch mehr passiert. Willst du's wissen?«

Ich stöhne. Sie wartet nicht auf eine Rückmeldung.

»Kadim und ich hatten einen riesigen Streit wegen der Sache auf dem Hohenfels. Ich weiß auch nicht, was da oben mit mir los war. Kadim wirft mir vor, ich sei schuld daran, dass alles so schnell und wirr ablief. Vielleicht hat er sogar Recht. Aber ich kann nicht mehr leisten als das, was ich ohnehin schon tue. Auf jeden Fall hat Jakob uns gestern Abend gezwungen, uns eine Stunde lang miteinander in die Schutzhütte zu setzen. Am Ende haben wir uns bei den Händen gefasst und unsere Informationen zusammenfließen lassen. Es war unglaublich, Melek! Noch nie im Leben hatte ich so klare Visionen. Kadim hat mir genau die Puzzlestücke geliefert, die mir gefehlt haben!«

Sie ist so begeistert von der bloßen Erinnerung, dass ihre Augen strahlen wie Sterne.

»Leider war es auch so anstrengend, dass ich danach vier Stunden lang überhaupt nichts mehr sehen konnte. Und Kadim ging es genauso. Trotzdem wissen wir jetzt, wo der nächste große Kampf stattfinden wird: auf dem Teichfest in Friedensdorf.«

Ich bin erstaunt. Es ist also möglich, dass die Orakel sich untereinander vernetzen. Den Totalausfall danach stelle ich mir vor wie bei einer Glühbirne, die unter Starkstrom gerät und platzt. Zum Glück haben sich Kadim und Sylvia wieder erholt. Nicht auszudenken, was geschehen würde, wenn beide Orakel gleichzeitig ausscheiden würden. Ich kann mir nicht vorstellen, dass Jakob dieses Risiko noch oft eingehen wird.

»Das Teichfest ...«, murmele ich. »Das ist in einer Woche ...«

In dem Moment fährt Sylvia zusammen. Ihre Hände greifen nach mir und Lennart, rechts und links von ihr. Ihre Nägel krallen sich schmerzhaft in meinen Unterarm.

»Gefahr!«

Sofort rotten sich die Talente enger zusammen, um hören zu können, was Sylvia sagt. Sie presst die Augenlider aufeinander und deutet trotzdem versteckt mit dem Zeigefinger zum Eingangsbereich der Tanzfläche.

»Drei Dschinn. Ein Mann und zwei Frauen.«

Wir blicken alle in die Richtung, die Sylvia gezeigt hat. Keiner sagt ein Wort. Als die drei den Raum betreten, erkenne ich sie sofort, obwohl Sylvia sie gleichzeitig beschreibt:

»Ein riesiger Kerl mit breitem Kreuz und Ziegenbärtchen, eine Rothaarige mit bauchfreiem Oberteil und eine Schwarzhaarige im dunklen Stretchkleid.«

Nun schließt auch Finn die Augen und sendet die Informationen nach draußen.

»Kadim hat sie auch erkannt«, teilt er uns mit. »Die anderen sind bereit.«

Wir beobachten die Dschinn, wie sie sich unter die Leute mischen und sich von dem Froschkellner Aufkleber mit Nummern geben lassen. Diesmal investieren sie wesentlich mehr Zeit als beim letzten Mal. Das ist gut, denn es gibt mir die Gelegenheit, mich zu sortieren. Ich weiß genau, welche Dschinniya meine werden wird, allein schon wegen der Haarfarbe. Deshalb konzentriere ich mich auf die Schwarzhaarige und beobachte ihre leichtfüßigen Bewegungen.

»Können wir sie nicht abfangen, bevor sie jemanden ansprechen?«, flüstere ich Nadja zu, die nun wieder neben mir steht.

»Nein«, murmelt sie. »Wenn wir das tun, setzen sie sich friedlich so lange in eine Ecke, bis sie sich unbeobachtet verwandeln und abhauen können. Haben sie aber erst einmal Gefühle inhaliert, werden sie angreifbar. Dann denken sie nur noch an ihren Rausch und begehen Fehler.«

»Wie Junkies«, stelle ich fest.

Nadja sieht mich überrascht an.

»Genau so.«

Ich hoffe dringend, dass die Dschinn nicht warten, bis jemand ihnen einen Flirtbrief schreibt. In dem Fall würde es noch schwieriger für uns werden. Ein Mensch, der sich einmal auf die Schwarzhaarige festgebissen hat, wird schwerlich seine Meinung ändern, wenn ich mich einmische. Aber meine Bedenken sind grundlos, denn so viel Zeit haben die Dschinn scheinbar doch nicht mitgebracht. Sie brauchen wohl dringend Stoff. Als erstes wird der Muskelprotz fündig. Er zückt einen der Zettel, die er von dem Frosch bekommen hat, kritzelt etwas darauf und marschiert zielstrebig auf ein hübsches dunkelhaariges Mädchen mit Mandelaugen und Stupsnase zu. Jakob gibt Lennart ein Zeichen – auch das war mir klar.

Der Dschinn bleibt trotz seiner Körpermasse sehr anmutig vor dem Mädchen stehen, lächelt charmant, nimmt ihre Hand und drückt den Zettel hinein. Dann sagt er noch etwas, das ihr einen Hauch von Röte ins Gesicht treibt. Sie senkt schüchtern die Lider und liest den Inhalt des Briefes. Ihre beiden Freundinnen neben ihr kichern.

Lennart krempelt sich auf dem Weg zu der Gruppe die Ärmel seines T-Shirts hoch, um auch etwas von seinen eigenen Oberarmen zu zeigen. Ich wüsste nicht, was er in dieser Situation noch Erfolgreiches sagen könnte. Das Mädchen sieht aus, als wäre es dem Dschinn bereits verfallen. Aber dann steht Lennart plötzlich neben ihr, streckt ihr die Hand hin und sagt etwas. Dabei deutet er auf den Dschinn. Die ganze Gruppe fängt herzhaft an zu lachen. Bis auf den Dschinn, dessen Lachen in seinem Gesicht fast festgefroren ist.

Während ich die Szene noch fasziniert beobachte, höre ich Jakobs Kommando:

»Nadja und Melek!«

Panisch schaue ich mich nach der Schwarzhaarigen um und sehe, wie sie auf der Tanzfläche einen Jungen um die achtzehn antanzt. Er hat ein dümmliches Grinsen im Gesicht und würde sich wahrscheinlich innerhalb einer Sekunde von ihr küssen lassen. Die Jungs sind natürlich viel leichter herumzukriegen als die Mädchen. Was bedeutet, dass Nadja und ich umso schneller und besser sein müssen. Allerdings ist die Sache mit der Tanzfläche eine Katastrophe! Wenn es eines gibt, was ich noch schlechter kann, als fremde Menschen anzusprechen, dann ist es, sie anzutanzen. Meine Bewegungen sind absolut unsexy. Ich tanze, als hätte ich einen Stock verschluckt.

Weil ich meinen Körper nicht selbstständig von der Stelle bewegen kann, zieht Nadja mich einfach mit und schubst mich auf die Tanzfläche, während sie selbst Richtung Bar verschwindet. Wie in Trance gehe ich auf das flirtende Paar zu, das sich gerade gegenseitig umkreist und mit den Hüften anstupst. Dazu läuft so etwas wie Rockmusik, aber ich kann den Rhythmus des Lieds nicht aufnehmen. Meine Sinne sind auf etwas völlig anderes konzentriert: bei Bewusstsein bleiben!

Als ich die beiden erreiche, bleibe ich erst völlig deplatziert neben ihnen stehen und starre sie an. Die Dschinniya jagt mir eine Höllenangst ein. Dagegen ist mir der unbekannte Typ, der gerade seine Seele aufs Spiel setzt, eigentlich ganz egal. Mir schießt der Gedanke durch den Kopf, dass ich ihn seinem Schicksal überlassen und wegrennen sollte. Stattdessen versuche ich, mir das vorzustellen, was Nadja mir geraten hat: Vor meinem inneren Auge ersetze ich den fremden Jungen durch Jakob. Und mit einem Mal fühlt sich die Situation völlig anders an. Ich habe jetzt den dringenden Wunsch, ihn zu retten.

Mitsamt meiner hölzernen Bewegungen schiebe ich mich direkt zwischen den Jungen und die Dschinniya. Dadurch bin ich sofort näher an ihm dran als sie, was mir eindeutig einen Vorteil verschafft. Gegen meine schreckliche

Art zu tanzen, kann ich nichts tun. Aber ich kann das einzige Mittel nutzen, das mir bleibt: Ich blicke ihm so tief in die Augen, wie ich es vermag. Dabei mache ich ein Gesicht, als sei ich todtraurig über den Umstand, dass er sich von einer anderen antanzen lässt. Auf dem Gesicht des Jungen erscheint ein phänomenales Lächeln. Es funktioniert! Im gleichen Moment werde ich weggeschubst und die Dschinniya legt sich nun doppelt so stark ins Zeug. Ihr Tanz wird zu einer wahren Go-Go-Vorstellung. Der Träger ihres Kleids gleitet über ihre Schultern, mit den Händen greift sie in ihr glänzendes Haar, fährt über ihren Hals und streift dabei wie zufällig ihre fülligen Brüste. Dem unbekannten Jungen treten beinahe die Augen aus dem Kopf. Ein paar der Umstehenden stoßen anfeuernde Pfiffe aus.

Ich versuche es nun von der Seite. Mit der Taktik der Dschinniya kann ich nicht mithalten. Aber vielleicht hat der Typ ein Herz und ich kriege ihn auf andere Art. Vorsichtig berühre ich seinen Arm und mache ihn auf mich aufmerksam. Als er sich mir zuwendet, sieht er verwirrt aus. Ich lege all die Gefühle in meinen Blick, die eigentlich jemand anderem gelten. Jemandem, zu dem kein Weg auf dieser Welt führt, wie Sylvia mir gerade eben vollends klargemacht hat. Dann fasse ich seine Hand, schüttle den Kopf und flüstere: »Sie wird dich nur unglücklich machen!«

»Was?« schreit der Junge und beugt sich zu mir rüber. Ich nutze den Moment, in dem meine Hand von ihm verdeckt wird, und drehe die Handfläche mit dem Bannzeichen in die einzige freie Richtung – in die der Dschinniya. Für einen Sekundenbruchteil wird ihr Gesicht vor Wut richtig hässlich. Dann stößt sie einen abschätzigen Laut aus und lässt uns links liegen. Doch sie wendet sich nicht zum Gehen, sondern stolpert gezielt direkt in die Arme des nächsten Jungen. Der fängt sie großspurig auf. Ich kann sehen, dass er sich innerlich ins Fäustchen lacht. Er glaubt im Ernst, den Fang seines Lebens gemacht zu haben.

»Wen haben wir denn da?«, säuselt er.

Sie grinst und packt ihn heftig beim Kragen seines Tank Tops. Ich lasse den ersten Jungen stehen und stelle mein Konzept einfach auf den nächsten um. Aber mir bleiben nur noch Sekunden.

»Nicht!«, schreie ich und renne auf die beiden zu.

Der Junge lässt sich ablenken und starrt mich amüsiert an.

»Was bist du denn für eine Verrückte?«, ruft er lachend. »Du willst deiner Freundin wohl den Abend versauen, oder was?«

Die Dschinniya kneift ärgerlich die Augen zusammen und dreht den Kopf des Jungen ruckartig in ihre Richtung. Das war ein Fehler. Denn der Typ ist scheinbar einer von der Sorte, die gern selbst den Ton angibt.

»Ganz langsam, junge Dame, nicht so forsch«, sagt er und greift nach ihren Fingern. Als er sie lösen will, entgleitet ihm für einen Moment seine Mimik, denn er kann die Finger nicht öffnen. Die Dschinniya hat sich aber schnell wieder im Griff, gibt ihre Hände frei und lächelt.

»Sie ist ein durchgeknalltes Miststück!«, sagt sie mit Samtstimme. »Reif für die Anstalt!«

Jetzt weiß ich langsam nicht mehr, was ich tun soll. Gleichzeitig nähert sich der erste Junge von hinten und spricht mich an. Ich nehme nicht wahr, was er sagt. Stattdessen sehe ich plötzlich eine beachtlich große schwarze Spinne, die sich von der Decke herunter Richtung Tanzfläche abgeseilt hat und nun direkt über dem Kopf der Dschinniya baumelt. Die letzten paar Zentimeter legt sie in wenigen Sekunden zurück und landet auf deren perfektem Scheitel. Der Anblick ist wohl unterhaltsam genug, dass alle Jungs anfangen zu lachen. Die umstehenden Mädchen allerdings beginnen zu kreischen. Sie zeigen mit dem Finger auf die Dschinniya und schreien so laut, als hätten sie eine tickende Zeitbombe kurz vor der Explosion entdeckt.

Ärgerlich fegt die Dschinniya die Spinne weg und löst damit eine wahre Massenpanik auf der Tanzfläche aus. Während das haarige Tier mit seinen acht Beinen panisch hin und her wetzt, rennen fünf oder sechs Mädchen schreiend davon, ein paar andere nutzen die Gelegenheit, auf die Arme der Jungs zu springen, mit denen sie eben noch getanzt haben. Ich bin peinlich berührt von der emotionalen Labilität meiner Geschlechtsgenossinnen. Zum ersten Mal wage ich es, einen Blick hinüber zu den Talenten zu werfen. Der Einzige, den ich im schwachen Schein des Diskolichts erkennen kann, ist Mike. Er steht am Tresen und schüttelt sich vor Lachen. Auch die Jungs auf der Tanzfläche halten sich die Bäuche, sofern sie nicht gerade ein Mädchen im Arm halten.

Die Schwarzhaarige ist erkennbar genervt. So viel Aufsehen wollte sie dann wohl doch nicht erregen. Sie wirft mir einen letzten hasserfüllten Blick zu, dann stolziert sie davon. Aus dem Augenwinkel kann ich erkennen, dass Bewegung in die Talente kommt. Ein paar von ihnen verschwinden Richtung Ausgang. Die anderen bleiben an der Tanzfläche stehen.

»Hey du!«, sagt plötzlich der erste Junge neben mir. »Das war ganz schön schräg. Aber du hast gewonnen. Also, willst du weitertanzen?«

Ich schüttle den Kopf.

»Nein, tut mir leid.«

Er guckt mich verständnislos an.

»Aber du hast doch gerade ...«

»Tut mir leid«, sage ich noch einmal. »Ich bin schon vergeben.«

Dann verlasse ich die Tanzfläche so steif und unsexy, wie ich gekommen bin.

An unserem Ausgangspunkt warten nur noch Sylvia und Finn auf mich. Sie sind beide auf etwas ganz anderes konzentriert und begrüßen mich nur mit einem abwesenden Nicken. Ich weiß nicht, wohin mit meiner Aufregung. Ich muss wissen, was da draußen passiert! Unruhig hampele ich von einem Bein auf das andere. Mein Blick streift die Bar gegenüber, wo Erik erfolglos versucht, meine Schulfreundinnen irgendwie von mir abzulenken. Doch sie starren mich alle völlig entgeistert an. Wahrscheinlich haben sie jeden Augenblick meiner Vorstellung mitverfolgt.

Plötzlich kommt Leben in Finn.

»Ja!«, stößt er aus. Seine Augen funkeln. »Henry hat die zweite erwischt!«

Sylvia lässt ein erleichtertes Prusten hören. Sie hebt die Hand und klatscht erst mit Finn ab und dann mit mir. »Zwei von drei, gigantisch!«

Nun wendet sich Finn zu mir und stupst mich leicht am Oberarm an.

»Das war prima fürs erste Mal«, sagt er anerkennend. »Gut gemacht, Melek!«

Ich bin peinlich berührt. Mit Lob kann ich genauso schlecht umgehen wie mit Kritik. Trotzdem brummle ich ein leises »Danke.«

Sylvia ist völlig aus dem Häuschen vor Aufregung.

»Zwischendrin dachte ich ja, Jakob kippt uns um«, kichert sie. »Er hat überhaupt nicht mehr geatmet, als sie dich von dem ersten weggeschubst hat.«

Ich bin etwas enttäuscht darüber, dass ich das nicht mitbekommen habe. Wie Jakob aussieht, wenn er sich Sorgen um mich macht, hätte ich gern gesehen. Aber alles in allem sorgt der Hormoncocktail in meinem Körper im Moment auch so für ein ziemliches Hochgefühl.

Als die anderen zurückkommen, ist ihnen sofort anzusehen, wie befreit sie sind. Henry, Rafail und Kadim sind nun auch dabei. Jakob geht vorneweg und strahlt mich an. Mein Herz setzt einen Schlag aus. Als er mich erreicht, bleibt er direkt vor mir stehen. Sein Körper hält genügend Abstand, aber ich könnte schwören, dass seine Seele mich berührt.

»Wir haben die beiden Frauen erwischt«, sagt er. »Du warst phantastisch. Als du mit der einen fertig warst, war sie so wütend, dass sie den Pfeil nicht kommen sah.«

»Moment mal«, mischt Mike sich ein. »Du meinst, als wir mit ihr fertig waren. Die Spinne und ich waren schließlich auch nicht unerheblich beteiligt!«

»Das stimmt«, murmele ich.

Jakob grinst und macht eine beschwichtigende Geste. Ich habe ihn noch nie in dieser Stimmung erlebt. Es ist so ungewöhnlich, dass ich es kaum verarbeiten kann.

»Und ... die anderen?«, frage ich.

»Lennarts Dschinn hat sich sofort nach dem Armdrücken verabschiedet«, erzählt Jakob.

»Du hast ihn zum Armdrücken aufgefordert?«, frage ich Lennart ungläubig.

Auch er nickt grinsend.

»Und gewonnen?«

Die anderen lachen alle.

»Im Leben nicht«, sagt Lennart. »Aber manche Mädchen stehen auf Verlierer!«

»Und Dschinn stehen absolut nicht auf Armdrücken, wenn sie dabei ständig das Bannzeichen im Blick haben«, erklärt Sylvia.

»Leider war er so schnell draußen, dass wir ihn nicht erwischt haben«, redet Jakob weiter. »Die Rothaarige ging als nächste. Aber die war fast so sauer wie die Schwarzhaarige, denn Nadja hat sie total zufällig mit Lippenstift beschmiert.«

»Ich bin nur ausgerutscht«, hakt Nadja ein. »Ich wollte ihr keinen Strich von einem Ohr zum anderen machen, wirklich!«

Sylvia giggelt vor Begeisterung.

»Wie lange hat das alles gedauert?«, will ich wissen.

»Keine zwei Minuten«, sagt Jakob etwas ernster. »Bei dir waren es acht. Du hast uns ganz schön zum Schwitzen gebracht, Engelchen.«

Ich genieße den unverschleierten Blick seiner blauen Augen. Erst als ich eine fremde Bewegung von der Seite wahrnehme, schiebt sich plötzlich wieder die bekannte Mauer zwischen uns. Als ich vor einigen Tagen vermutet habe, wir würden als Gruppe abschreckend genug auf andere wirken, um nicht angesprochen zu werden, habe ich dabei nicht an Jana gedacht. Denn sie ist dreist genug, um sich nun zwischen all die unheimlichen Typen zu drängen, mit denen ich rumhänge. Ohne eine Spur von Respekt baut sie sich neben Jakob auf, verschränkt die Arme vor der Brust und durchlöchert mich mit ihrem Blick.

»Weißt du eigentlich, wie widerlich diese Vorstellung gerade war?«, sagt sie. »Ich wusste gar nicht, was für ein schamloses Miststück du sein kannst. Und ich hatte gedacht, du würdest nur Erik beglücken.«

Mein ganzer Körper versteift sich. Schlimmer als die Dinge, die sie sagt, ist die Art, wie sie es sagt. Sie blickt dabei völlig auf mich herab. Und morgen wird es die ganze Schule tun. Ganz kurz schaue ich hinüber zu Emma und Amelie, doch in deren Gesicht erkenne ich dieselbe Abscheu. Erik steht neben ihnen. Er sieht ernst und niedergeschlagen aus.

»Halt dich einfach aus meinem Leben raus«, sage ich viel zu leise.

»Oh, keine Angst!«, zwitschert Jana. »Ich hatte nicht vor, eine Rolle in deinem erbärmlichen Leben zu spielen. Das ist mir … zu peinlich.«

Sie hat kaum zu Ende gesprochen, da packt Jakob sie am Arm und befördert sie unsanft aus unserem Kreis zurück zur Bar. Auf halber Strecke lässt er sie los und sagt etwas zu ihr, das ich nicht hören kann. Aber es scheint wirkungsvoll genug zu sein, um sämtliches Blut aus Janas Gesicht weichen zu lassen. Sie reibt sich ihren Arm, murmelt irgendetwas und rennt dann zurück zu den anderen, so schnell sie ihre Stöckelschuhe tragen. Ein tiefes Gefühl der Genugtuung erfüllt mich. Das wird mich morgen in der Schule nicht retten. Genauso wenig wie im Basketball-Training. Vom heutigen Tag an bin ich weniger als ein Außenseiter. Ich bin ein totaler Freak, unfähig mein Handeln in irgendeiner Weise zu erklären. Es war naiv von mir zu glauben, ich könnte meiner Welt auf Dauer mein kleines Theater vorspielen und damit durchkommen. Aber jetzt, in diesem Moment, fühlt sich alles genau richtig an, so, wie es ist. Wir haben zwei Dschinn erledigt. Ich habe meinen Teil dazu beigetragen. Und Jakob hat wegen mir Jana in die Schranken gewiesen. Das ist vielleicht das Beste von allem. Ich blicke in sein verärgertes Gesicht und beschließe, dass ich Sylvias Rat nicht beherzigen werde. Lieber will ich leiden, als mein Herz zu verschließen. Wenn das mein Schicksal ist, werde ich lernen, es zu ertragen.

2:1 gegen Erik

Es ist ein Spießrutenlauf. Ich wusste ja, dass Jana der ganzen Schule in den schillerndsten Farben von meinen Flirts in der Disco erzählen würde. Dass es aber so schnell die Runde macht, hätte ich nicht gedacht. Als ich meine Klasse betrete, kommt es mir so vor, als verstumme jedes Gespräch. Die meisten meiner Mitschüler starren mich offen an, andere schauen betreten in die entgegengesetzte Richtung. Emma und Amelie weichen meinem Blick aus und kramen fahrig in ihren Schultaschen herum.

»Oh«, sagt Jana, während ich an ihr vorbeilaufe. »Da kommt die Discoqueen persönlich!«

Ich ignoriere sie und setze mich an meinen Tisch in der vorletzten Reihe. Von hier aus muss ich wenigstens nicht in all die sensationsgierigen Gesichter schauen. Am Tisch rechts von mir sitzt Bodo, unser Klassenclown. Er hat fast immer irgendeinen lockeren Spruch auf den Lippen und glänzt in erster Linie durch seine Leistungen im Verschlafen und Blaumachen. Auch er scheint bereits gehört zu haben, dass ich gestern Nacht einen Rekord im Schnellbaggern aufgestellt habe und dabei äußerst freizügig gekleidet war. Ich kann davon ausgehen, dass Jana die Geschichte noch um zahlreiche Details erweitert hat.

»Hey, Melek«, sagt er so laut, dass es garantiert die ganze Klasse versteht. »Gehst du mit mir auch mal in die Disco? Ich wusste gar nicht, dass du so heiß sein kannst!«

Jana bekommt einen hysterisch klingenden Lachanfall, ein paar von den anderen fallen mit ein.

»Nein danke«, brumme ich. »Kein Interesse.«

»Echt nicht?«, frotzelt Bodo. »Worauf genau stehst du denn?«

Als ich nicht antworte, spricht Jana für mich.

»Ach Bodo, mach dir keinen Kopf. Melek ist im Moment damit beschäftigt, ihre Tarnung aufrecht zu erhalten. Sprich sie einfach abends an, wenn sie in Fahrt ist. Dann kannst du bei ihr landen.«

»Ah«, macht Bodo. »Danke für den Tipp, Jana, ich werd's mir merken.«

Es fühlt sich schrecklich an, als leichtes Mädchen zu gelten. Man wird praktisch zu Freiwild erklärt, das jedermann sich jederzeit nehmen kann. Bodo ist in keiner Weise an mir als Person interessiert. Das war er noch nie. Er sieht im Moment nichts anderes in mir als ein Stück Fleisch. Wie erniedrigend, wie abgrundtief widerlich! Ich wünschte, Erik wäre in meiner Klasse und würde mir zu Hilfe kommen.

Ich bin richtig froh darüber, dass in diesem Moment unser Biolehrer das Zimmer mit einem Berg Papier auf dem Arm betritt.

»Alle Bücher in die Taschen, alle Stifte raus, es geht los!«, ruft er gut gelaunt.

Er teilt die Arbeit aus und kontrolliert einige von uns auf Spickzettel. Mich hat er nicht im Verdacht. Wahrscheinlich hat ihm noch niemand von meinem Doppelleben erzählt.

Dank meiner guten Vorbereitung kann ich alle Fragen bis auf eine beantworten. Die letzte Frage reime ich mir irgendwie logisch zusammen und gebe das Blatt in Rekordzeit ab. Ich will raus in die Sonne und wenn es nur für 15 Minuten ist. Als ich meine Tasche packe und an den anderen vorbei zur Tür gehe, pfeift mir ein Junge aus der ersten Reihe hinterher. Ich tue so, als hätte ich es nicht gehört und verschwinde möglichst ohne meinen Schritt zu beschleunigen.

Draußen überlege ich kurz, ob ich Kopfschmerzen vortäuschen und nach Hause fliehen soll. Aber es hätte ja doch keinen Zweck. Die Situation in der Schule wird morgen nicht anders sein. Ich könnte Erik aus dem Unterricht holen. Er hat sein Handy immer auf lautlos, würde also sehen, dass ich angerufen habe und wüsste sicher eine Ausrede, um zu verschwinden. Das wäre vielleicht heilsam für mich, aber auch feige. Ich kann mich nicht immer hinter ihm verstecken. Also sitze ich eine Viertelstunde auf dem Lehrerparkplatz herum und kaue auf meinen Fingernägeln, bis es zur zweiten Stunde klingelt. Diesmal warte ich, bis der Deutschlehrer drin ist, bevor ich die Klasse betrete.

Dafür ernte ich nun keine Kommentare mehr, sondern nur vielsagende Blicke. Die Stunde zieht sich ewig hin, denn das Thema passt leider nur zu gut zu meiner Situation. Es geht um den größten Frauenhelden der englischen Literaturgeschichte, William Shakespeare. Wir besprechen einige seiner Sonette und mir wird dabei immer unwohler zumute. Schließlich ist Bodo an der Reihe, eine Textpassage aufzusagen. Er stellt sich übertrieben in Pose und rezitiert seinen Abschnitt schmachtend in meine Richtung:

»Wie Sonnen sind der Liebsten Augen nicht, noch ist korallenrot ihr Lippenpaar, die Brüste gleißen nicht wie Schnee im Licht, nicht goldne, schwarze Fäden sind ihr Haar.«

Ein paar der Mädchen fangen an zu kichern, doch Bodo lässt sich nicht beirren:

»Damaskerrosen sah ich, rot und weiß in Gärten stehn – auf ihren Wangen nicht. Parfüme duften süßer oft, ich weiß, als Atem, der aus ihrem Munde bricht.«

Unser Deutschlehrer würdigt den beleidigenden Vortrag sogar mit einem kleinen Szenenapplaus. Wahrscheinlich hat er selber nicht verstanden, dass der Text nicht von inniger Liebe handelt, sondern von genau der Art Freiwild, wie ich es im Moment bin. In mir taucht der Wunsch auf, meiner gesamten Klasse die Dschinn auf den Hals zu hetzen. Wenn ich es könnte, würde ich es tun. Als es endlich zur Pause läutet, verschwinde ich zur Caféteria, bevor irgendjemand mich noch einmal ansprechen kann.

Erik hat bereits unseren Schokoshake besorgt und sitzt wartend in der Ecke. Ich lasse mich wie ein nasser Sack neben ihn fallen.

»So schlimm?«, fragt er.

Ich nicke.

»Hast du wenigstens die Klausur geschafft?«

»Ja … Danke nochmal.«

Er hält mir den Getränkebecher hin und ich ziehe ein paarmal geräuschvoll an dem Strohhalm.

»Ich bin die neue Schulschlampe«, teile ich ihm mit, und versuche dabei, mir meine Verletzung nicht anmerken zu lassen. Was natürlich misslingt.

Erik nimmt meine Hand, doch ich ziehe sie weg. Nicht einmal seine Zuneigung kann ich im Moment ertragen, obwohl ich weiß, dass sie ehrlich gemeint ist. Er seufzt.

»Gestern Abend hatte ich sie erst noch davon überzeugen können, dass es sich um eine Wette handelt«, gesteht er.

Ich gebe ihm den Schokoshake zurück und starre auf den Boden vor mir.

»Aber dann?«

»Aber dann wurde mein Schauspiel wohl weniger überzeugend. Ich hatte Angst um dich und ich war ... nicht erfreut über das Ganze.«

»Nicht erfreut«, wiederhole ich begriffsstutzig. Erik schweigt.

»Du weißt genau, was ich meine. Und ich war nicht der Einzige, dem es so ging.«

Die Wendung, die dieses Gespräch nimmt, gefällt mir nicht. Ich versuche auf die Situation in der Klasse zurückzukommen, aber Erik schneidet mir das Wort ab.

»Er hat dich die ganze Zeit angestarrt und ein paarmal dachte ich, er würde dem Typen an den Kragen gehen anstatt der Dschinniya.« Die Erinnerung scheint ihn so zu erregen, dass er im ungünstigsten Augenblick seine Stimme erhebt.

»Sei leise!«, herrsche ich ihn an. »Und nenn ihn endlich beim Namen: Er heißt Jakob!«

Erik verschränkt beleidigt die Arme und dreht sich ein Stück von mir weg. Aber das Thema lässt er zumindest vorerst fallen. Wir sitzen die ganze Pause über so da und reden so gut wie gar nichts mehr. Erst, als es zur dritten Stunde klingelt, wagt er einen neuen Vorstoß.

»Wir könnten auch hier in der Schule ein Paar sein, genau wie bei deinen Eltern. Vielleicht würde es helfen, um die Gerüchte zu zerstreuen.«

Er hat ja keine Ahnung, wie unmöglich es mir seit gestern Abend geworden ist, seine Freundin zu spielen! Ich bin froh, wenn ich das vor den Augen meiner Eltern hinbekomme. Wenigstens in der Schule will ich unabhängig sein. Selbst wenn das bedeutet, dass ich mich noch länger so schlecht fühlen muss wie jetzt. Außerdem würde es alles nur noch schlimmer machen.

»Nein … nein, es würde nicht helfen«, sage ich. »Im Gegenteil. Dann bin ich kein einfaches Flittchen mehr, sondern ein Flittchen, das seinen Freund betrügt. Das Einzige, was wir tun können, ist, die Sache auszusitzen.«

Erik versucht nicht mich von seiner Idee zu überzeugen.

»Dann sitzen wir es eben aus«, sagt er resigniert.

Bevor er mich an meiner Klassentür wieder dem Mobbing meiner Mitschüler überlässt, fasst er noch einmal nach meiner Hand und drückt sie. Diesmal lasse ich es zu. Es fühlt sich gut an. Freundschaftlich.

»Ich bin da, wenn du mich brauchst«, sagt er. Dann verschwindet er um die Ecke und hinterlässt ein tiefes Loch in meiner Verteidigung. Ich seufze, öffne die Klassentür und stelle mich der Fortsetzung des Spießrutenlaufs. Augen zu und durch, sage ich mir und marschiere entschlossen zu meinem Platz.

***

Das Basketballtraining am Nachmittag ist weniger schlimm, als ich befürchtet hatte. Emma und Amelie halten sich zwar von mir fern, aber der Rest der Mannschaft interessiert sich nicht für die Gerüchte um mich oder hat noch nicht davon gehört. Ich schleppe mich eher lustlos durch das Training und beantworte Fragen nach dem Stand meiner Spielerkarriere knapp und ausweichend. Paul gibt sich heute besondere Mühe, uns zu schikanieren, aber gegen Alberts Bootcamp ist das bisschen Zirkeltraining, das er uns zumutet, die reinste Erholung. Es ist völlig unmöglich, dass mein Körper sich innerhalb einer Woche bereits so verändert hat. Was ich aushalten kann und was nicht, ist eine reine Kopfsache. Wieder einmal wird mir klar, wie sehr Jakob die Maßstäbe in meinem Leben verändert hat.

Nach dem Training treffe ich Erik draußen vor der Turnhalle. Er steht an denselben Baum gelehnt wie letzte Woche. Mir kommt es vor, als sei dieser Anblick Jahre her. Wir gehen zusammen in die Stadt und suchen nach dem Schustergeschäft, das Sylvia mir empfohlen hat. Nach einigem Umherirren finden wir es schließlich versteckt in einem dunklen Hinterhof in der Oberstadt. Die Gasse ist mit holprigen Kopfsteinen gepflastert, die an manchen Stellen ganz grün sind, weil so selten die Sonne darauf scheint. An einem Tag wie heute ist die Abkühlung im Grunde ganz angenehm. Ich frage mich nur, wer sich außer uns je in diese Ecke verirrt. Der Schuster muss ein echter Hungerleider sein.

Hätte Erik nicht zufällig das Klingelschild mit der Aufschrift »Walter Dönges, Schuhmacher«, gesehen, wären wir an dem Geschäft sicher noch hundertmal vorbeigelaufen. Die verwitterten Eingangsstufen führen nach unten ins Souterrain. Die Haustür ist massiv und mit gusseisernen Sprossen versehen. Sie sieht verschlossen aus.

Wir schauen uns argwöhnisch an, aber als ich die Klinke drücke, öffnet sich die Tür und ein altmodisches Glöckchen an der Decke kündigt uns an. Eine Dunstwolke aus Zigarettenqualm und abgestandener Luft schlägt uns ins Gesicht.

»Ich glaube, es gibt noch einen anderen Schuster unten in der Flussgasse!«, flüstert Erik mir ins Ohr. Aber ich schüttele den Kopf. Sylvia hat von exakt diesem Mann gesprochen und dafür wird sie ihre Gründe gehabt haben.

Auf das Klingeln seines Glöckchens hin kommt der Schuster durch einen verschlissenen Samtvorhang aus einem Hinterzimmer in den Verkaufsraum geschlurft. Bei seinem Anblick bekomme selbst ich ein leichtes Herzflattern. Er ist ein großer, untersetzter Mann mit ungewaschenen Haaren und stoppeligem Bart. Sein Gang ist so geräuschvoll, weil er ein Bein nachzieht. In seinem Mundwinkel hängt eine fast abgebrannte Zigarette mit einem gefährlich langen Ascheschlauch. Aber das Schlimmste ist sein rechtes Auge. Milchig-weiß und glanzlos starrt es wie tot aus der Höhle. Darüber läuft eine tiefe Narbe von der Stirn bis zur Wange. Dass er keine Augenklappe darüber trägt, kann ich nicht verstehen. Allein, um seinen Kunden den wüsten Anblick zu ersparen!

»Was kann ich für euch tun?«, fragt er nach einer kurzen Pause. Seine Stimme steht im krassen Gegensatz zu seinem Äußeren. Sie klingt melodisch, fast wie die dumpfen Töne eines Kontrabasses. Da erst wird mir bewusst, dass wir ihn anstarren. Ich räuspere mich.

»Guten Tag«, sage ich. »Ich brauche ein paar schwarze Lederstiefel. Keine Absätze. Für den täglichen Gebrauch.«

»Ich auch«, sagt Erik. »Das Gleiche.«

Ich schaue ihn verwundert an.

»Vorsorge ist besser als Nachsorge«, meint er mit einem Grinsen und stupst mich in die Seite.

Der Schuster verfolgt unseren Wortwechsel skeptisch und runzelt die Stirn. Dann streckt er mir aus heiterem Himmel die linke Hand hin und stellt sich vor.

»Walter Dönges«, sagt er.

Ich drücke seine Hand ohne nachzudenken. Da dreht er sie um und öffnet meine Finger. Im gleichen Moment, in dem er mein Tattoo zu sehen bekommt, sehe ich seins. Ich verstehe nicht was das zu bedeuten hat. Der Schuster verzieht sein verunstaltetes Gesicht zu einem Lächeln, als könnte er Gedanken lesen.

»Wieso ... haben Sie diese Tätowierung?«, frage ich ihn.

»Wieso hast du sie?«, gibt er zurück.

»Ich ... na ja, ich bin ...«, stammle ich.

»Jung? Aktiv?«

So etwas in der Art hatte ich sagen wollen. Ich nicke. Statt einer Erklärung fasst er nun nach Eriks Hand, streift kurz mit seinem gesunden Auge über die unberührte Haut und lässt ihn dann wieder los.

»Melek Weber und Erik Sommer«, stellt er fest. »Ich habe es gleich geahnt, als ihr hier reingekommen seid.«

Ich bin ehrlich erschüttert darüber, dass wildfremde Menschen meinen Namen kennen. Und selbst Erik scheint mittlerweile zum Inventar zu gehören. Er sieht genauso erstaunt aus wie ich.

»Woher kennen Sie uns?«, fragt er.

Der Schuster nimmt nun endlich die stinkende Zigarette aus dem Mund und drückt sie direkt auf der Tischplatte aus. Dann grinst er wieder sein groteskes Grinsen und wendet sich an mich. Sein linkes Auge durchbohrt mich förmlich.

»Gefallen dir die beiden Berettas, mit denen du schießt?«, fragt er. »Sie sind deine Lieblinge, hab ich Recht? Und die Massen an Silberpfeilen, die ihr letzten Sonntag zum Spaß gespalten habt. Hast du je darüber nachgedacht, wer das alles für euch besorgt?«

Wir befinden uns also in der Untergrundbehausung eines Waffenschiebers. Und das mitten im idyllischen Luftkurort Biedenkopf. Keine 100 Meter vom Hinterlandmuseum und seiner Trachtenausstellung entfernt. Die Schuhmacherwerkstatt kann nicht mehr als eine Kulisse sein, denn in Wahrheit lebt Walter Dönges offenbar von ganz anderen Geschäften. Diese Erkenntnis müsste auf ein normales Mädchen eigentlich beängstigend wirken. Ich aber fühle eine sachte Erregung in meiner Brust aufflackern.

»Warum haben Sie das Zeichen noch?«, frage ich ihn und halte dabei dem stechenden Blick seines gesunden Auges stand. »Die anderen Veteranen haben es entfernen lassen.«

»Alles eine Frage der Einstellung«, antwortet er, ohne den Blick von mir zu wenden. »Ich für meinen Teil habe mich nie sicher genug gefühlt, um es herzugeben. Oder um eine Frau und Kinder mit mir zu belasten. Wir führen unseren kleinen Kampf einfach weiter, die Dschinn und ich.«

»Wie meinen Sie das?«, mischt Erik sich ein. »Sind Sie so eine Art Rambo oder was?«

Der Schuster lacht herzhaft. Das passt so gar nicht zu seiner lädierten Gestalt. Dann wird er plötzlich wieder ganz ernst.

»Das ist gar nicht so weit hergeholt«, antwortet er und steckt sich dabei eine neue Zigarette an. »Am Anfang war ich das. Aber mit der Zeit haben die Alben – pardon, die Dschinn – die Lust an mir verloren. Gefühle scheinen besser zu schmecken, wenn die Opfer jung sind. Ich bin wohl nicht mehr besonders appetitlich. Hin und wieder laufe ich noch zufällig einem von denen über den Weg. Manche hauen ab, wenn sie das Bannzeichen sehen. Andere werden ungehalten. Dann registrieren sie, dass keine Truppe in der Nähe ist und greifen an. Zu dumm, dass ich niemals unbewaffnet bin. Ich hab ein paar von denen noch zehn Jahre nach meiner Pensionierung erledigt!«

Er wirkt unheimlich stolz, als er das erzählt. Nun weiß ich auch, woher er seine Verletzungen hat. Welche weiteren Narben und Entstellungen sich unter seiner Kleidung verstecken, will ich mir gar nicht vorstellen. Was für ein grauenvolles Dasein!

»Sie haben sie gerade Alben genannt«, hakt Erik nach.

»Ja, Alben. So nannten wir sie in den 80ern. Das war meine Zeit.«

»Sie waren ein Volltreffer«, stelle ich fest. Aus irgendeinem Grund bin ich mir da völlig sicher.

»Volltreffer«, sagt er und grinst. »Meine Lieblingswaffen waren ebenfalls Pistolen. Ich bin froh, dass es nun endlich jemanden gibt, der diese Leidenschaft teilt.«

Erik sieht mich schief von der Seite an.

»Das wusste ich noch gar nicht«, sagt er.

»Ich weiß es auch erst seit vorgestern«, murmele ich.

»Ich hingegen wusste es von Anfang an«, trumpft Dönges auf. »Von Sylvia.«

Er drückt auch seine nächste Zigarette auf der verkohlten Tischplatte aus und weist mit der Hand auf das bisschen Platz in der Mitte des Raumes.

»Ladies first. Bitte Aufstellen zum Maßnehmen!«

Er kann also tatsächlich auch schustern. Das hätte ich mir ja gleich denken können. Alles, was die Talente oder die Veteranen auf die Beine stellen, ist grundsätzlich bis ins Detail durchdacht. Ein als Schuster getarnter Waffenschieber muss natürlich etwas von seinem angeblich gelernten Handwerk verstehen, um nicht aufzufliegen. Damit aber nicht zu viele Kunden ihn von seinem eigentlichen Geschäft ablenken, hat er sich für die schattige Gasse und den unattraktiven Ladeneingang entschieden.

Dönges legt ein verblüffend sauberes Papier auf den Boden und bittet mich, die Schuhe auszuziehen und mich darauf zu stellen. Dann geht er umständlich mit seinem steifen Bein in die Knie, zeichnet den Umriss meiner Füße auf und nimmt an verschiedenen Stellen Maß. Die Werte schreibt er auf das Blatt und markiert die entsprechenden Stellen.

Während er arbeitet, schaue ich mich zum ersten Mal genauer in seinem Laden um. Da lagern verstaubte Dosen mit Schuhcreme, die sicher seit Jahren in den Regalen vor sich hingammeln. An der Wand hängt ein vom Zigarettenqualm vergilbtes Sortiment ehemals bunter Schnürsenkel, daneben stehen ein paar Kartons mit Sandalen und Oma-Schuhen. Das Einzige, das hin und wieder in Gebrauch zu sein scheint, ist das Regal hinter mir, in dem jede Menge Holzleisten liegen.

»Die oberen elf sind von der aktuellen Truppe«, sagt Dönges, der meinem Blick gefolgt ist. »Mit den Maßen kann ich dir deine eigenen Leisten anfertigen.«

Er steht umständlich auf und zerrt an einer Holzkiste im unteren Abschnitt des Regals.

»Wenn sie eines Tages hier drin landen, dann sind entweder deine Füße gewachsen, oder du bist tot.«

Nachdem er mit mir fertig ist, nimmt er ebenso sorgfältig Eriks Maße. Ich kann kaum dabei zusehen, wie er seinen kaputten Körper dazu zwingt, sich auf dem Boden niederzulassen. Zeitweise nimmt er dabei Haltungen ein, die den Eindruck erwecken, kein einziger seiner Knochen sei mehr völlig heil.

»Ich bin gespannt, was aus dir wird«, sagt er zu Erik, nachdem er sich mühsam wieder hochgerappelt hat. »So wie ich das sehe, macht es Sinn gegen Jakob zu wetten.«

»Es gibt Wetten?«, frage ich entgeistert.

»Natürlich«, schmunzelt Dönges und klemmt unsere Maßangaben unter einen klobigen Briefbeschwerer auf seinem Ladentisch. »Sie wetten alle. Haben ja sonst keinen Spaß.«

»Sie?«

»Ja, Talente, Veteranen … eben jeder, der Erik schon mal gesehen hat.«

Erik fasst sich als erster wieder. Ich bewundere ihn für seine Ruhe, als er fragt:

»Und wie stehen die Wetten?«

»Momentan 2:1 gegen dich. Jakob tippt auf Fehlgeburt.«

»Das hätte er wohl gern«, grollt Erik. »Und was glauben Sie?«

Dönges steckt sich seine dritte Zigarette an, inhaliert den Rauch und bläst ihn Erik ins Gesicht. Der kämpft zwar sichtbar mit einem Hustenreiz, versucht aber sich nichts anmerken zu lassen.

»Ich könnte mir vorstellen, dass du Rafail ersetzt. Du bist für dein Alter ziemlich kräftig. Zwei Jahre bei Albert und du kannst es zumindest mit den schwächeren Dschinn aufnehmen. Die anderen erledigt deine Freundin für dich.«

Er grinst mich an und ich grinse zurück. Mittlerweile habe ich mich an sein milchiges Auge gewöhnt und empfinde den Anblick nicht mehr als ganz so abschreckend. Erik scheint mit dieser Prognose weniger zufrieden zu sein als ich.

»Schöne Aussichten«, brummt er. »Zwei Jahre! Und dann die Schwachen für mich und die Starken für sie. Das ist echt erbärmlich!«

Wir lachen. Wenn Dönges mit seiner These Recht hat, dann hat er sich soeben umsonst abgemüht, denn in zwei Jahren wird Erik mindestens drei Schuhgrößen mehr haben. Er ist jetzt schon bei 45.

Als wir uns von dem missgestalteten Schuster verabschieden und wieder auf die Sonnenseite von Biedenkopf zurückkehren, grummelt Erik noch eine ganze Weile vor sich hin. Ich kann das gut verstehen. Er ärgert sich über die Tatsache, dass Jakob gegen ihn gewettet hat. Das Verhältnis der beiden zueinander ist vertrackt. Einerseits ordnet sich Erik seinem möglichen künftigen Anführer genauso unter wie wir Talente. Aber auf einer ganz anderen Ebene sind sie ebenbürtige Konkurrenten und beide werden einander keinen Spielraum für irgendwelche Vorstöße lassen. Ich wünschte, ich hätte mit Letzterem nichts zu tun.

Wir sind kaum am Bahnhof angekommen, da piepsen unsere Handys gleichzeitig und wir empfangen jeder eine SMS von Jakob. Es sieht ganz nach einem Rundschreiben aus:

»Heute Abend habt ihr alle frei. Keine Ausfälle erkennbar. Erholt euch gut. Morgen um 10 Uhr bei Albert.«

Ein Teil von mir ist regelrecht enttäuscht. Es ist derselbe Teil, der vor einer Woche entschieden hat, gegen jede Vernunft mein Leben in die Hand eines geheimnisvollen Unbekannten zu legen. Das Stück von mir, das nur zu gern hinter den Samtvorhang des Schusters geschaut hätte, das sich am wohlsten fühlt, wenn es dunkel ist und Gefahr in der Luft liegt. Mein anderer Teil sehnt sich einfach nach Ruhe. Aber niemand außer mir – und vielleicht Sylvia – weiß, dass der erste Teil mit jedem Tag, der vergeht, mehr an Oberhand gewinnt. Es ist fast so, als hätte ich 16 Jahre lang in einer Art Dornröschenschlaf gelegen und wäre letzte Woche wachgeküsst worden. Jetzt will ich endlich leben, wofür ich bestimmt bin. Und das Gefühl, das mich dabei begleitet, ist in manchen Momenten richtig dunkel und zerstörerisch. Gut möglich, dass Sylvia das mit ihrer Prophezeiung gemeint hat: Dass ich die dunkle Seite anziehe.

»Wunderbar«, sagt Erik. »Ein ganzer Abend ohne Blutvergießen und Gefühlsprostitution. Was für ein Geschenk des Himmels!«

Er sieht mich erwartungsvoll an, aber alles, was ich zustande bringe, ist ein halbherziges Grinsen.

»Du bist nicht erfreut darüber«, stellt er fest.

»Doch …«, flunkere ich ziemlich schlecht. »Ich bin müde und froh über eine Mütze voll Schlaf.«

Eine Weile betrachtet Erik mich von der Seite. Ich weiß, dass er mich durchschaut hat. Dann macht er den Mund auf, entscheidet sich aber im letzten Moment, den Gedanken nicht auszusprechen, der ihm auf der Zunge liegt. Ich ahne, was er denkt, aber das ist nur ein Teil der Wahrheit. Den Hauptgrund für mein Bedauern wird er nie verstehen. Erik lässt sich auf die ganze Sache nur ein, weil ich dabei bin. Er wird die Armee niemals als sein Schicksal sehen, wie ich.

»Es hat nichts mit Jakob zu tun«, behaupte ich. »Ich hab einfach nur Probleme, mich auf Änderungen im Tagesplan einzustellen.«

»Schon gut«, sagt Erik. Aber als ich in den Zug steige und keine Zeit mehr habe, um mir eine entsprechende Antwort zu überlegen, gibt er mir noch mit: »Das mit dem Lügen wirst du nie lernen.«

Dann schiebt sich die Tür des Waggons zwischen uns und ich habe keine Gelegenheit mehr, ihn eines Besseren zu belehren.

Das peinlichste Gespräch der Welt wird unvermeidbar

Es sind genau zwölf Nüsse, die am nächsten Morgen auf meinem Fensterbrett liegen, sorgfältig in Herzform arrangiert. Tina scheint meinen Dschinn ganze zwei Tage außer Gefecht gesetzt zu haben. Nun ist er wieder einsatzbereit und verfolgt weiter seinen Plan als Don Juan in Eichhörnchengestalt. Ich würde gerne wissen, wie lange das noch so weitergehen soll. Wie immer verfrachte ich das Morgengeschenk achtlos Richtung Waldboden und knalle das Fenster wieder zu. Ich bin ziemlich froh, dass mich seit dem Gespräch mit Henry und Mike niemand mehr nach dem Eichhörnchen gefragt hat. Scheinbar denken alle, ich hätte mich mittlerweile beruhigt und würde keine Fantastereien mehr an den Tag legen.

In der Küche spüle ich im Stehen zwei Käsebrote mit einem Glas Milch hinunter und packe meine Sporttasche. Meine Eltern liegen noch im Bett. Gut so, ich habe ohnehin keine Lust auf Gespräche über Themen, die nichts mit meinem Leben zu tun haben. Genau wie letzte Woche nehme ich den Neun-Uhr-Zug nach Biedenkopf und bin viel zu früh im Fitnessstudio. Aber diesmal fühle ich mich heimisch genug, um mich selbstständig auf dem Laufband aufzuwärmen, während ich warte, bis der Zeiger der Uhr auf zehn vorrückt. Erst als ich schon eine Weile vor mich hin jogge, fällt mir auf, dass der Raum nebenan, der fast vollständig mit Hanteln ausgestattet ist, bereits zum Großteil mit Talenten besetzt ist. Sehr viele andere Gäste wagen sich scheinbar nicht hinein. Ich erkenne Lennart und Rafail, Kadim, Henry, Mike und Nadja. Sie stehen alle vor den Spiegeln, bewegen die Gewichte auf und ab und beobachten dabei genau das Spiel ihrer Muskeln. Den Ausdruck auf ihren Gesichtern kann ich nicht vollends deuten. Es könnte Konzentration sein, gemischt mit einem kleinen Anflug von Arroganz. Ich bin so versunken in die Szene, dass ich gar nicht merke, wie plötzlich jemand mein Laufband abschaltet. Die Geschwindigkeit verringert sich so rasant, dass ich um ein Haar von dem Gerät gestürzt wäre. Reflexartig greife ich nach den Haltegriffen und fange mich auf. Vor mir steht Albert, zwei dicke Zornesfalten zwischen den Augenbrauen.

»Runter von dem Laufband!«, herrscht er mich an.

Ich bin so perplex, dass ich in Sekundenschnelle abspringe.

»Willst du abnehmen, ja? Ihr verdammten Weiber versteht einfach nicht, worauf es ankommt!«, blökt er mich an.

Ein Wutklumpen entsteht in meinem Bauch. Ich würde ihm gern sagen, dass ich leider nicht weiß, was ich falsch gemacht habe, weil niemand es mir erklärt hat. Stattdessen presse ich die Lippen aufeinander und schweige. Albert setzt zu einer regelrechten Beschimpfungsrede an. Er reiht praktisch eine Beleidigung an die andere.

»Deine Arme sind so dünn wie Spinnweben. Deine Beine tragen dich im Sprint keine zweihundert Meter weit. Deine Schultern hängen, dein Bauch hat keine Kontur und dein Trizeps ist überhaupt nicht vorhanden. Und dann stellst du dich auf das Laufband und willst eine halbe Stunde lang Fett verbrennen?«

Ich habe keine Ahnung, welche Laus ihm heute über die Leber gelaufen ist. Es muss ein besonders fieses Exemplar gewesen sein, denn Albert hat es definitiv auf Unschuldige abgesehen.

»Tut mir leid, ich hatte keine Ahnung, wie schlimm es um mich bestellt ist«, sage ich so selbstbewusst wie möglich. »Gib mir einen Hinweis, was ich besser machen kann und ich werde es tun.«

Er runzelt noch einmal die Stirn, als sei er nicht ganz sicher, ob ich es ernst meine. Dann deutet er mit dem Zeigefinger auf den Tresen am Eingang.

»Lass dir einen Eiweißshake geben und dann geh zu den anderen. Wärm dich auf dem Fahrrad oder mit leichten Gewichten auf. Oder setz dich auf deinen Hintern und warte, bis der Kurs losgeht. Mach von mir aus, was du willst, aber bleib von der Kalorienschleuder weg!«

»Ist gut«, sage ich gepresst. »Danke, Albert.«

Er dreht mir den Rücken zu und stolziert zum Trainerraum – die Oberarme gespreizt, die Schultern so breit wie ein Gorilla. Ich schaue ihm ungläubig hinterher, bevor ich mir den Eiweißshake hole und mich darüber wundere, dass niemand dafür Geld von mir haben will.

Zwischen dem Hauptraum des Fitnessstudios und dem Hantelraum gibt es eine unsichtbare Mauer. Die meisten Gäste spüren instinktiv, dass sie sich lieber mit den Geräten zufriedengeben sollten. Nur ein paar ganz mutige Halbstarke versuchen sich an der Bankpresse. Aber als Rafail einen von ihnen mit nur einer Hand von seinem drückenden Gewicht befreit, verschwinden auch sie.

Ich winke schüchtern in die Runde und hole mir zwei leichte Hanteln. Damit stelle ich mich neben Nadja vor dem Spiegel auf und imitiere ihre Bewegungen. Es fällt mir schwer, das zuzugeben, aber bei genauerem Hinsehen erkenne ich durchaus die Schwachpunkte, von denen Albert gesprochen hat. Nadja strotzt nicht gerade vor Muskeln wie Tina und die Jungs, doch ihre Oberarme sind klar definiert, ihre Beine härter und muskulöser als meine.

»Wie lange machst du das schon?«, frage ich sie.

»Zwei Jahre, aber Albert ist überhaupt nicht zufrieden mit mir«, sagt sie. Scheinbar hat sie unseren kleinen Disput vorhin mitbekommen.

»Mit mir auch nicht«, entgegne ich schwach.

»Sieh das mal nicht so eng, Melek«, sagt Nadja. »Du bist erst seit einer Woche dabei. Und so wie ich die Sache einschätze, wirst du alles tun, um Tina auszustechen. In ein paar Monaten kriegst du sicher auch mal was Nettes zu hören.«

Das sind ja schöne Aussichten.

»Warum hat Albert so schlechte Laune?«, frage ich, ohne meinen Blick vom Spiegel zu wenden. Nadja blickt sich kurz im Raum um, um sicherzugehen, dass keine ungebetenen Zuhörer in der Nähe sind.

»Er hatte Streit mit Henry«, nuschelt sie dann. »Er war nicht zufrieden mit seiner Leistung am Donnerstag.«

Ich bin empört.

»Aber er hat zwei der Dschinn erwischt!«, wispere ich zurück.

»Eben. Es waren aber drei.«

»Aber dafür konnte Henry doch nichts!«

Sie legt die Hanteln beiseite und zuckt mit den Schultern.

»Albert sieht das anders. Er ist ein Arschloch, wenn du mich fragst. Zumindest, was Henry angeht.«

Zum ersten Mal bin ich froh, nicht in einer Familie von Talenten groß geworden zu sein. Was muss in den Veteranen vorgehen, wenn sie ihre eigenen Kinder so unbarmherzig zum Kampf antreiben wie Albert es tut? Ich blicke hinüber zu Henry, der sich gerade mit einer vollbepackten Langhantel abmüht und denke an den Tag, als er mich mit dem Speer besiegt hat. Albert sollte froh sein, dass er keine Tochter hat, die allein aufgrund ihrer genetischen Bedingungen immer ein Stück weit hinter den Jungs herhinken würde. Aber wahrscheinlich verhält es sich ohnehin so, dass man es ihm grundsätzlich nicht recht machen kann. Entweder war er selber früher so ein herausragender Kämpfer oder er hat derart versagt, dass er nun von seinem Sohn erwartet, seine eigene Schwäche wettzumachen.

Die ganze Sache wird nicht besser, als der Kurs beginnt und Erik sich unter uns mischt. Noch bevor ich ihn vorwarnen kann, verfrachtet Albert ihn zu Lennart und Rafail und stattet ihn mit jeder Menge Gewichte aus. Die Erklärungen, die er von sich gibt, sind mehr als dürftig, dafür grenzt sein Tonfall an Sklaventreiberei. Schon in der Aufwärmrunde kracht Erik unter der Last fast zusammen.

»Albert, nimm ihm zehn Kilo ab!«, sagt Lennart, der die Sache nicht mit ansehen kann. »Das ist Wahnsinn, er ist erst sechzehn!«

Noch bevor Albert antworten kann, rappelt sich Erik mitsamt der Stange in seinem Nacken auf und presst unter Stöhnen hervor:

»Siebzehn. Ich bin so gut wie siebzehn!«

Das ist wieder einer der Momente, in denen ich ihn für seine Entschlossenheit bewundere, denn er kann kaum aufrecht stehen, ohne zu schwanken. Albert wertet den Kommentar als Bestätigung:

»Wenigstens einer in diesem Haufen von Weicheiern, der weiß, worauf es ankommt!«

Alle bis auf Mike beißen die Zähne zusammen und halten den Mund. Doch der hat sich scheinbar zur Lebensaufgabe gemacht, den Schwachen und Notleidenden zu helfen.

»Wer Ohren hat, der höre, was der Geist der Gemeinde sagt!«, sinniert er. Zum ersten Mal sehe ich dabei ein verschmitztes Lächeln hinter seinem Haarvorhang hervorblitzen. Die anderen kichern, aber Albert wird vor Wut ganz rot im Gesicht. Er packt sich zwei Fünf-Kilo-Scheiben und knallt sie Mike vor die Füße.

»Du bist scheinbar nicht ausgelastet genug!«, zischt er.

Ich schaue hinüber zu Jakob, der mit unbewegtem Gesicht auf der anderen Seite steht. Er enthält sich jeglicher Meinung. Falls er tatsächlich glaubt, dass Eriks Talent nie zu Tage treten wird, hätte er noch einen Grund mehr, Albert zur Raison zu bringen. Dann wäre die Schinderei ja ohnehin umsonst. Aber er hält sich aus der Auseinandersetzung heraus, aus welchem Grund auch immer. Dabei verschwendet er nicht einen einzigen Blick in meine Richtung.

Erik quält sich zwanzig Minuten lang durch das Programm, ohne seine Last zu verringern, was im Grunde schon an ein Wunder grenzt. Dann zittern seine Arme so sehr, dass er die Hantel nicht mehr nach oben wuchten kann. Er setzt sie verärgert ab und entfernt an jeder Seite fünf Kilo. Nun hat er immer noch jeweils fünfzehn Kilo drauf, was fast dem dreifachen Wert meiner eigenen Ladung entspricht. Ich leide wirklich mit ihm, denn ich kann mir zumindest ansatzweise vorstellen, was er in dieser Stunde durchmacht. Dass weder Albert noch Jakob ihm zu Hilfe kommen, ist reine Schikane. Die ganze Zeit über vermeidet auch Erik es, zu mir hinüber zu sehen.

Ich bin heilfroh, dass uns die anschließende Stunde auf dem Spinningrad erspart bleibt. Das scheint nicht zum Samstagsprogramm zu gehören. Als der Kurs endlich vorbei ist, bin ich die Letzte der Talente, die im Foyer sitzt und immer noch Eiweißshakes trinkt, als Erik endlich aus der Umkleide kommt. Sein Gang ist schleppend. Er sieht unglücklich aus, als er mich sieht. Trotzdem lässt er sich auf das Sofa mir gegenüber plumpsen. Wahrscheinlich tragen ihn seine Beine einfach nicht mehr weiter.

»Schöne Pleite!«, sagt er. »Sieht ganz so aus, als würde unser allwissender Anführer wieder einmal Recht behalten.«

»Wie meinst du das?«, frage ich ihn.

»Das liegt doch auf der Hand, oder?«, brummt Erik. »Uns ist ja wohl allen klar, welches Talent ich entwickele, wenn es wirklich so weit komme sollte. Nur zu dumm, dass ich mit den beiden anderen Muskelprotzen überhaupt nicht mithalten kann!«

Sein Pessimismus nervt mich nun doch ein wenig.

»Das kannst du gar nicht wissen«, sage ich. »Weißt du, wie stark Lennart und Rafail am Anfang ihres Trainings waren? Hast du sie gefragt? Hör auf, dich zu bemitleiden, bevor du eine Ahnung hast, was wirklich Sache ist.«

Erik schüttelt den Kopf und legt die Beine auf den Tisch.

»Ich weiß nur eines«, sagt er schließlich. »Und zwar, dass ich keinen von denen ersetzen kann. Ich wüsste nicht, wie.«

Seit ich ihn kenne, habe ich Erik noch nie so schwarzseherisch erlebt. Auch das schiebe ich zum Großteil Albert in die Schuhe. Aber da ist noch etwas anderes: Ich glaube, es geht nicht nur um sein angebliches Versagen mit den Gewichten. Sondern auch darum, dass ich es miterlebt habe. Das erkenne ich an seinem ausweichenden Blick. Nun müsste ich wahrscheinlich etwas sagen, dass die Angelegenheit klärt und das schlechte Gefühl zwischen uns beseitigt. Eine totale Überforderung für mich!

»Warte einfach ab«, murmele ich. »Und sei nicht so streng mit dir. Das ist alles ziemlich anstrengend für dich. Immerhin bist du schwanger.«

Ich halte selber die Luft an, nachdem ich das gesagt habe. Falls Erik jetzt sauer auf mich ist, habe ich es verdient. Eine Sekunde lang starrt er mich mit offenem Mund an, als könnte er sich nicht entscheiden, wie er darauf reagieren soll. Dann verzieht sich sein Gesicht zu einem erschöpften Grinsen. Erst gluckst er zweimal, dann lacht er schallend los. Es ist einer dieser Lachanfälle, die von ganz unten kommen und unaufhaltsam sind, völlig unangemessen für den schwachen Witz, den ich gemacht habe. Eriks Anblick ist so befreiend, dass ich mit einfalle und mich auf meinem Sessel kringele, bis sämtliche Gäste von ihren Fitnessgeräten aus zu uns herüberschauen.

Wir lachen, bis uns die Tränen in den Augen stehen. Gerade, als ich mich wieder halbwegs beruhigt habe, kommt Albert mit hochrotem Kopf und einer Plastiktüte in der Hand auf uns zu gestiefelt und gestikuliert ärgerlich in unsere Richtung.

»Raus jetzt aus meinem Studio!«, zischt er uns entgegen. »Ihr vertreibt sämtliche Kunden!«

Sein Studio. Da wird mir einiges klar. Nun weiß ich auch, warum mir die Eiweißshakes umsonst zugespielt werden und jeder mich behandelt, als sei ich etwas Besonderes. Wir Talente sind wohl so eine Art VIP-Gäste.

»Schon gut, Albert. Wir gehen«, sagt Erik, macht aber keine Anstalten, sich hochzuhieven.

Albert drückt ihm die Plastiktüte in die Hand.

»Hier, fang mal damit an. Wenn es nicht bald besser wird, sprechen wir über weitere Maßnahmen.«

Erik wirft einen Blick in die Tüte und der Rest des Lachens verfliegt aus seinem Gesicht.

»Nein«, sagt er bestimmt. »Ich nehme keine Anabolika.«

»Das sind Vitamine und Muskelaufbaupräparate, du Idiot«, fährt Albert ihn an. »Keine Anabolika ... noch nicht.«

»Ich werde so etwas auch später nicht nehmen«, sagt Erik. »Entweder habe ich das Talent oder ich habe es eben nicht. Aber ich verspreche dir, dass ich das Zeug ansehen und dann entscheiden werde, ob ich es nehme.«

Albert starrt ihn eine Weile herausfordernd an, dann dreht er sich um und verschwindet zwischen den Geräten. Erik klatscht die Tüte neben sich aufs Sofa und lässt sich noch ein Stückchen tiefer in die weichen Kissen sinken.

»Trägst du mich raus?«, seufzt er.

»Ich würde es tun, wenn ich könnte.« Das meine ich ganz ehrlich.

»Na, wenigstens etwas, das du nicht kannst«, nuschelt er. »Diese verdrehte Welt ist gar nicht so leicht auszuhalten für mich, weißt du.«

»Ich bin mir nicht sicher, ob ich dir folgen kann.«

»Na, schau uns doch mal an! Ich soll Anabolika schlucken, damit ich wenigstens die schwachen Dschinn besiegen kann. Du schießt einfach auf die Starken. Ich bin die wehleidige Schwangere, du kannst es gar nicht erwarten, bis du das nächste Mal in den Krieg ziehen darfst. Das ist doch Irrsinn! Zeig mir einen Jungen, der das so locker wegstecken würde. Ich würde *ihn* gern mal in der Rolle erleben.«

»Er heißt Jakob.«

»Von mir aus.«

Ich finde zwar keine passende Antwort darauf, aber ich verstehe durchaus, was Erik meint. Er hat tatsächlich eine unheimlich gute Art, sich mit seinem Schicksal abzufinden. Besser, als die meisten Jungs es tun würden. Und ja: Besser, als Jakob es könnte.

Statt einer Antwort schenke ich ihm ein freundschaftliches Lächeln. Dann stehe ich auf und strecke ihm die Hand hin.

»Los, Muskelprotz, wir gehen!«

Er stöhnt angestrengt, schlägt aber ein und lässt sich von mir hochziehen. Dann angelt er sich die Plastiktüte vom Sofa und hinkt hinter mir her zu seinem Moped.

Erst als er sich in seine sperrige Lederjacke quält, fällt ihm plötzlich ein, dass der Tag noch nicht zu Ende ist.

»Was steht eigentlich heute Abend auf dem Programm?«, fragt er zögernd.

»Die Orakel haben nichts gesehen. Aber er ... Jakob ist sich nicht sicher, ob sie die Beachparty in Marburg wirklich ausfallen lassen.«

»Das heißt?«

»Eine Abgesandschaft geht hin.«

Erik verdreht die Augen.

»Bist du dabei?«

Ich nicke.

»Dann sag deinem Vater, er soll sich schon mal bereithalten. Der letzte Familienausflug ist ziemlich lange her. Ich könnte mal wieder ein paar Belehrungen über Drogendealer und Exhibitionisten gebrauchen.«

Jetzt bin ich diejenige, die seufzt. Kurz überlege ich, ob es möglich ist, Erik zum Daheimbleiben zu überreden, damit ich ungehindert aus dem Fenster steigen und nach Marburg trampen kann. Aber ich kenne ihn mittlerweile zu gut, um die Bitte überhaupt vorzutragen. Mit ihm zusammen werden meine Eltern mich außerdem legal gehen lassen. Alles andere wäre viel schwieriger.

»Kannst du um neun da sein?«, frage ich ihn.

»Wenn mein Körper mich nicht völlig im Stich lässt, ja.«

Er setzt den Helm auf und schwingt sich steif auf seine Maschine.

»Bis später, Melek!«

»Bis dann, Erik!«

Ich schaue ihm nach, bis er um die Ecke verschwunden ist und mache mich auf den Weg zum Bahnhof. Vom Dach der Lagerhalle neben mir maunzt eine Katze. Als ich zu ihr hinaufblicke, huscht sie davon, bevor ich mich entschieden habe, ob ihre Augen nun ein natürliches Grün hatten oder nicht. Den Rest des Heimwegs leide ich deshalb unter Verfolgungswahn.

***

Zu Hause erwartet mich eine Szene, die von vorne bis hinten so widerlich ist, dass ich mich seit Tagen gegen die Möglichkeit gewehrt habe, sie könnte tatsächlich passieren. Aber nun ist es so weit: Meine Eltern haben beschlossen, mit mir über Sex zu reden. Und zwar gemeinsam. Ich rieche den Braten schon, als ich das Wohnzimmer betrete, denn sie sitzen beide total steif nebeneinander auf der Couch und lächeln mir scheinheilig entgegen. Ich werde bei diesem Anblick ganz fahrig und krame nach einer Ausrede, um möglichst schnell zu entkommen. Aber da gibt meine Mutter schon den Startschuss. »Melek-Schätzchen, setz dich doch bitte mal kurz zu uns«, flötet sie und deutet auf den Sessel, der ihnen gegenüber wie zum Verhör aufgestellt ist.

Ich schlucke jede Erwiderung hinunter und beschließe, mich der Sache zu stellen, da sie ohnehin nicht vermeidbar ist. Irgendwie werde ich es schon schaffen, die peinlichen Ermahnungen meiner Eltern durchs eine Ohr in mich hinein- und aus dem anderen wieder hinausschweben zu lassen. Hoffentlich. Ich nehme auf dem Sessel Platz.

»Was gibt's denn?«, frage ich, obwohl ich sofort erkannt habe, worauf diese Sitzung hinausläuft. Aber ganz so einfach möchte ich es ihnen nicht machen.

Scheinbar haben sie sich abgesprochen, dass meine Mutter den Anfang macht, denn mein Vater lehnt sich im Moment noch einigermaßen entspannt zurück. Ihm gehört wahrscheinlich der zweite Teil.

»Nun ja«, sagt sie. »Es ist lange her, dass du unser kleines Mädchen warst …«

Du lieber Himmel! Sie fängt wirklich ganz von vorne an. Das kann ja heiter werden!

»Mittlerweile bist du schon fast eine richtige Frau, triffst seltsame Entscheidungen …«, ihr Blick wandert zu meinem Tattoo, »… und hast deinen ersten Freund.«

Ich beschließe, ihr nicht von Nico Wege zu erzählen, den ich mit zehn Jahren dazu überredet habe, sich beim Doktor-Spielen ganz auszuziehen. Jede Ablenkung, die ich vermeide, bringt mich früher hier raus. Nun räuspert sich mein Vater und sagt seinen Spruch auf. Sie sind wirklich gut aufeinander eingespielt. Wahrscheinlich haben sie vorher sogar geübt.

»Erik und du, ihr verbringt viel Zeit miteinander, sitzt stundenlang auf deinem Zimmer und geht abends miteinander fort, ohne, dass wir irgendwas von euch mitbekommen«, sagt er. Dann wird er unsicher. »Wir wissen daher nicht, wie ihr … also, was ihr … du weißt schon, was ich meine.«

Ich schüttele den Kopf, weil ich es einfach nicht lassen kann, ihn ein bisschen zu quälen.

»Melek«, greift meine Mutter ein, »wir müssen mit dir über Sexualität reden!«

Schwupps, da ist es heraus. Dabei hätte ich meinen Vater gern noch eine Weile schwitzen sehen.

»Ach«, sage ich. »Ich glaube, das ist nicht nötig. Wir sind immerhin erst eine Woche zusammen.«

Mein Vater sieht gleich etwas beruhigter aus. Schade eigentlich.

»Das heißt, ihr habt noch nicht …?«, versichert er sich.

»Nein, wir haben noch nicht miteinander geschlafen«, sage ich, in der vagen Hoffnung, dass das Gespräch damit erledigt ist. Aber natürlich reicht meiner Mutter diese Information nicht aus.

»Ich denke, du weißt, dass man nicht unbedingt miteinander schlafen muss, um schwanger zu werden«, sagt sie.

Jetzt wird es eklig. Fieberhaft suche ich nach Worten, um ihr glaubhaft zu versichern, dass ich garantiert nicht schwanger werde. Der einzig Schwangere unter uns ist schließlich Erik selbst. Ich kann nicht verhindern, dass sich der Anflug eines Lächelns auf mein Gesicht stiehlt. Meine Mutter interpretiert das sofort ganz falsch.

»Es reicht zum Beispiel völlig aus, wenn ihr euch …«

»Nein!«, unterbreche ich sie hysterisch. »Nein, das haben wir alles nicht gemacht!«

Ich kann meine Beine kaum noch davon abhalten, davonzulaufen.

»Wir sind beide … eher vorsichtig und langsam mit so was. Und wenn es einmal so weit ist, werden wir verantwortungsbewusst sein und verhüten. Ihr könnt euch auf mich verlassen!«, sprudele ich heraus. »Kann ich jetzt gehen?«

Meine Eltern blicken sich abschätzend an. Sie sehen noch nicht ganz überzeugt aus. Was zum Henker wollen sie von mir hören? Ich bin bereit, auf der Stelle ein Keuschheitsgelübde abzulegen, wenn ich dafür aus diesem Sessel verschwinden darf.

»Okay«, sagt meine Mutter schließlich. »Und wenn du willst, dass ich mit dir zum Frauenarzt gehe, komme ich natürlich gern mit.«

»Danke«, sage ich und springe auf. Nie im Leben würde ich sie dahin mitnehmen. Was für eine gruselige Vorstellung! Ich bin schon fast zur Tür hinaus, als mir einfällt, dass ich heute noch zu einem Einsatz muss.

»Wir wollen heute Abend übrigens zur Beachparty nach Marburg und das Ende meines Hausarrests feiern«, verkünde ich. »Könnt ihr uns fahren? Um neun?«

Mein Vater erklärt sich dazu bereit und ich renne, so schnell ich kann, auf mein Zimmer. Dort drehe ich die Musik laut genug auf, um mich von den Gedanken an Sex mit Erik abzulenken. Meine Eltern haben es geschafft, dass nun Bilder durch meinen Kopf jagen, die ich dort absolut nicht haben will. Ich fühle mich in keiner Weise bereit dafür und ich will verhindern, dass der

Mensch, der mir im Moment am nächsten steht, mit diesem Quatsch in Verbindung gerät. Zum Glück driften meine Gedanken ziemlich schnell ab, doch sie fliegen von Erik zu Jakob, zu Shakespeare, Bodo und den beiden Jungen auf der Tanzfläche. Was haben meine Eltern nur getan? Mein Kopf hat sich in ein Pornokino verwandelt!

Ich greife zu dem einzigen Mittel, was hundertprozentig gegen hormonelle Störungen jeder Art hilft und packe meine Mathehefte aus. Während ich mich mit Kurvendiskussion und Stetigkeit befasse, sinkt mein Puls allmählich und hinter meiner Stirn kehrt Frieden ein. Nach einer Stunde klappe ich die Hefte zu und lege mich vorsorglich eine Weile hin.

Meine Augen sind kaum zugefallen, da träume ich auch schon von Jakob. Als ich zwei Stunden später aufwache, schlägt mein Herz wie verrückt und ich bin froh, dass meine Eltern keinen Schlüssel zu meinen Träumen haben. Wenn sie ihn hätten, würde meine Mutter sofort einen Termin beim Arzt machen und mein Vater würde seinen Waffenschrank inspizieren gehen.

Ich schließe die Augen, um noch einmal davonzufliegen.

Regeln sind dafür da, in Ausnahmefällen gebrochen zu werden. Aber was ist eine Ausnahme?

An diesem Abend schaffe ich es, Erik abzufangen, bevor mein Vater ihn in ein Gespräch verwickeln kann.

»Pass bloß auf«, flüstere ich ihm ins Ohr, sobald er den Helm abgenommen hat. »Meine Eltern verdächtigen uns, ungeschützten Sex zu haben. Ich glaube, der Gesprächsbedarf ist immer noch groß!«

Erik grinst amüsiert.

»Was hast du denen gesagt?«, will er wissen.

»Dass wir's noch nicht gemacht haben und aufpassen werden, wenn's so weit ist.«

Nun grinst er noch mehr und ich verstehe nicht, warum.

»Was denn?«, motze ich ihn an.

»Aufpassen ist keine sehr sichere Verhütungsmethode!«

Er lacht sich schlapp und mir schießt das Blut ins Gesicht. Ich habe ein für alle Mal genug von dem Thema.

Wir steigen bei meinem Vater ins Auto und lassen uns nach Marburg kutschieren. Die ersten paar Kilometer fährt er schweigend, weil er nicht die richtigen Worte findet. Das Problem habe ich definitiv von ihm geerbt. Dann setzt er zu einem Vortrag an, der noch viel peinlicher ist, als das Gespräch im Wohnzimmer. Die Deutlichkeit meiner Mutter fehlt ihm enorm. Er schafft es tatsächlich, sein Anliegen vorzubringen, ohne auch nur ein einziges anrüchiges Wort zu verwenden. Es klingt fast so, als würden wir ›Tabu‹ spielen und er wäre mit Beschreiben dran.

Erik verwendet in seiner Antwort jedes einzelne Wort, das mein Vater so sorgfältig aus seiner Rede retuschiert hat. Er sagt: »Machen Sie sich bitte keine Sorgen, Herr Weber. Melek und ich hatten noch keinen Sex, wir haben noch nicht mal Petting gemacht, nur Zungenküsse, aber davon kann man ja nicht schwanger werden. Wenn wir eines Tages miteinander schlafen wollen, benutzen wir Kondome oder Melek lässt sich die Pille geben. Wir haben das voll im Griff.«

Das war klar genug, um meinen Vater mundtot zu machen. Er gibt eine verwirrte Zustimmung von sich und schweigt dann für den Rest der Fahrt. Erik ist wirklich ein Meister im Bearbeiten meiner Eltern. In seinen Händen werden sie zu Knetmasse und merken gar nicht, dass er sie nach Lust und Laune formt. Mir fällt kein anderer Mensch ein, der das könnte. Was er gerade mit meinem Vater gemacht hat, ist jedenfalls sehr entspannend. Ich genieße die Ruhe im Auto. Draußen zeichnet sich ein blassrosa Abendrot am Horizont ab. Wir haben jetzt Mitte September und die Tage werden schon bedenklich kürzer. Ich kann mir vorstellen, dass unsere Übungstreffen im Winter nicht gerade angenehm sind. Aber angeblich sind die Dschinn dann auch weniger aktiv. Jakob hat sogar davon gesprochen, dass sie eine Art Winterruhe halten, die sich im nächsten Frühjahr explosionsartig in einem Zustand entlädt, den wir Menschen als ›Frühlingsgefühle‹ bezeichnen – naiv, wie wir sind. Das Teichfest wird sicher die letzte Gelegenheit für unsere Widersacher sein, sich vor ihrem Rückzug in ihre Untergrundbehausungen noch einmal so richtig vollzusaugen.

Seit Beginn der Fahrt hält Erik meine Hand. Vor meinen Eltern macht er das immer auf dieselbe Art. Es fühlt sich hölzern und leblos an und ich vermute, dass das Absicht von ihm ist. Dadurch macht er es mir leichter und genau deshalb kann ich es ertragen. Jetzt fährt er plötzlich mit seinen Fingern die Linien meines Tattoos nach und sofort spüre ich eine Veränderung in der Art seiner Berührung. Es liegen viel zu viele Gefühle darin: Zuneigung, Mitgefühl, Ergebenheit und eine Spur von Lust. Schnell greife ich seine Hand wieder und drücke sie. Dabei versuche ich, ein möglichst unverfängliches Gesicht zu machen. Aber Erik hat schon verstanden. Er wendet den Blick von mir und schaut starr geradeaus.

Die Beachparty findet auf einem überlaufenen Grünstreifen direkt an der Lahn statt. Mein Vater setzt uns wieder vor dem Kino ab und verhandelt kurz über den Zeitpunkt der Rückfahrt. Schließlich verständigen wir uns auf Mitternacht. Er sieht erleichtert aus, als er uns endlich los ist. Das kurze Stück bis zum Fluss laufen wir schweigend, mit den Händen in den Hosentaschen.

»Hast du schon eine Taktik, falls du heute Abend wieder eingreifen musst?«, fragt Erik mich.

»Ich hoffe, dass mir das erspart bleibt«, sage ich.

»Und wenn nicht?«

»Dann mache ich das Gleiche wie letztes Mal. Ich bin nicht so erfinderisch wie Nadja und Lennart.«

Einen Augenblick erwidert Erik nichts. Ich kann schon die zahlreichen Cocktail-Zelte sehen, die auf der Wiese aufgebaut sind. Dazwischen wurde eine großzügige Menge Sand aufgeschüttet, um das Strandfeeling perfekt zu machen. Überall hängen Plastik-Blumenketten und Lampions. Zu dieser Jahreszeit ist eine solche Outdoor-Party keine Selbstverständlichkeit mehr. Wahrscheinlich sind deshalb so viele Menschen gekommen. Sie wollen noch ein letztes Mal barfuß flirten, bevor der Herbstwind sie in die Clubs zwingt. Von überall her dringt Partymusik an mein Ohr, aber mein Kopf nimmt die Szenerie nur professionell wahr. Ich suche mit den Augen nach den anderen und überlege bereits, wo der beste Standpunkt ist, um die Menschenmenge zu überblicken.

»Würdest du mir einen Gefallen tun?«, fragt Erik.

»Klar«, sage ich, nicht ganz bei der Sache.

»Stell dir vor, der Typ, den du anbaggerst, wäre ich. Und dann erzähl mir, wie es sich angefühlt hat.«

Das ist der Moment, in dem er zu weit geht. Ich bleibe abrupt stehen. Ich kann nicht länger so tun, als sei seine Zuneigung okay für mich. Auch für ihn nicht. Es macht keinen Sinn, wenn er sein Herz an mich verschenkt, denn ich habe keinen Platz, um es zu hüten.

»Erik«, sage ich. »Du bist wahrscheinlich der Mensch, der mich am besten kennt und ich fühle mich dir näher als jedem anderen. Aber ich bin nicht in dich verliebt und es wäre einfacher für uns alle, wenn du mich loslassen würdest.«

Ich bin mit meiner Zurückweisung wesentlich einfühlsamer als Jakob bei mir. Aber sie erzielt trotzdem die gleiche Wirkung. Eine Spur von Kränkung huscht über Eriks Gesicht, doch er hat sich schnell wieder unter Kontrolle.

»Okay«, murmelt er. »Ich weiß das ja. Es war das Gespräch im Auto. Es hat einfach zu viele Gefühle ausgelöst. Ich werde dich nicht mehr bedrängen.«

Es ist seltsam. Aber als er das sagt, fühlt es sich weniger gut an, als ich gedacht habe. Irgendetwas in mir scheint gar nicht zu wollen, dass er damit aufhört. Wahrscheinlich ist es nur meine Selbstverliebtheit, mein fieses kleines Ego, das gern gebauchpinselt und mit Komplimenten überschüttet werden will. Ich versuche, das bedrückende Gefühl zu ignorieren, das in meiner Brust aufsteigt.

Wir treffen die anderen an der mittleren der drei Cocktailbars und Erik lässt sich widerspruchslos von Jakob wegschicken. Er mischt sich nicht unter die Leute, sondern setzt sich allein auf den Hang an der Stadtseite.

Außer Jakob sind noch Rafail, Kadim und Nils da. Wenig später stößt Nadja zu uns. Wir lehnen am Tresen, trinken Virgin Caipi und starren durch die Gegend. Ich versuche, nicht allzu oft zu Erik hinüberzublicken, der unverändert steif und einsam im Gras sitzt. Die Zeit schleicht endlos langsam dahin, ohne, dass irgendetwas geschieht. Nur einmal wirft Jakob einen warnenden Blick hinüber zu Nadja, die ihren Cocktail umrührt, ohne mit den Fingern den Löffel zu berühren. Sie seufzt und fasst den Griff an, was ihr eindeutig weniger Spaß macht.

»Scheint wirklich ruhig zu sein heute«, bemerkt Kadim, der keine Lust hat, noch mehr Sand in die Schuhe zu bekommen. Jakob nickt, bleibt aber trotzdem entschlossen stehen. Wir harren noch eine gute halbe Stunde aus, bis er endlich beschließt, einen letzten Rundgang zu machen und anschließend nach Hause zu fahren.

»Wir gehen in Zweiergruppen«, sagt er. »Rafail und Nadja nach rechts, Kadim und Nils nach links, Melek und ich Richtung Fluss. Wenn jemand etwas Auffälliges sieht, pfeift er zweimal lang. Wenn nicht, treffen wir uns in zwanzig Minuten wieder hier.«

Es fühlt sich seltsam an, mit Jakob zusammen durch diese lächerliche Party zu laufen. Wir reden kein Wort, schauen den Leuten beim Knutschen zu und spitzen ständig unsere Ohren, falls irgendwo zwei lange Pfiffe durch die Geräuschkulisse dringen sollten. Ich habe den Versuch aufgegeben, ein Gespräch mit ihm in Gang zu bringen. Die letzten Male hat mir das nur Ärger eingebracht. Trotzdem genieße ich seine schweigende Gegenwart und frage mich, warum er mich als seine Partnerin eingeteilt hat. Es wird Zufall sein, sonst nichts.

Umso erstaunter bin ich, als Jakob sich nach dem ersten Rundgang an eine Weide am Lahnufer setzt. »Es ist sinnlos«, sagt er. »Sie kommen nicht.«

Ich bleibe ungelenk neben ihm stehen, weil ich nicht weiß, ob ich mich gefahrlos ebenfalls setzen kann, ohne wieder irgendeine Abfuhr zu bekommen. Er schaut zu mir hoch und deutet auf den Platz neben sich.

»Setz dich hin, ich beiß dich nicht!«

Ich lasse mich in würdigem Abstand zu ihm am Fuß des Baumes nieder und beherrsche mich, nicht auf meinen Fingernägeln zu kauen. Jakob hat den Blick zum Fluss gewandt, der sich friedlich und schwarz neben uns dahinschlängelt.

»Meinst du, sie trauern?«, frage ich ihn.

»Die Dschinn? Ich weiß nicht, ob sie fähig sind, zu trauern. Aber ich hoffe es.«

Er hat einen erbarmungslosen Zug um den Mundwinkel, als er das sagt. Ein wenig erinnert er mich dabei an Sylvias Vater. In gewisser Weise haben die Dschinn auch ihn erwischt. Nur auf andere Art.

»Wie geht's Tina?«, frage ich, um uns auf andere Gedanken zu bringen.

»Gut«, sagt er. »Die Naht wurde am nächsten Tag noch einmal in der Uniklinik korrigiert. Es wird nicht ganz so schlimm aussehen, wie Winnie gedacht hat. Bis zum Teichfest will sie wieder fit sein, aber ich bin noch nicht sicher, ob ich das zulasse.«

»Was wird da passieren?«, will ich wissen. »Wird es wieder so ablaufen wie letztes Mal im Wald?«

Jakob schüttelt den Kopf.

»Das letzte Mal ist so ziemlich alles schiefgegangen. Wir hätten uns niemals so weit von einander entfernen dürfen. Aber Tina wollte unbedingt den verletzten Dschinn erwischen und ich habe sie nicht rechtzeitig zurückgerufen. Das wird diesmal anders sein.«

Es ist interessant, dass jeder sich für diesen Vorfall die Schuld gibt: Sylvia, Tina, Jakob, wahrscheinlich auch Henry. Außer Kadim, der beschuldigt Sylvia. Sie sind so verflucht ehrgeizig in ihrem Drang, Dschinn zu töten, dass sie alle viel zu hart mit sich selbst ins Gericht gehen. Dabei wissen sie nicht, dass in Wahrheit nur ich den Wolfsangriff hätte verhindern können.

»Wie wird es dann laufen?«, frage ich.

»Meine Taktik steht noch nicht endgültig. Aber es wird schwierig werden, denn das Teichfest ist halb Wald, halb Club. Ein paar von uns müssen sich in den inneren Reihen bei den Besuchern aufhalten. Die anderen werden in den Wald ausschwärmen. Erfahrungsgemäß verschwinden viele Paare und Betrunkene im Laufe der Nacht im Unterholz. Sie sind dann leichte Beute für die Dschinn. Wir müssen versuchen, sie zu beschützen. Und das geht leider nicht als Formation.«

»Okay«, sage ich. »Weißt du schon, wo ich sein werde?«

»Auf jeden Fall im Wald. Henry und du, ihr seid dort unverzichtbar.«

Ich schlucke. Das wird ein harter Abend werden. Und wenn ich nicht schnell genug bin, der letzte meines Lebens.

»Müssen wir da auch pfeifen, wenn was passiert?«, will ich wissen.

»Vielleicht. Warum fragst du?«

»Weil ich nicht auf den Fingern pfeifen kann.«

Jakob wirft mir einen ungläubigen Blick zu und verdreht die Augen.

»Das ist nicht dein Ernst!«

»Doch«, gebe ich kleinlaut zu.

Er wirft einen Blick auf seine Uhr und beschließt, mir einen Schnellkurs zu geben. Ich soll lernen, auf Daumen und Zeigefinger der linken Hand zu pfeifen, damit ich die Rechte zum Schießen frei habe. Er formt seine Finger zu einem O, biegt damit seine Zunge zurück, schließt die Lippen und stößt einen leisen aber deutlichen Pfiff aus.

»So. Und jetzt du!«

Ich stecke die Finger in den Mund, quetsche meine Zunge platt und fauche einen lautlosen Luftstrom heraus. Er macht es noch ein paarmal vor, doch ich verstehe nicht, was ich falsch mache.

»Mensch, Melek, so schwer ist das doch nicht«, beschwert er sich nach meinem zwanzigsten erfolglosen Versuch. »Lass ein bisschen Luft unter deiner Zunge!«

Ich versuche es wieder, doch es hat keinen Sinn. Ich bringe nicht einmal ein leises Fiepen zustande. Jakob fängt an, ungeduldig mit dem Bein zu wippen. Schließlich packt er meine Hand, biegt sie in Form und schaut mich einen Moment lang unwillig an.

»Ach, was soll's!«, grummelt er und steckt sich meine Finger in den Mund. Mein Herz macht einen solchen Sprung, dass ich fast vom Boden abhebe. Seine Zunge ist weich und feucht. Er legt meine Finger auf die Spitze, biegt sie nach hinten und drückt sie leicht nach unten. Dann lässt er einen Luftstrom hindurchsausen, der sich zwischen meinen Fingerkuppen und seiner Zunge zu einem flatternden Pfiff verwirbelt.

»So!«, sagt er und gibt meine Hand wieder frei. »Jetzt versuch's nochmal!«

Ich bin von seiner Unterrichtsmethode immer noch so geplättet, dass ich nicht wirklich weiß, worauf es ankommt. Darauf habe ich bei der ganzen Sache nämlich am wenigsten geachtet. Trotzdem stecke ich mir erneut die Finger in den Mund, bewusst ohne sie vorher an der Hose abzuwischen, und pfeife. Heraus kommt ein kränkelnder, dumpfer Laut.

»Super!«, lobt mich Jakob.

Ich bin so erfreut über den plötzlichen Erfolg, dass ich direkt noch einmal nachlege und die Lautstärke steigere. Als ich die Hände wieder sinken lasse, schaut er mich vielsagend an und bemerkt: »Den Rückweg können wir uns sparen. Sie werden alle in einer Minute da sein, denn du hast sie hergepfiffen!«

Ich schlage die Hand vor den Mund.

»Das tut mir leid!«, entfährt es mir.

»Schon gut, sie sind Fehlalarme gewohnt.«

Während wir warten, dass die anderen angerannt kommen, fällt mir ein, dass Jakob soeben gegen seine eigenen Regeln verstoßen hat.

»Das hättest du nicht tun dürfen«, sage ich leise. »Wir fassen uns nicht an, oder?«

»Außer, wenn es nötig ist, um ein Manöver zu proben«, sagt er.

Ich weiß nicht, ob ich ihm das glauben soll. Scheinbar sieht er mir das an, denn er runzelt plötzlich die Stirn.

»Es kann durchaus Situationen geben, in denen ein Pfiff über Leben und Tod entscheidet. Meinst du, ich gehe diese Gefahr ein, nur um auf Prinzipien herumzureiten?« Und dann, wie um mir eins mitzugeben, fügt er noch hinzu: »Bilde dir bloß nichts drauf ein!«

Als die anderen vier auf uns zu gerannt kommen, stehen wir längst wieder aufrecht neben der Weide, die Arme vor der Brust verschränkt.

»Was ist los?«, fragt Kadim verwirrt. »Ich dachte, ich hätte was gehört!«

»Alles okay«, sagt Jakob. »Melek hat nur Pfeifen gelernt, das ist alles.«

Dabei dreht er sich ein wenig in meine Richtung, als seien die letzten drei Worte für mich bestimmt.

In meinem Magen grummelt es, während wir über die Partywiese zurücklaufen und uns vor den Treppenstufen trennen. Erst als ich zusammen mit Erik in Richtung Stadt laufe, kann ich lokalisieren, was das Grummeln bedeutet: Ich bin wütend! Wütend auf Jakob, weil er immer wieder einen Schritt in meine Richtung macht, nur um anschließend zwei zurückzuspringen. Wir holen uns noch ein Eis, um die Wartezeit bis Mitternacht zu überbrücken. Ich bekomme es fast nicht hinunter, denn in der Zwischenzeit hat sich meine Wut in Kummer verwandelt. Ich gebe mich dem Gefühl hin, wie ich es mir geschworen habe. An den Kloß in meinem Hals kann ich mich gleich mal gewöhnen. Denn die Situation wird sich niemals ändern. Erik nehme ich erst wieder wahr, als er seinen halbvollen Eisbecher in den Abfalleimer wirft. Ich wende mich ihm verblüfft zu und blicke in seine Augen wie in einen Spiegel. Sein Herz ist genauso gebrochen wie meins.

Bevor wir kurz darauf in den Wagen meines Vaters steigen, greift er auf seine hölzerne Art nach meiner Hand und sagt: »Heimfahrt mit Papa. Klappe, die erste!«

Es fühlt sich schlimm an.

***

In dieser Nacht liege ich lange wach und grüble. Ich war noch nie besonders gut in Gefühlsdingen. Im Grunde weiß ich seit zwei Jahren, dass Erik nicht nur aus Freundschaft hinter mir herläuft. Trotzdem habe ich erfolgreich verdrängt, wie es ihm dabei ging. Doch heute trifft mich sein Schmerz fast schlimmer als mein eigener. Ich kann mir nicht erklären, warum das auf einmal so ist. Wahrscheinlich habe ich einfach Gewissenbisse ihm gegenüber.

Über Jakob will ich auf keinen Fall nachdenken. Deshalb stehe ich auf und hole mir aus der Speisekammer in der Küche eine Tafel Schokolade und eine Tüte Chips. Schließlich will Albert, dass ich zunehme. Dann kann ich ja gleich damit anfangen!

Mittlerweile ist es fast zwei Uhr. Ich steige so langsam wie möglich die knarrenden Stufen empor. Als ich mit meiner Beute zurück aufs Zimmer komme, mache ich eine schaurige Entdeckung: Vor meinem geschlossenen Fenster sitzt das grünäugige Eichhörnchen und drückt sich die Nase an der Scheibe platt. Schokolade und Chips gleiten mir aus den Händen, während ich fieberhaft zum Bett renne und das Messer unter meinem Kopfkissen hervorziehe. Ich lasse die Klinge hervorschnellen und nähere mich dem Fenster in geduckter Haltung. Das Tierchen steht immer noch in derselben Position da. Als es mich sieht, hebt es die Pfote zum Gruß. Dann drückt es mit beiden Vorderbeinen leicht gegen die Scheibe.

Erst verstehe ich nicht, was das soll. Wenn der Dschinn es darauf anlegt, in mein Zimmer zu kommen, wird ihn die Scheibe auch nicht davon abhalten. Etwas mehr Druck und sie würde splittern. Es sieht ganz so aus, als wolle das Eichhörnchen keinen Ärger verursachen, sondern freundlich hereingebeten werden. Ein bisschen wie der Froschkönig im Märchen.

Ich strecke ihm meine linke Hand mit dem Bannzeichen entgegen. Sofort wendet es den Kopf ab und hält sich die Pfote vors Gesicht. Doch es blinzelt dabei durch die winzigen Klauen, als warte es darauf, dass ich das Experiment sein lasse. Schließlich tue ich ihm den Gefallen und lasse die Hand sinken. Bisher haben sich weder das Eichhörnchen noch der Wolf mir gegenüber aggressiv verhalten, ganz im Gegenteil. Wahrscheinlich besteht kein Grund dafür, ihm Qualen zu bereiten. Als ich weiterhin keine Anstalten mache, das Fenster zu öffnen, greift das Tier zu einer riesigen Nuss, die es wahrscheinlich extra für diesen Zweck mitgebracht hat. Es wirft sie ein paarmal in die Luft, fängt sie wieder auf und zielt dann eindeutig auf die Scheibe.

»Schon gut«, sage ich beschwichtigend. »Mach bitte keinen Lärm, okay!«

Ich habe kaum das Fenster geöffnet, da springt der Dschinn auch schon herein, huscht einmal quer durch mein Zimmer und setzt sich dann triumphierend auf mein Kopfkissen. Ich behalte das Messer in der Hand, hebe aber trotzdem die Knabbereien vom Boden auf und lege sie auf die Matratze. Dann setze ich mich ans Bettende und beobachte das Tier.

»Hier, Knabberkram. Bedien dich!«, biete ich ihm an.

Das lässt es sich nicht zweimal sagen. Zuerst zerfleddert es die Schokolade und stopft sich Rippchen für Rippchen in sein kleines Maul. Dann macht es sich, schnell wie ein Sägewerk, über die Chips her, die es sich in kreisenden Bewegungen einverleibt. Während ich ihm zuschaue, ist meine rechte Hand mit dem Messer schon weniger angespannt.

»Fertig?«, frage ich, als das Eichhörnchen sich in mein Kopfkissen sinken lässt und wohlig sein dickes Bäuchlein reibt. Es nickt mit dem Kopf.

»Was willst du hier?«

Als Antwort zeigt es mit seiner Pfote auf meine Brust.

»Mich?«

Das fratzenhafte Lächeln erscheint. Mir schaudert. Sofort schließt sich mein Griff wieder stärker um das Messer. Der Dschinn registriert diese winzige Bewegung und schüttelt sofort den Kopf. Dann blickt er sich im Raum um und huscht hinüber zu meinem Computer.

»Wenn du dich als Mensch zeigen würdest, wäre es einfacher!«, sage ich.

Mittlerweile hat es den Einschaltknopf gefunden und drückt mit beiden Pfoten darauf. Ich warte schweigend ab, was passiert. Als mein Rechner sich hochgefahren hat, bewegt das Eichhörnchen tatsächlich die Maus und wählt umständlich ein Text-Verarbeitungsprogramm aus. Es öffnet eine leere Seite und beginnt ohne Punkt und Komma, zu tippen:

»das geht nicht als mensch kann ich mich schlechter beherrschen«

Ich fasse einfach nicht, was hier passiert! Da sitze ich nachts auf meinem Bett und unterhalte mich mit einem Dschinn. Oder aus der Menschenperspektive: An meinem Computer sitzt ein Eichhörnchen und chattet mit mir! Das ist wieder einer dieser Momente, in denen ich mich frage, ob ich wirklich noch ganz richtig im Kopf bin.

»Okay«, stammle ich. »Fangen wir mit etwas Einfachem an: Wie heißt du?«

Der Dschinn lächelt und haut wieder in die Tasten.

»levian«

»Levian. Schöner Name. Ich bin Melek.«

»der engel ich weiß«

»Du weißt allerhand über mich!«

»ich beobachte dich tag und nacht«

Das ist ziemlich unheimlich. Bis auf wenige Momente bin ich mir eigentlich die meiste Zeit unbeobachtet vorgekommen. Die Tatsache, dass dieses Wesen, in welcher Gestalt auch immer, die Macht besitzt, jederzeit mein Leben anzuzapfen wie eine Soap Opera, macht mich ein bisschen ärgerlich.

»Warum tust du das?«, frage ich. »Was willst du von mir?«

Diesmal zögert das Eichhörnchen. Dann schreibt es:

»ich mag dich«

»Aber du weißt nichts von mir!«, begehre ich auf. »Du hast keine Ahnung, wer ich bin! Es gehört sich nicht, dass du hier bist. Und es ist gegen die Natur, dass du mich magst. Wir beide können niemals befreundet sein!«

Das Tierchen schaut mich traurig mit seinen grünen Knopfaugen an. Dann lässt es sich auf alle vier Pfoten nieder und krabbelt in der Hälfte der gewohnten Schnelligkeit zu mir aufs Bett, ohne dabei den Blick von mir zu wenden. Als es mir näher kommt, wird es noch langsamer, wohl um mich nicht zu erschrecken. Dann steigt es vertraulich auf meinen Schoß und rollt sich dort zusammen. Sein buschiger Schwanz umschließt seinen Körper wie eine rote Schärpe. Ich kann gar nicht anders, als es zu streicheln, schon allein, weil ich wissen muss, wie sich ein Eichhörnchen anfühlt. Sein Pelz ist weicher, als ich dachte. Beinahe seidig. Eine Weile sitzen wir so da und ich kraule das Fell des Tierchens. Dann rappelt es sich wieder auf und geht zurück zum Computer.

»siehst du geht doch«, schreibt es.

Ich schüttle vehement den Kopf.

»Das liegt nur an deiner Gestalt. Ein Eichhörnchen würde jeder streicheln.«

Darauf antwortet der Dschinn nichts. Stattdessen springt er von meinem Schreibtisch und verwandelt sich innerhalb eines einzigen Wimpernschlags in ein riesiges graues Fellbüschel. Eine Millisekunde später sitze ich Auge in Auge mit dem Wolf von neulich Nacht da. Mir wird sofort ganz anders zumute. Obwohl ich weiß, dass ein Dschinn als Maus genauso gefährlich ist wie als Tiger, ängstigt mich die Wolfsgestalt viel mehr als das Eichhörnchen. Aber gleichzeitig breitet sich ein Gefühl von Wärme in meinem Bauch aus. Denn der Wolf war es auch, der mein Leben gerettet und so tief in meine Seele geblickt hat wie niemand zuvor. Als er seinen Kopf auf meine Knie legt, wehre ich mich nicht dagegen. Er guckt zu mir empor wie ein treuer Hund und schmatzt dabei. Meine Hand wandert von seinem Kopf über den fleischigen Nacken bis zu seinem Rücken hinab. Er lässt ein wohliges Grummeln hören.

»Das kann man nicht vergleichen«, murmele ich. »Mit einem Tier ist es niemals so wie mit einem Menschen.«

Ich weiß selbst nicht genau, warum ich ihn provoziere, denn er hat bereits klargemacht, weshalb er sich nicht als Mensch zeigt. Was hätte ich auch davon? Wenn ich wirklich wissen wollte, wer er ist, müsste ich ihn in seiner wahren Gestalt sehen. Als Mensch wäre er nicht viel mehr als ein weiteres Trugbild. Aber es wäre einfacher miteinander zu kommunizieren. Meine Neugier ist größer als meine Angst. Ich kann nichts dagegen tun.

Genau wie Mittwochnacht im Wald sehe ich auch jetzt die widersprüchlichen Gefühle in seinem Wolfsgesicht gegeneinander kämpfen. Dann stupst er meine Hand mit seiner feuchten Nase an, schrumpft wieder zu einem Eichhörnchen und springt zurück auf den Schreibtisch.

»nicht heute«, tippt er. »darauf muss ich mich vorbereiten.«

Das ist eine gute Entscheidung, denn ich muss selbst noch einmal darüber nachdenken, ob ich ihn wirklich als Mensch sehen will. Und ob ich überhaupt noch einmal mein Fenster öffnen werde, ohne ihn mit einer Silberkugel im Lauf zu empfangen.

»Okay«, beschließe ich. »Dann darf jetzt jeder von uns beiden noch eine Frage stellen. Danach huschst du wieder nach draußen in deinen Kobel. Oder wo immer du auch wohnst!«

Das Eichhörnchen nickt.

»ich zuerst«, schreibt es.

»Von mir aus.«

Es grinst sein heimtückisches Grinsen und bearbeitet wieder die Tasten. Mit seinen winzigen Krallen schreibt es langsamer als ich. Aber es scheint nicht das erste Mal an einem Computer zu sitzen, denn es kennt die Position jedes Buchstabens genau.

»in welchen der beiden bist du verliebt«, lese ich.

»In keinen«, sage ich.

»lüge«

Wenn der Dschinn so weitermacht, kann ich getrost auf seine Freundschaft verzichten! Ich stelle die Gegenfrage, bevor er auf die Idee kommt, das Thema weiter zu vertiefen.

»Wie viele Menschen hast du in der letzten Woche ausgesaugt?«

»keinen«, schreibt er.

»Lüge!«, flüstere ich.

Ein paar Sekunden lang schauen wir uns gereizt an. Dann hebt das Eichhörnchen seinen Schwanz in die Luft und fegt damit ein paarmal über die Tischplatte als wolle es Staubwischen. Das könnte lustig aussehen, aber mir ist nicht nach Lachen zumute. Ich will die Sache beenden. Sie verstößt gegen jede Regel der Vernunft, der Talente und der Menschen. Wahrscheinlich auch gegen die der Dschinn. Bei denen will ich am allerwenigsten Anstoß erregen. Also gehe ich zum Fenster und öffne es.

»Ich weiß nicht, ob wir Freunde sein können«, sage ich dabei. »Aber vielleicht können wir versuchen, keine Feinde zu sein. Ich muss darüber nachdenken. Gute Nacht!«

Der Dschinn wirkt enttäuscht, als er auf das Fensterbrett springt und in die Dunkelheit hinauswittert. Was auch immer er sich von diesem Besuch versprochen hat, scheint sich nicht erfüllt zu haben. Bevor er mit dem Kopf nach unten die Hauswand hinabklettert, schaut er mir ein letztes Mal tief in die Augen. Ich spüre ein Kribbeln von den Zehen bis in die Fingerspitzen durch meinen Körper jagen. Es entlädt sich in einem fröstelnden Zittern meiner Schultern. Auf meinen Armen bildet sich eine Gänsehaut. Der Dschinn grinst und sieht etwas zufriedener aus. Dann verschwindet er nach unten, ohne auch nur eine einzige Stufe meiner fast unsichtbaren Trittleiter zu benutzen.

Das Pferd frisst keinen Gurkensalat und Jakob ist die Liebe meines Lebens

Sylvia sieht mir auf den ersten Blick an, dass etwas passiert ist. Trotzdem wartet sie mit ihrer Berührung, bis wir unseren Rundgang um den kleinen Friedensdorfer Teich beendet haben und auf einer Bergkuppe im Wald eine Pause einlegen. Jakob hat uns in Zweiergruppen eingeteilt und die genaue Strategie für Samstag festgelegt. Ich soll mit Lennart zusammen das hintere Waldstück übernehmen. Dieser Teil ist der steilste und am wenigsten einladende Abschnitt des Festes. Kaum jemand wird betrunken genug sein, um sich in dieser Richtung in den Wald zu schlagen. Verschwindet also ein Dschinn mit einem Menschen von der Party, so wird er aller Wahrscheinlichkeit nach eher von den Trupps erwischt werden, die auf den vorderen beiden Abschnitten patrouillieren. Nur dann, wenn sie von hinten zum Fest kommen, anstatt die offiziellen Wege zu benutzen, besteht die Möglichkeit, dass *wir* sie zuerst stellen. Aber dazu wäre es nötig, dass sie als Menschen erscheinen, was so gut wie ausgeschlossen ist. So dumm sind die Dschinn nicht. Sie werden als Tiere an uns vorbeischleichen, ohne dass wir es merken. Und die Kommunikation zwischen den Orakeln, Finn und uns wird zu lückenhaft sein, um das zu verhindern. Jakob weiß das genau. Er hat mich gezielt auf der ungefährlichsten Position eingeteilt, die er finden konnte. Und mir Lennart als Leibwache mitgegeben. Ich bin richtig sauer über diese Vorsichtsmaßnahme. Scheinbar traut er mir überhaupt nichts zu.

Als wir uns zur Rast niedersetzen und an unseren Plastikflaschen nuckeln, zieht Sylvia mich ein Stück beiseite. Ich weiß genau, dass die anderen uns beobachten. Allen voran Jakob und Erik, der alle Übungstreffen mitmachen soll, um die Taktik kennen zu lernen. Aber Sylvia lässt sich davon nicht beirren. Sie zieht mich hinter sich her bis wir außer Hörweite sind, drückt mich dann auf einen unbequemen Baumstumpf und geht vor mir in die Hocke.

»Los, her mit deiner Hand!«, sagt sie. »Ich muss unbedingt wissen, was dahintersteckt!«

Ich reiche ihr seufzend meine Hand und sehe zu, wie sie mich von Körper bis Seele durchcheckt. Die anderen beobachten uns ganz sicher, obwohl sie glaubhaft den Anschein erwecken, als würden sie sich unterhalten. Zumindest können sie uns nicht hören. Es hängt also alles davon ab, was Sylvia ihnen anschließend erzählen wird. Mehr Trost bleibt mir nicht.

»Wow«, sagt sie, als sie meine Hand loslässt. »Ich bin echt geplättet von deinem Tempo!«

»Sprich Klartext!«, fordere ich.

»Meine Prophezeiung hat sich bereits erfüllt. Die dunkle Seite hat dich gefunden.«

Ich nicke.

»Ich weiß nicht, ob sie wirklich so dunkel ist, wie du glaubst.«

»Da bin ich mir ganz sicher!«, sagt Sylvia. »Es ist alles eine Frage des Standpunktes. Für dich mag es anders aussehen, denn du bist selbst ganz schön dunkel geworden seit dem letzten Mal. Dein Geist ist voller Geheimnisse, Lügen und Verletzungen. Auf eine andere Art als bei Jakob, aber doch deutlich miteinander verflochten. Von der Düsternis deines Dschinn bist du im Moment nur eine feine Nuance entfernt.«

Ich bin überrascht, dass sie Levian so deutlich lokalisieren kann. Ich war davon ausgegangen, dass sie nur eine Bedrohung wahrnehmen würde, nicht aber eine konkrete Person.

»Ich muss eine ganz schöne Enttäuschung für dich sein«, sage ich. Doch Sylvia fasst nach meiner Hand und tätschelt sie beruhigend. Ich bin fast schon daran gewöhnt, dass sie dieses erhabene Verhalten an den Tag legt. Auch wenn es dafür, rein altersmäßig betrachtet, überhaupt keinen Grund gibt. So ähnlich muss sich für Erik anfühlen, dass ich ihm als Soldat überlegen bin. Sylvia ist mir einen Schritt voraus, was Charakterfestigkeit angeht.

»Nein«, stellt sie klar. »Du kannst nichts dafür. Es ist Schicksal und das wusste ich von Anfang an. Armer Erik! Ich bin froh, dass er dich nicht so sehen kann, wie ich. Das würde alles noch schlimmer für ihn machen!«

Sie wirft einen Blick hinüber zu den anderen und beobachtet das Objekt ihres Mitgefühls eine Weile bedauernd. Erik sitzt ein Stückchen abseits vom Rest der Gruppe und hat uns bewusst den Rücken zugewandt.

»Warum haben sie es plötzlich auf mich abgesehen?«, fragt sie, mitten in meine Überlegungen hinein.

»Auf dich?«

»Ja, dein Dschinn hat daran gedacht, als er seine Spuren in deiner Seele hinterlassen hat. Und er ist sich darüber im Klaren, dass ich die Nachricht bekomme. Das wiederum weißt ihn entweder als geschickten Taktiker aus oder als Dämon mit Anstand.«

»Sie haben es auf dich abgesehen?«, frage ich entsetzt. »Und das liest du aus meiner Seele?«

»Ja«, sagt sie schlicht. »Stell dir das einfach vor wie einen Trojaner, der an einer ganz normalen E-Mail hängt. Du liest den Text, aber ich erkenne auch das Programm, das sich im Anhang verbirgt.«

Beim besten Willen kann ich nicht verstehen, weshalb sie so ruhig bleibt.

»Das müssen wir sofort Jakob sagen!«, entscheide ich.

»Nein«, bestimmt Sylvia in einem Tonfall, der überhaupt nicht zu ihrer kindlichen Art passt. »Jakob ist nicht bereit dafür. Er denkt noch über den Geschmack deiner Finger in seinem Mund nach. Es wäre zerstörerisch, ihm von der Existenz des Dschinn zu erzählen.«

Jakob denkt *was*? Ich habe also doch nicht einfach Pfeifen gelernt und *das war alles*? Mein Herz vollführt gleichzeitig Freudensprünge und zieht sich schmerzhaft vor Sehnsucht zusammen. Diese kleine Information, die Sylvia mir gerade nebenbei hat zukommen lassen, lähmt vorübergehend mein Denken. Als ich nicht gleich reagiere, wird sie eindringlicher:

»Kontakte mit Dämonen sind eine Todsünde für Talente, Melek! Es gehört zu unseren Regeln, jeden aus der Armee ausschließen, der sich so etwas zu Schulden kommen lässt. Jakob hat diese Regeln nicht gemacht, aber er wird sich daran halten. Und das wäre keine gute Voraussetzung, um beim Teichfest erfolgreich zu sein. Das Schicksal plant seine Attacken eben immer sehr geschickt. Du musst die Wahrheit selbst herausfinden und mir davon erzählen. Ich tue dann so, als hätte ich eine entsprechende Vision gehabt. Dann werden sie mich schon irgendwie beschützen.«

Sie versucht, ein tapferes Grinsen zustande zu bringen, aber ich kann sehen, dass ihr jetzt auch nicht mehr ganz wohl in ihrer Haut ist. Im Grunde ist Sylvia genauso rücksichtslos mit sich selbst und uns anderen wie Jakob. Nur weil sie der Meinung ist, alles, was im Moment passiert, diene einem höheren Zweck, ist sie bereit, sich mit mir zu verbünden, ihr Leben zu riskieren und Geheimnisse vor ihrem Anführer zu haben. Ich kann ihre hemmungslose Überzeugung nicht ganz teilen.

»Was willst du ihm stattdessen sagen?«, frage ich. »Irgendetwas musst du ihm verraten, denn jeder weiß, dass du etwas gesehen hast!«

Nun verzieht sie den Mund zu einem schelmischen Grinsen.

»Ich verrate einfach den kompletten Rest!«, säuselt sie in einer Stimmlage, die mir nicht ganz geheuer ist.

»Der wäre?«

»Zum Beispiel den sehnsüchtigen Zustand deines Körpers.«

»Untersteh dich!«, fahre ich sie an.

Sie kichert auf die Art, wie Mädchen ihres Alters es tun, wenn sie vorübergehend die Oberhand gewinnen. Die Furcht, die gerade eben noch in ihr Gesicht geschrieben stand, ist wieder völlig verschwunden.

»Erzähl ihm von mir aus, in welchem Zustand mein Geist ist. Dann hat er vielleicht ein schlechtes Gewissen«, schlage ich vor. Sie könnte ihm zum Beispiel stecken, wie es sich anfühlt, ständig seine Zurückweisungen ertragen zu müssen.

»Wenn du meinst, dass dich das weiterbringt ...«

»Ist mir egal, Sylvia«, sage ich schließlich und verdränge jeden Gedanken an Jakob. »Sag ihm einfach, was du willst. Vielleicht legt das Schicksal dir ja persönlich die richtigen Worte in den Mund.«

Immerhin besteht die Möglichkeit, dass sie Recht hat. Was soll ich anderes tun, als auf ihre Intuition zu vertrauen? Ich kann nur hoffen, dass Levian heute Nacht wieder auftaucht. Dann werde ich ihn nicht erschießen, sondern ausfragen. Vielleicht ist es ja sogar möglich, noch mehr Informationen von ihm zu bekommen, die für die Armee hilfreich sind. Wer weiß, wie viel er bereit ist, zu verraten. So wie ich die Dschinn im Allgemeinen einschätze, kommt das ganz auf die Gegenleistung an, die ich ihm dafür biete. Worauf genau er eigentlich aus ist, und wie viel sein Ziel ihm wert ist, werde ich dann sehen. Auf jeden Fall bin ich bereit, zu pokern.

Wir gehen zurück zu den anderen und ich setze mich neben Erik ins Laub. Er sieht heute so aus, als hätte er in der Nacht nicht viel geschlafen. Seine Augen sind ein wenig verquollen und seine Haltung wirkt müde. Als er mich vorhin von zu Hause abgeholt hat, war er, oberflächlich betrachtet, wieder fast der Alte. Trotzdem merke ich, dass ihm der gestrige Abend noch in den Knochen sitzt. Jeder andere würde gar nicht erst versuchen, darüber hinwegzugehen. Aber Erik gehört zu den Menschen, für die Aufgeben nicht in Frage kommt, bevor der Krieg endgültig verloren ist. In unserem Fall also nie. Er schenkt mir ein schwaches Lächeln und wendet sich dann wieder Jakob zu, der nun erklärt, was bis zum Teichfest erledigt werden muss.

»Wir bauen da drüben einen Hochsitz für Finn«, verkündet er. »Von der Anhöhe aus hat er einen guten Überblick über den Teich und die Getränkestände. Wenn er dort etwas wahrnimmt, sendet er es an die Posten auf den drei Abschnitten im Wald. So wisst ihr jederzeit Bescheid, was auf dem Fest passiert. Der Reihe nach wird er außerdem alle sechs Posten anzapfen und nach Informationen fragen. Das heißt, er loggt sich etwa alle fünf Minuten in euren Kopf ein. Achtet also auf eure Gedanken!«

Die anderen lachen. Sie kennen das Gefühl wahrscheinlich schon. Ich hingegen bin von der Vorstellung, plötzlich Finns Stimme durch mein Gehirn geistern zu hören, ziemlich verstört. Die Bestürzung scheint mir ins Gesicht geschrieben zu sein, denn Finn raunt gleich in meine Richtung: »Keine Sorge. Ich klopfe vorher an!«

Wieder lachen alle, dann redet Jakob weiter.

»Wir nehmen nur Pistolen und Messer mit. Keine Schwerter, die sind zu unhandlich und auffällig. Henry kann seinen Bogen benutzen. Er deckt mit mir zusammen den Wald ab vom Teich bis zum Grenzstein am südlichen Hang. Melek und Lennart überwachen den Abschnitt vom Grenzstein bis zum Hochsitz. Kadim übernimmt mit Rafail zusammen den vorderen Abschnitt zwischen Hochsitz, Ankunftsweg und Teich. Wir müssen das jetzt üben, um unsere Gebiete kennen zu lernen und uns später auch in der Dunkelheit zurechtzufinden. Dann haben wir am Samstag den Kopf frei.«

»Wenn nicht gerade Finn ihn anzapft!«, kichert Nadja.

Finn wirft ein Stöckchen nach ihr, aber Nadja lässt den Zweig wie einen Bumerang zu ihm zurücksausen und trifft ihn damit am Ohr. Sofort fliegt das nächste Stöckchen durch die Luft. Doch bevor eine größere Schlacht in Gang kommen kann, setzt Jakob dem Treiben ein Ende.

»Aufhören!«, bestimmt er genervt. Dann wendet er sich Sylvia zu.

»Du bleibst auf dem Fest und konzentrierst dich dort auf die Dschinn. Wenn du etwas feststellt, gibst du die Information an Nadja, Nils, Mike und Tina weiter. Dann pfeifst du und wartest auf eine Bestätigung von Finn. Bleibt sie aus, musst du dich zum Hochsitz vorarbeiten und ihn auf dich aufmerksam machen. Er wird dich zur Sicherheit aber auch regelmäßig kontaktieren.«

Sylvia nickt unbeeindruckt. Wahrscheinlich hat sie schon gewusst, was ihre Aufgabe sein wird. Vielleicht ist sie aber auch in Gedanken bei ihrem eigenen Schicksal.

Jakob hat also entschieden, Tina am Samstag wieder einzusetzen. Allerdings nicht als Wettläuferin im Wald, sondern als Liebestöterin. Also hat er all seine Schäfchen ins Trockene gebracht. Soweit man das als Anführer dieser Truppe überhaupt tun kann. Denn im Grunde kann es jeden von uns erwischen – auf welchem Posten auch immer. Seine nächste Ansage überrascht mich.

»Nils, du bist Springer«, sagt er. »Nachdem Tina noch nicht wieder voll einsatzfähig ist, bist du unser einziger Wettläufer. Das bedeutet, dass du unter Umständen in den Wald verschwinden musst, falls Finn es für taktisch klug hält. In diesem Fall nimmt Erik deinen Platz ein.«

Jakob plant ein Talent ein, das noch gar keines ist! Die Gewissheit darüber ist gerade mal eine Stunde alt, denn Sylvia hat gleich nach unserer Ankunft nachgesehen. Das ist garantiert eine Premiere. Erik jedenfalls scheint sich über das Vertrauen zu freuen, das ihm entgegengebracht wird, denn er strafft die Schultern und hat plötzlich einen zufriedenen Zug um die Mundwinkel. Ob er sich wirklich damit auseinandergesetzt hat, wie sich sein Job anfühlen wird – falls es überhaupt so weit kommt –, weiß ich nicht. Vielleicht hat er ja sogar Spaß daran.

Jakob erklärt uns noch einmal genau die Grenzen der drei Abschnitte und geht dann mit jedem Zweierteam einzeln den entsprechenden Bereich ab. Wir sind alles in allem nicht besonders weit voneinander entfernt, denn der Teich und der Festplatz sind ziemlich klein. Wenn wir uns ganz außen auf dem unsichtbaren Zirkel befinden, den Jakob um die Party gelegt hat, sind wir gerade mal hundert Meter vom eigentlichen Geschehen weg. Trotzdem kann ich mir gut vorstellen, dass die Dschinn uns durch die Lappen gehen. Sechs Talente, von denen jeweils zwei dicht beisammen bleiben, um sich gegenseitig zu beschützen, sind einfach zu wenig, um ein undurchdringbares Netz zu schaffen. Aber die Liebestöter auf dem Fest sind genauso wichtig. Alles wird davon abhängen, wie gut die Kommunikation mit Finn klappt und welche Informationen Sylvia einfängt.

Während wir unsere Waldstücke ablaufen und uns verschiedene auffällige Stellen im Gelände merken, bauen die anderen einen beinahe unsichtbaren Hochsitz auf einer knorrigen Eiche mit besonders dichter Krone. Er besteht im Grunde nur aus zwei Brettern in etwa fünfzehn Metern Höhe, die Nadja auf telekinetischem Weg nach oben bugsiert hat. Festgeschraubt hat sie Erik. Ich habe von meinem Waldstück aus gesehen, wie er an einem Seil hing und in der Krone der Eiche zugange war. Obwohl ich nicht wirklich unter Höhenangst leide, hätte ich auf keinen Fall mit ihm tauschen wollen. Wenn ich ganz ehrlich bin, hatte ich etwas Angst um ihn. Scheinbar unbegründet, denn Erik wirkt im Moment recht zufrieden. Der müde Ausdruck ist aus seinem Gesicht verschwunden. Der Aufstieg zum Hochsitz besteht unten aus Nägeln wie meine Behelfsleiter zu Hause. Erst weiter oben, jenseits des Blickfelds, hat Erik schmale Kanthölzer als Trittstufen angebracht. Finn muss ein geübter Kletterer sein, wenn er da ohne größere Schwierigkeiten hinaufkommen will.

»Probiert es mal!«, sagt Jakob und nickt Finn und Nadja zu.

Nadja lässt zuerst ein Seil nach oben wandern, das sich wie eine Schlange vor seiner Beschwörerin aufrichtet und hinauf in die Baumkrone windet. Dort wickelt es sich um einen dicken Ast und schwebt auf der anderen Seite wieder hinunter. Finn soll also zumindest gesichert hinaufsteigen. Das beruhigt mich. Solche Maßnahmen geben mir die Hoffnung, dass auch der Rest des Einsatzes gut durchdacht ist. Nachdem er das Seil mit einem Karabinerhaken in sein Klettergeschirr eingehängt hat, kraxelt Finn tatsächlich wie ein Affe von einer Stufe zur nächsten. Er macht das definitiv nicht zum ersten Mal. Oben angekommen nimmt er auf seinem Sitz Platz und ruft zu uns herunter:

»Alles klar! Lasst die Tarnung hochkommen!«

Nadja fixiert ein Geflecht aus Eichenzweigen, das bisher an den Stamm des Baumes gelehnt stand. Wie von unsichtbaren Fäden gesteuert gleitet es geräuschlos nach oben, wo Finn es entgegennimmt und vor seinem Sitz mit einigen Karabinern festschnallt. Nun ist er fast gar nicht mehr zu erkennen. Nur wenn man genau hinsieht, kann man seinen dunklen Haarschopf hinter der Blätterwand hervorspitzeln sehen.

»Sehr gut«, ruft Jakob. »Und nun zapf mal Melek an! Sie muss wissen, wie sich das anfühlt!«

Ich zucke leicht zusammen.

»Ist gut!«, schreit Finn.

Noch bevor ich mich irgendwie gegen den Angriff auf meine Psyche wappnen kann, spüre ich plötzlich ein dumpfes Surren in meinem Kopf. Es fühlt sich an, als würde jemand in meinem Nacken den Regler eines alten Radios aufdrehen. Meine Schädelknochen knistern und ein leichtes Taubheitsgefühl stellt sich ein.

»Das war das Anklopfen«, höre ich Finns Stimme, so deutlich, als stünde er direkt neben mir.

»Oh«, mache ich und fasse an meinen Kopf. Jemand kichert, doch ich nehme es nur schemenhaft wahr.

»Wir machen es ganz klassisch«, witzelt Finn. »Wie damals bei der Erfindung des Telefons. Sag einfach folgenden Satz: Das Pferd frisst keinen Gurkensalat!«

Das Gefühl, einen anderen Menschen in meinem Kopf zu haben, ist fast nicht auszuhalten. Meine ganze Wahrnehmung ist einzig und allein auf die fremde Präsenz in meinem Gehirn gerichtet, der Rest der Realität verschwimmt zu einem grauen Nebel.

»Das Pferd frisst keinen Gurkensalat!«, wiederhole ich. Doch mehr als ein Flüstern bringe ich nicht zustande.

»Hip, hip hurra!«, blökt Rafail.

Finn ist noch nicht fertig mit mir.

»Und nun andersherum«, sagt er. »Denk etwas, aber sprich es nicht aus. Ich wiederhole es dann für die anderen!«

Das ist der Moment, vor dem mir die ganze Zeit über gegraut hat. Und eben deshalb passiert genau das, was ich um jeden Preis hatte vermeiden wollen. Es ist dasselbe Prinzip, wie wenn jemand einen anderen auffordert, nicht an einen rosa Elefanten zu denken. So habe ich mir für diesen Augenblick längst vorgenommen, nicht an Jakob zu denken. Klar, dass es nicht funktioniert. Meinem einfältigen Hirn kommt kein anderer Gedanke als der, dass ich unsterblich in meinen Anführer verliebt bin. Wie peinlich!

»Okay, Melek. Ich werde das nicht laut aussprechen«, sagt Finn ruhig. »Denk an etwas anderes. Und glaub mir, dass ich von jedem hier ein kleines Geheimnis weiß. Deines ist bei mir genauso sicher wie all die anderen.«

Ich blicke mich hektisch um, in der Hoffnung, dass mir ein einziger brauchbarer Satz einfällt. Was dabei herauskommt, sprüht nicht gerade vor Kreativität, aber es ist zumindest unverfänglich.

»Alle Bäume in diesem Wald sind grün!«, schreit Finn meinen törichten Gedanken von seinem Hochsitz herunter. Seine echte Stimme klingt hundertmal weiter weg als die in meinem Kopf.

Jakob schmunzelt und wirft mir einen scheelen Blick zu.

»An dir ist eine echte Poetin verloren gegangen«, sagt er und streicht sich dabei mit einer Hand über seinen Dreitagebart. Ich kann nicht verhindern, dass meine Gedanken schon wieder in die falsche Richtung fliegen. Es passiert in erster Linie deshalb, weil ich nicht will, dass es passiert. Also bekommt Finn live mit, wie ich mich frage, ob dieser Bart beim Küssen wohl stark kratzen würde.

»Ich verschwinde jetzt, Melek!«, sagt die Stimme in meinem Kopf. »Ist besser so.«

»Danke, Finn!«, denke ich. »Auch fürs Dichthalten!«

Ein letztes Mal knarzt die Schnittstelle an meinem Nacken. Dann herrscht wieder beruhigende Funkstille in meinem Gehirn. Ich stoße einen Laut der Erleichterung aus.

Als ich einen kurzen Blick zu Jakob hinüberwerfe, sehe ich, dass er mich genau beobachtet. Ich kann den Ausdruck in seinem Gesicht nicht deuten. Wahrscheinlich hat meine Reaktion auf die telepathische Verknüpfung verraten, dass ich Geheimnisse habe. Und nun fragt er sich, welche es sind. In dem Moment fällt mir plötzlich ein, dass Finn im Grunde eine völlig harmlose Information von mir bekommen hat, so verfänglich sie auch war. Hätte ich stattdessen an Levian gedacht oder an das Gespräch mit Sylvia vorhin, so hätte Finn ganz sicher kein Stillschweigen gelobt. Und das ist ein Problem. Denn das nächste Mal, wenn er mich anzapft, werde ich hundertprozentig an meinen Dschinn denken und an all die Informationen, die mit ihm verknüpft sind. Dann wird Jakob mich aus der Armee ausschließen und ich werde ihn nie wiedersehen. Noch schlimmer: Er wird meine Erinnerung löschen lassen und ich werde vergessen, dass ich jemals verliebt war! Mein Herz krampft sich bei dem Gedanken zusammen. Mechanisch wandert meine Hand zum Mund und ich kaue auf meinen Fingernägeln. Zum Glück richtet sich die Aufmerksamkeit der anderen nun wieder auf Jakob.

»Jetzt mach das Gleiche bei Erik!«, ruft er nach oben in die Eiche.

Ich schaue hinüber zu Erik und sehe, wie er ebenfalls zusammenzuckt und mit den Händen an seinen Kopf fasst. Er kneift die Augen zusammen, öffnet sie Sekunden später wieder und sieht verwirrt aus. Seine Miene ist hochkonzentriert, als er sagt: »Da steh ich nun, ich armer Tor! Und bin so klug als wie zuvor!«

Die anderen brechen in schallendes Lachen aus. Selbst mir entschlüpft ein belustigtes Glucksen. Als die Kommunikation in die andere Richtung gehen soll, vergehen einige Augenblicke, bevor ich Finn leise von oben stöhnen höre. »Oh. Mein. Gott«, sagt er. Dann ist wieder alles still. Das Schweigen dauert so lange, dass mir mulmig davon wird. Ich hoffe nur, dass die heimliche Kommunikation zwischen Finn und Erik nichts mit mir zu tun hat, und falls doch, dass Finn Wort hält und mein Geheimnis hütet. Ich bin heilfroh, als ich endlich seine Stimme aus der Baumkrone rufen höre.

»Ich bin so wild auf deinen Erdbeermund!«, schreit er.

Rafail breitet sofort die Arme aus und brüllt zurück: »Dann komm schnell runter in meine starken Arme, Schätzchen!«

Die anderen kugeln sich vor Lachen, aber ich schaue hinüber zu Erik und suche in seinem Gesicht nach einem Hinweis auf sein Geheimnis. Er weicht meinem Blick aus und starrt stattdessen hinauf in die Eiche. Garantiert hat er Finn von seiner unerwiderten Liebe zu mir erzählt. Als ob das nicht ohnehin jeder wüsste!

***

An diesem Tag entscheide ich mich dazu, nicht mit Erik nach Hause zu fahren, sondern zu Fuß zu gehen. Von Friedensdorf nach Buchenau sind es nur ein paar Kilometer und ich brauche dringend etwas Zeit mit mir allein. Die nächsten Tage werden ohnehin anstrengend genug werden. Jakob plant alle möglichen Übungstreffen, bei denen wir uns gegenseitig mit Paintball-Geschossen jagen und den Extremfall proben sollen. Ich muss darüber nachdenken, wie ich es schaffen kann, Finns Anwesenheit in meinem Kopf zu erdulden, ohne ihm dabei von Levian zu erzählen. Und ich will keine Gespräche mit Erik führen, nicht seine Hand halten und nicht darauf warten, dass er von allein nach Hause fährt. Im Moment ist diese ganze Dreiecksgeschichte einfach zu viel für mich.

Bevor ich gehe, bekomme ich noch mit, wie Jakob erst Sylvia und später Finn beiseite nimmt und zur Rede stellt. Sein Blick wandert dabei kein einziges Mal in meine Richtung, doch ich bin mir sicher, dass er sie über mich ausfragt. Sein Vertrauen in mich scheint nicht besonders groß zu sein. Ich frage mich, warum das eigentlich so ist. Seit meiner Eichhörnchen-Beichte habe ich nichts mehr getan oder gesagt, was Zweifel gegen mich rechtfertigen würde. Zumindest nichts, wovon er wissen kann.

Das Gespräch mit Sylvia dauert wesentlich länger als das mit Finn. Sie redet wie ein Wasserfall und gestikuliert dabei wild durch die Gegend. Jakob steht die ganze Zeit über schweigend an einen Baum gelehnt, mit krummem Rücken, um sein Gesicht zumindest annähernd mit ihr auf Augenhöhe zu bringen. Ich wüsste zu gern, was sie ihm erzählt.

Finn hingegen zuckt nur mit den Schultern, schüttelt den Kopf und sagt zwei oder drei Sätze. Dann winkt er ab und klopft Jakob auf den Rücken. Ich will mich schon abwenden, da sehe ich, wie Finn noch einmal Jakobs Blick auffängt und ihm eine stumme Botschaft sendet, wahrscheinlich über Telepathie. Die Nachricht scheint einigermaßen kurz zu sein, denn wenige Augenblicke später gehen sie in getrennte Richtungen auseinander. Alles in allem ist dieses zweite, versteckte Gespräch beunruhigender als das erste.

Ich bin in keiner guten Verfassung, als ich mich auf den Heimweg mache. Und auch Erik sieht niedergeschlagen aus. Er fragt nicht einmal, warum ich zu Fuß gehen will. Seinen ursprünglichen Vorsatz, mich so wenig wie möglich aus den Augen zu lassen, um mich zu beschützen, hat er scheinbar aufgegeben. Dafür kommt plötzlich Sylvia hinter mir hergelaufen, kaum, dass ich ein paar Meter gegangen bin.

»Ich begleite dich bis zum Bahnhof«, keucht sie und hakt sich bei mir unter. »Wir können ungestört reden. Die anderen nehmen den Waldweg in die Gegenrichtung nach Biedenkopf.«

Mir ist nicht nach Reden zumute.

»Was hast du ihm gesagt?«, frage ich einsilbig.

»Das willst du nicht wissen.«

Ich schaue sie verständnislos an. Was auch immer sie gesagt hat – natürlich interessiert es mich! Schon allein deshalb, weil ich erfahren möchte, woran ich bin. Und was Jakob über mich denkt.

»Warum kommst du dann hinter mir her?«

»Weil ich dich vorbereiten will«, sagt sie geheimnisvoll.

»Vorbereiten? Worauf?«

Sylvia zeigt ihr typisches Schmunzeln. Sie genießt es sichtbar, immer eine kleine Kunstpause einzulegen, bevor sie die Katze aus dem Sack lässt.

»Auf dein Schicksal«, raunt sie, bevor sie sich bückt, um ein Büschel Löwenzahn am Wegesrand abzureißen. Ich bin viel zu verwirrt und müde, um den Sinn dieser Handlung zu hinterfragen.

»Welches Schicksal? Sprich doch einfach mal wie ein normaler Mensch«, blaffe ich sie an.

Sylvia nimmt mir die fahrige Ausdrucksweise scheinbar nicht übel, denn das Schmunzeln weicht nicht aus ihrem Gesicht.

»Hinter der nächsten Wegbiegung wirst du's sehen!«

Ein leichter Schauder durchfährt mich bei diesen Worten. Obwohl ich nicht die geringste Ahnung habe, was nach der Kurve auf mich wartet, fröstelt es mich mit einem Mal. Ich bleibe stehen und packe sie an den Schultern.

»Sag mir gefälligst, was los ist!«, herrsche ich sie an.

Doch Sylvia streift nur meine Hände ab und stellt eine Gegenfrage:

»Der Bahnhof ... das ist einfach geradeaus, oder?«

»Ja. Aber ich bringe dich schon hin!«, fauche ich sie an.

»Nein, tust du nicht«, sagt sie und marschiert zielstrebig weiter, auf die ominöse Wegbiegung zu. »Du wirst dich mitnehmen lassen. Von ihm.«

Ich bleibe abrupt stehen.

»Von wem? Erik?«

»Nein«, sagt Sylvia nach vorne gewandt. »Der fährt gerade in die andere Richtung. Es ist Levian.«

Nun kann ich nicht mehr anders, als wieder zu ihr aufzuschließen.

»Levian? Du kennst seinen Namen? Und kannst ihn spüren?«

»Ja«, sagt sie schlicht. »Heute zum ersten Mal kann ich es. Ich nehme an, es hat mit dem Trojaner zu tun ... du weißt schon, was ich meine. Er hat sich mir zu erkennen gegeben. Warum das bisher anders war, weiß ich nicht. Frag ihn einfach.«

Wir haben die Wegbiegung fast erreicht. Sylvia legt noch einmal einen Zahn zu, als wolle sie jedes weitere Gespräch mit mir unterbinden. Kurz vor der Kurve bleibt sie endlich stehen und schaut mir in die Augen. Dann drückt sie mir lächelnd den Löwenzahn in die Hand.

»Schenk ihm den. Das wird gut ankommen«, sagt sie.

Ich starre auf den Haufen gezackter Blätter in meiner Hand und weiß nicht, was ich darauf antworten soll.

»Ich werde all das mit einem einzigen Gedanken verraten, wenn Finn das nächste Mal mein Gehirn anzapft«, sage ich stattdessen.

»Auch dafür müsste Levian eine Lösung wissen«, sagt Sylvia. »Ihr habt jede Menge Zeit.«

Ich starre sie ungläubig an. Träume ich das? Oder rät mir tatsächlich ein Orakel der Talente, mich von einem Dschinn in der Kunst unterweisen zu lassen, die Armee zu hintergehen?

»Warum tust du das?« frage ich benommen.

»Du weißt, warum«, sagt Sylvia. »Weil es Vorsehung ist. Und nun lass uns gehen.«

Doch das müssen wir gar nicht. Wahrscheinlich hat die Zeitverzögerung ihm zu lange gedauert. Ich habe keine Ahnung, wie gut die Dschinn im Warten sind. Levian jedenfalls ist eindeutig kein Meister darin. Noch bevor wir die Kurve passieren, höre ich ein ungeduldiges Wiehern, dann das taktklare Stampfen von Hufen auf dem Weg. Ich hatte mit dem Eichhörnchen gerechnet oder mit dem Wolf. Vielleicht sogar mit einem besonders gutaussehenden Wanderer. Aber nicht mit einem Pferd. Schon gar nicht mit einem schwarzen, dessen glänzendes Fell einen sinnlichen Kontrast zu den grünen Augen bildet. Selbst Sylvia hält die Luft an, während es auf uns zutrabt.

»Da kommt dein Schicksal«, flüstert sie und weicht ein Stück beiseite, um ihm Platz zu machen.

Das Pferd bläht die Nüstern und schlägt ungeduldig mit dem Kopf. Seine Beine tanzen über den Schotterweg wie Pianistenfinger über ein Klavier, während die lange, seidige Mähne um seine Stirn weht. Ich war nie eines dieser Mädchen, das sich von solchen Anblicken beeindrucken ließ. Und trotzdem stockt mir der Atem vor Erregung.

Nur wenige Zentimeter vor mir bleibt es stehen und starrt mich durchdringend an. Auf der Stelle bildet sich wieder die Gänsehaut auf meinen Armen und mein Geist gibt jeden Widerstand gegen den viel zu tiefen Kontakt auf, in den der Dschinn mich verwickelt. Es muss irgendein rätselhafter

Zauber sein, der von ihm ausgeht. Die Art, wie Sylvia mich gerade ansieht, bestätigt das. Aber ich bin völlig machtlos dagegen.

Mechanisch strecke ich ihm die Hand mit dem Löwenzahn entgegen und sehe, wie seine dämonischen Augen aufleuchten. Ganz vorsichtig wandert sein Maul zu meiner Hand und tastet die Blätter heraus. Sein Atem ist warm und seine Haut so flaumig-weich wie ein Pfirsich.

»Levian!«

Sylvias Stimme klingt schneidend. Sie reißt mich aus meiner tranceartigen Stimmung wie ein Wecker aus einem schönen Traum. Levian wendet seinen Blick in ihre Richtung, ohne seine genüsslichen Kaubewegungen zu unterbrechen.

»Du wirst dich beherrschen!«, sagt sie gehetzt. »Wenn du sie erst einmal ausgesaugt hast, ist sie nicht mehr interessant für dich, das ist dir doch klar, oder?«

Er schluckt die letzten Bissen hinunter und zeigt ein kaum wahrnehmbares Nicken. Ich weiß immer noch nicht, ob ich seine neue Gestalt furchteinflößend oder herrlich finde. In jedem Fall ist sie atemberaubend. Und Sylvia ist genauso überwältigt davon wie ich.

»Na gut ... dann geht mal«, murmelt sie. »Ich finde den Weg zum Bahnhof schon.«

»Bist du sicher?« frage ich besorgt.

»Natürlich«, sagt sie mit einer Spur des alten Selbstvertrauens in der Stimme. »Ich bin keine zwölf mehr.« Ihre Augen blitzen.

Mit einer einzigen geschmeidigen Bewegung lässt sich der schwarze Hengst auf die Knie niedersinken und knickt dann auch mit der Hinterhand ein. Im Liegen deutet er mit dem Kopf auf seinen Rücken und schnaubt ermutigend.

»Kannst du reiten?«, fragt Sylvia.

»Ja, als Kind hatte ich Reitstunden.«

Trotzdem zittern meine Knie, als ich aufsteige. Ich kralle mich in der Mähne fest und schließe meine Beine um den muskulösen Rumpf des Pferdes. Es erhebt sich triumphierend. Meine Hände schwitzen.

»Ich lasse heute Nacht bereits auf mich aufpassen!«, sagt Sylvia zum Abschied. »Sobald ich im Zug sitze, erfährt Jakob von meiner angeblichen Vision.«

Ich weiß nicht, ob diese Information in erster Linie für mich gedacht ist oder für Levian. Trotzdem bin ich froh, sie zumindest in einer vagen Sicherheit zu wissen.

»Bis morgen, Große!«, sage ich.

»Bis morgen, Anakin«, antwortet Sylvia.

Ich habe keine Gelegenheit mehr, über ihr letztes Wort nachzudenken, denn der Hengst schnellt auf den Hinterbeinen herum und galoppiert auf dem Waldweg zurück in die Richtung, aus der er gekommen ist. Ich traue mich nicht, den Kopf zu wenden und mich noch einmal nach Sylvia umzusehen. Hätte ich bloß nicht erwähnt, dass ich reiten kann! Innerhalb weniger Meter erreicht seine Geschwindigkeit überirdische Ausmaße. Seine Beine berühren kaum mehr die Erde. Eine enorme Energiewelle schießt durch die Muskelberge unter mir. Der Wind treibt mir Tränen in die Augen und die lange Mähne peitscht mir ins Gesicht. Ich greife noch fester hinein. Mein Herzschlag hat in etwa dieselbe Frequenz wie das Trommeln seiner Hufe.

Als er über einen kleinen Graben springt und auf einen Hohlweg Richtung Allendorf abbiegt, stockt mir fast der Atem. Jetzt herunterzufallen, würde meinen sicheren Tod bedeuten. Levian scheint dieses Risiko mutwillig einzugehen. Ein Hauch von Wut mischt sich unter meine Angst.

»Zu schnell, du verfluchter Dschinn!«, keuche ich leise in seine Mähne. Zum Schreien fehlt mir die Kraft. Und doch verringert sich die Geschwindigkeit innerhalb eines Augenblicks drastisch. Wir sind immer noch im schnellen Galopp, doch im Vergleich zu der Lichtgeschwindigkeit von gerade eben fühlt es sich jetzt so an, als säße ich auf einem gemütlichen Schaukelpferd. Ich richte mich ein wenig auf und atme durch. Aber das Dankeschön verkneife ich mir. Er hätte wissen müssen, dass ich diese Raserei nicht aushalten kann. Ich bin ein Volltreffer und kein Wettläufer. Es gäbe wirklich mehr Grund, ihm eins mit einer Gerte überzuziehen, als auch noch Danke zu sagen. Leider habe ich vor dem Aufsitzen vergessen, mir einen knackigen Haselnusszweig für unseren Ausritt zu pflücken.

Ich bin froh, als wir den Wald verlassen und ein Stück weit entlang einer Wiese im Schritt gehen. Dann überqueren wir die Straße vor Allendorf und biegen wenig später wieder Richtung Wald ab. Vom Radweg aus beobachten uns einige Leute, doch sie sind weit genug entfernt, um die grünen Augen meines Pferdes nicht zu sehen. Trotzdem deuten sie zu uns hinüber. Eine Reiterin ohne Sattel und Zaumzeug auf einem rabenschwarzen Pferd sieht man schließlich nicht alle Tage. Ich bin froh, dass sie uns vorhin nicht haben fliegen sehen.

Levian nimmt nicht den direkten Weg über den Hohenfels, sondern geht außen um den Berg herum. Scheinbar genießt er die Situation so sehr, dass er sie noch weiter in die Länge ziehen will.

»Wo bringst du mich hin?«, frage ich in das eigentlich angenehme Schweigen hinein. »Nach Hause?«

Er schüttelt den Kopf.

»Zu dir nach Hause ja wohl auch nicht, oder?«

Wieder schüttelt er seine vom Wind verknotete Mähne und prustet dabei.

»Dann wahrscheinlich an irgendeinen geheimen Ort, wo du mir in Ruhe die Gefühle raussaugen kannst.«

Diesmal zeigt er keine Reaktion. Ich kann nicht verhindern, dass sich meine Muskeln leicht verkrampfen. Meine rechte Hand lässt die Mähne los und fasst nach dem Messer in meiner Jackentasche. Zum Glück ist es noch da.

»Ich glaube nicht, dass du viel Freude an mir hättest«, rede ich weiter, einfach nur, um nicht in eine angstvolle Starre zu verfallen. »Meine Gefühle sind sicher nicht sehr schmackhaft. Da ist wenig Rosenduft und Zuckerkuchen im Spiel, wenn du verstehst, was ich meine. Wahrscheinlich schmecke ich wie ein drei Tage altes Roggenbrot ... mit Schimmel drauf«

Er reagiert nicht, trottet einfach weiter im Schritt am Fuße des Berges entlang. Mittlerweile liegen die Ortschaften und der Radweg weit genug hinter uns. Keine Menschenseele sieht uns hier. Er könnte nun wieder auf Raketenantrieb schalten und mir noch einen schönen Gefühlscocktail entlocken, bevor ich verspeist werde. Warum er es nicht tut, weiß ich nicht. Vielleicht hört er mir tatsächlich gern zu. Auf den Verdacht hin rede ich einfach weiter.

»Ich meine, das, worauf du wahrscheinlich aus bist, kann ich dir ohnehin nicht bieten. Ich habe noch nicht einmal einen Jungen geküsst. Und die Mädchen in meiner Klasse sagen über mich, ich sei eine unscheinbare Spaßbremse. Na ja, zumindest bis vor kurzem haben sie das gesagt. Seit dem letztem Donnerstag sind sie anderer Meinung ...«

Seine Schritte versteifen sich spürbar. Da fällt mir ein, dass das Thema schlecht gewählt ist. Unter Umständen habe ich an diesem Tag seine Schwester oder seine Geliebte umgebracht. Ich rede mich gerade um Kopf und Kragen.

»Tut mir leid, Levian, ich ... es ist nicht gerade einfach, mit einem Pferd zu sprechen!«

Und es würde nie einfach sein, überhaupt mit ihm zu sprechen. Auch wenn ich es zuweilen vergesse, gehören wir zwei bis aufs Blut verfeindeten Gruppen an. Und all das gilt sowieso nur für den Fall, dass er sich tatsächlich gut genug im Griff hat, um mich nicht auszusaugen. Ich werde sehr bald wissen, wie es um seine Beherrschung bestellt ist.

Er fällt jetzt in einen lockeren Trab und ich habe Mühe, mich ohne Steigbügel auf seinem Rücken zu halten, verkrampft, wie ich mittlerweile bin. Nachdem ich ihm ein paar hundert Meter weit in den Rücken geplumpst bin, wechselt er in einen leichten Galopp, um sich selbst oder mich zu entlasten. Die Sonne steht mittlerweile schon im Westen und zaubert lange, schlanke Schatten in den Wald. Es ist merklich kühler als noch vor einer Woche. Levian wechselt noch einmal die Richtung und erklimmt den Berg gegenüber dem Hohenfels. Dann verlässt er den Weg und schreitet durch ein Fichtendickicht weiter bergauf. Ich muss mich flach auf seinen Rücken legen, um nicht von den kratzenden abgestorbenen Zweigen abgestreift zu werden. Als ich es wage, mich wieder aufzurichten, hat das Unterholz sich gelichtet. Vor uns erblicke ich einen natürlichen Steinbruch, von dessen Existenz ich bisher nichts wusste. Er ist kleiner als der in Buchenau, aber viel verwunschener. An seinem Grund hat das Regenwasser einen überraschend sauberen Teich gebildet. Darin blühen so viele weiße Seerosen, dass es den Anschein hat, als hätten wir die reale Welt verlassen und den Schlüssel zu einem Märchenland gefunden.

Levian watet mit mir ins Wasser, ungeachtet der Tatsache, dass ich Schuhe und Kleidung trage. Ich versuche gar nicht erst, die Beine hochzuziehen, denn er hat offensichtlich sowieso vor mich nass zu machen. Nur mein Handy ziehe ich aus der Tasche und halte es hoch. Nach wenigen Schritten hat er keinen Boden mehr unter den Hufen und beginnt zu schwimmen. Ich gleite von seinem Rücken und klammere mich an seinen Hals. Das Wasser ist bereits stark abgekühlt und daher viel zu kalt zum Schwimmen. Aber ich spüre es kaum. Seerosen und Libellen ziehen an uns vorbei, während das grüne Dschinn-Auge auf meiner Seite mich unverwandt beobachtet.

»Nun mach schon Schluss mit diesem Spielchen und zeig dich endlich«, fordere ich bibbernd. Ich will mich nicht mehr fragen, ob er mich nun aussaugt oder dem Schicksal auf die Sprünge hilft, wie Sylvia glaubt. Ich will endlich Gewissheit über ihn, egal wie sie aussieht.

Er schwimmt eine Wendung und steuert auf das Ufer zu. Ich lasse ihn los. Ein gutes Stück vor mir verlässt er das Wasser und galoppiert zu einem großen Findling, der etwa mittig im Steinbruch liegt, als hätte ihn jemand dort hin drapiert. Was vielleicht ja auch der Fall ist.

Ich stehe noch bis zu den Knien im Wasser, als er sich verwandelt. Und als ich ihn dann als Mensch sehe, bin ich nicht mehr in der Lage, mich weiter in seine Richtung zu bewegen. Meine Beine gehorchen mir nicht mehr, denn mein Gehirn hat aufgehört, Befehle an meinen Körper zu schicken. Es ist vollauf damit beschäftigt, den Anblick zu verarbeiten, der sich mir nun bietet: Vor mir steht der schönste Mann, den ich je gesehen habe.

Wenn deine Seele mit einem Dschinn verwandt ist, bist du nur ein halber Mensch

Levians menschliche Gestalt ist die Verkörperung all dessen, was Tausende von Poeten und Filmemachern seit Jahrhunderten zu erschaffen versuchen. Er ist hochgewachsen und kräftig, mit breiten Schultern und dunklem Haar. Sein Gesicht ist fein geschnitten und hat doch einen sehr markanten Zug. Er strahlt nicht die langweilige Perfektion des ersten Dschinn aus, den ich in der Havanna-Bar gesehen habe. Dafür ist seine Haut zu braungebrannt, seine Brauen zu dicht und der Blick seiner immer noch grünen Augen zu herausfordernd. Selbst seine Kleidung führt den anziehenden Kontrast zwischen Eleganz und Wildheit fort. Er trägt eine zerrissene Jeans, ein ausgewaschenes weißes Designer-Shirt, dessen Ausschnitt seinen Oberkörper bis zum Brustbein freigibt und ein auffälliges, breites Lederarmband. An seinem Hals glitzert eine Kette mit winzigen Silberkugeln. Wenn der Gedanke nicht so absurd wäre, würde ich sagen, es sind dieselben Kugeln, mit denen wir auf die Dschinn schießen.

»Hallo Melek«, sagt er. Seine Stimme klingt wie eine Bronzeglocke.

»Du hast dich fein herausgeputzt für mich«, sage ich, immer noch mit den Beinen im Wasser stehend. Ich zittere, weiß aber nicht, ob es von der nassen Kleidung kommt oder ganz tief aus meinem Bauch heraus. Er lächelt und entblößt dabei eine Reihe strahlendweißer Zähne und ein kleines Grübchen auf seiner linken Wange.

»Oh nein, das ist keine Melek-Gestalt. Es ist einfach die, in der ich mich am wohlsten fühle.«

Wer würde das nicht! Ich reiße mich zusammen und wate wenig anmutig zum Ufer, die Arme fest um meinen Oberkörper geschlungen. Wie befangen

Schönheit Menschen doch macht! Ich ärgere mich über mich selbst, dass ich mich von dieser Maske derart beeindrucken lasse. Doch sobald ich den Blick vom Boden hebe und Levian ansehe, überkommt mich wieder dieses seltsame kindische Gefühl und meine Bewegungen werden unangenehm fahrig.

»Du wirst mich jetzt nicht küssen, oder?«, frage ich und bedauere gleichzeitig, dass ich die Antwort bereits kenne. Falls dieses Schicksal mir tatsächlich droht, dann sollte es wenigstens in einer Situation wie dieser und an einem Ort wie diesem geschehen.

Er lacht und schüttelt den Kopf.

»Keine Sorge, ich habe mich auf dieses Treffen vorbereitet.«

Das hatte er ja bereits angekündigt. Aber erst jetzt, wo es so weit ist, stelle ich mir plötzlich die Frage, was das eigentlich bedeutet.

»Wie?«, murmele ich.

Sein Blick wird nun etwas dunkler.

»Du weißt, wie«, sagt er. »Ich habe dafür gesorgt, dass ich satt genug bin, um der Versuchung zu widerstehen.«

Mein Herz krampft sich schmerzhaft zusammen.

»Wie viele Menschen mussten ihre Gefühle verlieren, damit du und ich uns unterhalten können?«, frage ich aufgebracht.

Nun sehe ich Ärger in seinen Augen aufflammen. Sein Körper versteift sich spürbar, als er mich anfaucht:

»Seit Jahrhunderten jagt ihr uns und wisst doch so wenig über uns! Ihr gebt uns alle paar Generationen neue Namen und habt dabei keinerlei Ahnung, wozu wir fähig sind. Ich könnte dich küssen wie jeder andere Mann auch, ohne dass dabei die geringste Veränderung in dir passiert.«

Er kommt ein paar Schritte auf mich zu und ich merke, wie ich unbewusst zurückweiche und wieder ins Wasser trete.

»Aber vielleicht würde ich auch ein paar deiner überflüssigen romantischen Gefühle stehlen, wenn mir danach wäre. Womöglich wäre mein Hunger sogar groß genug, um mir ein richtig großes Stück deiner menschlichen Schwäche zu nehmen. Oder auch alles, was du zu bieten hast. Die Grenzen sind fließend. Das wusstest du nicht, hab ich Recht?«

Ich schüttele verwirrt den Kopf.

»Ich kann dir sagen, welche Opfer hinter dieser Begegnung stecken: Da waren drei Menschen, die ich von ihrer unsinnigen Bereitschaft befreit habe, sich jedermann jederzeit völlig hinzugeben. Das werden sie fortan nie wieder tun. Aber ihr Leben wird dadurch am Ende besser sein als zuvor. Ich habe ihnen jede Menge weiterer Verletzungen erspart.«

Ich weiß nicht, was ich davon halten soll. Dafür kann ich Levian viel zu schlecht einschätzen, denn ich kenne ihn kaum. Vielleicht erzählt er mir diese Geschichten bewusst, um damit mich oder die Truppe in die Irre zu führen. Oder er lügt mich an, weil er weiterhin in einem guten Licht bei mir dastehen will. Weshalb er das tun sollte, ist mir allerdings nach wie vor schleierhaft.

Er sieht mich abschätzig von der Seite an und erinnert mich dabei entfernt an Jakob.

»Im Übrigen glaube ich kaum, dass es viel Beherrschung braucht, sich von dir fernzuhalten. Dein Innenleben hat wirklich Ähnlichkeit mit einem Roggenbrot.«

Nun grinst er wieder, doch ich fühle einen schmerzhaften Stich in meiner Brust.

»Genauso wenig, wie ich Spaß daran hätte, mich an eurem Anführer zu vergreifen oder an all den schrecklich leergepumpten Veteranen. Viel interessanter wäre es da schon, deinen Freund Erik auszusaugen.«

Erik! Wie konnte ich nur vergessen, dass er von Anfang an das Lieblingsopfer der Dschinn gewesen ist! Nur weil sie ihn eine Weile nicht mehr direkt angegriffen haben, habe ich das Thema einfach verdrängt. Es lag nie daran, dass sie mich durch ihn treffen wollten. Es war immer Erik selbst, auf den sie scharf waren. Seiner besonders schmackhaften Gefühle wegen.

»Die blonde Dschinniya«, sage ich. »Sie hat das auch versucht!«

Nun weicht plötzlich die Aggression aus Levians Blick und er setzt wieder das Grübchen-Schmunzeln von vorhin auf. Damit wirkt er innerhalb eines Sekundenbruchteils plötzlich wie der nette Junge von nebenan. Noch vor einem Augenblick hätte ich ihn eher in der Schlüsselszene eines Horrorfilms gesehen.

»Die blonde Dschinniya, wie du sie nennst, ist meine Schwester Leviata«, klärt er mich auf. »Und du irrst dich schon wieder: Sie hatte es nie auf deinen Erik abgesehen. Er stand nur zufällig genau am Eingang. Leviata war sehr durstig und sie wusste, dass die Talente in der Nähe sind. Sie griff sich einfach den Nächstbesten, der zur Verfügung stand. Nur damit, dass du ihn so treffsicher verteidigst, hatte sie nicht gerechnet.«

Diesen Abend aus Sicht der Dschinn erzählt zu bekommen, ist faszinierend. Vor meinem inneren Auge taucht das Bild von Leviata auf, wie sie sich die Asche aus dem Haar wischt und mich hasserfüllt anstarrt. Ich arbeite mich wieder aus dem Wasser heraus und ringe mich dazu durch, etwas näher an Levian heranzutreten.

»Wobei es nach meinen Maßstäben ohnehin an Dummheit gegrenzt hätte, den süßen Erik an Leviata zu verschwenden«, redet er weiter. »Sie hat keinen Sinn für Romantik und Schwärmerei. Sie interessiert sich mehr für Neid und Rachsucht. Ich hingegen kann es in seiner Gegenwart kaum aushalten, ohne ihn anzuspringen. Seine Gefühle pochen durch den ganzen Wald, wenn er bei euch ist.«

Das überrascht mich einerseits, andererseits aber auch wieder nicht. Hätte ich eine Person aus unserem Kreis benennen müssen, auf die eine solche Beschreibung zutrifft, dann hätte ich auf Erik getippt. Aber die Vorstellung, wie Levian in Eichhörnchengestalt auf einem Baum sitzt und sich beherrschen muss, ihn nicht zu küssen, ist dann doch ziemlich sonderbar.

»Warum haben die Orakel dich nie gesehen?«, frage ich.

»Weil ich niemals eine Gefahr für euch war«, antwortet Levian. »Ich war nicht da, um zu spionieren oder jemanden auszusaugen. Nur manchmal, wenn Erik kam, dann wurde es schwierig und ich musste gehen.«

»Weshalb warst du dann da?«, frage ich nachdrücklich.

Levian schüttelt beinahe mitleidig den Kopf.

»Wie oft soll ich es dir noch sagen? Um dich zu sehen!«

»Aber warum?«, quengle ich.

Nun setzt Levian sich auf den Findling, verschränkt die Arme ineinander und schürzt die Lippen. Seine Augen blitzen und ein Gefühl von Schwäche überkommt mich.

»Erinnerst du dich, was Leviata damals zu dir gesagt hat?«, fragt er.

Es dauert eine Weile, bis meine Lippen sich bewegen.

»Ich kann nicht verstehen, was er an dir findet«, antworte ich etwas apathisch.

»Wen hat sie damit wohl gemeint?«

Sein Blick ist wie eine Schlinge, die sich um meine Brust legt und mit jedem Atemzug weiter zuzieht.

»Ich dachte, sie meinte Erik.«

»Nein«, sagt Levian. »Sie meinte mich.«

Es hat keinen Sinn, mir weiterhin etwas anderes einzureden: Levian will mir sagen, er sei in mich verliebt. Das ist so absurd, dass ich schon wieder anfange, an der Ehrlichkeit seines Handelns zu zweifeln. Wahrscheinlich hat er doch etwas ganz anderes im Sinn und will in Wahrheit auf irgendeine Weise der Armee schaden. Es ist vollkommen ausgeschlossen, dass sich jemand außer Erik in mich verliebt. Und wenn doch, dann wäre es garantiert kein mit übernatürlichen Fähigkeiten ausgestatteter Dschinn, sondern ein langweiliger, hornbrillentragender Computerfreak.

Die fesselnde Anziehungskraft, die Levian schon wieder ausstrahlt, fühlt sich an wie eine Berührung. Wie tausend weiche Federn, die über meinen Körper streicheln und mir ein wohliges Schaudern entlocken. Ich schließe für einen Moment die Augen, um das Gefühl festzuhalten, ob das nun gut ist oder nicht. Da spüre ich plötzlich seinen warmen Atem an meiner Wange. Ich habe nicht mitbekommen, wie er den Weg zwischen dem Findling und mir zurückgelegt hat, doch nun steht er auf Tuchfühlung vor mir. Ohne mich anzufassen, aber trotzdem so nah, wie ein Dschinn einem Menschen nur kommen kann.

»Und das, obwohl ich so interessant für dich bin wie Roggenbrot?«, flüstere ich.

Ein kleines Lächeln huscht über sein Gesicht.

»Jetzt, in diesem Augenblick, hast du das Aroma einer Erdbeertorte«, murmelt seine Bronzestimme. Dabei berühren seine Lippen mein Ohrläppchen. Ich habe das Gefühl gleich ohnmächtig zusammenzuklappen.

In dem Moment klingelt mein Handy. Das Geräusch ist so störend, so widersprüchlich und unnatürlich, dass es die Verbindung zwischen Levian und mir kappt. Er macht einen Schritt zurück und zieht eine Augenbraue hoch.

»Nerviges, kleines Orakel!«, sagt er.

Etwas fahrig krame ich in meiner Hosentasche nach dem Handy. Ein Blick aufs Display bestätigt Levians Vermutung. Es ist Sylvia. Ich gehe ran.

»Ja?«

»Melek!«, schreit sie mir ins Ohr. »Lass dich auf keinen Fall von ihm küssen!«

»Es ist nicht so, wie du denkst«, widerspreche ich, obwohl ich mir da selbst gar nicht so sicher bin.

»Ich habe gesehen, wie du ihn geküsst hast!«, schreit Sylvia wieder. »Tu das auf keinen Fall! Hast du das Messer noch? Stoß es ihm ins Herz, bevor es zu spät ist, Melek!«

Levian steht nun einen knappen Meter von mir entfernt und hat mit großer Wahrscheinlichkeit die Anstiftung zum Mord mitgehört. Sie entlockt ihm aber lediglich ein selbstsicheres Grinsen.

»Ich glaube, ich bin relativ sicher, Sylvia!«, versuche ich, sie zu beschwichtigen.

»Dann versprich mir, dass du dich unter keinen Umständen küssen lässt, egal, was er dir erzählt!«

»Okay«, sage ich.

»Melek, ich muss gehen. Jakob ist hier. Ich habe mich im Keller auf dem Klo eingesperrt, aber ich muss wieder zurück!«, sagt Sylvia gehetzt.

Allein die Erwähnung von Jakobs Namen reicht aus, um mich endgültig zurück in die reale Welt zu katapultieren. Wie hatte ich nur in einen Zustand verfallen können, der die Gefahr barg, mich weiter von ihm zu entfernen als je zuvor! Ich werfe Levian einen kurzen Blick zu und sehe sofort, dass er meinen Gefühlswechsel bemerkt hat. Er steckt die Hände in die Hosentaschen und gibt sich betont lässig.

»Ist gut, Sylvia. Geh wieder zurück. Ich komme schon klar«, sage ich.

Als ich auflege, bin ich unsicher, was ich nun tun soll. Eigentlich müsste ich nach Hause, um mir trockene Kleider anzuziehen. Sonst habe ich morgen garantiert eine Erkältung. Aber ich habe noch so viele drängende Fragen an Levian.

»Die Sonne geht bald unter. Mir ist kalt!«, sage ich.

Er nickt unmerklich.

»Kannst du mich nach Hause bringen … und anschließend wieder durchs Fenster kommen?«

Der Vorschlag scheint ihm zu gefallen. Aber dann runzelt er plötzlich die Stirn.

»Durchs Fenster ist ein Problem, falls Erik wieder davor steht«, sagt er.

»Was?«, platze ich heraus. »Wie kommst du darauf?«

Levian kratzt sich umständlich im Nacken, als sei das Thema ihm peinlich. Es gibt also tatsächlich so etwas wie Unsicherheit in ihm.

»Letzte Nacht, als ich aus deinem Fenster geklettert bin, hat er mich gesehen. Er stand unten im Wald und starrte zu deinem Zimmer hoch.«

»Was?«, krächze ich noch einmal, weil ich es einfach nicht glauben kann. »Warum hast du ihn nicht bemerkt? Ich dachte, du kannst seine Anwesenheit durch den ganzen Wald spüren?«

»Ich habe ihn bemerkt«, sagt Levian. »Aber erst, als es schon zu spät war … es ist nicht alles so einfach für mich, wie du glaubst, Melek! Ich war zum ersten Mal richtig in deiner Nähe. Ich war auf etwas anderes konzentriert. Es war auch für mich verwirrend. Dabei konnte ich nicht mehr unterscheiden, von wem die Gefühle kamen, die ich gespürt habe.«

Er hat also gedacht, die Wahnsinns-Emotionen, die die ganze Zeit über in der Luft lagen, wären von mir gekommen. Er hat sich tatsächlich eingeredet, ich sei in der Lage, mich in ein Eichhörnchen zu verlieben. Das erklärt seine Enttäuschung in dem Moment, als ich ihn zum Fenster hinausgebeten habe. Was hat Erik dabei vom Wald aus gesehen? Hat er den prickelnden Moment erkannt, in dem ich vom Sog der grünen Augen gepackt wurde? Hat er den Ansatz von Vertrautheit zwischen dem Dschinn und mir bemerkt? Und vor allem: Wieso stand er eigentlich da?

Levian sieht nun tatsächlich leicht beschämt aus. Und ich spüre einen Anflug von Gereiztheit. Er handelt mir wirklich nur Ärger ein.

»Lass uns später weiterreden«, sage ich. »Jetzt bring mich heim!«

Er nickt und verwandelt sich sofort wieder in den schwarzen Hengst. Ich werfe einen letzten sehnsüchtigen Blick auf den Teich und die Seerosen, die langsam anfangen, ihre Blüten zu schließen. Zwischen den Steinen am Ufer quaken nun jede Menge Frösche. Ich warte, bis er sich hingelegt hat, schwinge mich auf seinen Rücken und lasse mich emporheben. Dabei züngelt kurz ein Gefühl des Triumphes in mir hoch, das überhaupt nicht zu der verfahrenen Situation passt. Es ist meine schizophrene zweite Stimme, die mir einreden will, ich sei unbesiegbar, weil ich auf einem Dämon nach Hause reite, anstatt von ihm zerstört worden zu sein. Das Gefühl ist unsinnig und dumm, aber es geistert weiter hartnäckig durch meinen Kopf.

Levian galoppiert zwischen den beiden Bergen hindurch und nähert sich Buchenau schließlich von hinten. Anfangs friere ich noch mehr, weil der Wind durch jede Ritze meiner Kleidung dringt. Aber schon nach wenigen Minuten geht es mir besser. Die letzten schwachen Sonnenstrahlen und die Hitze, die von dem Dschinn ausgeht, halten mich erstaunlich warm. Unterwegs biegt er immer wieder auf Nebenwege und ins Unterholz ab, wahrscheinlich, weil er die Gefühle von Spaziergängern oder Forstarbeitern wahrnimmt. Ich hoffe sehr, dass wir nicht plötzlich meinem Vater in die Arme laufen, denn wer weiß, ob seine sparsamen Emotionen so klar erkennbar sind. Diese Begegnung wäre der glanzvolle Höhepunkt des Tages! Ich will gar nicht darüber nachdenken.

Als wir an der Buchenauer Schutzhütte ankommen, sind meine Kleider fast trockengeweht. Nur die Schuhe sind noch tropfnass, aber das werde ich irgendwie erklären können, falls meine Eltern es überhaupt mitbekommen. Ich springe vom Rücken des Pferdes und tätschele ihm mechanisch den Hals, bevor mir wieder einfällt, dass es sich dabei um Levian handelt und dass ich noch vor einer Viertelstunde eher sauer auf ihn war. Er verwandelt sich zurück in den Menschen und teilt mir den Plan mit, den er sich unterwegs zurechtgelegt hat:

»Ich bin auch ganz gut als Maus«, sagt er. »Du steckst mich in deine Hosentasche und nimmst mich mit.«

Damit hat er das Fenster umgangen. Ich bin mir nur nicht sicher, ob ich ihn in meiner Hosentasche haben will.

»Warum nicht gleich in meinen Ausschnitt?«, brumme ich.

»Das ist ein interessanter Gedanke«, sagt Levian und ich sehe ein verdächtiges Funkeln in seine Augen treten. Schnell blicke ich in die andere Richtung und treffe eine Entscheidung:

»Du kannst in die Jackentasche. Aber wenn du dich hindurch frisst und auf mir herumkrabbelst, werfe ich dich unserer Katze zum Fraß vor!«

Er lacht, gibt aber keine Zustimmung von sich. Ich halte ihm die Tasche auf und warte. Mittlerweile sollte ich den Moment der Gestaltwandlung gewohnt sein, aber es ist immer wieder gespenstisch, denn mit meinen menschlichen Augen kann ich die Verwandlung selber überhaupt nicht sehen. Stattdessen nehme ich so etwas wahr wie einen kurzen Filmriss. Es ist, als hätte mir jemand mit der Faust auf die Nase gehauen und ich würde für einen Sekundenbruchteil Sternchen sehen. Danach ist der Traummann verschwunden und eine unscheinbare, braune Feldmaus sitzt vor mir im Gras. Als ich mich zu ihr herunterbeuge, macht sie Männchen und stößt ein fiepsendes Geräusch aus.

»Du musst unbedingt an den Augen arbeiten«, bemerke ich. »Sonst landest du eines Tages als Kuriosität in einer Alkohollösung.«

Die Maus springt auf meine Hand und lässt sich ohne Gegenwehr in meine Jackentasche stecken. Das Silbermesser habe ich vorsichtshalber auf der anderen Seite platziert.

Meine Mutter sitzt wieder auf der Veranda, als ich die Einfahrt hinauf laufe und dabei eine nasse Spur hinter mir herziehe.

»Hallo Melek«, sagt sie gut gelaunt. »Warst du mit Schuhen baden?«

Ich beschließe, die verschlossene Tour zu fahren und brumme nur etwas Unverständliches vor mich hin.

»Hast du schlechte Laune?«, fragt sie.

Ich stiefele nicht zur Terrasse hoch, sondern nehme die untere Eingangstür.

»Ich habe mich geärgert, Mama. Und ich will nicht darüber reden.«

»Geht es um Erik?«

Natürlich. Sie kann nur daran denken. Aber wie sollte ihr auch in den Sinn kommen, dass ich Probleme habe, die sich um Leben und Tod drehen.

»Ich will nicht darüber reden!«

»Es gefällt ihm nicht, dass du immer mit diesen Rollenspielern abhängst, hab ich Recht?«, mutmaßt meine Mutter. »Vielleicht solltest du auf ihn hören! Und überhaupt ist es im Wald viel zu gefährlich für dich. Papa hat erzählt, dass vor ein paar Tagen zwei Penner von einem wilden Hund angegriffen wurden. Sie wurden schwer verletzt!«

Ich versuche, mir nicht anmerken zu lassen, wie brennend mich das Thema interessiert. Also hat Levian die beiden Männer tatsächlich verschont. Den Grund dafür wüsste ich gern und schon allein deswegen will ich jetzt sofort in mein Zimmer. Also knalle ich die einfach die Tür hinter mir zu, um klar zu machen, dass das Gespräch beendet ist. Dann trage ich meinen Dschinn die Treppen hinauf und schließe uns in mein Zimmer ein. Vorbeugend, um unser weiteres Gespräch geheim zu halten, drehe ich die Stereoanlage auf mittlere Lautstärke auf. Als ich mich wieder umdrehe, steht er bereits als Mensch da und schüttelt den Kopf.

»Ich sollte Erik doch aussaugen. Er macht nur Ärger!«, sagt er.

»Untersteh dich!«, fahre ich ihn an.

Da wirft er den Kopf zurück und lacht.

»Es ist interessant, dass du stur behauptest, keine Gefühle für ihn zu haben«, sagt er.

Ich hasse dieses Thema!

»Sag mir lieber, warum du die beiden Penner nicht getötet hast!«, fordere ich.

»Ganz einfach deshalb, weil menschliche Leichen so schrecklich kompliziert sind. Sie liegen in der Gegend herum und ziehen Polizisten an, die am Ende herausfinden, dass es sich tatsächlich um einen Wolf gehandelt hat und nicht um einen Hund. Dann streifen ganze Horden eurer Spezies durch unseren Wald und machen uns das Leben schwer. Nein danke. Sie haben auch so ihre gerechte Strafe erhalten.«

Ich beschließe nicht nachzufragen, was genau er ihnen angetan hat. Das letzte was ich jetzt fühlen will, ist Mitleid mit den beiden Typen, die mich um ein Haar vergewaltigt oder getötet hätten. Stattdessen sehe ich mich nach einem geeigneten Platz in meinem Zimmer um, wo ich mich mit Levian hinsetzen kann. Doch er nimmt mir die Entscheidung ab, indem er sich einfach die Schuhe auszieht, mein Kopfkissen zurechtknüllt und sich in voller Länge auf mein Bett legt.

»Fühl dich wie zu Hause!«, grummle ich.

»Na ja, das wohl eher nicht. Aber ich konnte dem Menschenleben immer schon mehr abgewinnen, als die anderen«, sagt er und blickt sich im Zimmer um, wahrscheinlich auf der Suche nach etwas Essbarem. Es scheint nicht besonders viel Chips und Schokolade zu geben, da wo er herkommt. Dann kommt er ungefragt auf das Thema zurück, das ich vorhin schon beendet habe.

»Weißt du, mit euren Gefühlen ist es wie mit Wein. Es gibt süße und trockene, gute und schlechte, aber alle taugen dazu, dass sie uns berauschen. Ich bin Spezialist auf dem Gebiet. Ich könnte mit geschlossenen Augen vorhersagen, wer von den beiden gerade neben dir steht. Und das, obwohl die Intensität deiner Emotionen insgesamt sehr verhalten ist. Bei Erik verströmst du ein erdiges Bouquet mit der Süße von Kandiszucker und dem Geruch von Magnolienknospen. Jakob ruft eher ein prickelndes Zitronenaroma hervor und einen Hauch von bitterem Muskat. Außerdem ist der Wein einen Tick zu sauer, jedenfalls für meinen Geschmack.«

»Warum hasst du ihn so?«

Der Satz ist heraus, bevor ich einen klaren Gedanken dazu fassen kann. Es ist mehr eine Schwingung, die ich zwischen den Zeilen aufgefangen habe. Aber mein Gefühl sagt mir, dass ich damit richtig liege. Einen Moment lang sieht Levian überrascht aus. Dann schüttelt er einfach den Kopf und winkt mit der Hand ab.

»Ich hasse ihn nicht mehr und nicht weniger als all die anderen Anführer, die die Talente gegen uns in den Krieg führen. Aber er ist einer von denen, die uns mehr zu schaffen machen, als andere. Von eurer Truppe gehört er zu den

Gefährlichsten. Er und die Wettläuferin. Und du. Und der Verrückte, der mit den Tieren spricht. Ihr seid die Besten. Aber alle zusammen seid ihr nicht halb so gut wie das kleine Orakel.«

Er macht eine Pause und deutet auf den Platz am Bettende, wo ich bei unserer letzten Begegnung gesessen habe.

»Tu mir den Gefallen und sei nicht so ungemütlich!«, sagt er.

Das Gespräch ist jetzt an einem Punkt angekommen, an dem mir die äußeren Umstände egal sind. Ich will erfahren, was er über Sylvia weiß. Wenn ich dafür mit ihm unter die Decke kriechen muss, soll es mir gleich sein. Aber vorläufig gibt er sich damit zufrieden, dass ich ebenfalls aus meinen nassen Schuhen und Socken schlüpfe und mich ihm gegenüber an das Bettgitter kauere. Meine restlichen Kleider lasse ich an, obwohl sie immer noch etwas klamm sind.

»Was ist mit Sylvia?«, frage ich.

»Sie ist herausragend. Viel zu gut.«

Herausragend? Ich denke an Sylvias Fehlalarme, an ihr wirres Verhalten auf dem Hohenfels, an die zahlreichen zweideutigen Prognosen, die sie abgegeben hat. Mit Sicherheit ist Sylvia für ihr Alter ein vielversprechendes Talent. Aber herausragend?

»Deshalb haben wir beschlossen, sie zu eliminieren«, spricht Levian weiter. »Es wird ein neues Orakel nachwachsen, aber wir haben die Hoffnung, dass es weniger Fähigkeiten hat als sie.«

Nun habe ich die Gewissheit: Sylvia hat den Trojaner richtig erkannt. Die Dschinn planen tatsächlich, sie umzubringen. Mir wird schlecht.

»Wann?«, will ich wissen. »Und wie?«

Er braucht keine Denkpause. Wahrscheinlich hat er schon gestern beschlossen, mir diese Information zu geben. Scheinbar ist er sich sicher mit diesem Schritt.

»Auf dem Teichfest. Uns ist klar, dass ihr die besten Kämpfer in den Wald schicken werdet. Sylvia lasst ihr wahrscheinlich auf der Party. Sie soll dort abgefangen und mit einer List weggelockt werden. Mehr weiß ich leider nicht.«

»Warum auf dem Teichfest? Warum nicht zu Hause in ihrem Zimmer?«

»Weil das Fest unser Terrain ist. Im Wald bewegen wir uns sicher. Und es wird chaotisch zugehen, wie immer. Die Menschen werden es nicht mitbekommen. In ihrem Zimmer in Biedenkopf bestünde die Möglichkeit, dass sie schreit, Leute anlockt, Polizei, all der Kram. Und wir hätten Probleme mit unserer Deckung. Außerdem wohnt Jakob direkt neben ihr. Er stellt immer eine Gefahr dar.«

Mein überraschter Gesichtsausdruck verrät mich.

»Das wusstest du nicht?«, fragt Levian sofort. Ich schüttele den Kopf.

»Er passt ständig auf sie auf, tröstet die Mutter, unterhält sich mit dem Vater. Ich weiß nicht, was er mit dieser Familie hat, aber es ist irgendetwas Melancholisches.«

Jakob hat also eine tiefere Verbindung mit Sylvia, als mir bisher bewusst war. Wenn ich darüber nachdenke, fallen mir zahlreiche Momente ein, in denen mir diese Vertrautheit hätte auffallen müssen. Aber unsensibel, wie ich nun mal bin, habe ich es nie registriert. Umso erstaunlicher ist es, dass Sylvia trotzdem bereit ist, mein Geheimnis über Levian zu hüten. Es muss schrecklich für sie sein, sich Jakob nicht anvertrauen zu können. Denn wahrscheinlich ist er so etwas wie ein älterer Bruder für sie. Und nicht zu vergessen ihr Anführer, der sicher dieselbe Macht über sie hat, wie über uns andere auch.

»Warum erzählst du mir das alles?«, frage ich Levian. »Dir kann es doch egal sein, was mit Sylvia geschieht. Falls sie tatsächlich so gut ist, wie ihr glaubt, könnte sie dir genauso schaden, wie den anderen Dschinn.«

»Das stimmt«, sagt er. »Aber du hängst an ihr. Ich möchte nicht, dass du sie verlierst.«

Er behauptet tatsächlich, er würde sich mit seiner kompletten Sippe anlegen, nur um mir diesen Schmerz zu ersparen. Und darüber hinaus noch sein eigenes Leben gefährden, falls Sylvia wirklich genug Macht hat, den Dschinn größeren Schaden zuzufügen. Das ist unglaubhaft! Levian spürt sofort die Distanz, die ich innerlich zu ihm aufbaue.

»Pass auf, Melek«, versucht er sich zu erklären. »Ich weiß, dass du für einen Menschen recht verhaltene Gefühle hast. Ich habe für meine Art ziemlich überschwängliche. Das heißt, wir treffen uns etwa am selben Punkt.«

Nun richtet er sich auf und rutscht ein Stück an mich heran. Sofort überkommt mich wieder das unheimliche Kribbeln im ganzen Körper. Er fasst nach meiner Hand und ich bin nicht in der Lage, sie ihm zu entziehen.

»Du und ich, wir sind uns ähnlich«, sagt er leise. »Wir sind beide in unserer Welt nicht zu Hause. Wir sind anders als die anderen, das weißt du doch?«

Ich nicke.

»Vielleicht ist es möglich, dass wir uns gegenseitig das Stückchen Heimat geben, das uns fehlt. Ich weiß noch nicht so ganz, wie das aussehen kann. Aber ich bin sicher, dass es funktionieren würde. Das ist der Grund, weshalb ich euch helfe. Weshalb ich *dir* helfe.«

Es sind seine Augen, die dieses prickelnde, lähmende Gefühl in mir hervorrufen. Sobald sein Blick mich im Griff hat, mutiere ich zu einem willenlosen Wesen, das keinerlei Kontrolle mehr über seinen Geist hat. Ich bin vollauf damit beschäftigt, einfach weiterzuatmen, während er auch meine andere Hand ergreift und sie an seine Wange führt. Sein Gesicht fühlt sich weicher an, als es aussieht. Ich kann nicht verhindern, dass meine Finger in seinen Nacken wandern und seinen seidigen Haaransatz ertasten.

»Du verzauberst mich«, hauche ich. »Lass das sein!«

Gleichzeitig wünsche ich, er möge nie damit aufhören. Die grünen Augen verraten sein Bedauern. Dennoch weicht die Intensität aus seinem Blick und mit ihr mein Verlangen, ihn zu berühren. Schnell ziehe ich meine Hände zurück und verschränke sie vor meiner Brust.

»Du bist ganz gut darin, dich dagegen zu wehren«, stellt Levian fest. »Die meisten Menschen schmelzen nur so dahin.«

»Das tue ich auch«, sage ich zu meiner Verteidigung. Es gefällt mir nicht, dass er mich ständig auf eine andere Stufe stellt als den Rest meiner Spezies. So als wäre ich im Grunde kein richtiger Mensch, sondern ein halbes Monster, wie er.

»Ich bin durchaus in der Lage, zu fühlen!«, sage ich. »Und ob du es glaubst oder nicht, ich kann sogar lieben! Aber ich liebe einen anderen!«

Levian sieht nicht überrascht aus.

»Pah!«, sagt er. »Deine halbherzige Schwärmerei für Jakob! Das ist keine Liebe. Es ist Abhängigkeit. Du bist gar nicht in der Lage, zu ermessen, wie stark echte Liebe sein kann. Ich habe Menschen erlebt, die für ihre Liebe in den Tod gegangen wären, deren Gefühle mich so stark berauscht haben, dass ich keinen klaren Gedanken mehr fassen konnte. Menschen wie Erik. Sie sind wie reines Heroin.« Seine Augen blitzen.

Es ist unheimlich, wie enorm seine Stimmung schwanken kann. Im einen Moment ist er sanft, anziehend, beinahe menschlich. Im nächsten jagt er mir eine solche Angst ein, dass meine Knie zu schlottern anfangen. Sofort tanzen Bilder durch meinen Kopf, wie Levian sie aussaugt: Männer und Frauen, Jungen und Mädchen, die noch vor kurzem mitfühlend, zärtlich und opferbereit waren. Wie er ihnen den letzten Rest von Menschlichkeit raubt, um sich selbst eine Überdosis Gefühle zu verschaffen. Nein, es wird niemals möglich sein, dass wir Freunde werden! Denn Levian ist ein Dämon, wie alle anderen Dschinn. Und ich gehöre zur Armee der Talente. Wir sind natürliche Feinde, auch wenn es sich zuweilen anders anfühlt. Meine Aufgabe ist es, Wesen wie ihn zu töten!

»Schade«, sagt er plötzlich und rutscht zurück an sein Bettende. »Ich wünschte, dieser sinnliche Geruch von Sorge und Leidenschaft käme von dir!«

Ich brauche einen Moment, bevor ich begreife, was er meint.

»Erik!«, entfährt es mir.

»Er steht wieder draußen. Mit schrecklichen Gewissensbissen, Angst um dein Seelenheil und einer Extraportion Sehnsucht im Gepäck.«

»Mit Gewissensbissen?«

»Ja, ich nehme an, er hat unser kleines Geheimnis verraten!«

Er versucht, gelangweilt auszusehen, aber ich kann spüren, dass er innerlich unruhig ist. Das also war die Information, die Finn von Erik erhalten hat! Er war genauso wenig imstande wie ich, im entscheidenden Moment an etwas anderes zu denken. Ich kann Erik das nicht wirklich übel nehmen. Aber dennoch: Als Soldatin wird es mir das Genick brechen! Wenn ich in diesem Moment überhaupt noch ein Mitglied der Armee bin, so kann ich damit rechnen, dass meine Tage gezählt sind. Wie hatte ich auch nur annehmen können, es sei möglich, inmitten einer Horde Hellseher und Gedankenleser ein Geheimnis zu bewahren!

»Ich muss zu ihm!«, sage ich.

Doch bevor ich aufspringen kann, greift Levian nach meinem Arm. Die Kraft, mit der er mich festhält, ist unbeschreiblich. Seine Finger umschließen mein Handgelenk wie Schraubzwingen.

»Warte!«, sagt er. Dabei ist seine Stimme etwas sanfter als sein Griff. »Von mir aus sprich mit ihm. Aber wenn du deinen Platz in der Armee behalten willst, dann komm anschließend zurück zu mir. Ich kann dir zeigen, wie du die Telepathie beeinflussen kannst. Du wirst in der Lage sein, das zu lernen, denn dein Kopf ist kühl genug dafür. Aber Erik wird es nie schaffen. Dafür sind seine Empfindungen viel zu unkontrolliert. Das Einzige, was er tun kann, um dich zu schützen, ist, sich von dir fernzuhalten. Je weniger er weiß, desto weniger kann er verraten. Sag ihm das!«

Er gibt meine Hand frei und schickt mir noch einen stechenden Dschinn-Blick, bevor ich vom Bett springe. Scheinbar ist ihm daran gelegen, dass ich Erik mit Gänsehaut gegenübertrete. Das ist wohl seine Art, seinen Besitzanspruch an mir zu markieren. Doch in diesem Moment bräuchte er das gar nicht. Ich bin ohnehin völlig verwirrt. Und Erik wird es sofort an meinem Blick erkennen.

»Bring was zu essen mit, wenn du wiederkommst!«, sagt Levian und verwandelt sich wieder in die Maus. Dann schlüpft er unter mein Bett und verschwindet aus meinem Gesichtsfeld. Ein Anflug von Zorn überkommt mich.

»Da hinten in der Mausefalle gibt's noch Nugatcreme!«, sage ich. Doch außer einem winzigen, hochfrequenten Kichern kommt keine Antwort mehr.

Ich poltere die Holztreppe hinunter, drängle mich ohne weitere Erklärung an meinem Vater vorbei, der sich gerade an der Garderobe seine Arbeitsklamotten auszieht, und stürme nach draußen. Mein Vater ruft mir irgendetwas hinterher, aber ich verstehe es nicht. Erst als ich in den Wald hinausrenne, spüre ich, dass ich immer noch barfuß bin. Ich achte nicht darauf.

Mittlerweile ist es so dunkel, dass ich Mühe habe, Erik zu finden. Doch als er mich kommen sieht, tritt er aus seinem Versteck hinter einer dicken Eiche hervor.

»Melek!« sagt er verdutzt. »Woher wusstest du …? Tut mir leid, ich …«

Es ist wieder genau wie damals, nach meinem ersten Training auf der Schutzhütte: Er sieht den Ausdruck in meinem Gesicht, breitet die Arme aus und ich werfe mich hinein. So stehen wir eine Weile schweigend und fast reglos da. Ich schließe die Augen und hoffe, dass ich sie am nächsten Morgen wieder öffne und der ganze Spuk vorbei ist. Ich möchte nicht mehr hinein zu Levian. Das hier ist so ungleich beruhigender und tröstlicher. Vielleicht ist es auch der Moment, in dem ich wählen muss zwischen dem einfachen und dem schweren Weg. Der Armee und dem normalen Leben. Sylvias Leben oder Tod. Diese letzte Entscheidung ist diejenige, die meine Starre löst. Ich mache mich von Erik los und ziehe ihn wieder hinter die Eiche, wo wir vielleicht wenigstens von meinen Eltern nicht gesehen werden. Levian brauche ich nicht zu täuschen. Er wird alles auch so erfahren, allein durch Eriks Herzflimmern.

»Melek«, sagt er etwas atemlos. »Lass uns die Armee hinschmeißen! Notfalls hauen wir einfach für eine Weile ab, lassen das Tattoo entfernen und tauchen unter. Beenden wir das Spiel, bevor du umgebracht wirst!«

Ich bleibe die Antwort schuldig.

»Was hast du Finn erzählt?«, frage ich stattdessen.

Er zögert kurz. Dann fasst er sich ein Herz und gesteht: »Dass ich ein Eichhörnchen aus deinem Fenster habe kommen sehen.«

Ich nicke.

»Was noch?«

»Dass du mit ihm gesprochen hast. Dass ihr euch seltsam lange angesehen habt. Dass das Ding lachen konnte. Dass du verwirrt ausgesehen hast. Dass du ganz sicher nichts Böses im Schilde führst. Dass ich auf der Beachparty vielleicht doch ein Bier zu viel getrunken habe. Und dass ich bereit bin, es zum Wohl der Armee und der Menschheit noch einmal zu überprüfen.«

Ich zucke zusammen.

»Du bist hier, um mich auszuspionieren?«, frage ich entsetzt.

Erik schüttelt vehement den Kopf.

»Nein. Ich bin wie immer hier, um auf dich aufzupassen.« Er fasst sich an den rechten Oberarm und setzt ein schwaches Grinsen auf. »Weißt doch: Muskelprotz und so!«

»Warum ist keiner von den anderen mitgekommen?«, frage ich misstrauisch. »Sie wissen doch, dass du versuchen wirst, mich rauszuhauen!«

»Tja«, sagt Erik. »Ich vermute, sie wissen auch, dass ich ohnehin nicht geheim halten kann, was ich gesehen habe. Es reicht also völlig aus, mich morgen wieder auf die Psycho-Tour zu verhören.«

Seiner Wortwahl ist anzumerken, was er von der ganzen Sache hält. Eriks Scharfsinn beeindruckt mich. Er hat es nicht nötig, Levians Ratschläge zu hören, denn er ist ganz allein darauf gekommen, worum es in dieser Situation geht. Sein nächster Satz macht mir dann vollends klar, wie viele Details er sich mittlerweile selbst zusammengereimt hat. Er sagt:

»Aus diesem Grund sitze ich auch schon die ganze Zeit mit dem Gesicht zum Wald da. Ich weiß nicht, wie du erfahren hast, dass ich da bin. Und es ist auch besser, du erzählst es mir nicht.«

Einen Augenblick lang überlege ich, ob es mit Eriks Hilfe möglich wäre, die Talente vom Sinn meines Handelns zu überzeugen. Wenn er, Sylvia und ich alle das Gleiche sagen würden. Vielleicht könnten wir ihnen gemeinsam die Sache erklären. Ihnen klarmachen, dass ich den Dschinn nur gewähren lasse, um Sylvia zu retten und Informationen zu besorgen. Aber in dem Fall würde Levian Wind von der Sache bekommen und sich zurückziehen, so wie in der Nacht, als Henry und Mike vor meinem Fenster Wache hielten. Niemand würde uns ohne Beweise glauben und mein Kontakt zu den Plänen der Dschinn wäre abgerissen. Ja, wenn Henry, Tina oder Rafail für mich sprechen würden! Aber mit einem Nachwuchs-Orakel und einem unausgebildeten Talent auf meiner Seite fehlt es mir einfach an Glaubwürdigkeit.

»Schau!«, sagt Erik und hält mir sein Handy vor die Nase. »Das hat Sylvia mir vorhin geschrieben!«

»Liebe ist Vertrauen«, lese ich. »Manchmal bedeutet das, dass man sich eine Weile voneinander entfernen muss. Lass sie los. Du bekommst sie zurück.«

Ich muss schlucken.

»Und du … glaubst das?«, frage ich.

»Ja«, sagt Erik nur. »Ich verstehe den Grund nicht. Aber ich bin völlig überzeugt von Sylvias Prophezeiungen. Deshalb lasse ich dich los. Ich gebe auf, Melek … So lange, bis auch der letzte Teil ihrer Weissagung sich erfüllt.«

Was nach Eriks Meinung eine Art verspäteter Hauptgewinn wäre. Doch auch diese Prophezeiung ist, wie so viele andere, eine Frage der Interpretation. Denn zurückbekommen wird Erik mich, wenn überhaupt, nur als gute Freundin. Auch wenn er selbst etwas anderes glaubt. Es wäre besser, er würde mich loslassen ohne auf die große Liebe zu hoffen. Trotzdem fühle ich mich seltsam alleingelassen ohne die Sicherheit seiner Hingabe im Rücken.

Er steckt sein Handy wieder weg und schenkt mir ein aufmunterndes Lächeln.

»Ich würde immer noch für dich durchs Feuer gehen, Melek«, sagt er. »Aber in den nächsten Tagen und Nächten werde ich in deiner Nähe sein, um dich zu beobachten. Je weniger ich sehe, desto besser. Wenn du Hilfe brauchst, dann gib mir ein Zeichen oder ruf mich an.«

Ich ringe mir ein schwaches Nicken ab und senke den Blick. Erik hat keine Ahnung, wie schwer es mir in diesem Moment fällt, zurück auf mein Zimmer zu gehen.

»Und wenn du deine Meinung ändern solltest … was die Armee betrifft … dann gehe ich mit dir.«

»Danke«, sage ich. Mehr fällt mir nicht ein. Wie immer.

Dann reiße ich mich los und taste mich durch die Dunkelheit zurück zum Haus. Ein paar Meter vor dem Zaun trete ich in die Dornen eines Brombeerstrauchs. Ein stechender Schmerz jagt mir ins Bein, doch ich schlucke ihn hinunter, um Erik nicht zu beunruhigen. Als ich am Haus ankomme, drehe ich mich noch einmal zu ihm um, doch seine Gestalt ist in der Dunkelheit nicht mehr zu erkennen.

Ich humpele zuerst in die Küche, wo ich die Speisekammer plündere. Noch bevor ich es wieder nach oben schaffe, kommt mir meine Mutter aus dem Wohnzimmer entgegen und sieht mich fragend an.

»Was ist eigentlich mit dir los?«, will sie wissen.

»Nichts«, brumme ich und stapele Chipstüten, Gummibärchen und Schokokekse aufeinander.

»Du verhältst dich aber seltsam!«

Ich lasse ein entnervtes Stöhnen hören. Als ich an ihr vorbei will, baut sich meine Mutter vor mir auf wie ein Türsteher.

»Darf ich bitte durch?«, maule ich.

»Erst, wenn du mir sagst, was los ist!«

Sie stemmt die Hände in die Hüften.

Ich muss nicht mehr darüber nachdenken, wie Lügen funktioniert. Es geht jetzt ganz automatisch. Aber erst, als ich die Lüge ausspreche, wird mir selbst klar, wie nahe sie der Wahrheit kommt, und wie sehr mich dieser Umstand trifft:

»Zwischen Erik und mir ist Schluss!«, sage ich. Dann stürzen mir plötzlich Tränen in die Augen, mit denen ich selbst nicht gerechnet habe.

Meine Mutter macht anstandslos Platz, als ich mich an ihr vorbei drängele und die Treppe hinauf renne.

Als ich mein Zimmer betrete, kann ich Levian nirgendwo sehen. Ich lege die Süßigkeiten auf den Nachttisch und werfe mich aufs Bett. Erst, als ich seine unverkennbare Stimme höre, bekomme ich mit, dass er wieder seine menschliche Gestalt angenommen hat und neben mir am Bettrand sitzt.

»Liebeskummer«, diagnostiziert er. »Mehr, als ich dir zugetraut hätte.«

»Lass mich in Ruhe!«, fauche ich ihn an. »Du verwechselst alles! Du machst mich ganz konfus!«

Statt einer Reaktion greift er nach meinem verletzten Fuß und besieht sich die Wunde. Er drückt mit Daumen und Zeigefinger auf die unverletzte Haut und zieht dann mit einer geübten Bewegung den Dorn heraus. Ich vergesse immer wieder, dass er ein Waldbewohner ist und das Entfernen von eingelaufenen Dornen wahrscheinlich genauso zu seinem Alltag gehört wie das Sammeln von Heilkräutern. So wie damals, als er mir die Schafgarbe an den Weg gestellt hat. »Warum tust du das?«, frage ich und wische mir übers Gesicht.

»Weil es dir sonst weh tut.«

»Nein, ich meine nicht den Dorn. Warum willst du mir helfen, unseren Kontakt geheim zu halten? Für dich wäre es doch viel besser, wenn ich kein Talent mehr bin!«

Levian setzt sich neben mich und streckt seine langen Beine aus. Er denkt eine Weile nach, bevor er antwortet:

»Ich habe kein Interesse daran, dich zu zerstören. Weder auf die eine, noch auf die andere Art«, sagt er schließlich. »Du sollst selbst entscheiden, wer oder was du sein willst. Und das kannst du nur, wenn dir alle Möglichkeiten offen stehen. Ist das für mich?«

Er deutet auf die Süßigkeiten auf dem Nachttisch. Ich nicke und hieve alles zu ihm hinüber. Mir ist nicht nach Essen zumute. Ich denke an Erik, der wahrscheinlich immer noch draußen im Wald steht, um mich vor einer unbekannten Gefahr zu schützen. Levian greift zuerst nach der Chipstüte, öffnet sie und fängt an, sich den Inhalt mit beiden Händen in den Mund zu stopfen. Der Anblick ist so skurril, dass ich lachen muss.

»Menschenessen«, seufzt er mit vollem Mund. »Eine eurer besten Erfindungen!«

Ich sehe ihm dabei zu, wie er sich eine Tüte nach der anderen einverleibt, ohne auch nur einen einzigen Krümel auf meinem Bett zu produzieren. Während ich ihn beobachte, kommt mir ein erschreckender Gedanke: Was, wenn alle Dschinn so sind wie er? Wenn sie fähig sind, zu lieben und witzig zu sein? Was, wenn wir gegen Wesen kämpfen, die uns selbst am Ende gar nicht so unähnlich sind und gar nicht so schrecklich, wie wir annehmen? Könnte es vielleicht sogar eine andere Lösung für das Jahrtausende alte Problem geben? Eine Art Methadonprogramm für Gefühlssüchtige?

Es dauert keine zehn Minuten, bis sämtliche Chips, Kekse und Gummibärchen weggeputzt sind. Levian reibt sich über seinen Waschbrettbauch, genau wie das Eichhörnchen es gestern getan hat.

»Sehr schön«, sagt er. »Und nun weiter im Programm. Aber zuerst will ich wissen, warum du das tust?«

»Weil du Hunger hattest«, erwidere ich mit einem Grinsen.

Er lacht.

»Du weißt schon, was ich meine! Dich mit mir treffen, obwohl du doch so unsäglich in deinen Anführer verliebt sein willst.«

»Weil du etwas über Sylvia weißt und ich sie retten will«, antworte ich gereizt.

»Nicht zu vergessen Erik, den du ebenfalls vor uns bewahren willst«, sagt Levian.

»Und Erik. Genau.«

»Jede Menge Konkurrenz«, murmelt er.

Dann hievt er sich hoch, wie um das Thema zu wechseln, und setzt sich im Schneidersitz genau mir gegenüber. Für einen kurzen Moment kneift er die Augen zusammen und wendet den Kopf ab. Erst, als er nach meiner linken Hand fasst und sie sorgfältig mit dem Handrücken nach oben auf meinem Knie platziert, wird mir klar, dass mein Bannzeichen genau in seinem Gesichtsfeld gelegen war. Wir sind ein bisschen wie zwei Magnete, die sich ständig gegenseitig anziehen und abstoßen.

»Fangen wir mit der Theorie an«, sagt er. »Es ist möglich, Psycho-Angriffe jeder Art abzuwenden. Das Prinzip ist das Gleiche bei Telepathie und Liebeszauber. Du wehrst dich gegen beides, indem du erfolgreich an etwas anderes denkst und die Psycho-Attacke einfach nicht zulässt.«

»Klingt einfach«, sage ich.

»Ist aber verflucht schwer. Hast du schon mal versucht, bewusst *nicht* an einen rosa Elefanten zu denken und dir stattdessen einen blauen vorzustellen?«

Das Spielchen kenne ich ja schon. Er hat Recht. Dieser Unterricht wird mich meine letzte Kraft kosten.

»Schade, dass wir Leviata nicht hier haben«, seufzt Levian. »Sie ist Meisterin der Telepathie und ärgert mich damit seit über 40 Jahren. Ich bin …«

»Was?«, frage ich entgeistert. »Wie lange?«

»Lange genug.«

»Wie alt bist du denn?«

»53. Und damit auf dem Höhepunkt meiner Manneskraft!«

Das ist ziemlich widerlich. Seinem menschlichen Aussehen nach hätte ich Levian auf zwanzig geschätzt. Einfältig, wie ich manchmal bin, habe ich überhaupt nicht darüber nachgedacht, dass auch sein Alter ein Teil seiner Maske sein könnte.

»Bist du ... unsterblich?«, frage ich.

»Nein. Aber mindestens doppelt so langlebig wie du.«

Dann ist er genaugenommen wirklich erst Mitte zwanzig. Ich versuche, mir die Sache schönzureden, damit ich nicht allzu abgelenkt davon bin.

»Deine Schwester kann es also auch?«, versuche ich, den Anschluss an das Thema wieder herzustellen.

»Ja, auch wir haben Talente«, sagt er spitz. »Zumindest einige von uns.«

»Du nicht?«

»Nein.«

Die Pause, die darauf folgt, ist seltsam. So, als halte er bewusst eine Information zurück.

»Aber ich habe gelernt, wie man sich dagegen wehrt«, sagt er dann. »Also pass auf!«

***

Die folgenden zwei Stunden üben wir, auf welche Weise man die eigenen Gedanken so beeinflussen kann, dass sie von einer oberflächlichen Schicht überlagert werden. ›Small-Think‹, nennt Levian das. Small-Think kann sich auf all das beziehen, was möglichst direkt vor meinen Augen liegt und keinerlei Bedeutung hat. Die Farbe meiner Bettdecke, der abgebrochene Arm meines Kronleuchters, der Aufkleber auf meinem Computerbildschirm. Ist man in der Lage, im Moment einer Telepathie-Attacke gutes Small-Think zu machen, sich also gut auf etwas Unbedeutendes zu fokussieren, so ist das Gehirn genug mit diesen sinnlosen Dingen beschäftigt und damit weniger gefährdet, Geheimnisse hervorzukramen. Egal wie schwierig die Umstände auch sein mögen und wie verführerisch es ist, andere Gedanken zuzulassen. Es geht eigentlich um Konzentration.

Auf die gleiche Weise könne man sich auch gegen den Sog wehren, der von den Dschinn ausgeht, sagt Levian. »Und genau damit testen wir es jetzt.« Bei diesen Worten stiehlt sich ein kaum unterdrücktes Schmunzeln in sein

Gesicht. Wahrscheinlich freut er sich darüber, dass er mich gleich stundenlang mit seinem Liebeszauber bombardieren darf.

Ich atme einmal tief durch, rufe mir alles in Erinnerung, was ich gerade gelernt habe und wage es schließlich, ihm in die Augen zu schauen. Dabei denke ich an die Bettdecke, den Kronleuchter, den Aufkleber. An sein Designer-Hemd und die Frage, ob es bei 40 Grad in die Waschmaschine darf. Währenddessen fixiert Levian mich mit dem durchdringenden Blick seiner grünen Augen und schickt mir seinen Zauber. Nichts passiert. Dann mache ich den Fehler, weiter über das Hemd nachzudenken und mein Blick schweift zu seinem Ausschnitt, der so viel von seiner Haut freigibt. Ich sehe, wie seine Brust sich unter dem verwaschenen Stoff hebt und senkt, wie sich sein Adamsapfel beim Schlucken bewegt. Seine Lippen sind leicht geöffnet, seine Zunge glitzert hinter den perfekten Zahnreihen. Ich entdecke winzige, flaumige Härchen an seinem Ohrläppchen, sehe, wie seine Nasenflügel sich weiten und meinen Geruch einsaugen. Nun weiß er, dass ich versagt habe und kurz davor bin, ihm die Klamotten vom Leib zu reißen. Bevor ich es tatsächlich mache, wendet er den Blick ab.

»Das war Mist, Melek«, stellt er fest.

»Ich weiß, tut mir leid.«

»Bleib bei den uninteressanten Gedanken! Leg dir ein paar davon zurecht und wiederhole sie notfalls einfach. Das muss jetzt bald klappen, denn wir sind erst bei Teil eins der Lektion.«

Ich schaue auf meinen Wecker. Mittlerweile ist es ein Uhr.

Wir wiederholen das Ganze noch ein paarmal. Um zwei Uhr bin ich so weit, dass ich seinem Zauber standhalten kann. Aber ich fühle mich auch schrecklich erschöpft.

»Können wir eine Pause machen?«, frage ich.

»Nein. Die Nacht ist kurz«, sagt Levian unbarmherzig. »Als nächstes machen wir das Gleiche, während ich mit dir rede. Ich lenke dich von deinen uninteressanten Gedanken ab, indem ich dir Fragen stelle. Normale Fragen, nach dem Wetter und so. In Stufe drei frage ich dich konkret aus, wie Finn es tun könnte. Dann wird es richtig schwierig, das Small-Think aufrecht zu erhalten.«

Levian setzt wieder seinen Liebeszauber ein, ich versuche, ihn abzuwehren. Dabei fragt er mich, ob es heute geregnet hat, wie viele Chipstüten es noch in der Speisekammer gibt und wie unsere Katze heißt. Eine Weile geht auch das gut. Gegen halb drei bin ich dann so ausgepowert, dass ich mitten in die Fragen hinein jeden Widerstand aufgebe und seinem Blick Tür und Tor öffne. Mein Körper scheint noch wacher zu sein als mein Geist, denn er reagiert schneller, als ich ihn stoppen kann. Wie von einer unsichtbaren Macht gesteuert, springe ich auf, werfe meine Arme um Levians Hals und presse meine Lippen auf seinen Mund. Ein heißer Schauder läuft durch meinen ganzen Körper. Ich drücke mich an ihn, stoße einen kehligen Laut aus und küsse drauflos, als hätte ich keine Seele zu verlieren.

Seine Reaktion erfolgt blitzschnell und ist ziemlich schmerzhaft. Er stößt mich zurück und ich knalle mit voller Wucht gegen das Bettgitter. Für einen Moment bleibt mir die Luft weg. Es fühlt sich an, als hätte ich mir sämtliche Rippen gebrochen. Der Schmerz bringt mich zurück in die Realität.

»Verflucht!«, stoße ich hervor.

Levian sieht nicht minder mitgenommen aus als ich. Mit einer solchen Überreaktion meinerseits hat er scheinbar nicht mehr gerechnet. Noch bevor er irgendetwas sagen kann, klingelt mein Handy.

»Es ist Jakob!«, stelle ich überrascht fest. »Was soll ich tun?«

»Geh ran und tu so, als hätte er dich aufgeweckt!«, sagt Levian.

Ich drehe mich mit dem Handy zur Seite, damit er mein Gesicht nicht sehen kann. Was ich hier tue, fühlt sich an wie doppelter Verrat. Ich kann nicht mit Jakob sprechen, während ich Levian ansehe, dem ich mich noch vor wenigen Sekunden voller Inbrunst an den Hals geworfen habe und der außerdem ein Feind meiner Truppe ist.

»Ja«, nuschle ich ins Telefon.

»Melek, geht's dir gut?« Jakobs Stimme klingt wach und besorgt.

»Ja, ich schlafe«, sage ich so müde wie möglich.

»Ich bin bei Sylvia, weil sie ab sofort Personenschutz braucht«, klärt er mich auf. »Sie liegt im Bett und hat Alpträume. Ständig schreit sie deinen Namen.«

»Wirklich?« Nun brauche ich mich gar nicht mehr zu verstellen. Ich bin tatsächlich überrascht.

»Gerade eben hat sie aufgehört«, sagt Jakob. »War wohl doch nur ein Fehlalarm. Das kann sie ziemlich gut.«

»Ja«, murmele ich. »Das kann sie wirklich.«

»Ich wollte nur hören, ob bei dir alles in Ordnung ist, Engelchen.«

Die Sorge in seiner Stimme klingt wundervoll. Sie ist so ein krasser Gegensatz zu dem misstrauischen Blick, den er mir heute Nachmittag zugeworfen hat. Scheinbar ist seine Meinung über mich tatsächlich noch nicht gefestigt. Kann es sein, dass er noch gar nicht alle Einzelheiten kennt? Dann wird alles von dem morgigen Tag abhängen. Und von den Informationen, die Finn aus Erik und mir herauspresst.

»Ja, alles prima.«

»Dann schlaf jetzt weiter. Wir sehen uns morgen Nachmittag!«

Ich würde gerne irgendetwas tun, damit er nicht auflegt. Stattdessen sage ich: »Okay, Jakob. Danke, dass du nachgefragt hast.«

Als ich auflege sehe ich, dass ich gleichzeitig mit dem Anruf eine SMS von Erik erhalten habe.

»Was war das für ein Knall? Gib Entwarnung oder ich komme zu deinem Fenster hoch!«

Er sitzt also tatsächlich immer noch da unten und starrt die Bäume in der Gegenrichtung an. Wobei er im Moment seinen Blick wahrscheinlich zum Haus gewandt hat. Auf den Verdacht hin stehe ich auf, zeige mich kurz im erleuchteten Fenster und winke in die Dunkelheit hinaus. Dann tippe ich als Antwort:

»Mir geht's gut. Mach dir keine Sorgen. Bin aus dem Bett gefallen.«

Das wird er mir nicht glauben. Aber er wird es schlucken, weil er weiß, dass ich ihm nicht die Wahrheit sagen kann. Ich lausche auch die Treppe hinunter in Richtung des Schlafzimmers meiner Eltern. Doch hier rührt sich zum Glück nichts. Die beiden sind wirklich abgehärtet, was nächtliche Geräusche angeht.

»Puh«, stöhne ich und lasse mich schwer aufs Bett plumpsen. »Das wäre beinahe schief gegangen!«

»Siehst du nun, wie gut Sylvia ist?«, sagt Levian. »Ihre Verbindung zu dir reißt nicht einmal im Schlaf ab. Sie weiß selbst nicht, wie viel sie wahrnimmt. Noch nicht. Zum Glück!«

»Ich habe dich geküsst«, sage ich betroffen. »Hast du … mir etwas ausgesaugt?«

»Nein.«

»Wie fühlt es sich für die Menschen an, wenn du es tust?«

»Ich weiß nicht«, sagt er. »Aber sie sehen glücklich dabei aus. Es hat sich noch keiner gewehrt. Nicht einmal diejenigen, die wussten, was mit ihnen geschieht.«

»Talente?«

Er nickt.

»Du bist wie eine Spinne, die ihr Opfer lähmt, bevor sie es verschlingt!«, sage ich. Ich weiß nicht recht, ob ich fasziniert oder angewidert davon sein soll. Die beiden Stimmen in meiner Brust sind sich nicht einig, was Levian angeht. Eine will mehr über ihn erfahren und ihm nahe sein, die andere rät mir so schnell wie möglich das Weite zu suchen und diesem grausamen Wesen zu entkommen.

Doch vorerst komme ich weder zu dem einen noch zu dem anderen. Trotz des Zwischenfalls führt Levian seinen Unterricht fort, ohne mir eine Pause zu gönnen. Jetzt, da ich weiß, was theoretisch passieren kann, bin ich wieder wach und viel vorsichtiger. Um vier Uhr sind wir so weit, dass ich in der Lage bin, an ein ganz normales Eichhörnchen zu denken, wenn er mich gezielt über gestern Abend ausfragt. Ich stelle mir vor, ich hätte eines davon im Zimmer gehabt – was bei einem Haus am Waldrand durchaus vorkommen kann – und es nach einer kleinen Verfolgungsjagd schließlich erfolgreich am Fenster wieder hinausbugsiert. Je länger ich die Geschichte einübe, desto plastischer wird sie vor meinem inneren Auge. Ich fange schließlich fast an, sie selbst zu glauben. Das beste Rezept für erfolgreiches Lügen. Noch besser als das von Erik!

»Ich kann nicht überprüfen, ob dein Small-Think völlig rein ist«, sagt Levian schließlich. »Aber ich spüre, dass du an etwas ganz anderes denkst als Küssen. Das sollte für heute reichen. Mehr können wir ohnehin nicht tun.«

Schön, dass ich auch mal an was anderes denke, als Küssen! Die Aussage erinnert mich entfernt an meine Klassenkameraden, denen ich mich morgen früh wieder stellen muss. Um genau zu sein in drei Stunden!

»Okay«, sage ich, »Levian, danke. Schläfst du eigentlich nicht?«

»Doch, aber nur halb so viel wie du.«

Schön für ihn. Dann hat er die Nacht ja noch vor sich. Er reckt die Arme nach oben und zeigt seine klar definierten Muskeln. Es wird ziemlich entspannend sein, wenn er wieder in seine Dschinn-Behausung verschwindet und ich nicht mehr gegen den Drang ankämpfen muss, mich an ihm zu vergehen.

»Wie kommst du raus?«, frage ich ihn.

»So, wie ich reingekommen bin: Als Maus in deiner Jackentasche. Lass mich auf der Veranda raus, aber achte darauf, dass die Katze nicht in der Nähe ist, wenn dir ihr Leben lieb ist.«

Ich muss grinsen. Den Kampf würde ich gerne sehen.

»Gut«, sage ich und warte darauf, dass er sich verwandelt. Stattdessen bleibt er sitzen und zieht eine Augenbraue hoch.

»Was willst du noch?«, frage ich etwas ungehalten.

»Eine Entlohnung für meine Dienste wäre angemessen, findest du nicht?«

Er streicht sich eine Haarsträhne aus der Stirn und reckt sein markantes Kinn nach oben. Seine grünen Augen funkeln, aber diesmal ohne mich in den Bann zu ziehen. Alles in allem sieht er gerade ziemlich herausfordernd aus.

»Ein Kuss. Ich zaubere nicht, ich sauge nicht. Und du denkst dabei weder an Jakob noch an Erik!«

Im ersten Moment will ich ihm entgegenschleudern, dass er das völlig vergessen kann. Genau wie seinen ganzen Plan, mich eines Tages herumzukriegen. Aber dann fällt mir ein, welchen Vorsatz ich heute am Teich gefasst habe: Pokern für Informationen. Dies wäre vielleicht eine Gelegenheit.

»Na schön«, sage ich und hebe ebenfalls mein Kinn in die Luft. »Ich küsse dich. Aber dafür möchte ich dich morgen in deiner wahren Gestalt sehen!«

Levian kneift verärgert die Augen zusammen.

»Findest du nicht, dass ich an der Reihe bin, Forderungen zu stellen?«, grummelt er.

»Machen wir ein Geben und Nehmen daraus«, pokere ich. »Dann hast du morgen wieder einen Wunsch frei.«

Das war eine ziemlich deutliche Aufforderung an ihn, dieses Spielchen weiterzuspielen. Doch nun habe ich es bereits ausgesprochen und kann nicht mehr zurückrudern. Ich sehe ein interessiertes Grinsen in seinem Mundwinkel auftauchen.

»Wie weit würdest du gehen?«, fragt er spitz.

»Das wirst du schon sehen.«

Mit Sicherheit kann Levian riechen, dass ich Angst vor meiner eigenen Courage habe. Denn ich bin keinesfalls so selbstsicher, wie ich mich in diesem Moment gebe. Vielleicht reizt ihn aber gerade das: mir beim Spiel mit dem Feuer zuzusehen und dabei selbst auf einem relativ sicheren Plätzchen zu hocken.

»Abgemacht!«, sagt er und streckt mir seine Hand hin. Ich schlage ein. Er nutzt die Gelegenheit, um mich zu sich herüberzuziehen. Wir sitzen an der Bettkante, wie zur Flucht bereit. Seine linke Hand greift in meinen Nacken, die Rechte wandert an mein Knie und drückt es gegen das seine. Einen Augenblick hält er inne und versucht, meinen Blick zu ergründen. Was auch immer er darin findet, er sieht nicht ganz zufrieden aus. Dann beugt er sich zu mir herüber und drückt seine Lippen auf meine. Ich wehre mich gegen das süße Blubbern in meiner Brust. Es ist nichts als eine Spielschuld, die ich ausgleiche! Kurz schließt er die Augen, lässt mich seinen dichten Wimpernkranz sehen, fährt mit seiner Zunge über meine Zähne. Dann öffnet er die Augen wieder. Ein verärgertes Funkeln liegt darin. Er lässt mich los und zieht sich ein Stückchen von mir zurück.

»Na schön. Morgen sehen wir weiter«, sagt er. »Allerdings könnte es sein, dass meine wahre Gestalt dich genauso wenig begeistert, wie mich dieser Kuss.«

Ich bin zu verwirrt, um mein Pokerface zu wahren.

»Warum?«, will ich wissen. »Bist du so hässlich?«

Über diese Möglichkeit hatte ich noch gar nicht nachgedacht. Immerhin könnte es sein, dass Levian in Wahrheit wie ein riesiges Insekt aussieht oder wie ein schleimiger Zombie. Ich weiß nicht, wie ich damit umgehen würde. Und trotzdem will ich es sehen!

»Nein«, sagt er. »Das nicht.«

»Aber?«

Er bleibt die Antwort schuldig und verwandelt sich stattdessen blitzartig in eine kleine braune Feldmaus. Bewegungslos wartet er, bis ich meine Jacke angezogen habe, kriecht dann in die Tasche und lässt sich auf die Terrasse hinuntertragen. Dort trippelt er heraus und saust ins Unterholz, ohne sich noch ein einziges Mal umzudrehen. Ich stehe in der Dunkelheit, höre auf die Geräusche des Waldes und fühle Erleichterung in mir aufsteigen. Wie befreiend Einsamkeit doch sein kann! Ich muss meine letzte Kraft zusammennehmen, um unbemerkt wieder hinauf in mein Zimmer zu schleichen. Dort greife ich nach meinem Handy und schreibe an Erik:

»Mit geht's gut. Es wird Zeit, zu schlafen, auch für dich!«

Die Antwort kommt prompt: »Gute Nacht, Melek. Bis nachher.«

Ich kann mir vorstellen, dass die letzten Stunden für Erik noch schlimmer waren, als für mich. Ich kenne niemanden, der das für mich getan hätte. Doch bevor ich weiter darüber nachdenken kann, sinke ich in meinen Klamotten aufs Bett und bin eingeschlafen, bevor mein Kopf das Kissen berührt.

Das Kopfkino für Finn hat Premiere

Ich sehe aus wie eine kranke Eule, als ich drei Stunden später in den Spiegel im Badezimmer blicke. Was habe ich mir nur dabei gedacht, mir die Nacht mit einem Dschinn um die Ohren zu schlagen? Alles, was gestern Abend noch einen Sinn ergab, erscheint mir heute vollkommen wahnsinnig und widernatürlich. In was für Abgründe habe ich mich nur verstrickt! So gut es geht, kaschiere ich meine Augenränder mit einem Abdeckstift und kämme mir die Haare ins Gesicht, um so viel wie möglich davon zu verbergen. Trotzdem kann man mir auf einen Blick ansehen, dass ich kaum geschlafen habe.

In der Küche gehe ich meiner Mutter aus dem Weg, packe mir zwei Bananen als Pausenbrot in meinen Rucksack und verschwinde, so schnell ich kann. Sie stellt mir keine Fragen, wahrscheinlich, weil sie annimmt, dass ich immer noch Liebeskummer habe. Auf dem Weg zum Bahnhof wird mir bewusst, dass ich mich überhaupt nicht auf den heutigen Tag vorbereitet habe. Zumindest nicht auf den Teil, der mit Schule zu tun hat. Weder habe ich meine Hausaufgaben gemacht, noch eine einzige Minute auf irgendein Fach gelernt. Spontan kann ich nicht einmal sagen, wie mein heutiger Stundenplan aussieht und ob ich die richtigen Bücher eingesteckt habe. Ich rede mir ein, dass Menschen wie Bodo täglich mit diesem Gefühl zur Schule gehen und trotzdem in die 11. Klasse versetzt wurden. Vielleicht wird es gar niemandem auffallen.

Kurz vor dem Bahnhof steht Erik neben seinem Moped. Er hat unsere beiden Helme und Nierengurte im Arm und trägt dieselben Klamotten wie gestern Abend. Die Schultern hat er hochgezogen, weil er fröstelt. Sein blonder Haarschopf ist zerrauft und unter seinen Augen liegen dieselben Balken wie bei mir.

»Du hast im Wald geschlafen«, stelle ich statt einer Begrüßung fest.

»Auch ich habe Eltern, Melek!«, sagt er. »Und die waren darüber informiert, dass ich die Nacht bei dir verbringe. Kannst du Zecken entfernen?«

Ich nicke betroffen. Was hätte ich wohl getan, wenn er mir das gestern Nacht erzählt hätte? Hätte ich ihn hereingeholt? Wahrscheinlich wollte er mir diesen Gewissenskonflikt ersparen und hat deshalb nichts gesagt. Oder er glaubt so fest an den tieferen Sinn dieser ganzen Verwirrung, dass er sich bewusst im Hintergrund gehalten hat. Was auch immer seine Gründe sind – es hat ihm zwei Zecken an der Wade und am Rücken eingebracht. Meine Fingernägel sind gerade lang genug, um sie fachgerecht herauszuziehen. Als ich an seinem Bein fertig bin, dreht er mir den Rücken zu, zieht seine Jacke aus und hebt seinen Pullover hoch. Auf den Anblick seiner Muskelmassen bin ich nicht gefasst gewesen. Immer wenn ich Erik sehe, hat er anständige Sachen an, nicht die engen Tanktops und Muskelshirts wie Rafail und Lennart. Ich habe nie bemerkt, was genau sich darunter versteckt. Nicht einmal bei der Umarmung gestern Abend.

»Erik!«, sage ich. »Du hast doch nicht etwa das Zeug von Albert geschluckt?«

Er stößt ein abschätziges Lachen aus.

»Das Zeug war harmlos, Melek. Aber falls es dich beruhigt: Ich sah schon vorher so aus.«

Das kann einfach nicht normal sein. Nicht in seinem Alter.

»Ich gehe in das Studio seit ich fünfzehn bin«, sagt er. »Und bevor du und deine Talente mich abgelenkt haben, war ich viermal die Woche da. Ziehst du bitte die Zecke raus?«

Ich konzentriere mich auf den Blutsauger, um ihm nicht vor lauter Verblüffung den Kopf abzureißen. Als ich fertig bin, lässt er seinen Pullover genauso sang- und klanglos wieder herunterfallen, wie er ihn hochgezogen hat und ruckt die Jacke zurecht. Er hält mir den Helm hin.

»Auf zur Schule«, sagt er.

»In die Höhle des Löwen«, denke ich, doch ich spreche es nicht aus.

***

Ich habe mich nicht getäuscht. Jana fängt genau an dem Punkt an, an dem sie letzten Freitag aufgehört hat. Sobald ein Lehrer das Klassenzimmer verlässt, geht es los und es hört erst wieder auf, wenn ein anderer Lehrer den Raum betritt. Im Grunde nicht einmal dann, denn sogar mitten im Unterricht lässt sie zweideutige Kommentare fallen oder gibt Zettel mit Nachrichten herum, bei deren Anblick meine Mitschüler sich zu mir umdrehen und grinsen. Bodo hat ebenfalls Spaß an der Sache gefunden und will ständig wissen, wo ich am Wochenende war und weshalb er mich nicht in dieser oder jener Disko angetroffen hat. Es ist ein bisschen wie Folter. Ich bin ganz froh darüber, dass ich mich vor Müdigkeit kaum aufrecht halten kann. Das dämpft das ekelhafte Gefühl, das sich in meiner Brust breit macht. Seit meiner Geburt bin ich es gewöhnt, dass alle Menschen mich links liegen lassen. Ich kann schon mit positiver Aufmerksamkeit nicht besonders gut umgehen, geschweige denn mit den gehässigen Blicken, die nun ständig an mir haften. Das Image, das ich seit letzter Woche habe, ist so weit von den wahren Tatsachen entfernt, dass ich mir darin vorkomme wie in einem schmerzenden Korsett.

In Geschichte werde ich ausgefragt und suche krampfhaft nach Erinnerungen aus der letzten Stunde, doch mir fällt nichts ein. Jana klärt die Lehrerin darüber auf, dass ich am Wochenende wichtigere Dinge zu tun habe, als das ›Grundwissen‹ zu pauken. Ich wehre mich nicht, denn ich weiß, dass ich ohnehin verloren habe.

In der sechsten Stunde haben wir Englisch und ich kann nicht verhindern, dass ich mit dem Kopf auf dem Tisch einfach einschlafe. Ich bin kaum in meine wirre Traumwelt abgetaucht, als mich ein erschütternder Knall wieder aufweckt: Mein Lehrer steht vor mir und hat die Faust auf die Tischplatte gedonnert.

»Das reicht jetzt, Melek!«, schreit er. »Wer das ganze Wochenende durch die Diskos ziehen kann, der kann am Montag auch die Schule durchziehen!«

»Ja«, sage ich. »Tut mir leid.«

Die anderen kichern. Wahrscheinlich malen sie sich all die unmoralischen Einzelheiten aus, die ihrer Meinung nach zu meiner Übermüdung beigetragen haben. Ich könnte ihnen jetzt sagen, dass es genau so war. Dass ich die letzte Nacht damit verbracht habe, mich gegen den Liebeszauber eines Dschinn zu wehren, dass ich den wahrscheinlich schönsten Mann der Welt geküsst habe und dass ich Dinge über Erik Sommers Oberkörper weiß, von denen sie nur träumen. Aber ich halte besser meinen Mund. Es käme doch nichts Hilfreiches heraus.

Ich bin ziemlich bedrückt, als ich mittags zusammen mit Erik die Schule verlasse. Ihm fällt es auch auf, denn er versucht ständig, mich mit irgendetwas abzulenken, obwohl er doch selbst völlig übermüdet sein muss. Es klappt nicht.

»Willst du mit zu uns zum Essen kommen?«, fragt er. »Ich bin sicher, dass meine Mutter sich mal wieder selbst übertroffen hat. Sie definiert ihren Wert nämlich über den Erfolg des Mittagessens.«

Das klingt ziemlich verlockend. Vor allem mit der Aussicht auf eine weitere Dose Ravioli, die mich erwartet, denn der Buchenauer Dönerladen hat heute geschlossen. Dazu kommt, dass ich keine Lust verspüre, mich mit meiner Mutter an den Tisch zu setzen, wo ich ganz sicher ausgefragt werde. Also sage ich zu und schicke ihr eine knappe SMS, in der steht, dass ich in Biedenkopf esse und vor Abend nicht zu Hause sein werde.

***

Eriks Familie wohnt auf der anderen Seite des Marktplatzes über der Apotheke. Seine Mutter ist genau so, wie ich sie mir vorgestellt habe: mittelgroß, blond, lustig und unglaublich gluckenhaft. Schon als sie uns beide durch die Tür kommen sieht, fliegt sie mir entgegen, nimmt meine beiden Hände in ihre und küsst mich rechts und links auf die Wange. Und das, obwohl sie garantiert nicht wusste, dass ich heute hier auftauchen würde.

»Das ist also Melek!«, stellt sie fest. »Ich muss sagen: Erik hat nicht übertrieben!«

Ich werde ein bisschen rot wegen ihrer schamlosen Lüge. Aus dem Augenwinkel sehe ich, dass Erik sich mit der Hand an die Stirn fasst und den Kopf schüttelt. Ihm ist der Auftritt seiner Mutter sichtbar peinlich, aber sie scheint es nicht zu merken.

»Das trifft sich wirklich gut«, plappert sie weiter. »Denn heute gibt es gefüllte Pap-ri-ka!«

Allein bei der Erwähnung des Mittagessens läuft mir schon das Wasser im Munde zusammen. Sie schiebt mich vor sich her zum Esszimmer und redet dabei in einem fort. Vom Kochen, von der Schule und von Erik, der sich seit einiger Zeit ja überhaupt nicht mehr blicken lässt. Dabei lacht sie ein bisschen hysterisch und ich merke, dass sie sich im Grunde Sorgen um ihren Sohn macht, aber versucht, sich zurückzuhalten. Dann verschwindet sie in der Küche und teilt uns im Abstand von wenigen Sekunden mit, wie weit das Essen gediehen ist und wie das Hochbeet beschaffen ist, in dem sie den Beilagensalat angepflanzt hat. Erik sitzt neben mir und schaut ein bisschen belämmert drein. Wahrscheinlich bereut er es schon mich eingeladen zu haben.

Als sie zwischendrin wieder ins Esszimmer kommt, um den Tisch zu decken, schaut seine Mutter uns genauer in die Augen und runzelt sofort die Stirn.

»Ihr seht reichlich unausgeschlafen aus«, stellt sie fest. Dann rattert es hinter ihrer Stirn. »Ich hoffe, ihr ... also ...«

Zum ersten Mal, seit wir das Haus betreten haben, ergreift nun Erik das Wort.

»Oh Mama, bitte erspar uns das! Wir haben das Sexthema zur Genüge mit Meleks Eltern durch. Wenn du Fragen dazu hast, ruf sie an!«

»Ist ja gut, ist ja gut«, sagt sie sofort und verschwindet wieder in der Küche. Ich bin froh, dass sie nicht weiß, wie Erik die Nacht in Wahrheit verbracht hat. Sie würde mich hassen, wenn sie es wüsste. Und ich möchte ungern von ihr gehasst werden, denn sie ist auf ihre Art eine außergewöhnliche Person, jemand zum Gernhaben.

Eriks Geschwister kündigen sich durch lautes Geschrei an, lange, bevor ich sie sehe. Simon und Lea, die zehnjährigen Zwillinge, sind ebenso strohblond wie der Rest der Familie.

»Sie streiten beinahe den ganzen Tag«, erklärt Erik. »Aber sobald einer von beiden in der Klemme steckt, halten sie zusammen wie Pech und Schwefel. Sie sind furchtbar!«

In dem Moment, als sie den Raum betreten, ist es mit der Beschaulichkeit dann auch vorbei. Frau Sommer hat plötzlich alle Hände voll zu tun, ihren aktuellen Streit zu schlichten und lässt um ein Haar das Essen anbrennen.

Die Uhr im Wohnzimmer schlägt gerade ein Uhr, als die Tür aufgeht und auch Eriks Vater hereinkommt. Er schleudert seinen Apothekerkittel im hohen Bogen über einen Stuhl, ruft ein »Hallo« in die Runde und setzt sich zu uns. Dann beginnt er, sich inmitten des Zwillings-Geschreis in aller Ruhe seine Brille zu putzen. Erst als er sie wieder aufsetzt, stellt er fest, dass eine Person zu viel am Tisch sitzt.

»Ach, Besuch?«, fragt er etwas verdattert.

»Das ist Eriks Freundin!«, flötet Lea und zieht eine Schnute. Simon schmatzt jede Menge Küsschen in die Luft und fängt sich dafür von Erik eine leichte Backpfeife ein.

»Ach ja, Melek!« Er streckt mir die Hand hin.

»Guten Tag, Herr Sommer«, sage ich etwas eingeschüchtert. Das quirlige Familienleben ist ein bisschen zu viel für mich. »Erik hat mich spontan eingeladen.«

»Prima, das ist prima!«

Ihm ist anzusehen, dass er gerade an etwas ganz anderes denkt. Ein bisschen kommt er mir vor wie ein zerstreuter Professor. Von ihm hat Erik mit Sicherheit seine Klugheit geerbt. Von seiner Mutter eher den Gefühlscocktail, den Levian so bezaubernd findet.

Die gefüllten Paprika schmecken fantastisch. Ich kann nicht verstehen, warum Erik sich nur einmal davon geben lässt. Ich muss mich nach dem zweiten Nachschlag beherrschen, nicht noch einen dritten zu fordern. Dazu gibt es herrlich duftenden Basmati-Reis – eine Zutat, die in der Küche meiner Mutter überhaupt nicht vorkommt. Niemand erwartet von mir, dass ich etwas zur Tischunterhaltung beisteuere und Erik hält sich ebenfalls zurück. Die Zwillinge sorgen für genügend Radau und Herr Sommer erzählt von einer älteren Kundin, die ein Zäpfchen mit einer Tablette verwechselt hat, was zu herzhaften Lachanfällen in der Runde führt.

Mit jedem Bissen, den ich in mich hineinstopfe, geht es mir ein Stückchen besser. Als ich alles weggeputzt habe, komme ich mir fast vor, wie neugeboren. Wenn ich jetzt wüsste, dass ich den Rest des Tages mit Lernen, Essen und Schlafen verbringen könnte, würde ich sagen, ich sei vollends zufrieden. Aber leider ist es nicht so. Nachher wird Erik seinen mittlerweile üblichen Besuch bei Sylvia machen und anschließend müssen wir auf die Schutzhütte, wo man uns verhören und mit Paintball-Geschossen abschießen wird. Ich erwische mich bei einem Gedanken, für den ich Erik noch vor wenigen Tagen verabscheut habe: Wenn es nur die Wahrheit wäre! Gefüllte Paprika, ein bisschen Schule, Augenränder nach der ersten gemeinsamen Nacht. ›Nein‹, sagte meine zweite innere Stimme. ›Nicht für dich. Nicht in diesem Leben. Dafür bist du nicht gemacht!‹

Nach dem Essen lassen sämtliche Familienmitglieder Frau Sommer einfach mit dem Abwasch stehen. Ich frage, ob ich ihr helfen soll, aber sie winkt gewohnheitsmäßig ab und findet, wir sollten uns lieber noch ein paar schöne Stunden machen, als in der stickigen Küche zu vermodern. Dafür mag ich sie umso mehr.

Wir haben noch eine gute Stunde Zeit, bevor wir zu Sylvia müssen. Die nutzen wir, um ein bisschen Schlaf nachzuholen. Erik wirft sich auf sein Bett, ich lasse mich auf die Couch sinken. Bevor ich wegdöse, bekomme ich noch mit, dass seine Mutter unten in der Küche das Radio besonders lautstark aufdreht. Das ist sehr einfühlsam von ihr, aber tatsächlich mehr als unnötig. Das Einzige, was man von uns beiden hören könnte, ist das leise Schnarchen, das Erik schon nach zwei Minuten von sich gibt. Mehr bekomme ich nicht mit, denn ich sinke hinweg wie ein Siebenschläfer in den Winterschlaf.

Erik weckt mich kurz vor halb drei. Er sieht frisch geduscht und viel lebendiger aus als vorhin. Ich hingegen habe eher den Eindruck, noch müder geworden zu sein.

»Du solltest aufstehen, falls du zu Sylvia mitkommen willst«, sagt er, sanft aber distanzierter als ich das von ihm gewohnt bin.

Ich nicke und schäle mich aus der Decke, die er mir übergeworfen haben muss, als er ins Bad gegangen ist. Bevor wir das Haus verlassen, spritze ich mir etwas kaltes Wasser ins Gesicht, was mich ein wenig munterer macht. Dann verabschieden wir uns von Frau Sommer, die mich sofort überschwänglich in den Arm nimmt. Ich bekomme leichte Beklemmungen von dem Vertrauen, das mir in dieser Familie entgegengebracht wird. Denn ich habe es nicht verdient. Im Grunde nutze ich Erik seit zwei Jahren nur aus.

»Weißt du nun, wie das ist?«, fragt er mich auf dem Weg zur Hainstraße.

»Was meinst du?«, frage ich ausweichend.

»Wenn eine Familie dich freundlich aufnimmt, obwohl du ihr nur Lügen vorlebst. Kannst du jetzt nachvollziehen, weshalb mir das bei deinen Eltern immer unangenehm war?«

»Ja«, sage ich. »Kann ich.«

Wir laufen schweigend weiter. Jeder hängt seinen eigenen Gedanken nach. Meine drehen sich nun um den Nachmittag und die Frage, ob ich Levians Technik in dem anstehenden Verhör werde einsetzen können. Wie auch immer dieser Tag endet – ich weiß nicht, wie ich es aushalten soll, dieses Doppelleben weiter zu führen: Nachmittags Kampftraining mit den Talenten, abends das heimliche Treffen mit meinem Dschinn. Eigentlich müsste ich das Spielchen so schnell wie möglich beenden, denn es wird einfach nicht gut ausgehen. Aber ich kann nicht damit aufhören, wenn ich Sylvia beschützen will. Und wenn ich ganz ehrlich bin, will *ich* es auch nicht. Noch nicht. Da ist noch so vieles, was ich wissen muss.

Sylvia selbst öffnet uns die Tür, nachdem wir geklingelt haben. Sie stürzt sofort auf mich zu, umarmt mich heftig und drückt mir dabei unauffällig einen Zettel in die Hand.

»Geh gleich aufs Klo und lies das!« flüstert sie mir ins Ohr. Ich bin noch etwas zu träge, um mit ihrer Geschwindigkeit Schritt zu halten. Sie verdreht die Augen und sagt so laut wie möglich: »Ja, klar, die dritte Tür links, Melek!«

Dann schiebt sie mich in Richtung des Badezimmers, hakt sich bei Erik unter und tänzelt mit ihm in die Küche.

Im Bad setze ich mich auf die Wanne und falte den Zettel auseinander, den sie mir gegeben hat. Darauf steht in ihrer fein säuberlich geschwungenen Kinderhandschrift:

»Jakob ist immer noch da. Er weiß von Finn etwas über den Dschinn, aber beide sind sich nicht sicher, ob die Information richtig ist. Jakob gehört nicht zu den Menschen, die jemanden nach den Gedanken eines anderen beurteilen. Aber er ist misstrauisch. Heute Abend wollen sie nun doch eine Abgesandschaft zu deinem Haus schicken. Ich denke, Kadim wird dabei sein. Falls Erik gestern etwas gesehen hat, sollte er nachher vielleicht besser Kopfschmerzen vortäuschen und zu Hause bleiben. Ich hoffe, du hast über Nacht gelernt, Finn zu umgehen. Ansonsten bleibt uns nur die Beichte. Dann besser jetzt als später, wenn die anderen dabei sind.«

Ich bleibe noch eine Weile sitzen und denke darüber nach, ob ich fähig sein werde, es mit Finn aufzunehmen. Der Gedanke, mich Jakob anzuvertrauen, hat etwas Erlösendes. Allein das Wissen um seine Anwesenheit in diesem Haus reicht schon, um mich in die Rolle der untergebenen Soldatin zu katapultieren. Doch ich wehre mich hartnäckig dagegen, denn mir liegen noch immer Sylvias Worte von gestern im Ohr: »Kontakte mit Dämonen sind eine Todsünde für Talente! Es gehört zu unseren Regeln, jeden aus der Armee ausschließen, der sich so etwas zu Schulden kommen lässt«

Nein, ich will um alles in der Welt vermeiden, dass mein Geheimnis ans Tageslicht gerät. Sollte Sylvia am Samstag etwas geschehen, so würde ich mir mein Leben lang vorwerfen, es nicht verhindert zu haben.

So unverfänglich wie möglich schlendere ich hinüber zu den anderen in die Küche. Gerade als ich eintrete, lässt Sylvia Eriks Hand los und schüttelt bedauernd den Kopf.

»Na schön«, sagt Jakob, der wie beim letzten Mal am Tischende in der Ecke sitzt. Sein Bart ist wieder ab, aber er sieht trotzdem ziemlich fertig aus. »Dann bis Donnerstag.«

»Hast du deine Frühschicht sausen lassen?«, frage ich ihn, einfach nur, um seinem Blick zu begegnen.

Er schaut zu mir auf mit der gewohnten Mischung aus Argwohn und Sympathie.

»Nein, ich bin am Freitag gefeuert worden.«

»Aber diesmal hat es Jakob geschafft, lange genug angestellt zu sein, um Arbeitslosengeld zu bekommen«, erzählt Sylvia im Plauderton. »Das heißt, wir haben unseren Anführer eine Weile ganz für uns allein. Und wenn er Glück hat, kommt er mal wieder zum Schlafen.«

»Wenn ich viel Glück habe«, sagt Jakob müde. Die letzte Nacht hat er schon mal garantiert kein Auge zugetan.

Nachdem die Frage um Eriks Talent für heute geklärt ist, verfrachtet Jakob uns alle in sein Auto und fährt uns zur Eckelshausener Schutzhütte. Unterwegs erzählt Sylvia uns von der Vision, die sie gestern angeblich gehabt hat. Dabei fällt mir ein, dass sie den genauen Zeitpunkt noch gar nicht weiß. Ich nehme mir vor, ihr das so bald wie möglich in einem ruhigen Augenblick zu stecken. Erik nimmt die Neuigkeiten ziemlich unbewegt zur Kenntnis. Er wehrt sich sichtlich dagegen, zu viel über das Gehörte nachzudenken. Trotzdem ist ihm vermutlich klar, dass mein Geheimnis und die Vision von Sylvia einen Zusammenhang haben.

Wir kommen fast zeitgleich mit den anderen an. Außer den Geländewagen von Jakob, Mike und Rafail ist heute noch ein viertes Auto da: ein uralter roter VW Polo mit zwei schwarzen Türen an der Fahrerseite. Am Steuer sitzt, mit einem stolzem Grinsen im Gesicht, Tina. Sie hat also ihre Krankheitstage genutzt, um ihren Führerschein fertig zu machen und sich dann von ihrem Kellnergehalt diese Schrottkiste gekauft. Ich spüre ein ungemütliches Grummeln in der Magengegend bei ihrem Anblick. Die wenigen versöhnlichen Augenblicke, in denen wir uns am vergangenen Mittwoch auf Jakobs Rücksitz näher gekommen sind, liegen hinter uns. Schon als sie aussteigt, richtet sie ihren misstrauischen Blick auf mich. Ich versuche gar nicht erst ihn zu halten und schaue in die andere Richtung. Und noch etwas scheint sie getan zu haben, während sie weg war: Ihre Oberarme sind mindestens drei oder vier Zentimeter in die Breite gegangen. So wie ich Tina einschätze, hat sie im Krankenhaus Tag und Nacht an der Schlinge über ihrem Bett gehangen und hat Klimmzüge geübt. Als wäre kein Tag vergangen, nimmt sie sofort wieder den Platz an Jakobs Seite ein und spielt seinen Leibwächter. Eifersüchtig blicke ich den beiden hinterher, wie sie mit den Muskelprotzen zum Bunker laufen, um Kleidung und Waffen herauszuholen. Ich bin sicher, dass Tina das absichtlich macht, schon allein, um mir meine Stellung am Ende der Rangordnung, weit weg von Jakob und ihr, in Erinnerung zu rufen.

Noch bevor die vier wieder zurück sind, steht Finn schon neben mir und stupst mich mit der Schulter an. Sie wollen also nicht einmal das Training abwarten. Dann muss das allgemeine Misstrauen schon ziemlich groß sein.

»Komm mal mit«, sagt Finn und führt mich ein Stück weit in den Wald hinein. Ich laufe hinter ihm her wie eine Verbrecherin. Wortlos setzen wir uns auf den Rand eines Hohlwegs, wo die anderen uns nicht sehen können. Dafür bin ich schon mal dankbar. Es wird mein Small-Think besser machen, wenn ich keine Angst haben muss, dass plötzlich Tina in meinem Nacken auftaucht. Hastig suche ich mir einige Bäume und Pflanzen am gegenüberliegenden Wegrand heraus, auf die ich mich konzentrieren kann und denke an meine erfundene Eichhörnchengeschichte.

Finn sagt kein Wort. Er starrt, genau wie ich, geradeaus in den Wald. Dann klopft er an. Wenn man es bereits zum zweiten Mal erlebt, ist das Brausen im Hinterkopf gar nicht mehr so erschreckend. Vielleicht bin ich aber auch nur so konzentriert, dass ich keinen Sinn mehr dafür habe. Das elektrisierende Prickeln lässt etwas nach, als Finn sich in meinen Kopf eingeloggt hat.

»Melek, ich brauche noch einmal Kontakt zu deinen Gedanken, tut mir leid«, höre ich seine Stimme. Ich schiele hinüber zu dem Jungen, der neben mir am Hang sitzt und weiter stur nach vorn schaut, ohne seine Lippen zu bewegen. Schnell konzentriere ich mich wieder auf den Wald.

»Ja«, denke ich. Dabei scanne ich die Pflanzen und Bäume vor meiner Nase. »Was willst du wissen?«

»Ich habe in Eriks Erinnerung eine Szene gesehen, die ziemlich alarmierend für uns war. Wir müssen wissen, was davon tatsächlich passiert ist, auf die Gefahr hin, dass wir dich unschuldig verdächtigen.«

Die knorrige Rinde der Eiche. Das geschnitzte Herz in der Buche. Der giftige Fingerhut am Wegesrand. Ich fixiere sie wie eine Geisteskranke.

»Melek?«

»Ja, Finn. Frag mich einfach, was du wissen willst.«

»Ich möchte wissen, ob du wieder Besuch von einem Eichhörnchen hattest«, sagt Finns Stimme. Nur »Eichhörnchen«. Das macht es mir leichter. Meine Gedanken wandern zu dem kleinen Kopfkino, das ich so liebevoll einstudiert habe.

»Neulich nachts war tatsächlich ein Eichhörnchen da«, denke ich. Dabei herrscht außer den Worten völlige Funkstille in meinem Kopf. Ich konzentriere mich ganz auf ihren Klang, sperre alle anderen Erinnerungen und Gedanken aus. »Es sprang zum offenen Fenster herein und raste wie von Sinnen durch mein Zimmer. Aber nach ein paar Minuten konnte ich es in die Enge treiben und wieder zum Fenster hinaus bugsieren. War ganz schön aufregend. Aber davon kann Erik eigentlich nichts wissen.«

»Er stand unter deinem Fenster, um in deiner Nähe zu sein. Du weißt, weshalb«, sagt Finn. Auf den Themenwechsel zu Erik war ich nicht vorbereitet. Kurz fliegen meine Gedanken zu der Szene von gestern Abend, wie ich ihn im Wald umarme und hinter die Eiche ziehe. Ich breche die Erinnerung sofort ab und konzentriere mich mit aller Kraft auf den Fingerhut.

»Melek?«, fragt Finn erneut. »Es ist seltsam. Du tauchst mir immer wieder weg.«

Zum Improvisieren bin ich zu träge. Deshalb bleibe ich einfach stur auf der Pflanze und mache Small-Think für Anfänger.

»Ich bin müde«, sende ich zu Finn.

»Melek, ich möchte wissen, ob dieses Eichhörnchen vielleicht ein Dschinn gewesen sein könnte«, sagt seine Stimme in meinem Kopf. Das hatte ich so einkalkuliert.

»Nein, es hatte braune Augen«, sage ich und beame das Lügenbild des erfundenen Eichhörnchens in meine Gedanken.

»Nicht jeder Dschinn hat grüne Augen«, erwidert Finn. »Gab es eine andere Besonderheit an der Gestalt?«

Mein Kopfkino präsentiert mir nun das falsche Eichhörnchen von allen Seiten. Ich wiederhole den Film, wie es durch mein Zimmer wischt.

»Nein. Die Gestalt war rein. Das Verhalten auch.«

Fingerhut. Eiche. Herz.

Aus dem Augenwinkel kann ich sehen, wie Finn sich bewegt und mich ansieht. Ihm jetzt in die Augen zu schauen, kommt nicht infrage. Ich blende ihn aus und bleibe auf den Wald fixiert. Dabei hoffe ich, dass ich durch die Befragung einfach verwirrt aussehe. Mehr kann ich nicht tun. Nach ein paar endlos erscheinenden Sekunden, bricht Finn den Kontakt ab. Ich fühle eine leichte Rückkoppelung in meinem Nacken. Dann ist es wieder still.

»Danke«, sagt er. Ich liebe es, wenn sein Mund sich bewegt! »Ich hoffe, du verstehst, dass ich es tun musste!«

Ich nicke. »Schon okay, Finn.«

»Und dass ich zur Sicherheit auch Erik noch einmal befragen muss. War die Erinnerung, die ich gesehen habe, von gestern Nacht?«

Ich überlege fieberhaft, welche Antwort ich ihm nun geben soll. Weil ich davon ausgehen muss, dass Erik sein Herz auf der Zunge trägt – oder in diesem Fall direkt hinter seiner Stirn – entscheide ich mich für die Wahrheit.

»Ja. Ich habe ihn gestern im Wald entdeckt. Den Rest musst du eigentlich nicht wissen.«

»Nein«, sagt Finn. »Muss ich nicht. Lass uns zurückgehen.«

Ich habe den Eindruck, dass Finn immer noch nicht ganz zufrieden ist, als wir schweigend den Weg zurück laufen. Obwohl ich mir relativ sicher bin, dass ich die ganze Zeit über nicht an Levian gedacht habe, scheint die Kommunikation für ihn doch irgendwie seltsam gewesen zu sein. Wahrscheinlich kommt es nicht besonders oft vor, dass er jemanden von uns anzapft und statt kleinen Geheimnissen und großen Informationen nur Bilder von Bäumen und Pflanzen erhält. Auf dem Vorplatz der Schutzhütte lässt er mich stehen und krallt sich stattdessen Erik. Der sieht ein bisschen verunsichert aus. Ich werfe ihm einen aufmunternden Blick zu und gehe hinüber zu den anderen, die mittlerweile Waffen und Kleidung aus dem Bunker geräumt haben und sich umziehen. Als ich mir gerade meine Sachen zusammensuchen will, stehen plötzlich Jakob und Kadim hinter mir.

»Tut mir leid, Engelchen. Aber wir brauchen dich auch noch«, sagt Jakob.

Ich kann es nicht fassen! Nun muss ich also schon wieder Kadims schrecklichen lauwarmen Kaffee trinken. Wofür halten sie mich eigentlich? Für eine V-Frau der Dschinn? Wir gehen, wie beim letzten Mal, in die Schutzhütte, wo Kadim mir ohne weitere Worte seine Porzellantasse mitsamt dem wenig erfreulichen Inhalt hinhält. Diesmal warte ich absichtlich länger als nötig, bevor ich trinke. Dann strecke ich Kadim die Tasse entgegen, drehe mich auf dem Absatz um und will gehen.

»Warte!«, sagt Jakob und fasst mich am Arm. In seinem Blick liegt etwas Beschwichtigendes. »Keiner von uns denkt schlecht über dich. Wir müssen das tun, einfach als Sicherheitsmaßnahme. Bleib da und hör es dir an!«

Ich kann ja gar nicht anders und das weiß er genau. Wenn er mich so ansieht, werde ich zu Wachs in seinen Händen. Also bleibe ich neben ihm stehen und beobachte Kadim dabei, wie er die Tasse dreht und wendet und dabei immerfort die Stirn runzelt. Schließlich drückt er sie Jakob in die Hand und deutet auf einen weißen Fleck im Inneren.

»Das ist seltsa m«, sagt er. »Sie hat ein reines Herz.«

Ich frage mich, was daran seltsam sein soll, wo doch angeblich niemand etwas Schlechtes von mir denkt.

»Aber da ist immer noch das Zeichen von Yin und Yang ...«

»... was auch eine positive Verbindung zwischen entgegengesetzten Kräften sein kann«, sagt Jakob. Dafür könnte ich ihn umarmen.

»Ja«, sagt Kadim. »Aber was soll der Wolf? Er ist ein Zeichen für Stärke. Und der Schlüssel. Er steht für Geheimnisse.«

»Wenn du nicht weißt, wie es zu deuten ist, woher soll ich es wissen?«, fragt Jakob.

Kadim schießt die Röte ins Gesicht. Er greift noch einmal nach der Tasse, geht damit zum Fenster und besieht sich den Inhalt erneut von allen Seiten. Währenddessen wendet sich Jakob mir zu. Seine eisblauen Augen durchbohren mich.

»Du hast versprochen, mir nichts zu verheimlichen, was der Armee schaden könnte«, sagt er. »Gilt das noch?«

Ich nicke. »Ja.«

Er sieht mich ernst an, als versuche er, ebenso wie Finn hinter meine Stirn zu schauen. An seinem Blick kann ich erkennen, dass er einen inneren Kampf ausficht. Schließlich trifft er eine Entscheidung.

»Ich glaube dir«, sagt er. »Geh deinen Weg weiter. Wenn Sylvia Recht hat, darf ich mich nicht dagegen wehren.«

Er fasst verbotenerweise nach meiner Hand.

»Wogegen?«, stammle ich.

»Gegen den Lauf des Schicksals«, sagt Jakob.

Der Moment hätte etwas Magisches an sich gehabt, würde Kadim ihn nicht durch seinen unangemessenen Ausbruch zerstören.

»Sylvia!« ruft er, starrt auf Jakobs Hand, die immer noch meine hält, und verengt die Augen zu schmalen Schlitzen. »Du setzt unser aller Leben aufs Spiel, weil du dem wirren Gefasel eines kleinen Mädchens glaubst?«

»Die zumindest sicher ist, was ihre Prophezeiungen bedeuten«, kontert Jakob. Er lässt meine Hand los und nickt mir noch einmal zu.

»Tu, was ich gesagt habe. Und nun lass uns besser allein.«

Als ich mich umdrehe und zur Tür gehe, ist die Spannung im Raum schon fast körperlich zu spüren. Ich habe kaum auf die Klinke gedrückt, da schwingt die Tür schon auf und Sylvia steht davor.

»Ich wollte eben nach dir schicken«, sagt Jakob.

»Darum bin ich ja da«, seufzt sie.

Ich verschwinde, so schnell ich kann, nach draußen. Während ich zum Bunker gehe, höre ich sie drinnen in der Schutzhütte streiten. Kadims Stimme ist so laut, dass ich sie noch eine ganze Weile hören kann.

»Du lässt sie einfach weitermachen, obwohl du weißt, dass sie uns etwas verheimlicht!«, brüllt er. »Du bringst uns alle in Gefahr, nur weil sie dir den Kopf verdreht hat!«

Daraufhin schreit Sylvia etwas in ihrer schrillen Kinderstimme, doch den Zusammenhang ihrer Worte kann ich schon nicht mehr verstehen. Ihre Stimmen werden leiser, je weiter ich mich entferne. Ich bin ganz froh, als ich endlich außer Hörweite bin. Schnell schlüpfe ich in Schutzanzug und Armeemantel, lege meine Waffen an und renne zu den anderen, die sich am Waldrand versammelt haben und soeben Tinas Befehle entgegennehmen.

»Falsch, Melek«, sagt sie zur Begrüßung. »Heute schießt du auf Nils. Du brauchst Paintball-Ausrüstung. Geh zurück zur Hütte und nimm die Waffen und Kleider vom Tisch.«

Ich blicke in die Runde und stelle fest, dass alle von oben bis unten in Schutzkleidung verpackt sind. Man kann fast nicht erkennen, wer unter den Masken und Anzügen steckt. Auch das gemeinsame Misstrauen der Truppe vereint sie. Es sieht ganz so aus, als ob ich nun in sämtlichen Lebensbereichen zum Fremdkörper werde. Schnell fege ich das beklemmende Gefühl weg, das mich bei ihrem Anblick überkommt und jogge noch einmal zurück zur Schutzhütte. Drinnen ist es jetzt zum Glück stiller geworden. So bleibt mir wenigstens der Inhalt von Kadims weiteren Hetztiraden erspart. Als ich umgezogen bin, kommen auch Erik und Finn aus dem Wald zurück. Erik sieht bleich aus, aber er lächelt mir zu. Und Finn beweist genug Anstand, um mir bei der Auswahl einer geeigneten Pistole behilflich zu sein. Als wir fertig sind, gehen wir gemeinsam hinüber zum Wald und reihen uns zwischen den anderen ein, die bereits mit dem Training angefangen haben.

Da Tina ihr verletztes Bein noch schonen muss, spielt vorerst nur Nils den Dschinn. Er jagt in einem Affenzahn durch die Baumreihen, schlägt Haken und versucht, den Farbgeschossen auszuweichen, die einer nach dem anderen auf ihn abschießt. Nach dem dritten Schützen tut Nils mir richtig leid. So schnell er auch ist, er bringt es nicht auf die Fähigkeit der Dschinn, einer Kugel auszuweichen. Entsprechend wird er immer wieder getroffen. Seine Ausrüstung ist schon nach kurzer Zeit mit bunten Farbklecksen übersäht. Kurz bevor ich an der Reihe bin, trifft Henry ihn dreimal hintereinander am Bein, am Oberkörper und am Hinterkopf. Nils gibt das Aus-Zeichen und humpelt schwerfällig zu uns zurück.

»Pause!«, sagt er, setzt sich ins Gras und zieht sein Hosenbein hoch. Darunter sehe ich mehrere faustgroße rote Flecken, die die Farbpatronen ihm zugefügt haben. Ich hätte nicht gedacht, dass die Geschosse eine solche Wucht haben.

»Okay«, sagt Tina. »Ruh dich kurz aus. Melek übernehme ich.«

Sie schaut mich herausfordernd an.

»Ich dachte, du wolltest dich schonen!«, sagt Henry vorwurfsvoll.

»Ich trete ja auch nicht gegen dich an, Schätzchen«, sagt sie, den Blick immer noch auf mich gewandt.

Die Wertigkeit dieser Aussage trifft mich hart. Und sie macht mich unglaublich wütend. Was auch immer Tina dazu veranlasst hat, ihre Abneigung gegen mich noch anzufachen, war hoffentlich ein guter Grund. Denn nun hat sie mich an dem Punkt, wo ich nicht mehr klein beigebe. Wenn sie Streit mit mir will, kann sie ihn haben. Ich kneife die Augen zusammen und erwidere ihren Blick.

»Renn los!«, sage ich, im selben Tonfall wie sie, und stelle mich in Position.

Die anderen versuchen nicht uns aufzuhalten. Sie starren nur von einer zur anderen und halten die Luft an. Tina geht in Startposition, grinst mich noch einmal provokativ an und wetzt los. Ich könnte nicht sagen, ob sie in der letzten Woche an Geschwindigkeit verloren hat. Auf jeden Fall ist sie immer noch verflucht schnell. Meine Augen haben genug damit zu tun, sie im Gesichtsfeld zu behalten. Zum Zielen bleibt keine Zeit. Ich warte, bis sie einen Haken schlägt und einen Moment lang parallel zu mir läuft. Dann ziehe ich mit der Pistole mit, lasse mich rein von meinem Gefühl leiten und drücke dreimal hintereinander ab.

Tina überschlägt sich mitten im Lauf. Sie versucht noch, sich abzurollen, doch ihre eigene Geschwindigkeit wird ihr zum Verhängnis. Sie schliddert unkontrolliert über den Waldboden und knallt mit ihrem verletzten Bein direkt gegen einen Baumstamm. Ich sehe, wie sie die Lippen zusammenpresst, aber trotzdem entschlüpft ihr ein heiserer Schmerzensschrei. Henry wirft seine Waffen auf den Boden und rennt sofort zu ihr. Ich fühle keinen Triumpf. Stattdessen macht sich ein schales Schuldgefühl in mir breit.

»Verdammt!«, schreit Henry, als er Tina erreicht hat. »Bist du wahnsinnig, Melek?« Er zerrt sein Messer hervor, um ihre Hose aufzuschneiden und nachzusehen, ob die Wunde sich wieder geöffnet hat, doch Tina schlägt es ihm aus der Hand.

»Es ist nichts!«, faucht sie ihn an. »Geh wieder zurück in die Reihe!«

Ich bringe keinen Ton heraus. Erst, als sich von hinten eine Hand auf meine Schulter legt, nehme ich wahr, dass mein ganzer Körper bebt.

»Sie ist selbst schuld«, sagt Mike, laut genug, dass die anderen es hören können. »Sie ist deine Vorgesetzte. Du hattest keine andere Wahl.«

Er drückt meine Schulter eindringlich und blickt mir direkt in die Augen. Ich bin überrascht von der Klarheit seines Blicks. Mike, der verrückte Prediger, hat die Sache als einziger sofort durchschaut. Auch wenn er unterschlägt, dass ich nicht aus Pflichtbewusstsein, sondern aus Wut gehandelt habe. Mir fällt ein, dass Levian gestern Abend gesagt hat, Mike gehöre zu den Besten unter uns. Was hat ihn wohl zu dieser Einschätzung veranlasst?

Mir bleibt keine Gelegenheit, darüber nachzudenken, denn nun humpelt Tina zu uns zurück, den etwas unbeholfen wirkenden Henry im Schlepptau. Sie starrt mich an, als wünsche sie mich in die tiefsten Tiefen der Hölle. Auf ihrem Oberkörper prangen drei rosafarbene Farbkleckse. Nun kann ich doch nicht verhindern mich innerlich für diese präzisen Treffer zu beglückwünschen. Wenn ich das nächste Mal auf einen Dschinn schieße, werde ich wissen, was zu tun ist. Dank Tina.

Sie kommt vor mir zum Stehen, die eine Hand auf ihren Oberschenkel gepresst und immer noch mit schmerzverzerrtem Gesicht. Ein paar Sekunden funkeln wir uns gegenseitig schweigend an. Dann strafft sie ihre Schultern, atmet einmal tief durch und sagt etwas, dass sie übermenschliche Kräfte kosten muss:

»Gut geschossen. Ich habe dich unterschätzt.«

Ich starre sie entgeistert an, denn ich hatte mit einer neuen Gehässigkeit gerechnet. Aber dafür ist Tina zu streng mit sich selber. Sie ist nicht ohne Grund Jakobs Stellvertreterin.

»Danke«, sage ich kühl.

Sie nickt mir zu und humpelt zum nächsten Baumstamm, von wo aus sie das restliche Training überwacht. Als Jakob mit Kadim und Sylvia aus der Hütte kommt, winkt sie ihn zu sich und erzählt die ganze Geschichte. Ich verstehe nicht, was sie sagt, aber sie deutet ein paarmal zu mir herüber. Er schüttelt verständnislos den Kopf und straft sie mit einer knappen Antwort. Von da an habe ich das Gefühl, dass die Luft zwischen uns allen weniger dick ist. Sicher sind nicht alle Vorbehalte gegen mich verflogen, aber die meisten Talente begegnen mir plötzlich mit einer neuen Art von Respekt. Mike, Nadja und die Muskelprotze lächeln mir sogar wieder offen zu. In meinem Herz wächst die Hoffnung, dass ich doch noch ein echter Teil der Truppe werden könnte. Es kommt ganz darauf an, wie ich mich in der nächsten Zeit schlage. Wie ich das Teichfest meistere. Und was aus der Sache mit meinem Dschinn wird. Das vor allem anderen.

Manche Alibis würde man am liebsten zurückgeben

Levian hat mir nicht gesagt, wie er an diesem Abend in mein Zimmer kommen will. Deshalb sitze ich lange auf der Veranda und lerne für die Schule. Doch der Inhalt der Bücher will einfach nicht in meinen Kopf. Zum Teil lese ich ganze Seiten ohne zu verstehen worum es geht. Dabei denke ich an Jakob und den Moment in der Schutzhütte, als er nach meiner Hand gefasst hat. Ich bin mir nicht ganz sicher, was diese Geste zu bedeuten hatte, aber allein die Erinnerung daran reicht aus, um Schmetterlinge in meinem Bauch aufsteigen zu lassen. Die Gewissheit, dass er an mich glaubt, gibt mir neue Kraft, mich weiterhin der Begegnung mit Levian zu stellen. Auch wenn mir völlig klar ist, dass ich mich mit jedem Abend weiter in Schwierigkeiten bringe. Im Grunde steuere ich unaufhaltsam auf einen Punkt zu, an dem all das in einer Katastrophe enden wird. Die Frage ist nur, wie lange es bis dahin noch dauert. Und ob Sylvia auch das mit Schicksal meint.

Ich starre in die dunklen Wolken über dem Dorf und warte darauf, dass Levian sich auf irgendeine Weise zu erkennen gibt. Als meine Mutter einen ihrer üblichen spitzen Schreie ausstößt, weiß ich, dass er da ist.

»Verflixte Mäuse!«, schreit sie von drinnen. Dazu führt sie mit ihren Absatzschuhen einen kleinen Stepptanz auf. »Ich halte es keine Sekunde länger mehr in diesem Haus aus! Melek! Melek, komm schnell! Sie ist in dein Zimmer gerannt!«

Ich würde sie gern beruhigen, aber ich kann ihr ja schlecht sagen, dass es sich gar nicht um eine Maus handelt, sondern um einen gefühlsfressenden Dschinn, der ihr jederzeit mit einer einzigen Bewegung den Kopf abreißen könnte.

»Schon gut, Mama«, sage ich und packe meine Bücher weg. »Ich kümmere mich darum.«

»Nimm die Katze mit!«, kreischt meine Mutter, immer noch ein bisschen hysterisch.

»Nein, lass mal«, winke ich ab, um ein Blutbad in meinem Zimmer zu vermeiden. »Ich erledige das schon, keine Sorge. Und ich geh auch gleich ins Bett.«

»Du willst da drin jetzt schlafen?«

Sie macht ein so verständnisloses Gesicht, dass ich lachen muss.

»Demnächst, ja. Aber vorher kümmere ich mich um die Maus.«

Das Gute daran ist, dass meine Mutter zumindest vorerst meinem Zimmer fern bleiben wird. Also werde ich mit Levian ungestört sein. Der Gedanke daran ist gleichermaßen beunruhigend wie aufregend. Ich schüttle mich, um den Anflug von Abenteuerlust loszuwerden, der mich gerade überkommt. Was ist eigentlich mit mir los? Mutiere ich tatsächlich zu einer Art Anakin Skywalker, wie Sylvia angedeutet hat? Lasse ich mich von der dunklen Seite in ihren Bann ziehen?

Als ich die Treppe hinauf gehe, denke ich an Jakob und das Versprechen, das ich ihm zum zweiten Mal gegeben habe. Auch wenn ich ganz tief in mich hineinhöre, gibt es keine Anzeichen dafür, dass ich es jemals brechen würde. Mein Geheimnis wird der Armee nicht schaden. Das beruhigt mich etwas.

In meinem Zimmer ist keine Spur von einer Maus zu erkennen. Ich schließe die Tür hinter mir und drehe den Schlüssel um. Dann stelle ich mich mitten in den Raum und mache die Augen zu. Ohne zu sehen, was passiert, kann ich die Gestaltwandlung spüren. Auf einmal nehme ich ganz klar die Präsenz einer anderen Person wahr.

»Welche Gestalt hast du gerade?«, frage ich.

»Mensch«, sagt die Bronzestimme.

Ich atme auf und öffne die Augen. Da steht Levian in seiner vollen Pracht direkt vor mir. Mir wird schon wieder heiß und kalt bei seinem Anblick. Heute trägt er Jeans und ein einfaches graublaues Hemd, das an den Ärmeln hochgekrempelt ist. An seinem Hals glitzert immer noch die Kette mit den Silberkugeln. Das scheint sein Markenzeichen zu sein.

»Du hast meine Mutter erschreckt«, sage ich.

»Ich weiß«, sagt er grinsend. »Das war meine Absicht.«

Seine Hand greift in mein Haar. Er nimmt eine Strähne zwischen die Finger und spielt daran herum.

»Und du hast es geschafft, Finn auszutricksen.« Das ist keine Frage, sondern eine Feststellung. Er weiß längst, wie mein Nachmittag verlaufen ist. Vielleicht hat er sogar dabei zugesehen. Ich nicke.

»Gutes Mädchen«, sagt er, lässt meine Haarsträhne los und streichelt mit der Hand über meine Wange. Ich wehre mich erfolgreich gegen seinen Zauber.

»Geh vom Fenster weg«, sage ich. »Draußen stehen womöglich Talente.«

»Nein, keine Sorge. Nur Erik. Jakob hat die anderen abgezogen, nachdem du ihm plausibel klargemacht hast, dass du lieber mit mir allein sein willst.«

Seine Überheblichkeit ärgert mich. Ich will überhaupt nicht mit ihm allein sein! Das Einzige, was ich will, ist Sylvia retten und die Truppe mit Details über die Dschinn versorgen. Was glaubt er eigentlich, wer er ist?

Eine Minute später sitzen wir wieder auf dem Bett. Levian am einen Ende, ich am anderen. Er grinst mich an und wartet, dass ich meine Forderung stelle, wahrscheinlich nur, damit er gleich darauf seine vorbringen kann.

»Was sagtest du gestern, warum ich deine wahre Gestalt nicht mögen würde?«, frage ich.

»Ich sagte gar nichts«, antwortet er mit einem Schmunzeln. »Aber ich werde es dir verraten: Auch wir haben ein Zeichen. Und es wird dir genauso unangenehm sein, es zu sehen, wie mir, wenn du deine Hand nicht im Griff hast.«

»Es gibt ein Dschinn-Zeichen gegen Talente?«

Levian schüttelt den Kopf und ich spüre wieder die furchteinflößende Unruhe in ihm auftauchen.

»Hör endlich auf, mich einen Dschinn zu nennen! Das ist einer der dümmsten Namen, die ihr euch je für uns ausgedacht habt, er klingt lächerlich!«, beschwert er sich.

Mir fröstelt. Ich lege die Arme um meine angezogenen Beine, beschließe dann aber, den einmal beschrittenen Weg weiter zu gehen.

»Wie haben wir euch sonst genannt?«, will ich wissen.

»Elben, Alben, Dämonen, Teufel. Die Liste ist lang. Mantikore, Trolle, Werwölfe, Geister, Kobolde, Chimären, Wolpertinger und Kelpien. Die ganze Litanei. Ihr habt Tatsachen verdreht und Halbwahrheiten erzählt, doch im Grunde wisst ihr gar nichts. Aus einem kleinen missratenen Hörnchen auf einer Pferdegestalt machtet ihr ein Einhorn, aus unserer Leidenschaft für eure Gefühle einen blutsaugenden Vampir. Lauter Fabelgestalten, die ihr in eure Bücher verpackt und in eure Träume verbannt habt. Aber nichts davon trifft uns wirklich so, wie wir sind.«

Seine Augen funkeln, weil er sich in Rage geredet hat. Aber mittlerweile bin ich an seine Stimmungsschwankungen gewöhnt. Es macht mir weniger Angst als gestern.

»Das heißt ... all unsere Fabelwesen ... seid eigentlich ihr?«

»Ja.«

»Dann seid ihr doch öfter von Menschen gesehen worden, als wir glauben.«

»Genau«, sagt er schlicht. »In dieser und jener Gestalt. Ohne uns hättet ihr keine Gute-Nacht-Geschichten, keine Kunst, keine Religion. Ihr hättet niemanden, den ihr zum Inbegriff des Bösen oder der Leidenschaft machen könntet. Wir sind seit jeher die Musen eurer Dichter und Propheten.«

Nun grinst er wieder, wahrscheinlich weil ich ihn so ungläubig anstarre. Ich weiß nicht, wie oft sich in den letzten Wochen mein Weltbild gedreht hat, aber jetzt gerade wird mir ganz schwindelig davon.

»Was ist mit ... Meerjungfrauen und Wassermännern?« Ein noch sinnloserer Gedanke fällt mir nicht ein. Doch Levian scheint die Belanglosigkeit meiner Frage nicht zu bemerken.

»Jugendliche, die noch ungeübt in der Gestaltwandlung sind. Je unähnlicher die Gestalt uns ist, desto schwerer ist es, sie anzunehmen. Fische sind richtig schwierig.«

Und dann erzählt er mir im Plauderton davon, wie er in jungen Jahren einmal versucht hat, sich in einen Skorpion zu verwandeln und am Ende halb Mensch, halb Spinnentier war. Der Jäger, der ihn in diesem Zustand im

Unterholz erblickte, benötige wahrscheinlich Zeit seines Lebens einen guten Psychotherapeuten oder sei im besten Fall betrunken genug gewesen, um sich die Begegnung irgendwie schönzureden.

Als er geendet hat, neige ich dazu, mehr erfahren zu wollen. Ich wüsste gern, wie Levian seine Jugend verbracht hat, wo er lebt und wie seine Eltern so drauf sind. Aber da er gerade in Redelaune ist, sollte ich vielleicht die Gelegenheit nutzen, um Dinge zu erfahren, die auch die Truppe weiterbringen.

»Wie heißt ihr wirklich?«, frage ich.

»Wir sind Faune«, sagt er, beinahe feierlich.

Ich krame in meinem Kopf nach der Geschichtsstunde, in der wir uns mit griechischer und römischer Mythologie beschäftigt haben.

»Die Typen mit den Ziegenfüßen?«

»Angeblich, ja.« Das Thema scheint ihm unangenehm zu sein. »Selbiges Spiel wie bei den Meerjungfrauen. Die Ziegenfüße wurden später zum Bocksfuß und der Faun zum Teufel.«

Ich kann das alles nicht fassen. Wenn es wirklich wahr ist, was Levian behauptet, dann hat es seine Spezies wirklich bis in unsere religiösen Schriften geschafft. Dann baut all das, was Mike ständig vor sich hinfaselt, in Wahrheit auf Begegnungen des Autors mit Faunen hin. Und wer weiß, ob nicht Johannes selbst am Ende ein Talent war, genau wie Fatima.

»Euer Zeichen …«, stammle ich. »Das ist nicht zufällig eine Zahl?«

Levian zieht eine Augenbraue hoch und zeigt sein Grübchen-Grinsen.

»Du meinst 666«, sagt er. »Klug kombiniert. Und tatsächlich könnte man das so sehen, wenn man die Formen als Zahlen im Kreis lesen würde. In Wahrheit stellt das Ganze allerdings eine dreiblättrige Iris dar, das Symbol für unsere Überlegenheit und Stärke. In früheren Zeiten traten wir in unserer wahren Gestalt mit dem Zeichen gegen euresgleichen an. Aber das machte den Hass nur größer und die Kämpfe schlimmer.«

»Wann war das?«, wage ich zu fragen.

»Das kannst du googeln. Ein Orakel namens Johannes hat vor rund zweitausend Jahren eine kleine Abhandlung darüber verfasst. Frag Mike danach, er kann sie auswendig.«

Also doch! Die Offenbarung ist nichts anderes als der verschlüsselte Bericht über die Kämpfe von damals. Und ein paar Jahrhunderte später fand dann Fatima heraus, wie man die Dschinn bannen konnte. Wie war dieses Wissen über die Zusammenhänge nur in Vergessenheit geraten? Warum haben wir alles vermischt und mit Theologie erklärt? Ist dadurch nun die ganze Religion hinfällig oder nur der Teil, der mit den Dämonen zu tun hat? Mein Kopf dreht sich vor lauter Fragen. Ich atme tief aus und schüttele mich.

»Wow«, sage ich. »Das ist ganz schön heftig für mich.«

»Ja, denn du hast durch deine Eltern mit beiden zu tun: Dem Orakel und der Anführerin.«

»Fatima war ...«

» ... die Anführerin der zwölf Segenskinder. Das macht zusammen dreizehn. Genau wie bei eurer Truppe gerade.«

»Und Mohammed?«

»Mohammed war ein Prophet. So, wie es jeder weiß.«

»Jesus?«

»In gewisser Weise Gottes Sohn. Auf jeden Fall aber der Anführer der zwölf Apostel. Wieder die Dreizehn, merkst du was?«

Ich glaube, ich bin ganz bleich vor Aufregung.

»Also ist nicht alles gelogen, was im Koran und in der Bibel steht?« nuschle ich.

Levian lacht.

»Nein, nichts davon. Nur hat manches davon Hintergründe, die ihr vergessen habt. Und das war nicht gut für euch, denn der ganze Teufels- und Dämonenquatsch hat euch schlimmere Not beschert als euer Konflikt mit uns.«

Als mir aufgeht, was er da sagt, steigt ein Grausen in mir hoch. Haben wir tatsächlich Menschen gesteinigt und auf dem Scheiterhaufen verbrannt, nur weil wir dazu neigen, Märchen zu erfinden und Tatsachen zu verdrehen? In jedem Fall war es so. Aber wie hätte die menschliche Geschichte aussehen können, wenn wir darauf verzichtet hätten, Fabelwesen und Antichristen zu erschaffen, sondern uns einfach der Tatsache gestellt hätten, dass wir natürliche Widersacher haben? Oder stimmt es gar nicht, was Levian mir weißmachen will? Vielleicht konnten all die Greuel der Vergangenheit nur deshalb geschehen, weil es zu viele Gefühlskalte unter den Menschen gab. Dann sind am Ende doch die Dschinn an allem schuld.

»Was soll das mit dem dreizehnten Mann?«, will ich wissen.

»Ich weiß es nicht«, sagt Levian. »Es könnte Zufall sein. Vielleicht ist es völlig unbedeutend. Aber Tatsache ist: Die beiden stärksten Talent-Truppen aller Zeiten bestanden aus dreizehn Kriegern. Wir haben keine große Lust darauf, dass es demnächst wieder so etwas gibt.«

Mit einem Mal überkommt mich eine unbeschreibliche Angst um Erik.

»Erik hat noch kein Talent«, sage ich hastig. »Jemand wird ausscheiden. Dann sind wir wieder zwölf und ihr braucht euch nicht zu sorgen!«

Levian bläht seine Nasenflügel und saugt meine Gefühle ein, die scheinbar gerade die Luft schwängern.

»Magnolienduft«, murmelt er. »Ich mag es, wenn du an ihn denkst. Auch wenn es mich ein wenig eifersüchtig macht.«

Ich bin viel zu verstört, um etwas darauf zu antworten.

»Ehrlich gesagt glaubt auch keiner, dass ihr mit Jesus und Fatima gleichziehen wollt«, sagt er schließlich. »Ihr seid nur eine Gruppe von über dreihundert in Deutschland. Und eine von vielen, die wir im Laufe der Jahre hier überleben müssen. Es ist ziemlich unwahrscheinlich, dass ihr eine größere Bedeutung habt.«

Levian gibt mir gerade Informationen über die Talente, von denen ich bisher keine Ahnung hatte. Ich bin mir nicht ganz sicher, ob Jakob einen guten Grund hat, uns über so viele Einzelheiten im Ungewissen zu lassen. Keiner von uns ist innerlich frei genug, um ihm das übel zu nehmen. Wir alle folgen seinem Talent auch blind in die Finsternis. Aber ich wüsste gern, wie viel er eigentlich selber weiß. Wer in der Hierarchie über ihm steht, wie wir eigentlich organisiert sind und wie viele Informationen überhaupt nach unten durchsickern. Vielleicht ist alles, was Levian mir hier erzählt, in irgendeinem geheimen Talente-Archiv gesammelt. Vielleicht ist sogar unser unantastbarer Jakob am Ende nur eine ganz kleine Nummer, die sich und ihre Untergebenen mit Basisinformationen durchbringen muss. Aber wenn es so ist – welchen Sinn ergibt das?

Levian geht zu meinem Schreibtisch und fummelt an meiner Stereoanlage herum. Schließlich findet er den richtigen Knopf und dreht die Lautstärke etwas höher als gestern.

»Warum machst du das?«, frage ich.

»Für den Fall, dass du gleich schreist«, sagt er. Sein Gesicht ist etwas zu ernst, als dass es sich um einen Witz handeln könnte.

»Warte!«, stoße ich hervor. »Gib mir noch eine Minute, um mich zu sammeln!«

Er fixiert mich mit seinem grünen Blick und verschränkt die Arme vor der Brust.

»Waren das richtige Geheimnisse, die du mir gerade anvertraut hast?«, will ich wissen.

»Nein. Nicht für uns. Warum ihr in eurem Kreis nicht darüber sprecht, kann ich nicht sagen. Ich weiß nur, dass weder die Faune noch die Talente Wert darauf legen, dass die Menschheit von unserem Kampf erfährt. Keine der beiden Seiten kann eine Massenpanik unter den Menschen brauchen. Deshalb wurden die Geschichten der Vergangenheit immer so verdreht, dass sie für die Menschen einen Sinn ergaben.«

Das kann ich sogar verstehen. Wie würde eine Welt aussehen, in der jeder Mann, jede Frau und jedes Kind sich darüber im Klaren ist, welche Gefahren über ihnen schweben? Es gäbe keine glücklichen Gefühle mehr. Vielleicht würde unsere ganze Rasse daran zugrunde gehen. Und die Dschinn hätten niemanden mehr, der sie bei Laune hält. Ich atme noch einmal tief durch und wappne mich für den Schock, der mir gleich bevorsteht. Dabei mache ich mich auf das Schlimmste gefasst.

»Ich bin so weit«, sage ich.

Das tückische kleine Lächeln, das über Levians Gesicht huscht, versetzt mich sofort in Alarmbereitschaft. Ich halte die Luft an und beobachte ihn, wie er auf die andere Seite des Zimmers geht, weit genug weg, dass ich nicht mit einem Sprung bei ihm sein kann. Diese Vorsichtsmaßnahme gibt mir noch mehr zu denken. Glaubt er etwa, ich würde ihn angreifen?

Er sagt nichts mehr, verwandelt sich auf die gleiche Art in den Faun wie zuvor in die Tiere. Die Veränderung ist nicht so spektakulär wie die anderen, die ich gesehen habe. Aber sie stellt dennoch alles in den Schatten, was er mir bisher präsentiert hat. Das Wesen, das nun in meinem Zimmer steht, sieht fast aus wie ein Mensch. Es ist ebenso groß und muskulös. Nur schöner, mit spitzen Ohren, feinen Gesichtszügen und langem, dunklen Haar, das an den Schläfen zu Zöpfen geflochten ist. Es trägt ein seidenes Obergewand wie aus der Ritterzeit und dazu eine Hose aus feinem weichen Leder. Aber all das nehme ich nur schemenhaft wahr. Meine Empfindungen sind einzig und allein auf das Zeichen gerichtet, das mitten auf seiner Stirn prangt. Das symmetrische runde Ding, das tatsächlich wie eine Blume aussieht, aber genauso klar die drei teuflischen Zahlen transportiert. Und mit jeder Sekunde, die meine Augen es ertragen müssen, krampft sich mein Herz mehr vor Hass zusammen. Es ist, als ob die Wut von Jahrtausenden in mir emporkriecht. Meine Nackenhaare stellen sich auf, wie bei einem Tier. Ich kann an nichts anderes mehr denken als an das Silbermesser, dass ich wie immer bei mir trage. Meine Hand fährt zu meiner Hosentasche.

»Reiß dich zusammen«, sagt Levian. »Ich mache das auch die ganze Zeit.«

Seine Stimme hat sich nicht verändert. Auch seine Augen sind die Gleichen. Seine Art, kerzengerade und reglos im Raum zu stehen. Das Grübchen. Wenn da nicht dieses verfluchte, bösartige Ding auf seiner Stirn wäre! Warum trägt er es nicht wenigstens auf der Handfläche, wie wir, wo man es abwenden könnte?

»Das macht mich … unheimlich aggressiv«, presse ich zwischen meinen Zähnen hervor.

»Das war anzunehmen«, sagt Levian. »Du bist ein Talent. Das Zeichen ist genau für diesen Zweck gemacht. Es soll dich entweder vertreiben oder derart aufregen, dass du unbesonnen angreifst und ich dich einfacher zur Strecke bringen kann.«

Ich merke, dass er unglaublich auf der Hut vor mir ist. Seine Muskeln sind angespannt, sein Blick lauernd, die Beine zum Sprung bereit. Er weiß, dass ich bereits seine Schwester überrumpelt habe und wahrscheinlich hat er auch gesehen, wie präzise ich heute Tina getroffen habe. Mein Messer macht mich also mindestens zu einem ernstzunehmenden Gegner für ihn.

»Melek!«, sagt er ruhig. »Denk daran, dass du eigentlich dabei warst, mich ganz gut leiden zu können!«

Wie kann er nur in diesem Augenblick Sympathie einfordern? Ich bin kurz davor, ein Messer auf seine Brust zu schleudern. Alles in mir schreit danach, es zu tun. Doch dann fällt mir eine Möglichkeit ein, es ihm anders heimzuzahlen. Ich hebe einfach meine linke Hand empor und recke ihm mein eigenes Zeichen entgegen. Im ersten Moment ist er versucht, den Blick abzuwenden. Dann besinnt er sich und sieht weiterhin in meine Richtung. Eine kluge Entscheidung, denn es könnte seinen Tod bedeuten, mich jetzt aus den Augen zu lassen.

»Fühlt es sich für dich genauso an?«, frage ich provozierend.

»Ja«, antwortet er, weniger gefasst als vorher. »Du spielst mit dem Feuer, Melek!«

»Das mache ich schon seit Tagen, falls es dir nicht aufgefallen ist!«

Nun blitzen seine Augen und sein schönes Gesicht nimmt eine fahle Schattierung an.

»Hör damit auf!«, droht er mir.

»Hör du damit auf!«

»Ich erfülle nur deine Forderung.«

Meine rechte Hand liegt immer noch an meiner Hosentasche. Meine Finger sind nur ein paar Zentimeter von dem Messer entfernt.

»Du kannst dich zurückverwandeln!«, zische ich.

»Und du kannst deine Hand sinken lassen!«

In dem Moment ziehe ich das Messer und lasse die Klinge hervorschnellen. Ich hebe nicht die Hand zum Wurf, dennoch fährt Levian blitzschnell zurück und stößt mit dem Rücken an die Wand. Der Anblick verschafft mir etwas Genugtuung. Aber dann sagt er etwas, das meine Wut noch mehr hochkochen lässt:

»Mach dich nicht unglücklich. Du kannst es nicht mit mir aufnehmen!«

Ich will erwidern, dass ich bereit bin, es darauf ankommen zu lassen. Doch in dem Moment klopft es an meiner Tür. In meiner Rage habe ich nicht gehört, dass die Treppenstufen geknarrt haben. Levian scheint es ähnlich zu gehen. Er sieht verwirrt aus.

»Melek!«, höre ich die Stimme meiner Mutter von draußen. »Hast du die Maus erwischt?«

»Noch nicht ganz«, antworte ich. Aber ein Teil meiner Erregung ist schon verflogen, als ich den Blick von Levian zur Tür gewandt habe. Ich starre noch einmal zu ihm zurück. Er schenkt mir einen grimmigen Blick, verschafft mir eine Sekunde der üblichen Verwirrung und nimmt wieder die Gestalt der braunen Feldmaus an.

»Kann ich reinkommen?«, höre ich die Stimme meiner Mutter. Gleichzeitig drückt sie auf die Klinke, aber ich habe ja abgesperrt. Aus dem Augenwinkel sehe ich, wie Levian unter meinen Schrank huscht.

»Warte! Ich lass dich rein!«

Immer noch in einen Nebel aus Angst und Wut gehüllt, stapfe ich zur Tür und drehe den Schlüssel im Schloss. Als ich sie öffne und meine Mutter mein Gesicht sieht, weiten sich ihre Augen vor Schreck. Ihr Blick gleitet an mir herab und bleibt auf dem Messer hängen, das ich nach wie vor in der Faust halte.

»Melek, was tust du?«, kreischt sie.

»Ich … hab versucht, die Maus zu töten!«, stammle ich.

»Aber das ist doch barbarisch!«

Sie setzt zu einem Wortschwall aus Deutsch und Türkisch an, von dem ich schon unter normalen Umständen nur die Hälfte verstehe. Doch in dieser Situation gehen ihre Worte komplett an mir vorbei. Ich sehe nur ihre Panik, ihre wirren Gesten und die Angst in ihren Augen, ich könnte mir mit dem Messer aus Liebeskummer die Pulsadern aufschneiden. In solchen Momenten wird mir bewusst, wie weit unsere Welten mittlerweile voneinander entfernt sind. In meiner Welt käme niemand auf die Idee, eine Waffe gegen sich selbst zu richten. Dafür haben wir die Dschinn.

Ich beherrsche mich, um weder auf den Fingernägeln zu kauen, noch der Unsicherheit in meinen Beinen nachzugeben und lasse sie ausreden, bis sie mit ihrem Monolog fertig ist. Dann stecke ich das Messer weg und lege ihr die Hand auf die Schulter.

»Mach dir keine Sorgen, Mama«, sage ich. »Gib mir einfach ein paar Tage Zeit. Ich fange mich schon wieder.«

Sie braucht noch etwas gutes Zureden, aber dann lässt sie sich tatsächlich abwimmeln. Ob sie wirklich beruhigt ist, kann ich nicht sagen, zumindest versucht sie aber, sich nicht in die Sache hineinzusteigern. Das rechne ich ihr im Moment besonders hoch an. Nachdem sie mir eine gute Nacht gewünscht hat, geht meine Mutter wieder nach unten, wahrscheinlich um meinem Vater zu erzählen, dass ich völlig übergeschnappt bin und in meinem Zimmer mit einem Klappmesser auf Mäusejagd gehe. Aber zumindest knarren die Stufen kein zweites Mal. Schwer atmend lehne ich mich mit dem Rücken an die Zimmertür und warte, bis Levian wieder auftaucht.

Diesmal lässt er sich länger Zeit als beim letzten Mal.

»Komm schon raus«, bitte ich. »Ich will dich nicht mehr umbringen.«

Er spannt mich noch ein paar Minuten auf die Folter, doch im Grunde bin ich ganz froh über die Auszeit, die ich dadurch bekomme. Vielleicht geht es ihm ja gerade selber so. Ich nutze die Gelegenheit, um meine Fingerhandschuhe aus dem Nachttisch zu holen und zumindest meine linke Hand zu bedecken. Vielleicht sieht er das als Geste der Versöhnung, denn kurz darauf kommt er unter dem Schrank hervor und verwandelt sich wieder in den Menschen.

»Tut gut, dich ohne das Ding zu sehen!«, sage ich.

»Mir geht es genauso«, erwidert er, eine Spur zu kühl.

Auch wenn ich versuche, mir die Szene von vorhin nicht allzu plastisch in Erinnerung zu rufen, steigt nun doch der Verdacht in mir hoch, dass ich ihn zuerst provoziert habe. Denn Levian hat tatsächlich nichts anderes getan, als das, was ich von ihm verlangt habe. Dass er anschließend seine Aggression genauso wenig unter Kontrolle hatte, wie ich, steht auf einem anderen Blatt. Aber angefangen habe ich.

»Es tut mir leid, Levian«, sage ich.

Wenn er nur wüsste, was eine so klare und spontane Entschuldigung von mir wert ist!

Er sieht mich noch eine Weile griesgrämig an, schafft es aber nicht besonders lange nachtragend zu sein. Schließlich gibt er auf.

»Du bist ein echtes Miststück!«, murmelt er. »Um ein Haar hättest du dich wirklich mit mir angelegt! Ich weiß nicht, ob ich das mutig oder einfach nur dumm finden soll.«

»Das Gleiche könnte ich über dich auch sagen«, gebe ich zurück.

Er will etwas erwidern, schließt den Mund aber gleich wieder und zeigt sein gewinnendes Lächeln. Ich lasse zu, dass es mich berührt, denn ich bin einfach nur froh, dass die schlechten Gefühle zwischen uns verflogen sind. Das spürt er.

»Nun müssen wir noch irgendwie die Kurve kriegen, um zum angenehmen Teil des Abends überzugehen«, sagt er und kommt auf mich zu. Ich bleibe stehen, bewegungslos wie eine Puppe. Er greift mit der Hand in meinen Nacken und zieht mich an sich. Bevor ich einen klaren Gedanken fassen kann, finden sich unsere Lippen und ich erwidere seinen Kuss. Es ist kein Zauber im Spiel, trotzdem höre ich das Blut in meinen Ohren rauschen. Ich gebe mich dem Duft seiner Haut und der Berührung seiner Hände hin, vergesse zu atmen und bin schließlich fast enttäuscht, als er von mir ablässt. Er tritt einen Schritt zurück um sich zu sammeln und lächelt mich an.

»Viel besser als gestern«, sagt er.

Ich erwidere nichts darauf. In meinem Inneren kämpfen zwei Stimmen gegeneinander an. Eine davon läutet sämtliche verfügbaren Alarmglocken, der anderen ist vollkommen egal, was der morgige Tag bringt, wenn sie nur weiterküssen darf.

Das unvermeidliche Klingeln meines Handys lässt mich zusammenzucken. Auf dem Display erkenne ich Sylvias Namen. Ich drücke auf Lautlos. Levian lächelt.

»Sag Erik, dass er heimgehen kann.«

Ich warte, bis Sylvias Anruf vorbei ist. Dann schreibe ich an Erik, im vollen Bewusstsein, dass ich damit mein letztes Schutzschild niederlege. Die Bestätigung dafür erhalte ich bereits wenige Sekunden später.

»Das hört sich gut an. Endlich wieder schlafen. Dir auch eine gute Nacht!«

Eine gute Nacht. Der letzte Satz hat einen süßsauren Nebengeschmack.

Ich drehe mich zu Levian um, der immer noch reglos im Raum steht und mich interessiert beobachtet.

»Deine nächste Forderung«, sage ich.

Er muss nicht lange nachdenken.

»Schlaf heute Nacht in meinem Arm.«

Ich schlucke alles hinunter, was mit Angst und Unsicherheit zu tun hat. Jetzt gibt es nur noch den Weg nach vorn.

»Okay.«

Sein Blick nimmt eine ungewöhnliche Intensität an. Es liegt gleichermaßen Überraschung und Freude darin. Und ein Hauch von Triumph, der auf seltsame Art nichts mit mir zu tun hat.

»Und deine?«, fragt er.

Auch ich weiß schon die ganze Zeit, was ich fordern werde.

»Finde heraus, was mit Sylvia geschehen soll. Und verhindere es!«

Levian bläst die Backen auf.

»Das ist ganz schön viel verlangt!«, sagt er.

Ich klammere mich an das triumphierende Funkeln in seinen Augen, das ich eben gesehen habe. Auch wenn ich nicht weiß, was es bedeutet, bin ich doch sicher, dass er nicht derjenige sein wird, der heute einen Rückzieher macht. Deshalb pokere ich.

»Morgen könnte der Einsatz noch teurer werden!«, sage ich. Es klingt drohender, als ich beabsichtigt hatte. Er kneift die Lippen aufeinander, entscheidet sich dann aber gegen einen Wutausbruch.

»Na schön. Ich lasse mir was einfallen«, sagt er. »Nun putz dir deine empfindlichen Menschenzähne und komm dann zu mir ins Bett.«

Ich sage nichts mehr, drehe mich um und gehe nach unten ins Bad. Dort vermeide ich es, beim Zähneputzen meinem Spiegelbild in die Augen zu sehen. Meine Gedanken sind ausgeschaltet, als würde ich mich im Small-Think üben. Nichts, was mir jetzt durch den Kopf gehen könnte, wäre auch nur ansatzweise hilfreich. Mechanisch wasche ich mein Gesicht, trockne mich ab und schlafwandle dann wieder nach oben. Als ich das Zimmer betrete, liegt Levian schon im Bett. Soweit ich sehen kann, ist er vollständig bekleidet. Ich atme etwas auf, schlüpfe unter die Decke und stelle fest, dass es auch tatsächlich der Fall ist.

»Keine Sorge«, sagt er. Nichts weiter. Ich weiß trotzdem, was er meint.

Er streckt seinen linken Arm aus und ich lege meinen Kopf auf seine Schulter. Er passt genau in die Kuhle zwischen zwei Muskeln. Langsam rutsche ich näher an ihn heran.

»Ich bin ziemlich gut darin, dir große Gefühle zu entlocken«, sagt er selbstgefällig.

»Es geht«, brumme ich. Aber ich muss selbst zugeben, dass er Recht hat. Zumindest hat es bisher noch niemand geschafft, dass ich ihn im einen Moment vor Wut töten wollte und im anderen voller Leidenschaft küsste. Leidenschaft an sich ist eine Sache, die mir eigentlich fremd ist. Mindestens so ungewohnt wie ein anderer Körper so nah bei meinem. Ich nehme normalerweise nicht einmal die Katze mit ins Bett.

Der Teil von mir, der entschieden hat, die Alarmglocken zum Schweigen zu bringen, lässt es zu, dass ich meine Augen schließe und mein Bein über das seine lege. Ich kann hören, wie sein Herz klopft. Müdigkeit überkommt mich, als hätte ich hundert Jahre nicht geschlafen. Levian vergräbt seine Nase in meinem Haar und küsst mich auf die Stirn.

»Wenn du aufwachst, werde ich weg sein«, flüstert er.

»Es wird nicht lange dauern und du kommst wieder«, murmele ich. Dann dämmere ich hinweg. Das Letzte, was ich noch wahrnehme, ist ein leises, beinahe bitteres Seufzen von ihm. Es klingt so, als denke er gerade an etwas Trauriges. Doch vielleicht ist es auch schon ein Teil des Traumes, in den ich sofort hinübergleite.

***

Levian steht in Menschengestalt am Rand des Teichs in dem kleinen Steinbruch. Die Seerosen blühen hinter ihm und es regnet weiße Kirschblüten vom Himmel. Er sieht mich unverwandt an, doch der Blick seiner grünen Augen ist bekümmert. Er hebt die Hand in meine Richtung und winkt mich zu sich. Als ich zu ihm gehen will, stelle ich fest, dass meine Füße sich nicht bewegen, so als hätte eine unsichtbare Schlinge sie an den steinigen Boden gefesselt. Ich öffne den Mund und will ihm sagen, dass er in Gefahr ist, aber es kommt kein Ton heraus.

Dann, wie ein Blitz aus der Dunkelheit des Waldes, schnellt ein silberner Pfeil hervor und trifft Levian an der Schulter. Ein zweiter trifft ihn in die Brust. Ein dritter in die Seite. Er sinkt auf die Knie, den Blick immer noch auf mich gerichtet. Der Schmerz in seinen Augen hat nichts mit den Verletzungen zu tun. Er ist viele Jahre älter.

Ich drehe mich um und sehe Jakob da stehen, mit einem Bogen in der Hand. Ich will schreien, ihn aufhalten, aber meine Sinne sind wie gelähmt. Zum vierten Mal legt Jakob einen Pfeil ein und schießt ihn ab. Diesmal trifft er Levian mitten ins Herz. Er sinkt vornüber in das kristallklare Wasser, das sich von seinem Blut sofort rot färbt. Die Kirschblüten regnen auf ihn herab wie Schneeflocken. Noch für einen Moment treibt sein Körper in einem Meer aus Blüten und Seerosen dahin. Dann löst er sich in Nichts auf, verschwindet aus meinem Blick, als wäre er nie da gewesen, wie ein flüchtiger Windhauch im Gesicht.

Mit ihm vergehen auch die Schlingen, die mich gefangen halten. Ich renne hinüber zu Jakob, nehme ihm den Bogen aus der Hand und lasse ihn zu Boden fallen.

»Jetzt gibt es nur noch uns beide«, sage ich und streichle ihm übers Gesicht. Er fasst nach meiner Hand, zieht mich an sich und küsst mich. Seine Lippen schmecken nach Aufbruch. Um uns herum tanzen die weißen Blüten einen Reigen, die Welt dreht sich. Es könnte kein vollkommeneres Glück geben. Doch dann höre ich eine Stimme, die alles zunichtemacht. Sie gehört zu Erik, der hinter Jakob steht, die Arme über seinem Kopf erhoben. Als ich sehe, was er in den Händen hält, krampft sich mein Herz vor Angst zusammen.

»Du hast gesagt: Ein Schwert in den Rücken!«, ruft er. Dann stößt er zu.

Jakob fällt langsam, wie in Zeitlupe. Ich schreie hysterisch seinen Namen, als könnte ich damit das Geschehene rückgängig machen. Als er auf den Boden aufschlägt, ist sein Blick gebrochen. Ich fasse seine Hand. Sie ist eiskalt, als sei er seit Stunden tot. Ich weiß, dass ich ihn nie wieder zurückholen kann. Doch ich kann nicht aufhören, nach ihm zu rufen.

***

»Schscht! Melek, beruhige dich!«

Ich fahre schweißgebadet hoch, ohne zu wissen, wo ich bin.

»Jakob!«, schreie ich noch einmal.

»Ganz ruhig, ich bin ja da!«

Es dauert einen Moment, bis ich die Gestalt erkenne, die in der Dunkelheit neben meinem Bett kniet. Es ist der echte, leibhaftige Jakob. Sein Herz schlägt und seine Hände sind warm. Ich kann es spüren, denn sie umfassen meine.

»Es war nur ein Traum«, sagt er.

Verwirrt mache ich mich los und taste in meinem Bett nach Levian, doch er ist verschwunden.

»Wieso bist du hier?«, frage ich benommen. »Wie bist du reingekommen?«

»Durchs Fenster«, flüstert er. »Es war gekippt. Ich habe es ausgehebelt.«

Ich schaue kurz hinüber zu meinem Fenster, das jetzt ganz offen steht und gefährlich nur noch an einer Ecke hängt.

»Sylvia hatte eine Vision«, erklärt er. »Sie fürchtete um dein Leben. Deshalb hat sie bei dir angerufen, aber du bist nicht drangegangen. Also sind wir hergefahren. Jetzt steht sie unten mit Henry, Nils und Lennart und muss sich anhören, was die anderen von ihren Fehlalarmen halten.«

Arme Sylvia! Was habe ich mir nur dabei gedacht, sie derart im Ungewissen zu lassen? Ich hätte wissen müssen, dass sie nach diesem Anruf nicht einfach wieder schlafen geht. Levian wusste es ganz sicher, sonst hätte er nicht gesagt, dass er weg sein würde, wenn ich aufwache.

»Oh Jakob, ich bin so froh, dass du lebst!«, sage ich.

Er lächelt.

»So schlimm, dein Traum?«

»Es war furchtbar!«

In dem Moment kracht das Fenster aus der letzten Angel. Es schlägt mit einer Ecke auf den Heizkörper, schwankt dann einen Sekundenbruchteil hin und her und landet schließlich auf dem Laminat, wo es in tausend Scherben zerspringt. Jakob dreht den Kopf weg und ich ziehe ihn reflexartig an mich, um ihn zu schützen. Nach dem ohrenbetäubenden Knall kehrt schlagartig

Ruhe ein. Wir sehen uns sprachlos an. Unsere Gesichter sind nur weniger Zentimeter voneinander entfernt.

»In zehn Sekunden werden meine Eltern hier sein«, flüstere ich.

Im unteren Stockwerk quietscht bereits die Tür vom Schlafzimmer.

»Schaffst du's nach draußen?«

Jakobs Blick überfliegt das Chaos, bleibt kurz an meinem Schrank hängen und trifft dann wieder mich. Die Stufen der Treppe knarzen.

»Nein«, sagt er.

»Was sollen wir tun?«

»Lügen.«

In dem Moment wird die Tür aufgerissen und das Licht geht an. Mein Vater steht im Türrahmen, hinter ihm meine Mutter mit wirrem Haar. Beide starren auf das kaputte Fenster, auf das Scherbenmeer – und völlig entsetzt auf Jakob, der immer noch an meinem Bett kniet und meine Hände hält.

»Wer zum Teufel sind Sie?«, schreit mein Vater. »Und was machen Sie nachts im Zimmer meiner Tochter?«

Jakob lässt meine Hände los und richtet sich auf. Auch ich schäle mich aus dem Bett. Vielleicht beruhigt es die Gemüter meiner Eltern, zu sehen, dass ich noch meine Kleider von gestern anhabe.

»Ich heiße Jakob Seifert«, sagt er. »Das mit Ihrem Fenster tut mir leid.«

Mein Vater sieht aus, als würde er sich am liebsten auf ihn stürzen. Zum Glück liegen so viele Scherben zwischen uns, dass es schwer sein wird, hindurchzukommen, ohne sich die Filzpantoffeln aufzuschneiden. Ich bin etwas überrascht, als Jakob den Arm um mich legt und mich an sich zieht, wie gerade eben in meinem Traum.

»Ich wollte Melek sehen«, sagt er. »Darum habe ich das Fenster ausgehängt und bin eingestiegen. Es tut mir wirklich leid. Ich werde das ersetzen.«

Die Augen meiner Eltern werden riesengroß. Meine Mutter starrt mich an, als hätte ich ihr einen Eimer kaltes Wasser über den Kopf geschüttet.

»Du hast einen neuen Freund?« fragt sie entgeistert. »Also hast du wegen ihm mit Erik Schluss gemacht?«

Ich komme nicht dazu, zu antworten, denn nun schreit mein Vater uns alle an.

»Mir ist völlig egal, wer mit wem Schluss gemacht hat! Aber dass fremde Männer mitten in der Nacht in unser Haus einsteigen, ist mir nicht egal! Ich rufe auf der Stelle die Polizei!«

»Nein!«, kreische ich. »Nicht die Polizei! Ruf auf keinen Fall die Polizei!«

»Wieso nicht?«, blafft er mich an. »Ich finde, es gibt jede Menge Gründe dafür!«

Jakob drückt mit der Hand meine Schulter, um mir Mut zu machen. Ich weiß, worauf das hinausläuft. Aber ich hätte ihm gern erspart, dass er die Missgunst zu spüren bekommt, die sein Alibi bei anderen Menschen auslöst. Mittlerweile weiß ich viel zu gut, wie es sich anfühlt, in einem schlechten Image gefangen zu sein, und wenn es noch so wenig mit der Realität zu tun hat. Noch einmal spüre ich den Druck seiner Finger.

»Weil ... Jakob sonst wieder ins Gefängnis kommen könnte«, sage ich.

Meine Mutter schlägt die Hände vors Gesicht und fängt an zu weinen. Ich merke, wie mir bei dem Anblick selber Tränen über die Wangen laufen. Sie ist so abgrundtief von mir enttäuscht, dass es weh tut. Jakob drückt mich unmerklich an sich.

»So ist das also«, sagt mein Vater. »Ein krimineller Freund! Prima, Melek, du baust einen Mist nach dem anderen!«

Auf einmal schiebt sich meine Mutter an ihm vorbei und schliddert durch die Scherben auf uns zu. Ohne einem von uns in die Augen zu blicken, packt sie Jakobs freie Hand und reißt ihm den Handschuh herunter. Als sie nicht fündig wird, zerrt sie seine andere Hand von mir weg und legt das Bannzeichen frei.

»Ich wusste, dass ich den Namen schon einmal gehört habe!«, sagt sie. »Sie sind einer von den Rollenspielern und Sie haben Melek dazu verführt, sich ebenfalls dieses scheußliche Ding stechen zu lassen!«

Schneller als ich es ihr zugetraut hätte, holt sie aus und gibt jedem von uns eine schallende Ohrfeige. Jakob nimmt es unbewegt hin, aber ich fange an zu schluchzen. Die Verachtung, mit der meine Mutter mich straft, ist schlimmer als der Schmerz. Ich bin froh, dass Jakobs Arm sich tröstend wieder um meine Schulter legt. Blind vor Tränen vergrabe ich mein Gesicht in seiner Brust und schließe die Augen.

»Jetzt ist Schluss!«, schreit mein Vater. »Raus aus meinem Haus! Sie werden Melek nie wieder sehen. Und du Schätzchen, hast Hausarrest für den Rest deines Lebens!«

»Es tut mir leid«, flüstert Jakob in mein Ohr. »Damit hab ich nicht gerechnet. Halt aus bis morgen. Wir finden eine Lösung!«

Dann zieht ihn meine Mutter von mir weg. Sie schiebt ihn vor sich her, quer durch die Scherben aus meinem Zimmer hinaus. Im Türrahmen dreht er sich noch einmal um und schaut mir in die Augen. Ich würde ihn am liebsten fragen, ob ich mitkommen kann. Stattdessen blicke ich ihm hinterher, wie mein Vater ihn die Treppe hinunter eskortiert. Als die Haustür ins Schloss fällt, fühle ich mich so allein wie nie zuvor. Ich werfe mich auf mein Bett, lausche hinaus in die Nacht und warte, bis meine Mutter mit Besen und Schaufeln bewaffnet wieder zu mir nach oben kommt. Es dauert eine Ewigkeit, bis es so weit ist. Dann stellt sie wortlos die Arbeitsgeräte neben die Tür und verschwindet wieder nach unten. Ich schlüpfe in meine Schuhe und fange an, die Scherben zusammenzukehren. Zwischendrin stecke ich meinen Kopf immer wieder durch den noch vorhandenen Fensterrahmen, in der Hoffnung, Jakob oder Sylvia zu sehen. Doch unten gibt es nichts als die schwarzen Silhouetten der Bäume und einige unbekannte Tiere, die leise durch das Laub rascheln. Nicht einmal Levian lässt sich mehr blicken. Erst nach einer Viertelstunde kommt eine SMS von Sylvia. Darin steht:

»Ich will gar nicht wissen, warum du nicht rangegangen bist. Ich bin einfach nur froh, dass du lebst. Alles weitere wird sich klären. Jakob leidet wie ein Hund.«

Als ich alles zusammengefegt habe, lege ich mich ins Bett und weine mich in den Schlaf. Es will mir nicht recht gelingen, denn in meinem fensterlosen Zimmer ist es jetzt richtig kalt. Der Sommer ist vorbei. Und gleichzeitig bricht auch in meinem Herzen der Herbst an. Eine einzige Nacht der Trauer will ich mir gönnen. Ab morgen muss ich mit meinem Alibi leben und stark genug sein, es gegenüber meinen Eltern und Mitschülern zu vertreten. Ich bin eine Schlampe, die sich mit kriminellen Typen herumtreibt. Hätte ich die Wahl gehabt, ich hätte mich für den Alkoholiker entschieden.

Der Entschluss, wenigstens kein Schaf zu sein

»Wo steckst du?«

»Hast du verschlafen? Wach auf!«

»Melek, ich bekomme Angst um dich, melde dich bitte!«

Es braucht drei Anläufe von Erik, bis ich genug Energie aufbringe, meinen Blick von dem düsteren Eingang des Schuhmacherladens zu reißen. Es hat etwas ungemein Beruhigendes, die verwitterten Stufen und die vergitterte Tür anzustarren. In jedem Fall ist es eine einladendere Kulisse als mein Klassenzimmer. Ich habe beschlossen, dass heute ganz gewiss kein Tag ist, an dem eine wie ich zur Schule gehen muss. Eine wie ich sollte ohnehin regelmäßig den Unterricht schwänzen, nichts anderes wird von mir erwartet. Dass Erik dazu wahrscheinlich eine andere Meinung hat, interessiert mich nicht. Aus diesem Grund habe ich ihm auch nicht Bescheid gesagt, wo ich bin. Aber wenn er sich solche Sorgen macht, muss ich ihn erlösen.

»Keine Angst. Ich mache blau. Bis später!«

Ich stecke das Handy wieder weg und starre weiter auf den Ladeneingang. In zehn Minuten beginnt die offizielle Öffnungszeit. Wie ich Walter Dönges einschätze, werde ich noch eine weitere Stunde hier ausharren müssen. Es macht für ihn sowieso keinen Sinn, rechtzeitig aufzusperren, weil er keine Kunden hat, die er einlassen könnte.

Mein Telefon vibriert in meiner Jackentasche, doch ich achte nicht darauf. Im Annehmen von Vorwürfen war ich noch nie besonders gut. Heute Morgen ging es mir genauso. Als mein Vater mir eröffnete, dass ich den Handwerker und das neue Fenster von meinem Taschengeld bezahlen müsse, dass der Hausarrest tatsächlich unbefristet gelte und dass er mir jeglichen Kontakt mit Jakob verbiete, war ich auch nicht in der Lage, zu antworten. Es gibt Dinge im Leben, die man eben nicht ändern kann. Und wenn man begreift, dass es nicht die geringste Chance gibt, dass alles wieder gut wird, dann ist es besser, sich in sich selbst zu verkriechen und die Schotten dicht zu machen. Wenn ich eines in meinem Leben gelernt habe, dann das.

Die Kirchturmuhr schlägt gerade halb neun, als sich der Schlüssel des Schusters im Schloss dreht. Ich hatte nicht daran gedacht, dass alle Veteranen ehemalige Talente sind und damit eine gewisse Form von militärischer Korrektheit wahrscheinlich unwiderruflich in ihren Kopf gemeißelt ist. Noch weniger hätte ich erwartet, dass er mir auch gleich die Tür aufhält und mich hereinwinkt.

»Hallo Melek!«, sagt er.

Ich hatte vergessen, wie schlimm sein rechtes Auge aussieht. Ob ich mich jemals ganz an den Anblick gewöhnen werde, weiß ich nicht.

»Hallo Herr Dönges. Ich wollte fragen, ob meine Schuhe fertig sind!«

»Ja, komm rein!«

Er führt mich zu seinem speckigen Schreibtisch, greift in ein Regal hinter sich und zieht ein Paar wunderbar fein gearbeiteter Lederstiefel hervor, die er wie ein Kunstwerk auf die zigarettenverkohlte Tischplatte drapiert.

»Die sind toll«, sage ich. »Vielen Dank!«

»Probier sie an!«

Ich streife meine Turnschuhe ab und schlüpfe in die Stiefel. Sie passen wirklich wie eine zweite Haut. Ich hatte noch nie maßangefertigte Schuhe. Das Gefühl, sie zu tragen, ist mit keinem Turnschuh der Welt zu vergleichen. Der Biedenkopfer Waffenschieber ist wirklich ein Meister seines zweiten Handwerks!

»Sitzen wie angegossen«, sage ich und schenke ihm ein Lächeln. »Ich werde sie nie mehr ausziehen!«

Er zeigt ein schiefes Grinsen und sieht zufrieden aus.

»Prima. Willst du noch einen Kaffee?«

Ich will eigentlich nicht. Kaffee kann ich nur ertragen, wenn er zum größten Teil aus Milch besteht. Walter Dönges kippt wahrscheinlich eher

Schnaps hinein oder serviert ihn kalt und schwarz wie Kadim. Trotzdem sage ich ja.

Ich habe nicht zu viel erwartet. Der Schuster verschwindet hinter seinem ominösen Vorhang und kehrt kurz darauf wieder mit einem Tonbecher zurück, dessen Inhalt verdächtig dunkel aussieht. Nach Zucker brauche ich gar nicht erst zu fragen. Wenigstens steigen Dampfwolken daraus hervor. Ich nehme den Becher und nippe tapfer daran, ohne bei dem bitteren Geschmack das Gesicht zu verziehen.

»Wie geht's denn so?«, will er wissen.

»Na ja, könnte besser sein«, antworte ich. »Mein Alibi macht mir etwas zu schaffen.«

»Das da wäre?«

»Ich denke, liederliches Miststück ist eine vorteilhafte Beschreibung.«

Er fängt an, so dröhnend zu lachen, dass ich zusammenzucke. Dann seufzt er aus tiefstem Herzen.

»Die Natur ist eine unbarmherzige Einrichtung, Kleines«, sagte er. »Sie legt euch dieses schwere Erbe in die Gene und dann lässt sie es auch noch zu einem Zeitpunkt ausbrechen, der ungünstiger nicht sein könnte. In deinem Alter solltest du eigentlich deine ersten zarten Gehversuche auf dem Gebiet der Liebe machen. Stattdessen wird dir alles verweigert, was damit zusammenhängt – bis auf die einzige unschöne Seite, die das große Thema zu bieten hat. Tut mir wirklich leid für dich.«

»Na ja«, sage ich und nippe weiter an meinem Kaffee. »Vielleicht überlebe ich den Spuk ja und kann später alles nachholen.«

Ein schwermütiger Ausdruck stiehlt sich auf das vernarbte Gesicht des Schuhmachers.

»Ja. Hoffentlich«, sagt er.

Das Schweigen, das anschließend den Raum erfüllt, macht klar, dass er meine Chancen in Wirklichkeit als nicht besonders hoch einschätzt. Er kramt seine Zigaretten aus der Brusttasche seines Hemds und zündet sich eine an.

»Wie hoch ist die Überlebensrate?« frage ich ihn direkt.

»Das weiß niemand so genau«, sagt er ausweichend.

»Ich denke, Sie schon. Sie haben garantiert eine Statistik gemacht.«

Er nimmt einen großen Schluck von seinem schlechten Kaffee und scheint nachzudenken. Dann zieht er so stark an seiner Kippe, dass sich im Nu ein Ascheschlauch bildet.

»Wenn man die Geküssten ebenfalls zu den Toten rechnet, liegt die Chance ins Veteranenalter zu kommen, etwa bei 30 Prozent.«

Ich hatte nichts anderes erwartet. Dennoch ist es ein Schlag für mich meine Ängste bestätigt zu bekommen. Ich nicke und versuche keine Gefühlsregung zu zeigen.

»Und speziell die Volltreffer?«, frage ich vorsichtig.

»Noch etwas niedriger. Die Nahkämpfer und Volltreffer trifft es am häufigsten.«

Das sind wirklich rosige Aussichten für meine Zukunft. Wenn es nur möglich wäre, würde ich versuchen, noch so viele große Momente wie möglich aus dem Leben mitzunehmen, bevor mir jemand das Genick bricht. Leider sind mit meinem Dasein als Talent die Aussichten darauf in weite Ferne gerückt und aus der Vergangenheit kann ich auch nur eine äußerst übersichtliche Anzahl an persönlichen großen Momenten mitnehmen.

»Jakob könnte es schaffen«, sagt Dönges. »Theoretisch könnte er jeden Tag ausscheiden. Praktisch hat er vielleicht noch zwei oder drei Jahre vor sich.«

Ich frage ihn so unspektakulär wie möglich, was mit Jakob passieren wird, nachdem er ausscheidet. Aber sein Gesichtsausdruck verrät, dass er meine Hintergedanken durchschaut hat. Wahrscheinlich weiß er von dem nicht vorhandenen Soldatengen und kennt die geheimen Wünsche von uns weiblichen Talenten.

»Zuerst waschen unsere Jungs von der Polizei seine Weste rein und verschaffen ihm ein astreines Führungszeugnis. Dann fälschen wir noch ein paar andere Dokumente und beschaffen ihm einen Job, mit dem er klarkommt. Den Rest muss er dann selber auf die Reihe kriegen.«

Also doch eine Rentenversicherung! Gut zu wissen, dass wir mit unseren verkorksten Lebensläufen wenigstens nicht ganz allein gelassen werden.

»Bei Jakob ist der Plan sogar schon ziemlich weit gediehen«, redet der Schuster weiter. »Sein neues Leben liegt seit einigen Monaten in einem Safe bereit. Sogar den Job beim Militär haben wir längst klargemacht.«

»Jakob wird Soldat?«, frage ich etwas befremdet.

Wieder lacht er lauthals über meine Naivität.

»Aber Kindchen, er *ist* bereits Soldat! Für die Zukunft müssen wir nur zusehen, dass wir ihn ohne größere Zwischenfälle durch die Grundausbildung bekommen und dann schnell befördern. Allzu lange wird er es in den unteren Reihen nicht aushalten können.«

Ich freue mich für Jakob, dass er die Aussicht auf eine zufriedenstellende Zukunft hat. Und gleichzeitig hoffe ich, dass er noch eine Weile bei uns bleibt. Wie könnte ich jemals in den Krieg gegen die Dschinn ziehen, ohne die Gewissheit, dass er jeden von uns bis aufs Blut verteidigen würde. Und ohne das süße Blubbern in meinem Bauch bei seinem Anblick. Ich reiße mich zusammen, um vor dem Schuster kein allzu vertrotteltes Gesicht zu machen.

»Verraten Sie mir, was hinter dem Vorhang ist?«, frage ich ihn, um vom Thema abzulenken.

Er will nein sagen. Das kann ich ihm an der Nasenspitze ansehen. Aber dann kommt ihm wohl plötzlich ein Gedanke, der ihn nochmal überlegen lässt.

»Gerade heute«, sagt er entschieden, »hast du mich auf dem richtigen Fuß erwischt.«

Er drückt seine Zigarette auf der Tischplatte aus und kippt den restlichen Kaffee mit einem großen Schluck hinunter. Dann sperrt er die Ladentür ab, damit niemand uns überraschen kann. Mit einem schiefen Grinsen im Gesicht hebt er den Vorhang an und deutet mir ihm zu folgen. Wir verlassen den rauchgeschwängerten Verkaufsraum und betreten eine Art Lager, das mit allerlei undefinierbarem Gerümpel und mehreren Kartons zugestellt ist. Dönges geht um sie herum bis zu einer Kiste, die ziemlich massiv aussieht. Er stemmt sich dagegen, indem er sein kaputtes Bein unnatürlich abwinkelt und schiebt sie ein Stück beiseite. Darunter kommt eine Falltür zum Vorschein.

»Nur weil du's bist«, sagt er. »Und weil mein Schatz dir gefallen wird.«

Er greift in eine winzige Aussparung, hebt die Klappe an und schwingt sie zurück. In dem Loch, das sich nun vor mir auftut, erkenne ich eine hölzerne Trittleiter, die in die Dunkelheit hinunter führt. Der Schuster kniet sich umständlich hin und fasst unter den Rand des Bunkers, wo er einen Lichtschalter anknipst. Dann winkt er mich mit dem Kopf zu sich und steigt nach unten. Ich klettere aufgeregt hintendrein.

Als ich wieder festen Boden unter den Füßen habe, traue ich meinen Augen kaum. Wir befinden uns in einem mindestens fünfzig Quadratmeter großen Kellergewölbe. Es ist zur Hälfte mit Kisten gefüllt, die, anders als in dem oberirdischen Lager, akkurat in Reih und Glied gestapelt sind. Dönges hinkt zur erstbesten hinüber und öffnet sie. Er greift hinein und holt eine futuristisch anmutende schwarze Flinte heraus.

»Die Benelli Super 90-M4«, klärt er mich auf. »Ein Gasdrucklader im Kaliber 12/76. Selbst das Pentagon bestellt diese Schätzchen für seine Marines.«

Als ich nicht reagiere, sondern ihn nur ungläubig anstarre, geht er zur nächsten Kiste und öffnet auch diese.

»Hier eher was Solideres: Eine Sabatti Bockbüchsflinte mit Zielfernrohr. Eher was für die Jagd. Kriegt aber auch Dschinn kaputt. Ich hab's ausprobiert. Und hier!« Er legt das Gewehr zur Seite und öffnet die dritte Kiste. »Hier sind deine und meine Lieblinge.« Es klingt beinahe zärtlich.

Nun kann ich nicht mehr anders, als zu ihm hinüber zu gehen und einen Blick in die Kiste zu werfen.

»Die Beretta 92, eine halbautomatische Selbstladepistole im Kaliber 9/19. Rasant schneller Magazinwechsel, fünfzehn Kugeln pro Füllung. Jederzeit in Sekunden einsatzbereit. Diese Lieferung hier ist erst gestern gekommen«

Er hält mir die Pistole vor die Nase. Ich nehme sie, streichle mit den Fingern den eiskalten Lauf und lege dann auf einen Punkt an der gegenüber liegenden Wand an. Die Waffe passt genauso gut in meine Hand wie die neuen Stiefel an meine Füße. Walter beobachtet mich mit einem amüsierten Blitzen in seinem gesunden Auge.

»Sie haben eine Vorliebe für italienische Waffen«, sage ich beiläufig, während ich an der Beretta herumfingere und das Magazin herausnehme.

»Das könnte daran liegen, dass ich auch eine Vorliebe für die Mafia habe«, antwortet der Schuster. Mir wird heiß und kalt.

»Für wen sind die alle?«, will ich wissen.

»Zum Großteil für euch. Manche davon gehen auch an andere Truppen. Und der Rest sorgt bei etwas unseriöseren Abnehmern für ein lukratives Nebeneinkommen.«

Ich zeige mich so gleichgültig wie möglich, baue die Pistole wieder zusammen und gebe sie ihm zurück.

»Andere Truppen?«, sage ich. »Wie viele gibt es?«

»Rund dreihundert in Deutschland. Zehntausende weltweit.«

Ich schlucke. Levian hat also nicht gelogen.

»Wie sind wir organisiert?«

Nun legt Dönges den Kopf schief und blickt mich abschätzend an.

»Jakob hält euch ganz schön kurz mit Informationen«, stellt er fest. »Aber das ist auch der Grund, weshalb er so gut ist. Für ihn zählt nur das Ergebnis. Und das ist umso besser, je weniger Sorgen ihr euch macht. Unwissenheit macht glücklich, Melek. Und Jakob ist prädestiniert dafür, sich den Kopf allein zu zerbrechen.«

Das sehe ich ganz anders. Aber ich werde den Teufel tun, ihm das auf die Nase zu binden. Leute wie Tina und Henry gehen vielleicht genügend in ihrem Dienst für die Armee auf, um sich mit Informationsbrocken abspeisen zu lassen. Aber ich will wissen, unter welchen Umständen und unter wessen Kommando ich mein Leben aufs Spiel setze.

Dönges beendet das Gespräch einfach dadurch, dass er noch jede Menge weiterer Kisten öffnet und mir eine Waffe nach der anderen in die Hand drückt. Ich muss zugeben, dass die Technik mich interessiert, deshalb stelle ich auch die eine oder andere Nachfrage und lasse mir die verschiedenen Systeme erklären.

Als wir wieder nach oben steigen, ist es bereits halb elf. Ich will zu Jakob, bevor die Schule aus ist und meine Eltern damit anfangen, mich mit Telefonanrufen zu bombardieren. Aber eine Frage möchte ich noch loswerden. Es ist im Grunde die, weshalb ich hier hergekommen bin.

»Haben Sie je einen Dschinn näher kennen gelernt?«, frage ich den Schuster.

»Nah genug, um ihm ein Messer ins Herz zu stoßen«, antwortet er. »Oder worauf spielst du sonst an?«

»Ich meine: Haben Sie je mit einem gesprochen?«

Dönges stößt ein hasserfülltes Grunzen aus.

»Nein. Ich wüsste nicht, was es da zu reden gäbe.«

Weil ich nicht weiß, wie ich es sonst anstellen soll, spiele ich einfach die naive kleine Göre und hoffe, dass es überzeugend rüberkommt.

»Ich habe mich gefragt, wer sie wohl sind und ob manche von ihnen Einzelne von uns besonders hassen. Zum Beispiel, weil wir ihre Familie auf dem Gewissen haben. Oder weil wir besonders gut sind.«

»Ach so, du meinst wegen Sylvia«, sagt Dönges, fast erleichtert. »Ob sie gut ist, wird sich noch zeigen. Dass sie jemanden auf dem Gewissen hat, glaube ich weniger. Und selbst wenn es so wäre: Die Dschinn sind nicht emotional genug, um einen echten Rachefeldzug zu starten. Ich habe zumindest noch nie von so etwas gehört. Im Übrigen bin ich unsicher, ob Sylvias Vision wirklich korrekt war. Aber natürlich muss Jakob sie beschützen, das ist keine Frage.«

»Also gab es nie Gespräche … oder Verhandlungen mit denen?«

»Verhandlungen?« Schneller als ich es für möglich gehalten hätte, baut sich der krüppelige Schuster zu seiner vollen Größe auf. Dabei reißt er die Augen auf, was in seinem missgestalteten Gesicht erschreckend gruselig wirkt. »Was denn für Verhandlungen?«

Ich winke ab und gebe mich geschlagen.

»Ich weiß nicht«, sage ich. »Ich wüsste nur gern genauer, wer meine Feinde sind.«

Das scheint Dönges' Gemüt etwas zu beruhigen. Seine Augen nehmen wieder die normale Größe an und seine Schultern sinken zurück in die Ausgangsposition.

»Du musst gar nichts wissen«, sagt er nun lediglich. »Nur tun, was Jakob dir sagt.«

Ich würde Jakob bis ans Ende der Welt folgen. Aber trotzdem: Das ist keine befriedigende Lösung für mich. Ich will kein Schaf sein, das weder den

Namen des Schäfers noch des Schlachters kennt. Wenn ich schon sterben muss, dann will ich es wenigstens in dem Bewusstsein tun, dass ich den Ansatz von Kontrolle darüber hatte.

***

Ich schicke Jakob eine SMS, um ihn vorzuwarnen und mache mich auf den Weg in die Hainstraße. Als ich vor Sylvias Haus stehe, weiß ich erst nicht, welches von den Nachbarhäusern es ist. Ich wähle das, was gegenüber von Sylvias Zimmer liegt und schaue auf die Klingelschilder. Auf dem untersten steht Jakobs Name. Er wohnt also tatsächlich Fenster an Fenster mit ihr. Ich drücke auf die Klingel und warte. Es dauert nur ein paar Sekunden, bis er mir öffnet. Er sieht müde aus, aber das tut er eigentlich immer.

»Engelchen«, sagt er zur Begrüßung. »Komm rein.«

Das ist so eine Sache mit Jakob. Hätte ich gestern bei ihm vor der Tür gestanden, hätte er mich abgewiesen. Aber jetzt, nach dem Chaos der gestrigen Nacht, bekomme ich eine Sondererlaubnis für private Besuche. Es muss immer erst etwas passieren, bevor er weich wird. Er führt mich durch den üblichen engen Flur der alten Fachwerkhäuser in einen Raum, den man vielleicht sein Wohnzimmer nennen könnte, gäbe es dort irgendetwas wie einen Fernseher oder eine Schrankwand. Aber außer einer alten Couch und einem kleinen Tisch sehe ich nicht viele Möbelstücke, die auf Gemütlichkeit hindeuten. In einer Ecke steht ein uralter Computer. Daneben thront in einem silbernen Rahmen das einzige Bild, das er besitzt. Mir bleibt fast das Herz stehen, denn einen Augenblick lang denke ich, es sei ein Foto von mir. Aber als ich dann genauer hinschaue, erkenne ich auch auf die Entfernung, dass es sich um ein anderes Mädchen handelt. Sie ist etwa in meinem Alter und hat ebenfalls dunkle Haare, aber ein viel feineres Gesicht und strahlend blaue Augen. Man sieht auf den ersten Blick, dass sie in den Fotografen verliebt ist. Es kann sich um niemand anderen handeln als um Marie. Schnell wende ich meinen Blick ab und lasse mich auf die Couch fallen. Jakob rückt den Holzstuhl vom Computer heran und setzt sich mir gegenüber.

»Wie geht's dir?«, fragt er.

»Beschissen«, antworte ich wahrheitsgemäß. »Aber es muss irgendwie weitergehen.«

Er nickt. »Ja, das muss es.«

Ich berichte ihm in kurzen Worten, was meine Eltern heute Morgen verfügt haben. Er runzelt die Stirn, sieht aber nicht überrascht aus.

»Es tut mir wirklich leid, Melek«, sagt er dann. »Das Ganze war meine Schuld. Ich hätte das Fenster sofort wieder einhängen müssen, aber du hattest diesen Alptraum und ich wollte dich erst aufwecken. Das hätte ich nicht tun dürfen. Sylvia war überzeugt davon, dass du in höchster Gefahr schwebst und wir hatten alle Angst, dich tot vorzufinden.«

Er hat absolut Unrecht. Ihn trifft überhaupt keine Schuld an der Sache, denn ich habe sie mir ganz allein selber eingebrockt. Wie hatte ich nur in einen Zustand verfallen können, der mich dazu veranlasste, Sylvias Anruf wegzudrücken und ihnen einen solchen Schrecken einzujagen? Ich kann es nicht einmal auf Levian schieben, denn er hat keinen Zauber eingesetzt, während ich all das getan habe. Es ist mir ein absolutes Rätsel, was dabei in mir vorgegangen ist. Schnell schüttle ich die Gedanken daran von mir ab und rede von etwas anderem.

»Mein Vater … wie er dich behandelt hat …« sage ich, »das war nicht Recht von ihm.«

»Doch«, sagt Jakob. »Aus seiner Sicht war es das. Wir müssen alle mit unseren Alibis leben. Du genauso wie ich und die anderen. Es ist für keinen leicht.«

»Er hat nicht einmal versucht uns zu verstehen. Und auch heute Morgen gab er mir keine Chance mich zu erklären.« Meine Stimme klingt weinerlich. Ich reiße mich schnell zusammen, denn ich weiß, wie wenig Verständnis Jakob für Schwäche hat. Seine eisblauen Augen ruhen eine Weile prüfend auf mir, bis ich mich wieder im Griff habe.

»Sei nicht sauer auf deine Eltern«, sagt er dann. »Sie tun das nur aus Liebe zu dir. Sei froh, dass du so etwas hast.«

Ich bin überrascht darüber, dass er eine Andeutung auf sein Privatleben macht. Von selbst hätte ich mich nie getraut, ihn nach seinen Eltern zu fragen. Aber damit hat er mir eine Vorlage geliefert.

»Du … nicht?«, frage ich vorsichtig.

»Nein«, sagt Jakob. »Ich habe niemanden, der sich Sorgen um mich macht. Willst du was trinken? Es gibt Wasser aus der Leitung.«

Ich nicke. Er steht auf, geht in die Küche und kommt nach einer Minute mit zwei Gläsern Wasser zurück. Eins davon stellt er vor mich auf den Tisch, das andere rührt er nicht an. Ich vermute schon, dass er das Thema für beendet erklärt hat, als er plötzlich von selbst zu erzählen anfängt.

»Sie waren beide Talente«, sagt er. »Mein Vater ein Anführer, meine Mutter eine Wettläuferin. Beide überlebten bis zum Veteranenalter. Nachdem sie ausgeschieden waren, wurden sie ein Paar. Ich kann mich vage daran erinnern, dass wir eine glückliche Familie waren. Wir lebten in einem Vorort von Frankfurt. Doch meine Eltern trafen die falsche Entscheidung: Sie ließen das Bannzeichen nicht entfernen, genau wie Walter. Eines Tages, nach einem Kinobesuch, begegneten sie einem Dschinn, der es auf meine Mutter abgesehen hatte. Er küsste sie und tötete meinen Vater. Von diesem Tag an wurde mein Leben zur emotionalen Hölle. Ich hatte meinen Vater verloren und wurde meiner Mutter vollkommen gleichgültig. Es dauerte nicht lange und ich kam in ein Heim.«

»Wie alt warst du damals?«, frage ich beklommen.

»Sechs.«

»Und du wusstest, was genau passiert war?«

»Zuerst nicht. Aber dann kam mich ein fremder Mann im Heim besuchen. Er gab sich für meinen Onkel aus, ging mit mir zum Eisessen und erzählte mir Geschichten von bösartigen Wesen, die den Menschen ihre Gefühle rauben. Er sagte auch, meine Eltern hätten gegen sie gekämpft und es sei möglich, dass auch ich eines Tages gegen sie kämpfen würde. Sein Name war Bernd. Er war ein Veteran aus der ehemaligen Truppe meines Vaters. Er kam immer an den Wochenenden und manchmal brachte er auch andere Leute mit. Typen mit dicken Muskeln, die Dinge über den Tisch bewegen konnten, ohne sie anzufassen und den Mäusen in meinem Zimmer das Versprechen abnahmen, in die Schlafkammer der Betreuer umzuziehen. Ohne die Veteranen wäre ich vor die Hunde gegangen.«

»Wann hast du dein Talent bekommen?«, will ich wissen.

Jakob zögert nicht mit der Antwort. Das Vertrauen, das gerade zwischen uns herrscht, fühlt sich wundervoll an.

»Ich war sechzehn und gerade in der Lehre zum Schlosser. Von einem Tag auf den anderen legten die Menschen in meiner Gegenwart plötzlich ihre Arbeitsgeräte nieder und starrten mich an, als warteten sie auf Befehle. Wenn ich etwas sagte, hatte mein Wort mehr Gewicht als das der anderen. Mein Ausbilder begann zu stottern, sobald er mir eine Anweisung geben wollte und die Mädchen wollten alle …« Er zögert kurz. »… mit mir zusammen sein.«

»Aha«, sage ich pikiert.

»Ich erzählte Bernd davon und er sagte, mein Talent wäre erwacht, ich sei ein Anführer wie mein Vater. Allerdings gab es bereits einen Anführer in unserer damaligen Truppe. Also wartete ich ungeduldig, dass endlich der Tag kommen würde, an dem ich gebraucht wurde. Ich wollte kämpfen, Dschinn töten, um meine Eltern und mich zu rächen. Aber es ging fast ein Jahr ins Land, bis Bernd mit der Nachricht kam, dass man eine verwaiste Truppe im Hinterland für mich gefunden hätte. Also zog ich um, trat meinen Posten an und so bin ich hier gelandet.«

Ich finde es schade, dass er die Geschichte an diesem Punkt beendet. Ich hätte gern gewusst, wie er mit Marie zusammenkam und was danach geschehen ist. Aber vielleicht ist es auch besser, wenn er mir das nicht erzählt. Ich möchte die Trauer in seinen Augen dabei nicht sehen. Nun verstehe ich auch, was hinter der Verbundenheit zwischen Jakob und Sylvia steckt. Es ist dieselbe Art von Familie, mit dem Unterschied, dass Sylvia noch eine liebevolle Mutter hat und Jakob niemanden mehr. Ich kann verstehen, dass er sich zu den Menschen im Nachbarhaus hingezogen fühlt.

»Wer ist heute eigentlich bei Sylvia?«, frage ich, um das Thema zu wechseln.

»Kadim steht täglich vor der Schule. Er ist der Einzige, der mit körperlichem Abstand Wache halten kann. Wenn sie heimkommt, übernimmt Mike und heute Abend ist Tina dran. Ich habe die Wachdienste bis zum Teichfest eingeteilt. Da soll es laut ihrer jüngsten Vision passieren.«

Ich nicke langsam und versuche, dabei meine Gesichtszüge unter Kontrolle zu halten. Mir fällt siedend heiß ein, dass ich in der allgemeinen Aufregung bei unserem letzten Training vergessen habe, Sylvia vom Zeitpunkt des Dschinn-Angriffs zu erzählen. Wie um alles in der Welt hat sie trotzdem davon erfahren?

»Wann bin ich dran?«, frage ich so unverfänglich wie möglich.

»Morgen Abend. Also versuch, heute Nacht mal ein bisschen ruhiger zu schlafen. Es würde dir gut tun!«

Wenn er nur wüsste, wie ausgeschlossen es ist, seinen Rat zu beherzigen! Ich kann mit Sicherheit davon ausgehen, dass Levian auch diese Nacht nicht ungenutzt verstreichen lässt. Und ich will noch gar nicht daran denken, was seine nächste Forderung ist.

»Jakob, was soll ich meinen Eltern über dich ... über uns erzählen?«, frage ich ihn, bevor er auf die Idee kommt, mich nun einfach hinaus zu bitten.

Er schaut mich ernst an und scheint zu überlegen, obwohl er sich garantiert schon längst eine Taktik ausgedacht hat.

»Du musst einen Grund haben, um gegen den Hausarrest zu verstoßen und abends heimlich wegzulaufen. Also wird es so sein, dass wir gegen das Verbot deiner Eltern weiterhin zusammen sind. Falls es nötig wird, lasse ich mich auch wieder bei euch blicken.«

»Aber Eriks Eltern denken, ich sei mit ihm zusammen«, werfe ich ein.

»Das ist egal«, sagt er. »Sie werden sich nicht treffen. Und falls sie es doch tun, haben wir dein Alibi.«

In meinem Hals bildet sich ein unangenehmer Kloß. Ich werde also einen permanenten Kampf mit meinen Eltern führen müssen, ständig gegen ihre Regeln verstoßen und im Zweifelsfall als Flittchen dastehen, das gleichzeitig mit zwei Jungen zusammen ist. Es gibt kaum einen größeren Einsatz, den die Armee von mir fordern könnte. Aber ich werde es trotzdem tun. Nicht für die Armee, sondern für Jakob. Erst jetzt wird mir bewusst, wie einfach es doch war, als ich noch Erik hatte, der meine Eltern um den Finger wickelte und mir nebenbei sogar Nachhilfe gegeben hat. Auch die Schule wird schwer unter den veränderten Bedingungen leiden.

Jakob hat beschlossen, dass ich nun lange genug auf seinem Sofa gesessen habe.

»Wir sehen uns dann nachher bei Albert«, sagt er und steht auf.

Ich seufze.

»Zu Befehl, Oberst«, sage ich. »Oder wie heißt dein Dienstgrad denn?«

»Hauptmann«, verrät er lächelnd. »Tina ist ein Leutnant, Rafail und Henry sind Feldwebel, Lennart Unteroffizier. Ihr anderen seid Gefreite.«

Ich bin nicht besonders gut darin, wichtige Nachfragen in belanglosem Tonfall zu stellen. Aber wenn sich mir schon eine solche Chance bietet, muss ich sie auch nutzen.

»Gibt es auch Oberste und Generäle?«

Jakob setzt ein amüsiertes, aber verschlossenes Lächeln auf. Dann sagt er einfach:

»Ja.«

Eine Minute später stehe ich vor seiner Tür und frage mich, ob ich mehr erfahren hätte, wenn ich es geschickter angestellt hätte. Aber die Antwort lautet nein. Wenn er nicht durch irgendeinen seltsamen Zufall von selbst auf die Idee kommen sollte, mir mehr Informationen zu geben, werde ich nichts erfahren. Es sei denn, ich hole sie mir von der Gegenseite.

***

Meine Eltern rufen genau in dem Moment an, als ich Erik vor dem Fitnessstudio treffe. Ich drücke sie weg und schalte auf Lautlos.

»Was ist eigentlich mit dir los?« fragt mich Erik. »Wieso schwänzt du neuerdings die Schule?«

Ich werfe einen Blick auf die Uhr und entscheide, dass die Zeit reicht, um ihn über die Veränderungen ins Bild zu setzen, die er gestern Nacht verschlafen hat. Wir kauern uns an die Außenwand des Studios auf einen Bordstein und ich erzähle ihm von Jakob, Sylvias Vision und dem zerschmetterten Fenster. Je mehr er erfährt, desto verschlossener wird sein Blick.

»Also bist du jetzt mit ihm zusammen«, sagt er kühl.

»Nur für meine Eltern«, versuche ich zu beschwichtigen. »Was hätten wir denn sonst sagen sollen?«

»Oh, keine Ahnung«, echauffiert sich Erik. »Dass das Ganze nur Teil eines Rollenspiels ist, vielleicht? Dass er dich um Geld anpumpen wollte. Oder dass es sich um irgendeine abgefahrene Wette handelt. Ihr hättet jede Menge Ausreden erfinden können. Aber von allen möglichen Lügen hat er sich für diejenige entschieden, die für seine Absichten besonders praktisch ist.«

»Sei nicht unfair, Erik! Es war eine Entscheidung von Sekunden.«

»Und sein Talent besteht darin, innerhalb von Sekunden Entscheidungen zu treffen.«

Ich bin mir nicht sicher, ob Erik Recht hat. Aber falls es so sein sollte, würde das bedeuten, dass Jakob der Gedanke gefällt, mir nahe zu sein. Dass es gleichzeitig auch hieße, dass er mich dafür bewusst meinem unerträglichen Alibi aussetzt, blende ich lieber aus, um nicht die Schmetterlinge zu gefährden, die so wunderbar zart durch meinen Bauch flattern.

Das Gespräch führt zu nichts mehr. Wir drehen und wenden noch einige Einzelheiten im Kreis, aber als wir schließlich in das Studio gehen, habe ich das Gefühl, dass Erik sich wirklich von mir abgewandt hat. Nicht einmal meine Schmetterlinge sind stark genug, um das dumpfe Gefühl zu überdecken, das mich deswegen überkommt. Was auch immer mir in den letzten zwei Jahren passiert ist, Erik war immer da, um mir mit seiner Freundschaft, seinen Ideen oder auch nur seiner Anwesenheit zur Seite zu stehen. Wenn er sich jetzt aus Eifersucht zurückzieht, werde ich wirklich mutterseelenallein sein. Ich denke während des gesamten Trainings darüber nach und komme zu dem Schluss, dass es nicht nur die Einsamkeit ist, vor der ich Angst habe. Es ist auch so, dass Erik mir fehlen würde. Eine Erkenntnis, die für mich nicht mehr so ganz neu ist. Von der er aber gar keine Ahnung hat.

Nachdem Albert uns bis zum Umfallen fertig gemacht hat, nehme ich ihn deshalb noch einmal beiseite und sage es ihm. Zum Glück hatte ich gerade zwei Stunden lang Zeit, mir die paar wenigen Worte zurechtzulegen, die dafür nötig sind: »Ich will dich nicht verlieren!«

Erik kennt mich gut genug, um zu wissen, wie schwer es mir fällt, solche Eingeständnisse zu machen. Seine Miene hellt sich etwas auf.

»Du würdest mich also vermissen«, stellt er fest.

»Ja.«

Er denkt einen Augenblick nach.

»Also willst du jetzt einfach so weitermachen ... mit uns beiden?«

Ich nicke. Mit euch dreien, füge ich in Gedanken hinzu. »So lange es nötig ist.«

»Und das könnte eine Weile dauern«, höre ich plötzlich Jakobs Stimme hinter uns. Er steht mit einem Satz Hanteln auf dem Arm da und ist wahrscheinlich gerade auf dem Weg in den Nebenraum. Aber vielleicht ist das auch nur ein Vorwand, um unser Gespräch mitzuhören.

Erik fährt herum und starrt ihn feindselig an. Dabei spannt er alle Muskeln an, als stünde ihm nicht Jakob, sondern ein Dschinn gegenüber. Bei dem Anblick muss ich auf der Stelle an meinen Alptraum denken. Sämtliches Blut weicht aus meinem Gesicht.

»Du hast ihr jede Menge Ärger eingebrockt!«, zischt er.

»Und du hast deinen Wachposten aufgegeben!«, antwortet Jakob.

Ich halte die Luft an. Wenn Erik jetzt sagt, dass ich ihn nach Hause geschickt habe, dann ist das für Jakob die letzte Bestätigung, dass ich nachts irgendwelche Dinger drehe und dass wir es geschafft haben, Finn zu umgehen. Ob er dann immer noch der Meinung ist, das Schicksal solle seinen Lauf nehmen, weiß ich nicht. Sicher ist ihm bisher nicht in den Sinn gekommen, dass Erik in die Sache involviert sein könnte, wenn auch nur passiv. Niemand kann sich vorstellen, dass gerade er einen Weg gefunden hat, mich gleichzeitig zu beschützen und in Ruhe zu lassen.

Aber Erik schweigt.

»Ich habe versprochen, dich nicht mehr zu kontrollieren. Du hast im Gegenzug versprochen, auf sie aufzupassen«, sagt Jakob.

Das ist mir neu. Seit wann paktieren die beiden schon wieder miteinander?

Auf einmal taucht Tina wie ein Schatten an Jakobs Seite auf. Als sie die Spannung zwischen uns bemerkt, schaut sie leicht verwirrt von einem zum anderen. Dann richtet sie ihren misslaunigen Blick schließlich auf ihr bevorzugtes Opfer: mich. Ich ignoriere sie.

»Ich hatte meine Gründe zu gehen«, sagt Erik.

»Sag mir, welche das waren«, fordert Jakob. Für mich wäre an diesem Punkt bereits Schluss. Eine solche Aufforderung von ihm gleicht einem Befehl. Und ich könnte ihn nie verweigern. Aber Erik ist noch nicht gezeichnet. Er ist zumindest theoretisch dazu in der Lage sich zu widersetzen.

»Nein«, sagt er. Doch ich kann hören, wie viel Kraft ihn das kostet.

»Wie du willst«, sagt Jakob mit unbewegtem Gesicht. »Wenn du mir keinen Gehorsam entgegenbringst, kann ich dich nicht länger in unserer Mitte dulden. Komm wieder, falls dein Talent erwacht. Dann zeichne ich dich und wir beide kommen miteinander klar.«

Es ist furchtbar ihn so reden zu hören. Und noch schlimmer ist das, was er da gerade sagt. Er schickt Erik in die Wüste, nur weil er es gewagt hat, sich gegen ihn aufzulehnen. Und Erik lässt es sich gefallen, weil er mich nicht verraten will. Ich sehe nur eine Möglichkeit, die Sache abzuwenden.

»Warte!«, sage ich. »Ich habe Erik geschrieben, dass er gehen kann. Weil ich ... weil ich wusste, dass es der Armee niemals schaden würde.«

Ich hoffe, dass Jakob versteht, was ich ihm damit sagen will. Auf keinen Fall will ich in Tinas Gegenwart von Schicksal reden oder von seinem Versprechen, mich meinen Weg weiter gehen zu lassen. Sie jedenfalls versteht meine Worte definitiv nicht.

»Was soll das denn bitteschön heißen?«, fragt sie stirnrunzelnd.

Jakob macht ihr durch einen Wink zu klar, dass er weiß, wovon ich rede. Dann schaut er mich an wie ein Hauptmann seinen Gefreiten und sagt:

»Das hat nichts damit zu tun, dass Erik meine Befehle verweigert. Und in diesem Zustand kann ich nicht mit ihm arbeiten. Er ist hier derjenige, der der Armee schadet.«

Ich kann nicht glauben, dass er das wirklich tut. Und so sehr ich auch versuche es zu verstehen, es will nicht in meinen Kopf hinein. Erik ist nicht einmal ein offizielles Mitglied unserer Truppe. Niemand würde jemals Anstoß daran nehmen, dass er zu diesem Zeitpunkt noch eine eigene Meinung hat.

Aber Jakob entscheidet immer hundertprozentig regelkonform. Immer. Nur nicht, wenn es um mich geht.

Für einen Augenblick starren die beiden sich noch an wie zwei verfeindete Tiger.

Dann spricht Erik zuerst. Und was er sagt, kommt so unvermittelt, dass mir schwindelig davon wird.

»Ist gut, Jakob«, murmelt er. Ich glaube, es ist das erste Mal überhaupt, dass er seinen Namen ausspricht. »Aber bevor ich gehe, will dir noch eines sagen: Wenn du mich gezeichnet hast, wird es für dich nicht einfacher werden. Dann kannst du mir zwar befehlen Geheimnisse zu verraten, dir die Schuhe zu putzen oder mich abmetzeln lassen. Aber niemals wirst du Herr über meine Gefühle sein. Und kein Befehl dieser Welt wird mich davon abhalten sie zu lieben.«

Ich habe noch nie erlebt, dass jemand in meiner Gegenwart solche Worte benutzt hat. Und schon gar nicht, dass sie mir galten. Selbst Tina ist vollkommen sprachlos. Ihr Mund steht leicht offen und ihre Augen sind starr auf Erik gerichtet. Es liegt ein Ausdruck von Hochachtung darin, den ich ihr nie zugetraut hätte. Einzig Jakob ist noch in der Lage, etwas zu sagen:

»Mach's gut, Erik!« beschließt er. Es klingt vollkommen ungerührt.

Erik wendet den Blick von ihm ab und nimmt mich kurz in den Arm.

»Sylvia wusste das«, flüstert er mir ins Ohr. »Es ergibt alles irgendeinen Sinn. Es muss einfach so sein.«

Ich schlinge meine Arme um seinen Hals und halte ihn fest.

»Geh nicht!«, krächze ich.

Doch er macht sich von mir los und verlässt das Studio, ohne sich noch einmal umzudrehen.

Gefühle sind Schall und Rauch. Und so flüchtig wie ein Kuss.

Meine Eltern sind an einem Punkt angekommen, an dem sie sich nicht mehr zu helfen wissen. Die Standpauke, die sie mir nach meiner Heimkehr halten, klingt hilflos und halbherzig. Meine Mutter hat rote Augenränder, wahrscheinlich, weil sie geweint hat. Im Gegensatz zu heute Morgen stellen sie mir nun plötzlich Fragen. Sie wollen wissen, wo ich war, was die Rollenspieler im Wald eigentlich tun und aus welchem Grund Jakob im Gefängnis war. Doch ich blocke alles ab. Wenn ich jetzt damit anfange mich in die wohlige Geborgenheit zu verkriechen, die sie mir anbieten, werde ich schwach. Dann verrate ich Details, schütte mein Herz aus und lande am Ende auf einem emotionalen Level, der es mir unmöglich macht meine Aufgabe weiterzuführen. Dann mutiere ich zu einem Kleinkind, das sich bei Problemen unter dem Rock seiner Mutter verkriecht und keine eigenen Entscheidungen mehr trifft. Das kommt nicht in Frage.

Als sie schließlich wieder von Erik anfangen, den sie vermutlich als einzigen Rettungsanker für mich sehen, spüre ich Hysterie in mir aufsteigen und renne nach oben in mein Zimmer. Ich drehe die Stereoanlage auf, werfe mich aufs Bett und starre an die Decke. Dabei kaue ich auf meinen Fingernägeln herum, bis ich Blut schmecke. Mindestens eine Stunde lang liege ich so da, hoffe, dass meine Eltern nicht zu mir nach oben kommen, um weitere Gespräche zu führen und bemitleide mich selbst für all die schlechten Meinungen, die mein Umfeld von mir hat. Dass Jakob mir in dieser Situation auch noch Erik weggenommen hat, ist kaum auszuhalten. Als es Abend wird, beginne ich zu frösteln. Das Thermometer auf meinem Wecker zeigt nur noch fünfzehn Grad an. Ich stecke meinen Kopf immer wieder durch den Fensterrahmen, um herauszufinden, ob er trotz allem vielleicht wieder hinter der Eiche steht. Doch ich kann nichts entdecken. Stattdessen stelle ich fest, dass meine Trittleiter verschwunden ist. Irgendjemand, wahrscheinlich mein Vater, hat sämtliche Zimmermannsnägel aus den Balken gezogen. Ich gehe hinüber zu meinem Schrank und suche zwischen den Winterklamotten nach dem Lasso. Es ist ebenfalls weg. Also haben meine Eltern den Nachmittag mit Spurensuche verbracht und sind fündig geworden. Wenn ich das nächste Mal davonlaufen will, dann muss ich wohl oder übel die knarzenden Stufen benutzen, auf die Gefahr hin, dadurch eine schreckliche Szene heraufzubeschwören. Denn auch wenn sie mich dabei erwischen sollten, werde ich gehen müssen. Es wäre besser für uns alle gewesen, wenn sie mir die Trittleiter und das Lasso gelassen hätten.

Um kurz vor acht kommt eine SMS von Sylvia.

»Pass heute Nacht besonders gut auf dich auf«, lese ich. »Ich hab ein ungutes Gefühl.«

Ich antworte ihr, dass sie sich keine Sorgen machen soll und ich relativ sicher bin, dass Levian sich unter Kontrolle hat. Im Moment machen mir andere Dinge wirklich mehr Kummer.

Als es dunkel wird, gebe ich die sinnlosen Versuche auf, Erik im Wald zu entdecken, und setze mich stattdessen im Winterpulli vor meinen Computer. Ich suche nach Hinweisen auf die Talent-Armeen, nach Berichten über Faune und nach Bedeutungen der Zahl 666. Aber ich finde nichts, was mich auch nur ansatzweise weiterbringt. Schließlich schleiche ich wieder nach unten und hole mir eine Bibel aus dem Wohnzimmer. Aus der Speisekammer nehme ich auch gleich die restlichen Süßigkeiten mit, für den Fall dass ich später noch Besuch bekomme. Natürlich erwischt mich auf dem Weg nach oben meine Mutter. Sie starrt auf die seltsame Ausrüstung auf meinem Arm und schüttelt den Kopf.

»Eine Bibel und drei Packungen Chips?«, stellt sie entgeistert fest. »Wofür brauchst du das?«

»Die Bibel, um für die Reli-Klausur zu lernen und die Chips, um die Eichhörnchen zu füttern«, sage ich. Ich wundere mich selbst darüber, wie fest meine Stimme schon wieder klingt.

Die Augen meiner Mutter werden noch ein bisschen trauriger.

»Melek, es ist ungesund, so viel fettiges Zeug in sich reinzustopfen«, sagt sie schwach.

Eigentlich schade, dass sie gerade den Teil meiner Aussage als Lüge interpretiert, an dem etwas Wahres dran war.

»Auch nicht ungesünder als Ravioli«, sage ich und kämpfe mich wieder nach oben, ohne dem Drang nachzugeben, wenigstens ein paar Tränen zu vergießen.

Ich verkrümele mich wieder auf mein Bett, häufe jede Menge Decken über mich und lese die Offenbarung des Johannes von vorne bis hinten durch, doch ich verstehe sie kaum mehr als früher. Einmal ist die Rede von hundertvierundvierzigtausend Gerechten, die gemeinsam mit dem Lamm gegen das Tier kämpfen. Die Anhänger des Tieres tragen ein Zeichen auf ihrer Stirn, nämlich die Zahl 666. Kann es wirklich sein, dass sich die Talentarmeen der ganzen Welt zusammengetan haben, um die Dschinn in einem Endkampf zu besiegen? Es gibt durchaus einen Hinweis darauf, dass es so gewesen sein könnte, denn da steht auch: »Diese sind's, die mit Weibern nicht befleckt sind, denn sie sind Jungfrauen und folgen dem Lamme nach, wo es hingeht.« Da hat Johannes die wichtigsten Eigenschaften unserer Soldaten doch ziemlich treffend zusammengefasst. Nur: Am Ende der Offenbarung sind alle Bösen besiegt. Und wir kämpfen immer noch gegen die Dschinn. Also scheint wohl doch irgendetwas schief gegangen zu sein. Mitten in meine Grübelei hinein sinkt schließlich mein Kopf auf die Bibel und ich schlafe ein.

Ich könnte nicht sagen, was mich aufweckt. Aber als ich die Augen wieder aufmache, sitzt Levian in Menschengestalt auf der Bettkante und vergeht sich gerade an der zweiten Tüte Chips. Die erste ist schon leer und liegt sauber zusammengefaltet auf meinem Nachttisch.

»Schön, dass du schon mein Nachtmahl bereitgestellt hast!«, sagt er kauend.

»Wie bist du reingekommen?«, frage ich schläfrig.

»Durchs Fenster. Ist ja jetzt kein Problem mehr, nachdem die Scheibe genauso verschwunden ist wie Erik.«

Ich betrachte ihn etwas genauer und stelle fest, dass er heute einen Oberlippenbart trägt. Etwas, das außer ihm wahrscheinlich nur Johnny Depp steht. Mehr als das: Es sieht nicht nur gut, sondern verflucht sexy aus. Obwohl er ein kurzes T-Shirt anhat, zeigt sich nicht die Spur einer Gänsehaut auf seinen Armen. Schon wieder regt sich eine Seite von mir, die ich am liebsten zum Teufel jagen würde.

»Hast du mitbekommen, was gestern Nacht passiert ist?«, frage ich und schäle mich vorsichtig aus meiner Decken-Höhle. Er lächelt spitzbübisch.

»Ja. Kurz bevor du eingeschlafen bist, hast du ein Bein um mich geschlungen und dich an mich gedrückt. Und das, obwohl es kein Teil meiner Forderung war.«

Ich werde rot.

»Das meine ich nicht«, stelle ich klar.

Er schiebt sich grinsend eine ganze Handvoll Chips in den Mund und ich wundere mich wieder einmal darüber, dass dabei nicht der kleinste Krümel in seinem Bart oder auf meiner Bettdecke landet.

»Ich bin geflüchtet, als ich merkte, dass sie kamen«, sagt er schließlich. »Und ich bin weggeblieben, weil Sylvia dabei war und mich gespürt hätte. Leider waren sie recht schnell da. Und ihre Gefühle waren ziemlich ungenießbar. Alles voller Angst und Rachsucht.«

Ich erzähle ihm so kurz angebunden wie möglich von Jakobs Einbruch, dem Unfall mit dem Fenster und dem Zusammentreffen mit meinen Eltern. Er hört interessiert zu, aber das erregte Funkeln in seinen Augen lässt mich stutzen. Irgendetwas geht bei meiner Erzählung durch seinen Kopf, was er mir nicht verraten will. Erst als ich von dem Streit zwischen Erik und Jakob in Fitnessstudio berichte, kommt wieder Leben in ihn. Er legt die Chipstüte weg und setzt ein verschlagenes Lächeln auf.

»So, dann hat Jakob es also mit der Angst bekommen«, urteilt er. »Zurecht, wie ich finde. Erik ist seine größte Konkurrenz. Noch größer als ich, wie ich zu meinem Leidwesen gestehen muss. Aber das kann sich ja noch ändern.«

»Das stimmt nicht!«, fahre ich auf. »Kapier es endlich: Jakob hat keine Konkurrenz!«

»Außer wenn er dir mal wieder deine Selbstbestimmung raubt«, kontert Levian. »Dann verhindert nur sein Talent, dass du ihn hasst, gib es ruhig zu! Du bist eine schlechte Soldatin. Nicht geboren um zu gehorchen. Wie Erik.«

Ich kann nicht verhindern, dass sich bei seinen Worten etwas in mir regt. Sofort tauchen Bilder in meinem Kopf auf, die zahlreiche flüchtige Momente der letzten Wochen zeigen. Jakob, wie er Erik mein frisch gestochenes Bannzeichen vors Gesicht hält. Wie er mich gegen meinen Willen als Liebestöterin einsetzt, mir mein Alibi aufzwingt, mich immer wieder abweist, und mir schließlich den einzigen Menschen wegnimmt, der mir nahe steht.

»Herrje!«, sagt Levian. »Denk lieber an etwas anderes. Du verströmst einen höchst unangenehmen Geruch.«

Ich atme tief aus und versuche die störenden Bilder von meinem inneren Auge zu verdrängen. Einen kurzen Moment lang kommt mir der Gedanke, dass ich nur in Levians Beisein solche Gefühle hege. Ist er hier, so lasse ich mich von allerlei Emotionen überwältigen, die eigentlich nicht zu mir gehören. Oder vielmehr: Die aus den dunkelsten Seiten meiner Seele entspringen. Aber bevor ich richtig darüber nachdenken kann, wechselt er das Thema und ich steige sofort darauf ein.

»Ich habe herausgefunden, auf welche Weise Sylvia eliminiert werden soll«, verkündet er. »Sie wollen ihr eine falsche Vision schicken, in der du ganz in ihrer Nähe angegriffen wirst. Wenn sie dann in den Wald rennt, um dich zu retten, schlagen wir zu. Einer von uns wird im Unterholz lauern und sie zur Strecke bringen. Ich habe mich dafür angeboten, den Job zu übernehmen.«

Ich kann kaum mehr atmen, so aufgeregt bin ich.

»Und dann?«, drängle ich.

»Dann wird Sylvia ihrerseits eine Vorahnung haben und mich mit ihrer peinlichen Schleuder ausknocken. Anschließend trittst du in Aktion und rennst mit ihr zurück zum Fest. Ein eher wirkungsvoller als rühmlicher Plan.«

»Und wie soll es dann weitergehen?«, frage ich. »Ich meine ... das Teichfest wird für euch nicht die letzte Gelegenheit sein, um Sylvia zu erwischen.«

»Nein. Es wird noch mehr Gelegenheiten geben. Und damit noch jede Menge Forderungen, die du an mich stellen kannst. Gewöhn dich schon mal an das Gefühl, in meinem Arm zu schlafen!«

Seine Worte treffen mich wie ein Schlag ins Gesicht. Solange nicht klar war, was auf dem Teichfest passieren würde, hatte ich nicht wirklich darüber nachgedacht, wie es anschließend weitergehen würde. Aber wie es aussieht, hänge ich in einem Teufelskreislauf gefangen, aus dem ich nie wieder ausbrechen kann, ohne dabei Sylvias Leben aufs Spiel zu setzen.

»Warum um Himmels Willen ist das alles nötig?«, platze ich heraus. »Was kann sie denn, was euch so unglaublich beunruhigt?«

»Sie spürt Dinge, die andere Orakel nicht sehen und durchdringt Zauber, die bisher äußerst wirksam waren«, sagt Levian.

»Was zum Beispiel?«, bohre ich nach.

»Das werde ich dir nicht sagen, denn ein Teil von dir will mich immer noch verraten.«

Ich schreie innerlich. Zumindest der Teil meiner Selbst, von dem Levian gerade spricht. Der andere ist damit beschäftigt, meine nächste Forderung zu überdenken und sich in dem prickelnden Reiz des Pokerns zu suhlen. Ich hatte mit dem Gedanken gespielt, nach der Organisation der Armee zu fragen. Aber eigentlich ist das als Forderung zu schwach. Wenn ich es geschickt anstelle, beantwortet Levian mir diese Frage sogar umsonst. Nein, das Geheimnis, das Sylvia umgibt, ist viel brisanter. Ich muss wissen, was dahinter steckt.

»Welchen Einsatz müsste ich bringen, damit du es mir sagst?«, frage ich.

Ganz kurz entgleiten ihm seine makellosen Gesichtszüge. Ich kann sehen, wie er einen inneren Kampf ausficht, bevor er antwortet. Und dann bin ich beinahe enttäuscht, dass er ihn offensichtlich gewonnen hat.

»Da mache ich nicht mit«, sagt er schlicht. »Die Konsequenzen wären zu weitreichend. Obwohl die Vorstellung sehr anregend ist.«

Er greift wieder in meinen Nacken und streift mit dem Daumen über meine Wange. Diesmal ist seine Berührung fester und intensiver als beim letzten Mal. Ich packe ihn am Arm und ziehe ihn zu mir unter die Bettdecken. Damit hat er nicht gerechnet. Sein Blick schwankt zwischen Überraschung und Begehren. Dann gibt er nach und presst seinen Körper eng an meinen. Seine Hände gleiten von meinem Hals hinab zu meinen Brüsten. Ich kann kaum fassen, dass ich mich ihm entgegenrecke. Levians grünen Augen funkeln. Er küsst mich stürmisch auf den Mund. Doch schon bei der ersten Berührung unserer Lippen merke ich, dass er die Kontrolle verliert. Ein unbeschreiblicher Sog packt mich, lähmt alle meine Sinne. Es ist, als würde meine Seele in Stücke gerissen. So muss es sich anfühlen, in eine Ohnmacht hinüberzugleiten oder in den Tod. Es ist grausam und süß wie die Sünde. Doch es hält nur wenige Sekunden an.

»Oh nein!«, entfährt es ihm dann. Mit einem Satz springt er von mir herunter, verfängt sich in den Decken und knallt rückwärts gegen meinen Schrank.

»Tut mir leid, Melek! Es tut mir so leid!«, stößt er hervor.

Gleichzeitig höre ich das Knarzen der Stufen und das Klingeln meines Handys. Doch seltsamerweise beunruhigt mich beides nur mäßig. Ich sehe zu, wie Levian sich in die Maus verwandelt und unter den Schrank huscht. Dann nehme ich das Telefon ans Ohr, gehe ran und sage zu Sylvia: »Es ist alles okay. Ich muss erst meine Eltern abwimmeln.«

Ich lege wieder auf, bevor sie antworten kann und warte, bis die Tür zu meinem Zimmer geöffnet wird.

»Was war das?«, fragt mein Vater und poltert herein. Er sieht ein bisschen lächerlich aus, wenn er sich so echauffiert.

»Ich bin eingeschlafen und aus dem Bett gefallen«, wiederhole ich meine alte Lüge.

Er geht zum Fenster und späht hinaus in die Nacht. Dann sieht er unter mein Bett und in den Kleiderschrank. Als er nicht fündig wird, schaut er achselzuckend zu meiner Mutter, die kreidebleich im Türrahmen lehnt. All das finde ich unangenehm, doch es berührt mich nicht mehr mit der Intensität von gestern.

Meine Mutter wirft einen sorgenvollen Blick auf die beiden leeren Chipstüten und die Bibel, die bei Levians rasantem Abgang auf den Boden gefallen ist.

»Schlaf weiter, wir hatten einfach Angst um dich«, sagt sie. »Puh, ist das kalt hier!«

»Schon in Ordnung, Mama. Alles ist gut«, entgegne ich.

Als sie die Tür wieder hinter sich schließen, sehen meine Eltern erleichterter aus als noch vor wenigen Stunden. Ich bin ziemlich sicher, dass Levian mir gerade einen Teil meiner ohnehin schon dürftigen Gefühle ausgesaugt hat. Wenn es tatsächlich so ist, dann wundere ich mich ein bisschen über die Tatsache, dass emotionale Sparsamkeit eine gewisse Beruhigung auf das Umfeld auszulösen scheint.

Levian taucht wieder auf, aber ich arbeite erst die Punkte auf meiner To-Do-Liste ab. Und da steht ganz oben Sylvia.

»Melek, was ist passiert?«, ruft sie sofort ins Telefon, als ich sie erreiche.

»Ich glaube, Levian hat mir gerade ein paar meiner Gefühle geraubt«, sage ich.

Sylvia beginnt zu weinen.

»Es ist alles nur wegen mir!«, heult sie. »Du hättest dich nie darauf einlassen dürfen! Gib ihn mir, ich muss mit ihm sprechen!«

Ich reiche den Telefonhörer an Levian weiter. Er zögert einen Moment, bevor er danach greift.

»Sylvia?«

Was sie zu ihm sagt, kann ich nicht hören, doch es ist ein langer Monolog, wie ich das von ihr gewöhnt bin. Er lässt sie ausreden und beobachtet mich dabei fortwährend.

»So schlimm ist es nicht«, sagt er schließlich. »Es war nur ein kurzer Augenblick.«

»Weil ich nicht damit gerechnet habe.«

»Ich weiß.«

»Das kann ich dir nicht sagen.«

»Du hast recht.«

Dann reicht er mir ohne ein Wort des Abschieds den Hörer zurück und setzt sich zum ersten Mal, seit er mich kennt, auf das Sofa. Ich sage Sylvia, dass sie wieder schlafen gehen soll und dass ich ihr morgen Abend alles während meiner Nachtwache erzählen würde. Selbst sie lässt sich von meiner Coolness beruhigen, obwohl sie eigentlich weiß, was der Auslöser dafür ist. Dennoch höre ich sie noch einmal schluchzen, als ich auflege.

Levian sitzt regungslos auf meinem Sofa und hat das Gesicht in die Hände vergraben.

»Ich glaube, es ist nicht so schlimm«, versuche ich mich.

Er sieht mich an und legt die Stirn in Falten.

»Doch Melek, es ist schlimm«, antwortet er. »Es ist schlimm, weil ich gedacht habe, wir beide könnten einen Weg finden, zusammen zu sein. Aber nach dem heutigen Abend weiß ich, dass es niemals möglich sein wird. Außer wenn du das Risiko eingehen willst, Stück für Stück von mir ausgesaugt zu werden. Denn alles, was ich dir wegnehme, ist unwiederbringlich verloren. Solange du ein Mensch bist, wird es nicht funktionieren.«

»Solange ich ein Mensch bin?«

Er nickt.

»Ich könnte einen Faun aus dir machen. Der erste Schritt ist bereits getan.«

Was redet er da? Ich will auf keinen Fall ein Faun werden. Und wenn die Vorstellung noch so reizvoll ist, immer wie ein Model auszusehen, nie zu frieren und im Alter von fünfzig noch Bäume ausreißen zu können. Aber weder will ich Menschen ihre Gefühle rauben, noch Jakob auf dem Schlachtfeld begegnen.

»Was für einen ersten Schritt meinst du?«, frage ich ihn.

Er sieht mich durchdringend an, wahrscheinlich, weil die Information, die er mir gerade gibt, ein kleineres oder größeres Geheimnis seiner Spezies ist. Aber sein schlechtes Gewissen scheint groß genug zu sein, um mir die Antwort nicht vorzuenthalten.

»Ich könnte dich noch einmal küssen«, verrät er. »Aber länger. Ist deine Seele ausgesaugt, so geht es mit deinem Geist weiter. Ist auch er leer, so verwandelt sich dein Körper. Dann bist du eine von uns.«

»Du bist tatsächlich ein Vampir«, entfährt es mir.

»Nein. Aber an der Geschichte kannst du erkennen, dass es schon früher gemacht wurde. Es kommt immer wieder vor, wenn jemand von uns einen

Menschen … behalten will. Aber sehr beliebt macht man sich dadurch bei unserem Volk nicht.«

Ich kann kaum fassen, was er mir da erzählt. Ein gutes Zeichen, wie ich finde. So einige Empfindungen funktionieren zum Glück wohl doch noch bei mir. Erst als Levian die Augenbrauen hochzieht, verstehe ich, dass das Ganze als Frage gemeint war.

»Nein«, flüstere ich. »Ich will ein Mensch bleiben!«

Ihm ist anzusehen, dass er nichts anderes erwartet hat.

»Denk darüber nach«, seufzt er und erhebt sich. »Für heute gehe ich besser. Ich habe schon genug angerichtet.«

Auch das ist mir mehr oder weniger gleichgültig. Ich sehe das ziemlich pragmatisch: Er wird noch oft genug wiederkommen, um all meine Fragen zu beantworten. Außer morgen vielleicht, denn da bin ich bei Sylvia zum Wacheschieben eingeteilt. Dann gibt es noch den Donnerstag und den Freitag. Zwei Tage Ruhe vor dem Sturm. Zum Glück hat Levian mir soeben auch die Angst vor dem Teichfest genommen, die mit jedem Tag ein klein wenig in mir angewachsen war. Alles, was ich jetzt noch spüre, wenn ich an Samstag denke, ist Anspannung.

Ich nicke ihm zu, stehe aber nicht auf, um ihn zu verabschieden. Er kommt zu mir, küsst mich auf die Stirn und schenkt mir einen bekümmerten Blick. Dann verwandelt er sich in das Eichhörnchen und huscht durchs Fenster hinaus.

Wenn das Schicksalsrad sich dreht, kann es passieren, dass dir schwindelig wird

***

Das volle Ausmaß von Levians Schuldgefühlen registriere ich erst am nächsten Nachmittag. In der Schule ist es heute ziemlich ruhig, denn weder Jana noch Bodo sind zum Unterricht erschienen und meine anderen Klassenkameraden kommen ohne die beiden einfach nicht richtig in Fahrt. Auch Erik ist nicht da, angeblich, weil er Migräne hat. Ich vermute allerdings, dass er eher unter Herzschmerzen leidet und sich einen freien Tag im Bett gönnt.

Das führt dazu, dass ich die Pause allein mit meinem Schokoshake in der Ecke verbringe und mich darüber wundere, wie wenig mir das ausmacht.

Nach der sechsten Stunde erledige ich meine Hausaufgaben und lasse meine Schulsachen an meinem Garderobenplatz. Ich habe nicht vor, nach Hause zu fahren und mich in die Arrestzelle zu begeben. So würde es nur noch schwieriger werden, später zum Übungstreffen zu verschwinden. Besser ich bleibe gleich weg und meine Eltern lernen auf die harte Tour, dass neue Zeiten angebrochen sind.

Kurz überlege ich, ob ich zu Sylvia gehen soll, aber dann erinnere ich mich, dass sie heute bis vierzehn Uhr Schule hat. Also krame ich stattdessen meine Sportsachen hervor und mache mich auf den Weg ins Fitnessstudio, um für eine zusätzliche Trainingseinheit zu sorgen. Unterwegs kaufe ich mir zwei belegte Brötchen, die ich im Gehen esse.

Als ich am Bäcker vor dem Industriegebiet vorbeikomme, bleibt mir jeder weitere Bissen im Hals stecken. Draußen im Café sitzt Jana, den Schulrucksack zu ihren Füßen. Sie scheint die Welt um sich herum nicht wirklich wahrzunehmen, denn sie ist ganz auf den Mann fixiert, der ihr gegenüber sitzt und ihre Hand hält: Es ist Levian in seiner Menschengestalt. Im Gegensatz zu Jana hat er mich sofort gesehen und blickt mir gefasst aber etwas trotzig entgegen. Ich brauche einen Moment, um zu verstehen, was er da tut. Ein leichter Schwindel überkommt mich. Auch wenn ich noch vor ein paar Tagen meine ganze Klasse verflucht und ihnen die Dschinn an den Hals gewünscht habe, gönne ich im Grunde doch keinem von ihnen dieses Schicksal. Nicht einmal Jana!

»Nein!« entfährt es mir.

Levian sieht, was in mir vorgeht und quittiert meine Reaktion mit einem Griff in Janas Richtung. Dann zieht er sie zu sich herüber und küsst sie auf den Mund, während er mir weiter unbeirrt in die Augen sieht. Nun müssten eigentlich meine Gefühle Achterbahn fahren, aber ich bleibe ganz ruhig und denke nach. Wie es aussieht, hatte er sie schon vorher geküsst und Jana ist ohnehin nicht mehr die Alte. Ich werde alles tun, um ihr einen weiteren Kuss zu ersparen, aber dazu muss ich erst einmal über die Straße kommen, ohne überfahren zu werden. Ich löse meinen Blick von Levian, passe eine Lücke zwischen zwei Autos ab und renne hinüber auf die andere Seite.

Levian ist aufgesprungen, bevor ich noch an ihrem Tisch angekommen bin. Er macht einen Schritt auf mich zu und packt sofort meine Handgelenke.

»Lass mich los, was fällt dir ein?« zische ich.

»Ich will nur sichergehen, dass du dich an die Regeln hältst«, murmelt er, ohne seinen stählernen Griff zu lösen.

»Du hast sie ausgesaugt!« werfe ich ihm vor, aber so leise, dass Jana es nicht hören kann. Nun sehe ich endlich auch ihr Gesicht, denn sie hat sich uns zugewandt und blickt ungewohnt friedfertig in meine Richtung. Es ist das Gesicht eines Mädchens, das ich nicht kenne. Ihre hübschen aber immer ein wenig boshaften Züge haben eine völlig neue Form angenommen. Sie ist schöner geworden. Und distanzierter.

»Melek«, stellt sie einfach fest.

Levian zieht die Augenbrauen hoch, als wolle er sich versichern, dass ich mir der Öffentlichkeit bewusst bin, in der wir uns befinden.

»Ist gut«, raune ich ihm zu. »Ich werde dich nicht angreifen. Lass mich jetzt los!«

Er gibt meine Handgelenke frei und geht rückwärts zurück zum Tisch. Dann schiebt er mit dem Fuß den dritten Stuhl in meine Richtung und wartet, dass ich mich setze. Aber den Gefallen tue ich ihm nicht. Jana bricht das Schweigen durch eine verblüffend neutrale Äußerung.

»Melek, du kennst Christian wohl schon«, sagt sie. »Wir haben uns heute Morgen zufällig auf dem Schulweg getroffen. Und was habt ihr miteinander zu tun?«

»Wir sind alte Feinde«, gebe ich zurück, ohne Levian anzusehen. »Immer wenn wir uns treffen, habe ich das Gefühl, dass es besser wäre, ihm ein Messer ins Herz zu stoßen.«

»Und immer entscheidet sie sich stattdessen, mir zu vertrauen und ihr eigenes Herz aufs Spiel zu setzen«, sagt Levian. Im Gegensatz zu mir hat er seinen Blick ganz auf mich gerichtet. »Melek gehört zu den Menschen, die lange dagegen ankämpfen, ihren wahren Weg zu finden. Deshalb ist sie so wütend auf Leute, die bereits wissen, was ihre Bestimmung ist.«

Jana macht ein verständnisloses Gesicht.

»In erster Linie bin ich wütend auf Kreaturen, die versuchen, die Welt nach ihren Wünschen zu formen und dabei über Leichen gehen«, sage ich. »Und über solche, die ihr schlechtes Gewissen mit neuen, wehrlosen Opfern stillen, ganz gleich, ob das nun Sinn macht oder nicht.«

Levian lächelt mir zu. »Ich bin froh, dass du so wütend sein kannst«, murmelt er. Dann streicht er sich über seinen Johnny-Depp-Bart und zeigt sein unwiderstehliches Grübchen. Gleichzeitig blitzen die grünen Augen. Ich habe gar nicht gemerkt, wie vertraut sie mir geworden sind. Seinen Zauber fühle ich trotzdem kommen. Er hüllt mich ein wie eine Wolke aus Zuckerwatte. Aber seit unserem letzten Kuss ist die Chance, mich damit zu fangen, noch geringer geworden. Ich mache Small-Think und wehre ihn ab.

»Vergiss es!«, funkle ich ihn an.

Levian greift nach Janas Hand, als wolle er mich herausfordern. Sein Blick gleitet an ihr hinauf und hinunter. Es sieht aus, als würde er ihren Wert abschätzen. Wie ein Viehhändler auf dem Jahrmarkt. Zum ersten Mal, seit ich ihn kenne, kann ich sehen, wie wenig die Menschen ihm bedeuten. Wir sind tatsächlich nicht mehr für ihn als Drogenlieferanten. Willkürlich austauschbare Objekte, die rein zu seinem Zeitvertreib geboren wurden. Er ist nicht der nette, liebevolle Dschinn von nebenan, sondern ein kaltherziger Dämon, genau wie Jakob immer gesagt hat. Wie konnte ich auch nur einen Augenblick daran zweifeln, dass es nötig ist, ihm eine Silberkugel zu verpassen! Levian kann das dumpfe Pochen meiner schlechten Gefühle sicher spüren. Doch die einzige Reaktion, die ich daraufhin in seinen Augen erkennen kann, ist eine Spur von Hochmut.

»Jana ist ein nettes Mädchen«, sagt er und zieht meine alte Feindin mitsamt dem Stuhl, auf dem sie sitzt, zu sich herüber. Die Kraft, die hinter dieser Bewegung steckt, verrät mir, dass er innerlich nicht ganz so ruhig ist, wie er sich gibt. Zum Glück scheint es kein Mensch in unserer Nähe wahrgenommen zu haben. »Und ich glaube, sie kann noch ein bisschen netter werden, oder?«, fügt er hinzu. Er greift in ihren Nacken, genauso, wie er es immer bei mir getan hat, und küsst sie noch einmal. Jana gibt einen seufzenden Laut von sich. Meine Hände ballen sich zu Fäusten. Dann lässt er sie los und widmet sich wieder mir.

»Bodo hat heute morgen übrigens meine Schwester Christine kennen gelernt«, erzählt er im Plauderton. »Sie verstanden sich auf Anhieb prächtig. Noch besser als Jana und ich, denn sie sind sich um so vieles ähnlicher.«

Ich kann nicht fassen, was hier passiert! Levian hat also beschlossen, sein schlechtes Gewissen mir gegenüber dadurch zu bereinigen, dass er meine mobbenden Mitschüler ausschaltet. Vielleicht glaubt er sogar, ich würde mich darüber freuen. Aber die Art, wie er mich ansieht und die Eiseskälte, mit der er vorgeht, stellen alles in den Schatten, was ich bisher von ihm gesehen habe. Plötzlich verschwimmt die Welt vor meinen Augen. Ich habe völlig versagt! Als Talent, als Freundin und als Mensch. Alles, wozu ich fähig bin, ist Chaos anzurichten. Levians perfekte Gesichtszüge verändern sich für einen Moment, als er eine Träne über meine Wange kullern sieht. Ich sehe Befriedigung darin. Sofort reiße ich mich zusammen und schaffe es verblüffend schnell, die Tränen abzustellen und stattdessen klar und berechnend zu denken.

»Christian«, sage ich. »Du bist kein Mensch. Ich hoffe, es kommt der Tag, an dem du nicht schnell genug bist. Dann treffe ich dich an der gleichen Stelle wie du mich. Und jetzt mach dich vom Acker, bevor ich meine Freunde anrufe.«

Levians Lächeln sieht echt aus. Es passt so gar nicht zu dem, was er antwortet:

»Na schön, Melek«, sagt er. »Ich will deinen Freunden nicht wehtun, also gehe ich. Aber wenn du das nächste Mal einen Zweig hinter deinem Rücken knacken hörst, dann dreh dich schnell um, denn es könnte meine Familie sein.«

Meine Augen weiten sich vor Grauen. Auch das quittiert er mit einem Lächeln.

»Mach's gut«, sagt er, an Jana gewandt. Er drückt noch ihre Hand zum Abschied. Dann steht er auf und schlendert ein Stück die Straße hinab. Dort verschwindet er hinter einem Auto und taucht nicht wieder auf. Sekunden später sehe ich einen unscheinbaren Spatz in die Lüfte steigen. Obwohl ich weiß, dass er grüne Augen hat, bin ich fast traurig darüber, dass ich es nicht sehen kann. Und diese Erkenntnis trifft mich härter als ich zugeben will. Ich habe immer noch genug Gefühle, um den Verlust zu spüren, wenn ich schon wieder einen Freund verliere. Falls ich ihn jemals hatte.

***

Ich pfeife auf das Fitnessstudio. Stattdessen begleite ich Jana nach Hause und versuche dabei, mich auf ihr neues Wesen einzustellen. Es ist seltsam, sie so zu erleben. Aus ihrem Mund kommt während des gesamten Weges keine einzige Gehässigkeit, aber auch ihre Schlagfertigkeit und die erotische Zickigkeit sind verschwunden. Es scheint ihr nicht viel auszumachen, dass der schöne Christian von dannen gezogen ist. Genauso wenig wie die Tatsache, dass ich ihn vertrieben habe. Sie ist nicht einmal mehr neugierig genug, um erfahren zu wollen, was hinter unserem seltsamen Gespräch steckt.

Die ganze Zeit über beobachte ich sie aus den Augenwinkeln. Selbst ihr Gang hat sich verändert. Ihr Hinterteil bewegt sich jetzt ruhiger, ihre Brüste wirken kleiner, weil sie sie nicht mehr herausstreckt. Wir reden über das Wetter und über die Frage, ob morgen eine Klausur in Geschichte ansteht. Jana sagt, dass sie das Grundwissen bis Seite hundertfünfzig gelernt hat und nicht weiß, ob die politische Ordnung des Imperium Romanum abgefragt werden würde oder nicht. Dabei wirkt sie, als sei es ihr ohnehin gleichgültig. Aber sie ist nicht ansatzweise so gruselig und kalt wie Sylvias Vater. Das beruhigt mich ein wenig. Denn immerhin war ich der Auslöser dafür, dass sie ausgesaugt wurde.

»Jana«, sage ich zu ihr, als ich sie vor ihrer Haustür abliefere. »Es tut mir leid, dass du Christian kennen gelernt hast. Ich wünschte, du wärst heute an der Schule gewesen.«

»Schon okay«, antwortet sie, ohne ihre Gesichtsmimik in Anspruch zu nehmen. »Ich hole morgen alles nach, was ich verpasst habe.«

Wenn sie nur wüsste, wie unmöglich das ist.

Nachdem Jana ohne weitere Worte in ihrem Elternhaus verschwunden ist, werfe ich einen Blick auf meine Uhr. Es ist kurz vor zwei. Ich könnte nun zu Sylvia gehen, aber ich will nicht. Da ich ohnehin den ganzen Abend als Security an ihrem Bett verbringen werde, habe ich später noch genug Zeit, um mit ihr zu reden. Wohin ich stattdessen will, sagt mir mein Bauch ganz deutlich.

Ich schreibe eine SMS an Jakob:

Kannst du mich heute in Biedenkopf mitnehmen? Stehe um 14.45 Uhr am Marktplatz.

Dann mache ich mich auf den Weg zu Erik.

Seine Mutter öffnet mir die Tür und schenkt mir sofort ihr offenes Lächeln. Scheinbar hat Erik sie noch nicht darüber informiert, dass ich ein Flittchen bin und einen neuen Freund habe. Jetzt, da Jakob ihn aus der Armee ausgeschlossen hat, hätte er das eigentlich tun können, denn es gibt für ihn keinen Grund mehr, seinen oder meinen Eltern etwas vorzumachen. Aber Erik wäre nicht er selbst, wenn er keine Hintertürchen in seine Zukunftspläne einbauen würde. Es sieht also so aus, als ginge das Spielchen zumindest auf dieser Ebene weiter.

»Guten Tag Frau Sommer«, sage ich. »Kann ich Erik besuchen?«

»Aber natürlich, komm rein, Melek!«, flötet sie. Dann weist sie nach oben zu seinem Zimmer und flüstert hinter verdeckter Hand: »Ich mach mir Sorgen. Er hat sonst nie Migräne. Und den ganzen Tag über sind schon die Jalousien zu. Vielleicht kannst du ihn ja aufheitern ...«

Ich verspreche, mein Bestes zu geben und poltere hinauf zu Erik, damit er gleich merkt, dass Besuch im Anmarsch ist. Etwas zaghafter klopfe ich an seine Tür.

»Ist offen«, höre ich Eriks Stimme. Sie klingt etwas belegt.

Ich trete ein und brauche eine Weile, um mich in dem dunklen Zimmer zurechtzufinden. Die Rollläden sind tatsächlich bis auf wenige Spalten geschlossen, aber die Fenster stehen weit auf, sodass die Geräusche vom Marktplatz hereindringen. Ein leicht süßlicher Geruch, den ich nicht gleich zuordnen kann, hängt in der Luft. Erik liegt in seinem Bett, die Decke bis über die Ohren gezogen. Als er mich erkennt, richtet er sich nicht auf, sondern kneift die Augen zu und verkriecht sich noch weiter unter seiner Decke. »Oh, Melek«, stöhnt er.

Ich schließe die Tür.

»Hast du wirklich Migräne?«

»Nein.«

»Warum liegst du dann hier im Dunkeln?«

Als keine Antwort kommt, gehe ich zum Fenster und ziehe einen Rollladen hoch. Erik blinzelt, als das Sonnenlicht auf sein Gesicht fällt. Seine Haare sind verstrubbelt und sein Gesicht etwas bleich. Ich setze mich auf die Bettkante und wuschele ihm über den Kopf. Dann warte ich auf meine Antwort. Geduld scheint eine neue Stärke von mir zu sein.

»Ich habe die letzte Nacht mit dem Schuster verbracht«, murmelt Erik schließlich.

Ich bin verwirrt.

»Mit dem Schuster? Walter Dönges?«, frage ich begriffsstutzig.

Er nickt. »Und es ließ sich nicht vermeiden, den einen oder anderen Whisky Cola mit ihm zu trinken. Ehrlich, Melek, ich hab versucht, mich dagegen zu wehren. Aber er ist unglaublich geschickt darin, Leuten das Zeug unterzujubeln.«

»Das heißt: Du schläfst gerade deinen Rausch aus«, stelle ich fest.

»Ja ... tut mir leid.«

Ich schüttele irritiert den Kopf. Wahrscheinlich musste der Schuster nicht sonderlich oft nachschenken. Mehr als zwei oder drei Gläser kann Erik nicht gehabt haben, denn ich habe ihn noch nie Alkohol trinken sehen und entsprechend wenig wird er vertragen. Ich frage mich, warum er überhaupt dabei mitgemacht hat.

»Hast du erfahren, was du erfahren wolltest?«, frage ich.

Erik kneift die Augen zusammen und reibt sich angestrengt die Stirn.

»Ich kann deinen Gedanken noch nicht ganz folgen«, behauptet er.

»Oh doch, das kannst du«, sage ich. »Es gibt nur einen Grund, weshalb du dich von Dönges zum Trinken verleiten lassen würdest: Um an eine Information oder eine Sache heranzukommen, die er dir ohne dieses Ritual nicht gegeben hätte.«

Erik starrt mich an, als hätte ich ihn vor den Kopf geschlagen. Dann setzt er sich plötzlich auf, fasst mein Gesicht mit beiden Händen und dreht es ins Licht. Eine Weile betrachtet er mich stirnrunzelnd.

»Du bist irgendwie anders«, murmelt er. »Du denkst klarer und du siehst auch verändert aus. Was ist passiert?«

Ich entferne seine Hände von meinen Wangen und wende mich ab. Dass auch ich mich durch Levians Kuss für andere spürbar verändert habe, hätte ich nicht gedacht. Wahrscheinlich ist der Unterschied zu früher so gering, dass kaum jemand es wahrnehmen wird. Aber Erik kann ich nichts vormachen. Das konnte ich noch nie. Mich überkommt der Wunsch, ihm zu erzählen, was jede Nacht in meinem Zimmer passiert ist, während er draußen im Wald saß und sich Zecken eingefangen hat. Die ganze verworrene Geschichte mit all ihren Einzelheiten, von denen er manche verstehen würde und andere nicht – genauso wenig wie ich selbst. Erik gehört nicht mehr zur Armee, was wahrscheinlich bedeutet, dass Finn ihn auch nicht mehr anzapfen wird, bevor sein Talent erwacht. Und falls die anderen Recht haben, wird das erst in einigen Jahren oder nie der Fall sein. Die Chance, dass mein Geheimnis bei ihm sicher ist, ist also hoch. Deshalb kann ich es wagen, ihn einzuweihen. Ich wundere mich selbst darüber, wie analytisch ich denke und meine Entscheidungen fälle. Bis gestern war mir das viel schwerer gefallen. Und nun, mit einer Portion Emotionen weniger, geht plötzlich alles ganz leicht.

»Gut«, sage ich und sehe ihm wieder in die Augen. »Wenn du die Wahrheit wissen willst, erzähle ich sie dir. Aber einige Dinge werden dich auch verletzen.«

»Nicht mehr als ich aushalten kann«, antwortet Erik. Ich hoffe, er behält damit Recht.

Also schütte ich mein Herz aus. Ich fange dort an, wo ich aufgehört habe, ehrlich zu sein: Bei dem Wolf auf dem Hohenfels, seiner Rettungsaktion und seinem furchtbar tiefen Blick, der nichts anderes als ein Dschinn-Zauber war. Ich erzähle Erik, welche Gewissensbisse ich wegen Tina hatte und wie das Eichhörnchen nachts über meinen Computer mit mir kommuniziert hat, wie Levian mich in Pferdegestalt zu dem Teich entführt hat, sich als Mensch zeigte und wie unglaublich gut er aussah. Nicht einmal seine Annäherungsversuche und meine geringe Gegenwehr verschweige ich. Dann mache ich eine kurze Pause, um in Erfahrung zu bringen, wie Erik das Ganze wegsteckt. Ich habe nicht seine Feinfühligkeit, um solche Informationen allein aus seinem bleichen Gesicht zu lesen. Ich brauche Rückmeldungen.

»Kannst du … kannst du mir so weit folgen?«, frage ich etwas unbeholfen. Doch aus irgendeinem Grund will Erik mir nicht geben, was ich gerade brauche. Seine Miene bleibt unbewegt.

»Natürlich kann ich das. Erzähl weiter«, sagt er stumpf.

Also mute ich ihm auch den Rest zu: Das Training zur Abwehr von Psychoangriffen, das Pokern um Sylvia und jeden einzelnen Kuss, den es zwischen dem Dschinn und mir gab. Bis zum Letzten, der mir genug Gefühle geraubt hat, um mich zu verändern. Dann beende ich meine Rede und sehe auf die Uhr: In zehn Minuten wird Jakob mich unten am Marktplatz abholen. Und Erik wird hier bleiben, mit der ganzen Last, die ich ihm eben auferlegt habe. Mein Timing ist denkbar schlecht.

Erik hat seine unbewegliche Miene bis zum Schluss beibehalten. Erst meine letzten Worte über den Unfall von letzter Nacht, haben etwas bewirkt. Er blinzelt, aber diesmal liegt es nicht an der Sonne. Ich kann sehen, dass seine Augen feucht sind. Er fasst noch einmal an meine Wange, streicht mit dem Daumen über meine Haut. Sein Blick flattert wie ein Schmetterling über mein Gesicht, als sei er auf der Suche nach einer vertrauten Regung meiner Mimik. Eine Spur von Hysterie liegt in seinem Ausdruck. Keiner von uns sagt etwas. Ich weiß nicht, wie ich ihn beruhigen könnte. Und Erik selbst hat scheinbar keine Worte für seine Verzweiflung. Das ist mehr als ungewöhnlich für ihn. Vielleicht liegt es aber auch einfach am Restalkohol.

Als sein Gesicht sich meinem nähert, lasse ich es zu. Ich fühle mich wie in einer Luftblase gefangen und ich weiß: Egal, was nun passiert, sie wird in wenigen Minuten platzen. Dann ist alles vorbei und ich gehe hinaus auf den Marktplatz und steige in Jakobs Land Rover. Dann hat es keine Bedeutung, ob Erik seine Lippen auf meine gedrückt hat. Wenn es sein Leiden lindert, soll es mir recht sein. Ich habe mich von einem Dschinn küssen lassen, wie sollte mir da mein bester Freund gefährlich werden können. Meine Hemmschwelle, Grenzen zu überschreiten, ist so niedrig wie nie zuvor.

Es ist, als würde ich neben mir stehen und fasziniert dabei zusehen, wie Erik die Augen schließt und seine Stirn an meine presst. Ich sehe, wie seine Schultern beben, wie er unmerklich den Kopf schüttelt. Sein Mund haucht einen Kuss auf meine Wange, meinen Mundwinkel, meine Lippen. Ich spüre seine Wärme, rieche seinen Atem, seine Whiskyfahne, die mich seltsamerweise nicht stört. Seine Haare kitzeln mich im Gesicht. Das Schlimmste an der Sache ist, dass mir all das völlig gleichgültig ist. Ich lasse es geschehen, weil ich glaube, dass es Erik hilft, das eben Gehörte zu verarbeiten. Aber es berührt meine Seele nicht.

Da öffnet er die Augen und sieht mich forschend an.

»Ausatmen!«, flüstert er.

Ich tue ihm den Gefallen und merke, dass er die Luft einsaugt, die aus meiner Nase strömt.

»Jetzt du!«, murmelt er.

Ich koste noch einmal von dem süßlichen Alkoholgeruch, der von ihm ausgeht, wahrscheinlich ohne dass er sich dessen bewusst ist. Es macht mir auch in dieser Intensität nichts aus. Dafür ist Erik mir mittlerweile viel zu vertraut.

Als ich das nächste Mal ausatme, schließt er wieder die Augen und seine Lippen finden meine. Diesmal ist ihre Berührung härter und fordernder. Ich weiß nicht, warum ich meinen Mund öffne, aber plötzlich berühren sich unsere Zungenspitzen und umkreisen sich. Meine Nervenbahnen senden einen kleinen Blitz hinunter in meinen Magen. Dort schlägt er ein und setzt meine Schleimhäute in Brand. Etwas in der Art muss es sein. Ich bin verwirrt. Die Hitze dringt nach unten bis in meine Zehen und nach oben in meine Wangen. Gänsehaut bildet sich auf meinen Armen. Erik spürt es. Er lässt von mir ab und zieht sich ein Stück zurück. Dann betrachtet er mich forschend. Eine Weile schauen wir uns nur an. Dann fällt mir nichts Besseres ein, als wieder auf die Uhr zu sehen.

»Ich muss los, tut mir leid«, murmele ich.

»Ich weiß«, sagt Erik und drückt meine Hand.

»Komm heute Abend zu Sylvia. Ich hab Nachtwache. Dort können wir weiterreden.«

Er nickt.

Ich stehe auf und gehe zur Tür. Doch bevor ich die Klinke drücke, fällt mir noch etwas ein und ich drehe mich wieder um.

»Was wolltest du denn nun von dem Schuster?«, frage ich.

Erik sitzt immer noch in der gleichen Position auf seinem Bett, die Haare zerrauft und mit einem grüblerischen Zug um den Mund. Er sieht aus, als wolle er die Antwort für sich behalten. Aber dann entschließt er sich doch, die Wahrheit herauszurücken, vielleicht weil ich gerade ebenso ehrlich zu ihm war.

»Wissen, wie man zum Rambo wird. Und die Ausrüstung dafür kriegen«, sagt er.

Ich bekomme keinen Ton heraus. Bei der Vorstellung, wie Erik allein gegen einen Dschinn antritt, wird mir heiß und kalt.

»Willst du dich umbringen?«, krächze ich.

»Nein. Ich will das Gleiche tun wie immer.«

»Mich beschützen?«

Wieder nickt er nur.

»Erik ...«, fange ich an, doch er unterbricht mich mit einem Wink zum Fenster.

»Da draußen steht ein Geländewagen voller Leute, Melek. Ich schätze, du musst gehen. Bis heute Abend.«

Ich atme tief aus und schlucke alles hinunter, was mir auf den Lippen liegt. »Okay«, sage ich dann und renne die Treppe hinunter.

***

Als ich in Jakobs Auto steige, wirft er mir einen genervten Blick zu und tippt auf seine Armbanduhr.

»Entschuldige«, sage ich. Aber es kommt mir nicht leicht über die Lippen, denn ich bin nur zwei Minuten zu spät. Wahrscheinlich weiß Jakob, wo ich gewesen bin und sein Ärger hat in Wahrheit einen anderen Grund. Ich quetsche mich zwischen Nils und Sylvia auf den Rücksitz. Finn hat es sich auf dem Beifahrersitz bequem gemacht. Er wirft mir einen aufmunternden Blick zu, den ich nur schwer erwidern kann. Immer wenn ich ihn sehe, bekomme ich leichte Beklemmungen und rechne damit, dass die Telepathie-Schnittstelle an meinem Hinterkopf zu vibrieren beginnt.

Sylvia lächelt mir ebenfalls zu, doch ihre Gesichtszüge wirken aufgesetzt. Sie fasst meine Hand und tätschelt sie, wie sie es immer macht. Noch während Jakob ausparkt, merke ich, dass sie dabei heimlich meine Finger auf ihren Sensor presst. Sie hält den Kopf gesenkt, damit niemand mitbekommt, dass sie mich durchcheckt.

»Nicht so schlimm«, sagt Sylvia, als sie meine Hand loslässt. Ihre Augen sind ganz groß vor Erleichterung. Dann schiebt sie noch einen Satz hinterher, der für die anderen gedacht ist: »Jeder kommt mal zu spät. Stimmt doch, Jakob, oder?«

Wie klug sie ist! Ich habe noch nie eine Dreizehnjährige erlebt, die so geschickt Gespräche manipulieren kann. Wenn ihre Fähigkeiten tatsächlich auch als Orakel so herausragend sind, kann ich verstehen, dass die Dschinn sie loswerden wollen.

Jakob gibt ein unverständliches Brummen von sich und fährt schweigend weiter. Wir anderen passen uns seiner Stimmung an, nur Sylvia lässt sich davon nicht beeindrucken und quasselt in einem fort. Zuerst höre ich ihr aufmerksam zu, doch nach ein paar Minuten wird mir klar, dass sie keine versteckten Botschaften mehr an mich sendet, sondern einfach die Alleinunterhalterin spielt, wie so oft. Auch das ist in gewisser Weise ihre Aufgabe: für eine heitere Geräuschkulisse zu sorgen, während der Rest von uns seinen düsteren Gedanken nachhängt. Damit gibt sie uns die Möglichkeit, uns in uns selbst zurückzuziehen und zu schweigen. Im Grunde ist Sylvia unser Antidepressivum. Ob irgendwer außer mir das erkennt, weiß ich nicht.

Wir fahren wieder auf die Schutzhütte nach Eckelshausen, wo die anderen sieben Talente schon auf uns warten. Mir fällt auf, dass Tina und Henry allein mit Tinas Schrottkiste gekommen sind. Sie stehen etwas abseits an das Auto gelehnt und sind in ein Gespräch vertieft. Als sie den Land Rover sehen, strafft Henry die Schultern und richtet sich auf. Tina drückt ihm freundschaftlich den Arm und schiebt ihn dabei unauffällig in unsere Richtung. Es sieht ein wenig so aus, als wollte sie ihn aufmuntern. Wahrscheinlich hatte Henry wieder Ärger mit seinem ewig unzufriedenen Vater.

Das heutige Training verläuft schleppend. Es dauert ewig, bis alle Ausrüstungsgegenstände zusammengesucht sind und jeder in seiner Schutzausrüstung steckt. Am Himmel stehen heute genug graue Wolken, um Regen fürchten zu müssen. Dieser Umstand drückt noch mehr auf unsere ohnehin schon trübe Stimmung. Zumindest schwitze ich nicht unter meiner Paintball-Ausrüstung.

»Du solltest mal wieder mit deiner Schleuder trainieren«, teile ich Sylvia so unverfänglich wie möglich mit.

»Gute Idee«, sagt sie und grinst. Aber als sie mit ihrer Waffe zum Schießstand hinübergeht, sind ihre Bewegungen steif und gezwungen. Ich nehme mir vor, ihr noch vor dem Abend zu sagen, was am Samstag passieren soll. Im Moment denkt sie wahrscheinlich, dass sie sich allein gegen die Dschinn verteidigen muss. Und wer sagt mir eigentlich, dass es nicht so sein wird? Nach der heutigen Begegnung mit Levian und der offenen Drohung, die er mir gegenüber ausgesprochen hat, kann ich mir kaum vorstellen, dass er weiterhin hinter seinem Wort steht und Sylvia beschützt. Falls ich damit Recht behalte, war alles umsonst, was ich die letzte Woche getan habe: die Geheimniskrämerei gegenüber der Armee, die schlaflosen Nächte, die geraubten Gefühle. Für nichts und wieder nichts.

Henry reißt mich aus meinen Gedanken, indem er zweimal danebenschießt. Erst beim dritten Schuss erwischt er Nils am Rücken. Ein paar der Talente stoßen einen erschrockenen Zischlaut aus.

»Verdammt, was soll das denn?«, entfährt es Nadja. Zuerst wundere ich mich über ihre aufbrausende Ausdrucksweise. Dann fällt mir ein, dass Nadja im normalen Kampf rechts außen in der Formation steht. Damit ist Henry ihre wichtigste Deckung. Versagt er im Kampf, so kann es sie das Leben kosten. Aber beim Teichfest wird sie als Liebestöter fungieren und das Risiko, dass Henry sie beschützen muss, ist relativ niedrig. Ich finde es nicht fair von ihr, dass sie ihn unter Druck setzt. Die anderen sehen es wohl genauso, denn sie halten sich mit Kommentaren zurück.

Jakob geht zu Henry und nimmt ihm das Gewehr aus der Hand. Er inspiziert es kurz von allen Seiten und drückt es dann mir in die Hand.

»Versuch du dein Glück«, sagt er.

Ich stelle mich in Position und gebe Nils ein Zeichen, dass er losrennen kann. Nils sprintet in den Wald, schlägt einige Haken und bleibt dann einen Moment zu lang parallel zu mir. In dem Moment drücke ich ab und treffe seinen Helm, seine Schulter und seine Hüfte in direkter Linie. Genau darauf hatte ich gezielt. Nils bleibt stehen und hinkt kopfschüttelnd zu uns zurück. Ich beneide ihn nicht um seinen Job. Die anderen sehen schweigend in Jakobs Richtung und warten auf eine Entscheidung. Spätestens jetzt ist jedem klar, dass es nicht am Gewehr lag.

»Was ist los?«, will Jakob von Henry wissen.

»Ich weiß nicht«, sagt Henry. »Vielleicht verlässt mich mein Talent.«

Dafür ist er mit achtzehn Jahren eigentlich noch zu jung. Aber die Möglichkeit besteht trotzdem.

»Ein denkbar schlechter Zeitpunkt dafür«, sagt Jakob.

In dem Moment mischt sich Tina ein und stellt sich neben Henry. Ich kann sehen, dass sie dabei mit ihrem Ellbogen seinen Rücken streift. Eine Berührung, die wie zufällig wirkt und trotzdem ganz gezielt ausgeführt ist, um ihm Kraft zu geben.

»Es liegt nicht daran«, sagt sie zu Jakob. »Es liegt an Albert. Er setzt ihn wegen Samstag dermaßen unter Druck, dass Henry keine Nacht mehr schlafen kann.«

So etwas hatte ich vermutet. Alberts Art, uns für den Kampf zu stählen, geht jedem von uns an die Nieren. Im Grunde habe ich ihn nur ein einziges Mal freundlich erlebt und das war bei meinem ersten Besuch im Fitnessstudio, als er noch nicht sicher sein konnte, ob ich der Armee beitrete oder nicht. Seit ich gezeichnet bin, habe ich nur noch negative Rückmeldungen von ihm erhalten. Ich will mir gar nicht vorstellen, wie es Henry ergeht, der den Ehrgeiz seines Vaters täglich zu spüren bekommt.

»Das ist schlecht«, sagt Jakob. »Ich werde mit Albert reden. Wenn es sein muss, ziehst du einige Zeit von zu Hause aus. Dein Problem müssen wir vor Samstag in den Griff kriegen, sonst sind wir aufgeschmissen. Versuch dich zu entspannen und schieß noch einmal!«

Weder Henry noch Nils sehen allzu begeistert aus, dass sie die Vorstellung von vorhin wiederholen müssen. Henry, weil er Angst hat, wieder daneben zu schießen und Nils, weil er Angst hat, getroffen zu werden. Trotzdem fügen sich beide dem Befehl und gehen wieder auf ihre Posten.

Diesmal läuft Nils so schlecht wie selten zuvor. Er kämpft definitiv mit den blauen Flecken, die ich ihm gerade zugefügt habe. Vielleicht hat er sich aber auch in sein Schicksal gefügt und will Henry die Gelegenheit geben, ihn zu treffen. So etwas können nur Talente: das Selbstbewusstsein des anderen aufbauen, indem man selbst Schmerzen auf sich nimmt.

Aber es ist umsonst. Henry schießt wieder zweimal daneben. Der dritte Schuss schlägt gerade mal so eben in Nils Ferse ein. Jeder von uns, selbst Nadja oder Sylvia, hätte ihn besser getroffen. In diesem Zustand ist Henry alles andere als ein Volltreffer. Ich sehe an Jakobs Miene, dass er den gleichen Gedanken hat. Sein Blick schwenkt kurz zu mir herüber und er runzelt die Stirn. Dann ruft er Kadim und Sylvia, die mit Henry in die Schutzhütte gehen sollen, um ihn durchzuchecken. Mit hängenden Schultern schleicht Henry hinter den beiden her. Er tut mir unendlich leid.

Jakob gibt Lennart und mir ein Zeichen, ihm zu folgen und weist die anderen an, weiter zu trainieren. Dann zieht er uns auf die Seite und teilt uns seine Entscheidung mit.

»Laut Plan decken Henry und ich am Samstag den wichtigsten und gefährlichsten Waldabschnitt ab«, sagt er zu Lennart. »Das können wir jetzt vergessen. Ich brauche Melek dafür. Nimm du mit Henry den hinteren Abschnitt. Vielleicht kriegt er sich bis dahin wieder ein. Außerdem hat er seinen Bogen. Mit dem wird er besser klarkommen als mit dem Gewehr. Sollte es nicht so sein ... dann sieh zu, was du für ihn tun kannst. Aber bring dich nicht in zusätzliche Gefahr.«

Ich muss schlucken. Jakob entscheidet gerade zum Wohl der Armee und das ist seine Aufgabe. Trotzdem setzt er Henrys Leben aufs Spiel. Und damit auch das von Lennart, dem auf einen Blick anzusehen ist, was er von der Sache hält.

»Warum positionierst du ihn nicht auf dem Fest und nimmst ein anderes Talent in den Wald?«, frage ich.

»Weil mit Henry zumindest noch die Hoffnung besteht, dass er am Samstag trifft. Wen sollte ich stattdessen in den Kampf schicken? Nadja, Mike, Nils? Sie sind allesamt furchtbare Schützen.«

»Tina«, sage ich.

Nun stemmt Jakob die Hände in die Hüften und funkelt mich zornig an.

»Tina ist verletzt!«, sagt er.

»Aber sie kann schießen!«

Der Blick, mit dem er mich jetzt straft, ist zu viel. Ich halte meinen Mund und nicke. Jakob zieht eine Augenbraue hoch, um zu prüfen, ob ich noch mehr auf Lager habe. Ich ringe um Worte, wie Erik gestern im Fitnessstudio, aber im Gegensatz zu ihm bringe ich es nicht fertig, meine Meinung auszusprechen.

»Alles klar … Hauptmann«, ist alles, was ich hervorkriege. Doch das reicht aus, um die bekannte Furche auf Jakobs Stirn hervorzurufen. Er schenkt mir einen missbilligenden Blick und wendet sich dann wieder Lennart zu.

»Falls die Dschinn von hinten kommen …«

In dem Moment schrillen zwei durchdringende Pfiffe über die Wiese. Sylvia steht vor der Schutzhütte und deutet zu dem Waldweg, auf dem unsere Autos stehen. Mir schießt sofort das Adrenalin ins Blut. Zuerst wappne ich mich für einen Kampf, doch dann registriere ich, dass es zwei kurze Pfiffe waren. Wanderer oder Spaziergänger also.

Ich schaue in Jakobs Richtung.

»LARP-Waffen raus?«, frage ich.

Er bleibt ziemlich ruhig, deshalb werde ich es auch.

»Nein«, sagt er. »Paintball ist auch okay. Nicht ganz legal, aber unverfänglich.«

Dann rennt er hinüber zu den anderen und gibt die Anweisung, alle echten Waffen, die noch im Umlauf sind, in den Bunker zu werfen. Einige Pistolen und Messer werden weggeräumt und die Fallgrube verschlossen. Dann stehen wir da und warten. Auch die Orakel haben ihre Sitzung in der Schutzhütte unterbrochen und sich zu uns gesellt.

»Das wird nicht ganz einfach«, prophezeit Sylvia. »Es sind Bekannte.«

»Von wem?« will Jakob wissen.

Sylvia schüttelt den Kopf. »Ich weiß nicht.«

Wir hören den Motor eines Wagens auf dem Weg. Wenig später biegt das Auto um die Ecke und ich halte unwillkürlich die Luft an. Auch die anderen werden etwas bleich um die Nase. Es ist ein Polizeiwagen. Er parkt hinter Jakobs Land Rover und versperrt damit den Weg nach hinten.

»Nette Vorsichtsmaßnahme«, kommentiert Jakob das Manöver. Seine Stimme klingt fast spöttisch. Er hat nicht halb so viel Respekt vor den Ordnungshütern wie wir anderen. Wahrscheinlich weil er jeden einzelnen Veteranen kennt, der des Nachts klammheimlich unsere Führungszeugnisse und Vorstrafen ändern kann. Jedenfalls lässt durch sein Verhalten auch die Anspannung der anderen etwas nach. Die Vordertüren des Wagens öffnen sich und zwei Polizeibeamte steigen aus. Dann gehen auch die Hintertüren auf und heraus kommen meine Eltern. Mein Herz sackt mir in die Hosentasche. Viel intensiver und schmerzhafter, als ich das von den letzten Stunden meines Lebens gewöhnt bin. Mir bleibt keine Zeit, weiter darüber nachzudenken, denn meine Eltern haben mich erkannt und zeigen mit dem Finger auf mich. Die vier Besucher setzen sich in Bewegung und kommen über die Wiese auf uns zu.

»Melek, an meine Seite!«, kommandiert Jakob. Ich husche zu ihm hinüber und fasse seine Hand. Falls jemand von den anderen Talenten davon irritiert ist, lässt es sich niemand anmerken.

»Ich denke, du wirst mitgehen müssen«, flüstert Jakob. »Heute Abend zur Nachtwache hole ich dich ab. Halte dich um neun an deinem Fenster bereit. Wir können deinen Dienst nicht tauschen, weil wir anderen in die Clubs ziehen müssen.«

»Okay«, flüstere ich zurück, ohne ihn anzusehen. Mein Magen fährt Karussell. Warum ist das plötzlich so? Ich kann meinen Eltern kaum in die Augen sehen, als sie mit den Polizisten vor uns stehen bleiben.

»Melek!« Meine Mutter seufzt. »Warum tust du uns das an?«

Mein Vater schüttelt nur fassungslos den Kopf und starrt in die Runde. Ich muss schon wieder gegen die Tränen ankämpfen.

»Ich … ich liebe Jakob«, sage ich. »Ihr könnt mir nicht verbieten ihn zu sehen!«

»Na, da wäre ich mir aber nicht so sicher, junge Dame«, sagt einer der Polizisten, ein breitschultriger Typ mit Glatze. Er geht auf Jakob zu und streckt ihm fordernd die Hand entgegen. Ich verstehe nicht, was er will, aber Jakob scheint die Prozedur zu kennen. Er öffnet seinen Schutzanzug, greift in die Innentasche seiner Jacke und zieht seinen Personalausweis hervor. Dabei hält er dem Blick des Beamten die ganze Zeit stand. Es sieht aus, als wolle er ihn provozieren.

Der Polizist nimmt den Ausweis und geht damit zurück zu seinem Auto. Währenddessen inspiziert sein Kollege unsere Waffen und den angrenzenden Wald.

»Paintball also«, sagt er dann und stemmt die Hände in die Hüften. »Haben Sie dafür eine Genehmigung?«

»Nein«, sagt Jakob.

»Dann verstoßen Sie gerade gegen das Waffengesetz!«

»Das mag sein.«

Der Polizist brummt etwas, dreht sich weg und murmelt in sein Funkgerät. Dann befiehlt er uns, alle Waffen auf einen Haufen zu legen und mit ihm zum Polizeiauto zu kommen. Jakob zieht mich an der Hand neben sich her, die anderen folgen uns schweigend in einigem Abstand. Erst jetzt bemerkt der Polizist Sylvia, die sich bisher hinter Rafail und Lennart versteckt hatte.

»Herrje, wie alt bist du denn?«, will er wissen.

»Dreizehn«, verrät sie. »Aber ich gehöre hier eigentlich nicht dazu. Jakob ist mein Nachbar und ich durfte nur ausnahmsweise mit – zum Zuschauen.«

Wieder einmal ein kluger Schachzug von Sylvia. Sie weiß schon, was sie sagen muss, um nicht ins Kinderheim verfrachtet zu werden. Und da sie als Einzige keinen Schutzanzug trägt, wird der Polizist ihr vermutlich glauben.

Meine Eltern stehen uns mit verschränkten Armen gegenüber, als der Polizist mit der Glatze Jakobs beeindruckendes Vorstrafenregister verliest.

»Schwerer Diebstahl, Beihilfe zum schweren Diebstahl, Einbruch, Verstoß gegen das Betäubungsmittelgesetz und mehrmaliger Verstoß gegen das Waffengesetz. Du kannst es einfach nicht lassen, was? Kaum auf Bewährung draußen und schon geht's wieder rund.«

Jakob sagt kein Wort. Aber er hält weiter meine Hand, obwohl er sie nun eigentlich loslassen könnte. Ich spüre, dass seine Handflächen schwitzen.

»Was sind das eigentlich für Kinder hier?«, fragt der Beamte weiter und deutet auf Nils, Sylvia, Nadja und mich. »Paintball ist erst ab achtzehn erlaubt. Und das nur in ausgewiesenen Schießstätten. Was denkst du dir eigentlich dabei, Junge?«

Er starrt Jakob fragend an und schüttelt dabei fassungslos den Kopf. Meine Eltern vollführen exakt die gleichen Bewegungen. Jakobs Gesicht ist vollkommen unbewegt, als er antwortet.

»Keiner von denen hat geschossen«, sagt er. »Nur ich. Auf ihn.« Er deutet auf Nils, der unschwer als Opfer zu erkennen ist, weil er über und über mit Farbe bekleckert ist. Wir können froh sein, dass die Polizei so früh gekommen ist, denn später wären auch andere Talente eingesprungen und hätten den Dschinn für die weniger guten Schützen gespielt. So aber kann niemand beweisen, dass mehr als ein Schütze am Werk gewesen ist.

Ich drücke Jakobs Hand und er drückt zurück.

Die Polizisten und meine Eltern echauffieren sich noch eine Weile, aber am Ende ist klar, dass es den wenigsten von uns an den Kragen gehen wird. Dafür fehlt es einfach an Beweisen. Aber die Waffen werden konfisziert und der Polizist fordert zwei weitere Streifenwagen an, um die Minderjährigen, meine Eltern und mich nach Hause zu bringen. Ich muss Jakobs Hand loslassen, als sie ihn nach Waffen untersuchen und ihm sein Silbermesser wegnehmen. Dann lesen sie ihm seine Rechte vor, legen ihm Handschellen an und verfrachten ihn in das Polizeiauto.

»Denk daran, was ich dir gesagt habe, Engelchen«, erinnert er mich, bevor die Tür zwischen uns zugeschlagen wird. Ich habe zwar keine Ahnung, wie er bis heute Abend auf freien Fuß gelangen will, aber ich vertraue ihm einfach blind.

»Ich liebe dich auch«, antworte ich. Da huscht ein Lächeln über sein Gesicht, das ihn beinahe vergnügt aussehen lässt.

Das Leben könnte so einfach sein, wenn ich kein Talent wäre und er nicht mein Anführer. Was gäbe ich darum zu wissen, welche Pläne das Schicksal noch mit uns hat.

Freunde sind nicht immer das, wofür sie sich ausgeben

Um Punkt neun Uhr abends stehe ich in Schutzanzug und Lederjacke verpackt an meinem kaputten Fenster und starre hinaus in den Wald. Meine Eltern haben es nicht einmal für nötig gehalten, ein paar Bretter oder einen Pappkarton einzusetzen, um die zerbrochene Scheibe zumindest halbwegs zu ersetzen. Seit sie Jakob mitten in der Nacht an meinem Bett entdeckt haben, strafen sie mich mit Missachtung – und empfinden es wahrscheinlich als gerechte Strafe, dass ich ein paar Tage vor Kälte zitternd in meinem Zimmer aushalten muss. Wenn Sie wüssten, wie froh ich über die Möglichkeit zur ungehinderten Flucht bin!

Nach der Polizeiaktion beim Paintball heute Nachmittag sind meine Eltern nun der irrigen Meinung, dass mein asozialer Freund für die nächsten drei Jahre ins Gefängnis wandert und ich dadurch wieder auf den rechten Weg zurückgeführt werde. Sie glauben tatsächlich, damit hätte es sich erledigt. Während der kraftraubenden Diskussion, die auf dem Heimweg anfing und auch danach noch andauerte, haben sie ihr Bestes gegeben, mir das Leben ohne Jakob schmackhaft zu machen und mich von der Notwendigkeit dieses Schritts zu überzeugen. Ich habe so getan, als würde ich darüber nachdenken. Aber in Wahrheit war mein einziges Bestreben, rechtzeitig auf mein Zimmer zu verschwinden. Nun habe ich die Tür von innen abgesperrt und hoffe, dass sie ausgelaugt genug sind, um mich für den Rest der Nacht in Ruhe zu lassen.

Um fünf nach neun höre ich vom Laub gedämpfte Schritte und eine Minute später steht Jakob unter meinem Fenster. Er hat ein Lasso unter dem Arm, das fast exakt dem meines Vaters gleicht.

»Bist du bereit?« raunt er zu mir nach oben.

»Ja«, wispere ich zurück.

»Befestige die Schlinge an deinem Heizkörper!«

Er macht einen Schritt zurück, rollt das Seil auf und taxiert die Höhe bis zu meiner Fensteröffnung. Dann holt er aus und wirft. Die Schlinge landet direkt in meinen ausgestreckten Händen. Ich wickle sie um die Heizung, ziehe meine Fingerhandschuhe an und steige so geräuschlos wie möglich nach unten.

»Prima, Engelchen. Ich bin stolz auf dich«, sagt Jakob. Er sieht ein wenig übermütig aus und ich wüsste gern, was der Grund dafür ist. Wahrscheinlich macht es ihm einfach Spaß, in regelmäßigen Abständen die Polizei an der Nase herumzuführen. Wir schleichen durch den Wald bis zu dem Teerweg, auf dem er sein Auto geparkt hat.

»Wie bist du wieder rausgekommen?«, frage ich, nachdem ich auf dem Beifahrersitz Platz genommen habe.

»Jemand hat eine saftige Kaution für mich hinterlegt.« Jakob schmunzelt. »Das ist das Schöne daran, Anführer einer Talent-Truppe zu sein. Sie lassen dich nicht lange schmoren, denn dafür bist du zu wichtig.«

»Sie?«

»Die, die all das hier koordinieren«, sagt er knapp und startet den Wagen.

Ich verzichte auf eine Nachfrage, denn ich werde ohnehin nichts über dieses Thema herausbekommen, wenn er nicht selbst beschließt, es mir zu sagen.

»Wie geht es nun weiter?«, frage ich stattdessen.

»Bei mir: Meine Akte wird verschwinden.« Jakob wirkt ungewöhnlich frisch, obwohl er die letzten Stunden garantiert in einer Untersuchungszelle verbracht hat. »Bei dir: Deine Eltern müssen selbst entscheiden, ob sie sich mit der Sache abfinden wollen oder nicht. Bei der Truppe: Wir werden die Planung für das Teichfest noch einmal umstellen müssen.«

»Wie meinst du das?«, hake ich nach. Mir gefällt der Gedanke nicht, dass Jakob jetzt sämtliche Strategien über Bord wirft und das Fest damit mehr oder weniger unberechenbar für mich macht. Falls Levian immer noch zu seinem Wort steht, wird es damit schwieriger für ihn werden, Sylvia zu retten.

»Sylvia soll zu Hause bleiben«, sagt Jakob. »Es wird zu gefährlich und ich habe Angst, dass wir sie nicht rechtzeitig abfangen, falls irgendetwas aus dem Ruder läuft. Henry wird bei uns sein, aber ich habe Lennart gesagt, dass er sich nicht auf ihn verlassen darf, solange Henrys Talent nicht wiederkommt. Und du …« Nun fange ich den Blick seiner eisblauen Augen auf, der so intensiv ist, wie schon lange nicht mehr. »Du wirst an meiner Seite kämpfen. Das hast du die ganze Zeit über gewollt.«

Ich nicke, obwohl ich nicht sicher bin, dass er es in der Dunkelheit sehen kann.

»Ich hätte dich lieber im hinteren Abschnitt gesehen, Engelchen«, sagt er etwas gedrückt. »Niemand sollte bei seinem ersten großen Kampf an vorderster Front antreten müssen.«

»Schon okay«, sage ich. »Ich werde dir nicht zur Last fallen.«

»Es geht nicht um mich«, sagt er harsch. »Ich habe Angst, dass dir etwas passiert.«

»Mir kann jeden Tag etwas passieren.«

Er schweigt eine Weile und konzentriert sich auf die Straße.

»Genau das ist das Problem«, murmelt er schließlich, mehr zu sich selbst. »Es kann von einer Sekunde zur anderen alles vorbei sein. Deshalb ist es besser, man geht keine allzu tiefen Verbindungen miteinander ein.«

Ich bin mir nicht sicher, wen er damit überzeugen will. Sich selbst oder mich? Aber ich muss mich beherrschen, nicht nach seiner Hand zu fassen und ihm zu versprechen, dass alles gut werden wird. Die Energie, die er noch vor wenigen Minuten versprüht hat, ist einer dumpfen Melancholie gewichen. Wenn er in dieser Stimmung ist, hat Jakob eine besonders intensive Ausstrahlung auf mich. Dann bröckelt seine Mauer und ich habe das Gefühl, auf Augenhöhe mit ihm zu sein. Ich möchte ihn in den Arm nehmen und ihm sagen, dass er mir vertrauen kann, dass er sich fallenlassen soll und dass ich sein Leid mit ihm teilen möchte. Leider würde ich mir damit die Abfuhr meines Lebens einfangen. Ich fühle einen schmerzhaften Stich in meiner Brust.

Warum eigentlich?, frage ich mich schon wieder. Nach dem Unfall zwischen Levian und mir waren solche plötzlichen tiefen Gefühlsausbrüche eigentlich verschwunden. Und nun fängt es wieder an. Ist es möglich, dass ich mich von dem Kuss des Dschinn erhole? Gibt es so etwas überhaupt? Oder hat es vielleicht mit Jakob zu tun? Zumindest passiert es immer dann, wenn er in meiner Nähe ist.

»Vielleicht sollte man es genau von der anderen Seite betrachten«, sage ich.

»Wie meinst du das?«

»Na ja ... wenn jeder Tag unser letzter sein könnte, dann sollte man ihn leben, ohne auf etwas zu verzichten.«

Ganz kurz schießt sein Blick in meine Richtung, dann schaut er wieder stur nach vorn.

»Du weißt nicht, wovon du redest«, sagt er schließlich. »Wer seine Gefühle voll auslebt, gerät in eine Spirale, die alles noch schlimmer macht. Jeder Kuss, jede Berührung macht die Gefühle intensiver und die Angst größer. Das ist es nicht wert.«

Sprechen wir gerade wirklich über Liebe? Versucht Jakob mir zu erklären, warum es keine Chance für uns gibt? Ich wünschte, es wäre so. Ich glaube, ich könnte damit leben, ihn nicht anfassen zu dürfen, wenn wir wenigstens im Herzen ein Liebespaar wären. Und vielleicht bricht irgendwie, irgendwann doch eine Zeit an, die alles ändert. Es wird nicht mehr lange dauern, bis Jakob aus der Armee ausscheidet. Dann wäre der erste Schritt getan. Dann müsste nur noch ich es schaffen, die nächsten fünf oder zehn Jahre zu überleben. Die Chance dafür liegt immerhin bei 30 Prozent.

»Sieh zu, dass du den Spuk überlebst«, sagt Jakob, als hätte er meine Gedanken erraten.

»Das ist sozusagen mein Lebensinhalt«, verspreche ich ihm.

Den Rest der Fahrt verbringen wir schweigend. Ich starre zum Fenster hinaus und sehe die Dörfer mit ihren ahnungslosen Menschen an mir vorbeifliegen. Vor Sylvias Haus angekommen schaltet Jakob in den Leerlauf und winkt hinüber zur Haustür. Dort steht Henry und wartet, dass ich aussteige, damit er meinen Platz einnehmen kann. Sarah hat ihn hoffentlich gereinigt, bevor er gleich noch einmal auf die Piste gehen soll. Ich kenne niemanden, der so viel Erleichterung über das Auflegen seiner Hände verschaffen kann, wie Sylvias Mutter. Henry hat das im Moment garantiert bitter nötig. Ich hoffe so sehr, dass sein Talent sich bis zum Teichfest wieder erholt.

»Wo seid ihr heute Abend?«, frage ich Jakob.

»Auf einer After-Work-Party in Marburg. Keine Chance, Sylvia da reinzubringen. Pass gut auf sie auf.«

Ich nicke.

»Trägst du eine Waffe bei dir?«

Ich erstarre. Daran hatte ich nicht gedacht.

»Nur das Messer«, gebe ich zu.

»Das reicht nicht.«

Er greift ins Handschuhfach, drückt gegen die Hinterwand und öffnet ein Geheimfach. Dort zieht er eine Pistole heraus.

»Pass auf. Sie ist geladen.«

Ich nehme die Waffe, überprüfe kurz die Sicherung und stecke sie unter meinen Hosenbund. Dann ziehe ich das T-Shirt herunter und knautsche meine Fleecejacke darüber.

»Spurlos verschwunden«, grinse ich. »Vielen Dank.«

Jakob schenkt mir noch ein freundschaftliches Lächeln. Immerhin steht Henry draußen und beobachtet uns. Dann deutet er mit dem Kinn in Richtung Sylvias Haus, was einem Rausschmiss gleichkommt.

»Lass dich von niemandem auf den Mund küssen«, sage ich.

»Und du verlier nicht deinen Kopf.«

Ich habe wieder das wunderbar prickelnde Gefühl im Bauch, als ich aussteige und Henry meinen Sitz überlasse.

»Hi Melek«, sagt er. »Nimm Sarahs Dienste in Anspruch. Das wirkt Wunder!«

Ich weiß nicht, ob ich so gestresst aussehe oder ob er einfach denkt, ich würde unter meinen Eltern so leiden wie er unter seinen. Auf jeden Fall bin ich froh darüber, dass er sich Gedanken um mich macht. Vielleicht finde ich eines Tages ja doch noch Freunde unter den Talenten. Ich lächle ihm zu und versuche, das positive Gefühl in meinem Inneren festzuhalten, als ich die Wagentür zuschlage. Dann klingle ich bei Sylvia, um meine Nachtschicht anzutreten. Die folgenden Stunden werden schlimm für mich werden, denn ich hatte keine Gelegenheit, vorzuschlafen. Sarah öffnet mir die Tür und begrüßt mich mit einer Umarmung. Sie winkt noch dem Land Rover hinterher und zieht mich dann ins Haus.

»Wenig Schlaf«, stellt sie fest, als sie mich ansieht. »Jede Menge Ärger und wahrscheinlich unglücklich verliebt. Komm in die Küche, ich geb dir eine Reiki-Session.«

»Reiki?« frage ich verwundert.

»Ja, so nennen es die Leute, die nicht wissen, was es wirklich ist. Ich hab sogar ein paar echte Kunden aus dem normalen Leben.«

Das normale Leben. Ich wüsste gern, was davon noch real sein soll. Das Einzige, was mir an diesem Leben real vorkommt, ist die Welt, in der ich mich jetzt bewege. Die der Gedankenleser, Fabelwesen und tödlichen Bedrohungen. Was der Rest der Menschheit als wahrhaftig betrachtet, ist im Grunde nichts anderes als eine verlogene Traumwelt. Und wir sind ihre Beschützer. Wir halten den Traum am Laufen, damit die Menschen sich sicher fühlen. Dafür müssen wir uns selbst mit abscheulichen Alibis decken und werden mit dem gesellschaftlichen Abseits bestraft. Was für ein enorm einseitiger Deal!

Sarah führt mich am Wohnzimmer vorbei in die Küche. Im Vorübergehen dringt das Geräusch des Fernsehers an meine Ohren und sofort werden meine Schritte hölzern.

»Ist dein Mann zu Hause?« flüstere ich.

»Ja«, flüstert sie zurück. »Versuch einfach, nicht daran zu denken. Du wirst nachher mit Sylvia in ihrem Zimmer sein und er hat kein Interesse daran, euch zu sehen. Außerdem lenke ich ihn ab.«

Sylvia sitzt in der Küche und strahlt mir entgegen wie immer. Sie trägt eine schwarze Strumpfhose mit blauen Sternen, die überhaupt nicht zu dem riesigen roten Schlabberpulli darüber passt. Ich muss lächeln, als ich sie sehe.

»Hallo Große«, sage ich.

»Hi Melek.«

Ich setze mich neben sie und schließe die Augen, als Sarah mir ihre Hände auflegt. Sie sind wunderbar warm und voller Energie. Von ihr gereinigt zu werden, fühlt sich tatsächlich entfernt verwandt mit einem Dschinn-Kuss an. Nur viel zärtlicher und leichter. Ich bin vielleicht das einzige Talent seit Menschengedenken, das das beurteilen kann.

»Danke«, sage ich, als sie fertig ist. »Viel besser!« Der Nebel ist aus meinem Gehirn verschwunden und die Welt fühlt sich wieder viel klarer an. Das tut gut.

Sarah schüttelt sich, als würde sie frieren. »Brrr!«, macht sie und geht zum Spülbecken, um sich die Hände zu waschen. Sylvia sieht ihr irritiert dabei zu.

»So schlimm?«, fragt sie ihre Mutter.

»Gruselig!«, sagt Sarah. »Ein bisschen wie bei Karl ...«

Ich zucke zusammen. Hat Sylvia ihrer Mutter die Wahrheit über mich gesagt? Sarah kommt zurück zum Tisch und reibt sich dabei ununterbrochen die Hände. Dann sieht sie mich ernst an.

»Wenn ich es nicht besser wüsste, würde ich sagen, du wurdest von einem Dschinn geküsst«, sagt sie. »Und doch ist es ganz anders. Es fühlt sich fast an, als hätten mehrere Mächte gleichzeitig Besitz von dir ergriffen. Du bist voller fremder Anteile. Hast du eine Ahnung, woher das kommt?«

Sylvia lacht.

»Von deinen Hirngespinsten, Mama!«, wirft sie ein. »Oder hast du schon einmal von einem Talent gehört, das von mehreren Dämonen gleichzeitig besessen ist und immer noch bei Jakob im Auto mitfahren darf?«

Sarah schmunzelt.

»Nein, noch nie. Trotzdem: Es hat sich seltsam angefühlt.«

Ich bin verwirrt. Auch Sylvia hat es plötzlich eilig, mit mir auf ihrem Zimmer zu verschwinden. Sarah sagt nichts mehr zu dem Thema, doch ich spüre ihren Blick in meinem Rücken, als wir die Küche verlassen. Wir schleichen uns am Wohnzimmer vorbei, wo immer noch der Fernseher läuft, und verschwinden hinter der nächsten Tür. Sylvia lässt sich auf ihr Bett plumpsen und ich setze mich daneben.

»Wen hast du noch geküsst?«, fragt sie mich sofort.

Ich zögere einen Augenblick mit der Antwort, aber dann gebe ich es zu.

»Erik.«

»Erik?« Sie lacht los. »Du hast wirklich Erik geküsst?«

Es sieht ganz so aus, als würde sie sich darüber freuen.

»Er hat mich in einem schwachen Moment erwischt. Und es hatte den Anschein, als würde er es brauchen«, rede ich mich heraus.

Da wird ihr Grinsen nur noch breiter.

»Ich würde sagen, er braucht es schon ziemlich lange!«

Ich runzele die Stirn, um ihr klarzumachen, dass ich keine Lust habe, mit ihr über dieses Thema zu diskutieren.

Plötzlich wird sie ernst. »Bist du sicher, dass es Erik war?«

Mir wird heiß und kalt. Genau davor hat Jakob mich bei unserer zweiten Begegnung gewarnt. Das ist der Grund, weshalb kein Talent jemals einen anderen Menschen küssen sollte. Man weiß nie, wer in dem vertrauten Körper wirklich steckt. Wenn es nun Levian war, oder, noch schlimmer, seine Schwester! Sie hätte allen Grund, mir irgendeinen unbekannten Dschinn-Virus unterzujubeln, denn sie wird schwerlich gutheißen, was ihr Bruder in den letzten Tagen getrieben hat. Alle meine Schulfreunde haben heute Morgen gefehlt: Jana, Bodo und Erik. Von zweien weiß ich genau, dass Levian und Leviata sie erwischt haben. Da liegt es mehr als nahe, dass sie auch Erik auf dem Gewissen haben. Den süßen Erik, dessen Gefühle man durch den ganzen Wald spüren kann! Womöglich haben sie ihn gekidnappt, ausgesaugt und dann seine Gestalt angenommen, um mich zu schwächen.

»Du zitterst«, murmelt Sylvia. »Das bedeutet, an der Sache ist was dran.«

Ich erzähle ihr von den Dschinn-Übergriffen auf meine Mitschüler und meinen Befürchtungen in Bezug auf Erik. Dabei überschlägt sich meine Stimme bedenklich. »Oh, Sylvia, wenn das wahr ist ... wo ist Erik dann jetzt? Und was haben sie ihm angetan?«

Sylvia bleibt ruhiger als ich. Sie weiß genau, dass sie im Moment die Einzige ist, die noch einen klaren Gedanken fassen kann.

»Wie hat es sich angefühlt, ihn zu küssen?«, fragt sie.

Ich denke nach.

»Erst war es mir egal. Aber dann war es schön. Schöner, als ich vermutet hätte.«

»So wie bei Levian?«

Ich rufe mir den Kuss wieder ins Gedächtnis.

»Nein. Weniger dramatisch. Ich hätte es selbst beenden können, wenn ich gewollt hätte.«

»Aber du wolltest nicht.« Es ist eine Feststellung.

»Nein.«

Sylvia sieht mich durchdringend an. Sie kaut auf ihrer Unterlippe herum und ich gebe dem Drang nach, an meinen Fingernägeln zu knabbern. So sitzen wir eine Weile da.

»Falls es nicht der echte Erik war, sondern ein Dschinn, dann gibt es zwei Möglichkeiten«, fasst sie ihre Gedanken zusammen. »Entweder hat er dir ebenfalls Gefühle ausgesaugt und es hat sich nur anders angefühlt als bei Levian, weil es nicht Levian war. Wir wissen zu wenig über die Dschinn. Womöglich haben sie verschiedene Techniken.« Sie macht eine kurze Pause. »Oder er hat überhaupt nicht gesaugt, sondern dir irgendeinen Zauber eingepflanzt. Auch die Dschinn haben Talente. Vielleicht sind sie zu so etwas fähig.«

»Ich weiß«, murmele ich. »Aber auch dann kann es nicht Levian gewesen sein, denn er hat kein Talent. Das hat er mir selbst gesagt.«

»Dann hat er gelogen«, sagt Sylvia. Es klingt so überzeugend, dass ich ihr auf Anhieb glaube.

»Woher weißt du …?«

In dem Moment klingelt es an der Tür. Ich fahre zusammen.

»Erik! Ich habe ihm gesagt, dass er heute Abend hierherkommen soll!«

Sylvia wird kreidebleich.

»Das könnte eine Falle sein!«, sprudelt sie heraus. »Die Dschinn haben ihren Plan geändert und wollen mich heute Abend eliminieren. Sie wissen, dass die anderen Talente unterwegs sind und dass wir Erik hereinlassen werden. Und dir haben sie zuvor eine Droge verabreicht, die dich für ihn einnimmt!«

»Bist du sicher? Ist das eine Vision?«

»Nein«, krächzt Sylvia. »Nur eine logische Schlussfolgerung. Ich spüre keine Gefahr, aber das war bei Levian auch so. Was sollen wir tun?«

Ich springe auf und ziehe die Pistole, die Jakob mir gegeben hat. Dann schiebe ich Sylvia hinter mich, entsichere die Waffe und stelle mich in Position. Sylvia kauert sich hinter meinen Rücken, ihr Silbermesser in der Hand, und bebt vor Anspannung wie ein ängstliches Tier. Wir hören, wie Sarah die Haustür öffnet und Erik begrüßt. Sie tauschen ein paar Worte aus, dann geht Sarah zurück ins Wohnzimmer und Erik klopft bei uns an.

»Herein!«, sage ich so normal wie möglich.

Als die Tür aufschwingt, bin ich auf alles gefasst: ein Raubtier, das sich auf uns stürzt, einen Faun, einen Zombie in der Gestalt von Erik. Stattdessen steht da einfach mein alter Freund mit seinen breiten Schultern und seinem vertrauten Lächeln, das ihm bei meinem Anblick sofort aus dem Gesicht weicht. Wer auch immer in diesem Körper steckt – er hatte nicht vor, uns durch einen Überraschungsangriff zur Strecke zu bringen.

»Melek«, japst Erik. »Bist du wahnsinnig? Ich bin's!«

»Da bin ich mir nicht so sicher«, sage ich und ziele weiter auf sein Herz.

»Ich bin's, Erik!«, wiederholt er noch mal, aber seine Stimme ist brüchig. »Du hast mich eingeladen zu kommen!«

»Ich habe jemanden eingeladen, der wie Erik aussah«, schleudere ich ihm entgegen. »Jemanden, der mir vorher ein Gift verabreicht hat, um mich gefügig zu machen.«

Der Junge in der Tür schüttelt verständnislos den Kopf. Dann hebt er die Arme über den Kopf und macht einen Schritt auf mich zu.

»Bleib stehen!«, herrsche ich ihn an. »Du wirst sie nicht kriegen! Noch einen Schritt näher und ich mache deinem überlangen Dschinn-Leben ein Ende.«

»Melek«, stammelt Erik. »Lass mich wenigstens die Tür schließen, damit Sylvias Eltern das hier nicht mitbekommen.«

Ich bin unentschlossen. Einerseits wäre es tatsächlich von Vorteil, wenigstens Karl nicht im Hintergrund zu haben, falls ich tatsächlich abdrücke. Andererseits sitzen wir dann vielleicht ganz allein in der Falle. Aber im Grunde kann ich weder von Sarah noch von Karl wirklich Hilfe erwarten. Ich bin das einzige aktive Talent in diesem Haus. Neben Sylvia, die noch nie eine Pistole abgefeuert hat.

»Geh da rüber!«, sage ich und deute mit einer Kopfbewegung in Richtung des Fensters.

Erik lässt die Hände oben und schließt die Tür mit dem Fuß. Dann schwankt er hinüber auf die andere Seite des Zimmers.

»Wenn du nicht sicher bist, ob ich wirklich ein Mensch bin«, murmelt er, »wie wäre es dann, wenn du mir dein Bannzeichen vor die Nase hältst?«

Auf die Idee war ich in meiner Rage noch gar nicht gekommen. Ich lasse die Pistole auf ihn gerichtet, strecke ihm die linke Hand entgegen und beobachte genau seine Mimik. Nichts tut sich. Selbst Levian hat zumindest das Gesicht verzogen, wenn ich ihn mit meiner Tätowierung konfrontiert habe. Aber derjenige, der hier vor uns steht, hat damit definitiv kein Problem.

»Sylvia?«, frage ich.

»Ich habe noch nie von einem Dschinn gehört, der das kann«, piepst sie hinter meinem Rücken hervor.

»Was nicht heißt, dass es keinen gibt«, beschließe ich. In den letzten Wochen habe ich so viel Neues über unsere Widersacher erfahren, dass ich mich nicht auf das Basiswissen verlassen will, das Jakob uns zugesteht. Aber mir kommt eine andere Idee.

»Warum habe ich in der neunten Klasse einen Verweis gekriegt?«, frage ich Erik.

»Weil du Janas Mäppchen aus dem Fenster geworfen hast«, antwortet er prompt. »Es landete auf dem Flachdach des Anbaus und musste vom Hausmeister heruntergeholt werden. Du hast dich geweigert, dich zu entschuldigen, denn Jana hatte zuvor deine Mutter als Kümmeltürkin bezeichnet.« Er macht eine kurze Pause und sieht mir direkt in die Augen. »Ich hatte schon damals Hochachtung vor dir. Du warst immer so mutig. Auch wenn du niemanden auf deiner Seite hattest, hast du immer hinter den Dingen gestanden, die du getan hast.«

Ich lasse die Pistole sinken.

»Erik«, sage ich. »Es tut mir leid!«

»Kann ich meine Hände jetzt wieder runternehmen?«

Ich nicke, aber Sylvia kommt mir zuvor.

»Warte!«, wirft sie ein. »Ich will ihn zuerst durchchecken!«

Sie verlässt ihre Deckung und schleicht vorsichtig in Eriks Richtung. Ich lege wieder mit der Pistole auf ihn an, aber diesmal ist es eine reine Routinemaßnahme. Sylvia greift sich seine rechte Hand und drückt die Finger auf ihren Sensor. Ich erwarte, das übliche Flattern ihrer Augenlider zu sehen, aber stattdessen geschieht etwas ganz anderes. Wie von einer unsichtbaren Macht gesteuert reißt sie die Augen weit auf, zuckt ein paarmal mit dem Kopf und gibt einen kehligen Laut von sich. Ich sterbe fast vor Schreck. Im ersten Moment glaube ich, der Dschinn hätte uns erfolgreich getäuscht und würde Sylvia nun durch seine Berührung vergiften. Ich bin schon wieder kurz davor, Erik zu erschießen, doch dann sehe ich denselben Schreck auch in seinen Augen.

»Sylvia!«, beschwört er sie und rüttelt an ihren Schultern. »Was ist los? Sag doch was!«

Seine Stimme dringt nicht bis zu ihr durch. Sie starrt wie in Trance an die gegenüberliegende Wand. Als sie dann endlich spricht, erklingt ihre Stimme tief, wie von einem fremden Wesen.

»Während des Teichfests wird jemand fallen«, sagt sie. »Dann werden die Karten neu gemischt. Doch nichts ist so, wie wir glauben. Gut wird Böse und Böse wird Gut. Das Schicksal nimmt seinen Lauf. Und niemand kann ihm mehr trauen.«

Erik und ich sind beide wie erstarrt. Ich habe noch nie live erlebt, wie Sylvia eine Vision hatte. Es ist schaurig und faszinierend zugleich. Doch der Inhalt ihrer Worte trifft mich tief. Wenn sie Recht behält, wird am Samstag einer von uns sterben.

Sie wankt zu ihrem Bett und setzt sich wieder auf die Kante. Eine Weile hält sie die Hände vors Gesicht. Als sie mir wieder in die Augen sieht, ist ihr Blick genauso klar wie immer.

»Das war nicht deine erste Vision vom Teichfest«, stelle ich fest. Ich erinnere mich, dass ich damals vergessen hatte, ihr den Zeitpunkt des Dschinn-Angriffs auf sie mitzuteilen. Und trotzdem wusste Jakob gleich am nächsten Tag, dass es auf dem Fest geschehen würde.

»Nein«, gibt sie zu. »Ich hatte schon mehrere. Doch bisher waren sie unklar. Jetzt haben sich viele Dinge gleichzeitig geändert. Jakob hat neue Pläne gemacht und Erik ...«

Sie schaut zu ihm hinüber. »Eriks Talent erwacht.«

»Was?«, rufen wir beide gleichzeitig.

»Welches ist es?«, will Erik wissen.

»Ich weiß es nicht«, sagt Sylvia. »Es war wie ein kurzer Blitz, der für Sekundenbruchteile eine Szene erleuchtet. Ich konnte nicht erkennen, worum es ging. Gleich danach kam die Vision.«

»Kannst du dich an irgendwas erinnern?«, fragt Erik atemlos.

»Ich weiß, dass du mitten im Kampfgetümmel stecktest. Und da war Melek ... ich glaube, sie war verletzt.«

»Also wirst du ein Nahkämpfer«, meine ich und versuche, Sylvias letzten Satz zu vergessen.

»Doch ein Muskelprotz«, murmelt Erik.

Sylvia und ich schauen uns an und haben beide den gleichen Gedanken.

»Lennart«, sagt sie. Ich nicke.

»Jakob muss unbedingt seine Strategie ändern. Er darf Lennarts Leben nicht von Henrys Schießkünsten abhängig machen! Wir müssen verhindern, dass das geschieht!«, sage ich.

Weder Sylvia noch Erik stimmen mir zu.

»Das Schicksal nimmt seinen Lauf. Und niemand kann ihm mehr trauen«, wiederholt Erik den letzten Teil von Sylvias Vision.

Ich bin nicht bereit, seinem Gedankengang folgen. »Lennart könnte an diesem Tag zu Hause bleiben.«

»Ja, genau wie Sylvia. Und du und ich. Wir könnten alle zu Hause bleiben. Doch so funktioniert die Armee nicht«, widerspricht Erik mir.

»Die Armee funktioniert sogar dann, wenn wir das Teichfest abblasen«, behaupte ich.

»Nein, Melek, das tut sie nicht«, sagt Sylvia. »Wir werden das morgen alles Jakob erzählen. Dann wird er eine Entscheidung treffen, die wir akzeptieren müssen. Und egal, wie sie lautet, es wird die richtige sein.«

Dazu äußere ich mich nicht mehr. Plötzlich erschlägt meine Müdigkeit mich wie ein Felsbrocken. Ich bin ohnehin nicht befugt, Entschlüsse zu fassen, und der Gedanke an Jakob gibt mir genug Kraft, das Thema zu vertagen. Er wird wissen, was zu tun ist, sage ich mir und stecke meine Pistole zurück in meine Hose.

»Tut mir leid, dass ich dich erschießen wollte«, sage ich zu Erik. Er sieht etwas mitgenommen aus, doch er versucht sich trotzdem tapfer an einem Lächeln.

»Kein Thema, Melek. Vielleicht erzählt mir bei Gelegenheit jemand, wie es dazu kam.«

»Ich«, kommt Sylvia mir zuvor. »In der Zeit kann Melek schlafen und du passt auf mich auf. Wenn du müde wirst, tauscht ihr einfach.«

Die Idee ist fantastisch. Ich will Erik meine Waffe geben, denn mittlerweile besteht kein Zweifel mehr daran, dass er er selbst ist.

»Nicht nötig«, winkt er ab. »Ich bin versorgt.«

Also hat der Schuster ihm tatsächlich eine Pistole ausgehändigt. Und das, obwohl er weder ein Talent noch ein zahlender Kunde ist. Dönges muss entweder sehr betrunken oder besonders guter Laune gewesen sein. Oder aber er ist von Erik und seinem Plan einfach angetan.

»Zeig her!«, fordere ich ihn auf.

Er öffnet seine Jacke, greift in die Innentasche und holt eine kompakte Tanfoglio-Pistole heraus. Ich weiß genau, dass sie geladen ist.

»Theoretisch hättest du eben versuchen können, dich zu verteidigen.«

»Pff«, macht Erik. »Du hättest mich erschossen, bevor ich meine Hand in der Jacke gehabt hätte. Außerdem hätte ich dich dann umlegen müssen und das wäre ja auch keine Lösung gewesen.«

Ich lächle und berühre kurz seine Hand, in der er die Waffe hält. Er lächelt zurück. Dann rolle ich mich auf Sylvias Bett zusammen und sinke innerhalb weniger Sekunden in einen tiefen Schlaf. Von dem Gespräch, das die beiden führen wollen, bekomme ich nicht einmal mehr die Einleitung mit.

Der Morgen, an dem Erik nicht schnell genug das Haus verließ

Erik weckt mich um vier Uhr morgens. Im ersten Moment weiß ich nicht einmal mehr, wo ich bin, so tief habe ich geschlafen. Sylvia liegt neben mir, in ihre Decke gerollt wie ein Hot Dog. Nur Haare und Stirn schauen oben noch heraus.

»Kannst du die letzten drei Stunden übernehmen?«, fragt Erik. Er hat Augenränder, genau wie nach seiner ersten Nacht im Wald. Das Leben als Rambo bekommt ihm nicht sonderlich.

»Klar«, sage ich und hieve mich hoch. »Willst du meine Decke haben?«

»Ja, danke.« Er nimmt sie und verzieht sich damit auf den Sofasessel, wo er auch Wache gehalten hat. Sich neben Sylvia ins Bett zu legen, kommt für ihn nicht in Frage. Erik ist eben ein echter Kavalier.

»Sie hat noch dreimal versucht, mein Talent herauszufinden«, murmelt Erik etwas niedergeschlagen. »Aber ich bin wieder ein weißes Tuch.«

»Das kann daran liegen, dass sie die Vision hatte und wir dadurch das Schicksal ändern können«, vermute ich.

»Noch vor kurzem hast du gesagt, das Schicksal könne nicht verändert werden«, brummt Erik.

»Damals stand auch kein Leben auf dem Spiel.«

Er macht die Augen zu und lässt seinen Kopf nach hinten fallen. Es sieht nicht sonderlich bequem aus.

Ich setze mich auf den Boden und lehne mich an Sylvias Nachtschrank. Im Bett ist die Gefahr zu groß, dass ich wieder einschlafe. Eine Weile beobachte ich Erik, wie er auf seinem Sessel kauert und in den Schlaf hinübergleitet. Die blonden Strähnen hängen wirr in seine Stirn. Unter der Decke sehe ich die

Kontur seines angewinkelten rechten Armes. Wahrscheinlich liegt seine Hand an der Waffe in seiner Jacke. Er sieht ganz anders aus als der brave Junge, der noch vor zwei Wochen mein unliebsames Anhängsel war. Ich versuche nicht, über den Kuss nachzudenken, den er mir gestohlen hat. Was für einen Sinn hätte das? So sehr ich auch auf die Botschaften meines Herzens höre, ich finde niemand anderen als Jakob darin. Levians Äußerungen über mein Gefühlsleben kommen mir in den Sinn. Manchmal sei es nur Jakobs Talent, das verhindere, dass ich ihn hasse. Er hat nicht ganz Unrecht damit. Aber dabei unterschlägt er völlig die anderen Momente. Solche, wie vorhin im Auto. Momente, in denen wir uns nahe sind. Was kann ein Dschinn schon über die Liebe wissen?

Um kurz nach sechs wacht Sylvia auf und schält sich aus ihrer Ummantelung. Sie wirft einen Blick auf Erik, dann dreht sie sich auf den Bauch, streckt den Arm nach mir aus und streichelt meine Wange.

»Was für ein nervenaufreibender Abend!«, sage ich.

»Das stimmt.« Sylvia gähnt, dann setzt sie sich auf und betrachtet wieder Erik, der mittlerweile so in sich zusammengesackt ist, dass seine Hand von der Waffe gerutscht ist.

»Du siehst ihn zum ersten Mal so, wie er wirklich ist, hab ich Recht?«, fragt sie.

»Kann sein«, antworte ich kurz angebunden.

»Was wäre, wenn es Jakob nicht gäbe?«, bohrt sie weiter.

Ich hasse es, diese Gespräche mit einer Dreizehnjährigen zu führen.

»Es gibt keine Welt mehr ohne Jakob«, sage ich.

Sylvias Gesichtszüge werden so sorgenvoll, dass sie fast erwachsen aussieht.

»Es muss nur eine Kleinigkeit schiefgehen und genau das wäre der Fall.«

Ich antworte nichts darauf. Im Moment bin ich noch nicht in der Lage, an die nächsten Jahre zu denken. Ich konzentriere mich einzig und allein auf den Samstag. Mein oberstes Ziel ist, das Teichfest zu überleben. Vielleicht gibt es schon bald eine Ruhepause für uns alle. Wenn die Dschinn in den Winterschlaf gehen und die Menschen es sich zu Hause vor dem Kamin gemütlich machen. Sylvia ist anzusehen, dass das Thema für sie noch nicht beendet ist. Ich nutze die Gelegenheit, um von etwas anderem zu sprechen.

»Was weißt du über das Talent von Levian?«, frage ich.

»Oh«, sagt sie. »Levian! Er ist ein Darksetter. Und ich glaube, er ist nicht stolz darauf.«

»Ein Darksetter?« Ich kann mir nichts darunter vorstellen. »Was soll das bedeuten?«

»Er findet deine dunkelsten Gedanken, deine verborgenen Triebe und all die Eigenschaften, die du ganz tief unten in deiner Seele verbirgst. Durch seine Gegenwart beginnen sie zu sprießen und aufzublühen. Dadurch verwandelst du dich mehr und mehr in ein egoistisches, bösartiges Abbild von dir selbst. Verschwindet er, so wirst du wieder ganz normal. In der Theologie gibt es einen Begriff für die Eigenschaften, die ein Darksetter bei einem Menschen hervorruft. Du wirst schon davon gehört haben.«

»Was?«, frage ich gespannt.

»Es sind die sieben Todsünden: Hochmut, Geiz, Wollust, Zorn, Völlerei, Neid und Faulheit.«

Manches davon kommt mir bekannt vor. Ich schlucke. Das erklärt viele meiner Reaktionen auf Levian. Die Bereitschaft, ihm meinen Körper zu verkaufen und auch noch Lust daran zu empfinden. Den Moment, als ich Sylvias Anruf weggedrückt habe, um mein prickelndes Spielchen weiterzuspielen. Meine unbändige Wut auf sein Zeichen und die vielen Momente, in denen er es geschafft hat, dass ich mich von Jakob distanziere.

»Könnte man es abwehren, so wie Telepathie und Liebeszauber?«

»Nein. Du kannst kein Talent abwehren. Nur einen aktiven Angriff, den jemand durch sein Talent auf deine Psyche unternimmt. Levian greift dich nicht an. Er kann gar nichts gegen die Wirkung unternehmen. Genau wie Jakob, den kannst du ja auch nicht abwehren.« Sie grinst.

»Warum hast du mir das nicht früher gesagt?«, will ich wissen.

»Mir war selbst nicht klar, was es ist«, erklärt Sylvia. »Ich habe nur die Schwingungen aufgefangen und Mahdi davon geschrieben. Gestern kam seine Antwort.«

»Wer ist dieser Mahdi?« Ich erinnere mich entfernt, dass es sich dabei um jenen weisen Mann handelt, der auch schon das Geheimnis von Eriks Undurchschaubarkeit aufgeklärt hat.

»Ein ehemaliges Orakel, das die Fragen von allen aktuellen Orakeln in ganz Europa und Asien beantwortet. Bei ihm laufen alle Fäden zusammen.«

Endlich mal eine Aussage über die Hintermänner!

»Von wo aus agiert er?«, frage ich.

»Aus Istanbul.«

»Wie kommuniziert ihr?«

»Meist per E-Mail. Einmal habe ich mit ihm telefoniert, aber gesehen habe ich ihn noch nie.«

»Und woher bezieht er seine Informationen?«, bohre ich weiter. Ich muss aufpassen, dass meine Stimme sich nicht überschlägt, so aufgeregt bin ich.

»Ich habe keine Ahnung«, sagt Sylvia. »Aber er lag noch nie daneben.«

Das ist interessant. Die Talente sind also weltweit vernetzt. Wenn es bei den Orakeln so ist, wird es auch die militärischen Ränge betreffen. Vielleicht gibt es sogar richtige Knotenpunkte der Macht, von denen aus alles gesteuert wird. Ich frage mich allerdings, warum dann so wenig über die Dschinn bekannt ist. Zum Beispiel die Tatsache, dass es sich in Wahrheit um Faune handelt. Und dass sie küssen können, ohne zu saugen. Wenn wir tatsächlich so straff organisiert sind, müssten Erkenntnisse wie diese irgendwo gespeichert sein. Immerhin haben wir Jahrtausende des Kampfs hinter uns. Es kann nicht sein, dass ich das erste Talent bin, das einen Dschinn näher kennengelernt hat.

»Weißt du noch mehr über die Organisation der Armee?«, frage ich.

Sylvia schüttelt den Kopf.

»Nein. Die Information über Mahdi habe ich nur, weil sie für mich als Orakel von Bedeutung ist. Alles andere weiß nur Jakob. Tina hat eine Telefonnummer, die sie anrufen muss, falls Jakob fällt. Rafail, Henry und Lennart wissen zumindest, wo sie die Telefonnummer aufbewahrt. Und auch das weiß ich nur, weil ich gelauscht habe. Also verrate Jakob nichts davon.«

Ihre Wangen werden etwas rot.

»Warum denkst du, dass Levian nicht besonders begeistert von seinem Talent ist?«, frage ich. »Immerhin bringt es ihn mächtig voran, seine Interessen durchzusetzen. Und woher weißt du das alles überhaupt?«

Sylvia kriecht wieder unter ihre Decke und klopft sich ihr Kopfkissen zurecht.

»Seit Levian sich über diesen Trojaner offenbart hat, weiß ich vieles über ihn, vielleicht mehr als er ahnt«, erklärt sie. »Das passiert oft bei hoher Magie: Du schickst einen Gedanken und ein paar weitere hängen sich mit dran. Und entsprechend weiß ich nun: Er ist gefühlssüchtig und egoistisch wie alle anderen seiner Art, aber auf gewisse Weise ist er ein Weichei. Er will nur die guten, warmen und süßen Gefühle. Wenn er jemanden wie Jana aussaugt, bringt ihn das aus seinem inneren Gleichgewicht. Und sein Talent ist dabei nicht sonderlich hilfreich, denn es verstärkt die schlechten Gefühle seines Gegenübers noch. Bei dir hatte er Glück, denn das, was er aus dir herausgeholt hat, war nicht richtig schlecht, sondern eher … nun ja …«

»Wollüstig«, brumme ich.

Sie grinst. »Ja.«

»Das heißt, tief in meinem Herzen bin ich tatsächlich eine Schlampe«, stelle ich fest.

Jetzt muss Sylvia lachen.

»Nenn es einfach leidenschaftlich, Melek. Das klingt besser.«

Ich trage also unterdrückte Leidenschaft in mir. Wenn man Sylvia hat, braucht man wirklich keinen Psychiater mehr.

»Von Jana hat er garantiert eine Extraportion Hochmut und Neid erhalten«, vermute ich. »Das erklärt sein herablassendes Verhalten uns gegenüber. Aber es entschuldigt in keiner Weise seine Drohung gegen mich und die Art, wie er sich über meine Tränen gefreut hat.«

»Manchmal bist du wirklich begriffsstutzig, Melek«, sagt Sylvia kopfschüttelnd. »Levian hat sich darüber gefreut, dass du noch Gefühle hast. Das war auch der Grund, weshalb er dich provoziert hat. Er wollte sehen, wie schlimm er dich getroffen hat. Und er war genauso froh darüber wie ich, dass sich der Schaden in Grenzen gehalten hat. Das liegt doch auf der Hand.«

Ich versuche, vor meinem Inneren das Treffen von gestern Revue passieren zu lassen. Es stimmt. Im Grunde hat Levian es mir sogar selbst gesagt: »Ich bin froh, dass du so wütend sein kannst.« Das waren seine Worte. Bleibt noch die Drohung.

»Wenn du das nächste Mal einen Zweig hinter deinem Rücken knacken hörst, dann dreh dich schnell um, denn es könnte meine Familie sein«, zitiere ich ihn.

Sylvia und ich schauen uns ein paar Sekunden lang nachdenklich an. Dann wissen wir beide gleichzeitig, was das zu bedeuten hat.

»Es war eine Warnung«, sage ich.

Sylvia nickt. »Oder eine Information, dass er dich rechtzeitig aufmerksam machen wird, falls jemand dich aus dem Hinterhalt angreift. Durch das Knacken eines Zweigs.«

»Das heißt …«

»… Levian ist immer noch auf unserer Seite.«

Ich atme auf. Dann geht er wahrscheinlich davon aus, dass wir uns vor dem Teichfest nicht mehr sehen werden. Entweder weil die Talente mich beschäftigen werden oder weil die Dschinn etwas mit ihm vorhaben.

Eine Weile starre ich gedankenverloren vor mich hin, da klingelt mein Handy. Ich sehe die Festnetznummer von Zuhause auf dem Display. Ich drücke auf Lautlos und stecke das Handy wieder weg. Meinen Eltern würde ich mich später stellen. Sylvia wirft mir einen mitleidigen Blick zu.

»Ich bin froh, dass meine Mutter eingeweiht ist«, sagt sie.

In dem Moment regt sich auch Erik. Der Klingelton hat ihn aufgeweckt. Er macht ein verwirrtes Gesicht und rappelt sich stöhnend in seinem Sessel hoch.

»Guten Morgen«, sagt er und presst die Hände in seinen Rücken. »Jetzt weiß ich mein gemütliches Bett zu schätzen.«

Sylvia und ich schauen uns grinsend an.

»Sieh es einfach so, Erik: Hier gibt's zumindest keine Zecken«, sagt Sylvia.

Er gibt einen brummenden Laut von sich.

»Wer war das eben am Telefon?«, will er wissen.

»Meine Eltern.«

»Die wissen wollen, wo du bist, weil du gestern Abend aus dem Fenster gestiegen und spurlos verschwunden bist«, vermutet er.

»Genau.«

Erik denkt nach, dann streckt er die Hand aus und sagt:

»Gib mir das Telefon.«

»Erik, was willst du denn ...«

»Du wirst schon sehen, gib's einfach her.«

Ich seufze und gebe ihm das Handy. Er sieht kurz auf die Uhr und drückt dann auf Rückruf. Es dauert nur wenige Sekunden, bis jemand rangeht.

»Nein, Frau Weber, hier ist Erik«, meldet er sich.

Es folgt ein Wortschwall von meiner Mutter, den ich zwar nicht verstehen kann, doch ich höre die Panik, die in ihrer Stimme mitschwingt, und bekomme sofort einen Kloß im Hals.

»Sie ist bei mir.« Eriks Stimme klingt ruhig und erwachsen. Genau das, was meine hysterische Mutter gerade braucht. »Wir gehen jetzt erst mal in die Schule. Nach dem Unterricht bringe ich sie nach Hause und erkläre Ihnen alles. Sie müssen sich keine Sorgen machen ... Wirklich nicht, nein ... das wird sich alles regeln ... Natürlich, Frau Weber. Bis später dann.«

Als er mir das Telefon zurückgibt, hat er einen Zug um den Mund, der mehr schicksalsergeben als leidend wirkt. Anscheinend ist er über den Punkt hinweg, als es ihn noch mitgenommen hat, meine Eltern an der Nase herumzuführen. Der neue Erik hat eine Pistole in der Jackentasche und lügt jetzt professionell für eine Sache, die ihn eigentlich nichts mehr angeht, seit Jakob ihn offiziell fortgeschickt hat. Ich weiß nicht recht, ob mir das gefällt, aber ich habe Hochachtung davor.

»Danke«, sage ich. »Und du willst jetzt wirklich in die Schule? Ohne Schulsachen?«

»Ich werde meine holen«, antwortet Erik. »Du gehst eben ohne.«

Ich habe nicht viel Lust darauf. Aber ich überlasse Erik das Kommando, weil ich ihn nicht verärgern will. Immerhin hätte ich ihn gestern fast erschossen. Er hat etwas gut bei mir.

Wir frühstücken alle gemeinsam in Sarahs Küche. Beim Essen spricht keiner ein Wort, denn Karl sitzt dabei und lähmt allein durch seine Anwesenheit unsere Zungen. Nur Sarah fragt hin und wieder, ob jemand noch Kaffee nachgeschenkt haben möchte. Mir stellt sie ungefragt eine Tasse mit wunderbar warmem Milchkaffee vor die Nase. Es ist sogar schon Zucker darin und wahrscheinlich jede Menge Reiki. Jedenfalls fühle ich mich auf der Stelle wacher und stärker. Da kommt Sylvia mit der Information, dass Jakob auf dem Weg zu uns herüber ist.

»Na schön«, sagt Erik. »Wir sehen uns dann gleich an der Schule, Melek. Danke für das Frühstück, Sarah!«

Er steht auf und will verschwinden, doch noch in der Haustür laufen sie sich in die Arme. In meiner Vorstellung kann ich sehen, wie zornig Jakobs eisblaue Augen bei Eriks Anblick werden.

»Was machst du hier?«, herrscht er ihn an.

Erik bleibt gefasst. »Ich gehe«, antwortet er.

Sylvia, Sarah und ich sind mucksmäuschenstill. Nur Karl blättert weiter in seiner Zeitung und kaut unbeeindruckt an seinem Honigbrot. Dabei geben seine Kieferknochen ein knackendes Geräusch von sich.

»Seit wann bist du schon da?«, will Jakob wissen.

»Eine Weile«, sagt Erik. Er ist wirklich immer darum bemüht, andere so gut wie möglich zu schützen. Aber das wird uns nicht retten. Weder Sylvia noch ich sind dazu in der Lage, Jakob anzulügen, wenn er Nachfragen stellt. Und genau das wird er gleich tun.

»Verschwinde!«, höre ich ihn zu Erik sagen. Dann gibt es einen Moment der Funkstille, bevor die Tür ins Schloss fällt. Wir halten alle den Atem an. Außer Karl natürlich.

Jakob kommt in die Küche, begrüßt die Familienmitglieder und schenkt mir einen äußerst gereizten Blick. Er setzt sich auf Eriks Platz und schiebt dessen Teller mit Schwung über den Tisch. Sarah räumt ihn weg.

»Ich möchte nicht, dass unser Geschirr zu Bruch geht. Sei bitte etwas vorsichtiger, sonst bezahlst du es«, sagt Karl mit seiner monotonen Stimme zu Jakob.

Er antwortet nicht, sondern starrt mich weiter hitzig an. Von seinem Blick bleibt mir die Spucke weg und ich habe Mühe, mein Brot weiterzuessen. Trotzdem beiße ich darauf herum, um mich irgendwie zu beschäftigen. Wahrscheinlich muss ich das Schweigen am Tisch aushalten, bis Karl aufsteht und Jakob zu seiner Standpauke ansetzen kann. Ich frage mich, warum er um diese Uhrzeit überhaupt schon hier ist. Seine Nacht war sicher lang und er hätte ausschlafen können. Hat er Angst, dass ich meinen Job nicht ordentlich gemacht habe?

»Tja«, sagt Sylvia. »Ich hatte eine wunderbar ruhige Nacht. Du auch, Jakob?«

Ich bin ihr dankbar für den Versuch, ein Gespräch in Gang zu bringen. Auch wenn es nicht funktionieren wird.

»Schön für dich, Sylvia«, sagt Jakob. »Meine war etwas weniger beschaulich. Die Party war ziemlich überlaufen und die Gesellschaft schlecht. Wir haben uns mit ein paar Leuten angelegt, bis sie gegangen sind und sich in Luft aufgelöst haben. Kein besonders erfreuliches Erlebnis für Henry.«

Warum er in Rätseln spricht, kann ich nicht verstehen. Weiß Karl denn nicht, was wir tun? Eigentlich müsste er doch genügend Erinnerungen an seine Zeit als Talent haben! Aber vielleicht versucht Jakob auch einfach, sein ohnehin schon angegriffenes Gehirn im Ruhezustand zu halten. Karl blickt nicht von seiner Zeitung auf, als würde er uns gar nicht zuhören.

»Willst du noch Kaffee, Schatz?«, fragt Sarah. »Ich glaube, du musst bald los.«

Ihr Mann wirft einen Blick auf seine Uhr und entscheidet, dass er noch fünf Minuten bleiben kann. Währenddessen harren wir anderen notgedrungen aus. Sylvia beginnt, mit einem Bein zu wippen, und ich fummele unter dem Tisch an meinen Fingernägeln herum. Dann beschließt Karl endlich, dass es Zeit ist, loszuziehen und nutzlose Präparate an alte Menschen zu verkaufen. Er packt seine Aktentasche und verabschiedet sich ohne einen Kuss oder einen tieferen Blick von seiner Frau und seiner Tochter. Als er weg ist, atme ich erst einmal auf, obwohl es bedeutet, dass ich nun Jakobs Ärger zu spüren bekomme.

»Die ganze Nacht?«, fragt Jakob mich, eine Sekunde, nachdem die Haustür zu ist.

Ich nicke.

»Was sollte das, Melek?«

»Ich musste mit ihm reden«, gebe ich kleinlaut zu. »Es war nicht geplant, dass er bleibt. Aber dann hätte ich ihn um ein Haar erschossen und Sylvia hatte eine Vision und ich war so unglaublich geschafft ...«

»Was?« Jakob legt die Stirn in Falten. »Du wolltest Erik erschießen? Warum denn?«

Auch Sarah wirft mir einen argwöhnischen Blick zu. Sie hat ja von alldem nichts mitbekommen. Ich bin nicht in der Lage, die Antwort auszusprechen. Deshalb greift Sylvia ein.

»Wir dachten, es sei ein Dschinn in der Gestalt von Erik. Mama hatte Melek vorher gereinigt und war der Meinung, sie hätte fremde Anteile in ihrer Seele. Und wir dachten, das käme von Erik.«

Jakob schaut sie verständnislos an.

»Na ja ...« Selbst Sylvia kommt nun ins Schwanken. Ich sehe, wie es hinter Jakobs Stirn arbeitet.

»Willst du mir damit sagen, sie hat ihn geküsst?« Seine Miene ist mit einem Mal so kalt, dass mir ein Schauder den Rücken hinunterläuft. Sylvia blickt hilfesuchend in meine Richtung, aber ich kann auch nur den Kopf senken. Mein Herz verkrampft sich derart, dass ich Angst habe, es könnte zerspringen.

Jakob kneift die Augen zusammen und blickt in die andere Richtung, um sich zu sammeln. Aber seine Stimme klingt verbissen, als er weiter nachfragt.

»Ihr habt Erik also für einen Dschinn gehalten und dann hat sich doch herausgestellt, dass es der echte Loverboy ist. Prima. Daraufhin ist dann was passiert?«

Sylvia ist den Tränen nahe. Ihre Stimme ist piepsig.

»Ich wollte ihn noch einmal durchchecken und dabei habe ich einen kurzen Einblick in sein Talent bekommen. Ich glaube, es erwacht, Jakob. Und es sah alles danach aus, als werde er ein Nahkämpfer. Wie Lennart, verstehst du? Dann hatte ich eine Vision, in der es hieß, dass am Samstag einer von uns fallen würde.«

Jetzt schießen Tränen aus ihren Augen. Aber Jakob lässt sich davon nicht beirren.

»Und das ist Lennart? Da bist du sicher?« Er bombardiert sie einfach weiter mit seinen Fragen und lässt mich völlig links liegen.

»Nein«, heult Sylvia. »Ich bin gar nicht sicher. Aber nachdem wir das angenommen haben, ist Eriks Talent wieder verschwunden. Und das heißt doch, dass wir Lennarts Leben retten können, wenn wir dir das hier erzählen. Jetzt kannst du ihn schützen und wir brauchen Erik erst mal nicht.«

In dieser Zusammenfassung klingen die Erkenntnisse des gestrigen Abends irgendwie wirr und unausgegoren.

»Ein Nahkämpfer ... also könnte er auch Tina, Mike oder Rafail ersetzen«, brummt er. Dann wendet er seinen Blick in meine Richtung. »Oder mich. Darin wäre er sicher gut, oder Melek?«

»Es reicht jetzt, Jakob!«, mischt sich Sarah ein. »Die Mädchen standen unter großem Druck gestern Nacht. Mach ihnen nicht noch mehr davon. Setz dich hier rüber und lass dich reinigen oder geh an die frische Luft!«

Jakob funkelt sie herablassend an und macht keine Anstalten, ihren Rat zu beherzigen. Sylvia schluchzt. Um nicht in ihr Geheul einzustimmen, beiße ich mir auf die Unterlippe. Es tut mir so wahnsinnig leid, dass ich diese Szene auf dem Gewissen habe. Alles, was gestern im Auto zwischen Jakob und mir gut und innig war, ist verschwunden und einer gähnenden Fassungslosigkeit gewichen. Ich habe ihn zutiefst verletzt. Aber wie soll ich ihm erklären, was zwischen Erik und mir vorgefallen ist? Ich weiß es ja selbst nicht.

Jakob steht auf. Anscheinend hat er doch beschlossen, zu tun, was Sarah verlangt hat.

»Ich war hier, um dich nach Hause zu fahren und mich den Beschimpfungen durch deine Eltern zu stellen«, sagt er zu mir. Seine Stimme ist eisig. »Wenn du keinen anderen Plan hast, bin ich immer noch bereit, das zu tun.«

Ich schüttele den Kopf. Obwohl ich alles dafür geben würde, jetzt mit ihm in seinen Wagen zu steigen und ans Ende der Welt zu fahren, macht es einfach keinen Sinn.

»Danke, Jakob«, sage ich. »Aber sie sind schon darüber informiert, dass ich erst mal in die Schule gehe.«

Er nickt kühl.

»In Ordnung.«

Ich hoffe sehr, dass er nicht nachfragt, wer hinter dieser Idee steckt. Wahrscheinlich ahnt er es ohnehin. Er nickt Sarah noch einmal zu, dann dreht er sich um und will gehen. Im Türrahmen bleibt er noch einmal stehen.

»Sag Erik, wenn er es sich zur Gewohnheit macht, gegen Absprachen zu verstoßen, dann schicke ich ihm Kadim, der seine Erinnerungen löscht.«

Wieder bringe ich nichts anderes als ein gezwungenes Nicken zu Stande. Der Kloß in meinem Hals ist auf Basketballgröße angewachsen.

Nachdem Jakob das Haus verlassen hat, legt Sarah mir wortlos die Hände auf den Kopf. Ich fühle mich hundemüde, obwohl ich letzte Nacht mindestens sechs Stunden geschlafen habe. Danach wäscht sie sich die Hände und macht dasselbe bei Sylvia.

»Nimm es ihm nicht so übel«, sagt Sarah mit ihrer weichen Stimme. »Das war nicht leicht für ihn, denn er liebt dich.«

»Genau wie ich ihn«, murmele ich.

Sie streichelt mir noch einmal über den Scheitel.

»Glaub mir, Melek. Es gibt niemanden auf der Welt, der unerfüllte Liebe besser nachfühlen kann als ich.«

Daran habe ich nicht den geringsten Zweifel.

***

Erik wartet im Foyer der Schule auf mich. Es ist fünf Minuten vor dem Gong zur ersten Stunde, als ich ohne meinen Rucksack und in den Klamotten von gestern vor ihm stehe. Er braucht nur einen kurzen Blick in mein Gesicht zu werfen, um zu wissen, dass die Situation in der Küche nach seinem Verschwinden noch eskaliert ist.

»Wie hat das Strafkommando entschieden?«, fragt er verächtlich.

»Ich soll dir ausrichten, dass Kadim deine Erinnerungen löschen wird, wenn du das noch einmal machst«, antworte ich.

»Wenn ich was mache? Dich küssen?«

»Ja.«

»Sag ihm, er kann sich seine Drohungen sparen. Ich habe gestern am eigenen Leib erfahren, was man damit auslösen kann. Mir zittern immer noch die Knie.«

Er setzt ein schelmisches Grinsen auf, von dem mir etwas leichter ums Herz wird. Erik ist der stärkste Mensch, den ich kenne. In seiner Gegenwart fühle ich mich immer aufgefangen und geborgen. Auch wenn ich es bereue, ihn geküsst zu haben, ist er trotzdem mein Zufluchtsort. Ihn zu sehen, ist wie nach Hause kommen. Ich packe ihn am Kragen seiner Jacke und drücke meine Stirn an seine.

»Danke!«, flüstere ich.

»Wofür?«

»Einfach dafür, dass du da bist.«

In dem Moment kommt Jana durch die Eingangstür, den Blick stur nach vorn gerichtet und auffallend unauffällig gekleidet. Sie trägt einfache Bluejeans und einen grauen Pullover. Als sie uns sieht, verringert sie ihre Schrittgeschwindigkeit. Ich rechne schon mit einer ihrer kleinen Gehässigkeiten. Stattdessen sagt sie nur »Hallo Melek, hallo Erik«, und geht weiter.

»Wahnsinn«, murmelt Erik. »Dein Dschinn hat ganze Arbeit geleistet.«

»Ja. Man könnte auf den Gedanken kommen, es sei gut so«, sinniere ich.

Erik sieht mich ernst an.

»Es ist genauso gut wie Lynchjustiz«, sagt er. »Auch wenn es auf den ersten Blick nach Gerechtigkeit aussieht, ist es doch nichts anderes als Tyrannei.«

Ich denke noch eine ganze Weile über seine Worte nach. Aber als ich in meiner Klasse sitze und endlich wieder dem Unterricht folgen kann, weil niemand mich mobbt, beschließe ich trotzdem, Levian dankbar zu sein. Bodo ist heute rechtzeitig zur ersten Stunde erschienen und hat sämtliche Hausaufgaben gemacht – im Gegensatz zu mir. Jana tuschelt nicht mehr hinter meinem Rücken, schreibt keine Zettel mit Gemeinheiten und lässt den Arm unten, als ihre Nachbarin in Geschichte von ihr abschreibt. Zum ersten Mal wünsche ich mir, ich würde neben ihr sitzen, denn Marlon, der während der

Arbeit mein Banknachbar ist, hält stur seine Hand über sein Blatt und gewährt mir nicht den kleinsten Blick. Ich versage völlig. Die Geschichtszahlen aus dem Grundwissen lasse ich gleich ganz weg und von den anderen Fragen kann ich nur eine einzige beantworten. Hätte ich nur nicht auf Erik gehört und wäre bei Sarah in der Küche geblieben!

Als eine der Ersten lege ich meinen geliehenen Stift zur Seite und starre zum Fenster hinaus. Ich denke an Jakob und frage mich, was er wohl gerade macht. Ob er allein in seiner tristen Wohnung sitzt, wo man schon vom Atmen Depressionen bekommt? Oder trifft er sich mit Tina, um die Strategie für das Teichfest umzustellen? Verschwendet er noch einen Gedanken an mich oder hat er mich bereits aus seinem Herzen und aus seiner Seele verbannt? Wenn Sarah sagt, er wäre in mich verliebt, dann wird sie wahrscheinlich wissen, wovon sie spricht. Andererseits bin ich mir bei ihr, genau wie bei Sylvia, manchmal unsicher, ob sie die Dinge nicht falsch interpretiert oder Kleinigkeiten überbewertet. Mutter und Tochter sind so übersensibel und chaotisch, dass sie mit ihren wirren Weissagungen auch Szenen wie letzte Nacht heraufbeschwören. Ich hoffe nur, dasselbe trifft nicht auch auf Sylvias Teichfest-Vision zu. Wenn wir am Samstag ihr Leben und das von Lennart retten wollen, müssen wir sicher sein können, dass sie uns nicht in eine Sackgasse führt. Aber was nützt es, mir Jakobs Kopf zu zerbrechen? Die Entscheidung für unser weiteres Handeln liegt allein bei ihm.

Ich schließe die Augen und denke an all die Momente, in denen es einen offenen Blick, eine sachte Berührung zwischen uns gab. Dann schimpfe ich mich eine sentimentale Heulsuse und konzentriere mich wieder auf das Hier und Jetzt. Unsere Geschichtslehrerin sammelt die Arbeiten ein und verdreht die Augen, als ihr auffällt, wie wenig Text mein Blatt ziert. Ich lehne mich zurück und genieße trotzdem die Ruhe, die endlich wieder im Klassenzimmer herrscht. Sie ist die beste Voraussetzung dafür, dass ich mir wenigstens künftig die Dinge merken kann, die im Unterricht besprochen werden. Das muss wohl reichen, um das Schuljahr irgendwie hinter mich zu kriegen.

Der Feind in deinem Opfer

Am Freitag frage ich mich, ob Jakob überhaupt weiß, was er uns mit seinem Ehrgeiz antut. Es gibt praktisch keine freie Minute mehr bis zum Teichfest und trotzdem will er uns auch an diesem Abend wieder in die Clubs schicken. Dazu trainieren wir weiterhin jeden Nachmittag an einem neuen Ort. Unsere Treffen auf der Eckelshausener Schutzhütte gehören so lange der Vergangenheit an, bis etwas Gras über den Polizeieinsatz gewachsen ist. Stattdessen treffen wir uns nun im Wald bei Biedenkopf. Gestern waren wir sogar im Paintballzentrum in Gießen, wo wir zum ersten Mal den Ernstfall unter ansatzweise realen Bedingungen geprobt haben. Anstatt nacheinander vom Schießstand aus auf einen einzelnen Läufer zu schießen, sind wir alle in Gruppen gegeneinander angetreten. An diesem Nachmittag ist mir zum ersten Mal bewusst geworden, wie verletzbar ich bin. Ich habe zwar alle anderen Talente das Fürchten gelehrt, weil ich sie reihum getroffen habe. Doch ich selbst habe ebenfalls fünf Treffer abbekommen – drei davon wären tödlich gewesen. Und obwohl die Dschinn morgen Abend nicht mit Schusswaffen gegen uns antreten werden, habe ich die letzte Nacht nur von knackenden Zweigen im Unterholz geträumt.

Erik hat nach unserer Rückkehr zu meinen Eltern mal wieder ganze Arbeit geleistet. Ich war nicht dabei, als er die beiden bequatscht hat, aber mittlerweile habe ich ihm genug Einzelheiten über dieses Gespräch aus der Nase gezogen, um es mir ansatzweise vorstellen zu können. Letztendlich hat er ihnen erfolgreich verkauft, dass er alles tun will, um mich von der schiefen Bahn herunterzuholen und mein Herz wiederzugewinnen. Selbst mein Vater ist nun ein Fan von Erik und traut ihm zu, die missratene Tochter auf den Pfad der Tugend zurückzuführen. Nun stehe ich unter einer Art Ausnahme-Arrest. Ich darf nur in Eriks Begleitung aus dem Haus verschwinden.

Selbst das Moped ist plötzlich kein Thema mehr. Ich habe die Erlaubnis bekommen, darauf mitzufahren, und meine Eltern haben nicht nachgefragt, woher ich einen Helm und einen Nierengurt habe. Wir halten noch nicht wieder vor den beiden Händchen, aber es ist nur eine Frage der Zeit, bis sich alles wieder zum alten Zustand zurückentwickelt.

Ein Highlight der besonders unangenehmen Art erwartet mich, als ich mittags die Schule verlasse. Da steht das Auto meiner Mutter auf dem Lehrerparkplatz. Sie selbst, im grauen Hosenanzug und mit einem bauschigen Blümchenschal um den Hals, lehnt mit verkniffenem Gesichtsausdruck an der Tür. Ich ahne Schlimmes.

»Steig ein. Du hast einen Termin beim Arzt«, sagt sie, kaum dass ich auf Hörweite bei ihr bin.

»Muss das sein? Ich …«

Sie lässt mich nicht einmal ausreden.

»Steig in das Auto, Melek!« Ihre Stimme klingt schrill.

Ich gebe auf und nehme auf dem Beifahrersitz Platz. Meine Mutter hat die Lippen aufeinandergepresst, als sie den Motor anlässt und losfährt. Ein paar Strähnen haben sich aus ihrer Frisur gelöst. Sie sieht ziemlich durcheinander aus.

»Es besteht kein Grund …«, versuche ich noch einmal, mich herauszuwinden.

»Das hat Yasemin auch gesagt!«

Aha, daher weht der Wind. Yasemin ist meine Cousine dritten oder vierten Grades, die demnächst mit einundzwanzig Jahren ihr drittes Kind bekommt.

»Das ist etwas vollkommen anderes«, behaupte ich. »Yasemin hat ein sexistisches Arschloch aus Anatolien geheiratet, das ihr sogar verbietet, ihre Freundinnen zum Eis essen zu treffen.«

Meine Mutter schaut stur auf die Fahrbahn.

»Mir ist vollkommen egal, ob es sich bei dem entsprechenden Kerl um einen Versager aus Amarat, einen Kriminellen aus Biedenkopf oder um einen gutgläubigen Apothekersohn handelt. *Meiner* Tochter wird das jedenfalls nicht passieren!«

Ich habe keine Chance. Die Meinung meiner Mutter über mich ist mittlerweile so festgefahren, dass mir die Argumente fehlen. Was soll ich auch sagen? Dass Jakob mich ohnehin niemals anfassen würde, weil das gegen den Ehrenkodex seiner Armee verstößt? Dass ich Erik nur zu Showzwecken meine Hand halten lasse? Es hätte doch keinen Sinn. Also schweige ich einfach und lasse mich von ihr zum Frauenarzt fahren. Zum Glück kommt sie weder mit ins Sprechzimmer noch in den Untersuchungsraum, so viel Rücksicht nimmt sie dann doch. Ich gebe beim Arzt vor, dass ich einen Freund hätte und mit ihm schlafen wolle. Als ich auf dem Stuhl aller Stühle Platz nehmen muss, mache ich Small-Think und blende alles aus, was unter meiner Gürtellinie geschieht. Trotzdem stehen mir Tränen in den Augen, als ich mit einem Rezept für die Pille zurück ins Wartezimmer komme. Meine Mutter schluckt bei meinem Anblick, geht aber nicht darauf ein.

»Setz dich noch mal kurz hin. Ich bin gleich wieder da.«

Damit rauscht sie hinaus in Richtung Sprechzimmer. Ich weiß genau, was sie nun tun wird. Sie wird all ihren orientalischen Charme zusammennehmen und dem Arzt die Information herausleiern, ob ich noch Jungfrau bin. Ich hoffe, er sagt es ihr einfach. Vielleicht habe ich dann endlich wieder Ruhe.

Wie ich vermutet habe, kommt meine Mutter nach gerade mal zwei Minuten wesentlich entspannter aus dem Sprechzimmer heraus, als sie hineingegangen ist.

»Schön, Melek-Schätzchen, lass uns nach Hause fahren«, trällert sie plötzlich gut gelaunt.

Ich möchte gar nicht wissen, was wirklich hinter dieser Erleichterung steckt – die Tatsache, dass ich folglich definitiv nicht schwanger bin, oder einfach die Gewissheit, dass mein körperlicher Zustand immer noch allen Voraussetzungen für deutsch-türkische Beziehungen entspricht. Ich versuche nicht weiter darüber nachzudenken.

Zu Hause verschwinde ich direkt auf mein Zimmer, drehe die Musik auf und werfe mich auf mein Bett. Mein Blick fällt auf den Fußboden, wo immer noch jede Menge Holzsplitter und Staub herumliegen. Vor lauter Verzweiflung hat mein Vater gestern nämlich mit einer Axt die Tür eingehauen, um nachzusehen, ob ich wirklich abgehauen bin und nicht etwa tot oder im Drogenrausch in meinem Zimmer liege. Der ortsansässige Schreiner hat nun gleich beides erneuert – die Tür und das Fenster. In Buchenau gehen sicher schon die ersten Gerüchte darüber herum, dass ich nachts aus dem Fenster steige, um mich mit Kriminellen und Drogensüchtigen zu treffen. Mein Alibi nimmt mittlerweile eine richtig ausgefeilte Form an.

***

Jakob ist natürlich nicht sonderlich erfreut darüber, dass nun wieder Erik an der Reihe ist, meinen Freund zu spielen. Bereits beim Übungstreffen am Nachmittag merke ich, dass die Kluft zwischen den beiden noch größer geworden ist. Kaum dass Erik seinen Helm vom Kopf genommen hat, fasst er sich bereits in den Nacken und kneift die Augen zusammen. Finn und Jakob stehen hundert Meter weiter vor der Hütte und schauen zu uns herüber. Es scheint also Telepathie im Spiel zu sein.

»Schon gut«, brummt Erik und setzt den Helm wieder auf. »Nicht näher als auf Sichtweite. Ich hab's verstanden.« Er wirft Jakob einen Blick zu, von dem ich Bauchschmerzen bekomme. Ich habe keine Ahnung, wie das weitergehen soll, wenn Eriks Talent endgültig erwacht. Doch ich hoffe, dass Jakob dann gnädig mit ihm umgeht. Vielleicht reicht es ihm ja, ihn am Ende unserer Rangordnung verhungern zu lassen, so wie mich.

Mir gegenüber verhält Jakob sich den ganzen Nachmittag über so, als wäre nichts gewesen. Das muss er auch tun, denn beim Teichfest werden wir Partner sein, die einander bedingungslos beschützen. Persönliche Probleme müssen bei einem solchen Einsatz zurückgesteckt werden. Doch seine Blicke sind kürzer und distanzierter als früher und Tina weicht nun kaum mehr von seiner Seite. Gemeinsam verkünden sie uns die neue Taktik fürs Teichfest. Ich weiß nicht, wer das Wunder bewirkt hat, dass Jakob seine Meinung geändert und Tina als Henrys Partnerin für den hinteren Abschnitt eingeteilt hat. Wahrscheinlich hat sie sich selbst angeboten. Damit bringt sie sich natürlich in Lebensgefahr, denn Henrys Schießkünste sind nur unwesentlich besser geworden. Obwohl er mittlerweile bei Jakob wohnt, wo er vor seinem nervtötenden Vater sicher ist, kränkelt sein Talent immer noch.

Auch Kadim bekommt eine neue Stellung bei den Liebestötern auf dem Fest, weil er Sylvias Job übernehmen muss und nun als Einziger die Dschinn erkennen kann. Hoffentlich bleibt er ruhig genug, um keine Fehler zu machen. Irgendwie traue ich Kadim einfach nicht. An seiner statt begleitet nun Mike Rafail auf dem ersten Abschnitt.

Lennart ist aus der Planung raus. Er soll mit Sylvia zusammen in Biedenkopf bleiben und so lange auf sie aufpassen, bis er Entwarnung von uns erhält. Ich mache den Vorschlag, dass Erik ebenfalls bei Sylvia und Lennart bleiben könnte, aber natürlich lehnt Jakob ab. Erik wird nun vermutlich versuchen, sich unter die Besucher beim Fest zu mischen, und die Vorstellung behagt mir gar nicht. Sein Alleingang als Einzelkämpfer ist gegen jede Regel und ich habe Angst um ihn.

Und dann, am Abend, müssen wir wieder losziehen. Und das mit all unserer Müdigkeit und Angst im Bauch. Ich verstehe nicht, dass Jakob uns keinen freien Abend gönnen kann. Sollen die Menschen doch ausnahmsweise einmal selbst darüber nachdenken, wen sie küssen!

Erik holt mich um halb neun ab. Wir fahren auf eine Schlagerparty in einer Scheune in Katzenbach. Der Ort besteht nur aus fünf Häusern und einem Gasthaus und liegt zwischen Wäldern und Hügeln ein paar Kilometer Luftlinie von Buchenau entfernt. Trotzdem muss man sich umständlich über kaputte Teerwege durch den Wald schlängeln, um dorthin zu kommen. Erik setzt mich vor der Scheune ab und parkt sein Moped ein Stück hinter dem Gasthaus. Wahrscheinlich steht ihm wieder eine seiner langen einsamen Nächte bevor, denn Jakob wird ihn niemals den Raum betreten lassen, in dem wir arbeiten.

Als ich die anderen vor dem Eingang treffe, sehe ich sofort Sylvias kreidebleiches Gesicht.

»Was ist los, geht's dir nicht gut?«, frage ich.

Sie schüttelt den Kopf und presst die Hand auf den Bauch.

»Ich glaube, es ist so weit«, flüstert sie in mein Ohr.

Ich verstehe kein Wort und bekomme gleich einen Anflug von Panik.

»Was? Was ist so weit?«, frage ich erschrocken.

»Ich werde zur Frau«, flüstert sie zurück.

Es dauert einen Moment, bis ich sie verstehe.

»Ach so, du kriegst deine Tage.«

Sie nickt und macht ein leidendes Gesicht.

»Es fühlt sich schrecklich an. Und es tut verdammt weh. Ist das immer so?«

»Bei manchen Mädchen ist das so, ja«, sage ich. »Aber dagegen gibt's Tabletten.«

»Ich hätte gern eine«, murmelt Sylvia. Dann lässt sie sich wie Nadja, Rafail, Nils und ich von Jakob in die Partyscheune treiben, während Henry mit seinem Bogen draußen bleibt. Ich überlege, ob es Sinn macht, Jakob von Sylvias Problem zu erzählen. Erik könnte sie heimfahren. Aber leider hat er Kadim nicht zur Nachtschicht verdonnert und somit haben wir nur ein kleines, leidendes Orakel, das uns auf die Dschinn aufmerksam machen kann. Er wird Sylvia niemals gehen lassen, solange sie sich aufrechthalten kann. Auch Tina, Lennart, Finn und Mike fehlen. Ich wünschte, ich könnte mit einem von ihnen tauschen. Wenn Tina nicht dabei ist, sind meine Chancen für einen Einsatz als Liebestöter hoch. Mir graut so sehr davor, ich kann es nicht in Worte fassen. Ich kann nur hoffen, dass entweder gar keine Dschinn auftauchen oder nur eine blonde Frau dabei ist. In dem Fall würde ich sicher verschont bleiben.

Die erste Stunde sitzen wir wie immer in einer Ecke, trinken alkoholfreie Cocktails und beobachten die Gäste. Dabei ist mir gar nicht wohl in meiner Haut, denn Sylvia verkrampft sich mehr und mehr.

»Versuch mal, in deinen Bauch zu atmen«, rate ich ihr.

»Ich kriege kein Kind, Melek«, motzt sie mich an. »Es ist genau das Gegenteil!«

Eine so rabiate Art bin ich von ihr gar nicht gewohnt. Sie muss wirklich schlimme Schmerzen haben.

»Versuch es trotzdem. Ansonsten fällt mir nur Schnaps ein.«

»Vergiss es!«

Als eine weitere Stunde vergangen ist, bemerkt sogar Jakob, dass Sylvia ein Problem hat. Sie hat mittlerweile auf der Bank die Beine angezogen und krümmt sich mit verzerrtem Gesicht über ihre Knie. Er steht auf und kommt zu uns herüber.

»Was ist los, Kleine?«, fragt er Sylvia.

»Nichts«, jammert sie.

Er sieht mich an und ich zögere nicht mit der Antwort.

»Frauenproblem«, flüstere ich. »Zum ersten Mal.«

Jakob sieht auf seine Uhr. Es ist nun kurz vor elf und bisher hat sich kein Dschinn blicken lassen. Und doch hat Sylvia selbst prophezeit, dass unsere Widersacher hier und heute auftauchen würden.

»Kannst du noch eine Stunde aushalten?«, fragt er und tätschelt dabei ihr angezogenes Knie. Sie nickt tapfer.

»Erik könnte sie heimfahren«, schlage ich vor und fange mir dafür einen besonders dunklen Blick von Jakob ein. Ich habe es zumindest versucht. Obwohl ich nicht weiß, wie sich Sylvias Schmerzen anfühlen, habe ich doch eine Ahnung davon, wie sehr sie leidet.

»Wir werden sehen«, brummt Jakob und geht wieder zurück zu seinem Platz, wo er sich vor seinen unberührten Cocktail setzt und auf die Tanzfläche starrt.

Um halb zwölf ist es schließlich so weit. Sylvia erkennt die Nähe der Dschinn trotz ihrer Qualen und deutet auf den Eingang.

»Die Blonde und der Typ mit der Lederjacke.«

Ich atme auf, als ich die Dschinniya sehe. Sie ist ganz klar ein Fall für Nadja. Jakob sieht es zum Glück genauso.

»Nadja und ich«, beschließt er. Ich habe noch nie erlebt, dass er sich selbst für diesen Einsatz einteilt. Warum auch nicht, sage ich mir. Auch wenn er unser Anführer ist, gibt es keinen Grund, weshalb er sich dafür zu schade sein sollte. Trotzdem habe ich keine Lust, ihn mit einer dieser Schlagertussis anbandeln zu sehen.

Dann schaut er mich an und entscheidet: »Sylvia kann mit Erik heimfahren. Er muss so lange auf sie aufpassen, bis ich ihn ablöse. Frag Henry, ob du für ihn schießen sollst.«

Nun ist Erik also doch wieder zu gebrauchen. Im Grunde kann Jakob froh sein, diesen Trumpf in der Hinterhand zu haben. Aber das würde er nie zugeben. Ich selber bin einfach froh, dass ich mit Sylvia an die frische Luft verschwinden kann, bevor der Junge, den ich liebe, loszieht, um mit einem anderen Mädchen zu flirten.

Wir quetschen uns durch die Menschenmenge auf der Tanzfläche, so gut es geht. An der Garderobe lasse ich mir Helm, Nierengurt und Jacke geben. Als wir außer Hörweite sind, fängt Sylvia an, herzzerreißend zu stöhnen.

»Oh Melek, ich glaube, ich muss sterben«, jammert sie, während ich sie durch die Ausgangstür schleife.

»Halt durch«, beruhige ich sie. »Erik fährt dich heim und gibt dir eine Tablette aus der Apotheke seines Vaters. Nur noch 15 Minuten und alles wird gut!«

Ich erkenne Henrys Gestalt hinter dem Gasthof, etwa dort, wo ich auch Erik vermute.

Sein Gesicht ist bleicher als sonst und sein Mund wirkt verkniffen.

»Hat Jakob dich geschickt, um mich abzulösen?«, fragt er, als wir bei ihm ankommen.

»Wie du willst«, antworte ich kurz angebunden. »Er hat es uns freigestellt. Aber ich brauche Erik. Er muss Sylvia heimfahren.«

Henry deutet auf die Hinterseite des Hauses. Ich nicke und schleife Sylvia um die Ecke, wo wir Erik auf einer kleinen Bank sitzen sehen. Er springt sofort auf, als er uns in der Dunkelheit erkennt.

»Melek, Sylvia! Was ist los?« ruft er.

»Schscht!«, mache ich und zerre Sylvia zu ihm. »Sie hat Menstruationsbeschwerden. Bring sie heim und gib ihr was dagegen. Sie hat schon viel zu lange durchgehalten!«

Noch während ich rede, lege ich ihr den Nierengurt an, stecke sie in meine Jacke und ziehe ihr den Helm über den Kopf, der bedenklich lose sitzt. Erik beobachtet uns dabei und enthält sich jeglichen Kommentars. Dann nehme ich Sylvia in den Arm und drücke sie an mich, während er sein Moped anwirft.

»Zwölf Minuten und alles wird gut«, sage ich. »Komm gut nach Hause, Große, bis morgen!«

Ich helfe ihr, hinter Erik aufzusteigen, und sehe den beiden hinterher, bis der Lichtkegel der Maschine vom Wald verschluckt wird. Dann gehe ich wieder zu Henry und frage ihn noch einmal, ob ich ihn ablösen soll.

»Melek, ich … ich habe eine solche Angst, dass ich nicht treffe … aber ich möchte trotzdem gern schießen!«

Ich kann die Verzweiflung in seinen Augen sehen und befürchte, dass er Recht haben wird.

»Und wenn du die Verantwortung einfach mal abgibst?«, biete ich ihm an. »Wenn ich danebenschieße, hat Albert ein neues Opfer, auf dem er herumhacken kann. Das wäre doch mal ganz heilsam für dich.«

Er schüttelt den Kopf. Schweißperlen stehen auf seiner Stirn.

»Aber wenn du triffst, dann wird er mir vorhalten, dass nicht ich es war, der geschossen hat.«

Was für eine ausweglose Situation. Ich bin zwar nicht erpicht darauf, wieder in die Scheune zu gehen und Jakob beim Flirten zu beobachten, doch wenn ich mir Henry ansehe, glaube ich, dass meine Anwesenheit ihn nur noch unsicherer macht.

»Okay«, sage ich. »Wenn du es selbst tun willst, dann gehe ich jetzt wieder rein. Oder soll ich lieber blieben?«

Er schüttelt den Kopf und legt seinen Bogen in Position.

»Drück mir die Daumen«, murmelt er.

»Das mach ich, Henry.«

Ich schaue auf die Uhr und überlege kurz, ob ich es überhaupt wagen kann, jetzt die Scheune zu betreten. Seit ich die Party verlassen habe, sind sechs Minuten vergangen. Jeden Augenblick könnte ein aufgebrachter Dschinn durch die Tür gestürmt kommen. Vorsichtshalber greife ich in meine Jackentasche und klappe mein Messer aus. Dann stapfe ich hinüber zum Ort des Grauens und halte all meine Sinne in Alarmbereitschaft. Ich trete durch die Tür, ohne dass etwas geschieht. Unangenehm laute Schlagermusik empfängt mich. Drinnen lehne ich mich an die Wand und orientiere mich erst mal. Ich sehe Rafail und Nils immer noch angespannt in der Ecke sitzen. Auf der Tanzfläche entführt Jakob gerade ein zierliches Mädchen mit Schlaghosen ihrem Tanzpartner und führt sie lachend in eine Drehung. Er kann tatsächlich Discofox tanzen! Die Szene würde fast schon ulkig wirken, wenn sie nicht so ernst wäre. Das Mädchen ist komplett aus dem Häuschen und grinst ständig zwischen Jakob und dem Dschinn hin und her. Ich hasse sie. Jakob präsentiert dem verärgerten Dschinn bei jeder Figur das Bannzeichen.

Drüben an der Bar sitzt Nadja und streicht sich mit einer Hand durchs Haar, während sie mit dem Finger der anderen auf die Dschinniya deutet und einen Witz macht. Ihr gegenüber thront auf einem Barhocker ein besonders gut aussehender Junge, der sichtlich erfreut über die Aufmerksamkeit ist, die ihm gerade wiederfährt.

Sie haben also alles unter Kontrolle. Ich atme auf und dränge mich durch die Menschenmenge zurück an unseren Platz. Gerade, als ich mich neben Rafail plumpsen lasse, gibt Jakobs Dschinn auf und verschwindet in Richtung Ausgang. Niemand von uns steht auf, um ihn zu verfolgen, denn immerhin ist Nadja noch bei der Arbeit. Ohne Kadim, Finn und Sylvia erfahren wir nicht, ob Henry ihn erwischt. Wir müssen uns gedulden.

»Schrecklich«, sagt Rafail neben mir. »Ich werde mich nie an diese Anspannung gewöhnen! Es ist schon das zweite Opfer, an dem sie dran ist. Gibt das Miststück denn nie auf?«

Ich gebe ihm völlig Recht. Um nichts in der Welt wollte ich jetzt mit Nadja tauschen. Dann beobachte ich, wie Jakob dem Schlaghosenmädchen einen Korb gibt und wieder zu uns zurückkommt. Ich bin mehr als froh, dass ich den Hauptteil seiner Show nicht mitbekommen habe. Es war schon schlimm genug, das Lächeln in seinem Gesicht zu sehen, während er eine andere über die Tanzfläche geschleift hat. Nun wird er sie zum Glück keines Blickes mehr würdigen. Sein Gang ist unauffällig wie immer, doch ich registriere jede winzige Bewegung seiner Muskeln, bewundere seine aufrechte Haltung und seine undurchschaubare Miene. Ich werde nie aufhören, ihn zu lieben, egal, was auch geschieht.

»Nadja!«, ruft Rafail plötzlich neben mir. Er ist aufgesprungen und starrt mit weit aufgerissenen Augen zur Bar. Ich folge seinem Blick und was ich sehe, lähmt vor Entsetzen all meine Bewegungen: Die Dschinniya ist verschwunden. Dafür sitzt nun Nadja mit dem hübschen Jungen eng umschlungen da, in einen Kuss versunken, der so tief ist, dass er auf keinen Fall menschlich sein kann.

»Nein!«, schreit Rafail. »Jakob, halte ihn auf!«

Wir springen alle gleichzeitig hoch und hetzen hinüber zur Bar. Doch die Menschenmasse auf der Tanzfläche behindert unser Durchkommen. Während ich wahllos Leute zur Seite schubse, sehe ich, wie der Dschinn uns beobachtet und dabei Nadja kaltblütig weiter küsst. Er scheint unser Vorwärtskommen genau zu berechnen und wird erst dann von ihr ablassen, wenn der Erste von uns in greifbarer Nähe ist.

Rafail und Jakob kommen schließlich fast zur gleichen Zeit am Tresen an. Im selben Moment lässt der Dämon von Nadja ab und rennt um sein Leben. Rafail fällt vor ihr auf die Knie. Tränen stürzen aus seinen Augen. Ich kann Nadja kaum ansehen, die nun genauso regungslos und schön auf ihrem Hocker sitzt, wie Jana vor zwei Tagen. Jakob hetzt dem Dschinn hinterher, doch der ist in Windeseile durch die Tür entwischt. Dennoch achtet er dabei die Regeln und rennt nicht schneller als ein richtiger Mensch. Genau vor dem Ausgang bleibt Jakob stehen und starrt durch das Fenster. Wahrscheinlich traut er sich nicht, ebenfalls hinauszurennen, weil er Angst hat, von seinem eigenen Volltreffer erschossen zu werden.

»Ich hoffe, Henry hat das Schwein erwischt!«, sagt Nils neben mir. Auch er hat Tränen in den Augen und tut sich schwer, die Beherrschung zu wahren.

Wir scharen uns alle um Nadja, bis Jakob uns auseinandertreibt. Sein Blick ist eiskalt.

»Ihr seid immer noch auf einer Party voller Menschen«, erinnert er uns. »Rafail, spiel den verletzten Freund und bring sie raus. Nils und Melek, setzt euch auf euren Platz!«

Die nächsten fünf Minuten fühlen sich an, als wären sie nicht von dieser Welt. Von meinem Platz in der Ecke muss ich mit ansehen, wie Rafail tränenüberströmt auf Nadja einredet, sie schließlich in die Arme schließt und nach draußen verfrachtet. Erst dann kommt Jakob zu uns und befiehlt: »Ihr bleibt noch fünf Minuten sitzen. Keiner heult. Dann schlendert ihr gemütlich nach draußen. Von mir aus kauft Zigaretten, damit es nach einer Raucherpause aussieht.«

Dann verschwindet er selbst aus der Scheune und überlässt Nils und mich unserem Schicksal. Ich kann mich nicht dazu durchringen, Zigaretten zu kaufen, denn weder mein Mund noch mein Gehirn sind dazu in der Lage. Deshalb warte ich einfach fünf Minuten, ehe ich Nils am Arm packe und wegzerre.

Wir finden die anderen hinter dem Gasthaus. Nadja sitzt auf der gleichen Bank wie Erik vorhin, Rafail kniet wieder vor ihr und streichelt fortwährend ihre Hände. Dabei laufen die Tränen wie Sturzbäche aus seinen Augen. Auch Henry weint bitterlich und ich kann mir vorstellen, dass er von Nadja abgesehen noch einen weiteren Grund dafür hat. Gerade, als Nils und ich dazukommen, greift Jakob in Rafails Jacke und nimmt ihm das Messer weg. Rafail fährt zornig zu ihm herum.

»Was soll das?«, brüllt er.

»Sei leise, verdammt«, herrscht Jakob ihn an. »Es ist eine reine Vorsichtsmaßnahme.«

»Denkst du, ich würde ihr damit die Kehle durchschneiden, ja? Denkst du das?«, schreit Rafail. Ich blicke mich nach allen Seiten um, ob jemand uns hören kann. Zum Glück steht im Moment keiner der Partygäste draußen beim Rauchen.

»Wenn du dich nicht augenblicklich beruhigst, sorge ich dafür, dass du die Klappe hältst«, droht Jakob.

Ich weiß zwar nicht, wie er das machen will, aber ich glaube ihm aufs Wort. Rafail scheint es ebenso zu gehen, denn er reißt sich zusammen und lässt den Kopf auf Nadjas Oberschenkel sinken. Seine mächtigen Schultern zittern.

Ich kann den Blick nicht von dem Mädchen wenden, das einmal unsere Telekinetikerin war. Sie sitzt völlig ungerührt da und schaut von einem zum anderen. Würde jemand sie fragen, wie sie zu der ganzen Sache steht, so wäre die Antwort sicher, dass es ihr egal ist. Sie sieht auch nicht unglücklich aus. Von allen anwesenden Talenten ist Nadja das einzige, das im Moment keine Probleme zu haben scheint.

»Wir bringen sie nach Marburg«, sagt Jakob. Er legt Rafail die Hand auf die Schulter. Seine Stimme ist jetzt wieder freundlich. Doch seine Augen sind so dunkel, dass ich beinahe den Film sehen kann, der gerade hinter seiner Stirn läuft. Er muss eine ganz ähnliche Situation zeigen, die vor ein paar Jahren geschah. In den Hauptrollen Jakob und seine Freundin Marie.

»Henry, bist du in der Lage, Rafails Wagen zu fahren?«, fragt er.

»Ich glaube schon«, sagt Henry. Er wischt sich mit dem Handrücken über das Gesicht und versucht erfolglos, Haltung anzunehmen. Seinen Bogen hat er achtlos in die Ecke gepfeffert. Ich hebe ihn auf und drücke ihn ihm in die Hand. Mir fällt nichts Tröstendes ein, das ich ihm sagen könnte. Seine Finger schließen sich so verkrampft um die Waffe, als sei sie mit Säure vergiftet.

»Ich fahre mit Nadja und Rafail in die Klinik. Henry, du bringst Nils und Melek nach Hause. Wir sehen uns morgen Nachmittag an der Schutzhütte in Biedenkopf.«

Morgen Nachmittag. So lange gibt er uns also Zeit, um um Nadja zu trauern. Bis dahin müssen wir wieder in Topform sein. Was denkt er, was wir morgen tun werden? Uns als Rollenspieler verkleiden und ein lustiges Endzeit-Spielchen spielen? Mit Paintballgeschossen aufeinander losgehen? Noch mal neue Pläne fürs Teichfest machen? Mittlerweile ist es ja wohl ausgeschlossen, dass wir dort erfolgreich sein werden. Wenn nun auch noch Nadja ausfällt, unsere wichtigste Liebestöterin, wer soll dann die Menschen auf dem Fest beschützen? Selbst wenn Nils Tinas Platz im Wald einnimmt, um mit ihr wenigstens einen weiblichen Liebestöter im Mittelpunkt zu haben – wie sollen Tina und Kadim allein eine ganze Party aufmischen? Und dann das Risiko, Henry einzusetzen! Es wäre Irrsinn, uns derart geschwächt in die Schlacht zu führen, noch dazu, wenn wir gar nicht wissen, welche Pläne die Dschinn haben. Aber genau das wird Jakob tun.

Wir werden alle sterben! Im Grunde hat Nadja Glück gehabt, denn sie wird übermorgen noch am Leben sein und braucht sich keine Sorgen mehr machen, frei von Ängsten, Selbstzweifeln und Depressionen. Seit meinem ersten Tag in der Armee war ich nie so niedergeschlagen wie jetzt.

Als die anderen sich schon auf den Weg zu den Autos machen, bleibe ich stehen. Jakob dreht sich zu mir um und bemerkt meinen Blick.

»Engelchen«, sagt er. »Es muss weitergehen.«

Ich nicke. Nichts anderes habe ich von ihm erwartet.

»Wie gut, dass dir so etwas wie Rafail nie mehr passieren kann«, sage ich.

Es ist ein Schlag in sein Gesicht, aber er schluckt ihn überraschend ruhig. Dann schüttelt er den Kopf und wendet sich zum Gehen. Er ist schon fast außer Hörweite, da murmelt er noch etwas. Es ist nicht an mich gerichtet, aber ich verstehe es trotzdem und vielleicht will er das auch. Es hört sich an wie: »Da bin ich mir nicht so sicher.«

Gib einem Talent eine Waffe – und es wird sie gegen dich richten!

Am nächsten Morgen sitze ich mit meinen Eltern am Frühstückstisch und zähle die Stunden bis zum Abend. Es fühlt sich an wie ein Todescountdown und ich bin nicht sicher, ob ich psychisch in der Lage bin, das zu verkraften. Nadja ist jetzt in der Jugendpsychiatrie und bekommt von den Veteranen bescheinigt, dass ihre Depressionen sie in ein Burnout oder sonst einen psychischen Zusammenbruch getrieben haben. Etwa eine Woche lang muss sie in der geschlossenen Abteilung bleiben. Bis dahin wird ihr Leben neu organisiert. Und wir werden über kurz oder lang einen Ersatz für sie bekommen. Ein neues Talent, das gerade jetzt, in diesem Augenblick, nichtsahnend irgendwo in der näheren Umgebung sitzt, vielleicht ein Eis isst und sich des Lebens freut. Womöglich wird heute Abend noch ein weiterer Platz frei. Oder auch zwei oder drei. Mittlerweile verstehe ich, dass Jakob uns am Nachmittag noch einmal zusammentrommeln will. Wir müssen reden. Vielleicht haben die Ereignisse von gestern Abend erneut das Schicksalsrad gedreht und die Orakel haben wichtige Informationen für uns. Wenn wir ganz großes Glück haben, sagt Jakob den Einsatz am Ende vielleicht doch ab.

Meine Mutter bietet mir ein Ei an. Offensichtlich hat sie mich schon mehrmals gefragt.

»Nein, danke!«, murmele ich. Ich muss mich zusammenreißen, sonst wird mir noch unterstellt, ich würde Drogen nehmen. Aber es fällt mir nicht leicht, mich auf das zu konzentrieren, was Sarah das normale Leben nennt. Meine Gedanken schweifen immer wieder zurück zu gestern Abend und nach vorn in die ungewisse Zukunft. Wenn ich wenigstens sicher sein könnte, dass

Levian heute Nacht auf meiner Seite steht. Aber er hat sich seit unserer unerfreulichen letzten Begegnung, wie erwartet, nicht mehr gemeldet.

Als ich nach dem Frühstück nach oben gehe, rechne ich mit allem, nur nicht mit dem grünäugigen Eichhörnchen an meinem Fenster. Es sitzt wie bei seinem ersten Besuch mit einer großen Nuss in den Pfoten da und drückt bei meinem Anblick gegen die Scheibe. Schnell schließe ich die Tür und öffne ihm das Fenster – schon allein deshalb, weil ich verhindern will, dass sich wieder eine Scherbenflut über meinen Fußboden ergießt.

»Levian!«, sage ich atemlos. »Wo warst du?«

Er springt herein und landet fast geräuschlos als Mensch direkt vor mir.

»Hallo Melek!«. Sofort wandert seine Hand in meinen Nacken, doch er zieht mich nicht an seine Brust. Wahrscheinlich ist er selbst vorsichtiger geworden seit dem Unfall. Mit dem Wissen, das Sylvia mir gegeben hat, spüre ich sein Talent jetzt ganz genau. In mir kriecht trotz meiner trüben Stimmung der Gedanke hoch, es noch einmal mit einem Kuss zu probieren. Ich weiß, dass ich es nicht zulassen werde. Aber ich kann nicht verhindern, dass ich es mir wünsche.

»Ich war auf Reisen«, sagt er. »Mir war nicht klar, ob wir uns vor dem Kampf noch einmal sehen.«

In den wenigen Tagen, die seit unserem letzten Treffen vergangen sind, habe ich vergessen, wie gut er aussieht. Der Bart ist ab, dafür trägt er heute die Haare etwas länger. Sie sind in perfekter Unordnung gestylt und verleihen seinem markanten Gesicht einen melancholischen Zug. Ich möchte hineingreifen und fühlen, ob sie immer noch so weich sind wie beim letzten Mal. Warum, um alles in der Welt, hat er diese Wirkung auf mich? Warum macht er mich nicht hochmütig und neidisch? Mit der verborgenen Leidenschaft in meinem Inneren kann ich nichts anfangen.

Er kommt mit der Nase etwas näher an mich heran und saugt meinen Geruch ein.

»Oh«, sagt er dann überrascht. »Es hat sich etwas geändert. Zwischen all der Angst und Anspannung hängt ein Hauch von Eriks Parfum in deiner Seele. Du hast doch nicht etwa deine Einstellung zu ihm überdacht?«

Er sieht nicht so aus, als würde ihm das viel ausmachen. Es ist allenfalls ein Ansatz von Bedauern, der in seiner Stimme mitschwingt. Ich werde die Dschinn nie verstehen.

»Und wenn es so wäre?«

»Dann wird es umso verführerischer sein, dich eines Tages zu verwandeln«, antwortet er.

Ich zucke ein Stück zurück. Er hat den Gedanken, mich zu seinesgleichen zu machen, also immer noch nicht aufgegeben. Und er hat den denkbar ungünstigsten Augenblick gewählt, um mich damit zu konfrontieren. Die Bilder von Jana und Nadja sind so präsent in meinem Kopf, dass mir bei der Vorstellung erst recht schaudert.

»Ich will kein Faun werden, Levian«, sage ich so deutlich wie möglich. Uns ist beiden klar, dass ich mich gar nicht dagegen wehren könnte, falls er beschließt, mir das gegen meinen Willen anzutun. Dazu muss er mich nur in einem Moment wie diesem erwischen, wenn ich unbewaffnet und unter dem Einfluss seines Talents vor ihm stehe.

»Was willst du stattdessen tun, Melek?«, fragt er und beobachtet mich dabei ganz genau aus seinen grünen Augen. »Neben Jakob auf dem Schlachtfeld fallen? Dein Leben unter Menschen weiterführen, was ohne meine Hilfe nur in Depressionen enden kann? Ich kann dir etwas bieten, was die Talente nicht können.«

»Was soll das sein?«

»Selbstvertrauen. Schönheit. Ein reizvolles Leben. Und immer, wenn du es willst, genau die Gefühle, die dir guttun. Ich war die letzten Tage unterwegs, um das alles abzuklären. Und ich habe die Erlaubnis bekommen, dich zu verwandeln.«

Das also war der Grund für seine Abwesenheit. Und es war ihm wichtig genug, um in Kauf zu nehmen, dass wir uns vor dem Kampf nicht mehr sehen würden. Dann hat er unter Umständen noch gar nicht erfahren, wie geschwächt unsere Truppe mittlerweile ist. Seltsamerweise schockt mich sein Vorschlag weniger, als ich vermutet hätte. Das kann an meinen fehlenden Gefühlen liegen oder daran, dass der Gedanke nicht mehr so ganz neu ist. Ehrlicherweise muss ich mir eingestehen, dass ich unter anderen Umständen darüber nachdenken würde. Wenn ich kein Talent wäre. Wenn ich nicht hinter meiner Lebensaufgabe stehen würde. Und wenn es Jakob nicht gäbe, vor allem das. Sonst hält mich nichts in der Welt der Menschen, weder meine Zukunft noch die Gegenwart. Nur meine Eltern würde ich vermissen. Aber die sind ja selbst der Meinung, dass man seinen Kindern Flügel geben muss. Sicher haben sie nie daran gedacht, dass ich tatsächlich in der Gestalt eines Vogels davonfliegen könnte.

»Du denkst zu lange nach, um vom Gegenteil überzeugt zu sein.« Levian lächelt.

»Nein«, sage ich. »Ich habe es mir nur vorgestellt. Aber es ist keine Lösung für mich.«

»Wegen Jakob«, schleudert er mir entgegen. Die Wut, die plötzlich in seinen Augen aufblitzt, habe ich schon eine Weile nicht mehr gesehen. Seine letzte Stimmungsschwankung ist mindestens vier Tage her. »Wieso verstehst du nicht, dass er dich allein durch sein Talent beherrscht?«

Ich halte meine geschlossene Faust auf Kinnhöhe vor mich, damit er weiß, was er gleich zu sehen bekommt, wenn er so weitermacht.

»Genau wie du«, fauche ich ihn an. »Du beherrschst mich auch nur durch dein Talent!«

Levian setzt ein überhebliches Grinsen auf, aber ich kenne ihn mittlerweile gut genug, um die Überraschung zu bemerken, die hinter seiner gleichmütigen Fassade steckt.

»Und schon wieder hat unser herausragendes kleines Orakel etwas erkannt, das es nicht sehen sollte«, mutmaßt er.

Ich antworte nichts darauf, doch ich lasse vorerst meine Faust wieder sinken.

»Vielleicht sollte ich mir noch einmal überlegen, ob es wirklich Sinn macht, sie zu retten«, sagt er und schaut mich dabei provozierend an.

»Du hast es versprochen, Levian!«, erinnere ich ihn. »Gibt es keine Ehre unter den Faunen? Und so ein Wesen willst du aus mir machen?«

Er winkt ab und denkt eine Weile nach. Dann kratzt er sich wie zufällig an der linken Schulter, wobei der weite Ausschnitt seines T-Shirts verrutscht und den Blick auf seine muskulöse Brust freigibt. Gerade als ich versuche, meine Augen auf etwas anderes als seine makellose Haut zu richten, schickt er noch einen Liebeszauber hinterher. Nur mit Mühe wehre ich ihn ab.

»So ein Wesen will ich aus dir machen«, sagt er. »In einer Welt, in der all dies in Ordnung ist. Wo du dich frei entfalten kannst, ohne eure zerstörerischen Menschengebote und Lebensregeln. Du kannst mir erzählen, was du willst, Melek – eines Tages wirst du darum bitten, dass ich dich küsse.«

Ich blicke in die andere Richtung, weil ich keine Lust habe, weiter mit ihm darüber zu diskutieren, ob ich in seine unbekannte Lebenswelt abtauchen will oder nicht. Anscheinend ist er auch nicht hier, um mir das Messer auf die Brust zu setzen. Aus irgendeinem Grund liegt Levian viel daran, dass ich freiwillig zu ihm komme. Das zumindest zeichnet ihn aus.

»Lass uns über das Teichfest sprechen«, sage ich schließlich. »Weißt du, wie ihr angreifen werdet?« Ich verrate ihm absichtlich nicht, dass Sylvia zu Hause bleiben wird. Die Gefahr, dass er diese Information zu seinem persönlichen Nutzen verwendet, ist einfach zu groß.

Levian sieht mich durchdringend an.

»Nein.« Er traut mir ebenso wenig wie ich ihm. »Weißt du denn, wie eure Strategie lautet?«

»Nein.«

Fast gleichzeitig verschränken wir beide die Arme vor der Brust. Eine Weile sagt keiner etwas. Die Spannung zwischen uns ist beinahe körperlich spürbar. Dann fasst Levian sich ein Herz.

»Es könnte ein erster Schritt sein, wenn wir versuchen, einander zu trauen. Ich beschütze dich mit meinem Wissen. Du beschützt mich mit deinem. Aber niemand anderes darf davon erfahren. Nicht einmal Leviata oder Erik.«

Zum ersten Mal ist er an dem Punkt, wo ich ihn die ganze Zeit haben wollte. Wenn ich mich jetzt geschickt anstelle, wird er mir vielleicht Informationen liefern, die alles verändern. Dann könnten wir heute Abend doch noch erfolgreich sein. Dann hat unser kompliziertes Verhältnis endlich einen Sinn und Sylvia behält Recht damit, dass es schicksalhaft ist. Doch im selben Moment, als ich neue Hoffnung für uns alle schöpfe, spüre ich auch einen schmerzhaften Stich in meinem Herzen. Ich versuche, ihn zu ignorieren, doch ich schaffe es nicht. Verrat, sagt ein Teil von mir. Was du tust, ist Verrat! So schnell ich kann, dränge ich alle Gedanken beiseite und mache Small-Think, um meine Gefühle zu neutralisieren. Levian kann nicht meine Gedanken lesen, aber er kann riechen, wie ich mich fühle. Aufregung darf er gern mitbekommen, aber keine Gewissensbisse.

Mittlerweile dauert ihm mein Schweigen zu lange. Geduld war noch nie seine Stärke.

»Vielleicht sollten wir es doch besser nicht tun«, sagt er.

»Nein«, werfe ich schnell ein. »Gib mir doch wenigstens ein paar Sekunden Zeit, um darüber nachzudenken! Ich ... ich glaube, wir sollten es versuchen, Levian!«

Er sieht mich durchdringend an. Wahrscheinlich ist er gerade dabei, meine Emotionen zu ergründen. Aber ich bin mittlerweile kaltherzig genug und kann den Kampf in meinem Inneren vor ihm verbergen. Diese Fähigkeit habe ich allein Levian zu verdanken, denn er hat mich Small-Think gelehrt und mir den Teil meiner Gefühle geraubt, der vielleicht noch ansatzweise überschwänglich war. Ich schlage ihn also mit den Waffen, die er mir selbst in die Hand gegeben hat.

»Das ist aufregend, nicht wahr?«, fragt er. »Wir begeben uns gerade auf ein Terrain, das wahrscheinlich noch keiner vor uns beschritten hat.«

Ich nicke.

»Wir haben immer versucht, keine Feinde zu sein«, sage ich.

»Aber du dachtest, wir könnten auch keine Freunde sein.«

»Ich habe meine Meinung geändert«, hauche ich und bin mir gleichzeitig bewusst, dass ich mich zurückhalten sollte, wenn ich nicht sein Misstrauen erwecken will.

Gedankenverloren greift Levian nach einer meiner Haarsträhnen, wie er es so oft macht, und dreht sie zwischen seinen Fingern.

»Du weißt, dass wir kein Interesse an einem Kampf mit euch haben«, sagt er. »Wir wollen nur die Gelegenheit nutzen, die sich uns praktisch direkt vor der Haustür bietet. So viele willige Menschen auf einmal, so kurz vor der

Winterruhe. Und bei der Gelegenheit soll Sylvia eliminiert werden. Ihr anderen seid uns egal. Wir werden viele sein, viel mehr, als ihr glaubt. Mindestens 30. Unser Ziel ist, auf dem Fest möglichst schnell die Menschen auszusaugen und uns danach entweder aus dem Staub zu machen oder notfalls dem Kampf mit euch zu stellen. Wir wissen, dass ihr uns erwartet. Aber wir gehen davon aus, dass die besten von euch im Wald sind und nur wenige Liebestöter auf dem Fest. Deshalb stoßen wir gleich als Menschen und nicht als Tiere vor. Bis auch der Letzte von euch bemerkt hat, dass die Invasion bereits zum Kern vorgedrungen ist, sind wir schon fertig und gehen frisch gestärkt in den Kampf. Ihr habt keine Chance. Nicht einmal dann, wenn ihr eure Strategie noch umstellt.«

Er hält kurz inne, weil er meine Angst riechen kann.

»Du wirst dieses Wissen für dich nutzen, indem du dich ruhig verhältst und niemanden warnst, bevor die Orakel das tun. Wenn du mir sagst, wo deine Position ist, werde ich in deiner Nähe sein und verhindern, dass du getötet wirst. Leviata weiß von meinem Plan, dich zu verwandeln. Sie ist nicht gerade begeistert davon, aber sie wird mir zur Seite stehen. Um Sylvia kümmern wir uns genau so, wie wir es bereits besprochen haben. Sie soll erst ganz am Ende getötet werden. Wenn es so weit ist, verschwinde ich. Doch vorher gebe ich dir ein Zeichen, damit du sie retten kannst.«

Gerade noch rechtzeitig kann ich verhindern, dass ein Anflug von Skrupel mich überwältigt und meine wahren Gefühle verrät. Zum ersten Mal in meinem Leben bin ich im Begriff, ein anderes Wesen auf heimtückische Art zu hintergehen. Was Levian mir hier gerade erzählt, kann nicht nur die Truppe retten, sondern auch herbe Verluste für die Dschinn bedeuten. Ich kann kaum glauben, dass er mir diesen Plan verraten hat. Vielleicht hat er das Gleiche im Sinn wie ich und erzählt mir lediglich Märchen. Ich atme tief durch, um mich zu sammeln.

»Okay«, sage ich. »Das wird schlimm für uns werden. Wir haben genau das vor, was ihr angenommen habt: Sechs von uns sind im Wald, jeweils zu zweit auf drei Abschnitte verteilt. Die anderen sind auf dem Fest als Liebestöter.«

»Also weitere sechs?«, hakt Levian nach.

Ich verzichte darauf, ihm zu verraten, dass es mittlerweile nur noch zwei sind. Aber Finns Hochsitz kann ich nicht verschweigen, denn es besteht die Möglichkeit, dass die Dschinn ihn entdecken werden.

»Fünf«, sage ich deshalb. »Finn sitzt auf einem Hochsitz im nördlichen Abschnitt und teilt uns alles mit, was er wahrnimmt.«

Damit bringe ich gerade Finns Leben in Gefahr, wird mir bewusst. Denn falls Levian nicht Wort hält, werden die Dschinn nun als Erstes versuchen, unsere Kommunikation auszuschalten. Doch es gibt kein Zurück mehr. Und wer weiß, ob von unserer ursprünglichen Strategie nach gestern Abend überhaupt noch etwas übrig ist.

Levian lächelt. Dann stellt er noch ein paar Nachfragen, die ich zumeist ehrlich beantworte. Nur die Abwesenheit von Sylvia und Lennart behalte ich weiterhin für mich. Als ich ihm von meiner Position im vorderen Abschnitt neben Jakob erzähle, pfeift er durch die Zähne und zieht die Augenbrauen hoch.

»Sieh an, sieh an!«, sagt er. »Jakob weiß schon, wer sein bester Schutzschild ist. Dass er dafür dein Leben aufs Spiel setzt, hätte ich allerdings nicht gedacht.«

Ich kann Levian das nicht ausreden, denn sonst müsste ich ihm erzählen, dass Henrys Schießkünste ihn verlassen haben. Deshalb winke ich nur ab und setze ein ärgerliches Gesicht auf.

»Es ist nicht so, wie du denkst«, brumme ich.

»Doch, ich glaube schon«, sagt er. »Jakob hat sich noch nie sonderlich für die Belange seiner Freundinnen interessiert.«

Ich bin geschockt. Was weiß Levian über Marie?

»Ich … bin nicht seine Freundin«, stammle ich.

»Schwache Verteidigung.«

»Worauf spielst du an, Levian?«

Er hat anscheinend entschieden, das Geheimnis für sich zu behalten, denn er schüttelt nur leicht den Kopf.

»Nichts von Bedeutung.«

Wir gehen noch einmal alle Einzelheiten des bevorstehenden Kampfes durch. Dann nimmt er mich in den Arm und drückt mich zum Abschied.

»Bleib heute Abend am Leben«, sagt er. »Und morgen sprechen wir über deine Zukunft.«

»Oder übermorgen«, nuschle ich. »Oder am Tag darauf.«

Levians Arme fühlen sich mittlerweile zu vertraut an, um mir vorzustellen, dass seine Kraft ihn bald verlassen könnte. Durch meinen Verrat und meine Unfähigkeit, das Schicksal zu wenden. Ich muss zumindest einen Weg finden, der ihn heil aus der Sache rausbringt. Um mein schlechtes Gewissen nicht zu offenbaren, konzentriere ich mich auf den Geruch seiner Haut und lasse sein Talent auf mich wirken.

Levian lässt mich los und lächelt mich an.

»Das könnte immer so sein«, grinst er. »Denk darüber nach.«

Dann verwandelt er sich in das Eichhörnchen und springt auf mein Fenstersims. Dort hebt er die Nuss auf, die er in der Ecke abgelegt hat, und hält sie mir entgegen. Es erinnert mich an den Moment, als er zum ersten Mal Kontakt mit mir aufgenommen hat.

»Für mich?«, frage ich.

Das Eichhörnchen nickt und zeigt sein eigenartiges Lachen. Dann wirft es mir die Nuss zu. Noch während ich sie auffange, verschwindet es hinaus in den Wald.

***

Ich bin nicht gut im Nachdenken. Wenn ich es versuche, lande ich immer wieder an einem Punkt, an dem sich alles nur im Kreis dreht. Vielleicht stehe ich deshalb immer noch an letzter Stelle unserer Rangordnung. Ich würde an der Aufgabe verzweifeln, mir eine passende Strategie für die Truppe auszudenken. Genauso wenig finde ich jetzt eine Lösung, die Jakob, mich, Sylvia, Lennart, Finn und die anderen Talente schützt und überdies Levian am Leben hält. Wenn ich mehr Zeit hätte oder mich dazu entschließen könnte, meinem Dschinn für immer Lebewohl zu sagen, dann könnte es vielleicht funktionieren. Aber so wie es aussieht, stecke ich mächtig in der Klemme.

Erik wird um halb drei hier sein, um mich zum letzten Treffen nach Biedenkopf zu fahren. Weil ich nicht weiß, was ich so lange mit mir anfangen soll, tigere ich durch mein Zimmer wie ein krankes Tier und zerbreche mir erfolglos den Kopf, bis meine Eltern mich zum Mittagessen rufen. Diesmal nehme ich all meine Kraft zusammen und verhalte mich so normal wie möglich. Ich zwinge mich sogar, etwas zu essen, um heute Abend bei Kräften zu sein. Danach lege ich mich auf mein Bett und versuche zu schlafen. Aber ich dämmere nur in eine Halbwelt hinüber, die mehr aus Anspannung als aus Schlaf besteht.

Als mein Wecker klingelt, könnte ich schwören, dass nur zehn Minuten vergangen sind. Aber es ist tatsächlich schon kurz vor halb drei. Ich ziehe mich an und gehe nach unten, wo ich meinen Eltern im Wohnzimmer über den Weg laufe.

»Holt Erik dich ab?«, fragt mein Vater misstrauisch.

»Ja«, antworte ich so unverfänglich wie möglich. »Wir wollen in Biedenkopf ein Eis essen gehen.«

Die beiden sehen zwar besorgt aus, aber sie versuchen nicht, mich aufzuhalten.

»Heute Abend ist übrigens das Teichfest in Friedensdorf. Da würden wir auch gern hingehen«, sage ich im Plauderton. »Das ist euch doch recht, oder?«

Meine Eltern tauschen einen unsicheren Blick aus.

»Wer kommt da noch?«, will meine Mutter wissen.

»Nur Leute aus der Gegend«, lüge ich. »Keine Rollenspieler. Außerdem ist Erik dabei ... und du weißt doch, wie er ist.«

Meine Mutter seufzt.

»Na schön ... oder was meinst du, Horst?«

»Von mir aus. Aber seid um Mitternacht zurück!«

Ich atme innerlich auf. Ob es möglich ist, bis Mitternacht unverletzt wieder vor unserer Haustür zu stehen, weiß ich nicht. Ich hoffe es. Aber genauso gut kann es sein, dass meine Eltern mich nie wiedersehen. Dann lande ich wahrscheinlich auf der langen Liste der verschwundenen Kinder, wie alle verstorbenen Talente, und meine Eltern werden noch in zehn Jahren in Talkshows nach mir suchen. Wie gern würde ich ihnen dieses Schicksal ersparen!

Ich höre das Knattern von Eriks Moped unten in der Einfahrt.

»Dann bis später«, sage ich und hetze nach draußen.

Meine Begrüßung an Erik fällt denkbar kurz aus: »Fahr gleich los! Ich will unter den Ersten sein.«

Er stellt den Motor ab und nimmt den Helm vom Kopf. Seine Augen sind etwas verquollen. Er hat geweint. Mit meinen spärlichen Gefühlsausprägungen vergesse ich immer wieder, dass Leute wie er mehr Raum für Trauer benötigen als ich.

»Warum?«, fragt er. »Hast du Pläne geschmiedet und kannst es nicht erwarten, sie loszuwerden?«

»Ich habe heute Vormittag Informationen bekommen, die uns alle retten können«, platze ich heraus.

»Von deinem Dschinn?«

Ich nicke.

»Und was wollte er dafür?«

Erik hat genau begriffen, wie das zwischen Levian und mir läuft. Er weiß, an welchem Punkt wir aufgehört haben, und reimt sich nun zusammen, welcher Einsatz heute auf dem Spiel stand.

»Nicht das, was du denkst«, sage ich schnell. »Er wollte das Gleiche wie ich: wissen, was unsere Strategie ist.«

»Und du hast es ihm gesagt?«

»Ja, aber was tut das zur Sache? Es wird nun ohnehin alles anders ablaufen. Ich muss Jakob erzählen, was die Dschinn vorhaben. Und es wird eine Beichte ... das geht nicht am Telefon.«

»Na schön, dann steig auf«, sagt er. »Aber ich muss erst noch tanken.«

Ich stöhne.

»Geht das nicht ohne?«

Irgendwie lässt er sich überreden, dass das Benzin noch reichen wird, wenn er die Abkürzung zur Schutzhütte nimmt. Ich steige auf und wir rasen nach Biedenkopf. Natürlich ist das Schicksal mal wieder gegen mich. Auf halber Höhe des letzten Berges bleiben wir liegen.

»So, das war's jetzt mit Erste sein«, bemerkt Erik, als er das Moped in den Graben rollt. »Wie es aussieht, sind wir eher die Letzten.«

Wir gehen zu Fuß weiter. Auf diesem Weg werden uns die anderen nicht einmal aufpicken können, denn sie fahren über die normale Strecke auf der anderen Bergseite. Ich ärgere mich in Grund und Boden für meine Kurzsichtigkeit. Ein Blick auf mein Handy lässt meine letzte Hoffnung schwinden, denn es hat im Wald wie so oft keinen Empfang.

Der Aufstieg ist beschwerlich. Der Weg geht steil bergan und ich beginne zu keuchen. Ich nutze die Gelegenheit, um Erik alle Einzelheiten von meinem Gespräch mit Levian zu erzählen. Wir reden auch noch einmal über Nadja, aber ich lenke bald vom Thema ab, denn Erik kämpft schon wieder mit den Tränen. Als wir endlich oben auf der Schutzhütte ankommen, ist niemand da. Nur die Autos von Jakob, Rafail und Tina stehen verwaist auf dem Parkplatz. An Jakobs Windschutzscheibe klemmt ein Zettel. »Melek, wir sind im Wald. Am Kneippbecken in südlicher Richtung«, steht darauf.

Ich habe keine Ahnung, wo sich in Biedenkopf die Kneippbecken befinden. Aber ich weiß in etwa, wo Süden ist.

»Danke, dass du mich hergebracht hast«, sage ich zu Erik. »Ich muss die anderen suchen. Bis später.«

Erik runzelt die Stirn.

»Es wäre besser, ich würde dich begleiten«, bemerkt er.

Ich drücke seine Schulter und schüttele den Kopf.

»Lieber nicht.«

Dann marschiere ich los in Richtung Süden und hoffe, unterwegs irgendwelche Spuren zu finden, die mir sagen, dass ich mit meiner Marschrichtung nicht völlig danebenliege. Eine Weile stapfe ich quer durchs Unterholz, ohne einen Anhaltspunkt. Um nicht im Kreis zu gehen, fixiere ich dabei immer einen weit entfernten Baumstamm im Süden und laufe direkt darauf zu. Nach etwa zehn Minuten finde ich eine alte Buche, in die jemand erst vor kurzem mit dem Messer eine dicke Kerbe geritzt hat. Ich befinde mich also auf dem richtigen Weg.

Mit neuem Selbstvertrauen gehe ich weiter, bis ich an eine kleine Lichtung komme. Ich traue meinen Augen nicht: In der Mitte liegt ein Baumstamm und darauf sitzt Jakob. Ich kann sein Gesicht nicht sehen, denn er hat den

Kopf in die Hände gestützt. Es sieht aus, als würde er gerade fieberhaft über etwas nachdenken. Wenn er sich dazu diesen Platz ausgesucht hat, sollte ich vielleicht besser unbemerkt weitergehen und ihn in Ruhe lassen. Doch dann kommt mir der Gedanke, dass er auf mich warten könnte. Vielleicht will er einfach sichergehen, dass ich so kurz vor dem Kampf nicht auch noch verloren gehe. Oder er will allein mit mir reden, weil Sylvia ihn auf meine Beichte vorbereitet hat. In dem Fall muss ich mich jetzt wohl bemerkbar machen.

Ich räuspere mich und trete auf die Lichtung hinaus. Jakob fährt zusammen und nimmt die Hände vom Gesicht. Als er mich erkennt, sieht er erleichtert aus.

»Engelchen, ich dachte schon, du hast dich im Wald verirrt.«

Es liegt wieder das melancholische Glimmen in seinem Blick. Er trägt die gleiche Kleidung wie an dem Tag, als er mich in die Welt der Talente eingeweiht hat: eine Armeehose und ein schwarzes T-Shirt. Selbst das Holzkettchen an seinem Hals ist dasselbe. Zum ersten Mal fällt mir auf, dass sein Haar die Farbe frischer Kastanien hat. Ich muss mich beherrschen, um nicht auf ihn zuzurennen und mich in seine Arme zu werfen. Bedächtig setze ich einen Fuß vor den anderen, bis ich vor ihm stehe.

»Wieso sitzt du da?«, frage ich.

»Um dich abzupassen«, sagt er und deutet auf den Platz neben sich. »Ich hatte Angst, du würdest uns nicht finden.«

Ich setze mich und suche nach den richtigen Worten, um ihm all den Wahnsinn zu erklären, den ich in meinem Kopf habe. Jetzt, wo ich endlich darüber sprechen kann, weiß ich nicht, wo ich anfangen soll.

»Jakob, ich muss dir etwas erzählen«, gestehe ich. »Ich hatte Geheimnisse in letzter Zeit.«

»Ich weiß«, sagt er.

»Würdest du mir versprechen, dass du mich bis zum Ende ausreden lässt und erst dann dein Urteil fällst?«

Er versteift sich, nickt aber trotzdem. Seine Eisaugen beobachten mich argwöhnisch, während ich mich winde und am liebsten wieder nach Hause fahren würde. Ich gebe mir einen Ruck.

»Ich habe Kontakt mit einem Dschinn«, sage ich. Allein dieser Satz scheint seinen Adrenalinpegel ins Unendliche zu treiben. Seine Augen verengen sich zu schmalen Schlitzen und er rückt ein Stück von mir weg. Ich rede schnell weiter.

»Es war das Eichhörnchen, das mich von Anfang an verfolgt hat. Und immer, wenn kein Talent in der Nähe war, kam es und brachte mir Geschenke. Anfangs habe ich versucht es euch zu sagen, aber niemand hat mir geglaubt. Und später wurde es dann so kompliziert, dass ich es nicht mehr sagen konnte. Der Dschinn zeigte sich mir als Mensch und in seiner wahren Gestalt. Er war es, der mir von dem Anschlag auf Sylvia erzählt hat. Und er versprach mir, auf sie aufzupassen, wenn ich dafür … ebenfalls einen Einsatz bringe.«

Jakobs unergründliche Miene macht mich unsicher. Er stellt keine Nachfragen, also fahre ich einfach mit meinem Monolog fort. Ich erzähle ihm von den Küssen, vom Small-Think und von unserem emotionalen Unfall. Die Sorgenfalte auf seiner Stirn tritt hervor, doch er sagt immer noch kein Wort. Wahrscheinlich plätte ich ihn gerade so sehr, dass er nicht in der Lage ist, etwas darauf zu erwidern.

»Und heute Morgen«, sage ich abschließend, »war er wieder da und hat mir die Strategie der Dschinn für das Teichfest verraten.«

Für einen Augenblick erhellt sich Jakobs Miene. Aber es kommt mir vor, als könne sich nur ein Teil von ihm über die Information freuen. Der andere Teil ist noch mit den Dingen beschäftigt, die ich ihm eben erzählt habe.

»Was hat er gesagt?«, fragt er.

Ich fasse alles zusammen, was Levian mir verraten hat. Auch die Geheimnisse, die ich dafür preisgegeben habe, unterschlage ich nicht. Manchmal hinterfragt er eine Kleinigkeit, aber die meiste Zeit hört er einfach nur zu. Als ich fertig bin, fühle ich mich unendlich erleichtert. Ich sehe Jakob in die Augen, in denen nun Tränen stehen. Das habe ich noch nie zuvor gesehen.

»Wie ist er, dein Dschinn?«, fragt er leise. »Liebst du ihn? Begehrst du ihn? Hasst du ihn?«

»Er hat ein Talent, das mich sehr für ihn einnimmt«, antworte ich. »Aber mein Herz gehörte ihm in keinem Augenblick. Genauso wenig wie Erik. Mein Herz gehört nur dir.«

Für eine Sekunde herrscht Funkstille zwischen uns. Dann berühren sich plötzlich unsere Fingerspitzen und ein Stromschlag jagt von meiner Brust bis in meinen Unterleib. Heute Abend könnten wir beide sterben. Ich will nicht, dass das geschieht, ohne dass ich je den Geschmack von Jakobs Lippen gekostet habe. Mir ist völlig egal, welche Konsequenzen das hat.

Er greift mit seiner Linken um meine Hüfte und zieht mich ein Stück zu sich heran. Wie automatisch verhaken sich unsere Hände ineinander. Wir sehen uns ernst an. Dann drückt Jakob mich an seine Brust und streichelt über mein Haar. Ich fange seinen Geruch auf. Er ist herb wie Zartbitterschokolade und süß wie Karamell. Meine Sinne explodieren, als eine seiner salzigen Tränen über meine Lippen rinnt. Es ist wie ein Rausch. Plötzlich sind seine Hände überall, greifen in mein Haar, umfassen meine Taille, drücken mich an seinen Körper. Doch bevor er mich küsst, hält er inne und schaut mir in die Augen. Da nehme ich die Bewegung hinter seinem Rücken wahr.

Ich bin wie gelähmt. Kein Muskel meines Körpers reagiert auf die Panik in meinem Kopf. Dort am Waldrand, im Schatten eines Baums, steht Erik. Er hat die Pistole im Anschlag und zielt auf Jakobs Rücken. Ich will den Mund aufmachen und schreien, doch es kommt kein Ton heraus. Schlagartig wird mir bewusst, was als Nächstes passieren wird, denn ich kenne diese Situation. Genau davon habe ich geträumt! Nur eine Sache ist anders, denn jemand fehlt. Im gleichen Moment, als mir das bewusst wird, weiß ich, wo Levian ist. Er hat also doch beschlossen, zu kontrollieren, ob ich seine Geheimnisse preisgebe. Und er hat mich eiskalt erwischt.

Gewaltsam öffnet Levian meinen Mund mit seinen Lippen und ich werde von dem Sog ergriffen. Das, denke ich, ist mein Ende als Mensch. Und Erik muss dabei zusehen.

In dem Moment bricht die Verbindung zwischen Levian und mir plötzlich ab. Ein Schlag trifft seinen Körper und er zuckt ein Stück zurück. Ein Pfeil ragt aus seiner Schulter, genau wie in meinem Traum. Mit dem Blick folge ich der Richtung, aus der der Pfeil kam, und sehe den echten Jakob am Waldrand stehen, neben ihm Henry, unbewaffnet und mit entsetztem Blick. Dann verschwimmt plötzlich für eine Sekunde die Welt vor meinen Augen und ich spüre, dass jemand meinen Körper bewegt. Als ich wieder sehen kann, befinde ich mich auf der gegenüberliegenden Seite der Lichtung, weit entfernt von Erik und Jakob. Levian hält mich gepackt und benutzt mich als Schutzschild. Der Pfeil, der immer noch in seiner Schulter steckt, ragt an meinem Kopf vorbei nach vorne.

»Hast du gedacht, ich wäre wirklich an dir interessiert gewesen?«, flüstert er in mein Ohr. »Denkst du, ich könnte mich in eine wie dich verlieben?«

Sein Griff ist so fest, dass ich kaum atmen kann.

»Geh aus Jakobs Körper raus, du Scheusal!«, keuche ich.

Er tut mir den Gefallen auf der Stelle. Mein ganzer Rücken vibriert, als er sich in seine normale menschliche Gestalt verwandelt. Ich sehe, wie Jakob am anderen Ende der Lichtung auf die Knie fällt. Doch er rappelt sich sofort wieder hoch und legt mit dem Bogen auf uns an.

»Schieß doch!«, schreit Levian. »Es wäre mal was Neues, wenn du sie selbst tötest! Aber du wirst wieder nicht den Mut dazu haben, genau wie beim letzten Mal!«

Um seinen Worten noch mehr Gewicht zu verleihen, biegt er meinen Kopf nach hinten und küsst mich auf den Mund. Er saugt nicht, wahrscheinlich um bei klarem Verstand zu bleiben. Aber das kann Jakob nicht sehen.

»Nein!«, schreit er wie von Sinnen. »Nein! Melek!«

Ich beiße Levian, so fest ich kann, in die Lippe. Es reicht nicht aus, um ihn zu verletzen, doch zumindest lässt er von mir ab.

»Warum tust du das?«, brüllt Jakob. »Warum schon wieder?«

Levians Körper fängt an zu beben. Dabei wird sein Griff noch fester. Ich japse.

»Du weißt es nicht einmal!«, zischt er Jakob entgegen. »Du erinnerst dich gar nicht an sie! Aber ich habe seither keine einzige Stunde verbracht, ohne um sie zu trauern. Morgana war 20 Jahre lang meine Gefährtin. Bis zu dem Tag, als du ihr eine Kugel ins Herz gejagt hast. Ich habe mir geschworen, dass du diese Tat dein Leben lang bereuen wirst. Erst Marie, jetzt Melek!«

Seine Muskeln zittern vor Erregung. Nun weiß ich, was hinter dem ständig brodelnden Hass gegenüber Jakob steckt. Dönges hatte Unrecht, als er sagte, die Dschinn seien nicht emotional genug für einen Rachefeldzug. Zumindest einer von ihnen ist aus ganzem Herzen dazu in der Lage! Der einzige Grund, weshalb Levian mit mir in Kontakt getreten ist, war sein Wunsch nach Vergeltung und sein Drang, Jakob zu brechen. Und ich habe mir eingeredet, es gebe Seiten an mir, die einen Dschinn beeindrucken könnten. Wie naiv und abgrundtief selbstverliebt von mir.

»Zieh den Pfeil heraus!«, weist er mich an, ohne den Blick von Jakob abzuwenden. Dabei lockert er seinen Griff gerade so viel, dass ich nach dem Schaft des Pfeils greifen kann, der in seiner Schulter steckt. Ich ziehe grob daran bis die Widerhaken sich aus seinem Fleisch lösen und der Pfeil herausgleitet. Levian stöhnt. Aus dem Augenwinkel sehe ich, dass sein weißes Hemd von Blut getränkt wird. Dennoch umklammert er mich wieder so fest wie zuvor.

Jakob bringt kein einziges Wort über seine Lippen. Aber Levian ist ohnehin noch nicht fertig mit ihm.

»Gleich am ersten Tag im Wald habe ich dir angesehen, dass du sie willst«, schreit er. »Und weißt du was? Ich hatte sie schon fast so weit, dass sie sich freiwillig in eine von uns verwandelt hätte. Dieser Triumph wäre noch größer gewesen, als sie vor deinen Augen auszusaugen.«

Seine Worte verschwimmen in meinem Kopf. Ich bekomme kaum noch Luft, denn sein Arm drückt genau auf meine Lunge. Noch nie in meinem Leben habe ich mich so hilflos gefühlt. Der Wunsch, nur ein einziges Mal frei durchzuatmen, ist übermächtig.

Jakob wirft Henry den Bogen vor die Füße. Dann fasst er in seine Jacke, zieht sein Messer heraus und legt es daneben.

»Ich komme jetzt rüber«, kündigt er an. »Du kannst mich haben. Aber lass sie los!«

Levian lacht. Doch er gönnt mir keine Atempause. Jakobs wehrloser Anblick hat ihn voll im Griff. Obwohl ich sein Gesicht nicht sehen kann, weiß ich, dass er sich daran weidet.

»Erik!«, röchle ich. »Gib ihm Deckung!«

Es klingt wie ein Piepsen gegen den Wind. Doch Henry hat die gleiche Idee. Er hebt den Bogen auf und schreit hinüber zu Erik, dass er in Position bleiben soll. Gleichzeitig gehen sie Jakob hinterher, den Bogen und die Pistole auf Levian und mich gerichtet.

»Pah!«, ruft Levian an Erik gewandt. »Du willst mir weismachen, du würdest auf sie schießen? Ich rieche bis hierher, dass du dir eher das Genick brechen lässt!«

Erik wirft einen unsicheren Blick hinüber zu Henry.

»Gut möglich«, schreit der. »Aber ich nicht! Ich hab noch ein paar Dinge auf dieser Welt zu klären.« Er hat plötzlich sein altes Selbstbewusstsein wiedergefunden. »Und wenn du deinen Griff nicht lockerst, hast du in einer Minute ohnehin keine Geisel mehr.«

Schneller, als ich gehofft hatte, gibt Levians Arm ein paar Zentimeter nach und meine Lunge füllt sich mit der herrlichsten Luft, die ich je geatmet habe. Dafür überkommt mich sofort ein Hustenreiz. Keuchend und immer noch japsend sehe ich zu, wie Jakob im Abstand von etwa drei Metern vor uns stehen bleibt. Er sieht verstört aus.

»Wie geht es dir?«, fragt er leise.

»Ging schon besser!«, stoße ich hervor, denn nun hat Levian mich am Hals gepackt.

»Ein einziger Ruck genügt!«, sagt er zu Jakob.

Dessen Augen weiten sich vor Grauen. Ich sehe nur Panik darin, keine Spur des alten Selbstvertrauens.

Levian lässt ein abschätziges Lachen hören. Seine Lippen nähern sich meinem Ohr.

»Sieh ihn dir genau an, Melek«, flüstert er. »Schau in seine Augen und du wirst sehen, dass er genauso wenig dich meint, wie ich es getan habe. Ihm ging es immer nur um Marie. Aber vielleicht wird sich das ändern, wenn ich dich dahin schicke, wo sie jetzt ist. Dann hat er eine andere, um die er trauern kann!«

Obwohl ich weiß, dass er mich mit voller Absicht verletzen will, treffen mich seine Worte tief. Ich suche Jakobs Blick, um eine Bestätigung dafür zu erhalten, dass Levian lügt. Doch Jakob ist voll und ganz damit beschäftigt, um mein Leben zu betteln. Aus welchem Grund auch immer.

»Nein!«, schluchzt er. »Tu das nicht!«

Noch nie habe ich ihn so erlebt. Er ist nicht mehr der Anführer der Talente-Armee, sondern nur noch ein hilfloser Junge. Das Gleiche, was Henry wegen seines Vaters passiert ist, geschieht in diesem Moment mit Jakob: Er ist an seiner persönlichen Grenze angekommen und hat keine Kontrolle mehr über seine Fähigkeiten.

»Mach mit mir, was du willst. Aber lass sie gehen!«

Levians Finger schließen sich fester um meinen Hals. Ich spüre immer noch seinen erregten Atem an meinem Ohr. Er vergeht beinahe vor Genugtuung.

Da meldet sich plötzlich Erik zu Wort. »Du wirst es nicht tun«, sagt er ruhig. »Denn du würdest sie vermissen.«

Wir starren alle zu ihm herüber.

Selbst Levian ist für einen Augenblick sprachlos. »Sie ist nur eine kleine Verräterin«, zischt er dann.

»Die dich sehr verletzt hat. Aber trotzdem liegt sie dir am Herzen«, sagt Erik. »Denk an dich selbst, Levian. Auch du könntest nicht damit leben.«

»Nein, das könntest du nicht«, bestätigt Henry. »Denn sobald sie fällt, fällst auch du.«

Ich schließe die Augen. Der Moment der Entscheidung ist gekommen. Entweder wird Levian mir gleich den Hals umdrehen oder er verwandelt sich und nimmt Reißaus. Ein Rascheln aus dem Wald lässt uns aufhorchen.

»Der Rest von euch«, stellt Levian fest. »Es wird langsam ungemütlich hier.« Seine Stimme klingt überheblich. Aber ich kenne diesen Ton. Er wird unsicher. »Ich werde dir nicht den Gefallen tun, es so schnell zu beenden«, sagt er an Jakob gewandt. »Und ich werde dich nicht töten. Das, was du heute erlebt hast, kannst du noch öfter haben. Also gewöhn dich an das Gefühl, das dich gerade plagt! Denn es wird noch tausend Gelegenheiten für mich geben, sie auszusaugen. Und eines Tages werde ich es tun.«

Dann verwandelt er sich in Sekundenschnelle in eine Maus und huscht in ein Loch zu meinen Füßen. Weder Henry noch Erik sind schnell genug, um überhaupt einen Schuss abzugeben. Ich stehe plötzlich allein da und schwanke.

Wenige Sekunden später brechen Tina und die anderen Talente durch das Dickicht. Sylvia und Kadim stehen ganz vorne in der Formation. Wahrscheinlich haben sie uns aufgespürt. Ihre Gesichtszüge wirken fast so aufgelöst wie die von Jakob gerade eben. Ich suche seinen Blick. Als ich ihn finde, ist er wieder der Anführer, der er immer gewesen ist. Auf der Stelle wendet er sich von mir ab und strafft die Schultern.

»Was war hier los?«, fragt Tina.

Jakob ignoriert auch sie und wendet sich stattdessen an Erik. Ich erwarte, dass er ihm für die Besonnenheit dankt, mit der er uns gerade alle gerettet hat.

»Ich sagte dir doch: ein Schwert in den Rücken«, blafft er ihn an. Wie schon so oft habe ich seine Gedankengänge falsch eingeschätzt. »Du hattest etwas viel Besseres, nämlich eine Pistole. Warum hast du nicht geschossen, als es noch möglich war, ihn auszuschalten?«

Eriks Augen werden riesengroß.

»Ich dachte, das wärst du!«, verteidigt er sich.

»Und ich habe dir ganz klar gesagt, was du tun sollst, wenn ich jemals versuchen sollte, sie zu küssen!«

Gerade eben haben sie noch auf derselben Seite gekämpft. Nun mutieren sie wieder zu Raubtieren.

»Du kannst nicht wirklich erwarten, dass ich dich erschieße, weil du Melek küsst!«, wehrt sich Erik.

Aus dem Augenwinkel sehe ich einen Schatten über Tinas Gesicht huschen.

»Ich erwarte, dass du meine Befehle befolgst. Aber du hast es wieder nicht getan. Geh mir aus den Augen, Erik! Und spiel nicht mal mit dem Gedanken, heute Abend auf dem Teichfest zu erscheinen!«

Eriks Hände ballen sich zu Fäusten. Er funkelt Jakob wütend an. Dann reißt er den Blick von ihm los und wendet sich an mich.

»Ich hoffe, du erkennst eines Tages, dass er nicht in der Lage ist, zu lieben. Levian hat ihn vollkommen zerstört.« Dann steckt er die Pistole weg und lässt uns stehen. Nach allem, was heute passiert ist, müsste Erik nun eigentlich sein Moped holen und auf Nimmerwiedersehen verschwinden. Ich zweifle langsam daran, dass das, was er tut, noch im Normalbereich des Menschlichen liegt. Er geht zurück in den Wald, aber ich weiß genau, dass er uns auf den Fersen bleiben wird. Auf seine Art ist auch Erik von seinen Zielen besessen. Das, was ihn antreibt, mag Liebe sein, aber es schwingt auch ein Hauch von Fanatismus dabei mit.

Fast wortlos laufen wir zurück zur Schutzhütte. Jakob muss mit Henry allein unterwegs gewesen sein, um an seinem Talent zu arbeiten. Sonst hätte er seine eigenen Waffen dabeigehabt. Ich bin ihm dankbar dafür, dass er entschieden hat, den Bogen selbst abzufeuern, als ich mit seinem Doppelgänger auf dem Baumstamm saß. Henry hätte wahrscheinlich mich getroffen anstelle von Levian.

***

An der offenen Schutzhütte angekommen verbergen wir zuerst unsere Waffen vor den Blicken vorübergehender Spaziergänger. Dann stellt Jakob einen Stuhl in die Mitte des Raumes und drückt mich darauf. Die anderen nehmen alle mir gegenüber Platz. Es wird also Gericht über mich gehalten. Ich komme mir vor wie eine Verbrecherin. Und in den Augen der Talente bin ich das wahrscheinlich auch.

Lang und ausführlich erzählt Jakob, was sich soeben im Wald zugetragen hat. Er vergisst nicht das kleinste Detail und doch wirkt alles wie ein nüchterner Bericht über das Geschehen. Ich lasse seine Worte schweigend über mich ergehen, weil ich immer noch viel zu verstört bin. Vieles von dem, was auf der Lichtung gesagt wurde, wird mir jetzt erst richtig bewusst. Was Levian mir in unseren nächtlichen Gesprächen weisgemacht hat, war eine einzige große Lüge! Sein Plan war von Anfang an gewesen, mich um den Finger zu wickeln, um sich an Jakob zu rächen. Im Gegensatz zu mir hat er auf den ersten Blick erkannt, was meine Ähnlichkeit mit Marie zu bedeuten hat. Ich selbst war vollkommen blind dafür, obwohl ich doch mit eigenen Augen gesehen habe, dass ich die unscheinbare kleine Schwester des Mädchens auf dem silbergerahmten Foto in Jakobs Wohnzimmer sein könnte. Levian wusste, was zwischen Jakob und mir geschehen würde. Und er wusste, was er tun musste, um sich in mein Herz zu schleichen. Ich hatte unterschätzt, wie gut ein Dschinn in 53 Lebensjahren die Menschen kennenlernt! So sehr ich ihn doch in diesem Augenblick für sein falsches Spiel verabscheue, so sehr verstehe ich ihn auch. Selbst wenn kein Talent der Welt mir in diesem Punkt zustimmen würde: Levian ist ein fühlendes Wesen und Jakob hat seine Gefährtin getötet. Wäre er kein Dschinn, sondern ein Mensch, so könnte jeder nachvollziehen, was ihn antreibt. Auch wenn sein Handeln grausam ist.

Jakob erzählt den Talenten die Geschichte ohne diese Details. Im Grunde lässt er den wichtigsten Auslöser der Ereignisse, nämlich die Emotionen von uns allen, völlig außer Acht. Ohne diese Erklärung würde ich mich auf der Stelle selbst verurteilen, wenn ich eine der anderen wäre. Nachdem er fertig ist, steht als erstes Tina auf und zeigt mit dem Finger auf mich.

»Zwei Dinge sind schon mal klar«, sagt sie zu den anderen. »Erstens: Melek hat jemanden geküsst, der wie Jakob aussah.« Sie starrt mich böse an, obwohl sie genau dasselbe tun würde. »Und zweitens: Melek hat sich mit einem Dschinn eingelassen. Und das war mehr als reine Spionage. Damit verstößt sie gegen unsere beiden wichtigsten Regeln. Es gibt keine andere Lösung, als sie aus der Armee auszuschließen. Dann sind wir gleichzeitig auch Erik los und können uns in Ruhe neu aufstellen.«

Sie setzt sich wieder hin, ohne eine einzige Frage an mich zu richten. Alles, was sie vorhatte, war, Stimmung gegen mich zu machen. Sylvia rutscht schon die ganze Zeit auf ihrem Stuhl herum. Nun springt sie auf und stellt sich neben mich, bevor ein anderer ihr zuvorkommt.

»Ich habt alle keine Ahnung«, piepst sie. Ihre Stimme ist eindeutig nicht an solche Auftritte gewöhnt. »Melek hatte keine andere Wahl, als sich mit Levian einzulassen, denn keiner von euch hat ihr geglaubt, als sie von dem Eichhörnchen erzählt hat. Du, Tina, hast dich deswegen sogar über sie lustig gemacht!«

Tina stößt ein abschätziges Brummen aus und winkt lediglich mit der Hand ab.

»Ich habe ihr gesagt, dass sie mit ihm gehen soll, weil das Schicksal es so wollte«, redet Sylvia weiter, doch Jakob unterbricht sie.

»Genau das ist der Grund, weshalb du nachher auf demselben Stuhl sitzen wirst wie Melek jetzt. Ihr beide habt uns hintergangen und das Wohl der Armee gefährdet.«

Mike meldet sich zu Wort: »Ja, Herr, deine Gerichte sind wahrhaftig und gerecht.«

Man weiß nie, ob er so etwas ironisch meint oder nicht. Jakob wirft ihm einen wütenden Blick zu, aber Sylvia beachtet den Einwand gar nicht.

»Das haben wir nicht!«, kreischt sie. »Außerdem war dir die ganze Zeit bewusst, dass Melek Geheimnisse hat. Und du hast sie gewähren lassen.«

»Das stimmt«, bemerkt Kadim.

»Weil ich keine Ahnung von den Ausmaßen hatte, die das ganze Spiel annimmt«, verteidigt sich Jakob. »Ich habe dir und deinen wirren Prophezeiungen blind geglaubt und dabei übersehen, dass du ein unreifes, dreizehnjähriges Mädchen bist!«

Sylvia läuft puterrot an. Für einen Augenblick versagt ihr die Stimme. Dann reißt sie sich zusammen.

»Meine Prophezeiungen sind wahr. So wahr, wie Meleks Eichhörnchen-Geschichten. Es ist immer noch Schicksal und heute sind wir an dem Punkt, an dem es sich offenbart. Wir haben nun etwas gegen die Dschinn in der Hand! Hört euch an, was Melek über ihre Strategie erfahren hat. Dann werdet ihr wissen, dass all das hier einen Sinn hatte. Denn wir haben dadurch die Möglichkeit, sie zu schlagen!«

Ich bin nicht ganz überzeugt davon, dass ich von Levian wirklich die wahre Strategie der Dschinn erfahren habe. Unter Umständen war auch das ein Teil seines teuflischen Spiels. Mir bleibt nur der Funke einer Hoffnung, dass Erik Recht hatte mit dem, was er vorhin gesagt hat. Dass Levian während unserer gemeinsamen Stunden begonnen hat, mich zu mögen. Dann hatte er vielleicht wirklich einen schwachen Moment und hat mir genügend vertraut, um in diesem Punkt die Wahrheit zu sagen.

»Na klar«, knurrt Tina von ihrem Platz neben Jakob aus. »Wir werden sie schlagen. Mit sieben verbliebenen Kämpfern, wenn wir Melek abziehen.«

»Acht!«, fährt Henry auf.

»Tut mir leid, Schätzchen, aber dich können wir momentan nicht einrechnen.«

Aufgebracht springt Henry von seinem Stuhl auf, nestelt den Bogen aus der Sporttasche zu seinen Füßen und eilt hinaus auf den Vorplatz der Hütte. Dort blickt er sich kurz nach allen Seiten um. Genauso schnell, wie man das von ihm gewohnt ist, greift er in den Köcher und zieht einen Pfeil heraus. Er legt an, schießt ab, irgendwo in einen weit entfernten Baumwipfel, und schnappt sofort den nächsten Pfeil. Innerhalb von wenigen Sekunden hat er fünfmal geschossen. Dann fällt der erste Zapfen zu Boden und gleich darauf der nächste. Insgesamt plumpsen exakt fünf Stück aus der Baumkrone, allesamt mit einem Silberpfeil in der holzigen Mitte. Henry holt die Pfeile mitsamt den Zapfen und knallt sie wortlos vor Tina auf den Tisch.

»Du kannst es wieder!«, sagt sie erfreut. »Das ist fantastisch, Henry!«

»Ja«, sagt er. »Und es ist ein Grund, weshalb ich für Melek bin. Ohne die Situation vorhin im Wald hätte ich weiterhin geglaubt, dass ich das einzige fehlerhafte Talent in unserer Mitte bin. Jetzt weiß ich, selbst Jakob ist nicht davor gefeit, die Fassung zu verlieren. Ich denke, es gibt keine perfekten Talente. Nur perfekte Absichten.«

Den Spruch hat er irgendwo geklaut. Aber es ist egal, denn er verfehlt nicht seine Wirkung.

»Ich bin überzeugt davon, dass Melek die ganze Zeit auf unserer Seite war«, fährt Henry fort. »Wenn ihr sie ausschließt, macht ihr einen großen Fehler. Wir sollten uns lieber anhören, was die Dschinn vorhaben. Und heute Abend ...«, er schlägt sich mit der Faust in die flache Hand, »... machen wir sie platt!«

»Und ihre Leichname werden liegen auf der Gasse der großen Stadt«, ergänzt Mike. Seine Augen leuchten.

Ich schaue in die Runde und stelle fest, dass die Stimmung sich geändert hat.

Hass und Furcht werden aus Unwissen gemacht

Wir wissen nicht, was in dieser Nacht passieren wird. Keiner von uns kann sagen, ob Levian mir bei unserem letzten Treffen die Wahrheit verraten hat oder nicht. Vielleicht hat er seinen Leuten nach seiner Rückkehr auch gebeichtet, dass er ihre Pläne an die Talente weitergegeben hat. Und trotzdem haben wir einen entscheidenden Vorteil gegenüber gestern: Wir wissen, dass wir es mit jeder Menge Dschinn zu tun bekommen. Die es auf einen schnellen Rausch abgesehen haben. Und dass immer noch Sylvias Leben auf dem Spiel steht. Diese Dinge werden sich nicht ändern, selbst wenn sie sich nun eine neue Strategie zulegen.

Zum vierten Mal stellt Jakob einen Plan für diesen Abend auf. Tina, Nils und Mike werden von Anfang an als Liebestöter auf dem Fest sein. Alle anderen warten am Parkplatz auf die Dschinn und nehmen erst später ihren Platz im Wald ein, falls wir den Ansturm nicht direkt stoppen können, was ziemlich unwahrscheinlich ist. Sylvia wird uns fehlen, denn auf diese Art haben wir nur Kadim, der die Dschinn erkennen kann, und er muss so lange am Parkplatz bleiben, bis die Invasion vorüber ist. Das Fest wird also am Anfang ungedeckt sein. Auch die Vier-Augen-Strategie ist auf Grund unserer zahlenmäßigen Unterlegenheit nicht mehr machbar. Jakob, Henry, Rafail und ich haben deshalb neue Standorte rund um das Festgelände bekommen. Wir werden allein sein, ohne ein weiteres Talent in unserem Rücken. Das ist riskant, aber die einzige Möglichkeit. Finn darf nicht auf den Hochsitz, da die Dschinn ihn dort vermutlich sofort ausschalten würden, um unsere Kommunikation zu unterbinden. Er mischt sich also unter uns andere. Alles Weitere wird sich zeigen.

Uns allen ist klar, dass wir wahrscheinlich improvisieren müssen. Sylvia hatte keine weitere Vision vom Fest, geschwächt, wie sie ist von den Ereignissen der letzten Tage, genau wie alle anderen. Und Jakob verzichtet darauf, ein allgemeines Kaffeetrinken mit Kadim zu veranstalten. Alles, was dabei herauskommen könnte, wären Hinweise auf drohende Gefahren. Von denen wissen wir auch so.

Wenn ich Jakob ansehe, taucht immer wieder das Bild von dem verzweifelten Jungen vor meinem inneren Auge auf. Jakob war bereit, sein Leben für mich zu opfern. Aber ich habe keine Ahnung, ob es dabei wirklich um mich ging oder nur um das Schreckgespenst seiner Vergangenheit. Es kann nur einen Grund dafür geben, dass er mich danach aus der Armee ausschließen wollte: Er will verhindern, dass es noch einmal zu einer ähnlichen Situation mit Levian kommt. Allein, um den Rest seiner Seele zu retten. Falls wir beide nach dem Teichfest noch am Leben sind, wird er deshalb wieder versuchen, mich loszuwerden. Und eines Tages wird er einen geeigneten Grund finden. Es sei denn, ich schalte Levian vorher aus. Vielleicht sollte ich mich mit der Vorstellung anfreunden, ihn zu töten. Die Gelegenheit dazu könnte ich schon heute Abend bekommen.

Wir verabreden uns für 19 Uhr in Friedensdorf. Das ist in zwei Stunden. Niemand fragt mich, wie ich nach Hause kommen will, aber jeder weiß es. Als die anderen in ihre Autos steigen, bleibe ich einfach vor der Hütte stehen und warte auf Erik. Sie sind kaum um die Ecke verschwunden, da tritt er auch schon aus dem Wald.

»Das wird knapp werden, Melek«, sagt er. »Wir brauchen immer noch Benzin.«

Ich schüttele den Kopf, weil ich nicht über so etwas Banales wie Benzin sprechen will.

»Wie sollen wir beide jetzt weitermachen?«, frage ich ihn.

Er bleibt ein paar Meter vor mir stehen und sieht mich ernst an.

»Ich weiß es nicht«, sagt er dann. »Lass uns nach dem Fest darüber sprechen.«

»Willst du trotzdem dabei sein?«

»Das hatte ich vor.«

Ich denke fieberhaft nach. Erik ist vollkommen verloren ohne den Schutz der Armee. Noch dazu wird er keinerlei Informationen über die Dschinn erhalten, denn Finn wird ihm nicht Bescheid sagen. Von uns allen ist er derjenige, der am meisten gefährdet ist. Der Gedanke, dass ich die ganze Nacht kämpfen soll, ohne zu wissen, ob Erik noch am Leben ist, macht mich krank. Ich muss mir etwas einfallen lassen, um das zu verhindern.

»Du wirst nicht viel ausrichten können ohne Finns Informationen«, sage ich.

»Aber ich kann in deiner Nähe bleiben und wachsam sein«, antwortet Erik. Er runzelt die Stirn, weil er merkt, dass ich ihn nicht dabeihaben will.

»Ich finde, du könntest mehr ausrichten, wenn du dich um Sylvia kümmerst. Lennart wird dich nicht in ihr Zimmer lassen, aber Sarah lässt dich ins Haus. So wirst du nahe genug dran sein, falls etwas passiert.«

Er antwortet nicht.

»Denk daran, dass Sylvia immer noch das Hauptziel der Dschinn ist. Wenn sie feststellen, dass sie nicht auf dem Fest ist, werden sie sie suchen. Dann ist Lennart vielleicht überfordert.«

»Ich dachte, sie wollen nicht in ihrem Haus zuschlagen«, sagt Erik.

»Wenn sie nicht anders an sie herankommen können, werden sie es tun.«

Erik sieht unschlüssig aus.

»Na schön, ich denk darüber nach.«

Weil es keine Zeit zu verlieren gilt, joggen wir gemeinsam zurück zu dem Platz, wo wir das Moped und die Helme liegengelassen haben. Wir haben Glück, denn alles ist noch da. Erik hievt die Maschine aus dem Straßengraben. Dann steigen wir auf und rollen geräuschlos den Berg hinunter. Jetzt bin ich froh über das starke Gefälle. Wir kommen fast genauso gut voran wie mit laufendem Motor. Erst weiter unten auf der Geraden wird es wieder beschwerlich. Ich trage die Ausrüstung, während Erik das Moped schiebt. Wir sprechen kaum miteinander. Eine Viertelstunde später erreichen wir schweißgebadet die Tankstelle. Nachdem wir wieder Benzin haben, fährt Erik mich nach Hause und erklärt meinen Eltern gut gelaunt, dass er erst mal duschen will, bevor er mich später abholt. Ich sehe das Strahlen in ihren Augen und muss mich beherrschen, nicht aus vollem Herzen loszuheulen.

***

Wir treffen uns am Waldrand, unweit entfernt von dem Parkplatz, über den die Dschinn kommen wollen. Erik setzt mich ein Stück weiter weg ab.

»Wie hast du dich entschieden?«, frage ich ihn, als er seinen Helm abnimmt.

»Wenn du wirklich möchtest, dass ich auf Sylvia aufpasse, anstatt auf dich, dann werde ich es tun«, sagt er. Mir fällt ein Stein vom Herzen. »Ich weiß, dass du mich nicht dabeihaben willst, und wenn du Angst um mich hast, dann werde ich dich nicht dadurch gefährden, dass ich deine Gedanken durcheinanderbringe.«

Er hat mich wieder einmal voll durchschaut. Hoffentlich versteht er auch, wie tief die Gefühle sind, die dahinterstecken. Auch wenn es sich nur um Freundschaft handelt.

»Eine gute Entscheidung«, sage ich.

Dann stehen wir voreinander und wissen genau, dass wir uns vielleicht niemals wiedersehen werden. Ich würde gern etwas sagen, an das er sich erinnern kann, falls ich im Kampf falle. Aber alles, was mir in den Sinn kommt, ist mal wieder etwas Unromantisches.

»Gilt unser illegaler Pakt noch?«

Er nickt.

Das wollte ich klarstellen, nachdem ich durch Jana und Nadja daran erinnert worden bin, wie ich den Rest meines Lebens verbringen könnte. Solange ich noch in der Lage bin zu fühlen, will ich entscheiden, dass ich niemals als Roboter in meinem eigenen Körper gefangen sein will.

»Wir sehen uns um Mitternacht«, sagt Erik, als hätte er keine Zweifel daran.

»Lass dein Handy an, vielleicht wird es später«, murmele ich. Es fällt mir schwer, ihn gehen zu lassen. Er drückt meine Hand und versucht, ein Lächeln zu Stande zu bringen.

Dann schwingt er sich auf seine Maschine und fährt zurück nach Biedenkopf.

Diesmal bin ich rechtzeitig da. Die anderen Talente stehen im Schatten der Bäume und warten noch auf Finn, Nils, Henry und Tina. Die meisten tragen bereits ihre Schutzanzüge unter der Kleidung, genau wie ich. Heute sehen wir nicht wie Rollenspieler aus, sondern wie normale Partygäste mit langen Ärmeln. Zum Glück macht das Wetter uns keinen Strich durch die Rechnung. Es ist so kühl, dass niemand mit Spaghetti-Trägern auftauchen wird. Unsere Waffen liegen wahrscheinlich in Jakobs Auto.

Ich nicke den anderen zu und stelle mich an den Rand der Gruppe, neben Mike. Er grinst mir entgegen.

»Denn es ist gekommen der große Tag seines Zorns, und wer kann bestehen?«, sagt er.

Ich bin nicht in der Stimmung, mir die Offenbarung vorbeten zu lassen.

»Sag mal Mike, denkst du wirklich, das hier hätte etwas damit zu tun?«, frage ich ihn.

»Mit der Apokalypse?«, entgegnet er. »Aber nein! Bis zur nächsten Endzeit ist es noch eine Weile hin. Aber das Prinzip ist im Kleinen das Gleiche.«

Im Kleinen! Ich stehe vor dem Kampf meines Lebens und Mike tut so, als sei das alles hier völlig unbedeutend. Aber vielleicht ist es das ja auch, global betrachtet. Die Welt wird sich einfach weiterdrehen, falls heute Abend ein paar seltsame Jugendliche spurlos verschwinden. Es wird wahrscheinlich nicht mal in der Zeitung stehen.

»Wie lange noch?«, frage ich ihn.

»Bis zum Jüngsten Tag? Ich habe keine Ahnung. Ich warte seit Jahrhunderten darauf, dass es passiert. Aber das Lamm ist noch nicht gekommen, um uns anzuführen.«

Es fällt mir schwer, mich auf das Gespräch einzulassen, denn mittlerweile hören die anderen uns zu und haben ein gequältes Grinsen aufgesetzt. Sie sind viel zu angespannt, um wirklich darüber lachen zu können, aber der Galgenhumor scheint sich schon wieder breitzumachen.

»Ich dachte immer, Jakob sei das Lamm«, sage ich und schaue zu ihm hinüber. Jakob versteht mich genau, aber er erwidert meinen Blick nicht.

Mike lacht.

»Oh, du hast dich schlau gemacht«, stellt er fest. »Aber leider alles falsch interpretiert. Nein, Jakob ist nicht das Lamm. Er ist ein Löwe. Manchmal auch ein Affe. Aber das Lamm ist er gewiss nicht.«

Nun muss ich tatsächlich grinsen, was ich noch vor ein paar Minuten nicht für möglich gehalten hätte. Falls ich morgen noch dazu in der Lage sein werde, nehme ich mir vor, Mike auf Levians Behauptung anzusprechen, dass er einer der Besten aus unserer Truppe sei. Ich kann in keiner Weise nachvollziehen, warum er das gesagt hat. Und Levian wird mir jetzt ganz sicher keine Antwort mehr darauf geben.

Tinas Schrottkiste biegt auf den Feldweg vor uns ein und parkt neben Jakobs Land Rover. Wir gehen alle hinüber, um unsere Waffen entgegenzunehmen.

»Hier, Engelchen«, sagt Jakob, als er mir die Tasche mit meinen Waffen gibt. Eine Sekunde zu lang berühren sich dabei unsere Finger. »Pass auf dich auf!«

Das hat er schon einmal gesagt, oben auf dem Hohenfels, bevor Levian Tina verletzt hat. Ich werde sentimental.

Wir verstecken uns in zwei Gruppen rechts und links des Weges, der vom Parkplatz zum Fest führt. Tina, Nils und Mike gehen schon voraus. Auch Kadim macht einen Rundgang, doch er kann keine Dschinn entdecken. Also heißt es erst einmal warten.

Jakob teilt Vodka-Flaschen mit Wasser aus, damit wir einen Vorwand haben, hier herumzulungern. Ich nippe ein paarmal daran, um das trockene Gefühl in meinem Mund loszuwerden.

Auf dieser Seite des Weges sitzen außer mir noch Jakob, Rafail und Finn. Als die erste halbe Stunde vorüber ist, ohne dass etwas passiert ist, rückt Finn zu mir auf und stupst mich in die Seite.

»Wie hast du es geschafft, deine Gedanken vor mir zu verbergen?«, flüstert er.

Ich erzähle ihm leise, wie Small-Think funktioniert und dass es möglich ist, dadurch auch andere Psycho-Angriffe wie den Liebeszauber der Dschinn abzuwehren. Jakob rückt ebenfalls zu uns auf und hört wortlos zu. Nur Rafail sitzt weiter bleich auf seinem Platz im Unterholz und starrt vor sich hin.

»Ich habe noch nie von so etwas gehört«, sagt Finn anerkennend. »Das ist eine wertvolle Erkenntnis für uns. Kann das jeder lernen?«

»Levian sagte, mein Geist sei kühl genug dafür und einer wie Erik würde es nie schaffen. Ich nehme an, es funktioniert umso besser, je kaltschnäuziger man ist.«

»Ist es möglich, dich dabei aus dem Konzept zu bringen?«, will Finn wissen.

»Kann sein«, überlege ich. »Wenn ich unvorbereitet bin und einen schwachen Moment habe.«

»Kann ich es testen?«

»Jetzt?«

Finn nickt.

Ich habe nicht viel Lust dazu, aber ich will ihm den Gefallen tun.

»Okay.«

Er loggt sich in meinen Kopf ein und versucht sofort, gegen mein Small-Think anzukommen. Ich fixiere mich auf den Weg, den Parkplatz und die Menschen, die an uns vorbeischlendern. Mit so viel Gedankenfutter wird es schwierig für Finn werden, mich zu schlagen.

»Worauf konzentrierst du dich gerade?«, will er wissen.

»Auf den Weg, den Parkplatz und die Menschen«, denke ich.

»Wenn ich aber etwas über deinen Dschinn erfahren will, woran denkst du dann?«

»An den Weg, den Parkplatz und die Menschen.«

»Dann frage ich dich ganz konkret, Melek: Willst du ihn heute Abend beschützen?«

»Nein.«

»Hast du gerade Small-Think gemacht?«

»Nein.«

»Dann vergiss jetzt die Umgebung hier und denk an den Kuss auf dem Baumstamm. Du dachtest, es sei Jakob. Wie hat es sich angefühlt, ihm so nahe zu sein?«

Weg. Parkplatz. Menschen.

»Ging so. Nichts Besonderes.«

»Du bist wirklich gut«, sagt Finn in meinem Kopf. »Ich geh jetzt wieder raus.«

Als er sich ausgeloggt hat, nickt er anerkennend.

»Das war klasse. Aber du hattest den Vorteil, dass du nicht viel zu verbergen hattest. Ich glaube, wenn du dich heute nicht ausgesprochen hättest und ich zudringlicher geworden wäre, hätte ich dich knacken können.«

Das glaube ich auch.

»Du *musst* lernen, das zu knacken«, mischt sich Jakob ein. »Denn Melek wird die Talente darin unterweisen, es anzuwenden. Dann haben wir vielleicht die Chance, dass so etwas wie mit Nadja nicht mehr passiert.«

Wenn ich diese Nacht überlebe, will ich mein Wissen gerne weitergeben. Sollte ich fallen, wird es mit mir verschwinden. Vielleicht stellen Finn und Jakob mir deshalb so viele Fragen. Wir reden mindestens noch eine halbe Stunde lang über die Technik. Dann erzähle ich ihnen, dass die Dschinn in Wahrheit Faune sind, und beschreibe Levian in seiner wahren Gestalt. Das verschlungene Zeichen mit der versteckten Zahl kann ich nur schwer mit Worten wiedergeben, deshalb zeichne ich es mit einem Stöckchen in die Erde. In dieser Form macht es mich nur leicht aggressiv. Auf Levians Stirn wirkte es hundertmal schlimmer. Finn reißt die Augen auf vor Überraschung. Aber Jakob bleibt ganz ruhig.

»Du wunderst dich nicht?«, frage ich, als ich die Zeichnung verwische.

Er schüttelt den Kopf.

»Warum nicht? Hast du das gewusst?«

»Ich weiß einige Dinge, die ich nicht an euch weitergeben darf«, murmelt er.

Ich bin sprachlos. Auch Finn starrt Jakob mit aufgerissenem Mund an.

»Du wusstest ihren echten Namen und kanntest ihre wahre Gestalt?«, hakt er nach.

»Nur von Bildern«, sagt Jakob. »Und ja, den Namen wusste ich.«

Ich schüttele verständnislos den Kopf.

»Warum dürfen wir das nicht wissen?«, frage ich. »Warum müssen wir ihnen stattdessen einen Kunstnamen geben?

Jakob fühlt sich offensichtlich nicht wohl in seiner Haut. Er wirft einen hektischen Blick zum Parkplatz und zu Kadim, der gerade vom Fest zurückkehrt.

»Je weniger ihr über diese Wesen wisst, desto mehr hasst und fürchtet ihr sie. Und desto seltener passiert es, dass ihr euch mit ihnen einlasst, so wie Melek!«

»Aber das ist Totalitarismus!«, protestiere ich. Finn schaut mich fragend an.

»Ein System, das auf Unterordnung, Überwachung und geringen Informationsfluss gründet. Es basiert auf einer Ideologie, die den Menschen aus Überzeugung verkauft wird, aber keine Kritik zulässt. Faschismus und Stalinismus waren totalitäre Systeme. Und die Talent-Armee ist auch eins.« Der letzte Satz ist heraus, bevor ich es verhindern kann.

Jakob wird kreidebleich im Gesicht. Mir war die ganze Zeit über klar, dass wir von unserem Anführer auf eine totalitäre Weise beherrscht werden. Es ist eine Sache, sich Jakobs Talent hinzugeben. Aber eine ganz andere, sich von fremden Machtwesen im Hintergrund steuern zu lassen.

»Das Thema ist hiermit beendet«, sagt er und spielt seine Führungsqualitäten voll aus. »Ihr konzentriert euch jetzt wieder auf den Wald und denkt an den Kampf.«

Finn und ich sagen nichts mehr, doch er legt die Stirn in Falten, als er von mir wegrutscht und sich wieder auf seinen Platz begibt.

Jakob winkt Kadim zu sich heran, der immer noch keine Neuigkeiten für uns hat. So harren wir weitere zwei Stunden aus. Als die Kirchturmuhr von Friedensdorf halb zehn schlägt, bin ich trotz der verhältnismäßig milden Nacht klamm und unbeweglich. Außerdem macht mir eine Art Panik zu schaffen. Alles in mir schreit danach, entweder zu kämpfen oder nach Hause zu gehen. Ich halte das Nichtstun im Gebüsch definitiv schlechter aus als die anderen. Rafail ist mit seinen Gedanken ohnehin nur bei Nadja und Jakob steht über den Dingen. Aber auch Finn ist besser dran als ich, denn er kann sich zumindest ständig in die Gedanken der anderen einloggen und nachfragen, ob es etwas Neues gibt.

»Über welche Entfernung funktioniert dein Talent?«, flüstere ich in seine Richtung.

»Etwa 500 Meter weit«, antwortet er. »Ich arbeite daran, dass es mehr wird. Aber noch ist der Empfang ab 600 Metern zu schlecht, um sich zu unterhalten.«

»Aber die Liebestöter kriegst du rein?«

Er nickt.

»Möchte ich wissen, was Tina denkt?«

Finn grinst zu mir herüber.

»Definitiv nicht«, murmelt er. Wir kichern beide leise, doch Jakob weist uns sofort in die Schranken. Dann zapft Finn Kadims Gedanken an, der im Moment oben auf dem Parkplatz steht.

»Sie sind da!«, raunt er zu Jakob hinüber. »Es ist ein ganzer Pulk, kaum zu unterscheiden von den echten Menschen. Sogar ein paar Dicke und Hässliche sind dabei!«

»Wie viele?«, fragt Jakob.

»Zwischen 25 und 30 … Oh nein, sie mischen sich unter eine Burschenschaft!«

Ich vergesse beinahe zu atmen.

»Dann können wir sie auf dem Weg nicht stellen«, sagt Jakob. »Gib allen Bescheid, dass sie sich so viele Gesichter wie möglich merken sollen. Wir gehen ihnen sofort hinterher und werden zu Liebestötern. Alle außer Henry.«

Finn zieht sich zurück und zapft ein Talent nach dem anderen an. Als er fertig ist, sehen wir die Gruppe bereits auf uns zukommen. Alle Mitglieder der Burschenschaft tragen das gleiche schwarze T-Shirt. Auch die Dschinn sind fast durchweg dunkel gekleidet. Sie haben absichtlich gewartet, bis die Nacht hereinbricht. Nun ist es schwer, zu erkennen, wer wer ist.

Sie ziehen lachend und schwatzend an uns vorüber, während mein Gehirn auf Hochtouren arbeitet. Ich versuche, mir jedes fremde Gesicht zu merken, das nicht zu einem schwarzen Shirt mit weißer Aufschrift gehört. Dummerweise befindet sich der Schriftzug auf dem Rücken und ich komme schnell durcheinander. Nur die Frauen sind leicht zu merken, denn sie gehören definitiv nicht zur Burschenschaft. Ein Vorteil für mich.

»Verdammt«, murmelt Jakob. »Hinterher!«

Wir schälen uns aus dem Gebüsch und folgen ihnen. Sie müssen wissen, dass wir da sind, aber keiner der Dschinn dreht sich um. Meine Beine versagen beinahe ihren Dienst, so steif sind sie. Ich bin froh, dass niemand von mir erwartet, gleich einen Sprint hinzulegen.

Vor uns taucht der Festplatz auf. Er besteht aus ein paar Bierständen und einem DJ-Wagen, aus dem Partymusik dudelt. In der Mitte zwischen den Ständen gibt es eine kleine Tanzfläche, auf der sich nur wenige Menschen befinden. Die meisten stehen einfach herum, reden miteinander und stoßen mit ihren Bechern an. Es scheint jede Menge Alkohol im Spiel zu sein.

Bereits am ersten Bierstand trennt sich die Gruppe. Die Burschen bleiben stehen und bestellen sich ein Fass. Die Dschinn hingegen schwärmen aus. Damit geht der erste Punkt schon einmal an sie: Sie haben es geschafft, auf das Fest zu kommen, ohne einen einzigen Verlust erlitten zu haben.

»Legt euch ins Zeug!«, sagt Jakob und steuert auf eine blonde Frau zu, die gerade einem Dschinn ihr Feuerzeug hinhält.

Du sollst nicht Mitleid haben mit deinem Feind

Ich zögere kurz, bevor ich mich entscheide, wen ich rette und wen ich besser seinem Schicksal überlasse. Es sind mindestens acht Dschinniyas unterwegs und Tina und ich sind die Einzigen, die etwas gegen sie unternehmen können. Als Erstes fällt mir ein Junge mit kastanienbraunem Haar ins Auge, der ansonsten zwar nicht viel mit Jakob gemeinsam hat, aber nur wenige Schritte von mir entfernt steht. Er hat ein verzücktes Lächeln im Gesicht und lässt sich gerade von einer asiatisch aussehenden Schönheit die Wange streicheln. Ich brauche eine schnelle Methode, denn die Dschinniya scheint nicht lange zu fackeln.

»Claudia, du Miststück!«, rufe ich und renne zu ihr hinüber. Ich packe sie am Arm und ziehe daran. Sie taxiert mich von oben bis unten und setzt ein überhebliches Lächeln auf.

»Sabine, du hier?«, flötet sie.

»Ich muss mit dir reden«, sage ich und reiße an ihrem Arm. Leider mischt sich nun der Junge ein, der keine Ahnung hat, dass ich gerade sein Gefühlsleben retten will.

»Zieh Leine!«, sagt er zu mir. »Deine Freundin und ich unterhalten uns gerade.«

Ich werfe ihm den bösesten Blick zu, den ich zu Stande kriege.

»Nein. Erst bin ich an der Reihe!«, sage ich und umklammere sie fester. Sie weiß genau, dass ich nicht lockerlassen werde. Schließlich gibt sie auf.

»Na schön. Warte hier, Süßer! Ich geh das mal schnell klären«, sagt sie und lässt sich von mir fortschleifen.

Ich bin mir nicht ganz sicher, wo Henry gerade ist. Auf einen Verdacht hin ziehe ich die Dschinniya in Richtung des Teichs, wo ich ihn zum letzten Mal gesehen habe. Wenn ich mit meiner Vermutung falschliege, muss ich sie selbst erschießen. Dann kommt es darauf an, wie schnell ich bin.

»Ich dreh dir den Hals um, du Schlampe«, flüstert sie, während ich sie durch die Menschenmenge bugsiere.

»Vorher durchbohre ich dir dein Herz«, entgegne ich.

Wir sind kurz vor dem Teich, da spüre ich, dass Finn in meinem Nacken anklopft.

»Weiter nach links!«, sagt er. Dann ist er wieder verschwunden.

Ich drehe ab und steuere den Wald links vom Teich an. Als wir ins Dickicht eintauchen, will ich der Dschinniya einen Stoß versetzen, um meine Pistole zu ziehen, aber sie scheint es bereits geahnt zu haben. Im selben Moment dreht sie sich um und greift nach meinem Hals. Ich ducke mich weg, doch sie kriegt trotzdem meinen Pferdeschwanz zu fassen. Mit einem Ruck zieht sie mich an den Haaren nach oben. Ich höre, wie meine Wirbel knacksen.

»Goodbye Sabine«, sagt sie. All meine Sinne verabschieden sich. Ich höre ein Pfeifen in meinen Ohren.

In dem Moment trifft ein Pfeil sie von hinten ins Herz. Sie fällt erst auf die Knie und dann auf die Seite. Dabei reißt sie mich mit um. Ich befreie mich schwer atmend und suche nach Henry. Er steht hinter einem dicken Baumstamm auf halber Höhe des Hangs und zeigt mir seinen nach oben gereckten Daumen. Ich erwidere sein Zeichen. Noch nie im Leben bin ich so froh über die Schießkünste eines anderen gewesen, in diesem Fall die wiedererlangten.

Noch während ich überlege, was nun mit der toten Dschinniya geschehen soll, löst sich ihr Körper einfach auf. Es ist genau wie in meinem Traum, als Levian in dem Meer von Kirschblüten verschwand. Der Anblick ist gruselig und faszinierend zugleich. Für die Faune scheint ein Körper nicht dieselbe Bedeutung zu haben wie für uns Menschen. Sterben sie, so zerfällt er zu Staub.

Ich stehe wie festgewurzelt da und starre auf die Stelle vor mir, an der nur noch ein einzelner Silberpfeil liegt. Mehrmals muss ich mir befehlen, meine Beine zu bewegen, bis sie es endlich tun.

Bevor ich mich wieder unter die Menschen mische, atme ich ein paarmal tief durch, um das Zittern in meinen Knien loszuwerden. Dann blicke ich mich um. Ich sehe Kadim, der neben Nils steht und mit dem Finger auf einen eher pummeligen Dschinn weist, dessen gute Tarnung ihn vermutlich bisher nicht verraten hat. Dafür hat er aber auch weniger Chancen bei den anwesenden Mädchen. Nun baggert er bei einer vollschlanken Blonden, doch auch sie wird er ohne den Einsatz seines Zaubers wahrscheinlich nicht überzeugen. Sobald sie Nils sieht, wird sie umschwenken und damit ihr Seelenheil retten. Ich habe festgestellt, dass die Dschinn den Liebeszauber nur anwenden, wenn sie sich in Sicherheit glauben. Wahrscheinlich benötigt er all ihre Konzentration. Das wäre eine Möglichkeit, um sie in einem schwachen Moment zu erwischen. Ich nehme mir vor, das möglichst bald Jakob zu sagen.

Wieder kündigt sich Finn in meinem Kopf an.

»Melek, Tina braucht Hilfe. Der zweite Bierstand zu deiner Rechten!«

»Alles klar«, denke ich und setze mich in Bewegung. Ich habe keine Ahnung, wo Finn steht. Wahrscheinlich schlendert er äußerlich ruhig über das Fest, während sein Gehirn auf Hochtouren arbeitet.

Ich finde Tina sofort. Sie gräbt gerade zwei Jungen gleichzeitig an, indem sie sich betrunken stellt und ständig vom einen zum anderen torkelt. Die Jungs finden das so amüsant, dass die beiden Dschinniyas an ihrer Seite bereits auf hundertachtzig sind. Als Tina mich sieht, tritt eine Spur von Dankbarkeit in ihren Blick.

»Da kommt meine Freundin«, lallt sie. »Die wird euch zeigen, was ein echter Kuss ist. Sie ist sosu … sozusagen unsere Kuss-Expertin!«

Ich stemme die Arme in die Seiten und baue mich vor ihnen auf.

»Du bist betrunken«, sage ich so erwachsen wie möglich. Dann wende ich mich an die Dschinniyas und behaupte im gleichen Tonfall: »Und ihr beiden sollt sofort zu den Betreuern kommen. Die haben mitgekriegt, dass ihr abgehauen seid!«

Die beiden Jungs pfeifen durch die Zähne und grinsen sich an.

»Oh, oh, aus welcher Wohngruppe seid ihr denn?«, fragen sie feixend.

»Das geht euch nichts an!«, schneide ich ihnen das Wort ab und wende mich wieder an den Feind. »Sie stehen hinter dem DJ-Wagen. Wenn ihr nicht kommt, holen sie euch. Das wird peinlich!« Dann blicke ich Tina an. »Und du … du gehst auch besser mit!«

Schon hat das Interesse der Jungs an den angeblichen Heimkindern merklich nachgelassen. Sie sind noch nicht betrunken genug, um sich mit Sozialpädagogen anzulegen. Trotzdem starren sie uns hinterher. Das ist gut für Tina und mich, denn die Dschiniyas versuchen, den äußeren Schein zu wahren, genau wie wir, und so lassen sie sich Richtung Musikwagen steuern.

Ich habe aus meinem Fehler gelernt und gehe hinter den Dschinn her. Vorhin wäre mir der enge Körperkontakt fast zum Verhängnis geworden. Tina und ich sehen uns aus den Augenwinkeln an. Es sind noch vier oder fünf Meter bis zu dem Wagen. Fast gleichzeitig ziehen wir unsere Pistolen und verbergen sie unter den Ärmeln unserer Shirts. Wir sind nun weit genug von den Jungs entfernt, dass sie die Bewegung vielleicht nicht wahrnehmen. Sicher sein können wir nicht, aber lieber wollen wir einem Menschen auffallen, als getötet zu werden. Notfalls können die Orakel später die Erinnerungen der Beobachter löschen. Die Dschinniyas verschwinden mit einem Satz hinter dem Wagen. Tina und ich gehen rechts und links außen herum.

»Großer Bogen!«, murmelt Tina. Im Sichtfeld der Partygäste umrunden wir den Wagen. Beide Dschinniyas stehen noch da und beobachten uns. In dem Moment, als wir in den Schatten des Wagens eintauchen und damit von den anderen Menschen nicht mehr gesehen werden, wissen sie, dass das Spiel vorbei ist und verwandeln sich in Mäuse. Genau damit habe ich gerechnet. Tina und ich schießen gleichzeitig, doch nur ich treffe mein Ziel genau im Augenblick der Verwandlung. Sofort lege ich auf die Maus an, die sich soeben unter den Wagen retten will, und erwische auch sie. Ich schiele um den DJ-Wagen herum, um festzustellen, ob jemand die gedämpften Schüsse vernommen hat. Aber die Musik hat den puffenden Ton der Pistolen geschluckt. Ich habe gerade meine ersten Dschinn getötet. Der Gedanke macht mich nicht glücklich, doch ich dränge ihn beiseite.

»Du bist verdammt gut, Melek«, sagt Tina. »Danke, dass du mir zu Hilfe gekommen bist!«

»Bitte«, sage ich kühl.

Wir sehen dabei zu, wie die Maus und der menschliche Körper vor unseren Augen verschwinden. Dann treten wir wieder hinter dem Wagen hervor und verschaffen uns einen Überblick. Wir entdecken beide Jakob, der sich auf der Tanzfläche gerade an eine blond gelockte junge Frau heranschmeißt.

»Ich hasse es, wenn er Discofox tanzt«, sagt Tina. Verwundert schaue ich zu ihr hinüber und treffe ihren Blick. Es war schon einmal so, dass wir beide uns für einen kurzen Moment verbündet haben. Aber schon morgen wird unser Verhältnis wieder von Eifersucht geprägt sein. Falls wir überleben.

»Er ist verletzt!«, sagt Tina.

Nun schaue ich auch genauer hin. Jakob presst seinen rechten Arm unnatürlich stark an seine Seite. Deshalb kriegt er auch die Tanzhaltung nicht hin und improvisiert einfach, indem er das Opfer mit der linken Hand eine Drehung nach der anderen vollführen lässt.

»Das ist die Hand, mit der er seine Waffe führt«, sage ich.

»Jakob kann auch mit links schießen«, erwidert Tina. »Aber nicht so gut.«

Wir blicken uns noch einmal an, unsicher, was wir tun sollen. Doch Finn nimmt uns die Entscheidung mit einer Konferenzschaltung ab.

»Melek, rechts von dir wird gerade ein Junge mit Ziegenbärtchen und Brille geküsst. Tina, links passiert das Gleiche in ein paar Sekunden mit einem Typen in einer bayerischen Lederhose.«

Ohne ein Wort des Abschieds gehen wir auseinander und widmen uns unserer Aufgabe. Diesmal komme ich zu spät. Die Dschinniya hängt bereits an den Lippen ihres Opfers und saugt wie eine Besessene. Da ich sie ohnehin niemals von ihm lösen könnte, trete ich einfach dem Jungen von hinten in die Kniekehlen. Er sackt zusammen und die Dschinniya verliert die Verbindung zu seiner Seele. Sie lässt ihn los und starrt mich wütend an. Als sie mich erkennt, verändert sich sofort ihre Mimik.

»Sieh an, Melek!«, sagt sie. Ich bin verwirrt. Fieberhaft überlege ich, wo ich sie schon einmal gesehen haben könnte, doch mir fällt nichts ein. Sie hat dunkelblondes Haar und eine auffallend schmale Wespentaille. Ihr Hinterteil ist eher ausladend gebaut und wird von ihrem schwarzen Stretchkleid noch betont. Erst als ich ihr direkt in die Augen sehe, erkenne ich die Ähnlichkeit mit der Gestalt aus der Havanna-Bar.

»Leviata«, sage ich nüchtern.

»Gut erkannt, Miststück!«, faucht sie. Ihre Spezies scheint eine Vorliebe für Kraftausdrücke zu haben. »Du hast meinen Bruder heute Nachmittag ziemlich verärgert!«

»Nicht mehr als er mich«, gebe ich zurück.

Währenddessen rappelt sich der ausgesaugte Junge wieder hoch und bleibt neben uns stehen, als wäre nichts gewesen.

»Geh auf direktem Weg nach Hause, denn diese Party ist schlecht für deine Gesundheit«, befehle ich ihm.

»Okay«, sagt er. Es funktioniert tatsächlich. Er setzt sich in Bewegung und marschiert quer durch den Wald in Richtung des Parkplatzes.

»Er war ein wunderbar wohlschmeckendes Arschloch«, erzählt Leviata, während sie ihm hinterhersieht. »Einer von der Sorte, die Mädchen wie dich mit Schmeicheleien herumkriegen und am nächsten Morgen sofort abschießen. Womöglich habe ich dir gerade ein schlimmes Schicksal erspart.«

»Geh hinter den Musikwagen«, sage ich.

Sie macht ein amüsiertes Gesicht.

»Denkst du, ich lasse mich einfach von dir exekutieren? Für wie dumm hältst du mich?«

Ich werfe einen kurzen Seitenblick auf die Leute um mich herum. Überall wird gebaggert, gelacht und geküsst. Ich erkenne nicht, was davon menschlich ist und was nicht. Ich bekomme Panik. Wenn ich mich nicht irre, läuft gerade alles aus dem Ruder und die verbliebenen Dschinn kommen voll auf ihre Kosten.

»Wo ist Levian?«, frage ich.

Leviata lässt ein glöckchenhaftes Lachen hören.

»Vermisst du ihn?«, fragt sie. Dann wird ihr Ausdruck plötzlich bösartig. »Er ist nicht hier. Ihr habt ihn auf so manche Weise verletzt und ihm steht nicht der Sinn nach Romantik und Sehnsucht. Ich habe ihm gleich gesagt, dass du ihn verraten wirst!«

»Er hatte niemals Interesse an mir!«, sage ich gepresst. »Alles, was er wollte, war, Jakob zu brechen!«

Wieder lacht sie. Es klingt überheblich und falsch.

In dem Moment höre ich Finn in meinem Kopf. Entweder hat er nicht angeklopft oder ich habe es in meiner Aufregung nicht wahrgenommen.

»Du musst in den Wald!«, sagt er. »Wir brauchen dich hinten am Hochsitz!«

Mir fällt keine Möglichkeit ein, Leviata vorher auszuschalten. Außerdem hat sie bereits gesaugt. Vielleicht ist sie satt genug, um nicht noch mehr Menschen unglücklich zu machen. Ich entscheide mich, sie erst mal davonkommen zu lassen. Doch im selben Moment, als ich mich entfernen will, vibriert es in meinem Nacken. Ich rechne mit einer neuen Anweisung von Finn und öffne meinen Geist.

»Wo ist Sylvia?«, fragt stattdessen Leviata in meinem Kopf.

Nur für den Bruchteil einer Sekunde denke ich an das grün tapezierte Kinderzimmer in Biedenkopf. Dann lenke ich meine Gedanken auf die Burschenschaft am Bierwagen. Aber Leviata hat bereits erfahren, was sie wissen wollte.

»Danke, Schätzchen«, sagt sie und loggt sich wieder aus.

Ich fahre herum und suche panisch nach der Dschinniya, doch sie steht nicht mehr da. Ich bekomme Ohrensausen. Um alles in der Welt muss ich verhindern, dass sie diese Information weitergibt! Das hat jetzt oberste Priorität. Die anderen Talente müssen so lange ohne mich auskommen. Also hetze ich durch die Menschenmenge und halte Ausschau nach Leviata. Ich klettere auf die aufgebockte Achse eines Wagens, um mehr Überblick zu haben. Nach ein paar Minuten weiß ich, dass die Suche sinnlos ist. Wahrscheinlich hat Leviata das Geheimnis bereits über Telepathie an weitere Dschinn gesendet. Sylvia ist nicht mehr in Sicherheit!

Schnell verziehe ich mich hinter den Wagen und ziehe mit zitternden Fingern mein Handy aus der Jackentasche.

»Du musst sofort in Sylvias Zimmer. Die Dschinn wissen Bescheid, wo sie ist!«, schreibe ich an Erik. Ich bin gerade fertig, da spüre ich schon wieder jemanden in meinem Kopf. Diesmal wappne ich mich für alle Fälle und blockiere sofort meine Gedanken.

»Melek, komm sofort zum Hochsitz, die Lage ist ernst!«, schreit Finn.

»Ich komme!«, denke ich. »Sag Jakob, dass Sylvia in Gefahr ist. Die Dschinn haben herausgefunden, wo sie ist!«

Ich empfange noch ein erschrockenes Gefühl von Finn, dann ist er wieder weg. Ich hetze hinein in den Wald und klettere bergan in Richtung des Hochsitzes. Auf halber Höhe werde ich langsamer, um leiser voranzukommen. Aber ich habe während meiner kurzen Ausbildung nicht gelernt, mich lautlos auf Laub und Reisig zu bewegen. Wer auch immer dort oben auf mich wartet, wird jetzt wissen, dass ich komme.

Ich bin noch etwa 30 Meter vom Hochsitz entfernt, da höre ich ein leises Rascheln aus dem Gestrüpp zu meiner Linken. Sofort bleibe ich stehen und ziele mit der Pistole darauf.

»Pssst!«, höre ich Rafails Stimme. »Ich bin's!«

Ich schleiche mich zu ihm hinüber, so leise ich kann, und krieche hinter den Busch, den er sich als Versteck ausgesucht hat.

»Da oben auf dem Hochsitz!«, sagt er und weist zu Finns ehemaligem Ausguck hinauf.

Ich folge seinem Wink und sehe eine Bewegung. Doch erst, nachdem ich eine ganze Weile auf den entfernten Punkt in der Dunkelheit starre, erkenne ich die Umrisse von zwei Personen. Es handelt sich um ein dunkelhaariges Mädchen und einen breitschultrigen Typen mit Stiernacken und Bodybuilder-Figur. Der Mann ist unverkennbar ein Dschinn, denn er steckt dem Mädchen seine Zunge in den Rachen, während sie willenlos an ihm klebt.

»Du bist zu spät!«, murmelt Rafail. In seinen Augen stehen Tränen, was mich ziemlich beunruhigt.

»Reiß dich zusammen!«, wispere ich. »Was können wir tun?«

Rafail schüttelt nur resigniert den Kopf.

»Ich dachte, du schießt erst einen Betäubungspfeil auf das Mädchen und gleich darauf eine Kugel auf den Dschinn. Aber wahrscheinlich ist der Aufwand nun umsonst.«

»Das ist er nie«, entscheide ich. Denn ich weiß genau, wie viele Ausprägungen ein Dschinn-Kuss haben kann. Vielleicht befindet sich die Dunkelhaarige noch in einem Stadium, das ansatzweise lebenswert ist.

»Weiß er nicht, dass wir hier sind?«, wundere ich mich.

Rafail sieht mich beinahe mitleidig an.

»Wenn er dich nicht gehört hat, muss er taub sein«, flüstert er. »Ich denke, er fühlt sich einfach sicher da oben.«

Dann hält er mir eine Pistole hin, die er bereits mit einem Betäubungspfeil geladen hat. Ich nehme sie in die linke Hand, denn das Mädchen wird leichter zu treffen sein als der Dschinn. Während unserer Übungstreffen habe ich erst zweimal mit links geschossen. Beide Male hatte ich etwas mit dem Rückstoß der Waffe zu kämpfen, aber die unbeweglichen Scheiben habe ich trotzdem getroffen.

Ich richte beide Waffen auf meine Ziele und halte die Luft an. Dann drücke ich zweimal hintereinander ab. Der Betäubungspfeil trifft das Mädchen direkt im Hals. Sie sackt in den Armen des Dschinn zusammen. Stiernacken weicht meiner Kugel schneller aus, als ich es seinem massigen Körper zugetraut hätte. Sie schlägt in den Baumstamm ein, genau an der Stelle, wo noch vor einem Augenblick sein Kopf war. Ich schieße zwei Mal hinterher, doch er klettert auf die gegenüberliegende Seite der Eiche, wo ich ihn nicht mehr sehen kann. Meine Folgeschüsse waren ganz klar zu langsam, aber ich wusste nicht, in welche Richtung er ausweichen würde und wollte nicht die Gefahr eingehen, die falsche Person zu treffen.

Rafail stupst mich in die Seite. »Das Mädchen!« Er deutet aufgeregt hinauf Richtung Hochsitz. »Sie fällt gleich herunter!«

Ich schaue nach oben. Sie hängt über dem Sichtschutz aus Blättern, der bedenklich nachgibt. Rechts von ihr gibt es keine Begrenzung. Falls ihr Körper in diese Richtung rutscht, wird sie gleich fünfzehn Meter tief stürzen.

»Hol sie runter«, sage ich zu Rafail. »Ich gebe dir Deckung!«

Wir kriechen aus dem Gebüsch und schleichen Schulter an Schulter zum Baum, die Pistolen im Anschlag und die Blicke fahrig nach allen Seiten schweifend. Als wir am Stamm ankommen, sichere ich den Baum rundum, doch ich kann keine Spur mehr von dem Dschinn entdecken.

»Nichts zu sehen!«, murmele ich.

Rafail nickt. In seinem Blick liegt ein seltsamer Ausdruck. Er weiß genau, dass ihn die Rettung der Dunkelhaarigen den Kopf kosten könnte. Schlimmer noch: Die Frau, die er liebt, würde ihm keine Träne nachweinen, denn sie hat keine mehr. Doch weder können wir das Mädchen dort oben seinem Schicksal überlassen noch bin ich körperlich dazu in der Lage, diese Aufgabe zu übernehmen.

»Wir schaffen das!«, sage ich, doch meine Stimme zittert.

Ohne eine Antwort macht Rafail sich an den Aufstieg. Die Zimmermannsnägel im Baumstamm sind in der Dunkelheit nur schwer zu erkennen. Einmal rutscht er ab und reißt sich dabei die linke Hand blutig. Ich erwische mich dabei, wie ich darüber nachdenke, ob er wohl eine Tetanus-Impfung hat. Dann konzentriere ich mich wieder auf meine Aufgabe und sichere weiter den Baum. In meiner linken Schläfe pocht eine Ader und ich fühle leichte Kopfschmerzen herannahen. Die ständige Anspannung ist definitiv zu viel für mich.

Als Rafail gerade die Kanthölzer erreicht hat, erkenne ich eine Bewegung oben rechts im Baum. Es ist ein Eichhörnchen. Meine Reflexe funktionieren so schnell, dass ich mich selbst darüber wundere. Ehe das Tier weiß, wie ihm geschieht, treffe ich es mit meiner Silberkugel mitten an der Stirn. Es plumpst herunter und streift im Fallen Rafail, der vor Schreck fast von den Kanthölzern rutscht. Möglicherweise habe ich nun Levian getötet. Die Vorstellung hat etwas Beruhigendes, doch sie ist gleichzeitig erschreckend grausam. Ich husche hinüber zu der kleinen Leiche und warte, dass sie sich auflöst, aber nichts geschieht.

»Falscher Alarm!«, wispere ich hinauf. Ich habe ein echtes Tier getötet.

Rafail gibt ein aufgebrachtes Brummen von sich, dann klettert er weiter. In meiner Tasche vibriert mein Handy, aber ich kann jetzt auf keinen Fall rangehen. Es kann sich nur um Erik handeln, der mir hoffentlich schreibt, dass Sylvia in Sicherheit ist. Ich umkreise weiter den Baum, ohne Rafail und die Krone aus den Augen zu lassen. Wenige Sekunden später ist er oben angekommen und zieht das bewusstlose Mädchen auf seine Schultern. Das wäre der beste Moment für den Dschinn, zuzuschlagen, falls er sich immer noch im Baum befindet. Meine Nerven sind zum Zerreißen gespannt, doch nicht der kleinste Laut dringt aus dem Geäst. Das Einzige, was ich höre, ist die gedämpfte Musik vom Fest und das Stimmengewirr betrunkener Menschen. Schwer atmend macht Rafail sich an den Abstieg. Er ist ein Muskelprotz, aber deswegen noch lange nicht an das Klettern mit nur einer freien Hand gewöhnt. Jeder Meter, den er hinter sich bringt, lässt mich ein Stück mehr aufatmen. Als er wieder die Zimmermannsnägel erreicht, bin ich fast schon überzeugt, dass wir es geschafft haben. Da knackt ein Zweig hinter mir und mein Herz setzt einen Schlag aus. In Sekundenschnelle fahre ich herum und ziele auf das Unterholz, aus dem der verräterische Laut kam. Stiernacken springt mir von der Seite direkt vor den Lauf, die Hände nach meinem Hals ausgestreckt. Ich drücke ab.

Der riesige Dschinn fällt mit der Wucht eines Felsbrockens und rollt direkt vor meine Füße. In sein Gesicht steht die Überraschung geschrieben. Er war sich seiner Sache anscheinend vollkommen sicher gewesen. Noch während sich sein Körper auflöst, hat Rafail mit dem Mädchen den Boden erreicht und legt es vorsichtig neben der Eiche ab.

»Unglaublich!« sagt er atemlos. »Wie hast du ihn bemerkt?«

»Das weiß ich selber nicht«, nuschele ich. Aber es ist eine Lüge. Ich bin froh, dass Finn gerade nicht in der Nähe ist und mich bei meiner Vermutung abhört. So sehr ich auch versuche, hinter das Gebüsch zu blicken, wo der Zweig geknackt hat, – meine mittelmäßigen Menschenaugen können es nicht durchdringen. Ich bin mir nun nicht mehr so sicher darüber, ob Leviata die Wahrheit gesagt hat. Vielleicht ist Levian ja doch hier. Nur aus welchem Grund sollte er mich jetzt noch beschützen und dabei seine eigenen Leute opfern? Was für ein undurchschaubares Spiel treibt er? Oder war das gerade eben reines Glück und hinter dem Gebüsch befindet sich stattdessen ein Dachs oder ein Fuchs, der mir ganz zufällig das Leben gerettet hat?

Keine Sekunde zu früh schalte ich mein Small-Think ein, denn Finn klopft in meinem Kopf an.

»Melek, bist du am Leben?«, höre ich ihn sagen.

»Ja!«

Ich sehe, dass er auch Rafail anzapft, wahrscheinlich, um ihm dieselbe Frage zu stellen. Es sieht ganz danach aus, als würde er einen Rundruf unter den Talenten starten. Ich hoffe aus ganzem Herzen, dass kein einziger Empfänger stumm bleibt. Schweigend warten wir auf die Rückmeldung von Finn. Sie kommt drei Minuten später.

»Alle Talente sind am Leben. Ein paar sind leicht verletzt. Wir treffen uns zur Lagebesprechung in zehn Minuten auf der Bergspitze hinter dem Hochsitz.«

Ich atme auf. Wenn wir es tatsächlich geschafft haben, diesen Einsatz ohne Verluste zu überstehen und dabei noch einige Dschinn ausgeschaltet haben, dann war das Teichfest für die Truppe ein voller Erfolg, auch wenn es einige menschliche Opfer gegeben hat. Trotzdem macht sich ein schales Gefühl in mir breit. Die Freude, die ich jetzt eigentlich empfinden müsste, will sich einfach nicht einstellen. Ich muss nicht lange nachdenken, um hinter den Grund zu kommen: Ich habe getötet. Vor allem die beiden wehrlosen Dschinniyas hinter dem Musikwagen machen mir zu schaffen. Sie waren bösartige Wesen, die meinesgleichen in gefühllose Marionetten verwandelt haben. Aber vielleicht waren sie mehr als das. Vielleicht gab es Seiten an ihnen, die liebenswert und gut waren. Womöglich war selbst Stiernacken zu Hause in seiner Dschinnfamilie ein fürsorglicher Vater oder ein leidenschaftlicher Geliebter wie Levian. Ich werde es nie wissen. Aber eines ist mir in diesem Moment klar: Der Kontakt mit meinem Dschinn, so unerfreulich er auch geendet hat, hat mich für alle Zeiten geprägt. Jakob darf nie erfahren, dass ich Sympathien für unsere Feinde hege. Und ich habe wieder einen Grund, Geheimnisse vor Finn zu wahren.

Rafail und ich machen uns an den Aufstieg zum Treffpunkt. Zum Glück übernimmt er die Aufgabe, Finn von dem Mädchen zu erzählen, das noch am Fuß des Hochsitzes liegt. Finn verspricht, Kadim auf seinem Weg nach oben dorthin zu lotsen, damit er ihre Erinnerung löschen kann. In ein paar Stunden wird sie dann mit der Annahme aufwachen, sie sei betrunken im Wald eingeschlafen. Wie viel von ihren Gefühlen dann noch übrig ist, kann niemand sagen.

***

Die gebückten Gestalten, die sich oben auf dem Berg versammeln, sind meine Kameraden. Niemand sieht sonderlich glücklich aus und das liegt nicht nur an den Verletzungen. Jakobs Arm ist gebrochen, weil er einem angreifenden Dschinn zu spät ausgewichen ist, bevor Henry ihn zur Strecke gebracht hat. Nils humpelt auf einem Bein, weil er bei der Flucht vor seinem Gegner mit dem Fuß unter eine Wurzel geraten und hingefallen ist. Dabei konnte er zum Glück noch seine Pistole ziehen. Tina und Kadim haben beide leichte Schürfwunden im Gesicht und keine Erinnerung daran, wie es passiert ist. Rafail kramt ein Erste-Hilfe-Köfferchen hervor und verarztet sowohl deren Blessuren als auch seine blutende Hand. Nur für Nils und Jakob kann er nichts tun. Die beiden bräuchten einen Arzt.

»Als Erstes müssen wir herausfinden, wie es Sylvia geht«, sagt Jakob.

Bei seinen Worten fährt mir der Schreck wie ein Blitz durch die Glieder. Ich habe vergessen, auf mein Handy zu sehen. Fieberhaft krame ich es heraus und lese die SMS, die Erik mir geschrieben hat. Der Inhalt ist so schrecklich, dass ich es nicht fertigbringe, ihn den anderen mitzuteilen.

»Was?«, fragt Jakob, als er mein Gesicht sieht. »Was ist passiert?«

Auch die anderen verstummen und starren mich entsetzt an.

»Lennart ... Lennart ist tot«, lese ich. Ein Würgereiz überkommt mich. »Sylvia hatte eine Vision von dir. Sag uns, ob du frei und am Leben bist. Sonst kommen wir jetzt. Sicher sind wir ohnehin nirgendwo.«

Unter den Talenten herrscht Totenstille. Nils ist der Einzige, dem ein ersticktes Schluchzen entrinnt. Gerade eben noch haben wir uns so erleichtert gefühlt. Und nun ist Lennart tot. Lennart, den wir bewusst aus dem Kampfgeschehen herausgehalten haben, weil wir glaubten, dem Schicksal ein Schnippchen schlagen zu können. Doch es war uns auch in diesem Fall schon um mehrere Schritte voraus.

»Schreib ihm sofort zurück!«, sagt Jakob. »Er darf Sylvia auf keinen Fall hierherbringen! Sie sollen zu Walter gehen und dort in der Waffenkammer auf uns warten!«

Ich werfe einen Blick auf die Uhrzeit, zu der Erik die SMS abgeschickt hat: 22.27 Uhr. Seitdem sind fast zwanzig Minuten vergangen.

»Es könnte sein ... dass sie schon unterwegs sind«, stammele ich.

»Ruf ihn an!«, befiehlt Jakob. Seine Augen sind grau vor Kummer und Angst.

Ich wähle Eriks Nummer und warte verzweifelt, dass er abnimmt. Die anderen starren mich nur stumm an. Sie sehen allesamt aus, als hätte man sie durch einen Fleischwolf gedreht. In ihrem Blick schwingt nicht nur Trauer mit, sondern auch die Angst, noch einmal kämpfen zu müssen.

Es dauert eine Ewigkeit, bis Erik endlich rangeht.

»Melek?«, schreit er ins Telefon.

»Ja.«

»Du bist am Leben! Geht es dir gut? Bist du frei?«

»Ja«, beruhige ich ihn. »Hör zu, Erik, du darfst Sylvia auf keinen Fall herbringen. Geh mit ihr zum Schuster ...«

»Es ist zu spät«, würgt er mich ab. »Wir sind schon da. Gerade eben sind wir am Waldrand bei den Autos angekommen. Und wir werden nicht mehr zurückfahren. Wir kommen euch jetzt entgegen.«

Er legt auf. Niemals hätte ich gedacht, dass Erik einen solchen Fehler begehen könnte. Aber was auch immer ihn dazu verleitet hat, es ist nun mal geschehen. Jetzt müssen wir alles daransetzen, vor den Dschinn bei Sylvia zu sein.

Eriks Talent

»Tina«, sagt Jakob, »du rennst voraus! Wir anderen bleiben zusammen. Rafail nimmt Nils huckepack.«

Er tauscht einen kurzen Blick mit Tina. Ich erkenne Sorge in seinen Augen, aber Tina schiebt die Unterlippe vor, wetzt ohne ein Wort des Abschieds zwischen den Bäumen hindurch bergab und ist in Sekunden aus unserem Blickfeld verschwunden.

»Finn, bleib die ganze Zeit bei ihr!«, ordnet Jakob an.

Rafail nimmt Nils auf den Rücken. Dann rennen wir alle, so schnell wir können, nach unten in die Richtung, wo wir Erik und Sylvia vermuten. Die Formation, die wir dabei bilden, hat erhebliche Lücken. Aber Henry und ich decken nach wie vor die Flanken.

Ich fühle mich die ganze Zeit beobachtet und scanne das Unterholz mit meinem Blick, doch kein Dschinn lässt sich sehen.

»Tina hat sie gefunden!«, vermeldet Finn zu meiner Rechten. »Es ist alles in Ordnung. Sie gibt ihnen Deckung.«

Wenig später erreichen auch wir anderen die drei. Sie stehen auf einem kleinen Plateau, nicht weit vom Fuß des Berges entfernt. Es ist eine Art Sackgasse, die in einem winzigen Steinbruch endet. Tina hat Erik und Sylvia dort hineingetrieben, damit sie von hinten geschützt sind. Sie selbst steht mit schussbereiter Pistole davor, bereit, jeden zu erschießen, der sich nicht als Talent ausweisen kann. Jakob zögert keine Sekunde, bevor er auf Erik losgeht.

»Was hast du dir dabei gedacht, sie hierherzubringen?« schreit er ihn an.

»Ich hatte keine Ahnung, wie viele Dschinn noch in ihr Zimmer kommen«, sagt er gefasst, als hätte er mit einem solchen Ausbruch bereits gerechnet. »Der nächste hätte mich erledigt und der übernächste sie.« Er deutet auf Sylvia.

»Ihr hättet zu Dönges in die Waffenkammer gehen können!«, braust Jakob auf.

Sylvia ist so bleich, dass ihr Gesicht im Mondlicht leuchtet. Trotz der Angst, die sie haben muss, ergreift sie das Wort.

»Ich hatte eine Vision«, flüstert sie. »Melek war in den Händen der Dschinn. Sie verlangten, dass ich mich ihnen stelle. Wenn ich nicht käme, würden sie sie zerstören. Und in meiner Vision war Erik der Einzige, der uns retten konnte. Also mussten wir beide kommen.«

»Verdammt, Sylvia, du weißt genau, dass sie vorhatten, dir eine falsche Vision zu schicken«, fahre ich sie an. »Warum lässt du dich davon beeindrucken?«

Sie starrt mich aus ihren tränenverquollenen Augen an und zuckt mit den Schultern.

»Weil ich nicht dachte, dass die Vision falsch sein könnte. Sie fühlte sich genauso an wie immer«, heult sie los.

Zum ersten Mal, seit ich sie kenne, verhält sie sich wie ein einfältiges Kind. Ich verzichte darauf, ihr zu sagen, dass die Dschinn mit Sicherheit keine halben Sachen machen. Ich frage sie auch nicht, ob sie größenwahnsinnig geworden ist, weil sie glaubt, eine echte Vision von einem Dschinn-Zauber unterscheiden zu können. Stattdessen schüttele ich nur den Kopf über ihre Leichtgläubigkeit.

»Wie ist Lennart gestorben?«, fragt Jakob.

Nun weint Sylvia noch mehr. Ihr kleiner Körper bebt dabei so stark, dass ich Angst habe, sie könnte zusammenbrechen. Erik übernimmt die undankbare Aufgabe, uns von den Geschehnissen in Sylvias Zimmer zu erzählen.

»Der Dschinn tauchte quasi aus dem Nichts auf. Wahrscheinlich saß er schon eine Weile als Maus vor der Tür und peilte die Lage. Lennart und ich haben uns gestritten wegen Meleks Nachricht. Wir waren uns nicht einig darüber, ob ich im Zimmer bleiben sollte oder nicht.« Er wirft mir einen schuldbewussten Blick zu.

Mir selbst geht es genauso. In gewisser Weise bin ich für Lennarts Tod mitverantwortlich, auch wenn ich nicht weiß, wie ich es hätte besser machen können. Meine Brust wird eng.

»Genau in dem Moment stieß er die Tür auf«, erzählt Erik weiter. »Er hatte Menschengestalt und sprang sofort auf Sylvia zu … Lennart warf sich vor sie … Und ich hatte dadurch Zeit, um meine Pistole zu ziehen.«

Keiner von uns ist in der Lage, auch nur ein Wort darauf zu sagen. Der Gedanke, dass Lennart sich geopfert hat, um Sylvias Leben zu retten, ist unerträglich. Ich weiß nicht, ob ich diesen Mut aufgebracht hätte. Ich schließe die Augen und denke an den großen blonden Jungen, der einmal einen Dschinn verscheucht hat, indem er ihn zum Armdrücken aufgefordert hat. An sein muskelbepacktes Spiegelbild im Fitnessstudio. Daran, wie er Albert gebeten hat, Erik von dem zu großen Gewicht zu entlasten. Ich hatte nie die Gelegenheit, ihn richtig kennenzulernen. Und jetzt ist sie unwiderruflich dahin.

Wie immer ist es Jakob, der als Erster die Sprache wiederfindet.

»Wir werden um Lennart trauern, wenn die Zeit dazu gekommen ist«, sagt er. »Jetzt muss erst mal Sylvia nach Hause. Das Teichfest ist für uns vorbei.«

»Was ist mit den Dschinn?«, will Erik wissen.

Jakob sieht ihn durchdringend an.

»Neun von ihnen sind tot. Die meisten anderen sind mittlerweile verschwunden. Zwei oder drei sind noch in der Nähe. Aber wir können nicht riskieren, noch einmal auf das Fest zurückzugehen. In unserem Zustand wäre das Selbstmord.«

Ich bin froh, dass er so entscheidet, denn meine Konzentration und mein Mut sind mittlerweile dahin. Ein Blick auf die anderen genügt, um zu erkennen, dass es ihnen genauso geht.

Während ich davon träume, vor Mitternacht von Erik nach Hause gefahren zu werden, fängt Sylvia plötzlich vor Furcht zu schlottern an.

»Gefahr!«, sagt sie. »Gefahr! O mein Gott! Es sind zwei und sie kommen direkt auf uns zu!« Ihr Finger weist in den Wald unter uns, genau in die Richtung, in der unsere Autos stehen.

»Wie lange noch?«, fragt Jakob.

»Eine Minute!«, jammert Sylvia.

Jakob gibt den Befehl, einen Halbkreis um Sylvia zu bilden. Jeder, der noch einen Handschuh trägt, zieht ihn herunter und legt sein Bannzeichen frei.

Dann packt Jakob Eriks Arm und zückt sein Messer. Reflexartig reißt Erik sich los und starrt ihn mit großen Augen an.

»Bist du verrückt?«, entfährt es ihm. Doch Jakob greift erneut nach seiner Hand und biegt die Finger auseinander.

»Nein, Muskelprotz. Ich zeichne dich.«

Eine Sekunde lang starren sie sich an. Dann gibt Erik seine Hand frei und beißt die Zähne aufeinander. Jakob klappt das Messer auf und schneidet zwei halbkreisförmige Linien in seine Handfläche. Die Wundränder klappen auf und Blut quillt hervor. Ein kaum unterdrücktes Stöhnen entfährt Erik. Wieder setzt Jakob das Messer an und bohrt eine Pupille in die Mitte des Auges. Die letzten fünf Schnitte markieren das Pentagramm. Er kann kaum noch sehen, was er tut, denn Eriks Hand ist voller Blut. Sein ganzer Arm zittert. Mir wird schlecht.

Jakob greift in seine Tasche und zieht eine Wundauflage hervor. Er öffnet die Packung, drückt die Auflage auf Eriks Hand und küsst ihn flüchtig auf die Stirn.

»Willkommen in der Armee«, sagt er. »Nimm Lennarts Platz mittig rechts ein. Und mach endlich, was ich dir sage!«

Mir bleibt keine Zeit, über den grausigen Initiationsritus nachzudenken.

»Sie sind hier!«, kreischt Sylvia. »Zwei Wölfe. Ich glaube, einer davon ist Levian!«

Ein Schreck fährt mir durch die Glieder. Hat Levian am Ende entschieden, dass er nun doch seine Pflichten als Killer erfüllen und Sylvia töten will? Mir fällt kein anderer Grund ein, warum er in diesem Augenblick hier aufkreuzen sollte. Ich höre ein Rascheln im Gebüsch vor dem Weg. Wir ziehen uns in den Steinbruch zurück, wo wir zwar von hinten geschützt, aber gleichzeitig in die Enge getrieben sind. Die Wölfe knurren. Es hört sich an, als hätten wir es mit einem ganzen Rudel zu tun. Dann lässt das Knurren nach und gespenstische Stille kehrt ein.

»Da drüben!« Sylvia deutet nach rechts. »Und dort!« Weiter nach links.

Wir richten unsere Waffen auf die Punkte, die sie uns zeigt, doch keiner von uns kann in der Dunkelheit irgendetwas sehen. Ich muss mich beherrschen, nicht einfach blind draufloszuschießen.

»Ruhig bleiben«, erinnert uns Jakob. »Sie wollen uns nur verunsichern.«

Der Klang seiner Stimme beruhigt mich etwas. Ich stehe auf der rechten Seite des Halbkreises, genau am Übergang zwischen Wald und Steinbruch, neben mir Nils, dann Rafail und schließlich Erik. Er zielt, genau wie wir alle, mit der Pistole in die Dunkelheit. Seine linke Hand baumelt an seiner Seite. Ich sehe einen Tropfen Blut nach dem anderen an seinen Fingern hinunterrinnen. Außer dem schnellen Atem der anderen dringt kein Geräusch an mein Ohr.

»Rechts!«, schreit Sylvia plötzlich. Ein dunkler Schatten taucht an meiner Seite auf. Im gleichen Augenblick verliere ich den Halt unter den Füßen. Ich knalle mit dem Kopf auf den Boden und werde weggezogen. In Sekundenschnelle verschwinden die anderen vor meinem Blick und das Unterholz schluckt mich. Einer der Wölfe hat mich am Hosenbein gepackt und hetzt mit mir davon. Äste und Dornen fliegen an mir vorbei. Manchen kann ich ausweichen, andere erwischen mich an den Händen und im Gesicht. Meine rechte Hand mit der Pistole knallt gegen eine Wurzel und die Waffe gleitet mir aus den Fingern. Ein heiserer Schrei dringt aus meiner Kehle. Ich schlage mit dem Hinterkopf gegen einen Stein und für einen Moment schwinden mir die Sinne. Dann ist plötzlich alles still.

Benommen hebe ich den Kopf und schaue direkt in das Gesicht des riesigen Wolfs, der mich auf den Boden presst, so dass ich unbeweglich auf meinen Armen liege. Er hat die Lefzen hochgezogen und knurrt mich hasserfüllt an. Seine Augen sind grün, doch es sind nicht die von Levian.

»Leviata«, stöhne ich. »Was willst du von mir?«

Ich habe keine Ahnung, was ich ohne meine Pistole gegen sie ausrichten könnte. Meine einzige Chance bleibt, mit ihr zu reden. Als Wolf wird sie mich wahrscheinlich in wenigen Augenblicken in Stücke reißen. Als Mensch gibt sie mir vielleicht die Gelegenheit, Zeit zu schinden. Womöglich bekomme ich dabei sogar meine Hände frei. Ich habe immer noch das Bannzeichen und mein Messer.

Leviata scheint nicht daran interessiert zu sein, mich schnell zu töten. Ohne dabei ihre Position im Geringsten zu verändern, verwandelt sie sich in ihre menschliche Gestalt. Diesmal wählt sie wieder die platinblonde Schönheit, die ich in der Havanna-Bar getroffen habe.

Ich versuche, meine Arme und Beine freizubekommen, doch sie hält mich weiter stur auf den Boden gepresst, während ihre Haarpracht in mein Gesicht fällt. Sie riecht nach Moos und Lindenblüten.

»Mein Bruder, dieses sentimentale Schaf, will dich immer noch in einen Faun verwandeln«, sagt sie. »Er glaubt, ich hätte dich aus reiner Loyalität für ihn entführt, während er deine Freunde in Schach hält. Was er nicht ahnt: Gerade eben habe ich Sylvia kontaktiert. Sie weiß, was sie zu tun hat, wenn sie verhindern will, dass du eines schrecklichen Todes stirbst!«

Ihr überhebliches Grinsen weitet sich zu einer hässlichen Fratze. Das Funkeln in ihren Augen verrät ihre Erregung. Ich könnte heulen vor Wut und Schmerz.

»Dann war die Vision also doch nicht von euch?«, frage ich gepresst.

»Ich weiß von keiner Vision«, sagt Leviata gelangweilt. »Was auch immer Sylvia gesehen hat, muss mit ihrem traurigen, vorzeitigen Ende zu tun gehabt haben. Von uns war es jedenfalls nicht.«

Ich denke fieberhaft nach. Wenn Sylvias Ahnung tatsächlich nicht durch einen Dschinn-Zauber ausgelöst wurde, besteht immerhin die Möglichkeit, dass auch der zweite Teil wahr wird. Ich muss mich zusammenreißen, um nicht nach Erik zu schreien.

»Ah!«, macht Leviata über mir. Sie schwingt die Haare aus meinem Gesicht und starrt geradeaus ins Nichts. »Willst du wissen, was gerade passiert?«

»Nein«, zische ich.

»Der arme Jakob und sein gebrochener Arm! Levian hat ihn erwischt, als er hinter dir hergerannt ist. Jetzt spielt er mit ihm. Das tut sicher weh.«

Die Welt verschwimmt vor meinen Augen. Ich kann den Gedanken nicht ertragen, Jakob zu verlieren. Nichts ist schlimmer, als hilflos dazuliegen, während Levian ihm Schmerzen zufügt. Mit aller Kraft, die ich aufbieten kann, wehre ich mich gegen Leviatas Griff, doch ihre Hände geben keinen Millimeter nach.

»Tränen!«, säuselt sie stattdessen. »Eine umwerfende menschliche Erfindung!«

Sie beugt sich über mein Gesicht und leckt mir über die Wange. Ich bin kurz davor, wahnsinnig zu werden. Da verändert sich plötzlich der Ausdruck in Leviatas Gesicht. Sie kneift die Augen zusammen und stößt ein verärgertes Grollen hervor.

»Eriks neues Zeichen ist widerwärtig!«, entfährt es ihr. »Und wieso ist er eigentlich da? Ich dachte, die anderen sollten im Steinbruch bleiben. Kann er seinem Anführer nicht gehorchen?«

Sie sieht verwirrt aus. Ihre letzte Frage war wohl tatsächlich an mich gerichtet.

Meinen Tränen zum Trotz entfährt mir ein hysterisches Lachen.

»Nein!«, keuche ich triumphierend. »Das konnte er noch nie!«

Leviata gibt ein lautes Fauchen von sich, dann springt sie auf und reißt mich mit sich hoch. Ich komme auf meinen Füßen zu stehen, aber sogleich packt sie mich am linken Arm und reißt ihn an meinem Rücken nach oben. Ich schreie auf. Sie hält mir den Mund zu und drückt mich gegen den nächsten Baumstamm.

»Nun hör mal gut zu, du Miststück«, sagt sie. »Wenn Levian etwas geschieht, werde ich eure gesamte Truppe ausrotten. Sylvia wird die Erste sein, denn sie ist bereits auf dem Weg hierher. Wenn ich mit ihr fertig bin, sind Jakob und Erik dran. Das sollst du wissen, bevor du nicht mehr in der Lage bist, um sie zu trauern.«

Mir bleibt noch ein winziger Moment, um mich von meiner Welt zu verabschieden. Ich denke an die beiden Jungen, die ganz in meiner Nähe in einen tödlichen Kampf verwickelt sind, weil sie versuchen, mich zu retten. An das kleine, dreizehnjährige Mädchen, das sich zitternd auf den Weg gemacht hat, an meiner statt zu sterben. Und an Lennart, der vor wenigen Stunden dasselbe für sie getan hat. Ich hoffe, dass sie alle mir irgendwie vergeben können.

Dann nimmt Leviata ihre Hand von meinem Mund und presst ihre Lippen darauf.

***

Ich habe immer geglaubt, ich hätte eine Vorstellung davon, wie sich dieser Moment für einen Menschen anfühlt. Doch alles, was ich davon weiß, ist nur das erste Glimmen einer unendlichen Gier. In seiner ganzen Tiefe ist der Kuss so viel berauschender und wilder, als meine Vorstellung reicht. Er ist wie glühende Lava, die sich in dein Herz frisst. Wie ein eisiger Nordwind, der dein Gehirn durchdringt. Atmen ist nicht mehr. Sehen ist nicht mehr. Fühlen ist nicht mehr. Ich vergehe in Leviatas Armen, löse mich auf wie eine Schneeflocke auf nackter Haut. Was um uns herum geschieht, wird bedeutungslos. Genau wie ich selbst, meine Aufgabe und meine Träume. Nichts hat mehr Gewicht. Und mit meiner Liebe schwinden auch alle Ängste und Zweifel, jeder Gedanke an Rache, jede Regung von Hass und Zorn. Ich werde zu einer Hülle, die noch sachlich denken kann, aber keine Ahnung mehr davon hat, was sich jenseits dieser Nüchternheit befindet.

Als sie fertig ist, tritt Leviata ein Stück zurück und betrachtet mein Gesicht. Ich kann nicht erkennen, welche Gefühle sich darin widerspiegeln, aber ihr Mund verzieht sich zu einem Lächeln.

»Du hast mir das letzte Mal Ärger gemacht!«, sagt sie.

Ich nicke.

Dann warten wir auf die anderen.

Die Luft ist kalt. Der Silhouetten der Bäume schwanken leise im Wind. Glasklar blitzen die Sterne durch die Kronen über uns. Eine Maus raschelt im Gebüsch. Ich bin müde. Unten im Dorf schlägt die Kirchturmuhr Mitternacht. Ich werde zu spät nach Hause kommen. Aber das ist egal.

Sylvia erreicht uns als Erste. Auch in ihrem Gesicht stehen Gefühle. Ich versuche festzustellen, welche es sind, aber es gelingt mir nicht.

»Hier bin ich«, sagt sie zu Leviata. Dann werden ihre Augen groß und es stürzen Tränen aus ihren Augen. »Melek!«, schreit sie. »Das hätte nicht geschehen dürfen. Wir sollten beide gerettet werden!«

Leviata krümmt sich vor Lachen.

»Am Ende hat Thanos dich vielleicht doch überschätzt, kleines Orakel«, sagt sie. »Vielleicht bist du gar nicht so gut, wie er glaubt. In dem Fall könnte ich dich eigentlich am Leben lassen. Aber ich will lieber auf Nummer sicher gehen.«

Langsam schreitet sie auf Sylvia zu, die Schritt für Schritt vor ihr zurückweicht.

»Keine Angst!«, sagt Leviata. Ihre Stimme ist jetzt höher und gedehnter. »Ich mach es ganz schnell. Du bist zu klein, um dich zappeln zu lassen.«

Ein paarmal kreischt Sylvia meinen Namen. Wahrscheinlich möchte sie, dass ich ihr helfe. Aber ich sehe keinen Sinn darin, mich zu bewegen. Dann wird Sylvia plötzlich still. Sie steht etwa zehn Meter von Leviata entfernt, starrt sie an und zieht ihre Schleuder hervor.

Die Dschinniya lacht.

»Mit dem Ding willst du gegen mich antreten?«, fragt sie.

»Wenn es sein muss, ja.« Ein neuer Ausdruck tritt in Sylvias Gesicht. Völlig anders als die vorherigen. Es ist anstrengend, die Gefühlswechsel auf den Gesichtern zu beobachten, denn ich kann nicht mehr voraussehen, was die Leute gleich tun werden.

Sylvia legt einen silbernen Stein ein und dreht die Schleuder. In dem Moment, als sie ihr Wurfgeschoss abschießt, höre ich einen gedämpften Knall aus dem Wald rechts von mir. Dort steht Jakob mit einer Pistole in der linken Hand. Leviata weicht der Kugel aus und vergisst den Stein. Er trifft sie mitten auf die Brust. Sie kommt ins Schwanken. Jakob schießt noch einmal, doch er verfehlt sie. Sein Blick ist auf mich gerichtet. Ein seltsamer Laut entfährt ihm.

Gemeinsam legen er und Sylvia ein drittes Mal auf Leviata an. Aber bevor er abdrücken kann, wird Jakob selbst von einem Stein in den Rücken getroffen. Er geht zu Boden, doch gleich darauf rappelt er sich wieder hoch und schießt erst auf Leviata und dann in die Gegenrichtung.

Die Gesichtszüge der Dschinniya verzerren sich. Sie fasst an ihr Bein und reibt ein paarmal darüber. Sylvia nutzt die Gelegenheit, um ihr einen Stein an den Kopf zu schleudern. Die Wucht ist nicht besonders stark, doch die Silberlegierung tut ihre Wirkung. Leviata sackt zusammen und fällt zu Boden. Ich bin sicher, dass sie nicht tot ist.

In dem Moment berührt mich plötzlich jemand an der Schulter. Ich drehe mich zur Seite und erkenne Erik. Er hat eine Schramme quer über die Stirn, aber seine Hand hat aufgehört zu bluten.

»Melek«, sagt er. Seine Stimme klingt wie ein verrostetes Eisenscharnier. »Komm her zu mir.«

Ich tue, was er sagt, und folge ihm um den Baum herum. Er lässt sich auf den Boden nieder und zieht die Beine an. Dann deutet er auf den Platz dazwischen.

»Setz dich hierhin, mit dem Rücken zu mir.«

Ich setze mich. Nun kann ich nicht mehr sehen, was Sylvia mit der bewusstlosen Leviata macht. Ich weiß auch nicht, wo Jakob und Levian sind. Aber es ist ohnehin nicht von Bedeutung.

Erik legt die Arme um meinen Oberkörper und vergräbt sein Gesicht in meinem Haar.

»In einer anderen Welt hatten wir beide einen Pakt miteinander«, flüstert er.

»Ich weiß«, sage ich. »Du sollst mich töten, wenn das hier geschieht.«

Er zieht seine Pistole hervor und legt den Lauf an meinen Hinterkopf. Er fühlt sich kalt und metallisch an.

»Ich habe dich mehr geliebt als mein Leben. Auch wenn du jetzt nicht mehr weißt, was das bedeutet«, sagt er. Seine Stimme hüpft auf und ab wie ein Gummiball. Ich fühle etwas Feuchtes an meinem Hals hinabrinnen. Als ich hinfasse, wird mir klar, dass es Tränen sind. Ich drehe mich zu Erik um und unsere Blicke treffen sich. Einige Sekunden sitzen wir so da und schauen uns in die Augen. Dann lässt Erik die Waffe sinken und küsst mich auf den Mund, wie er es schon einmal getan hat. Seine Lippen sind salzig. Er greift mit einer Hand an meine Schulter und drückt meinen Oberkörper herum. Seine Zunge kreist um meine Lippen, berührt meine Zähne und findet dann den Weg in meinen Mund. Ich mache das Gleiche wie damals in seinem Zimmer und erwidere ihre Bewegungen. Wärme breitet sich aus. Sie wandert an meinem Gaumen entlang hinunter in meine Brust. Dort beginnt sie zu glimmen wie ein Meer aus Feuerfunken. Ich greife in Eriks Nacken und ziehe ihn an mich, weil ich mehr davon will.

Da öffnet er die Augen und unterbricht seinen Kuss.

»Melek«, flüstert er. »Komm zurück!«

Ich kann nichts darauf sagen. Der Wunsch, wieder die Feuerfunken zu spüren, ist einfach zu groß. Also drücke ich erneut meinen Mund auf seinen und gebe mich ihm hin. Erik braucht einen Augenblick, bis ihm bewusst wird, was zwischen uns passiert. Aber dann erkennt auch er, welche Kraft in ihm steckt. Als er sie freilässt, bringt er die Funken in meiner Brust zum Explodieren. Selbst wenn ich es wollte, könnte ich mich jetzt nicht mehr von ihm lösen. Ich komme mir vor wie eine Sektflasche, die jemand geschüttelt hat, damit der Korken knallt. Seine Gefühle überwältigen mich in einer Intensität, die mein Herz zum Flimmern bringt. Ich spüre, wie alles wiederkehrt, was Leviata mir geraubt hat: all meine Liebe, meine Ängste und Sorgen. Die Gefühle der ganzen Welt fließen aus Eriks Seele direkt in meine, schlagen Purzelbäume und verursachen mir eine Gänsehaut. In meinem ganzen Leben habe ich noch keine solche Lust verspürt.

Die Pistole gleitet aus seiner Hand. Ich drehe mich ganz zu ihm um und umfasse sein Gesicht, während ich vor ihm knie und ihn küsse, küsse, küsse. Die Welt dreht sich. Ich bin kurz davor, in Ohnmacht zu fallen.

Als ich die Augen öffne, sehe ich Jakob und Sylvia vor uns stehen. Beide starren uns wie gebannt an.

»Erik ...«, murmelt Sylvia. »Erik, du bist ein Heiler!«

Jakob sagt keinen Ton. Er ist wie erstarrt.

»Du bist ein Heiler«, wiederholt Sylvia. »Das war es, worauf alles hinauslief!«

Ihre Augen funkeln vor Faszination.

Etwas verwirrt macht Erik sich von mir los und betrachtet mich von oben bis unten.

Ich kann nicht glauben, was gerade geschehen ist. Die Gefühle, die er mir verabreicht hat, strömen immer noch orkanartig durch meine Seele, so dass ich nicht sicher bin, ob ich mich auf den Beinen halten könnte. Mir ist zu Mute, als wäre ich seekrank.

»Bist du wieder bei uns?«, fragt er mich.

»Ja«. Mehr als das bringe ich nicht zu Stande.

Ich schaue Jakob an.

»Wo sind die Dschinn?«, frage ich ihn.

»Levian hat seine Schwester gepackt und ist mit ihr abgehauen.«

Das beruhigt mich. Trotz allem.

»Was denkst du?«, frage ich.

Er lässt sich Zeit mit der Antwort. Als er dann spricht, klingt seine Stimme so fremd wie von einem außerirdischen Wesen.

»Ich denke, das hier hat alles geändert. Ab sofort hat unsere Truppe eine neue Aufgabe: Wir müssen Erik beschützen!«

Meleks Kriegserklärung an das Schicksal

Meine Eltern wissen nur so viel: Erik hat mich an diesem Abend gegen drei betrunkene Typen verteidigt und dabei ein paar körperliche Blessuren einstecken müssen. Was sie nicht wissen, ist, dass bereits in dem Moment, als wir ihnen unsere Lügengeschichte erzählen, fast die gesamte Truppe auf meinem Zimmer sitzt zu meinem und Eriks Schutz. Jeder Einzelne von ihnen ist durch mein neues Fenster eingestiegen, ohne es wieder zu Bruch gehen zu lassen. Nils und Jakob fehlen, denn sie sind bei Winnie, dem Tierarzt, um sich wieder zusammenflicken zu lassen.

Als Erik und ich den Raum betreten, bietet sich uns ein Bild der Erschöpfung. Tina, Henry und Finn liegen auf meinem Bett und schlafen tief und fest. Rafail, Mike und Sylvia sitzen auf dem Sofa, die Jungen lehnen ihre Köpfe an die Schultern des Mädchens. Nur Kadim steht am Fenster und wacht über die anderen.

Ich setze mich auf meinen Bürostuhl und Erik rückt einen Stapel Papier zur Seite, um auf dem Schreibtisch Platz zu finden.

Keinem von uns ist danach zu Mute, die Ereignisse der Nacht aufzurollen, bevor Jakob da ist. Also sitzen wir schweigend da. Ich begehe den Fehler, eine CD mit langsamer Musik einzulegen, und schon fünf Minuten später sind auch Rafail und Mike eingeschlafen. Sylvia zwischen ihnen wird unter der Last ihrer Köpfe immer kleiner. Selbst Erik fällt beinahe vom Tisch, weil er wegdöst. Er gibt den Kampf gegen die Müdigkeit auf und rollt sich schließlich auf dem Teppich vor meinem Bett zusammen. Sekunden später beginnt er, leise zu schnarchen. Ich krame in meinem Schrank nach einer Decke und lege sie über ihn.

»Dir ist bewusst, was das alles bedeutet?«, fragt Sylvia vom Sofa her.

Ich setze mich wieder auf den Bürostuhl und schüttele den Kopf.

»Nicht mal ansatzweise«, sage ich. »Mein Gehirn hat noch nicht wieder damit angefangen, zu arbeiten. Ich bin noch damit beschäftigt, den Gefühlscocktail zu verdauen, den Erik mir verabreicht hat.«

»Dann will ich es dir sagen«, kündigt Sylvia an. »Alles, was in den letzten Wochen passiert ist, hatte nur einen einzigen Sinn: Es ging nie um etwas anderes als um Erik. Jakob hat sich in dich verliebt. Aber es musste so sein, denn dadurch hat er dich gewähren lassen. Du musstest dich in ihn verlieben, um Erik unglücklich zu machen. Und Erik musste unglücklich werden, um an diesen Punkt zu kommen. Alles zusammen hat bewirkt, dass sein Talent sich entfalten konnte. Es war wie ein Urknall der Gefühle. Nur darum ging es die ganze Zeit.«

Ich bin mir nicht sicher, was sie mir damit sagen will. Außerdem hört Kadim uns zu. Er starrt zwar aus dem Fenster und gibt sich unbeteiligt, doch sowohl Sylvia als auch mir ist klar, dass er jedes Wort aufsaugt, das wir sprechen.

»Welche Rolle spielte Levian dabei?«, frage ich.

Sylvia gibt ein Seufzen von sich.

»Levian hat die tragischste Rolle in dem Ganzen, denn er ist nur ein Werkzeug. Er hat den Verlauf der Geschichte angetrieben wie Wasser das Mühlrad des Schicksals. Ohne ihn hätte nichts von all dem funktioniert.«

»Und jetzt? Wie geht es jetzt weiter?«

»Das muss Jakob entscheiden«, sagt Sylvia und versucht dabei, die Köpfe von Rafail und Mike von sich wegzudrücken. Es funktioniert nicht. Sie gibt sich geschlagen und lässt die beiden auf ihren Schultern verharren. Dann schweift ihr Blick hinüber zu Erik. Ihre Augen ruhen beinahe zärtlich auf ihm, als sie weiterspricht. »Aber eines weiß ich: Lehn dich gegen das Schicksal auf und es wird dich lehren, mehr Respekt vor seinen Entscheidungen zu haben. Also überleg dir gut, was du jetzt tust.«

Ich bin eindeutig nicht dazu in der Lage, ihren Gedankengängen zu folgen. Alles, was ich will, ist schlafen.

»Lass uns morgen darüber reden, Große«, meine ich. »Oder später, wenn Jakob zurück ist!«

Dann lege ich mich mit dem Gesicht auf meine Arme und schlafe sitzend vor meinem Computer ein.

***

Ich wache von einem knarzenden Geräusch an meinem Fenster auf. Im ersten Augenblick weiß ich weder wo ich bin noch was geschehen ist. Dann stürzen die Ereignisse der letzten Stunden auf mich ein. Ich schüttle mich und versuche, mich auf die Szenerie vor meinen Augen zu konzentrieren. Vor dem Fenster steht Rafail, das Ende eines Lassos um seinen Körper geschlungen. Er zieht Jakob hoch, der die Schlinge um seine Brust gelegt hat und wegen der Schiene an seinem Arm nicht klettern kann.

Jakob ist kaum zum Fenster herein, da steht er auch schon vor mir und fasst mich an den Schultern an. Das ist also die erste Entscheidung, die er getroffen hat: Das gegenseitige Berührverbot ist aufgehoben.

»Wie geht es deinen Gefühlen, Engelchen?«, fragt er.

»Prächtig«, sage ich. »Ich glaube, ich hab mehr davon als zuvor.«

Nils ist nicht mitgekommen. Wahrscheinlich hielt Winnie es für sinnvoll, ihn ins Krankenhaus zu bringen. Das Gleiche hat er sicher auch Jakob empfohlen. Aber er ist unser Anführer und wir brauchen Anweisungen. Also kämpft er sich lieber mit seinem kaputten Arm an unserer Hauswand hoch.

Er wirft einen flüchtigen Blick hinüber zu Erik, der sich schlaftrunken aufgerappelt hat und uns beobachtet.

»Er hat dich schon einmal geheilt«, stellt Jakob fest. »Am Tag, nachdem Levian dich geküsst hat.«

»Aber das war nicht so wie heute«, sage ich.

»Nein«, mischt sich Sylvia ein. »Es war nur ein kurzes Aufflackern seines Talents. Aber schon das hat ausgereicht, um den Unfall mit Levian fast ungeschehen zu machen. Jetzt ist Eriks Heilkraft voll erwacht. Und damit kann er den Lauf der Welt verändern!«

Sie schaut fasziniert hinüber zu Erik und auch die anderen starren ihn an.

Erik ist die Aufmerksamkeit, die ihm plötzlich zuteilwird, sichtlich unangenehm. Er steht auf und lehnt sich wieder an den Schreibtisch, damit er wenigstens auf Augenhöhe mit uns anderen ist.

Sylvia springt ebenfalls hoch, geht zu ihm hinüber und fasst seine rechte Hand.

»Darf ich endlich in deine Seele schauen?«, fragt sie.

Er nickt.

Sie drückt seine Finger auf ihren Sensor und schließt die Augen. Ein beglücktes Lächeln breitet sich in ihrem Gesicht aus. Ihre Wangenmuskeln zucken und ihr Mund öffnet sich. Es dringt ein kleines Glucksen aus ihrer Kehle. Minutenlang verharren die beiden so, während wir anderen sie beobachten. Eriks Blick hängt an ihrem Gesicht, als würde er einen spannenden Film sehen. Als sie endlich seine Hand loslässt, wirkt sie um mehrere Jahre reifer.

»Wahnsinn«, sagt sie und streicht sich eine Haarsträhne aus dem Gesicht. Dann streckt sie eine Hand in Jakobs Richtung, ohne ihren Blick von Erik abzuwenden.

»Desinfektionsmittel und Verbandspäckchen!«, fordert sie.

Jakob reicht ihr die gewünschten Sachen. Immer noch lächelnd fasst Sylvia Eriks andere Hand und säubert sorgfältig sein grausames Bannzeichen. Als sie damit fertig ist, kann man die Form des Auges mit dem Pentagramm genau erkennen. Jakob wird es nicht mehr nachstechen müssen. So tief, wie er geschnitten hat, kann man davon ausgehen, dass die Narbe ihren Zweck voll erfüllen wird, auch wenn die Wunde eines Tages abgeheilt ist.

»Wir wollen nicht, dass du an einer Blutvergiftung stirbst«, murmelt Sylvia.

»Was hast du sonst noch gesehen?«, fragt Erik.

Sie setzt ein schelmisches Grinsen auf und fängt an, seine Hand zu verbinden. Erst habe ich den Eindruck, dass sie nicht antworten will, aber schließlich tut sie es doch.

»Deine ganze Stärke, deinen ganzen Mut und deine ganze Liebe«, flüstert sie. »Das Pochen deines Herzens für einen einzigen Menschen. Deine Leidensfähigkeit. Und die Bereitschaft, Opfer zu bringen. Also auf den Punkt gebracht: dein Talent zu heilen. Du bist dafür geschaffen, die Welt besser zu machen!«

»Wie viele wie mich gibt es?«, fragt Erik Sylvia.

»Keinen.« Es ist Jakob, der ihm antwortet.

Ich bin vollkommen verblüfft. Mit einem Mal fällt mir ein, was Levian über den dreizehnten Krieger der großen Talent-Armeen erzählt hat. Und da Erik nun ja kein Muskelprotz ist, werden wir über kurz oder lang ebenfalls so viele sein. Der dreizehnte Krieger ist also ein Heiler. Und einen wie Erik muss es mindestens schon zweimal gegeben haben. Ich schaue hinüber zu Mike, der immer noch regungslos auf dem Sofa sitzt.

Als unsere Blicke sich treffen, grinst er.

»Du fängst an, es zu verstehen«, sagt er. »Am Abend aber brachten sie viele Besessene zu ihm; und er trieb die Geister aus mit Worten und machte allerlei Kranke gesund.«

Mir wird heiß und kalt. Auch die anderen starren Mike plötzlich mit großen Augen an. Jeder spielt mit der Möglichkeit, dass er nicht ganz so verrückt ist, wie wir denken. Nach einem Tag wie diesem ist unser Bewusstsein betäubt genug, um solche Gedanken zuzulassen.

»Ist Erik das Lamm, Mike?«, frage ich vorsichtig.

Da lacht er noch lauter und schüttelt den Kopf.

»Nein, Melek. Aber ich kann den Gedanken verstehen. Damals, vor 2000 Jahren, dachte ich das Gleiche von Jesus. Aber auch der war kein Anführer. Und das Lamm wird es sein.«

»Jesus war kein Anführer?«, frage ich.

»Nein, er war ein Heiler. Der Anführer war Petrus. Und Jesus war genauso wenig in der Lage, ihm zu gehorchen, wie Erik Jakob. Das scheint eine Heilerkrankheit zu sein.«

Er grinst.

»Aber das steht völlig anders in der Bibel!«, widerspreche ich.

Die anderen Talente starren zwischen Mike und mir hin und her, wahrscheinlich, ohne zu verstehen, worüber wir reden.

»Ja«, sagt Mike schlicht. »Die zwölf Segenskinder wurden sogar komplett aus der Überlieferung gelöscht. Da findet sich so einiges, was verdreht worden ist. Manches von den Menschen, anderes von uns, denn wir mussten die Existenz der Heiler geheim halten. Seither sind tausende von Jahren vergangen. Da verliert sich schon mal was.«

»Wer war der zweite Heiler?«, frage ich.

»Imam Ali ibn Abi Talib. Der Mann von Fatima.«

Jakob stemmt die Hände in die Hüften und blickt Mike argwöhnisch an.

»Woher hast du dieses Wissen?«, fragt er.

Mike bleibt gelassen.

»Aus meinem Leben, das weißt du doch.«

»Nein, Mike, da stimmt etwas nicht. Du hast an Stellen geschnüffelt, die dich nichts angehen. Und ich werde herausfinden, wie das passieren konnte! Aber nicht jetzt. Wir müssen entscheiden, wie die Sache hier weitergeht.«

Mike zuckt mit den Schultern und sagt nichts mehr. Aber er zwinkert mir noch einmal zu, bevor er damit beginnt, gedankenverloren an seinen zotteligen Haaren herumzuspielen.

Jakob lehnt sich an den Fensterrahmen und schaut in die Runde. Erneut bleibt sein Blick an Erik hängen.

»Levian und Leviata haben nicht mitbekommen, was hinter dem Baumstamm passiert ist«, fängt er an. »Das heißt, noch ist Eriks Talent ein Geheimnis. Und wir werden alles tun, um es dabei zu belassen. Wenn die Dschinn erfahren, dass wir einen Heiler haben, werden sie versuchen, ihn zu töten. Die Veteranen müssen für diesen Fall einen Plan ausarbeiten, wie Erik über Nacht verschwinden kann. Bis dahin tarnen wir ihn als Muskelprotz und verzichten auf den dreizehnten Mann.«

»Schade«, sagt Sylvia. »Ich hatte sie bereits lokalisiert.«

»Sie?« fragt Jakob. »Einen weiblichen Muskelprotz?«

Sylvia nickt.

»Wie dem auch sei – sie wird warten müssen. Erik wird im Geheimen arbeiten. Dann brauchen wir noch eine Lösung für das Problem mit Melek.«

Ich schrecke auf. Mir war gar nicht bewusst, dass es immer noch ein Problem mit mir gibt. Eigentlich müssten nun doch alle Unklarheiten um meine Person beseitigt sein. Jakob sieht mich an.

»Leviata wird Levian erzählen, dass sie dich ausgesaugt hat. Dann wird er kommen, um dich zu sehen. Für den Fall, dass du es dann nicht schaffst, ihn direkt umzubringen – was willst du ihm erzählen, warum du wieder ganz normal bist?«

So weit hatte ich überhaupt noch nicht gedacht. Mein Kopf ist vollauf damit beschäftigt, die letzten Stunden zu verarbeiten und meine Körperfunktionen aufrechtzuerhalten.

»Ich ... weiß nicht«, stottere ich. »Es könnte auch sein, dass er überhaupt nicht mehr kommt.«

»Das glaubst du doch selber nicht, Melek«, mischt sich Sylvia ein. Sie unterbricht ihre Arbeit an Eriks Verband und gestikuliert wild in meine Richtung. »Levian hat uns nach dem Teichfest nur aus einem Grund angegriffen: um dich zu verwandeln. Er wird nicht aufgeben!«

»Und das alles nur, um Jakob zu verletzen?«, jammere ich.

Sylvia schaut nachdenklich zwischen uns hin und her. Dann schüttelt sie den Kopf.

»Wie hat der Doppelgänger reagiert, als du ihm gesagt hast, dass du deinen Dschinn nie geliebt hast?«, fragt sie.

In dem Moment wird mir klar, dass Levian und ich noch nicht miteinander fertig sind.

»Er ... hat geweint«, murmele ich.

Ich höre ein dumpfes Seufzen durch den Kreis der Talente gehen.

Sylvia nickt wissend. »Das ist ziemlich dumm gelaufen für Levian. Erik hatte Recht. Er hängt an dir. Du hast seinen ganzen grausamen Plan durchkreuzt. Levian hatte nicht vor, sich in dich zu verlieben. Aber eure Seelen sind verwandt. Es ist geschehen, ohne dass er damit gerechnet hat. Nun bleibt ihm nur noch eins, um sein Ziel zu erreichen und Jakob zu brechen: Er muss dich zu seinesgleichen machen, am besten auf deinen eigenen Wunsch hin.« Sie denkt einen Moment nach. »Ganz sicher ist er sehr unglücklich darüber, dass seine Schwester dir die Gefühle geraubt hat, denn das bedeutet, dass du die Entscheidung nicht mehr aus vollem Herzen treffen kannst. Wenn er feststellt, dass du wieder ganz die Alte bist, wird er alles daransetzen, dich zu gewinnen. Das Spiel geht von vorne los, Melek. Und wir brauchen eine Ausrede dafür, dass du nicht gefühlskalt bist!«

Am liebsten würde ich mich unter meiner Bettdecke verkriechen. Ich hatte gehofft, dass uns nach dem Teichfest eine Atempause bleibt. Aber nun türmen sich die Probleme vor uns auf wie Wolkenkratzer. Levian wird mich weiterhin verfolgen. Jakob wird versuchen, ihn umzubringen. Sylvia ist immer noch in Gefahr. Eriks Talent muss ein Geheimnis bleiben. Und wir werden mit einem Krieger weniger kämpfen müssen. Das alles klingt furchtbar anstrengend und zermürbend. Ich habe nicht die geringste Idee, was wir dagegen tun könnten.

Eriks Gehirn allerdings läuft schon wieder auf Hochtouren.

»Nur Leviata und wir drei haben gesehen, was dort im Wald an der Eiche passiert ist«, sinniert er. »Und Levian weiß, dass seine Schwester ein durchtriebenes Miststück ist. Tun wir einfach so, als hätte sie sich die Geschichte ausgedacht. Die Tatsachen sprechen gegen sie.«

Das ist ein typischer Erik-Vorschlag. Er ist so einfach, dass niemand seinen Wahrheitsgehalt anzweifeln wird. Wahrscheinlich nicht einmal Levian.

»So werden wir es machen«, beschließt Jakob. »Bis zur Winterruhe der Dschinn ist es nicht mehr lange hin. Wenn wir es schaffen, unser Geheimnis die nächsten vier Wochen zu bewahren, bleiben uns anschließend drei oder vier Monate, um ungestört über die Zukunft nachzudenken. Jetzt müssen wir entscheiden, wie wir Erik bis dahin einsetzen. Ich bin dafür, dass wir in unseren eigenen Reihen anfangen. Auch wenn wir dann wieder vor der Frage stehen, wie wir die wiedergekehrten Talente tarnen.«

Sein Blick schweift hinüber zu Rafail. Der zuckt zusammen, als er begreift, was Jakob meint.

»Nadja!«, entfährt es ihm.

»Genau. Und dein Vater«, sagt Jakob zu Sylvia. Sie ist weniger überrascht als Rafail, denn sie hat bereits weitergedacht.

Ich nehme mir vor, später auch ein gutes Wort für Jana und Bodo einzulegen. Doch auf die Idee wird Erik vermutlich selbst kommen.

»Noch wissen wir nicht, ob das Talent wirklich dauerhaft funktioniert. Deshalb werde ich mit den Veteranen einen detaillierten Plan ausarbeiten, welche Personen des öffentlichen Lebens betroffen sind und in welcher Reihenfolge wir sie zurückholen. Erik wird jede Menge zu tun haben.«

Mir wird erst in diesem Moment bewusst, was das bedeutet: Erik wird wahrscheinlich für den Rest seines Lebens einen Menschen nach dem anderen küssen. Vielleicht ist sein Mitleid mit den Betroffenen ja groß genug, dass er dazu in der Lage ist. Aber ein Teil von mir ist gar nicht begeistert darüber. Denn das bedeutet, dass er demnächst mit Leuten wie Jana dieselben Augenblicke teilen wird wie vorhin im Wald mit mir. Ich will mir nicht vorstellen, wie dieselben Feuerfunken und Orkanböen dabei durch Jana strömen. Sie gehören Erik und mir! Kann es sein, dass ich eifersüchtig bin?

Unsere Blicke treffen sich und ich kann den Ansatz eines Lächelns in seiner Mimik erkennen. Ich wüsste gern, welche Gedanken jetzt durch seinen Kopf jagen. Er muss völlig verwirrt sein, aber äußerlich ist ihm das nicht anzusehen.

»Ich werde kein Privatleben mehr haben«, stellt er etwas resigniert fest.

Jakob nickt unmerklich.

»Das ist wahr«, sagt er. »Es wäre gut, wenn du dich bald damit abfindest, dass dein Leben ab sofort der Armee gehört. Für uns andere wird alles einfacher werden. Für dich nicht.«

Mittlerweile ist Sylvia fertig mit dem Verband. Erik lässt es zu, dass sie ihm auch die Wunde auf der Stirn desinfiziert und trocken tupft. Dabei schließt er die Augen. Es ist ein bisschen viel auf einmal, was auf ihn einstürzt. Als er die Lider wieder öffnet, sucht sein Blick sofort Mike.

»Ich weiß, was mit Jesus passiert ist«, sagt er. »Was geschah mit dem anderen, diesem Imam Ali?«

»Er wurde ebenfalls umgebracht«, antwortet Mike. »Aber das muss nicht heißen ...«

»Halt endlich den Mund, Mike!«, fährt Jakob dazwischen. »Erik wird alles erfahren, was er wissen muss. Aber nicht von dir!«

»Er hat mich gefragt!«, verteidigt sich Mike und fängt sich dafür einen warnenden Blick von seinem Anführer ein. Mich würde wirklich interessieren, woher Mike seine Informationen hat. Wenn ich realistisch darüber nachdenke, glaube ich nicht, dass er tatsächlich der Erzengel Michael ist. Aber vor einem Monat hätte ich auch noch nicht gedacht, dass Faune in unseren Wäldern hausen und es auf unsere Gefühle abgesehen haben. Sicher ist jedoch: Unseren Tiersprecher umgibt irgendein Rätsel. Ich werde herausfinden, welches es ist.

Jakob fährt fort, Erik seine Pläne mitzuteilen. Dabei liegt derselbe Ton wie immer in seiner Stimme, wenn er Anweisungen gibt. Jedem von uns ist klar, dass Erik nicht vor die Wahl gestellt wird, zu tun, was Jakob sagt. Es sind klare Befehle. Und doch suggeriert sein Tonfall uns allen, dass es sich gut anfühlen wird, ihm zu gehorchen. Wieder einmal bin ich fasziniert von der Stärke seines Talents. Die Manipulationskraft, die dahintersteckt, ist unheimlich. Aber das Gefühl der Geborgenheit, das er verströmt, stellt alles andere in den Schatten.

»Du bekommst Tina als persönliche Leibwache«, beschließt Jakob.

Ich schaue hinüber zu Tina. Sie sieht alles andere als erfreut aus, aber sie gibt keinen Ton von sich.

Erik allerdings hat jetzt anscheinend genug davon, sich anzuhören, wie sein weiteres Leben verplant wird.

»Nein«, sagt er. »Ich will Melek!«

Jakob scheint mit diesem Einwand gerechnet zu haben.

»Tina ist meine Stellvertreterin und damit der ranghöchste Offizier, den ich dir zur Verfügung stellen kann. Melek weiß zu wenig über die Armee, um für diesen Posten geeignet zu sein.«

»Aber Melek kennt die Dschinn«, kontert Erik. »Und das ist es doch, worauf es ankommt!«

Mit einer einzigen Handbewegung lehnt Jakob den Einspruch ab.

»Melek stellt selbst eine Gefahr dar, denn sie zieht Levian an«, sagt er und wendet sich an mich. »Du bekommst eine andere Aufgabe, Engelchen. Du nimmst Lennarts Stelle in der Rangfolge ein. Damit wirst du Unteroffizier und hast ein paar Befugnisse mehr, die dir gefallen werden. In den nächsten Wochen verbringst du deine Zeit allerdings in erster Linie damit, uns andere in alles einzuweisen, was du von Levian erfahren hast. Wir müssen gestärkt aus der Sache hervorgehen. Und nachts wirst auch du einen Bodyguard haben: mich.«

In meiner Brust findet gerade ein Pingpongspiel statt. Noch gestern hätte ich alles darum gegeben, in den Kreis der Offiziere aufgenommen zu werden und so intensiv mit Jakob zusammenzuarbeiten. Dazu die Aussicht, ihn nächtelang an meiner Seite zu haben, wie auch immer er das meinen Eltern verklickern will. Aber ich bin immer noch verwirrt von Levians Behauptung, dass Jakobs Gefühle nicht wirklich mir gelten würden. Und da ist auch der leise Wunsch, Erik das zurückzugeben, was er die letzten Jahre für mich getan hat: für ihn da zu sein. Ich weiß nicht, welches der beiden Gefühle stärker ist.

»Das ist falsch, Jakob«, meldet sich Sylvia zu Wort. »Gib Melek zu Erik. Da gehört sie hin.«

Jakob schenkt ihr einen herablassenden Blick.

»Wieder das Schicksal, ja?«, sagt er. »Wer von uns beiden trifft hier die taktischen Entscheidungen, Sylvia? Du oder ich?«

»Bisher war es eine Zusammenarbeit von uns allen, die deine taktischen Entscheidungen hervorgerufen hat«, antwortet Sylvia. Ihre Stimme ist so hoch, dass sie fast schneidend klingt.

Ich stehe mitten im Raum und komme mir gerade ziemlich verkauft vor. Aber mich fragt ja sowieso niemand nach meinen Wünschen. Sylvia würde mich jederzeit den Plänen ihrer Visionen opfern und Jakob setzt mich einfach an den Platz, der in seine Strategie passt. Zumindest glaube ich das. Doch er belehrt mich eines Besseren.

»Wir lassen Melek entscheiden«, sagt er, greift nach meiner Hand und zieht mich zu sich herüber. Seine blauen Augen funkeln mich an. Es liegt ein Ausdruck darin, der entfernt nach Lebenslust aussieht. Alles wird leichter für uns werden. Das hat er gesagt. Zum ersten Mal besteht die Hoffnung, dass meine heimlichen Träume in Erfüllung gehen könnten. Und vielleicht hat meine Ähnlichkeit mit Marie damit überhaupt nichts zu tun. Dann steht fast nichts mehr zwischen uns. Außer den letzten zwei Stunden und einem Kuss. Ich versuche, zu vergessen, was mich hemmt.

»Melek!«, zischt Sylvia vom Schreibtisch her. Ich sehe nicht zu ihr hinüber, denn sonst würde ich auch Eriks Blick auffangen und das könnte ich nicht ertragen. »Hast du vergessen, was ich dir vorhin gesagt habe?«

Ich weiß genau, was sie meint. Lehn dich gegen das Schicksal auf und es wird dich lehren, mehr Respekt vor seinen Entscheidungen zu haben. Das waren ihre Worte. Und nun bin ich auch wach genug, um sie zu verstehen. Aber ich will kein Spielball einer höheren Macht sein. Ich pfeife auf das Schicksal!

»Ich denke, dass du Recht hast«, sage ich zu Jakob. »Und so sollten wir es auch machen.«

Er drückt meine Hand und lächelt mir zu. Ich lächele zurück. Aber ich fühle einen Stich in meinem Herzen, denn ich habe schon wieder den Menschen verletzt, der es am wenigsten verdient hat. Heute vielleicht mehr als je zuvor.

Die Gewissheit, dass ein Dschinn niemals aufgibt

Ein verstorbenes Talent wird von den Veteranen schnell und unauffällig abtransportiert und eingeäschert. Seine Asche bekommt einen Platz im Friedwald von Bad Laasphe, wo wir einen ganzen Abschnitt unter einem falschen Firmennamen besitzen. Dann ergeht eine Meldung an die Polizei, dass die Person spurlos verschwunden sei. Als ich das erfahre, wird mir wieder einmal klar, wie engmaschig das Netz der Veteranen gestrickt ist. Selbst in den Krematorien sitzen unsere Leute, damit auch unser letzter Gang auf Erden illegal und klammheimlich vonstattengehen kann. Unsere Maschinerie läuft tatsächlich runder als die der organisierten Kriminalität.

Lennarts Leiche durfte bis Sonntagmorgen im Haus von Sylvias Eltern bleiben, weil Sarah versprach, keinen Fremden hereinzulassen, bis wir ihn ein letztes Mal gesehen und uns verabschiedet haben. Ich bin ihr dankbar dafür. Aus irgendeinem Grund brauche ich den Anblick von Lennarts totem Körper, um begreifen zu können, dass er wirklich von uns gegangen ist.

Sarah hat ihn gewaschen und ihm frische Kleidung angezogen. Sie muss in Lennarts Wohnung gewesen sein, denn er trägt seine eigenen Sachen, genauso, wie wir ihn kennen und in Erinnerung behalten werden: Cargohose und Muskelshirt. Sein trainierter Körper und seine Jugend stehen in schrecklichem Gegensatz zu den blutleeren Lippen und dem dicken Halstuch, das sein gebrochenes Genick verdeckt.

Wir stehen alle zusammen vor Sylvias Bett und schauen uns Lennart an. Jeder außer Jakob hat Tränen in den Augen. Dafür sieht Jakobs Gesicht genauso grau aus wie das von Lennart. Ich weiß nicht, wie er es schafft, seine Emotionen immer so überzeugend zu verbergen. Und das, obwohl er nie von einem Dschinn geküsst wurde.

Unsere Totenwache dauert so lange, bis es an der Tür klopft und zwei Männer in grauen Arbeitsanzügen hereinkommen. Die Gesichter der beiden habe ich noch nie gesehen. Sie ziehen ihre Kappen vom Kopf und stellen sich schweigend zu uns ans Bett.

»Ihr Talente verabschiedet euch jetzt von Lennart und geht nach Hause«, sagt Sarah leise. »Die Beerdigung ist heute Nachmittag um 16 Uhr.«

Im Pulk mit den anderen verlasse ich das Zimmer. Jakob, Tina und Erik gehen mit Sylvia und ihrer Mutter in die Küche. Wir anderen verlassen das Haus. Davor parkt ein Auto mit Marburger Nummernschild und der Aufschrift »Umzüge und Möbeltransporte«.

»Möbelpacker«, murmele ich vor mich hin.

»Es ist helllichter Tag, Melek«, sagt Henry neben mir. »Wir können keinen Sarg aus dem Haus tragen, ohne die Blicke der Nachbarn auf uns zu ziehen.«

»Ach so«, brumme ich. »Was werden sie mit ihm machen? Ihn in einen Schrank stecken?«

»Womöglich«, sagt Henry. »Oder in eine Truhe. Sie werden schon irgendwas ins Haus geschmuggelt haben.«

Als ich nicht antworte, klopft er mir auf die Schulter.

»Es ist besser so«, sagt er. »Besser, als wenn sie ihn nachts heimlich weggeschafft hätten. Sie haben das für uns gemacht.«

Trotzdem fühle ich einen bitteren Kloß im Hals. Ich möchte jetzt nicht einfach zum Bahnhof laufen und mit dem Zug nach Hause fahren. Eigentlich will ich gar nicht allein sein. Alle Menschen, die ich in diesem Moment um mich haben will, befinden sich in dem Haus, dessen Tür ich gerade hinter mir geschlossen habe. Dazu kommt, dass ich ohnehin nicht ohne Erik heimkommen kann, weil sonst meine Eltern ausflippen. Also beschließe ich, vor dem Eingang auf ihn zu warten.

»Du hast Recht«, sage ich zu Henry. »Ich bin einfach ziemlich fertig mit den Nerven.«

»Das sind wir alle«, antwortet er.

Dann nickt er mir noch einmal zu und verschwindet in Richtung Innenstadt. Also wohnt er nicht mehr bei Jakob. Wenigstens Henry scheint sein Privatleben wieder auf die Reihe zu bekommen.

Weil ich nicht am Eingang herumsitzen möchte, bis die beiden Möbelpacker den Schrank mit Lennart hinaustragen, gehe ich ums Haus herum zur Veranda. Schon nach wenigen Metern gestehe ich mir ein, dass ich vorhabe, durch das Küchenfenster zu schauen. Ich will mir zumindest einreden können, dass ich irgendeine Kontrolle über Eriks Küsse hätte. Auch wenn ich mich dabei wie ein Voyeur verhalte.

So leise ich es vermag, schleiche ich um das Haus herum bis zur Küche. Als ich das kleine Fenster auf der Stirnseite erreiche, bin ich zunächst enttäuscht, denn es ist geschlossen. Ich will schon weitergehen, um das nächste Fenster zu inspizieren, da wird es von innen gekippt. Ich erkenne Sylvias kleine Hand, die wahrscheinlich genau weiß, dass ich hier draußen stehe. Ich bin peinlich berührt davon, dass meine Absichten so schnell entdeckt worden sind. Aber anscheinend ist sie der Meinung, ich sollte ihre Gespräche mitbekommen.

Innen auf dem Fensterbrett steht eine recht ausladende Zimmerpflanze. Ich spähe zwischen den Blättern hindurch und sehe Karl in der Mitte der Küche. Vor ihm stehen Erik und Sarah, dahinter Jakob und Tina, wahrscheinlich um ihn zur Not gewaltsam festhalten zu können, falls er sich wehrt. Sylvia kann ich nicht sehen.

»Das wird jetzt vielleicht ungewöhnlich für dich sein, Karl«, sagt Erik. »Aber ich bitte dich, einfach stehenzubleiben und abzuwarten. Denn das hier ist sehr wichtig.«

Karl antwortet nichts. Er sieht Erik nur unbewegt durch seine Designerbrille an. Sein Gesicht hat wie immer überhaupt keinen Ausdruck. Ich frage mich, ob auch ich nach Leviatas Kuss so ausgesehen habe. Wahrscheinlich ist die Antwort Ja.

Erik geht auf Tuchfühlung, legt die Arme um ihn und küsst ihn auf den Mund. Bei dem Anblick wird mir heiß und kalt. Auf der Stelle fühle ich mich in den Wald bei Friedensdorf zurückversetzt und mein Herz krampft sich schmerzhaft zusammen. In den Augen eines Außenstehenden wäre es vollkommen abstrus, was hier gerade geschieht. Da küssen sich zwei Männer, während die Frau und Tochter des einen zusehen und zwei Bodyguards in ihrem Rücken stehen. Aber in meinen Augen ist es die schönste Sache der Welt. Ich glaube, ich bin hier, weil ich krankhaft süchtig nach Eriks Küssen bin. Das ist völlig unangebracht, denn ich habe mich gerade eben gegen eine Zukunft an seiner Seite entschieden. Und ich bin immer noch in Jakob verliebt.

Als die Feuerfunken in Karls Brust explodieren, kann jeder es sehen. Ein Schaudern geht durch seinen Körper und auf einmal erwidert er den Kuss voller Gier. Sarah bricht in Tränen aus, aber Jakob und Tina entspannen sich sichtbar. Jetzt ist endgültig klar, dass es weiterhin funktioniert. Und dass Karl nicht mehr vorhat, sich gegen die Prozedur zu wehren. Ich kann das nur allzu gut nachvollziehen.

Nach einer Weile merkt Erik, dass seine Aufgabe erfüllt ist. Er lässt Karl los und tritt ein Stück zurück, um dessen Aufmerksamkeit auf Sarah zu lenken.

Ich erhasche einen Blick auf Karls Gesicht. Alles Rattenhafte ist daraus verschwunden. Er sieht weniger perfekt aus, denn seine Brille ist verrutscht und seine Wangen haben sich gerötet. Ein paar Sekunden lang starrt er weiter Erik an, dann fällt ihm seine Frau auf, die tränenüberströmt vor ihm steht.

»Sarah!« Selbst seine Stimme klingt anders. Sie hat plötzlich Bewegung.

»Karl!«

Er starrt sie an, als hätte er sie jahrelang überhaupt nicht gesehen. Und in gewisser Weise ist das ja auch der Fall. Nun plötzlich wird ihm klar, welches Martyrium Sarah freiwillig auf sich genommen hat. Diese Erkenntnis trifft ihn so hart, dass ihm ebenfalls Tränen in die Augen schießen.

»Wie kann es sein, dass du immer noch bei mir bist?«, fragt er fassungslos.

»Ich habe es dir versprochen«, schluchzt sie.

»Vor 19 Jahren ... Damals wusste ich nicht, dass ich dein Leben zerstören würde. Wie konntest du dir das antun?« Er dreht sich um und sucht nach Sylvia. »Und ihr!«

Sarah kann nicht aufhören zu weinen. Und auch von dem nicht sichtbaren Teil der Küche her höre ich nun ein gedämpftes Schluchzen. Da breitet Karl die Arme aus und zieht erst Sarah und dann Sylvia an seine Brust. Alle drei stecken die Köpfe zusammen, flüstern sich Dinge ins Ohr und küssen sich. Es ist ein Bild der vollkommenen Glückseligkeit.

»Macht das Fenster zu, wenn ihr geht«, murmelt Sylvia zwischen Weinen und Lachen. Ich verstehe es als Aufforderung zu verschwinden und den anderen ergeht es genauso. Sie verlassen den Raum, während ich zur Haustür zurückschleiche. Gerade, als ich dort ankomme, schließen die Möbelpacker den Laderaum ihres Transporters und die Welt der Trauer bricht über mich herein wie ein unerwarteter Schlag ins Gesicht. Einer der beiden Männer nickt mir zu. Dann nimmt er auf dem Beifahrersitz Platz und der Wagen rollt davon.

Kurz darauf kommen Jakob, Erik und Tina aus dem Haus. Ihre Augen haben einen seltsamen Glanz. Nicht mal mein Anblick kann ihn trüben, obwohl er sie sicher alle drei in die Realität zurückkatapultiert. Tina vergisst vor lauter Erregung sogar, dass wir eigentlich wieder Konkurrentinnen sind.

»Das hättest du sehen sollen«, schwärmt sie. »Erik hat gerade drei Menschen ihr Leben zurückgegeben. Es war so ...« Sie schaut Erik an und ringt um Worte.

»... einzigartig«, sagt Jakob. »Auch wenn man es zum zweiten Mal sieht.«

Ich beiße mir auf die Zunge, um nicht zu sagen, dass ich genauso darüber denke.

»Wie geht es dir?«, fragt Jakob Erik. »Kannst du das noch einmal tun oder brauchst du Zeit, um dich zu erholen?«

Erik schüttelt den Kopf.

»Nein. Es ist gut. Ich kann weitermachen.«

Er schaut mir in die Augen und ich sehe, dass er leidet. Aber Erik wäre nicht er selbst, wenn er sich jetzt in Selbstmitleid suhlen würde. Wir müssen irgendwie einen Weg finden, mit der neuen Konstellation umzugehen.

»Dann bring jetzt Melek nach Hause. Danach holen wir Rafail und fahren zu Nadja«, beschließt Jakob. »Ich denke, sie will zur Beerdigung kommen, wenn sie wieder in der Lage ist, zu trauern.«

Meine Schritte sind etwas steif, als ich mit Erik zu seinem Moped gehe. Seit der Entscheidung, die ich heute Nacht in meinem Zimmer getroffen habe, hatten wir keine Gelegenheit, miteinander zu sprechen. Um ehrlich zu sein, würde ich mich gerne vor dem Gespräch drücken. Auch wenn es natürlich unvermeidbar ist.

Doch Erik fährt los, sobald ich hinter ihm Platz genommen habe. Vielleicht ist ihm auch nicht nach Reden zu Mute.

Wir sind schon fast zu Hause angekommen, da setzt er den rechten Blinker und biegt in eine Nothaltebucht ein. Er schaltet den Motor aus und wir steigen ab. Hinter der Leitplanke steht eine große Kastanie mit einer Bank davor. Darauf setzt er sich und wartet, bis ich es ihm gleichtue. Ich überwinde mich und nehme neben ihm Platz.

»Du hast dich also für ihn entschieden«, stellt Erik fest.

Ich weiß nicht, was ich darauf sagen soll. Meine Entscheidung für Jakob ist viel älter als einen Tag. Aber es macht keinen Sinn, ihm das zu sagen. Wahrscheinlich weiß er es längst. Deshalb nicke ich nur.

»Ich nehme dir das nicht übel, Melek. Vielleicht würde es mir an deiner Stelle genauso gehen. Aber ich bin kein Mädchen und wahrscheinlich habe ich ein besonders antiautoritäres Talent. Ein Glück, dass ich seine Macht nicht so spüre wie du.«

Es ärgert mich, dass alle behaupten, ich stünde lediglich unter dem Einfluss von Jakobs Talent. Levian, Sylvia, Erik. Selbst Nadja hat einmal etwas Ähnliches behauptet. Dabei blickt keiner von ihnen bis in mein Herz.

»Das ist es aber nicht«, stelle ich klar. »Ich bin ... ich bin wirklich in ihn verliebt!«

Erik sieht mich betrübt an. Er seufzt und starrt eine Weile auf die Straße vor uns.

»Und was war das dann, als ich dich geheilt habe?«, fragt er mich. »Ich hatte den Eindruck, dass du in diesem Moment nicht mal ansatzweise an Jakob gedacht hast.«

»Ja, klar«, brumme ich. »Da warst es zur Abwechslung du, der mich mit seinem Talent eingefangen hat.«

Über Eriks Gesicht huscht ein gekränkter Schatten.

Ich bereue meine Wortwahl sofort, aber nun kann ich sie nicht mehr zurücknehmen.

»Tut mir leid«, murmele ich.

»Melek, ich habe dich nicht mit meinem Talent eingefangen«, sagt Erik. »Du warst es, die meine Fähigkeiten hervorgerufen hat. Es war genau andersherum.«

Ich hoffe, dass er nicht auf den Moment in seinem Zimmer zu sprechen kommt. Zum Glück habe ich ihm nie von dem Blitz erzählt, der schon bei seinem ersten Kuss meinen Körper in Brand gesteckt hat. Mir ist durchaus bewusst, dass Erik mir meine verborgene Leidenschaft entlockt hat. Aber er ist ein Heiler. Wahrscheinlich würde es jedem Menschen in seinen Armen so ergehen.

»Kannst du in Worte fassen, was du an mir magst?«, fragt Erik.

Ich bin überrascht über den plötzlichen Wechsel seiner Taktik. Noch verstehe ich nicht genau, worauf er hinauswill. Aber ich möchte gerne ehrlich zu ihm sein.

»Ja«, sage ich und schaue ihm in die Augen. »Ich mag deine Beharrlichkeit und deinen Mut. Du bist ehrlich, klug, geradlinig und liebevoll. Du warst immer da, wenn ich dich brauchte. Für jedes Problem findest du eine Lösung und kannst mehr aushalten als jeder andere Mensch, den ich kenne. Wenn du in der Nähe bist, fühle ich mich sicher. Und das liegt nicht an deiner Pistole.«

Erik lächelt. Ich frage mich, warum ich ihm das nicht schon vor einem Jahr gesagt habe oder vor zwei.

»Und jetzt erzähl mir, was du an Jakob magst!«, fordert er mich auf.

»Er ist ein faszinierender Mensch«, sage ich.

»Das wissen wir alle. Aber ich möchte wissen, was du an ihm magst.«

Ich fühle mich etwas unter Druck gesetzt. Mittlerweile ist mir klar, was Erik vorhat. Aber das wird ihm nicht gelingen.

»Seine Bereitschaft für jeden von uns in den Tod zu gehen«, sage ich. »Den Mut, mit dem er gegen seinen inneren Schmerz ankämpft. Seine Ausdauer und seine Selbstsicherheit. Und die Kraft, mit der er jeden Tag neu seine Aufgabe schultert. Wenn er in meiner Nähe ist, fühle ich mich geborgen. Und das liegt nicht an seinem Talent.«

»Doch, Melek, das tut es!« Erik ist aufgesprungen und macht eine beschwörende Geste in meine Richtung. »Ich kann nicht begreifen, warum du das nicht siehst!«

»Setz dich wieder hin«, sage ich schwach und deute auf die Bank. »Vielleicht solltest du deine Gefühle etwas schonen. Du brauchst sie gleich wieder.«

Erik lässt die Schultern hängen und schlurft zurück zu seinem Sitzplatz. Er lässt sich so ungelenk darauf niederplumpsen, dass ich fürchte, die schon etwas morschen Bretter unter uns könnten nachgeben.

»Versprich mir, dass du es nie vergessen wirst«, murmelt er. »Das, was du gefühlt hast, unter der Eiche im Wald.«

Ich fasse seine Hand und drücke sie.

»Selbst, wenn ich es wollte, könnte ich das nie vergessen«, sage ich.

»Versprich es mir!«

»Ich verspreche es.«

Dann stehen wir schweigend auf und gehen zurück zum Moped. Erik sieht niedergeschlagen aus.

Ich will mir noch gar nicht vorstellen, was in den nächsten Wochen alles auf ihn zukommt. Es wäre für uns alle einfacher gewesen, wenn ich entschieden hätte, dabei an seiner Seite zu sein. Aber meine Liebe zieht mich woanders hin. Auch wenn keiner das begreifen will.

***

Erik setzt mich in der Hofeinfahrt ab und fährt zurück nach Biedenkopf, um sich mit Jakob und Rafail auf den Weg zu Nadja zu machen.

Ich wäre gern dabei gewesen, wenn er sie küsst, aber mir fiel kein Argument ein, das meine Anwesenheit gerechtfertigt hätte. Mit der Zeit werde ich ohnehin lernen müssen, die Kontrolle über seine Küsse aufzugeben. Je früher ich damit anfange, umso besser. Ich versuche die Bilder zu verdrängen, die sich hinter meiner Stirn breitmachen, und mich stattdessen darüber zu freuen, dass Nadja als vollwertiger Mensch zu uns zurückkehren wird. Aber ganz gelingt es mir nicht. Durch meinen Kopf rasen so viele widersprüchliche Emotionen, dass mir übel davon wird. Ich beschließe, noch nicht ins Haus zu gehen, und nehme stattdessen den Waldweg hinauf zur Buchenauer Schutzhütte, in der Hoffnung, dass der steile Aufstieg mich auf andere Gedanken bringt. Schon auf der Hälfte des Weges beginne ich zu keuchen und tatsächlich verschwindet dabei das beklemmende Gefühl in meiner Brust. Was würde ich für ein paar Tage Urlaub geben!

Oben angekommen stelle ich mich an den Rand des Berges und blicke hinunter auf das Dorf. Als Kind bin ich oft hierhergekommen, wenn wieder einmal keine Klassenkameradin Lust hatte, sich mit mir zum Spielen zu treffen. Ich habe mir dann eingeredet, ich sei eine verwunschene Prinzessin, die von einem Drachen in der Schutzhütte gefangen gehalten wird, bis zu dem Tag, an dem ein mutiger Prinz sie befreit. Ich wartete vergebens auf den Prinzen. Aber trotzdem kam ich immer wieder hierher.

Ich bin völlig in meine Gedanken versunken, als ich plötzlich eine Bewegung in der Baumkrone über mir wahrnehme. Mein Herz schlägt mir bis zum Hals. Erst in diesem Moment begreife ich, dass ich absichtlich hinauf in den Wald gegangen bin. Die Begegnung mit Levian ist unausweichlich. Und ich will allein mit ihm reden. Ohne ein weiteres Talent im Rücken, das mich dazu zwingt, eine Waffe zu ziehen. Ich bin ganz sicher: Mein Dschinn wird mir nichts tun. Woher ich diese Gewissheit nehme, ist mir selbst schleierhaft.

Langsam wende ich meinen Blick nach oben und schaue dem Eichhörnchen in die Augen. Es legt den Kopf schief und erwidert meinen Blick.

»Komm runter«, sage ich. »Wir müssen reden.«

Es hört sich an wie die Einladung zu einem Krisengespräch nach einer jahrelangen Beziehung. Aber Levian reagiert nicht darauf. Er starrt mich weiter an, als sei er sich nicht im Klaren darüber, ob ich wirklich die Person bin, die er gesucht hat.

Ich kenne den Grund für seine Zurückhaltung, aber ich will mir nicht anmerken lassen, dass ich ihn gleich wieder anlügen werde. Mein Small-Think ist eingeschaltet und ich rede mir selbst ein, dass Leviata nichts weiter getan hat, als mich ein wenig zu schikanieren. Mittlerweile bin ich gut genug, um dabei keine Gewissensbisse durchsickern zu lassen.

»Du hast mir gestern Nacht das Leben gerettet und anschließend versucht, mich zu entführen. Also komm jetzt runter von deinem Ast und sag mir, warum du das getan hast!«

Er nimmt seine menschliche Gestalt an, bleibt aber weiter im Baum sitzen. Heute trägt er nichts als seine zerrissenen Jeans. Auf seiner nackten Brust funkelt die Kette mit den Silberkugeln. Unter der braungebrannten Haut zeichnet sich jeder Muskel seines Körpers ab. Er sieht aus wie eine antike Bronzestatue.

Ich muss den Blick auf die Äste über ihm lenken, um meine verfluchte Wollust wieder in die Tiefen meiner Seele zu verbannen, aus denen sie emporgekrochen kommt. Levian legt es also darauf an, mir alles zu entlocken, was noch an Gefühlen in mir steckt.

Baum. Blätter. Wolken.

»Levian, das ist kindisch«, seufze ich.

Seine grünen Augen lassen mich keine Sekunde unbeobachtet. Dann schüttelt er leicht den Kopf und sagt: »Komm du herauf zu mir!«

Im ersten Moment glaube ich, ich hätte mich verhört. Doch dann ahne ich, was er damit bezwecken will: Kein gefühlskalter Mensch würde ohne guten Grund auf einen Baum klettern. Mein Small-Think ist zu stark, um meine wahren Emotionen ungehindert durchdringen zu lassen. Darum ist er sich nicht sicher, was er da vor sich hat. Aber ich will auf keinen Fall den Schutzwall aus belanglosen Gedanken aufgeben, der meine anstehenden Lügen verhüllt. Also werde ich nicht drum herumkommen, zu ihm hinaufzusteigen.

Ich erhebe mich von meinem sicheren Plätzchen und gehe hinüber zum Baum. An der zerklüfteten Borke kann ich mit den Fingern Halt finden und mich hochziehen.

Levian beobachtet mich, wie ich mich zu ihm emporarbeite. Aber er rührt keinen Finger, um mir dabei zu helfen. Als ich auf dem untersten Ast angekommen bin, halte ich kurz inne, um zu verschnaufen. Dann erklimme ich das letzte Stück nach oben.

»Zufrieden?«, frage ich, als ich mich neben ihm auf dem Ast niederlasse.

Wir befinden uns auf halber Höhe des Baumes, mit freiem Blick über ganz Buchenau. Ich weiß nicht, ob ich nachher wieder ungeschoren nach unten komme. Aber das Gefühl, hier oben zu sitzen, ist trotzdem berauschend.

Er nickt.

»Leviata hat gesagt, sie hätte dich ausgesaugt.«

Ich runzele gekonnt die Stirn.

»Leviata sagt vermutlich viel, wenn es ihren Zwecken dient«, antworte ich.

»Also hat sie es nicht getan?«

»Nein!«

Ich zeige leicht entrüstet mit beiden Händen auf meine Brust, um ihm klarzumachen, dass ich immer noch ich selbst bin.

»Sie hat dich nicht geküsst?«

»Levian! Nein!«, murre ich. »Verrate mir lieber, was für ein abgefahrenes Spiel du spielst.«

Ich sehe, wie es hinter seiner Stirn arbeitet. Er lehnt mit dem Rücken am Stamm, zieht die Beine an und wendet sich mir zu. Dabei lässt er mich weiterhin keine Sekunde aus den Augen.

»Welchen Grund sollte meine Schwester haben, mir reumütig zu gestehen, dass sie dich aus Wut ausgesaugt hat?«, fragt er hartnäckig.

Himmel. Zugvögel. Buchenau.

Ich merke, dass ich innerlich leicht verkrampfe. Mein Small-Think ist so intensiv, dass ich kaum mehr in der Lage bin, einen intimeren Kontakt zu Levian aufzubauen. Wenn ich die Situation nicht bald unter Kontrolle bekomme, wird er verschwinden und seiner Familie erzählen, dass bei der Gegenseite irgendetwas nicht stimmt. Also öffne ich meinen Geist ein wenig und begebe mich in seine Fänge. Sofort kommt mir der Gedanke, wie strahlend seine Augen doch sind und wie breit seine Schultern. Ich balle meine Hände zu Fäusten, um zu verhindern, dass sie seine nackte Haut anfassen. Das kleine Lächeln, das sich auf sein Gesicht stiehlt, offenbart sein Grübchen.

»Vielleicht möchte sie verhindern, dass es weiterhin zu Situationen wie dieser kommt«, sage ich.

»Das ist Quatsch.«

»Dann frag sie selbst, warum sie solche Märchen erzählt«, brumme ich etwas ungeduldig. »Bekomme ich auch mal eine Antwort?«

Er legt die Stirn in Falten und rutscht bedenklich auf dem Ast herum. Dann entscheidet er anscheinend, das Thema vorerst aufzugeben.

Ich muss mich zusammennehmen, um nicht innerlich aufzuatmen.

»Euer nagelneuer Muskelprotz Erik kann es mit den Orakeln der Faune aufnehmen, was die Erkenntnis über das Innenleben anderer Wesen angeht«, sagt er.

»Du sprichst in Rätseln.«

»Als er zu mir gesagt hat, ich würde dich vermissen ... da habe ich erst erkannt, dass ich nicht in der Lage bin, dich zu töten. Ganz gleich, wie groß dein Verrat war.«

»Wie schön für mich«, murmele ich.

Aber Levian geht nicht darauf ein. Er runzelt die Augenbrauen, als er weiterspricht.

»Du warst mir so egal, wie ein Mensch einem Faun nur egal sein kann. Alles, was ich wollte, war Rache. Und, Melek, seien wir mal ehrlich: Vom Aussehen her bist du allenfalls Durchschnitt. Du bist nicht einmal charmant, spontan oder anmutig. Da ist praktisch nichts an dir, das einen Mann auf den ersten Blick anzieht.«

Ich kneife die Lippen aufeinander, um nichts darauf zu sagen. Das alles weiß ich selbst. Es aus seinem Mund zu hören, tut trotzdem weh.

»Aber all das könnte man ändern«, redet er weiter. »*Ich* könnte es ändern!«

Er fasst nach meiner Hand und zieht mich ein Stück zu sich hinüber.

»Denn das sind nur Äußerlichkeiten. Tief in dir drin bist du stark und schön. Das hast du mir gezeigt, obwohl ich es nicht sehen wollte. Ich weiß jetzt, du bist wie geschaffen dafür, an meiner Seite zu leben. Als meine Gefährtin. Als Faun!«

Ich kann spüren, dass es diesmal mehr als eine Frage ist. Levian ist wie besessen von seinem Plan, mich zu verwandeln. So besessen, dass er ihn notfalls auch ohne meine Zustimmung umsetzen würde. Der irre Glanz in seinen Augen verrät es mir. Und ich werde nie wissen, ob es ihm dabei tatsächlich um mich geht oder weiterhin um den größtmöglichen Schmerz für Jakob. Ich reiße meine Hand los und schüttele den Kopf. Doch Levian gibt nicht auf. Er umfasst mein Gesicht mit beiden Händen und jagt einen flammenden Dschinn-Blick bis in mein Herz.

»Wir beide sind von der gleichen Art«, sagt er beschwörend. »Wir sind Seelenverwandte. Und das weißt du genau!«

Ich kann immer noch nichts darauf sagen. Mein Kopf ist damit beschäftigt, das Small-Think aufrechtzuerhalten. Schon wieder hat er mich in eine Situation gebracht, die es fast unmöglich macht, meinen eigentlichen Weg weiterzugehen und mir selbst treu zu bleiben. Ich weiß, dass ich nichts von dem will, was er mir anbietet. Noch gestern hätte ich ihn ohne große Skrupel erschossen. Und doch zieht mich sein Talent so sehr in seinen Bann, dass ich keine Worte finde, um ihm zu entkommen.

Meine Sprachlosigkeit ist ihm Antwort genug. Bevor ich einen klaren Gedanken fassen kann, hat er mich mit beiden Armen gepackt und steht auf.

Mir entfährt ein Schreckenslaut. Der Ast unter seinen Füßen schwankt, doch ich merke es kaum. Für einen Moment bin ich versucht, meine Arme um seinen Hals zu legen und mich forttragen zu lassen, wohin auch immer. Der Adrenalinstoß, den er mir gerade zufügt, legt jeden vernünftigen Gedanken lahm. Da versagt mein Small-Think und ich denke an Jakob. Nur für eine Sekunde, dann fange ich mich wieder.

Levians Augen werden dunkel.

»Ich hatte es nicht für möglich gehalten«, sagt er. »Aber sein Talent scheint stärker zu sein als meines.«

Eine Sekunde lang glaube ich, dass er mich fallen lässt. Dann drückt er mich an sich und springt vom Baum herunter. Wir landen so sanft auf der Wiese, als wäre sie ein Meer aus Daunen. Levian wendet den Blick von mir ab und lässt mich herunter.

»Es tut mir leid«, sage ich. »Aber ich bin nur ein Mensch. Und ich gehöre zu meinesgleichen.«

Ich strecke meine Hand nach seinem Gesicht aus, doch er weicht ihr aus.

»Geh in den Winterschlaf, Levian. Im nächsten Frühjahr wirst du mich vergessen haben.«

Einen Moment lang reagiert er gar nicht. Dann sehe ich wieder das verräterische Funkeln in seinen Augen, das mir klarmacht, dass ich den Bogen überspannt habe.

Seine Hand schnellt an meinen Hals und drückt zu. Sofort stellt sich wieder die bekannte Atemnot ein.

»Sag mir nicht, wie lange ich trauern darf!«, zischt er.

»Levian!«, röchle ich. »Levian, du hast gesagt, du liebst mich! Lass mich ... los!« Ein Pfeifen schleicht sich in meine Sinne. Innerhalb von Sekunden verschwimmt die Welt vor meinen Augen.

Er gibt ein verzweifeltes Stöhnen von sich und löst seinen Griff. Dann macht er ein paar Schritte zurück und rauft sich die Haare.

Eine Weile sind wir beide damit beschäftigt, unseren Puls zu beruhigen. Als er sich dann wieder zu mir umdreht, hat er anscheinend einen Entschluss gefasst.

»Geh zu ihm, Melek!«, sagt er. »Tu, was du nicht lassen kannst. Aber sei dir im Klaren darüber, dass er niemals ehrlich zu dir sein wird und dass er dich in ein Leben presst, das deine Seele beschneidet. Im nächsten Frühjahr frage ich dich ein letztes Mal.«

»Was soll das heißen?«, will ich wissen. »Was willst du tun, wenn ich wieder Nein sage?«

Er gibt mir keine Antwort.

»Noch vor einiger Zeit hast du behauptet, du würdest mich auf keine Weise zerstören wollen. Ich müsste meine Entscheidungen selbst treffen. Stehst du noch dazu?«

Levian macht das Gleiche wie immer in solchen Situationen. Er verwandelt sich, bevor ich weiß, was er über meine Frage denkt. Plötzlich ist seine wunderbare Gestalt verschwunden und ich sehe nur noch das Eichhörnchen vor mir. Es blickt mir noch einmal traurig in die Augen, bevor es ins Dickicht huscht.

Ein Teil von mir möchte schreien vor Erleichterung. Der andere würde ihm gern hinterherrufen, dass der Winter ohne ihn viel zu lang werden wird. Zum Glück ist mir bewusst, dass es gesünder für mich und die Welt ist, wenn ich den Mund halte.

Halte deine Hände still, denn die Zukunft ist ein Kartenhaus

Der Friedhof der Talente ist ein Ort der Ruhe. Auf den ersten Blick wirkt er wie ein gut gepflegtes Wäldchen. Erst bei genauerem Hinsehen erkennt man die Markierungen an den Bäumen ringsum. Sie tragen Schilder mit Nachnamen wie »Schnell«, »Treffer« und »Tierlieb«. Auf Lennarts Baum prangt ein frisches Schild mit der Aufschrift »Lennart Stark«.

Wir bieten ein merkwürdiges Bild, wie wir da in unseren abgewetzten Outdoorklamotten im Regen unter der alten Buche stehen. Jakob und Nils tragen Schienen an Armen und Beinen, Eriks Hand ist verbunden, Kadim und Tina haben Schrammen im Gesicht. Fast jeder von uns hat rot geränderte Augen.

Am meisten von allen aber weint Nadja. Gleich nachdem Erik sie zurückgeholt hat, wurde sie von Tina komplett umgestylt, damit die Dschinn sie nicht erkennen. Jetzt hat sie kurze schwarze Haare und ist völlig ungeschminkt. Die Veränderung ist so enorm, dass selbst ich sie nicht auf den ersten Blick erkannt habe. Neben ihr steht Rafail und tritt von einem Bein auf das andere, weil er keine Ahnung hat, wie er sie trösten könnte. Schließlich fasst er sich ein Herz und legt seinen massigen Arm um sie. Er wirft einen kurzen Seitenblick hinüber zu Jakob, doch der nickt ihm zu. Dann starrt er wieder geradeaus auf die Stelle, wo soeben die Urne vergraben wurde.

Jeder von uns hängt seinen eigenen Gedanken nach. Es gibt keine Ansprache und keine Zeremonie. Dafür ist die Wirkung dieses Ortes viel zu gewaltig für uns.

Ich frage mich, unter welchem Baum man meine Asche vergraben würde, falls ich einmal nicht schnell genug meine Pistole ziehe. Dann stelle ich mir das glänzende neue Messingschild mit meinem falschen Namen vor. Melek Treffer. Niemand, der nicht zur Armee gehört, würde jemals mein Grab finden. Niemand würde überhaupt wissen, dass ich gestorben bin.

Erik kann uns davor bewahren, dass wir unsere Gefühle verlieren. Aber die Angst vor dem Tod wird uns alle weiterhin begleiten. Noch nie war mir das so bewusst wie in diesem Moment.

Als wir Lennarts Baum verlassen und gemeinsam zurück zum Parkplatz gehen, hält Jakob mich auf. Er verlangsamt seinen Schritt, so dass wir hinter den anderen zurückfallen.

»Hör zu, Melek«, sagt er. »Ich habe darüber nachgedacht, was Eriks Talent für uns bedeutet. Und ich bin der Meinung, dass sich viele Dinge ändern werden. Ich fürchte mich immer noch davor, dass einer von uns im Kampf fallen könnte. Aber du weißt, dass mein schlimmster Albtraum etwas anderes war. Und das ist jetzt Vergangenheit. Was Marie passiert ist, kann dir nicht mehr passieren.«

Zum ersten Mal spricht er den Namen seiner verstorbenen Freundin aus. Ich denke an die Panik in seinen Augen, als Levian ihm androhte, mich auszusaugen. Dieses Gefühl, an das er sich besser gewöhnen sollte. Erik macht durch sein Talent einen dicken Strich durch Levians Rechnung. Und damit spielt er Jakob in die Hände. Das ist wahrscheinlich das Letzte, was er bezwecken wollte.

»Ich habe mir gedacht, es müsste reichen, wenn wir uns gegenseitig durch einen Code identifizieren. Oder durch eine Frage, wie du es bei Erik gemacht hast.«

Ich nicke. Mehr bringe ich nicht zu Stande, denn mein Herz beginnt zu rasen. Vor meinen Augen tanzen sogar ein paar Sternchen.

Jakob bleibt stehen und fasst mich am Arm. Ein paar Regentropfen rinnen aus seinen Haaren über sein Gesicht. Ich erwidere seinen Blick.

»Also, Engelchen«, sagt er. »Was ist im Moment unserer ersten Begegnung passiert?«

»Wir sind zusammengestoßen«, murmele ich.

Er nickt und sieht mich erwartungsvoll an.

»Welche Übung fällt mir bei Albert am schwersten?«, frage ich.

»Liegestütze«, sagt er.

Seine Hand berührt mich am Kinn. Er lächelt. Allein für diesen Ausdruck in seinen Augen bin ich bereit, mein Leben aufs Spiel zu setzen. Ich muss auf die Zehenspitzen gehen, um mit meinem Mund seine Wange zu erreichen. Es stachelt, als ich ihn darauf küsse. Meine Hände greifen in sein feuchtes Haar. Er legt mir den geschienten Arm um die Schultern und zieht mich mit dem anderen an sich heran. Ich sauge seinen Duft ein und versinke in seine Eisaugen. Dann küsst er mich auf den Mund.

Welche Strafe auch immer das Schicksal uns für diese Rebellion auferlegen mag – ich bin bereit, sie auf mich zu nehmen. Zumindest kann ich jetzt nicht mehr sterben, ohne zu wissen, wie Jakobs Lippen schmecken. Und sie schmecken so unglaublich süß.

Auf einmal steht Sylvia vor uns. Ich zucke zusammen. Ihre Augen und ihr Mund sind zusammengekniffen, der Ausdruck in ihrem Gesicht ist voller Zorn. Sie ballt ihre Hände zu Fäusten.

Mein Blick schweift nach vorn zu den anderen. Erik und Tina sind ebenfalls stehen geblieben und starren uns an. Ich sehe Schmerz in beiden Gesichtern. Erik kneift kurz die Augen zusammen, als wolle er das Bild von Jakob und mir aus seiner Wahrnehmung löschen. Als er sie wieder öffnet, schickt er seinem Anführer einen eiskalten Blick.

»Das mit dem Schwert im Rücken hat sich ebenfalls erledigt, ja?«, ruft er.

Ich spüre, dass Jakob sich versteift. Doch der Ausdruck in seinem Gesicht bleibt gewohnt befehlsgewaltig. Seine Antwort ist nur ein Nicken. Erik sieht uns unendlich enttäuscht an. Es liegt kein Vorwurf in seinem Blick, sondern nur grenzenloser Schmerz. Doch das ist schlimmer als jede Kränkung, die er sich ausdenken könnte. Mein Magen krampft sich unangenehm zusammen. Dann dreht er sich um und hastet davon.

Tina ist wahrscheinlich froh, dass sie als sein Bodyguard ebenfalls flüchten darf. Mit langen Sprüngen rennt sie ihm hinterher.

»Verdammt, Jakob, du forderst es einfach heraus!«, schreit Sylvia. »Es darf nicht sein, ihr seid nicht füreinander bestimmt!«

Der leichte Regen verwandelt sich in einen kräftigen Schauer. Sylvia steht breitbeinig mitten auf dem Weg, die dunklen Haarsträhnen kleben in ihrem Gesicht. Sie wirkt animalisch, wie eine antike Hohepriesterin, die im Begriff ist, einen Fluch auszusprechen.

Jakob macht sich von mir los und sieht sie ruhig an.

»Sylvia«, sagt er. »Ich habe jahrelang die Verantwortung für all das hier getragen. Jetzt gebe ich sie gern an Erik ab. Du weißt, welche Opfer ich bereit bin, für die Armee zu bringen. Aber ich bin nicht bereit, auch noch das Schicksal über mich bestimmen zu lassen. Erik ist derjenige, über den die nächsten Geschichtsbücher geschrieben werden. Es ist an der Zeit, dass er lernt, was Verzicht bedeutet.«

Sylvias Gesicht ist rot vor Wut.

»Damit wirst du ihn zerstören!«, keift sie.

»Nein, das werde ich nicht«, antwortet Jakob kurz angebunden. »Erik ist stark genug, um sein Joch zu tragen.«

»Nicht dieses Joch!« Nun funkelt sie mich an.

Mir schaudert unter ihrem Blick. Zum Glück erspart sie mir die Beschimpfungen, die ihr gerade definitiv auf der Zunge liegen. Ich kann mich nicht länger zurückhalten.

»Wenn ich es nicht besser wüsste, würde ich sagen, du bist eifersüchtig«, presse ich hervor.

Sylvia stößt einen ungläubigen Ton aus. Dann schüttelt sie den Kopf und schaut mich hochmütig an.

»Melek, ich bin dreizehn Jahre alt und schon rein hormonell betrachtet kaum in der Lage dazu, eifersüchtig zu sein.«

Im Normalfall könnte ich über eine solche Bemerkung aus ihrem Mund lachen. Doch im Moment bin ich viel zu entsetzt über die Dreistigkeit, mit der sie sich gegen uns auflehnt. Die ganze Zeit über war Sylvia meine Verbündete gewesen. Mehr als das: Sie war meine engste Freundin unter den Talenten, trotz des Altersunterschieds. Die Verachtung, mit der sie mich nun straft, trifft mich tief. Warum kann sie nicht verstehen, dass ich niemals einen anderen Weg gehen könnte als diesen? Sie muss doch wissen, dass Liebe nicht planbar ist.

Noch einmal holt sie tief Luft, um mir ihre Meinung zu sagen, aber dann verdreht sie plötzlich die Augen und deutet mit dem ausgestreckten Zeigefinger auf Jakob.

»Fass sie nicht an!«, dröhnt sie mit tiefer Stimme. Durch den Regen und die Dunkelheit des Waldes wirkt die Veränderung noch bedrohlicher als beim letzten Mal. »Wenn du sie anfasst, bricht das Schicksal über uns herein.«

Jakob wird bleich.

Ich bin mir nicht sicher, ob Sylvia gerade wirklich eine Vision hat oder ob sie uns einfach zwingen will, zu tun, was sie sagt. Die Antwort darauf werde ich nur bekommen, wenn ich mich gegen sie und ihre Prophezeiungen stelle. Damit setze ich schon wieder mein Leben aufs Spiel. Aber nun habe ich gegen Dschinn gekämpft, meine Gefühle verloren und wiedergefunden, habe das Vertrauen meiner Eltern verspielt und jede Menge falscher Vorwürfe ertragen. Ich habe dem Tod ins Auge gesehen und meine verborgene Leidenschaft entdeckt. Und ich habe Jakob geküsst. Wie will mich da noch ein kleines Mädchen schrecken, das eine düstere Zukunftsprognose ausspricht?

Also fasse ich an Jakobs Wange und drehe sein Gesicht in meine Richtung. Er sieht mich an und ich spüre, dass er die Führung zum ersten Mal mir übergibt. Unsere Zukunft liegt nun in meinen Händen. Ich muss nur eine falsche Bewegung machen und sie bricht zusammen wie ein Kartenhaus. Also nehme ich mir vor, bei meiner Entscheidung möglichst wenig zu zittern.

»Alles wird gut«, sage ich zu Jakob und blende alles aus, was um uns herum vorgeht. Ich sehe nur noch sein Gesicht, das so offen ist wie nie zuvor. »Und wenn die Welt untergeht – für mich gibt es kein Zurück!«

Ende der ersten drei Teile

© Kathi Fink

Mira Valentin arbeitet hauptberuflich als Journalistin für Jugend- Frauen- und Pferdezeitschriften. Hoch zu Ross, mit Laufschuhen oder Fahrrad streift sie regelmäßig durch die ausgedehnten Wälder des Hessischen Hinterlands. Hier, zwischen mystischen Quellen und imposanten Steinbrüchen, kam ihr die Idee für »Das Geheimnis der Talente«. Seither sieht sie ständig Dschinn in den Baumkronen sitzen und kann kein Dorffest mehr feiern ohne sich zu fragen, welches arme Opfer heute wohl ausgesaugt wird.

Stefanie Hasse
Book Elements
Die Magie zwischen den Zeilen
im.
pre
ss